JENNIFER L. ARMENTROUT

Dark Elements

STEINERNE SCHWINGEN

Aus dem amerikanischen Englisch von
Ralph Sander

HarperCollins

Die Originalausgabe erschien 2014 unter dem Titel
White Hot Kiss bei Harlequin Teen, Toronto.

Bereits veröffentlicht unter dem Titel
Steinerne Schwingen, Dragonfly, 2017.

1. Auflage 2023

Neuausgabe

Published by arrangement with
HARLEQUIN ENTERPRISES II B.V./SARL
Gesetzt aus der Stempel Garamond
von GGP Media GmbH, Pößneck
Druck und Bindung von CPI books GmbH, Leck
Printed in Germany
ISBN 978-3-365-00470-8
www.harpercollins.de

Klimaneutral
Druckprodukt
ClimatePartner.com/15109-2009-1001

FSC
MIX
Papier
FSC® C083411

1. KAPITEL

Ein Dämon trieb sich bei McDonald's herum.

Ein Dämon mit einer besonderen Vorliebe für Big Macs.

Die meiste Zeit über liebte ich den Job, dem ich nach Schulschluss nachging. Die Seelenlosen und die Verdammten zu markieren bescherte mir jedes Mal ein verrücktes, wohliges Kribbeln. Aus Langeweile hatte ich mir sogar eine Quote vorgegeben, am heutigen Abend allerdings sah das alles ganz anders aus.

Für den Englisch-Unterricht musste ich noch ein Referat erarbeiten.

»Isst du die Pommes eigentlich noch?«, fragte Sam, während er schon eine Handvoll Fritten von meinem Tablett klaute. Sein lockiges braunes Haar fiel ihm bis über den Rand seiner Nickelbrille. »Danke.«

»Lass bloß ihren Eistee in Ruhe.« Warnend schlug Stacey ihm auf die Hand, und ein paar Pommes landeten auf dem Fußboden. »Sonst bist du den ganzen Arm los.«

Ich hörte auf, mit dem Fuß auf den Boden zu tippen, ließ den Eindringling aber nicht aus den Augen. Keine Ahnung, wieso Dämonen einen solchen Narren an McDoof gefressen hatten, doch sie konnten sich einfach nicht von dem Laden losreißen. »Ha-ha.«

»Wen starrst du so an, Layla?« Stacey drehte sich auf ihrer Bank herum, damit sie sich im Lokal umsehen konnte. »Irgendein scharfer Typ? Falls ja, solltest du … *oh*, wow. Wer traut sich denn so angezogen vor die Haustür?«

»Was ist denn?« Sam wandte sich ebenfalls um. »Ach, komm schon, Stacey. Wen stört das? Kann ja nicht jeder wie du in Prada-Imitaten rumrennen.«

Der Dämon hatte das Aussehen einer harmlosen Frau mittleren Alters, die in Sachen Mode unter schwerer Geschmacksverirrung litt. Sie trug eine grüne Jogginghose aus Samtimitat, dazu pinkfarbene Sneakers. Ihr mattbraunes Haar war mit altmodischen violetten Schmetterlingsclips aufgesteckt, die Krönung allerdings bildete ihr Sweater. Jemand hatte auf die Vorderseite einen gestrickten Basset genäht, dessen große Triefaugen aus braunem Garn gestickt waren.

Aufmachung hin oder her, diese Frau war kein Mensch.

Nicht dass ausgerechnet ich ihr das hätte vorwerfen können.

Sie war ein Blender-Dämon, ein Wesen, das leicht an seinem maßlosen Appetit zu erkennen war. Blender-Dämonen pflegten während einer einzigen Mahlzeit solche Massen zu verschlingen, dass davon eine kleine Nation satt werden könnte.

Blender konnten zwar Aussehen und Verhalten eines Menschen übernehmen, dennoch wäre dieser Dämon da problemlos dazu fähig gewesen, dem Gast am Nebentisch den Kopf vom Leib zu reißen. Jedoch ging die Bedrohung nicht so sehr von der übermenschlichen Kraft aus, sondern von den Zähnen und dem infektiösen Speichel.

Blender waren Beißer.

Ein leichter Biss genügte, um die Dämonenversion der Tollwut auf einen Menschen zu übertragen. Ein Gegenmittel existierte nicht, und nach spätestens drei Tagen sah der menschliche Kauknochen aus, als wäre er einem Film von George A. Romero entsprungen, einschließlich der kannibalistischen Neigungen.

Blender waren ein echtes Problem, außer natürlich für Leute, für die es nichts Unterhaltsameres als eine Zombie-Apokalypse gab. Das einzig Gute an Blendern war, dass nur wenige existierten und sich ihre Lebensspanne mit jedem Biss verkürzte. Üblicherweise konnten sie ungefähr siebenmal zubeißen, bevor sie »Ploff« machten. Ein bisschen so wie eine Biene mit ihrem Stachel, nur waren Blender viel dümmer.

Sie konnten jedes beliebige Erscheinungsbild annehmen, deshalb war es mir ein Rätsel, wieso dieser Dämon da drüben ausgerechnet so aussehen wollte.

Stacey verzog das Gesicht, als die Blenderin sich dem dritten Burger widmete. Dass wir sie beobachteten, bemerkte sie nicht, aber diese Dämonen taten sich auch nicht durch eine besonders ausgeprägte Beobachtungsgabe hervor, vor allem dann nicht, wenn sie auf einer Köstlichkeit mit Spezialsauce herumkauten.

»Ist ja ekelhaft.« Stacey wandte sich schüttelnd ab.

»Der Sweater ist doch total heiß«, erklärte Sam mit vollem Mund und grinste, während er weiterkaute. »Sag mal, Layla, meinst du, Zayne lässt sich von mir für die Schülerzeitung interviewen?«

Ich hob die Augenbrauen. »Warum willst du ihn denn interviewen?«

Er warf mir einen Blick zu. »Weil ich ihn fragen will, wie es ist, als Wächter in D. C. auf Schurkenjagd zu gehen, damit sie ihre gerechte Strafe kriegen.«

»Du sagst das, als wären Wächter irgendwelche Superhelden.« Stacey kicherte.

Sam zuckte mit seinen knochigen Schultern. »Na ja, irgendwie sind sie das ja auch. Ich meine, du hast sie doch selbst erlebt, Stacey.«

»Sie sind keine Superhelden«, widersprach ich und setzte zu meiner Standardrede an, die ich immer wieder halten musste, seit die Wächter vor zehn Jahren an die Öffentlichkeit gegangen waren. Der plötzliche astronomische Anstieg der Kriminalitätsrate damals hatte nichts mit der weltweiten wirtschaftlichen Abwärtsbewegung zu tun gehabt. Es war vielmehr ein Gruß aus der Hölle. Die Ankündigung, dass man sich dort nicht länger an die Spielregeln halten wollte. Deshalb hatten die Alphas den Wächtern befohlen, sich zu erkennen zu geben. Den Menschen war es vorgekommen, als hätten die Wächter ihre steinerne Hülle abgelegt und wären zum Leben erwacht. Das war sogar nachvollziehbar, schließlich waren die steinernen Wasserspeier an vielen Kirchen und anderen alten Gebäuden einigermaßen dem wahren Aussehen der Wächter nachempfunden.

Es tummelten sich jedenfalls irre viele Dämonen auf der Erde, und die Wächter hatten immer größere Mühe, ihre Arbeit zu erledigen, ohne dass jemand auf ihre Existenz aufmerksam wurde. »Das sind ganz normale Leute so wie du auch, nur dass …«

»Ist mir doch bekannt.« Sam hielt beide Hände hoch, um mich zu unterbrechen. »Ich bin wirklich keiner von diesen Fanatikern, die sie für böse halten oder irgendeinen anderen Blödsinn glauben. Ich finde nur, so ein Interview wär' cool. Und für die Zeitung ein echt toller Artikel. Also, was meinst du? Würde Zayne so was machen?«

Ich fühlte mich unbehaglich bei der Sache. Weil ich mit den Wächtern zusammenlebte, wurde ich von anderen entweder als Anlaufstelle angesehen, um mit ihnen Kontakt aufzunehmen, oder man hielt mich für einen Freak. Und alles nur, weil jeder – auch meine beiden besten Freunde – davon überzeugt war, dass ich genauso war wie sie selbst. Menschlich. »Ich weiß nicht, Sam. Ich kann mir nicht vorstellen, dass sie scharf drauf sind, dass man über sie schreibt.«

Er sah enttäuscht aus. »Würdest du ihn wenigstens fragen?«

»Klar.« Ich spielte mit meinem Strohhalm. »Aber mach dir keine großen Hoffnungen.«

Zufrieden ließ Sam sich gegen die harte Rückenlehne der Sitzbank sinken. »Wusstet ihr schon?«

»Was denn?«, meinte Stacey seufzend und warf mir einen traurigen Blick zu. »Mit welchem gefährlichen Halbwissen willst du uns denn jetzt wieder begeistern?«

»Wusstet ihr, dass man mit einer tiefgefrorenen Banane einen Nagel in die Wand schlagen kann? Sie muss nur hart genug werden.«

Ich stellte meinen Becher ab. »Wieso weißt du solche Sachen?«

Sam aß meine letzten Fritten auf. »Ist halt so.«

»Er verbringt ja auch sein ganzes Leben vor dem Computer.« Stacey strich sich die dichten schwarzen Stirnfransen aus dem Gesicht. Ich konnte nicht verstehen, warum sie sich die Haare nicht einfach abschnitt, wenn sie ihr doch ständig im Weg zu sein schienen. »Bestimmt sucht er nach diesem Mist, weil er nichts Besseres zu tun hat.«

»Genau das mache ich, wenn ich zu Hause bin.« Sam knüllte seine Serviette zusammen. »Ich suche nach Fakten, die kaum jemand kennt. Daran seht ihr, wie cool ich bin.« Dann warf er Stacey die Serviette ins Gesicht.

»Übersetzt heißt das«, fuhr sie unbeeindruckt fort, »du bist die ganze Nacht auf der Suche nach Pornoseiten.«

Sams Wangen glühten, und er rückte seine Brille zurecht. »Wenn du meinst. So, seid ihr bald fertig? Wir müssen für Englisch noch das Referat vorbereiten.«

Stacey stöhnte auf. »Ich begreife nicht, warum Mr. Leto dagegen ist, dass wir über *Twilight* schreiben. Wir sollen doch schließlich über einen Klassiker schreiben, und *Twilight* ist *ganz eindeutig* ein Klassiker.«

Ich musste lachen und vergaß für einen Moment meinen Auftrag, den ich zu erledigen hatte. »*Twilight* ist kein Klassiker, Stacey.«

»Für mich *ist* Edward aber nun mal ein Klassiker«, beharrte sie und zog ein Haarband aus der Tasche. »Außerdem ist *Twilight* viel interessanter als *Im Westen nichts Neues*.«

Sam schüttelte den Kopf. »Ich fasse es nicht, dass du gerade *Twilight* und *Im Westen nichts Neues* in einem Atemzug genannt hast.«

Sie überging die Bemerkung und schaute auf mein Tablett. »Layla, du hast ja noch nicht mal von deinem Burger abgebissen.«

Vielleicht hatte ich ja instinktiv geahnt, dass ich einen Vorwand brauchen würde, um etwas länger zu bleiben. Stöhnend holte ich Luft. »Geht ihr schon mal vor. Ich komme in ein paar Minuten nach.«

»Echt?«, fragte Sam und stand auf.

»Ja, echt.« Ich nahm den Burger in die Hand. »Ein paar Minuten, dann bin ich wieder bei euch.«

Misstrauisch musterte Stacey mich. »Du wirst uns doch nicht wieder versetzen so wie sonst immer, oder?«

Mein schlechtes Gewissen sorgte dafür, dass ich einen roten Kopf kriegte. Ich hatte längst aufgehört zu zählen, wie oft genau das schon passiert war. »Nein, ich schwör's. Ich esse nur noch auf, dann komme ich nach.«

»Los«, sagte Sam zu Stacey und legte einen Arm um ihre Schultern, um sie in Richtung der Abfalltonne zu lotsen. »Layla wäre längst fertig mit ihrem Essen, wenn du nicht die ganze Zeit auf sie eingeredet hättest.«

»Ja, ja, gib ruhig mir die Schuld.« Stacey schmiss den Abfall weg und winkte mir zu, als sie das Lokal verließen.

Ich legte den Burger wieder hin und sah ungeduldig hinüber zu Lady Blenderin. Brötchenkrümel und Fleischbrocken fielen ihr aus dem Mund und verteilten sich auf dem Tablett, während sie ihren Burger in sich hineinstopfte. Innerhalb von Sekunden hatte sich mein Appetit verabschiedet, auch wenn das eigentlich ganz egal war. Essen linderte den Schmerz nur, der an meinem Inneren nagte, aber es brachte ihn nie zum Verstummen.

Lady Blenderin war mit ihrem Fettfraß endlich fertig, und ich folgte ihr, während sie zur Tür stürmte. Auf dem Weg nach draußen rannte sie einen älteren Mann um und schleuderte ihn zu Boden, gerade als der das Lokal betreten wollte. Wow, das war ja ein richtiges Goldstück.

Ihr gehässiges Gackern hallte im Restaurant wider, obwohl es dort ziemlich laut zuging. Zum Glück war schon jemand zu dem älteren Mann gegangen und half ihm hoch, wobei er mit der Faust dem weitereilenden Dämon drohte.

Seufzend schmiss ich meinen Burger weg und folgte ihr hinaus in den Spätseptemberwind.

Überall waren Seelen in unterschiedlichen Farbgebungen zu sehen, die wie elektrische Felder den jeweiligen Körper umgaben. Ein Pärchen, das Hand in Hand unterwegs war, zog Spuren in Blassrosa und Grünblau hinter sich her. Beide hatten sie unschuldige, allerdings keine reinen Seelen.

Jeder Mensch, ob gut oder schlecht, besaß eine Seele, eine Art Essenz ihres Wesens, während Dämonen damit nicht aufwarten konnten. Da die *meisten* Dämonen auf der Erdoberfläche wenigstens auf den ersten Blick wie Menschen aussahen, machte es mir das Fehlen einer Seele leicht, sie ausfindig zu machen und zu markieren. Von der Seelenlosigkeit abgesehen unterschieden sie sich von Menschen nur durch die seltsame Art, wie ihre Augen das Licht reflektierten, ungefähr so wie bei einer Katze.

Lady Blenderin schlurfte die Straße entlang und humpelte ein wenig. Bei Tageslicht sah sie gar nicht so gesund aus. Vermutlich hatte sie bereits ein paar Leute gebissen, was bedeutete, dass sie umgehend markiert und aus dem Verkehr gezogen werden musste.

Im Vorbeigehen bemerkte ich einen Flyer an einem grünen Laternenpfahl. Ich wurde wütend, und mein Beschützerinstinkt regte sich, als ich den Zettel las: »Erwachet! Wächter sind keine Kinder Gottes. Bereut eure Sünden, denn das Ende ist nah!«

Unter diesen Zeilen fand sich eine krakelige Zeichnung, die wohl zeigen sollte, was dabei herauskam, wenn sich ein tollwütiger Kojote mit einem Chupacabra paarte.

»Mit freundlicher Unterstützung der Kirche der Kinder Gottes«, murmelte ich und verdrehte die Augen.

Richtig nett. Ich wusste, warum ich Fanatiker hasste.

An einem Diner einen Block weiter waren alle Fenster mit diesen Flyern beklebt, und auf seinem Schild wurde darauf hingewiesen, dass Wächter dort nicht bedient wurden.

Die Wut breitete sich wie ein außer Kontrolle geratener Waldbrand in mir aus. Diese Idioten begriffen überhaupt nicht, dass sich die Wächter für sie opferten. Ich atmete tief durch, um mich zu beruhigen. Jetzt zählte nur, dass ich mich auf die Blenderin konzentrierte, anstatt mit einer geistigen Faust zornig auf einen geistigen Tisch zu hauen.

Lady Blenderin bog um eine Häuserecke, dabei warf sie einen Blick über die Schulter und sah mich kurz mit ihren glasigen Augen an, wandte sich jedoch gleich wieder ab. Der Dämon in ihr hatte nichts Unnormales an mir feststellen können.

Der Dämon in *mir* wollte das Ganze so schnell wie möglich hinter sich bringen.

Vor allem jetzt, als mein Handy sich meldete und auf meinem Oberschenkel vibrierte. Bestimmt war das Stacey, die wissen wollte, wann zum Teufel ich denn endlich auftauchen würde. Ohne nachzudenken, hob ich den Arm und berührte meine Halskette. Der alte Ring an der silbernen Kette fühlte sich in meiner Hand heiß und schwer an.

Als ich eine Gruppe Jugendlicher passierte, die alle ungefähr in meinem Alter waren, musterten sie mich von oben bis unten. Natürlich starrten sie mich an. Jeder tat das.

Ich trug meine Haare lang, was nicht weiter ungewöhnlich wäre. Allerdings waren meine Haare so hellblond, dass sie fast weiß wirkten. Ich hasste es, wenn Leute mich anstarrten. Dann kam ich mir vor wie ein Albino. Vor allem erregten allerdings meine Augen immer Aufmerksamkeit, weil sie so hellgrau waren, dass sie beinahe farblos waren.

Zayne meinte, ich würde wie die bisher verschollene Schwester des Elben in *Herr der Ringe* aussehen. Na, wenn *so eine* Bemerkung nicht dazu führte, dass man vor Selbstbewusstsein strotzte …

Die Dämmerung legte sich allmählich über die Hauptstadt der Nation, als ich in die Rhode Island Avenue einbog und abrupt stehen blieb. Alles um mich herum verschwand schlagartig. Im schwachen Schein der Straßenlampen erkannte ich eine Seele.

Sie sah aus, als hätte jemand einen Pinsel in rote Farbe getaucht, um ihn dann über einer schwarzen Leinwand auszuschütteln. Dieser Kerl hatte eine richtig üble Seele. Er stand nicht unter dem Einfluss irgendeines Dämons, sondern war einfach nur unglaublich bösartig. Der dumpfe Schmerz in meiner Magengegend erwachte zum Leben. Passanten drängten sich an mir vorbei und blickten mich verärgert an. Ein paar von ihnen murmelten irgendwelche Beschimpfungen, aber das kümmerte mich nicht. Genauso wenig interessierte ich mich für ihre roséfarbenen Seelen, obwohl mir dieser Farbton normalerweise gut gefiel.

Schließlich konzentrierte ich mich auf die Gestalt hinter der Seele, ein älterer Mann in einem unscheinbaren Anzug mit Krawatte, eine Aktentasche in der kräftigen Hand. Dem Aussehen nach niemand, vor dem man davonlaufen oder Angst haben sollte, aber ich wusste es besser.

Dieser Mann hatte gesündigt, und das in sehr großem Stil.

Ich ging wie in Trance auf ihn zu, während mein Gehirn mich anbrüllte, ich solle kehrtmachen und nach Zayne rufen. Allein seine Stimme zu hören würde genügen, um mich davon abzuhalten, das zu tun, wonach jede Zelle meines Körpers schrie – das zu tun, was mir *fast* im Blut lag.

Der Mann drehte sich langsam zu mir um, sein Blick traf mein Gesicht und wanderte dann über meinen Körper. Seine Seele wirbelte wahnsinnig schnell und verfärbte sich mehr rot als schwarz. Er war alt genug, um mein Vater zu sein. Das machte es so widerlich, so absolut widerlich.

Sein grauenerregendes Lächeln hätte mich sofort dazu veranlassen müssen, die Flucht zu ergreifen und in die entgegengesetzte Richtung zu verschwinden. Ganz gleich, wie bösartig dieser Mann auch war und wie viele Mädchen mir einen Orden verleihen würden, wenn ich ihn unschädlich machte. Abbot hatte mich dazu erzogen, den Dämon in mir zu verleugnen. Ich war von ihm als Wächterin ausgebildet worden und hatte mich dementsprechend zu verhalten.

Doch Abbot war gerade nicht da.

Ich schaute dem Mann in die Augen und spürte, wie ein Lächeln meinen Mund umspielte. Mein Herz raste, mein ganzer Körper kribbelte und glühte. Ich wollte diese Seele. So sehr, dass sich meine Haut am liebsten vom Fleisch darunter abgelöst hätte. Es war wie die Vorfreude auf einen Kuss, wenn die Lippen sich schon beinahe berührten, jene Sekunden, in denen man gebannt den Atem anhielt. Ich war zwar noch nie geküsst worden, stellte es mir allerdings so vor.

Ich *kannte* nur *das hier*.

Die Seele dieses Mannes rief mich zu sich wie die Sirenen einst Odysseus. Es widerte mich an, dass mich das Böse in seinem Geist so sehr in Versuchung führte, aber eine finstere Seele war genauso gut wie eine reine.

Er lächelte mich an, seine Finger schlossen sich fester um den Griff seiner Aktentasche. Dieses Lächeln ließ mich an all die schrecklichen Dinge denken, die er verbrochen haben musste, um sich die wirbelnde Leere zu verdienen, die ihn umgab.

Jemand rammte mir den Ellbogen ins Kreuz, doch der minimale, flüchtige Schmerz war nichts im Vergleich zu der wundervollen Vorfreude. Nur noch ein paar Schritte, dann war seine Seele ganz dicht vor mir, zum Greifen nah. Der erste Kontakt würde ein Feuer in mir entfachen, wie man es sich schöner nicht vorstellen konnte. Wie ein Rausch, kurz zwar, aber dennoch reinste Ekstase. Eine unwiderstehliche Verlockung.

Seine Lippen mussten meine nicht mal berühren. Es genügte, wenn ich bis auf einen Fingerbreit an ihn herankam, dann konnte ich von seiner Seele kosten, sie ihm allerdings nicht nehmen. Wenn ich sie ihm nahm, würde ich ihn töten, und das war böse. Ich jedoch, ich war nicht …

Das war böse.

Ich zuckte zurück und unterbrach den Blickkontakt. Schmerz explodierte in meiner Mitte und schoss mir in Arme und Beine. Mich von dem Mann abzuwenden war so, als würde ich meinen Lungen die Luft zum Atmen vorenthalten. Meine Haut brannte, meine Kehle war wie ausgedörrt, während ich mich zwang, einen Fuß vor den anderen zu setzen. Weitergehen, Layla, nicht an den Mann denken und die Blenderin wiederfinden! Es war ein Kampf, der mir alles abverlangte. Aber schließlich entdeckte ich sie wieder und atmete erleichtert aus. Zumindest war es eine Ablenkung von der Versuchung, wenn ich mich voll und ganz auf den Dämon konzentrierte.

Ich folgte der Frau in eine schmale Gasse zwischen einem Ein-Dollar-Shop und einem Kredithai. Ich musste die Frau nur einmal anfassen, was ich eigentlich schon bei McDonald's hätte tun können. Nach ein paar Schritten blieb ich stehen, schaute mich um und fluchte.

Die Gasse war leer.

Schwarze Müllbeutel säumten die mit Schimmel überzogenen Ziegelsteinmauern. Müllcontainer quollen von Abfall über, hier und da war ein Rascheln zu hören, und es bewegte sich etwas in den Schatten. Misstrauisch beäugte ich die Beutel. Wahrscheinlich nur Ratten, aber in den Schatten hielten sich auch andere Dinge verborgen. Dinge, die schlimmer waren als die Ratten.

Und viel, viel unheimlicher.

Ich ging weiter und suchte den düsteren Durchgang ab, dabei spielte ich gedankenverloren mit der Halskette. Wäre ich doch nur vorausschauend genug gewesen, eine Taschenlampe in meine Schultasche zu packen, doch das wäre ja eine *viel* zu sinnvolle Aktion gewesen. Stattdessen hatte ich mein neues Lipgloss und einen Beutel Kekse mitgenommen, was mir jetzt ganz sicher super helfen würde.

Plötzlich lief mir eine Gänsehaut über den Rücken. Ich ließ den Ring los. Etwas stimmte hier nicht. Ich zog mein ramponiertes Handy aus der Hosentasche und drehte mich gleichzeitig langsam um.

Die Blenderin stand nicht weit von mir entfernt. Ihr Lächeln verwandelte die Falten auf ihrem Gesicht in tiefe Furchen. Blattsalat klebte an ihren gelben Zähnen. Ich holte einmal Luft, was ich sofort bereute, weil sie einen bestialischen Gestank nach Schwefel und verfaultem Fleisch verbreitete.

Dann legte die Blenderin den Kopf schräg und kniff ein wenig die Augen zusammen. Kein Dämon konnte mich als das erkennen, was ich war, weil in meinen Adern nicht genug dämonisches Blut floss. Aber so, wie sie mich anstarrte, schien sie dennoch zu bemerken, was ich verbarg.

Sie blickte auf meine Brust, hob den Kopf und schaute genau in meine Augen. Erschrocken schnappte ich nach Luft. Das helle Blau ihrer Augen begann sich wie ein Wirbel um die Pupillen zu drehen, die zu winzigen Punkten zusammenschrumpften.

Oh verdammt! Diese Lady war überhaupt keine Blenderin.

Ihre Gestalt schlug Wellen, dann verschob sie sich in sich selbst, was so aussah wie bei einem Fernseher, der ein digitales Bild zusammenzusetzen versuchte. Die faltige Haut wurde glatt und nahm eine wächserne Farbe an, der Körper streckte und dehnte sich aus, die Jogginghose und der fürchterliche Sweater wichen einer Lederhose und einer breiten, muskulösen Brust. Die ovalen Augen tosten wie die wilde See, Pupillen waren keine mehr zu erkennen. Die Nase war so platt, dass sie eigentlich nur aus zwei Löchern über dem breiten, erschreckenden Mund bestand.

Himmel! Das war ein Sucher-Dämon. So einen kannte ich bislang nur aus einem der alten Bücher in Abbots Arbeitszimmer. Ein Sucher war so etwas wie der Indiana Jones der Dämonenwelt, da er in der Lage war, so gut wie jedes Objekt aufzuspüren und zurückzubringen, auf das sein Meister ihn ansetzte. Aber im Gegensatz zu Indy waren Sucher bösartig und aggressiv.

Der Sucher lächelte mich so breit an, dass ich die spitzen, rasiermesserscharfen Zahnreihen in seinem Mund erkennen konnte. »Hab dich.«

Hab dich? *Mich? Ernsthaft?*

Plötzlich machte er einen Satz auf mich zu, ich sprang zur Seite und berührte ihn am Arm. Vor Angst wurden meine Handflächen feucht. Neonfarbenes Licht umgab seinen Körper, sodass ich ihn nur als einen rosa Schatten wahrnehmen konnte. Er reagierte nicht auf meine Markierung. Aber das tat keiner von ihnen. Nur die Wächter konnten die Markierung erkennen, mit der ich die Dämonen versah.

Der Sucher griff in meine Haare und riss meinen Kopf zur Seite, gleichzeitig packte er mein Shirt. Das Handy glitt mir aus den Fingern und knallte auf den Boden. Ein Stechen jagte meinen Hals hinunter und sprang auf die Schultern über.

Panik überfiel mich, als hätte jemand einen Staudamm gesprengt, doch mein Instinkt ließ mich nicht im Stich. Das Training, das ich an so vielen Abenden mit Zayne absolviert hatte, zahlte sich nun aus. Dämonen zu markieren konnte sich hin und wieder als schwierige Angelegenheit entpuppen, und auch wenn ich nicht gerade ein Ninja war, würde ich mich nicht kampflos geschlagen geben.

Ich holte aus, riss mein Bein hoch, und mein Knie landete genau dort, wo es wehtat. Gott sei Dank hatten Dämonen keine völlig andere Anatomie, weshalb der Sucher sich zusammenkrümmte und zurückwich. Dabei zerrte er mir ein Haarbüschel aus, was nicht gerade angenehm war.

Im Gegensatz zu den Wächtern konnte ich meine menschliche Hülle nicht abstreifen, damit ich meinem Gegenüber ordentlich in den Hintern treten konnte, doch wer mir die Haare ausriss, konnte sich auf was gefasst machen.

Höllische Schmerzen jagten durch meine Knöchel, sowie ich dem Sucher einen Haken gegen den Kiefer verpasste, der seinen Kopf zur Seite schleuderte. Das war kein Mädchenfausthieb! Oh Mann, Zayne wäre ja so stolz auf mich!

Langsam drehte sich der Dämon zu mir um. »Das war klasse. Tu das noch mal.«

Mir fielen fast die Augen aus dem Kopf, und mit einem Mal wurde mir klar, dass ich gleich in dieser Gasse sterben würde. Der Dämon würde mich in Stücke zerfetzen, oder – was noch schlimmer war – er würde mich durch eines der über die ganze Stadt verteilten Portale schleifen und *nach unten* entführen. Wenn Leute auf unerklärliche Weise verschwanden, lag es üblicherweise daran, dass sie ein paar Etagen tiefer gezogen waren. In eine verdammt heiße Gegend. Der Tod war im Vergleich *damit* noch ein Segen. Ich machte mich auf das Schlimmste gefasst.

»Das reicht.«

Wir erstarrten beide mitten in der Bewegung, als wir die tiefe Stimme hörten, die gelassene Autorität verströmte. Der Sucher reagierte als Erster und ging einen Schritt zur Seite. Ich drehte mich langsam um, und dann sah ich *ihn*.

Der Neuankömmling war deutlich über einen Meter achtzig, also so groß wie ein Wächter. Sein Haar war schwarz wie Obsidian und schimmerte im schwachen Licht leicht bläulich. Er trug sein lockiges Haar bis über die Ohren, ein paar Locken hingen ihm lässig in die Stirn. Die Augen waren golden, seine hohen Wangenknochen ausgeprägt. Kurz gesagt: Er war ziemlich attraktiv. Sehr attraktiv sogar. Fast schon zu schön, um wahr zu sein, aber das zynische Lächeln, das seine Mundwinkel umspielte, verlieh seiner Schönheit etwas Frostiges. Das schwarze T-Shirt spannte sich über die breiten Schultern und schmiegte sich an seinen flachen Bauch. Ein Schlangen-Tattoo wand sich um seinen Unterarm, der Schwanz des Tiers verschwand unter dem Ärmelstoff, der diamantförmige Kopf ruhte auf dem Handrücken. Der Kerl schien in meinem Alter zu sein. Absolut der Typ, in den sich jemand wie ich sofort verknallen konnte. Wäre da nur nicht das kleine Problem mit seiner Seele gewesen. Er hatte nämlich keine.

Stolpernd wich ich einen Schritt zurück. Gab es etwas Schlimmeres als einen Dämon? Ja, zwei Dämonen. Meine Knie zitterten so sehr, dass ich schon befürchtete, gleich mit dem Gesicht voran auf dem Asphalt zu landen. Noch nie war eine Markierung bei mir so schiefgelaufen. Ich war richtig am Arsch, das war nicht mehr witzig.

»Du mischst dich hier besser nicht ein«, sagte der Sucher und ballte die Fäuste.

Der Neuzugang machte lautlos einen Schritt nach vorn. »Und du küsst mir besser den Hintern. Wie wär's?«

Ähm …

Darauf entgegnete der Sucher nichts mehr, sondern stand nur da und atmete schwer. Die Anspannung war so intensiv, dass man sie fast greifen konnte. In der sinnlosen Hoffnung, hier vielleicht doch noch heil rauszukommen, wich ich erneut einen Schritt zurück. Die beiden waren ganz eindeutig nicht vom selben Stamm, und ich wollte auf keinen Fall zwischen die Fronten geraten. Wenn zwei Dämonen aufeinander losgingen, brachten sie schon mal ganze Gebäude zum Einsturz. Schadhafte Fundamente? Falsch berechnete Dachkonstruktionen? Von wegen. Das war meistens das Werk von Dämonen, die sich gegenseitig auf Leben und Tod bekämpften.

Noch zwei Schritte nach rechts, dann konnte ich …

In diesem Moment traf mich der Blick des Neuankömmlings mit solcher Eindringlichkeit, dass mir die Luft wegblieb. Der Schultergurt meiner Tasche rutschte mir aus den Fingern. Der Anflug eines Lächelns umspielte die Mundwinkel des Unbekannten, und als er mit mir redete, klang seine Stimme sanft und tief: »Hässliche Lage, in die du dich da manövriert hast.«

Ich hatte keine Ahnung, zu welcher Art Dämon er gehörte, aber so wie er dort stand, schien er das Wort *Macht* überhaupt erst erfunden zu haben. Er konnte kein niederer Dämon sein wie dieser Sucher oder ein Blender. Oh nein, bei ihm handelte es sich bestimmt um einen Hohedämon – einen Herzog oder einen Infernalischen Herrscher. Nur Wächter nahmen es mit diesen Dämonen auf, und üblicherweise endete das dann in einer blutigen Bescherung.

Mein Herz raste. Ich musste weg hier, und zwar so schnell wie möglich. Auf keinen Fall durfte ich mich mit einem Hohedämon anlegen. Mit meinen armseligen Fähigkeiten konnte ich gegen den nichts ausrichten, und im Gegenzug würde er mir einen Tritt in den Hintern verpassen, an den ich dann noch lange zurückdenken konnte. Außerdem wurde der Sucher mit jeder Sekunde wütender. Zornig ballte er immer wieder die Fäuste. Hier würde jeden Moment die Hölle los sein, und dann wollte ich möglichst längst über alle Berge sein.

Ich hob meine Büchertasche auf und hielt sie vor mich, als könnte sie mir irgendeinen Schutz bieten. Dabei gab es abgesehen von einem Wächter nichts auf der Welt, das einen Hohedämon aufhalten konnte.

»Warte«, meinte er zu mir. »Lauf noch nicht weg.«

»Komm ja nicht auf die Idee, auch nur einen Schritt näher zu kommen«, warnte ich ihn.

»Ich tu dir bestimmt nichts, was du nicht willst.«

Ich verstand zwar nicht, was er damit sagen wollte, hatte aber gerade nicht wirklich die Zeit, um sein Statement gründlich zu analysieren. Stattdessen ging ich weiter langsam um den Sucher herum und hielt auf die Einmündung zur Hauptstraße zu, die unendlich weit entfernt zu sein schien.

»Du läufst ja doch weg.« Der Hohedämon seufzte. »Obwohl ich dich gerade gebeten habe, genau das nicht zu machen. Und ich dachte, ich hätte das sehr nett getan.« Nachdenklich musterte er den Sucher. »Oder war ich etwa nicht nett zu ihr?«

Der Sucher knurrte. »Nichts für ungut, aber mir ist egal, wie nett du bist. Du störst mich bei der Arbeit, du Handlanger.«

Diese Beleidigung ließ mich aufhorchen. Nicht nur, dass der Sucher in einem solchen Tonfall mit einem Hohedämon redete, aber das war so eine … *menschliche* Bemerkung.

»Kennst du eigentlich dieses schöne alte Sprichwort?«, erkundigte sich der andere Dämon. »Stock und Stein brechen mein Gebein, doch dich hau ich kurz und klein.«

Verdammt! Wenn ich es zurück auf die Hauptstraße schaffte, konnte ich die beiden abschütteln. In der Gegenwart von Menschen konnten sie mich nicht angreifen, so war es in den Regeln festgelegt. Allerdings erschien es mir fraglich, ob die zwei sich überhaupt an irgendwelche Regeln halten würden. Kurz entschlossen machte ich auf dem Absatz kehrt und rannte auf das Ende der Gasse zu.

Allzu weit kam ich jedoch nicht.

Der Sucher rammte mich wie ein Footballspieler und schleuderte mich gegen einen Müllcontainer. Schwarze Punkte tanzten vor meinen Augen. Etwas Pelziges, Fiepsendes landete auf meinem Kopf und entlockte mir einen Schrei, bei dem jede Todesfee vor Neid erblasst wäre. Mit einer Hand kriegte ich einen zarten Leib zu fassen, der sich in meinem Griff wandte. Kleine Klauen krallten sich an meinen Haaren fest, doch endlich gelang es mir, mich von der Ratte zu befreien und sie in Richtung der Müllbeutel zu schmeißen. Quiekend prallte sie dort ab, knallte auf die Erde und verschwand in aller Eile durch einen Riss im Mauerwerk.

Leise knurrend stand der Hohedämon auf einmal hinter dem Sucher, packte ihn an der Gurgel und hob ihn hoch, bis er keinen Boden mehr unter den Füßen hatte und nur noch hilflos zappeln konnte. »*Das* war nicht sehr nett«, ließ der Hohedämon ihn in Unheil verkündendem Unterton wissen.

Er wirbelte herum und warf den Sucher wie einen nassen Sack gegen die Mauer, an der er dann nach unten rutschte und mit den Knien voran auf den Boden stürzte. Der Hohedämon hob den Arm, augenblicklich löste sich das Tattoo von seiner Haut und zerfiel in Zigtausende schwarze Punkte, die sekundenlang zwischen ihm und dem Sucher in der Luft hingen, zu Boden sanken und sich dort wieder zusammensetzten.

Und zwar zu einer mindestens drei Meter langen Schlange. Ich sprang auf und ignorierte mir in instinktivem Selbstschutz dermaßen einen ab, dass mir schwindlig wurde.

Brachte aber nichts, im Gegenteil. Das Ding drehte sich zu mir um und richtete sich auf. Die Augen leuchteten in einem unheilvoll lodernden Rot.

Mein Aufschrei blieb mir im Hals stecken.

»Du musst vor Bambi keine Angst haben«, versicherte der Dämon mir liebenswürdig. »Sie ist nur neugierig und hat vielleicht ein bisschen Hunger.«

Das Ding hieß *Bambi*?

Oh Gott, das Ding starrte mich an, als wollte es mich auf der Stelle verschlingen.

Das Di… Die Riesenschlange versuchte gar nicht erst, mich zu vertilgen, sondern drehte sich weg und wandte sich dem Sucher zu. Vor Erleichterung wär ich fast auf die Knie gesunken. Die Schlange schoss auf die gegenüberliegende Seite der Gasse zu und baute sich vor dem niederen Dämon auf, der wie erstarrt dalag. Langsam öffnete sie ihr Maul, zwei Fangzähne kamen zum Vorschein, so lang wie meine Hände. Dahinter klaffte ein bodenloses schwarzes Loch.

»Na ja«, murmelte der Dämon spöttisch. »Vielleicht hat sie ja doch richtig großen Hunger.«

Das war für mich das Stichwort, um die Flucht zu ergreifen.

»Warte!«, rief der Dämon mir hinterher, doch ich blieb nicht stehen, sondern rannte so schnell wie noch nie in meinem Leben. Sein wüster Fluch war das Letzte, was ich von den beiden hörte.

Ich überquerte die Straßen, die in den Dupont Circle mündeten, und kam an dem Laden vorbei, vor dem ich mich eigentlich mit Stacey und Sam hatte treffen sollen. Erst nachdem ich den Platz erreicht hatte, an dem mich Morris – unser Chauffeur und Mädchen für alles – abholen würde, blieb ich stehen und schnappte nach Luft.

Um mich herum pulsierte der sanfte Schein der Seelen, aber davon nahm ich keine Notiz. Während ich mich auf die Bank am Straßenrand setzte, fühlte sich mein Körper durch und durch taub an. Ich kam mir vor wie im falschen Film. Was zum Teufel war da gerade eben passiert? Eigentlich hatte ich heute Abend doch nur an *Im Westen nichts Neues* arbeiten wollen. Dass ich fast eine Seele verschlungen hätte und beinahe getötet worden wäre, dass ich zum ersten Mal einem Hohedämon begegnen und zusehen würde, wie sich eine Tätowierung in eine Anakonda verwandelte – das war alles nicht geplant gewesen.

Ich schaute auf meine leeren Hände.

Und auch nicht, dass ich mein Handy verlieren würde.

Elender Dreck.

2. KAPITEL

Auf dem Weg zum Haus in der Dunmore Lane sprach Morris kein Wort, was mich aber nicht wunderte. Morris war immer sehr schweigsam. Vielleicht hatten die Dinge ihm die Sprache verschlagen, die er in unserem Haus mit angesehen hatte. Ich kannte den Grund wirklich nicht.

Nachdem ich gut eine Stunde auf der Bank gesessen und auf ihn gewartet hatte, war ich so zappelig, dass ich während der Heimfahrt die ganze Zeit über mit einem Fuß gegen das Armaturenbrett tippte. Bis nach Hause waren es nur gerade mal vier Meilen, aber vier Meilen in Washington zogen sich hin wie eine Milliarde Kilometer in jeder anderen Stadt. Zügig kamen wir nur auf dem Abschnitt voran, der bereits zum Grundstück gehörte und zu Abbots gigantischem Anwesen führte.

Mit seinen drei Etagen, unzähligen Gästezimmern und sogar einem Pool im Untergeschoss war das Ganze eigentlich mehr ein Hotel als eine private Villa. Genau genommen war es der Ort, an dem die unverheirateten Wächter des Clans lebten und der die Funktion einer Kommandozentrale hatte. Als wir näher kamen, stutzte ich und stieß einen leisen Fluch aus, der mir einen missbilligenden Blick von Morris einbrachte.

Auf der Dachkante hockten sechs steinerne Gargoyles, die am Morgen noch nicht dort gewesen waren. Besuch. Na, großartig.

Ich nahm den Fuß vom Armaturenbrett und griff nach meiner Tasche. Sogar mit angelegten Flügeln und gesenkten Köpfen boten die Gestalten vor dem Sternenhimmel einen grandiosen Anblick.

In ihrer ruhenden Form waren Wächter so gut wie unzerstörbar. Feuer konnte ihnen nichts anhaben, mit Hammer und Meißel konnte man ihre Hülle nicht aufbrechen. Seit die Wächter an die Öffentlichkeit gegangen waren, hatten die Menschen es mit jeder verfügbaren Waffe versucht. Die Dämonen waren schon seit einer Ewigkeit damit beschäftigt, ohne jeden Erfolg. Wächter waren nur verwundbar, wenn sie menschliche Gestalt annahmen.

Als Morris den Wagen vor der breiten Veranda stoppte, sprang ich raus und rannte so schnell die Stufen rauf, dass ich ein Stück weit rutschte, ehe ich vor der Tür zum Stehen kam. In der oberen linken Ecke der Veranda drehte sich eine kleine Kamera in meine Richtung, bis sie mich erfasste. Das rote Licht blinkte. Irgendwo in den riesigen Räumen und Gängen unter dem Herrenhaus saß Geoff im Kontrollraum vor seinem Monitor und machte sich garantiert einen Spaß daraus, mich warten zu lassen.

Ich streckte ihm die Zunge raus.

Eine Sekunde später sprang das Licht auf Grün um.

Als ich hörte, wie die Tür entriegelt wurde, verdrehte ich die Augen, ging nach drinnen und warf meine Tasche auf den Boden im Foyer. Erst lief ich zur Treppe, überlegte es mir dann aber anders und nahm Kurs auf die Küche. Die war zum Glück menschenleer. Aus dem Kühlschrank holte ich eine Rolle Cookie-Teig, riss ein Stück ab und machte mich erst dann auf den Weg nach oben. Im Haus herrschte Totenstille. Zu dieser Tageszeit waren die meisten unten in der Trainingshalle oder bereits zur Jagd aufgebrochen.

Alle bis auf Zayne. Solange ich zurückdenken konnte, war Zayne nie auf die Jagd gegangen, ohne mich vorher noch gesehen zu haben.

Ich nahm drei Stufen auf einmal, kaute dabei auf dem Stück Teig herum und wischte die Finger schließlich an meinem Jeansrock ab. Mit der Hüfte stieß ich die Tür zu Zaynes Zimmer auf … und erstarrte. Ich sollte mir wirklich angewöhnen, endlich mal anzuklopfen, bevor ich irgendwo reinmarschierte.

Als Erstes sah ich sein perlweißes, schillerndes Leuchten – das Leuchten einer reinen Seele. Im Gegensatz zu Menschen war die Essenz eines Wächters absolut rein, weil sie ihr Wesen widerspiegelte. Nur wenige Menschen besaßen noch eine reine Seele, wenn sie sich erst einmal für das geöffnet hatten, was sie als freien Willen bezeichneten. Ich hatte keine reine Seele, weil ich den Makel des Dämonenbluts in mir trug, das wusste ich. Ja, ich war mir nicht mal sicher, ob ich überhaupt eine Seele besaß. Sehen konnte ich meine eigene jedenfalls nie.

Manchmal … manchmal beschlich mich das Gefühl, gar nicht dazuzugehören … zu den Wächtern und zu Zayne.

Schamgefühl regte sich leise in mir, aber bevor es sich wie giftiger Rauch ausbreiten konnte, verblasste Zaynes Seele, und mit einem Mal drehten sich meine Gedanken um rein gar nichts.

Zayne kam gerade aus der Dusche und zog sich ein schlichtes schwarzes T-Shirt an. Ich erhaschte einen flüchtigen und sehr verlockenden Blick auf seine Bauchmuskeln. Eisernes Training sorgte dafür, dass sein Körper hart war wie aus Stein gemeißelt. Widerwillig ließ ich meine Augen nach oben wandern, nachdem sein Oberkörper unter dem Stoff verschwunden war. Sein feuchtes, sandbraunes Haar klebte an den markanten Wangen. Zaynes Gesicht war fast eine Spur zu vollkommen, wären da nicht diese wässrigblauen Augen gewesen, die jeder Wächter hatte.

Ich schlenderte durchs Zimmer und setzte mich auf die Bettkante. Solche Gedanken hätte ich in Bezug auf Zayne eigentlich gar nicht haben dürfen, immerhin war er für mich praktisch so etwas wie ein Bruder. Sein Vater Abbot hatte uns gemeinsam großgezogen, und Zayne betrachtete mich als die kleine Schwester, die man ihm irgendwie aufgehalst hatte.

»Was gibt's, Layla-Biene?«, fragte er.

Einerseits gefiel es mir, wenn er den Spitznamen aus meiner Kindheit benutzte. Andererseits hasste ich es aber auch, denn ich war kein kleines Mädchen mehr. Ich warf ihm einen verstohlenen Blick zu. Inzwischen war er vollständig angezogen. Wirklich zu schade. »Wer ist das auf dem Dach?«

Er setzte sich zu mir. »Ein paar Leute von außerhalb, sie sind gerade in der Stadt und waren auf der Suche nach einem Platz, wo sie sich eine Weile ausruhen können. Abbot hat ihnen Betten angeboten, aber das Dach war ihnen lieber. Sie haben nicht …« Mitten im Satz brach er ab, beugte sich vor und griff nach meinem Bein. »Wieso sind deine Knie aufgescheuert?«

Als seine Hand mein bloßes Bein berührte, kam es hinter meiner Stirn zu einem Kurzschluss. Meine Wangen glühten, dann breitete sich die Hitze über meinen restlichen Körper aus, weiter und weiter – sehr weit hinunter. Ich starrte auf seine hohen Wangenknochen, auf seine Lippen ... oh Gott, diese Lippen waren einfach perfekt. Tausend Fantasien gingen mir durch den Kopf, die sich alle um ihn und mich und darum drehten, ihn zu küssen, ohne ihm gleichzeitig die Seele aus dem Leib zu saugen.

»Layla, was ist heute Abend passiert?« Er ließ mein Bein los.

Ich schüttelte den Kopf und verscheuchte meine aussichtslosen Träume. »Ähm ... eigentlich nichts.«

Zayne rückte näher und schaute mich eindringlich an. Tatsächlich besaß er die verblüffende Fähigkeit, genau zu merken, wann ich flunkerte. Aber wenn ich ihm alles erzählte, also auch die Sache mit dem Hohedämon, würden sie mich nie wieder allein aus dem Haus lassen. Ich genoss meine Freiheit. Sie war so ziemlich das Einzige, was ich hatte.

Ich seufzte. »Ich dachte, ich würde einen Blender verfolgen.«

»Aber es war keiner?«

»Nein.« Ich wünschte, er würde wieder mein Bein berühren. »Er entpuppte sich als ein Sucher, der sich nur als Blender ausgegeben hatte.«

Es war schon erstaunlich, wie schnell Zayne sich von einem superscharfen Typen in einen todernsten Wächter verwandeln konnte. »Was meinst du damit, dass er sich nur als Blender ausgegeben hat?«

Ich zuckte betont lässig mit den Schultern. »Das weiß ich selbst nicht so genau. Ich habe ihn zuerst bei McDonald's gesehen. Da hatte er den Appetit eines Blenders und führte sich auch wie einer auf. Also bin ich ihm gefolgt, und dabei hat sich dann herausgestellt, dass er gar kein Blender war. Aber markiert habe ich ihn trotzdem.«

»Das ergibt keinen Sinn«, sagte er und zog die Brauen zusammen, so wie immer, wenn er angestrengt über eine Sache nachdachte. »Sucher-Dämonen sind Laufburschen, oder sie werden von irgendeinem Idioten gerufen, damit sie ihm irgendwelchen Blödsinn wie Froschaugen oder das Blut eines Weißkopfseeadlers bringen, das er unbedingt für einen Zauber benötigt, der dann sowieso nach hinten losgeht. Sich als Blender auszugeben ist ganz untypisch für sie.«

Mir fiel wieder ein, was der Sucher gesagt hatte. *Hab dich.* Als hätte er nur auf mich gewartet. Eigentlich musste ich Zayne das erzählen. Aber sein Vater war schon unerträglich genug, wenn es darum ging, wohin ich wollte und mit wem ich unterwegs war. Von Zayne wiederum wurde erwartet, dass er seinem Vater alles Wichtige umgehend und haarklein berichtete, immerhin war Abbot das Oberhaupt des Wächterclans von D. C. Bestimmt hatte ich den Sucher nur falsch verstanden. Dämonen brauchten selten einen Grund, wenn sie schräge oder unerwartete Dinge machten. Sie waren Dämonen, und das reichte als Erklärung.

»Ist alles in Ordnung?«, wollte Zayne wissen.

»Ja, alles okay.« Ich machte eine kurze Pause. »Nur hab ich mein Handy verloren.«

Er lachte. Oh Mann, für mich gab es kaum was Schöneres als sein tiefes lautes Lachen. »Himmel, Layla. Das wievielte ist das in diesem Jahr?«

»Das fünfte.« Ich betrachtete seine vollgestopften Bücherregale und seufzte. »Von Abbot werde ich keins mehr kriegen. Er glaubt, ich verliere sie absichtlich. Tu ich aber gar nicht. Es ist einfach so, dass sie … dass sie mir die Freundschaft kündigen.«

Wieder musste Zayne lachen, dann stieß er mich mit dem Knie an. »Wie viele hast du heute markiert?«

Ich zählte nach, was in der Zeit zwischen Schulschluss und meinem Treffen mit Stacey und Sam passiert war. »Neun, davon zwei Blender, der Rest waren Chaos-Dämonen. Ausgenommen natürlich der Sucher.« Den Zayne sehr wahrscheinlich nicht mehr finden würde, da davon auszugehen war, dass Bambi ihn verspeist hatte.

Zayne stieß einen anerkennenden Pfiff aus. »Nicht schlecht. Dann habe ich heute Nacht genug zu tun.«

Denn genau das war die Aufgabe der Wächter. Schon lange bevor sie an die Öffentlichkeit gegangen waren, hatte Generation für Generation die Dämonenbevölkerung in Schach gehalten. Ich war damals erst sieben gewesen, deshalb konnte ich mich nicht daran erinnern, wie die Öffentlichkeit reagiert hatte. Aber ich war mir sicher, dass nach so einer Enthüllung eine Menge Leute ausgerastet sein mussten. Seltsam, dass ich genau um diese Zeit herum von ihnen aufgenommen worden war.

Die Alphas – das waren die engelsgleichen Typen, die alle Fäden in der Hand hielten – hatten seinerzeit begriffen, dass es auf der Welt Gut und Böse geben musste: das Gesetz der Ausgewogenheit. Aber vor zehn Jahren war irgendwas vorgefallen. Dämonen quollen in Scharen durch die Portale und richteten überall Chaos und Verwüstung an, ganz egal wo sie auftauchten und mit wem oder was sie in Berührung kamen. Sie ergriffen von Menschen Besitz, was sich zu einem riesigen Problem entwickelte, bis die Situation völlig außer Kontrolle zu geraten drohte. Unsere Freunde aus der Hölle wollten nicht länger im Dunkeln bleiben, und die Alphas durften nicht zulassen, dass die Menschheit erfuhr, dass Dämonen tatsächlich existierten. Abbot hatte mir mal erzählt, dass das mit dem freien Willen und dem Glauben zusammenhing. Die Menschen mussten an Gott glauben, ohne zu wissen, dass die Hölle tatsächlich existierte. Da die Alphas entschlossen waren, alles zu tun, damit die Menschheit auch weiterhin Dämonen nicht für real hielt, hatten sie ihnen den Auftrag erteilt, die Existenz von Dämonen geheim zu halten. Das kam mir ziemlich riskant vor, weil die Menschen vielleicht irgendwann eins und eins zusammenzählen und dahinterkommen würden, dass Dämonen sehr wohl existierten. Aber was wusste ich schon?

Nur ein paar ausgesuchten Menschen war die Wahrheit bekannt. Von Morris abgesehen gab es weltweit einige Leute bei der Polizei, der Regierung und ganz sicher auch beim Militär, die von der Existenz der Dämonen wussten. Sie alle waren Menschen, die ihre Gründe hatten, den Rest der Bevölkerung im Unklaren zu lassen. Gründe, die nichts mit ihrem Glauben zu tun hatten. Hätten die Menschen gewusst, dass hinter ihnen in der Schlange ein Dämon stand, wenn sie morgens ihren Kaffee bestellten, die Welt wäre in Chaos versunken.

Aber so lief es nun mal. Die Wächter halfen dem jeweiligen

Polizeidezernat dabei, Kriminelle zu fassen, unter denen sich auch einige Dämonen befanden. Unter anderen Umständen hätten sie sofort ihre »Du kommst aus dem Gefängnis frei«-Karte einlösen können, so aber wurden sie auf direktem Weg in die Hölle zurückgeschickt, ohne erst noch über »Los« zu gehen. Sollten die Dämonen sich jemals der Menschheit zu erkennen geben, würden die Alphas alle Dämonen auf der Erdoberfläche vernichten, also auch meine halbdämonische Wenigkeit.

»In letzter Zeit wird es immer heftiger«, sagte Zayne, schien aber mehr mit sich selbst zu reden. »Es sind sehr viel mehr Blender unterwegs als üblich, und in einigen Bezirken sind Wächter sogar auf Hellions gestoßen.«

»Hellions?«, wiederholte ich erschrocken und sah ihn mit großen Augen an.

Als Zayne nickte, sah ich so eine übergroße Bestie direkt vor mir. Hellions hatten an der Oberfläche gar nichts zu suchen, das waren mutierte Affen mit einem Schuss Pitbull.

Zayne bückte sich und suchte etwas unter seinem Bett. Dabei fielen ihm die Haare ins Gesicht, also konnte er mich nicht sehen, und ich durfte ihn einen Moment lang unbemerkt anstarren. Er war nur vier Jahre älter als ich, aber als Wächter war er viel reifer als ein Mensch im gleichen Alter. Ich wusste alles über ihn, nur nicht, wie er *wirklich* aussah.

Das war das Eigenartige an Gargoyles. Die Hülle, in der sie tagsüber steckten, hatte nichts damit zu tun, wer sie in Wirklichkeit waren. Zum x-ten Mal rätselte ich über sein wahres Erscheinungsbild. In seiner menschlichen Hülle war er einfach nur heiß, aber im Gegensatz zu den anderen ließ er mich nie seine eigentliche Form sehen.

Da ich nur zur Hälfte Wächterin war, konnte ich mich anders als vollwertige Wächter nicht wandeln. Ich steckte auf Dauer in dieser menschlichen Form fest, war unwiderruflich mit einem Makel behaftet. Wächter mit Makeln taugten üblicherweise nicht viel, und wenn ich nicht diese besondere Fähigkeit besessen hätte, Seelen sehen und diejenigen markieren zu können, die keine besaßen, wäre ich insgesamt ziemlich überflüssig gewesen.

Als Zayne sich wieder aufrichtete, hielt er ein Fellknäuel in der Hand. »Guck mal, was ich gefunden habe. Du hast ihn neulich Abend hier vergessen.«

»Mr. Snotty!« Ich schnappte mir den zerlumpten Teddybär und lächelte strahlend. »Ich hatte mich schon gefragt, wo er steckt.«

Zayne erwiderte mein Lächeln. »Ich fass es ja nicht, dass du den Bären immer noch hast.«

Ich ließ mich nach hinten fallen und drückte den Teddy an meine Brust. »Den hast du mir geschenkt.«

»Das ist eine Ewigkeit her.«

»Er ist mein Lieblings-Stofftier.«

»Er ist dein *einziges* Stofftier.« Zayne legte sich zu mir und schaute hinauf zur Decke. »Du bist früher zu Hause, als ich erwartet hätte. Wolltest du nicht noch mit deinen Freunden lernen?«

Ich zuckte lässig mit den Schultern.

Zayne tippte mit den Fingern auf seinen Bauch. »Das ist seltsam. Normalerweise quengelst du, weil du später nach Hause kommen willst.«

Ich biss mir auf die Lippe. »Ja, und? Ich hab dir doch erzählt, was passiert ist.«

»Stimmt, aber du hast mir nicht alles gesagt.« Ich sah ihn an. »Welchen Grund hättest du, mich zu belügen?«

Unsere Gesichter waren sich sehr nah, aber noch nicht so nah, dass es hätte gefährlich werden können. Zayne vertraute mir, er war davon überzeugt, dass ich mehr Wächterin als Dämonin war. Ich musste an die Schlange denken … und an den Jungen, der eigentlich kein Junge, sondern ein hochrangiger Dämon war.

Mir schauderte.

Zayne legte seine Hand auf meine, und mein Herz setzte einen Schlag lang aus. »Sag mir die Wahrheit, Layla-Biene.«

Ich konnte mich noch gut an das erste Mal erinnern, als er mich so genannt hatte.

Es war in jener Nacht gewesen, als sie mich in dieses Haus gebracht hatten. Mit meinen damals sieben Jahren hatte ich panische Angst vor den geflügelten Kreaturen mit ihren spitzen

Zähnen und roten Augen, die mich aus dem Haus meiner Pflegeeltern wegholten. Kaum hatten sie mich hier im Foyer abgesetzt, rannte ich los, versteckte mich im ersten Schrank, den ich finden konnte, und rollte mich zusammen. Einige Stunden später gelang es Zayne, mich aus meinem Versteck zu locken, indem er mir einen wunderschönen Teddybär hinhielt und mich Layla-Biene nannte. Selbst mit seinen elf Jahren war er mir da schon überlebensgroß erschienen, und von diesem Augenblick an war ich ihm nicht mehr von der Seite gewichen. Für die älteren Wächter war das ein gefundenes Fressen, um Zayne immer wieder aufzuziehen.

»Layla?«, fragte er und drückte meine Hand etwas fester.

»Glaubst du, ich bin böse?«, platzte ich heraus.

Er runzelte die Stirn. »Wie kommst du denn darauf?«

Ich sah ihn eindringlich an. »Zayne, ich bin zur Hälfte Dämonin …«

»Du bist eine Wächterin, Layla.«

»Das sagst du jedes Mal, aber das stimmt so nicht. Ich bin mehr wie ein … wie ein Maultier.«

»Ein Maultier?«, wiederholte er verwundert.

»Ja, ein Maultier. Du weißt schon, halb Pferd, halb Esel …«

»Ich weiß, was ein Maultier ist, Layla, und ich will sehr hoffen, dass du dich nicht mit einem vergleichst.«

Ich erwiderte nichts, denn ich war wirklich so wie ein Maultier. Ein seltsamer Mischling, halb Dämonin, halb Wächterin. Und genau deswegen würde man mich nie mit einem anderen Wächter verpaaren. Selbst Dämonen würden mich nicht haben wollen, wenn sie erst mal wussten, was ich war. Ja, doch, ich fand, der Vergleich traf zu.

»Nur weil deine Mutter das war, was sie war«, erklärte er seufzend, »macht dich das nicht zu etwas Bösem und erst recht nicht zu einem Maultier.«

Ich schaute wieder zur Decke. Der Ventilator drehte sich unablässig und warf seltsame Schatten quer über die Decke. Tochter einer dämonischen Mutter, der ich nie begegnet war, und eines Vaters, an den ich mich nicht erinnern konnte. Und da regte sich

Stacey darüber auf, dass ihre Mutter alleinerziehend war. Wenn sie das schon für eine kaputte Familie hielt ... Ich griff nach dem Ring an meiner Kette und spielte nervös damit.

»Das weißt du doch, oder?«, fuhr Zayne eindringlich fort. »Du bist nicht böse, Layla. Du bist gut und schlau und ...« Plötzlich unterbrach er sich, setzte sich auf und beugte sich wie ein Schutzengel über mich. »Du hast doch heute Abend niemandem die Seele genommen? Layla, falls doch, musst du es mir jetzt sofort sagen. Wir werden uns was überlegen. Ich werde es auch bestimmt vor meinem Vater geheim halten, aber du musst es mir sagen.«

Natürlich durfte Abbot auf keinen Fall etwas davon erfahren, sollte ich jemals so etwas machen – nicht mal, wenn es unabsichtlich geschah. So wichtig ich ihm auch sein mochte, dann würde er mich sofort vor die Tür setzen. Eine Seele zu rauben war aus zig moralischen Gründen verboten.

»Nein, ich habe keine Seele geraubt.«

Zayne sah mich lange an, dann nahm er die Schultern zurück. »Mach mir nicht noch mal solche Angst, Layla.«

Ich drückte Mr. Snotty fest an mich. »Tut mir leid.«

Zayne nahm meine Hand und zog sie vom Teddy weg. »Du hast Fehler gemacht, aber daraus hast du gelernt. Du bist nicht böse, das musst du dir immer vor Augen halten. Was früher einmal geschehen ist, ist für immer Vergangenheit.«

Nervös knabberte ich an meiner Unterlippe, während ich an besagte Fehler dachte. Es waren einige gewesen. Der erste Zwischenfall dieser Art hatte die Wächter zu meiner Pflegefamilie geführt. Unabsichtlich hatte ich dort jemandem die Seele geraubt, okay, nicht die komplette Seele, aber immerhin noch so viel, dass die Frau ins Krankenhaus eingeliefert werden musste. Auf irgendwelchen Umwegen hatten die Wächter davon erfahren und mich aufgespürt.

Bis zum heutigen Tag begriff ich nicht, wieso Abbot mich bei sich behalten hatte. Für die Wächter in ihrer schwarz-weißen Welt waren Dämonen immer nur schwarz. Es gab für sie keinen guten oder unschuldigen Dämon. Als halbdämonisch hätte man mit mir eigentlich nach dem Motto »Nur ein toter Dämon ist ein guter Dämon« verfahren müssen, aber aus irgendeinem Grund sahen die Wächter in mir dennoch etwas anderes.

Du kennst den Grund, flüsterte mir eine hässliche Stimme in meinem Kopf zu, woraufhin ich die Augen zukniff. Meine Fähigkeit zu sehen, wer eine Seele besaß und wer nicht, eine Fähigkeit, die ich meinem dämonischen Anteil zu verdanken hatte, war ein wichtiges Werkzeug im Kampf gegen das Böse. Aber Wächter konnten Dämonen auch so wahrnehmen, wenn sie nur dicht genug an sie herankamen. Ohne mich wäre ihre Arbeit nur mühseliger gewesen, aber nicht völlig unmöglich.

Jedenfalls redete ich mir das ein.

Zayne drehte meine Hand um und schob seine Finger zwischen meine. »Du warst wieder am Keksteig. Hast du mir diesmal wenigstens etwas übrig gelassen?«

Wahre Liebe bedeutete, den Heißhunger auf irgendwas Verrücktes zu teilen. Zumindest wollte ich das glauben. Ich machte die Augen wieder auf. »Eine halbe Packung ist noch da.«

Lächelnd ließ er sich aufs Bett zurücksinken, hielt aber meine Hand weiter fest. Ein paar Haarsträhnen lagen quer über seiner Wange. Zu gern hätte ich sie zur Seite gestrichen, aber ich brachte es nicht fertig. »Morgen besorge ich dir ein neues Handy«, sagte er nach einer Weile.

Ich lächelte ihn so strahlend an, als wäre er mein persönlicher Handyhersteller. »Diesmal aber bitte eines mit Touchscreen. Alle anderen haben so was auch.«

Er zog eine Augenbraue hoch. »Das würdest du innerhalb von Sekunden kaputtkriegen. Nein, was du brauchst, ist eines von diesen klobigen Satellitentelefonen.«

»Damit würde ich bestimmt unheimlich cool aussehen!« Ich zog die Nase kraus und schaute auf die Wanduhr. Er musste bald los. »Ich schätze, ich sollte mich langsam hinsetzen und für morgen lernen.«

Er lächelte wieder. »Geh noch nicht.«

Mir wurde ganz warm ums Herz. Abermals sah ich zur Uhr. Ihm blieben immer noch einige Stunden, um Jagd auf die von mir markierten Dämonen zu machen. Dankbar für seine Bitte drehte ich mich auf die Seite, Mr. Snotty lag genau zwischen uns.

Zayne ließ meine Hand los und strich ein paar Haarsträhnen aus meinem Gesicht. »Deine Haare sind immer zerzaust. Weißt du eigentlich überhaupt, wie man eine Bürste benutzt?«

Ich schlug seine Hand zur Seite, was mich zu meinem Entsetzen an die Ratte in der Gasse erinnerte. »Ja, ich weiß, wie man eine Bürste benutzt, du Arsch.«

Zayne lachte leise und widmete sich erneut meinen Haaren. »Was ist denn das für eine Ausdrucksweise, Layla?«, fragte er amüsiert.

Ich wurde wieder ruhiger, als er behutsam einige der Strähnen löste, die sich verknotet hatten. Dass er meine Haare berührte, war neu, aber ich hatte bestimmt nichts dagegen. Er hielt die Strähnen hoch und arbeitete konzentriert.

»Ich muss mir die Haare schneiden lassen«, sagte ich schließlich.

»Nein.« Er strich mir die Strähnen über die Schulter. »Deine Haare sind … wunderschön lang. Und sie stehen dir, so wie sie sind.«

Mein Herz schmolz förmlich dahin, als ich das hörte. »Willst du wissen, wie es heute in der Schule war?«

Seine Augen leuchteten. Von mir abgesehen waren alle Wächter zu Hause unterrichtet worden, und Zaynes Collegekurse hatten größtenteils online stattgefunden. Er hörte mir interessiert zu, als ich von der Klassenarbeit erzählte, für die ich eine Zwei bekommen hatte, und als ich erwähnte, dass sich in der Cafeteria zwei Mädchen um einen Jungen geprügelt hatten und wie Stacey sich nach dem Unterricht versehentlich im Büro des Vertrauenslehrers eingeschlossen hatte.

»Ach, das hätte ich ja fast vergessen.« Ich unterbrach mich und gähnte übertrieben. »Sam möchte dich für die Schülerzeitung interviewen. Es soll sich um deine Aufgaben als Wächter drehen, glaube ich.«

»Na, ich weiß nicht«, gab er zurück und verzog den Mund. »Wir sollen eigentlich keine Interviews geben. Die Alphas empfinden das als Eitelkeit.«

»Ich weiß. Ich habe ihm auch direkt gesagt, dass er sich keine Hoffnungen machen soll.«

»Gut. Vater würde ausrasten, wenn ich mit Journalisten rede.«

Ich musste kichern. »Sam ist kein Journalist, aber ich weiß, was du meinst.«

Eine Weile noch stellte er mir Fragen über Fragen. Obwohl ich mich krampfhaft wachhielt, fielen mir irgendwann die Augen zu. Als ich später aufwachte, war er schon lange weg – irgendwo da draußen auf der Jagd nach Dämonen. Vielleicht waren sogar ein paar Hohedämonen dabei und vielleicht ja auch der eine mit der Schlange namens Bambi.

Fast noch im Halbschlaf kramte ich mein Bio-Buch aus dem Spind. Ich blieb gerade mal drei Sekunden allein, dann schob sich eine grünliche Seele in mein Gesichtsfeld. Ich hob den Kopf und atmete tief ein. Ich mochte es, unschuldige Seelen um mich zu haben. Sie waren wunderbar durchschnittlich und nicht so verlockend wie …

Ein Fausthieb traf mich am Arm. »Du bist nicht mehr zum Lernen gekommen, Layla!«

Der Treffer ließ mich zur Seite wanken, aber die Spindtür gab mir Halt. »Verdammt, Stacey, das gibt einen blauen Fleck.«

»Du hast uns hängen lassen. Wieder mal!«

Ich schlug die Spindtür zu und drehte mich zu meiner besten Freundin um. Staceys Fausthiebe waren nicht ohne, wie ich feststellen musste. »Tut mir leid, aber ich musste nach Hause. Es war was Dringendes.«

»Es ist immer irgendwas Dringendes.« Sie sah mich wütend an. »Das ist wirklich albern. Kannst du dir vorstellen, dass ich mir eine Stunde lang anhören musste, wie viele Leute Sam bei *Assassin's Creed* umgebracht hat?«

»Ist ja schrecklich«, sagte ich lachend, während ich die Bücher in meiner Tasche verstaute.

»Ja, das war es wirklich.« Sie zog ein Haarband vom Handgelenk und band ihre Haare zum Pferdeschwanz zusammen. »Aber ich vergebe dir.«

Stacey vergab mir immer, ob ich nun für irgendwas zu spät dran war oder auch gar nicht erst aufkreuzte. Warum sie das machte, begriff ich wirklich nicht. Manchmal war ich eine schreckliche Freundin. Dabei war Stacey eigentlich beliebt und hatte jede Menge Freunde. Aber seit dem ersten Jahr schien sie mich wirklich zu mögen, wenn sie mir all diese Dinge durchgehen ließ.

Wir mischten uns unter die anderen Schüler, die im Flur in alle Richtungen hin und her rannten, und mir stieg eine Mischung aus unterschiedlichsten Parfüms und Körpergerüchen in die Nase. Meine Sinne waren ein wenig schärfer als die normaler Menschen. Nicht so außergewöhnlich wie bei einem vollwertigen Dämon oder einem Wächter, aber dummerweise genügte es, um Dinge zu riechen, die die meisten Menschen gar nicht wahrnehmen konnten. »Das mit gestern Abend tut mir wirklich leid. Ich hab's nicht mal geschafft, für die Bio-Prüfung zu lernen.«

Stacey kniff ihre mandelförmigen Augen ein wenig zusammen. »Du siehst ja jetzt noch so aus, als wärst du im Halbschlaf.«

»Im Unterricht gerade eben habe ich mich so gelangweilt, dass ich eingenickt bin. Beinahe wäre ich vom Stuhl gerutscht.« Ich sah zu einer Gruppe von Jungs in Sportkleidung, die in der Nähe der leeren Trophäenvitrinen rumhingen. Unser Football-Team taugte einfach nichts. Ihre Seelen waren wie ein Regenbogen aus sanften Blautönen. »Mr. Brown hat mich angebrüllt.«

Stacey kicherte. »Mr. Brown brüllt jeden an. Und du konntest überhaupt nicht mehr lernen?«

Pinkfarbene Seelen, die eine Gruppe ausgelassen lachender Zehntklässler umgaben, zogen meine Aufmerksamkeit auf sich. »Was?«

»Biologie«, sagte sie und seufzte gequält. »Du weiß schon, die Wissenschaft vom Leben. Wir sind auf dem Weg zum Unterrichtsraum. Da schreiben wir gleich eine Arbeit.«

Ich riss mich von den hübschen Farbtupfern los. »Oh, ach so. Nein, wie gesagt, ich habe überhaupt nicht dafür gelernt.«

Stacey klemmte sich die Bücher unter den anderen Arm. »Ich hasse dich. Du hast nicht mal ein Buch aufgeschlagen, und trotzdem wirst du wieder eine Eins kriegen.« Sie strich sich die

Stirnfransen aus den Augen und schüttelte den Kopf. »Das ist so was von unfair.«

»Ich weiß nicht. Mrs. Cleo hat mir bei der letzten Arbeit eine Zwei gegeben, und ich habe überhaupt keine Ahnung, um welches Thema es diesmal gehen soll.« Ich stutzte, als mir klar wurde, dass das leider stimmte. »Oh Mann, ich hätte gestern Abend wirklich noch lernen sollen.«

»Hast du Sams Notizen dabei?« Sie griff nach meinem Arm und zog mich zur Seite, damit ich nicht mit dem Jungen zusammenstieß, der genau auf mich zukam. Ich nahm gerade noch den Rest einer dunkelrosa Seele wahr, die von roten Streifen durchzogen wurde. »Wow, der hat aber ein Auge auf dich.«

»Häh?« Ich sah Stacey an. »Wer denn?«

Nach einem Blick über die Schulter zog sie mich noch näher zu sich heran. »Der Typ, den du beinahe umgerannt hättest. Gareth Richmond. Der ist immer noch scharf auf dich. Nein!«, zischte sie mir ins Ohr. »Guck nicht hin, das ist zu offensichtlich.«

Ich kämpfte gegen das natürliche Verlangen an, mich sofort nach ihm umzudrehen.

»Um genau zu sein«, sagte sie kichernd, »starrt er dir auf den Hintern.« Sie ließ meinen Arm los und drückte den Rücken durch. »Du hast ja auch einen hübschen Hintern.«

»Danke«, murmelte ich, während mein Blick der taubenblauen Seele des Typs folgte, der vor uns herging.

»Dass Gareth dir auf den Hintern starrt, ist toll«, verkündete Stacey. »Seinem Dad gehört halb Downtown, und seine Partys sind immer absolut irre.«

Ich bog in den schmalen Flur ein, der zum Bio-Raum führte. »Ich glaube, du bildest dir das nur ein.«

»Tu nicht so ahnungslos«, widersprach sie kopfschüttelnd. »Du bist süß und auf jeden Fall viel heißer als dieses kleine Miststück da drüben.«

Mein Blick folgte der Richtung, in die Stacey zeigte. Ich erkannte eine leicht lilafarbene Aura, die Eva Hasher umgab. Das hieß, sie war nur noch ein paar Gehässigkeiten davon entfernt, in einen äußerst fragwürdigen Seelenstatus abzugleiten. Mit einem

Mal war meine Kehle wie zugeschnürt. Je dunkler oder reiner die Seele, umso stärker war der Reiz, den sie auf mich ausübte.

Die ganz, ganz Schlechten und die ganz, ganz Guten waren die Verlockendsten, was Eva für mich besonders interessant machte. Allerdings wäre es ziemlich uncool gewesen, die Seele der beliebtesten Schülerin aufzusaugen.

Eva stand gegen einen Spind gelehnt da, umgeben war sie von der Zickengang, wie Stacey sie immer nannte. Sie zeigte Stacey den Mittelfinger mit einem makellos blau lackierten Nagel, dann schaute sie mich an: »Hey, seht mal! Da ist ja die Gargoyle-Schlampe.«

Ihr hirnloses Gefolge begann zu lachen.

Ich verdrehte die Augen. »Wow, ist ihr ja mal was Neues eingefallen.«

Stacey erwiderte die Geste mit beiden Mittelfingern. »Was für eine dämliche Kuh.«

»Mir egal«, meinte ich schulterzuckend. Von Eva als Schlampe bezeichnet zu werden hatte angesichts des Zustands ihrer Seele etwas so Ironisches, dass ich gar nicht wütend werden konnte.

»Du weißt aber, dass sie und Gareth sich getrennt haben, oder?«

»Tatsächlich?« Ich kam bei den beiden einfach nicht mehr mit.

Stacey nickte. »Oh ja. Auf Facebook hat er sie aus allen Fotos retuschiert. Hat er aber ziemlich mies gemacht, weil auf den meisten immer noch ein Arm oder ein Bein von ihr zu sehen ist. Jedenfalls solltest du dich mit ihm verabreden, nur um sie zu ärgern.«

»Warum sollte ich mich mit einem Typen verabreden, der mir auf den Hintern starrt, aber nicht mal weiß, wie ich heiße?«

»Ach, er weiß bestimmt, wie du heißt – und deine BH-Größe weiß er sicher auch.« Sie ging an mir vorbei und drückte die Tür zum Klassenraum auf. »Zugegeben, es gibt Sechstklässler, die größer sind als du. Aber Jungs gefällt das. Sie wollen dich am liebsten in ihre Hosentasche stecken und beschützen.«

»Das ist das Dümmste, was ich jemals von dir gehört habe«, sagte ich und ging in den Raum.

Sie folgte mir zu unseren Plätzen ganz hinten. »Du bist wie diese kleine Puppe mit den großen grauen Augen und dem Schmollmund.«

Während ich mich hinsetzte, warf ich ihr einen verächtlichen Blick zu. Meistens sah ich eher aus wie eine gruselige Figur aus einem Anime. »Willst du mich anmachen oder was?«

Stacey grinste mich gehässig an. »Für dich würde ich lesbisch werden.«

»Ich aber nicht für dich«, gab ich zurück und suchte nach Sams Notizen. »Dann schon eher für Eva Hasher.«

Sie schnappte nach Luft und drückte eine Hand auf ihre Brust. »Das tat weh! Ach übrigens, ich hab dir gestern mindestens ein Dutzend SMS geschickt, aber du hast nicht ein einziges Mal geantwortet.«

»Tut mir leid, ich hab mein Handy verloren.« Ich schlug eine Seite auf und fragte mich, in welcher Sprache Sam diesen Mist wohl aufgeschrieben hatte. »Zayne kauft mir heute ein neues. Ich hoffe nur, es hat einen Touchscreen so wie deins.«

Diesmal seufzte Stacey. »Gott, kann Abbot mich nicht auch adoptieren? Ganz ehrlich. Ich will auch so einen superscharfen Bruder. Ich habe nur dieses weinerliche Kleinkind, das sich in die Hose macht.«

Ich verdrängte meine plötzliche Eifersucht. »Zayne ist nicht mein Bruder.«

»Dafür solltest du Gott auf Knien danken. Sonst wäre nämlich alles, was du dir mit ihm ausmalst, direkt Inzest, und das ist einfach widerlich.«

»So etwas male ich mir nicht aus, wenn ich an Zayne denke!«

»Welche Hetero-Frau malt sich so was nicht aus, wenn sie an Zayne denkt? Ich bekomme ja kaum noch Luft, wenn ich ihn sehe. Alle Jungs an der Schule haben schwabbelige Taillen. Zayne nicht. Er ist eine Designer-Spezialanfertigung. Besser wird's nicht.«

Das stimmte, und Zayne hatte wirklich keine schwabbelige Taille. Egal, ich musste Stacey jetzt ausblenden und unbedingt noch was für diese Arbeit lernen. Außerdem wollte ich mich jetzt nicht durch irgendwelche Tagträume mit Zayne in der Hauptrolle ablenken lassen. Schon gar nicht, nachdem ich heute Morgen in seinem Bett aufgewacht war, das genauso roch wie er: nach Sandelholz und frischer Bettwäsche.

»Es gibt einen Gott«, murmelte Stacey.

Ich presste die Lippen zusammen und hielt mir die Ohren zu.

Doch Stacey stieß mich mit dem Ellbogen an. Wenn das so weiterging, war ich bis zur Mittagspause mit blauen Flecken übersät. »Unser Bio-Kurs ist gerade sehr viel interessanter geworden. Und heißer, seeehr viel heißer. Oh Gott, ich will ein Kind von ihm! Nicht sofort, aber auf jeden Fall später. Mit dem Üben könnten wir meinetwegen schon mal anfangen.«

Die Zellwand ist eine dicke, starre Schicht, die das Plasma mit … irgendwas … und mit … Dingsda … bedeckt …

Plötzlich schnappte Stacey nach Luft. »Oh verdammt, er kommt her!«

… aus Fett und Zucker bestehend …

Etwas Schmales, Glänzendes kam aus dem Nichts geflogen und landete mitten auf Sams Notizen. Sekundenlang starrte ich das Ding an, ehe ich den verblassten und halb abgerissenen *Teenage Mutant Ninja Turtles*-Aufkleber auf der Rückseite des silberfarbenen Handys wiedererkannte.

Mein Herz raste plötzlich, und ich umklammerte das Notizbuch, während ich langsam den Kopf hob und in ein unnatürlich schönes, goldenes Augenpaar blickte.

»Das hast du gestern vergessen.«

3. KAPITEL

Das konnte nicht sein. Er konnte nicht hier vor mir stehen.

Aber er war es wirklich und leibhaftig. Ich starrte ihn an und konnte den Blick nicht abwenden. Plötzlich wünschte ich mir, ich könnte zeichnen, um dieses perfekte Gesicht auf Papier zu bannen. Den exakten Schwung der Unterlippe, ausgeprägter als bei der Oberlippe. Kein sehr hilfreicher Gedanke gerade.

Der Dämon lächelte mich an. »Du bist so schnell weggelaufen, dass ich keine Chance hatte, dir dein Handy wiederzugeben.«

Mein Herz hörte auf zu schlagen und stand still. Das hier konnte doch gar nicht sein! Kein Hohedämon brachte jemandem ein verlorenes Handy zurück, und ganz sicher besuchte er keine Schule. Er musste eine Halluzination sein.

»Du kleine Geheimniskrämerin«, flüsterte mir Stacey ins Ohr. »Das ist also der Grund, wieso du gestern nicht mehr zum Lernen vorbeigekommen bist?«

Sein Blick hatte etwas Hypnotisches, Lähmendes an sich. Oder aber ich war einfach nur blöd. Stacey neben mir platzte fast vor Neugier.

Er beugte sich vor und legte die Hände auf mein Pult, sein Duft erinnerte an Moschus. »Ich musste die ganze Nacht an dich denken.«

Stacey hörte sich an, als hätte sie sich verschluckt.

Die Tür zum Klassenzimmer ging auf, und Mrs. Cleo kam mit einem Papierstapel unter dem Arm hereingeschlurft. »Schön, also – alle setzen sich jetzt auf ihre Plätze.«

Der Dämon lächelte mich weiter an, dann richtete er sich auf und drehte sich weg. Er setzte sich an den Tisch direkt in der Reihe vor uns, und im nächsten Moment hatte er auch schon den Stuhl auf die beiden hinteren Beine gekippt und balancierte völlig lässig.

»Was soll das, Layla?« Stacey nahm meinen Arm. »Wo hast du den denn gestern Abend aufgegabelt? Irgendwo zwischen dem Big Mac und den Fritten? Und warum hatte ich den nicht auch bei mir auf dem Tablett?«

Stacey bohrte ihre Finger weiter in meinen Arm, aber ich war noch immer sprachlos.

Mrs. Cleo drückte die Aufgabenblätter an ihre Brust, als hielte sie ein Neugeborenes in ihren dicken Armen. »Ab jetzt herrscht Ruhe, und alle sehen nach … oh, wir haben einen neuen Schüler.« Sie griff nach einem kleinen rosa Zettel, dann sah sie etwas irritiert den Dämonenjungen an. »Okay, die Note für diese Arbeit wird bei Ihnen nicht berücksichtigt werden, aber ich bekomme so einen Eindruck davon, auf welchem Stand Sie sind.«

»Layla«, flüsterte Stacey. »Dein Gesichtsausdruck macht mir allmählich Angst. Ist alles in Ordnung?«

Mrs. Cleo legte die Aufgabenblätter auf unsere Pulte, dabei schnippte sie mit den Fingern. »Nicht reden, sondern lösen, Ms. Shaw und Ms. Boyd.«

Die Fragen auf dem Blatt verschwammen vor meinen Augen. Nein, das ging nicht. Ich konnte nicht hier sitzen und eine Arbeit schreiben, wenn sich vor meiner Nase ein verdammter Dämon aufhielt.

»Mir ist nicht gut«, flüsterte ich Stacey zu.

»Das sehe ich«, sagte sie.

Ohne noch ein weiteres Wort sammelte ich all meine Sachen ein. Als ich aufstand und nach vorn lief, zitterten meine Knie bei jedem Schritt. Mrs. Cleo hob erstaunt den Kopf, als ich an ihr vorbei durch den Klassenraum hetzte.

»Ms. Shaw, haben Sie irgendetwas Bestimmtes vor?«, rief die Lehrerin. »Sie können nicht einfach zwischendurch den Klassenraum verlassen, wenn wir eine Arbeit schreiben! Ms. Shaw …!«

Die Tür schlug hinter mir zu und schnitt Mrs. Cleo das Wort ab. Ich wusste nicht, wohin ich wollte, mir war nur klar, dass ich sofort Zayne anrufen musste, vielleicht sogar Abbot. Die grauen Spinde, die die langen Korridore säumten, verschwammen vor meinen Augen. Ich stieß die Tür zu den Mädchentoiletten auf, es roch nach Zigarettenrauch und Putzmitteln. Die Kritzeleien an den Wänden nahm ich nur halb wahr.

Ich klappte das Handy auf, während ich im Spiegel meine Augen betrachtete. Sie waren viel größer als normal, einfach riesig und schienen fast mein gesamtes Gesicht auszumachen. Mir drehte sich der Magen um.

Als ich die Namensliste durchsuchte, hörte ich, wie die Tür zu den Toiletten knarrend geöffnet wurde.

Ich wirbelte herum, doch da war niemand. Langsam ging die Tür wieder zu und fiel leise ins Schloss. Mir lief ein Schauer über den Rücken. Meine Finger zitterten, als ich Zaynes Namen wählte. Es bestand zumindest eine Chance, dass er wach und noch nicht komplett versteinert war. Ja, die Chance bestand, aber sie war winzig und höchst unwahrscheinlich …

Plötzlich stand der Dämonenjunge vor mir. Er legte seine Hand auf meine und klappte das Handy zu. Vor Schreck schrie ich auf.

Er schürzte die Lippen. »Wen wolltest du denn da anrufen?«

Mein Herz raste in halsbrecherischem Tempo. »Wie hast du das gemacht?«

»Was gemacht? Meinst du, dass ich das Klassenzimmer so mühelos verlassen konnte?« Er beugte sich vor, als wollte er mir ein Geheimnis anvertrauen. »Ich kann sehr überzeugend sein. Das ist eine meiner Gaben.«

Hohedämonen besaßen die Macht, andere von allem zu überzeugen, was sie wollten. Manche mussten einem Menschen dafür nur ein paar Worte sagen, und schon erledigte der alles Gewünschte. Aber das verstieß an sich gegen die Regeln – von wegen freier Wille und so weiter.

»Mir ist egal, wie du das Klassenzimmer verlassen hast. Du warst gerade eben verdammt noch mal unsichtbar!«

»Ich weiß. Cool, oder?« Er nahm mir das Handy ab, was nicht weiter schwierig war, weil ich dastand wie betäubt. Er sah sich im Toilettenraum um und zog die Augenbrauen hoch. »Das ist nur eines von meinen Talenten.« Über die Schulter schaute er zu mir. »Und ich besitze wirklich eine Menge.«

Mit winzigen Schritten trippelte ich um das Waschbecken herum in Richtung Tür. »Deine vielen Begabungen interessieren mich kein bisschen.«

»Bleib stehen.« Mit der Spitze seines schwarzen Stiefels stieß er die Tür zu einer der Toiletten auf, ließ mich dabei aber keine Sekunde aus den Augen. »Wir beide, du und ich, wir müssen uns unterhalten. Übrigens, außer mir kann niemand diese Tür da öffnen.«

»Warte! Was machst du denn? Du kannst nicht ...«

Mein Handy flog in hohem Bogen durch die Luft und landete in der Toilette. Dann drehte er sich zu mir um und zuckte mit den Schultern. »Sorry. Ich hatte gehofft, dass du das Handy als freundschaftliche Geste ansehen würdest. Aber ich kann nicht zulassen, dass du diese Kreaturen anrufst, mit denen du zu tun hast.«

»Das ist mein Handy, du verdammter ...«

»Es ist jetzt nicht mehr dein Handy«, unterbrach er mich und grinste fröhlich. »Es gehört jetzt dem städtischen Wasserwerk.«

Ich wich vor ihm zurück, bis ich mich zwischen dem Waschbecken und der grauen Betonwand befand, in die jemand gleich unter dem kleinen Fenster ein Herz geritzt hatte. »Komm mir bloß nicht zu nahe!«

»Aha. Sonst passiert *was* genau? Weißt du noch, wie weit du bei deinem Kampf mit dem Sucher gestern Abend gekommen bist? So weit kommst du bei mir nie.«

Ich machte den Mund auf, womöglich um zu schreien, war mir da aber selbst nicht sicher. Doch bevor ich einen Ton herausbekam, schoss er auf mich zu und hielt mir den Mund zu. Instinktiv ballte ich die Fäuste und rammte sie ihm in die Magengrube. Mit der freien Hand packte er mein Handgelenk und presste meinen Arm gegen mich, damit er ihn zwischen meinem weichen und seinem harten, durchtrainierten Bauch einklemmen konnte. Ich wollte mich aus seinem Griff befreien, aber er ließ mich nicht los.

»Ich tu dir nichts.« Sein Atem strich über die Haare an meiner Schläfe. »Ich will nur mit dir reden.«

Ich biss ihm in die Hand.

Er zischte grollend und packte mich am Hals, dann drückte er meinen Kopf nach hinten. »Beißen kann sehr viel Spaß machen, aber nur in der passenden Situation. Das ist jetzt gerade nicht der Fall.«

Ich befreite mich aus seinem Griff und umklammerte seinen Arm. »Wenn du mich nicht in Ruhe lässt, sind Bisse noch das Harmloseste, was dich erwartet!«

Der Dämon stutzte kurz, dann lachte er. »Wär sicher interessant, was du so draufhast. Lust ... Schmerz ... so verschieden und doch so nah beieinander. Leider haben wir dafür gerade keine Zeit.«

Ich atmete tief durch und versuchte, mein wild schlagendes Herz zu beruhigen. Sehnsüchtig schaute ich zur Tür. Gestern Abend war ich dem Sucher und diesem Dämon hier noch lebend entkommen, und dafür würde ich heute in der Mädchentoilette meiner Highschool sterben. Das Leben war doch einfach nur grausam.

Es gab keinen Fluchtweg, und mit jeder Bewegung näherte ich mich nur weiter dem Dämon, der mir jetzt schon viel zu nahe war. »Bitte ...«, entfuhr es mir.

»Okay, schon gut«, sagte er zu meiner Überraschung nun leise und beschwichtigend. Gleichzeitig lockerte er seinen Griff. »Ich habe dir Angst gemacht. Vielleicht hätte ich nicht unbedingt hier in deiner Schule auftauchen sollen, aber dein Gesichtsausdruck war unbezahlbar. Meinst du, es hilft, wenn du meinen Namen kennst?«

»Wohl kaum.«

Er verzog den Mund. »Nenn mich Roth.«

Wie erwartet, half es mir nicht im Geringsten, seinen Namen zu kennen.

»Und ich nenn dich Layla.« Einige seiner schwarzen Locken fielen nach vorn. »Ich kenne dein spezielles Talent, also machen wir uns gegenseitig gar nicht erst was vor, Layla. Du weißt, was ich bin, und ich weiß, was du bist.«

»Du hast die Falsche erwischt.« Ich bohrte die Fingernägel

so kräftig in seinen Arm, dass es einfach wehtun musste, aber er zuckte nicht mal mit der Wimper.

Seufzend sah er zur Decke. »Du bist eine Halbdämonin, Layla. Du kannst Seelen sehen, deshalb hast du dich gestern Abend in dieser Gasse aufgehalten.«

Ich wollte wieder alles abstreiten, aber wofür sollte das jetzt noch gut sein?

Also atmete ich tief durch und bemühte mich, ruhig zu klingen. »Was willst du von mir?«

Er legte den Kopf schräg. »Jetzt gerade? Ich will wissen, warum du zugelassen hast, dass die Wächter dich einer Gehirnwäsche unterziehen, damit du anschließend Jagd auf deine eigene Art machst. Ich will wissen, wie du für sie arbeiten kannst.«

»Ich habe keine Gehirnwäsche bekommen«, protestierte ich und drückte mich gegen seinen Bauch, um ihn zurückzudrängen, aber er rührte sich nicht von der Stelle. Wow, dieser Bauch war wirklich kein bisschen schwabbelig, sondern ganz im Gegenteil irrsinnig hart. Als mir klar wurde, dass ich ihn betatschte, zog ich hastig die Hände zurück. »Ich bin nicht so wie du. Ich bin eine Wächterin …«

»Du bist *zur Hälfte* Wächterin und *zur Hälfte* Dämonin. Was du tust, das ist … das ist frevlerisch«, unterbrach er mich und sah mich dabei angewidert an.

»Und so was kommt von dir? Von einem Dämon?«, schnaubte ich. »Das ist fast schon wieder lustig.«

»Und was glaubst du, was du bist? Nur weil du dir vorgenommen hast, dein Dämonenblut zu ignorieren, ändert es nichts daran, dass es durch deine Adern fließt.« Er beugte sich so weit vor, dass sich unsere Nasenspitzen leicht berührten, umfasste mein Kinn, damit ich seinem Blick nicht auswich. »Hast du dich noch nie gefragt, wieso die Wächter dich nicht getötet haben? Du bist zum Teil dämonisch. Warum also lassen sie dich am Leben? Vielleicht, weil du Seelen sehen kannst? Oder gibt es da sogar noch einen anderen Grund?«

Ich kniff die Augen zusammen, und meine Angst verwandelte sich langsam in Wut. »Sie benutzen mich nicht, sie sind meine Familie.«

»Deine Familie?«, wiederholte er verächtlich. »Du kannst dich nicht mal wandeln, sonst hättest du das gestern Abend gemacht.«

Meine Wangen glühten. Himmel, sogar die Dämonen kannten meine Unzulänglichkeiten?

»Auch wenn du Wächterblut hast, ist es nicht so stark wie deine Dämonenseite. *Wir* sind deine Familie – deine Art.«

Was er da sagte, war die Hölle für mich. Ich schlug seine Hand weg. »Nein.«

»Ach ehrlich? Ich glaube, du lügst. Du kannst mehr als nur Seelen sehen, stimmt's? Die Letzte, die dazu in der Lage war«, flüsterte er und hielt mit seinen feingliedrigen Fingern erneut meinen Kopf fest, »konnte noch viel mehr als nur das. Sagen wir einfach, sie hat ein ganz besonderes Verlangen entwickelt.«

Ich zitterte. »Von wem redest du?«

Roth reagierte darauf mit einem wissenden Grinsen. »Ich weiß, worauf du scharf warst, bevor du in die Gasse eingebogen bist.«

Es riss mir den Boden unter den Füßen weg. »Ich habe keine Ahnung, was du meinst.«

»Wirklich nicht? Ich bin dir gefolgt.«

»Ach, dann bist du nicht nur ein Dämon, sondern auch noch ein Stalker?« Ich schluckte. »Ist ja gar nicht unheimlich.«

Er lachte leise. »Ablenken nützt bei Dämonen nichts.«

»Vielleicht sollte ich ja versuchen, dich wieder zu beißen.«

Etwas blitzte in seinen goldenen Augen auf und ließ sie heller leuchten. »Ach, möchtest du das?« Erneut beugte er sich sehr weit vor, diesmal strichen seine Lippen ganz leicht über meine Wange. »In dem Fall würde ich dir gern die eine oder andere angenehmere Stelle empfehlen. Ich habe da dieses Piercing …«

»Hör auf!« Ruckartig drehte ich den Kopf weg. »Dann bist du also nicht nur ein Stalker und Dämon, sondern auch ansonsten pervers, sieh an.«

»Damit kann ich gut leben. Mit allen drei Dingen.« Er verzog den Mund zu einem schiefen Grinsen, während er ein Stück zurückwich. »Du wolltest die Seele dieses Mannes, den du auf der Straße gesehen hast. Ich würde einen ganzen Kreis der Hölle darauf verwetten, dass du solche Seelen brauchst wie nichts anderes auf der Welt, und manchmal bist du zumindest in Gedanken kurz davor.«

Ja, es stimmte. Es gab immer wieder Momente, in denen ich mir erschauernd vorstellte, wie eine Seele meine Kehle hinabglitt. Sogar jetzt, wo sich gar keine Seelen in meiner Nähe aufhielten, konnte ich dieses Verlangen spüren, wie ich mich danach verzehrte und kurz davor war nachzugeben. Ich war ein Junkie, der den nächsten Schuss brauchte. Meine Muskeln verkrampften sich, um mich zu warnen. Ich legte Roth die Hand auf die Brust und drückte ihn weg. »Nein, ich will das nicht.«

»Die eine, die dir vorausging, hat nie verleugnet, was sie war.« Dann nahm seine Stimme einen sanften, säuselnden Tonfall an. »Weißt du irgendetwas über sie? Und über dein Erbe, Layla?«, fragte er und legte den Arm um meine Taille, dann drückte er mich an sich. »Weißt du irgendetwas darüber, was du bist?«

»Hast du schon mal was von Abstand halten gehört?«, herrschte ich ihn an.

»Nein.« Als er mich ansah, schienen seine Augen zu phosphoreszieren. »Aber es macht dir eigentlich gar nichts aus, dass ich dir so nahekomme. Das weiß ich.«

»Red dir das ruhig weiter ein.« Ich holte tief Luft und zwang mich, seinem Blick standzuhalten. »So nah, wie du mir bist, möchte ich mir am liebsten die obersten Hautschichten abschmirgeln.«

Roth lachte, dann ließ er den Kopf sinken, bis seine Lippen nur noch wenige Zentimeter von meinen entfernt waren. Hätte er eine Seele gehabt, wäre er mir jetzt schon bedenklich nah gewesen. »Ich muss mir gar nichts einreden. Ich bin ein Dämon.«

»Was du nicht sagst«, gab ich zurück und konnte den Blick nicht von seinem Mund abwenden.

»Dann weißt du ja auch, dass Dämonen menschliche Gefühle riechen können.«

Das stimmte. Nur bei mir hatte diese Fähigkeit eine Ausnahme gemacht. Ich konnte lediglich verbranntes Essen eine Meile gegen den Wind riechen, aber besonders nützlich war das nicht.

Sein Lächeln wurde noch breiter. »Angst riecht stechend und

bitter. Den Geruch nehme ich gerade bei dir wahr. Zorn ist wie Chili-Pfeffer – heiß und brennend. Dieser Geruch geht ebenfalls von dir aus.« Roth machte eine Pause, und auf einmal kam er noch näher. So nah, dass seine Lippen bei seinen nächsten Worten meinen Mundwinkel berührten. »Und … ah, ja … da ist die Anziehung. Süß und herb und schwer. Mein Lieblingsgeruch. Und jetzt rate mal.«

Ich drückte mich gegen die Wand in meinem Rücken. »Danach rieche ich garantiert *nicht*, Freundchen.«

Mühelos ging er wieder auf Abstand zu mir. »Das ist das Blöde an Verdrängung. Du kannst hundertmal behaupten, dass du dich nicht zu mir hingezogen fühlst, und vielleicht ist es dir auch wirklich noch gar nicht bewusst, aber ich weiß, wie es wirklich in dir aussieht.«

Einen Moment lang bekam ich den Mund nicht mehr zu. »Du solltest mal deine Dämonennase untersuchen lassen, die muss völlig verstopft sein.«

Roth tippte mit seinem Zeigefinger auf meine Nasenspitze. »Die hat mich noch nie im Stich gelassen.« Dann machte er einen Schritt zurück. Auch wenn er weiterhin grinste, sagte er mit sehr ernstem Unterton: »Hör auf, uns zu markieren.«

Ich war froh, dass er auf Abstand ging, atmete erleichtert auf und klammerte mich am Waschbecken fest. Jetzt begriff ich, warum dieser Hohedämon so ein Interesse an mir hatte. »Wieso? Habe ich etwa zu viele von deinen Freunden markiert?«

»Ehrlich gesagt«, erwiderte er und zog eine Augenbraue hoch, »ist es mir egal, wie viele Dämonen du markierst oder wie viele von ihnen von den Wächtern in die Hölle zurückgeschickt werden. Wie du siehst, funktioniert dein kleiner Leuchtzauber bei mir nicht.«

Erstaunt musterte ich ihn. Verdammt, er hatte recht. Obwohl ich ihn mehr als einmal berührt hatte, wies er keine Markierung auf. Und mir war das noch nicht mal aufgefallen. Na, großartig.

»Bei Hohedämonen funktioniert das nicht. Wir sind für so was viel zu cool.« Roth verschränkte die muskulösen Arme vor der Brust. »Aber zurück zum Markieren. Du musst damit aufhören.«

»Na klar«, antwortete ich und lachte laut auf. »Und warum, bitte?«

Sein atemberaubendes Gesicht nahm einen gelangweilten Ausdruck an. »Oh, dafür gibt es einen ausgezeichneten Grund. Dieser Sucher gestern Abend war hinter dir her.«

Ich hatte mich schon darauf eingestellt, über seine Antwort zu lachen, aber als ich hörte, was er sagte, blieb mir dieses Lachen im Hals stecken. Meine Angst meldete sich zurück. Hatte ich das eben richtig verstanden?

Es leuchtete auf in Roths Augen. »Die Hölle sucht nach dir, Layla, und jetzt hat sie dich gefunden. Stell das Markieren ein.«

Mein Herz raste, während ich ihn weiter anstarrte. »Du lügst.«

Er lachte flüchtig. »Beantworte mir eine Frage. Hattest du vor Kurzem Geburtstag? Bist du siebzehn geworden, irgendwann in den letzten paar Tagen?«

Ich wusste nicht, was ich sagen sollte. Mein Geburtstag war letzten Samstag gewesen, also vor drei Tagen. Ich war mit Stacey und Sam Essen gegangen. Und sogar Zayne war mitgekommen. Beim Dessert hatte Stacey versucht, Zayne dazu zu überreden, mit der Zunge den Stiel einer Kirsche zu verknoten.

Roth lächelte wieder sein überhebliches Lächeln. »Und gestern hast du zum ersten Mal seit deinem Geburtstag wieder markiert, richtig? Tja, und dann wirst du ganz zufällig von einem Sucher ausfindig gemacht. Sehr interessant.«

»Ich wüsste nicht, wo da ein Zusammenhang sein sollte«, brachte ich heraus. »Wahrscheinlich ist das sowieso alles gelogen. Du bist ein Dämon, und du erwartest von mir, dass ich dir auch nur ein Wort glaube?«

»Du bist ebenfalls eine Dämonin. Nein! Unterbrich mich jetzt nicht, nur um das wieder abzustreiten. Du *bist* eine Dämonin, Layla.«

»Eine Halbdämonin«, korrigierte ich ihn.

Er kniff seine Augen ein wenig zusammen. »Natürlich hätte ich tausend Gründe, dich zu belügen. Aber was das Markieren angeht, mache ich keinen Spaß. Es ist zu gefährlich.«

Die Schulglocke läutete plötzlich, und ich zuckte zusammen.

Wenn sich doch jetzt nur der Boden unter Roths Füßen auftun würde, um ihn in die Hölle zurückzubefördern.

Roth machte ein nachdenkliches Gesicht und verzog dann abermals den Mund zu einem seltsamen Lächeln. »Ich meine es ernst. Lass das Markieren nach der Schule ausfallen.« Dann machte er auf dem Absatz kehrt und ging zur Tür, wo er noch einmal stehen blieb und mich über die Schulter hinweg anschaute. Unsere Blicke trafen sich. »Übrigens, du solltest deiner *Familie* lieber nichts von mir erzählen. Sonst wirst du nämlich merken, wie wichtig du deiner Familie tatsächlich bist.«

Mein Gehirn hatte Mühe, Roths plötzliches Auftauchen zu verarbeiten. Ein Dämon, der mir weismachen wollte, ich würde mich zu ihm hingezogen fühlen? Der mir vorschreiben wollte, ich solle mit dem Markieren aufhören? Für wen hielt der sich eigentlich? Erstens war er ein Dämon ... okay, ein *scharfer* Dämon, aber ... *würg!* Es gab für mich keinen Grund, ihm auch nur ein Wort zu glauben. Zweitens war er nicht irgendein Dämon, sondern ein Hohedämon, und das war ein ganz gewichtiges Argument dafür, ihm nicht zu vertrauen.

Es mochte ja stimmen, dass ich nicht viel über mein Erbe wusste, aber ich kannte mich in Sachen Dämonen aus. Vor Hunderten von Jahren hatte eine Dämonenrasse existiert, die Seelen erntete, indem sie einen Menschen nur flüchtig berührte. Bei diesen Dämonen hatte es sich um den Stamm der Lilin gehandelt, der von den Wächtern vollständig ausgelöscht worden war. Zugegeben, es gab immer noch die Sukkube und die Inkuben, die sich von menschlicher Energie ernährten, aber heutzutage fand sich kaum noch ein Dämon, der in der Lage war, eine Seele vollständig an sich zu reißen. In der Welt der Dämonen wurden so wie in der Welt der Menschen Fähigkeiten und besondere Eigenschaften von einer Generation an die nächste weitervererbt.

Mein Unbehagen vervielfachte sich plötzlich.

Wenn diese andere Dämonin, die Dämonin vor mir ... wenn sie meine Mom war und noch lebte ... Ich konnte den Satz nicht mal bis zu Ende *denken*, ohne dass ich das Gefühl hatte, mein Herz würde in meiner Brust zerquetscht. Auch wenn meine

Mutter eine Dämonin gewesen war, tat es mir noch immer weh, dass sie mich nicht hatte haben wollen. Das einzig Gute, was dabei herauskommen konnte, war die Erkenntnis, zu welcher Art Dämon sie gehörte – und ob das wirklich etwas Gutes sein würde, das stand auf einem anderen Blatt.

Beim Mittagessen gelang es mir, Stacey davon zu überzeugen, dass ich mich vor der Bio-Arbeit nur hatte drücken können, indem ich Übelkeit vortäuschte. Sie bombardierte mich im Gegenzug mit Fragen, weil sie wissen wollte, wie ich Roth kennengelernt hatte.

»Wen hast du kennengelernt?«, fragte Sam, als er an den Tisch kam, seinen Rucksack abstellte und sich dann zu uns setzte.

»Niemanden«, murmelte ich.

»Layla ist gestern Abend nicht mehr aufgetaucht, weil sie diesem superscharfen neuen Typen über den Weg gelaufen ist«, sagte Stacey und zeigte mit ihrem Stück Pizza auf mich. »Du loses Stück, du. Ich bin ja so verdammt neidisch.«

»Layla hat mit jemandem rumgemacht?«, fragte Sam lachend und öffnete seine Limoflasche. »Vielleicht mit einem Wächter? Wow.«

Von seiner Bemerkung in die Gegenwart zurückgeholt, sah ich Sam verwundert an. »Nein, es war kein Wächter. Und was zum Teufel soll das überhaupt heißen?«

Er zuckte mit den Schultern. »Keine Ahnung. Ich kann mir nur nicht vorstellen, wie du mit jemandem rummachst.« Er nahm die Brille ab und putzte mit seinem Hemd die Gläser. »Und ich hab halt angenommen, dass es, wenn schon, dann ein Wächter gewesen sein muss. Wieso sonst sollte Stacey abdrehen?«

Stacey biss von ihrer Pizza ab. »Er war total … wow.«

»Augenblick mal. Wieso kannst du dir nicht vorstellen, wie ich mit jemandem rummache?« Ich lehnte mich zurück und wollte auf einmal unbedingt beweisen, dass man mit mir rummachen konnte.

Sam rutschte verlegen auf seinem Platz hin und her. »Ist ja nicht so, als wollte niemand was von dir … Nur … na ja, du weißt schon …«

»Nein, weiß ich nicht. Erklär es mir doch bitte, Samuel.«

Seufzend ging Stacey dazwischen, weil sie Mitleid mit Sam hatte. »Was er dir damit sagen will, ist, dass wir uns nicht vorstellen können, wie du mit irgendwem rummachst. Dich hat bisher keiner der Jungs interessiert. Nicht auf die Art jedenfalls.«

Ich wollte widersprechen, weil ich mich natürlich für die Jungs interessierte. Aber ich blieb immer abseits, was das wohl verschleierte. In Wahrheit hatte ich natürlich das große Problem, dass ich mit niemandem eine Beziehung anfangen konnte, der eine Seele hatte. Das ließ den Kreis der potenziellen Kandidaten sehr stark zusammenschrumpfen.

»Ich hasse euch alle beide«, erklärte ich knurrend und fiel über meine Pizza her.

»Okay. Ich liebe es ja wirklich über alles, wenn ich über scharfe Typen reden kann, aber könnten wir jetzt bitte das Thema wechseln?« Sam spielte mit dem Stück Pizza auf seinem Teller und beobachtete dabei Stacey. »Ratet mal, was ich gestern Abend herausgefunden habe.«

»Dass du für jede Stunde, die du mit deinen Videospielen verbringst, ein Jahr länger Jungfrau bleibst?«, fragte Stacey grinsend.

»Ha, ha. Nein. Wusstet ihr, dass Mel Blanc allergisch gegen Karotten war?«

»Wer ist Mel Blanc?«

»Der Mann, der Bugs Bunny seine Stimme geliehen hat.«

Wir sahen Sam nur wortlos an.

Er wurde rot. »Was denn? Das stimmt, und es ist voll ironisch. Überlegt doch mal, Bugs Bunny ist ständig mit einer Karotte in der Hand rumgelaufen.«

»Du bist ein wahrer Quell des unnützen Wissens«, sagte Stacey und klang ein wenig ehrfürchtig. »Wo bewahrst du das nur alles auf?«

Sam fuhr sich durchs Haar. »In meinem Gehirn. So was hast du auch. Glaube ich jedenfalls.«

Die beiden zankten sich weiter. Nach dem Mittagessen rechnete ich den Rest des Tages damit, dass Roth jeden Moment auftauchen würde, um mir das Genick zu brechen. Aber er blieb verschwunden, und ich konnte nur hoffen, dass er vom Bus überfahren worden war oder auf andere Weise aus seinem Dämonenleben verschieden war.

Nach der letzten Unterrichtsstunde stopfte ich alle Bücher in meinen Spind und beeilte mich, nach draußen zu kommen. Ich sollte nicht markieren? Von wegen. Ich hatte vor, wie eine Wahnsinnige zu markieren!

Ich würde bloß ein bisschen vorsichtiger vorgehen.

Auf meinem Zug durch die Straßen von D.C. sah ich mir die umherstreifenden Dämonen genauer an und ließ mir genug Zeit, bis ich mir ganz sicher war, dass sich keiner von den Typen plötzlich umdrehte und sich in einen wächsernen, seelenlosen Sucher verwandelte. Anders ausgedrückt: Ich war die perfekte Stalkerin. Nach nur einer Stunde hatte ich bereits einen Blender und drei Chaos-Dämonen auf der Uhr.

Chaos-Dämonen waren die am häufigsten an der Oberfläche anzutreffenden Dämonen, und sie schienen alle noch sehr jung zu sein. Zwar waren sie nicht ungefährlicher als Blender und Sucher, aber ihnen ging es weniger ums Kämpfen als vielmehr darum, Chaos und Unruhe zu stiften. Ein paar von ihnen waren kleine Pyromanen, die mit einem Fingerschnippen Feuer entfachen konnten. Andere hatten es mehr mit Mechanik – oder besser gesagt: Sie hatten es damit, mechanische Dinge ausfallen zu lassen, wofür sie die jeweiligen Objekte nur berühren mussten. Die Sorte traf ich am ehesten in der Nähe von Baustellen oder Umspannwerken an.

Jeder Einzelne von ihnen wurde von mir persönlich markiert, damit die Wächter sie in der Nacht einsammeln konnten. Sie orientierten sich dabei an den Leuchtzeichen, die ich mit meinen Berührungen hinterließ. Ab und zu kam es vor, dass ich mich fragte, ob es wohl den Dämonen gegenüber unfair war, dass sie nichtsahnend mit einem riesigen »Hier bin ich«-Schild umherliefen, nachdem ich sie »versehentlich« angerempelt hatte. Trotzdem hielt mich das nicht davon ab, meinen Job zu erledigen.

Dämonen waren böse, ganz gleich wie normal sie auch aussehen mochten.

Ich wusste nur nicht, in welche Kategorie ich eigentlich gehörte.

Nachdem ich gegen fünf Uhr noch drei weitere Chaos-Dämonen markiert hatte, beschloss ich, für heute Schluss zu machen. Ich fand eine Telefonzelle und rief Morris an, der wie immer schweigend den Hörer abnahm und sich genauso schweigend meine Bitte anhörte, von ihm abgeholt zu werden. Er tippte zweimal auf die Tasten, was »ja« bedeutete. Ich hatte zwar nicht irrsinnig viele Dämonen markiert, aber ich fühlte mich gut, und während ich auf der üblichen Bank saß und wartete, entspannte ich mich langsam. Nichts Ungewöhnliches war vorgefallen, das Markieren war routinemäßig verlaufen.

Da niemand versucht hatte, mir meinen Kopf abzureißen, war das für mich der Beweis, dass Roth lediglich ein Schwätzer war. Jetzt musste ich mir nur noch überlegen, was ich mit diesem Punk-Dämon machen sollte. Als ich mit dem Markieren begonnen hatte, hatte ich strikte Anweisung bekommen, Hohedämonen aus dem Weg zu gehen. Sollte ich einen von ihnen sichten, hatte ich das sofort zu melden. Roth war der allererste, dem ich je begegnet war.

Aber wenn ich Abbot von Roth erzählte, dann nahm er mich ganz sicher von der Schule.

Das durfte nicht passieren, denn die Schule war meine einzige Verbindung zur Normalität. Für die meisten war die Highschool die Hölle auf Erden, aber für mich gab es nichts Schöneres. Dort konnte ich wenigstens so tun, als wäre ich normal. Das würde ich mir von keinem Dämon wegnehmen lassen – und auch nicht von Abbot persönlich.

Wenn mein Handy doch nicht irgendwo in der Kanalisation rumschwimmen würde! Dieser elende Roth! Ohne mein Handy konnte ich nicht mal eine Runde Solitär spielen. Stattdessen blieb mir nichts anderes zu tun, als Leute zu beobachten, womit ich schon seit Schulschluss beschäftigt gewesen war.

Seufzend lehnte ich mich zurück und streckte die Beine aus. Dabei ignorierte ich die Blicke der alten Dame, die am anderen Ende der Bank saß.

Das erste Kribbeln im Nacken drang noch nicht richtig in mein Bewusstsein, doch dann wurde das Gefühl intensiver. Ich drehte mich um und musterte die Menschen auf dem Bürgersteig. Eine wunderschöne Parade aus Seelen zog an mir vorüber, doch ganz hinten im Alkoven eines Secondhandladens erkannte ich eine Leere, die keine Farbe durchscheinen ließ.

Ich setzte mich so plötzlich auf, dass die alte Dame ein erschrockenes Keuchen von sich gab. Drüben sah ich einen dunklen Anzug, blasse Haut und Haare, die ihrem Träger buchstäblich zu Berge zu stehen schienen. Das war eindeutig ein Dämon, aber es war nicht Roth. Der Mann dort war größer und breiter, seine Augen jedoch leuchteten golden.

Ein Hohedämon.

Mein Herzschlag verdreifachte seine Geschwindigkeit. Fast im gleichen Moment hupte ein Wagen so unerwartet, dass ich vor Schreck zusammenzuckte. Ich drehte mich nur eine Sekunde lang um und sah, dass Morris vorgefahren war. Als ich mich wieder umwandte, war der Dämon spurlos verschwunden.

Diesmal wartete ich, bis Morris den Wagen eingeparkt hatte, bevor ich raussprang. Als wir von der Garage aus in die Küche kamen, hörte ich Kinder kichern und vergnügt kreischen.

Fragend schaute ich Morris an. »Hat sich seit heute eine Kita im Haus einquartiert?«

Er ging an mir vorbei und lächelte nur.

»Moment mal. Ist Jasmine mit den Zwillingen zu Besuch?«

Diesmal nickte er, und ich begann übers ganze Gesicht zu strahlen. Ich vergaß den schrecklichen Tag, der hinter mir lag. Jasmine lebte zusammen mit ihrem Mann in New York, und seit sie die Zwillinge hatten, unternahmen sie kaum noch Reisen. Gargoyle-Frauen begegnete man nur selten, denn die meisten starben, wenn sie ein Kind zur Welt brachten. So war es auch Zaynes Mutter ergangen. Hinzu kam, dass die Dämonen sich mit Vorliebe auf sie stürzten, weshalb sie besonders gut bewacht und behütet wurden.

Irgendwie war das so wie ein Leben in einem goldenen Käfig, auch wenn sie selbst das vielleicht nicht so sahen.

Andererseits konnte ich die Einstellung der Männer auch nachvollziehen, denn ohne Frauen konnte unsere Art nicht überleben. Und ohne Gargoyles in der Rolle der Wächter würde es niemanden geben, der die Dämonen in Schach hielt. Dann würden die Dämonen die Macht an sich reißen. Oder die Alphas würden alles vernichten. Alles keine rosigen Aussichten.

Zum Glück gehörte ich nicht zu denen, die ständig bewacht wurden. Deshalb konnte ich auch auf eine öffentliche Schule gehen, was keinem anderen Gargoyle möglich war. Als Halbwächterin stellte ich keine Paarungspartnerin dar. Meine Lebensaufgabe war es nicht, für den Fortbestand unserer Art zu sorgen. Und selbst wenn ich mich mit einem Wächter hätte paaren können – ohne ihm dabei versehentlich seine Seele zu rauben –, wäre mein Dämonenblut zusammen mit der Wächter-DNS weitervererbt worden.

Niemand wollte so etwas in seiner Blutlinie haben.

Ich war überglücklich, dass ich kommen und gehen durfte, wie ich wollte, und dadurch meinen Beitrag leisten konnte. Trotzdem war es … na ja, es war nicht einfach für mich. Ich würde nie wirklich zu den Wächtern dazugehören. Sosehr ich es mir auch wünschte, ich war kein echter Teil ihrer Familie.

In dem Punkt hatte Roth genau ins Schwarze getroffen.

Es gab mir einen Stich, als ich meine Tasche auf dem Küchentisch abstellte und das fröhliche Gelächter im Wohnzimmer hörte. Ich betrat den Raum, und ein kleiner schwarzgrauer Fleck huschte an meinem Gesicht vorbei. Ich machte einen Satz nach hinten und riss den Mund auf, als eine junge dunkelhaarige Frau an mir vorbeirannte, dicht gefolgt von ihrer schimmernden Seele.

»Isabelle!«, rief Jasmine energisch. »Komm sofort da runter!«

Die Seele des kleinen Wesens verblasste gerade genug, dass ich den eigentlichen Körper sehen konnte. Isabelle hatte den Deckenventilator zu fassen bekommen. Mit einem Flügel flatterte sie, den anderen ließ sie schlaff herabhängen, während sie vom Ventilator im Kreis herumgewirbelt wurde. Der rote Lockenkopf passte nicht so recht zu dem pummeligen grauen Gesicht. Das galt übrigens auch für die Fangzähne und die Hörner.

»Ähm …«

Jasmine blieb stehen und drehte sich zu mir um, dann sagte sie atemlos: »Oh, Layla. Wie geht's dir?«

Ich schaltete den Ventilator aus. »Gut. Und dir?«

Isabelle kicherte, als der Ventilator langsam zum Stehen kam, und schlug noch immer mit einem Flügel. Jasmine stellte sich unter sie. »Ach, weißt du, die Zwillinge sind jetzt zwei Jahre alt und lernen allmählich, sich zu wandeln. Ganz großer Spaß, glaub's mir.« Sie bekam eines von Isabelles kurzen Beinen zu fassen. »Lass los! Izzy, du sollst auf der Stelle loslassen!«

Toll. Sogar Zweijährige konnten sich wandeln, nur ich war nicht dazu in der Lage. Wie peinlich! »Seid ihr gestern angekommen?«, wollte ich wissen, weil mir die Gargoyles auf dem Dach wieder einfielen.

Jasmine zog Isabelle vom Ventilator und setzte sie auf den Boden. »Nein, wir sind eben erst angekommen. Dez ist derzeit nicht in der Stadt, und da hat er Abbot gefragt, ob wir hierbleiben können, bis der Clan nach New York zurückkehrt.«

»Ah.« Ich schaute hinter die Couch und entdeckte den anderen Zwilling. Im ersten Moment war er nur ein perlmuttfarbener Klecks aus völliger Reinheit. Dann sah ich durch seine Seele hindurch und stellte fest, dass er auf einer dicken Decke zusammengerollt in seiner menschlichen Form schlief. Einen Daumen hatte er in den Mund gesteckt. »Wenigstens schläft einer von beiden.«

Jasmine lachte leise. »Drake lässt sich von nichts und niemandem aus dem Schlaf holen. Sie dagegen«, sie nahm Isabelle hoch und setzte sie auf die Couch, »mag nicht schlafen, stimmt's, Izzy?«

Isabelle sprang von der Couch und lief auf mich zu. Ehe ich reagieren konnte, stürzte sie sich auf meinen Schuh und bohrte die scharfen kleinen Zähne hinein. Im nächsten Moment hatte sie mir in den Zeh gebissen.

Ich stieß einen spitzen Schrei aus, zwang mich aber, nicht meinem Reflex zu folgen. Sonst hätte ich das kleine Freak-Mädchen quer durchs Zimmer geschleudert.

»Izzy!«, rief Jasmine und kam angerannt. Sie wollte mich von der Kleinen befreien, aber die hatte sich fest in meinen Zeh verbissen. »Izzy! Hör auf damit! Was habe ich dir gesagt?«

Ich zuckte zusammen, als Jasmine die Fangzähne ihrer Tochter aus meinem Fuß zog. Kaum hatte sie die vergnügt glucksende Kleine hingesetzt und losgelassen, erhob sich Isabelle in die Lüfte und flog wieder zielstrebig auf mich zu.

»Nein, Izzy!«, rief ihre Mutter ihr hinterher.

Als ich sie auffing, bekam ich prompt einen Flügel ins Gesicht. Für eine Zweijährige war Isabelle überraschend schwer, wie ich feststellen musste, während ich sie mit ausgestreckten Armen von mir weghielt. »Schon okay, das stört mich nicht.« Jedenfalls jetzt noch nicht.

»Ich weiß.« Jasmine kam zu mir geschwebt und rang ihre zierlichen Hände. »Es ist nur …«

Als ich begriff, was sie meinte, hätte ich mich am liebsten im nächstbesten Loch verkrochen. Jasmine machte sich Sorgen, ich könnte ihrem Baby die Seele aussaugen. Ich dachte, nach unserer ersten Begegnung hätte sie mittlerweile gelernt, mir zu vertrauen. Aber wenn es um ihre Kinder ging, vergaß sie alles andere und wurde übervorsichtig. In gewisser Weise konnte ich das auch verstehen, trotzdem …

Seufzend gab ich Isabelle an Jasmine zurück, trat einen Schritt zurück und setzte ein gezwungenes Lächeln auf. »Und wie lange werdet ihr bleiben?«

Jasmine drückte das zappelnde Kind an ihre Brust, während Isabelle immer wieder ihre Hand nach mir ausstreckte. »Ein paar Wochen, allerhöchstens einen Monat. Danach geht's dann zurück nach Hause.«

In diesem Moment erst wurde mir etwas bewusst. Wenn Jasmine hier war, musste ihre jüngere unverheiratete Schwester ebenfalls hier sein. Und würde ebenfalls *wochenlang* bleiben. Mein Magen verkrampfte sich bei diesem Gedanken.

Ohne ein weiteres Wort verließ ich das Zimmer, um mich auf die Suche nach der anderen Gargoyle-Frau zu machen. Danika unterschied sich ganz erheblich von den menschlichen Frauen, mit denen sich Zayne gelegentlich traf.

Aus der Bibliothek, in der ich üblicherweise meine gesamte Freizeit verbrachte, hörte ich leises Lachen. Eine irrationale, stechende Eifersucht überkam mich, und ich ballte unwillkürlich die Fäuste. Vor der geschlossenen Tür zur Bibliothek blieb ich stehen. Ich hatte kein Recht, einfach reinzuplatzen, aber mir war längst die Kontrolle über mein Verhalten entglitten.

Wieder ertönte Danikas helles Lachen, in das nun ein Mann einstimmte. Ich konnte mir genau vorstellen, wie sie mit einer Kopfbewegung ihr langes schwarzes Haar über die Schulter warf und dabei so lächelte, wie alle Mädchen Zayne anlächelten.

Ich stieß die Tür auf und sah die zwei. Sie standen so dicht zusammen, dass sich ihre Seelen berührten.

4. KAPITEL

Zayne stand gegen den so gut wie nie benutzten und entsprechend verstaubten Schreibtisch gelehnt, die muskulösen Arme vor der Brust verschränkt. Ein liebevolles Lächeln umspielte seinen Mund, und Danika hatte ihm eine Hand auf die Schulter gelegt. Sie strahlte ihn so glücklich an, dass ich mich am liebsten auf sie beide übergeben hätte. Sie waren in etwa gleich groß und auch ungefähr im gleichen Alter. Zugegeben, die beiden würden ein hübsches Paar abgeben und Heerscharen von wunderschönen Babys in die Welt setzen, die sich alle wandeln konnten und kein besudeltes Blut in sich hatten.

Ich hasste sie inbrünstig.

Zayne hob den Kopf und erstarrte, als er mich entdeckte.

»Layla? Bist du das?« Danika löste sich von Zayne und lächelte mich an, während ihre Hand über seine Brust strich. Ein schwacher rosiger Schimmer schlich sich auf ihre Wangen. »Deine Haare sind so lang geworden.«

So lang konnten meine Haare gar nicht geworden sein, immerhin hatte ich Danika erst vor drei Monaten zum letzten Mal gesehen. »Hey«, sagte ich und hörte mich an, als hätte ich eine Handvoll rostiger Nägel geschluckt.

Sie durchquerte die Bibliothek und blieb fast nah genug vor mir stehen, um mich zu umarmen. Aber eben nur fast, weil Umarmen so *gar nicht* unser Ding war. »Wie geht's dir? Wie läuft es in der Schule?«

Dass Danika mich gut leiden konnte, machte das Ganze nur noch unerträglicher. »Beides großartig.«

Zayne stieß sich vom Schreibtisch ab. »Brauchst du irgendwas, Layla-Biene?«

Ich kam mir wie die größte Idiotin überhaupt vor. »Ich ... ich wollte nur Hallo sagen.« Dann drehte ich mich zu Danika um. »Hallo«, presste ich heraus. Mein Gesicht schien zu glühen.

Sie wurde ein wenig ernster, als sie sich wieder zu Zayne umdrehte. »Wir hatten uns gerade eben über dich unterhalten. Zayne meinte, dass du dich an der Columbia bewerben willst.«

»Das war nur eine dumme Idee«, gab ich zurück und dachte an die lediglich halb ausgefüllte College-Bewerbung.

Zayne stutzte. »Du hattest doch gesagt, dass du dich bewerben wolltest.«

»Wozu denn?«, erwiderte ich achselzuckend. »Ich habe doch schon einen Job.«

»Layla, das ist durchaus eine sinnvolle Sache. Du musst ja nicht …«

»Lassen wir das Thema, das muss jetzt nicht sein. Entschuldigt die Störung«, schnitt ich Zayne das Wort ab. »Wir sehen uns später.«

Eilig verließ ich die Bibliothek, bevor ich mich noch schlimmer blamierte. Dabei kämpfte ich gegen heiße Tränen der Demütigung an. Ich schauderte, als ich den Kühlschrank erreichte. Ich hätte gar nicht erst zu den beiden reingehen sollen, es war doch klar, was ich da vorfinden würde. Aber offenbar stand ich darauf, mich selbst zu quälen.

Ich nahm die Packung Orangensaft aus dem Kühlschrank und griff nach dem Keksteig. Der erste Schluck Saft war immer der beste, weil ich das Brennen der Säure so mochte. Zucker half recht gut, wenn es mich nach einer Seele gelüstete, bestimmt ging es vielen Drogensüchtigen auch so.

»Layla.«

Ich schloss die Augen und stellte die Saftpackung auf den Tresen »Ja, Zayne?«

»Sie bleibt nur ein paar Wochen hier. Du könntest wenigstens versuchen, nett zu ihr zu sein.«

Ich drehte mich zu ihm um und fixierte starr seine Schultern. »Ich *war* eben nett zu ihr.«

»Du hast dich aber angehört, als ob du ihr den Kopf abreißen wolltest«, widersprach er lachend.

Oder als ob ich ihr die Seele nehmen wollte. »Wenn du meinst.« Ich brach ein Stück Keksteig von der Rolle ab und steckte es in den Mund. »Du solltest sie nicht warten lassen.«

Zayne nahm mir die Teigrolle ab. »Sie ist jetzt bei Jasmine, um ihr mit den Zwillingen zu helfen.«

»Ah.« Ich drehte mich weg, holte ein Glas aus dem Schrank und füllte es bis zum Rand mit Saft.

»Layla-Biene.« Sein Atem strich über meine Haare. »Benimm dich bitte nicht so.«

Ich atmete tief ein und wünschte, ich könnte mich an ihn schmiegen. Aber das war natürlich unmöglich. »Ich benehme mich doch ganz normal. Und du solltest deine Zeit lieber mit Danika verbringen.«

Seufzend drehte er mich zu sich um und musterte wissend das Glas Orangensaft in meiner Hand. »Schlechter Tag in der Schule, wie?«

Ich wich zurück und stieß gegen den Tresen. Unwillkürlich musste ich daran denken, wie Roth mich in der Toilette in die Enge getrieben hatte. »N-nicht anders als sonst auch.«

Zayne kam noch etwas näher und legte die Teigrolle zur Seite. »Irgendwas Interessantes passiert?«

Wusste er Bescheid? Nein, das war unmöglich. Er fragte mich immer nach der Schule. »Hmm … ach so, ja. Ein Mädchen hat mich als Gargoyle-Hure bezeichnet.«

»Was?«

»Kommt vor«, sagte ich achselzuckend. »Nicht so wild.«

Er sah mich eindringlich an. »Wer hat das zu dir gesagt?«

»Ist nicht wichtig …« Weiter kam ich nicht, weil er mir das Glas aus der Hand nahm und es zur Hälfte austrank, während ich das Spiel seiner Halsmuskulatur beobachtete. »Ist doch nur ein blöder Spruch.«

»Das stimmt. Solange es dich nicht trifft, ist es nicht wichtig.«

Ein Schauer lief mir über den Rücken. »Ich weiß«, sagte ich und spürte den Blick aus seinen hellen Augen auf mir.

»Ist dir kalt?«, fragte er. »Irgendjemand hat die Klimaanlage angemacht, während wir geschlafen haben.«

»Wir haben September, es ist nicht warm genug für die Klimaanlage.«

Zayne lachte leise und strich mein Haar von den Schultern. »Layla, wir haben eine andere Körpertemperatur als du. Zwanzig Grad sind für uns schweißtreibend.«

»Mhm. Darum mag ich dich ja so. Du fühlst dich schön warm an.«

Er stellte mein Glas auf den Tresen, dann nahm er meine Hand und zog mich an sich. »Darum magst du mich? Weil ich schön warm bin?«

»Klar.«

»Und ich dachte immer, dass es dafür auch noch andere Gründe gibt«, zog er mich auf.

Mein Ärger verflog, und auf einmal lächelte ich ihn sogar an. Zayne hatte einfach diese Wirkung auf mich. »Na ja, du hilfst mir bei den Hausaufgaben.«

»Ist das alles?«

»Hmm.« Ich tat so, als müsste ich angestrengt nachdenken. »Du bist dekorativ. Fühlst du dich jetzt besser?«

Zayne riss ungläubig die Augen auf. »Ich bin *dekorativ*?«

Ich musste kichern. »Ja. Und Stacey meinte, du bist eine Designer-Spezialanfertigung.«

»Wirklich?« Er zog mich an seine Seite und legte einen Arm um meine Schulter. Es war so, als würde ich in den Schwitzkasten genommen, nur dass jede Stelle meines Körpers angenehm kribbelte. »Findest du das auch?«

»Klar«, keuchte ich. Meine Wangen brannten, andere Regionen meines Körpers schlossen sich an. »Ich … schätze ja.«

»Du schätzt ja?« Er beugte sich leicht nach hinten, bis er vielleicht fünf Zentimeter von mir entfernt war. »Glaub ich dir.« Leise lachend zog er meine Hand weg, die ich auf meine heiße Wange gelegt hatte. »Bist du mit dem Markieren für heute durch?«

Ich blinzelte einmal. Wovon redete er da?

Hinter mir wurde die Küchentür geöffnet, Zayne ließ meine Hand los und sah über meine Schulter, ohne dabei den Arm wegzunehmen, den er um mich gelegt hatte. »Hey, alter Herr«, rief er amüsiert.

Ich drehte mich. Abbot stand in der Tür und betrachtete seinen Sohn mit ausdrucksloser Miene. Sein Anblick erinnerte mich immer an einen Löwen. Seine Haare waren etwas heller als Zaynes, aber er trug sie genauso lang. Ich vermutete, dass ihre Gesichtszüge ziemlich ähnlich waren, aber ein dichter Vollbart verhinderte einen richtigen Vergleich.

Hätte ich in einem Lexikon den Begriff »Furcht einflößend« nachgeschlagen, hätte ich da bestimmt ein Foto von Abbot gefunden. Als Clanführer musste er beängstigend, energisch und manchmal auch todbringend sein. Er repräsentierte den Clan, mit ihm traf sich der Vertreter der Menschheit, und wenn irgendein Wächter Mist baute, musste Abbot dafür den Kopf hinhalten. Auf seinen Schultern ruhte eine tonnenschwere Last, aber er hielt diesem Druck stand.

Abbot sah mich an. Seine sonst so warmen Augen erinnerten mich jetzt an Splitter aus blassblauem Eis. »Layla, heute Nachmittag kam ein Anruf von der Schule.«

Ich schürzte die Lippen. »Ähm …«

»Ich durfte mit einer gewissen Mrs. Cleo reden, bevor sie Feierabend hatte.« Er verschränkte die Arme vor der Brust. »Sie behauptet, du wärst während einer Klassenarbeit rausgerannt. Möchtest du mir erklären, warum?«

Mein Hirn war völlig leer.

Zayne hob den Kopf. Ich musste ihn nicht ansehen, um zu wissen, dass er die Augenbrauen zusammengezogen hatte. »Warum bist du aus dem Klassenzimmer gelaufen?«

»Ich … mir war nicht gut.« Ich hielt mich an der Kücheninsel fest. »Heute Morgen hatte ich nicht gefrühstückt, und dann ist mir schlecht geworden.«

»Fühlst du dich jetzt wieder besser?«, wollte er wissen.

Ich sah ihn an und bemerkte seine sorgenvolle Miene. »Ja, auf jeden Fall.«

Zayne sah zu meinem Glas Orangensaft, das ich längst vergessen hatte, im gleichen Moment huschte ein seltsamer Ausdruck über sein Gesicht. Dann ließ er meinen Arm los und ging um die Kücheninsel herum.

»Ich habe dieser Mrs. Cleo gesagt, dass du sicher einen guten Grund dafür gehabt hast, das Klassenzimmer zu verlassen«, fuhr Abbot fort. »Sie stimmte mir zu, dass dein Verhalten sehr untypisch war, und sie ist bereit, dich am Freitag nach dem regulären Unterricht diese Arbeit nachschreiben zu lassen.«

Normalerweise hätte ich jetzt angefangen zu jammern, weil ich nicht zusätzlich Zeit in der Schule verbringen wollte, war aber klug genug, den Mund zu halten. »Es tut mir wirklich leid.«

Nun sah Abbot mich mit einem sanfteren Ausdruck in seinen Augen an. »Nächstes Mal sagst du deiner Lehrerin Bescheid, wenn dir schlecht ist. Und ruf Morris an, damit er dich abholt und du dich hier hinlegen und erholen kannst.«

Jetzt kam ich mir noch mieser vor. Ich wippte leicht vor und zurück. »Okay.«

Zayne stellte sich wieder zu mir, in einer Hand hielt er das Glas. Er schaute finster drein, während er mir das Glas gab und mir dabei zusah, wie ich es austrank. Nun fühlte ich mich noch viel elender.

Abbot stützte sich mit beiden Händen auf dem Tresen ab. »Hast du Zeit mit Danika verbracht, Zayne?«

»Hmm?« Zaynes Blick galt immer noch mir.

»Du weißt schon«, sagte ich und stellte das leere Glas weg. »Die Kleine, die sich in der Bibliothek beinahe auf dich gestürzt hat.«

Er presste seine vollen Lippen aufeinander, bis sie nur noch schmale Linien waren.

»Schön, dass ihr zwei euch versteht«, meinte Abbot lachend. »Du weißt, sie ist im Paarungsalter, Zayne. Es wird allmählich Zeit, dass du dir Gedanken darüber machst, mit wem du deine Zukunft verbringen willst.«

Ich gab mir Mühe, mir nichts anmerken zu lassen. Zayne sollte sich eine Frau aussuchen? Am liebsten hätte ich mich übergeben.

Zayne stöhnte auf. »Vater, ich bin gerade erst einundzwanzig geworden. Hör auf damit.«

»Also ich war genau in deinem Alter, als ich mich mit deiner Mutter gepaart habe. Das ist nichts völlig Abwegiges.«

Ich verzog das Gesicht. »Können wir nicht ›heiraten‹ sagen? Paaren klingt einfach nur eklig, wenn man's laut ausspricht.«

»Das ist nicht deine Welt, deshalb erwarte ich nicht, dass du das verstehst.«

Ich zuckte zusammen, als hätte er mir eine Ohrfeige gegeben.

Zayne schüttelte den Kopf. »Vater, das ist *sehr wohl* ihre Welt. Sie ist auch eine Wächterin.«

Langsam entfernte sich Abbot vom Tresen und strich sich das Haar zurück. »Wenn sie es verstehen würde, hätte sie kein Problem mit dem Begriff *Paaren*. Das Bündnis der Ehe ist zerbrechlich. Eine Paarung hält ein Leben lang. Das solltest du allmählich ernst nehmen. Unser Clan schwindet dahin.«

Seufzend legte Zayne den Kopf zurück. »Und was schlägst du vor? Dass ich auf der Stelle hingehe und mein Leben Danika widme? Hat sie dabei kein Mitspracherecht?«

»Ich kann mir nicht vorstellen, dass Danika etwas dagegen hätte«, erklärte Abbot wissend lächelnd. »Und wenn du schon so fragst: Ja, ich lege dir nahe, dass du dich sehr bald paarst. Du wirst nicht jünger, ich ebenfalls nicht. Mag sein, dass du sie jetzt noch nicht liebst, aber das kommt mit der Zeit.«

»Wie bitte?« Zayne lachte ungläubig.

»Ich ... ich mochte deine Mutter, als ich mich das erste Mal mit ihr gepaart habe.« Nachdenklich rieb Abbot sein Kinn. »Nach einer Weile hatte ich gelernt, sie zu lieben. Hätten wir nur mehr Zeit zusammen verbringen können ...«

Zayne schien diese Unterhaltung kalt zu lassen, ich dagegen war den Tränen nah. Ich murmelte etwas von Hausaufgaben vor mich hin, dann verließ ich die Küche. Ich musste nicht erst noch hören, welchen Verlauf dieses Gespräch nahm. Es war jetzt schon klar, dass es unwichtig war, was Zayne wollte. Das hatte bei Abbot und Zaynes Mutter auch nicht interessiert.

Und was ich wollte, kümmerte erst recht niemanden, so viel stand fest.

Die Bewerbung für die Columbia University lag auf dem Fußboden und schien mich anzustarren, ganz so wie die anderen Bewerbungsschreiben, die ringsum verstreut lagen.

Geld war kein Thema. Meine Noten ebenfalls nicht. Da ich dem Clan nicht mit Nachkommen dienen konnte, lag meine Zukunft ganz allein in meinen Händen. Diese Bewerbungen hätten mich freuen müssen. Aber die Vorstellung, von hier wegzugehen, um jemand Neues, jemand Anderes zu werden, machte mir mindestens genauso viel Angst, wie sie mich faszinierte.

Nun, wo ich endlich die Chance bekam wegzugehen, da wollte ich sie auf einmal nicht mehr.

Das ergab überhaupt keinen Sinn. Ich strich meine Haare zurück und stand auf. Meine Hausaufgaben lagen auf dem Bett und waren längst vergessen. Wenn ich mir selbst gegenüber nur für zwei Sekunden ehrlich war, dann wusste ich eigentlich genau, aus welchem Grund ich nicht weggehen wollte. Dieser Grund war Zayne, aber das war idiotisch. Abbot hatte vollkommen recht. Es war egal, wie viel Wächterblut in meinen Adern floss, das hier war nicht meine Welt. Ich war wie aufdringlicher Besuch, der einfach nicht mehr gehen wollte.

Ich sah mich in meinem Zimmer um, das alles zu bieten hatte, was sich ein Mädchen wünschen konnte: mein eigener Computer und dazu ein Laptop, ein Fernseher, eine Stereoanlage, mehr Kleidung, als ich jemals würde tragen können, und genug Bücher, um mich in ihnen völlig zu verlieren.

Aber das waren alles nur Dinge … bedeutungslose Sachen.

Weil ich nicht länger in meinem Zimmer bleiben und vor mich hin grübeln wollte, ging ich raus, ohne eine Vorstellung zu haben, was ich dann machen sollte. Ich musste einfach nur raus aus diesem Zimmer, aus dem Haus. Im Erdgeschoss hörte ich Jasmine und Danika lachen, die sich in der Küche um das Abendessen kümmerten. Der Geruch von Bratkartoffeln zog durchs Haus. War Zayne bei ihnen? Stand er bei Danika und half ihr beim Kochen?

Ganz tolle Vorstellung.

Ich ging an Morris vorbei, der auf der Veranda saß und Zeitung las. Er warf mir einen fragenden Blick zu, mehr aber auch nicht.

Ich schob die Hände in die Hosentaschen und atmete den Geruch von verrottendem Laub ein, unter den sich etwas von dem Smog mischte, der über der Stadt hing.

Von der Veranda aus überquerte ich den gepflegten Rasen und ging an der Mauer vorbei, die Abbots Grund und Boden von dem Wald trennte, von dem das Anwesen umgeben war. Als Kinder waren Zayne und ich diesen Weg so oft gegangen, dass sich ein Trampelpfad durch das Gras und den steinigen Boden zog. Wir waren gemeinsam weggelaufen – ich vor der Einsamkeit und Zayne vor dem harten Training und all den Erwartungen, die an ihn gestellt wurden.

Früher war der viertelstündige Fußmarsch die Flucht in eine andere Welt gewesen, eine Welt voller Kirsch- und Ahornbäume. Dies war unsere Zuflucht gewesen. Damals hätte ich mir ein Leben ohne Zayne nicht vorstellen können.

Ich blieb unter dem Baumhaus stehen, das Abbot für Zayne gebaut hatte, lange bevor ich aufgetaucht war. Es war eigentlich nichts Besonderes, nur eine Hütte mitten in einer Baumkrone, aber dazu gehörte auch eine coole Aussichtsplattform, die ungefähr zweieinhalb mal zweieinhalb Meter maß. Als Kind war es für mich sehr viel einfacher gewesen, auf einen Baum zu klettern. Jetzt benötigte ich erst mehrere Anläufe, ehe ich es in die Hütte geschafft hatte. Von dort kroch ich durch die Tür auf die Plattform, auf der ich mich nur langsam weiterwagte, und hoffte, dass die Konstruktion nicht unter mir nachgab.

Von einem Baumhaus erschlagen zu werden kam mir nicht gerade als eine besonders gelungene Todesart vor.

Ich legte mich der Länge nach hin und überlegte, wieso ich eigentlich hergekommen war. War das ein Versuch, Zayne trotz allem nahe zu sein? Oder sehnte ich mich nach meiner Kindheit? Eine Reise zurück in eine Zeit, in der ich nicht wusste, dass ich mich von anderen Wächtern unterschied, weil ich um die Menschen herum schimmernde Farben sah ... in eine Zeit, als ich noch keine Ahnung davon hatte, dass ich schmutziges Blut hatte. Damals war vieles sehr viel einfacher gewesen. Da hatte ich nicht auf diese Art an Zayne gedacht, die mir jetzt so zu schaffen machte. Da war ich abends auch nicht in der Stadt unterwegs gewesen, um wildfremde Menschen anzufassen. Und da hatte ich im Bio-Unterricht auch keinen Hohedämon vor mir sitzen.

Eine kühle Brise spielte mit meinen Haaren und wehte mir ein paar Strähnen ins Gesicht. Mir lief ein Schauer über den Rücken, und ich kauerte mich zusammen. Aus einem unerfindlichen Grund kam mir in den Sinn, wie Roth zu mir gesagt hatte, Abbot benutze meine Fähigkeiten für seine Zwecke.

Das ist nicht wahr.

Ich zog die Halskette unter dem Sweater hervor, sie war alt, ihre grob gearbeiteten Glieder angelaufen. Im Dämmerlicht konnte ich die Gravuren auf dem silbernen Ring nicht erkennen. Jemand mit deutlich zu viel freier Zeit hatte sich die Mühe gemacht, eine endlose Serie von Mustern in das Metall zu ritzen. Ich drehte den Ring so, dass der Edelstein in der Mitte nach oben zeigte. Nirgendwo sonst hatte ich jemals einen solchen Stein gesehen, der zwar so dunkelrot wie ein Rubin war, aber auch einige erheblich dunklere Stellen aufwies. Je nachdem, wie ich den ovalen Stein hielt, sah es manchmal so aus, als ob sich eine Flüssigkeit im Inneren befand.

Es hieß, der Ring habe meiner Mutter gehört.

An die Zeit vor der Nacht, in der Abbot mich fand, konnte ich mich absolut nicht erinnern. Dieser Ring war das Einzige, was mich noch mit meiner leiblichen Familie verband.

Familie … was für ein seltsames Wort. Ich konnte mir nicht mal sicher sein, ob ich jemals eine Familie gehabt hatte. War ich vor dem Aufenthalt bei der Pflegefamilie bei meinem Vater gewesen? Gab es jemanden, der darüber etwas wusste? Vielleicht wusste Abbot ja mehr, aber von ihm hatte ich nie etwas erfahren. Mein Leben begann für mich erst in dem Moment, als Abbot mich gefunden hatte.

Ich schloss die Augen und atmete tief durch. Das hier war nicht der richtige Zeitpunkt für sich im Kreis drehende Grübeleien und erst recht nicht für Selbstmitleid. Ich steckte den Ring zurück unter meinen Sweater. Worüber ich mir allerdings Gedanken machen musste, war dieser Roth und was ich seinetwegen unternehmen sollte.

Um Rat fragen konnte ich niemanden. Sollte ich den Hohedämon ignorieren? Das hörte sich zwar nach einem guten Plan an, aber funktionieren würde der wohl nicht. Insgeheim hoffte ich ja darauf, dass er sich einfach in Luft aufgelöst hatte, nachdem er mich davor gewarnt hatte, weiterzumarkieren.

Beim Überlegen musste ich irgendwann eingenickt sein, denn als ich die Augen wieder öffnete, war es dunkel, meine Nase fühlte sich kalt an, und … jemand lag neben mir.

Im ersten Moment hätte ich vor Schreck fast einen Satz gemacht, der mich womöglich vom Baum geworfen hätte. Dann drehte ich den Kopf zur Seite und spürte, wie seidiges Haar auf meiner Wange kitzelte. »Zayne?«

Er machte ein Auge auf. »Was für ein seltsamer Platz für einen kleinen Erholungsschlaf, wenn doch diese großartige Erfindung namens Bett in deinem Zimmer steht.«

»Was machst du hier?«, fragte ich.

»Du warst nicht beim Abendessen.« Er strich mir eine Haarsträhne aus dem Gesicht. »Schließlich dachte ich mir, ich sollte besser mal nach dir sehen. In deinem Zimmer warst du nicht, und als ich dann Morris nach dir gefragt habe, hat er auf den Wald gezeigt.«

Ich rieb mir die Augen, um die restliche Müdigkeit meines Spontanschlafs zu vertreiben. »Wie spät ist es?«

»Fast halb zehn.« Nach einer kurzen Pause fügte er hinzu: »Ich hab mir deinetwegen Sorgen gemacht.«

»Wieso?«

Zayne beugte den Kopf. »Wieso hast du heute den Unterricht verlassen?«

Ich sah ihn einen Moment lang an, dann fiel mir sein seltsamer Gesichtsausdruck ein, mit dem er in der Küche mein Glas Orangensaft gemustert hatte. »Ich wollte keine Seele aufsaugen, wenn du das meinst.«

Er zog die Augenbrauen zusammen. »Wenn du Heißhunger auf Süßes hast …«

»Ja, ich weiß.« Ich schaute in den Himmel. Ein paar Sterne zwinkerten mir zwischen den dicken Ästen zu. »In der Schule ist heute gar nichts vorgefallen, das schwöre ich dir.«

Eine Zeit lang schwieg er wieder. »Okay. Das war aber nicht das Einzige, weshalb ich besorgt bin.«

»Ich werde Danika nicht im Schlaf ermorden«, versicherte ich ihm seufzend.

Zayne lachte leise. »Das will ich auch nicht hoffen. Dad wäre wirklich sauer, wenn du meine Paarungspartnerin umbringst.«

Als ich das hörte, stiegen die Chancen enorm, dass ich sie sehr wohl ermorden würde. »Dann hast du dich jetzt also mit diesem Paarungskram angefreundet? Wirst du bald anfangen, kleine Gargoyle-Babys zu produzieren? Das dürfte doch ein Vergnügen sein.«

Er lachte wieder, was mich richtig sauer machte. »Layla-Biene, was weißt du denn darüber, wo die Babys herkommen?«

Ich setzte mich auf und boxte ihn in die Magengrube, woraufhin er leise keuchte. »Ich bin kein verdammtes Kind mehr, du Arsch. Ich weiß, was Sex ist.«

Er streckte den Arm aus und kniff mir in die Wange. »Du bist wie diese kleine …«

Und wieder bekam er meine Faust in die Magengrube.

Es zog mich an seine Brust. »Hör auf, so gewalttätig zu sein«, forderte er mich lässig auf.

»Dann hör du auf, dich wie ein Idiot aufzuführen.« Ich biss mir auf die Unterlippe.

»Ich weiß, du bist kein Kind mehr.«

Eine unglaubliche Hitze durchströmte mich, was in einer so frischen Nacht etwas ungewöhnlich war. »Sagen kannst du viel. Auf jeden Fall behandelst du mich, als wär ich zehn.«

Auf einmal hielt er meinen Arm fester als zuvor. »Und wie soll ich dich behandeln?«

Leider fiel mir darauf nichts ein, was sexy und verführerisch klang. Stattdessen konnte ich nur murmeln: »Keine Ahnung.«

Er zog einen Mundwinkel hoch. »Übrigens, Danika ist nicht meine Paarungspartnerin. Das habe ich auch nur im Spaß gesagt.«

Ich versuchte, völlig unbeteiligt zu wirken. »Das ist aber das, was dein Vater will.«

Seufzend wandte er den Blick ab. »Worüber haben wir eben gesprochen? Ach so, ja. Ich war besorgt, wo du sein könntest, weil Elijah hier ist.«

Danika war vergessen. »Was?«

Zayne schloss die Augen. »Ja, er gehört zu der Gruppe, die gestern Abend hier eingetroffen ist. Ich dachte, sie würden heute wieder aufbrechen, aber wie es scheint, werden sie noch eine Weile bleiben.«

Elijah Faustin gehörte zu dem Clan, der Dämonenaktivitäten entlang der Südküste überwachte. Er und sein Sohn führten sich mir gegenüber auf, als wäre ich der Antichrist persönlich. »Ist Petr auch mitgekommen?«

»Ja.«

Ich ließ den Kopf sinken. Petr war einer von der schlimmsten Sorte. »Und wieso sind sie hier?«

»Er wird zusammen mit seinem Sohn und vier anderen in den Nordosten verlegt.«

»Dann bleibt er hier, bis Dez zurückkommt?«

Zayne hielt meinem Blick stand, seine Miene zeigte keine Regung. »Petr wird sich nicht in deine Nähe wagen, das verspreche ich dir.«

Mein Magen verkrampfte sich. Ich zog meine Hand aus seinem Griff, drehte mich auf den Rücken und atmete flach. »Abbot hat ihnen doch gesagt, dass sie hier nicht mehr willkommen sind.«

»Das hat er auch, Layla. Vater ist nicht gerade erfreut darüber, dass sie hier sind, aber er kann sie nicht wegschicken.« Zayne drehte sich auf die Seite, damit er mich wieder ansehen konnte. »Weißt du noch, wie wir so getan haben, als wäre das hier eine Beobachtungsplattform der NASA?«

»Ich weiß nur noch, dass du mich ein paar Mal hast von der Kante runterbaumeln lassen.«

Er stieß mich sanft an. »Das hatte dir doch gefallen. Du warst immer neidisch darauf, dass ich fliegen konnte und du nicht.«

»Wer wäre darauf nicht neidisch?«, gab ich zurück und brachte ein Lächeln zustande.

»Himmel, es ist ja wirklich Jahre her, seit wir das letzte Mal hier oben waren«, sagte er und schaute über seine Schulter.

»Ich weiß.« Ich streckte die Beine aus und bewegte die Zehen in meinen Sneakers. »Irgendwie fehlt mir das.«

»Mir auch.« Zayne zog am Ärmel meines Sweaters. »Bleibt's bei Samstag?«

Seit Jahren gingen wir jeden Samstagmorgen in einen anderen Coffeeshop. Er blieb dafür extra länger auf und zögerte den Zeitpunkt hinaus, an dem er normalerweise in sein Zimmer zurückkehrte und seine wahre Form annahm, denn nur in der konnte er schlafen. Wirklich zur Ruhe kam ein Gargoyle nur, wenn er sich in Stein verwandelte. »Natürlich.«

»Ach, das hätte ich fast vergessen.« Er setzte sich auf und zog etwas aus der Hosentasche. »Das habe ich dir mitgebracht.«

Ich riss ihm das Handy aus den Fingern und kreischte: »Mit Touchscreen! Oh mein Gott, ich verspreche dir, dass ich es nicht kaputt mache und auch nicht verliere. Vielen, vielen Dank!«

Zayne stand auf. »Ich habe es schon aufgeladen, jetzt musst du nur noch alle deine Telefonnummern speichern.« Er grinste mich an. »Ich war so frei und habe meine Nummer auf dem ersten Speicherplatz eingetragen.«

Ich sprang auf und umarmte ihn. »Danke. Du bist wirklich eine Spezialanfertigung.«

Lachend erwiderte er meine Umarmung. »Aha, wie ich sehe, muss ich mir deine Liebe also erkaufen.«

»Nein! Das ist nicht wahr! Ich …« Ich unterbrach mich, bevor mir etwas rausrutschte, was ich nicht mehr zurücknehmen konnte. Ich hob den Kopf und sah ihn an. Auch wenn sein Gesicht halb in Schatten getaucht war, entging mir nicht der eigenartige Ausdruck in seinen Augen. »Also, was ich meinte … du wärst immer noch genauso cool, wenn du mir kein Handy gekauft hättest.«

Zayne strich mir ein paar Haarsträhnen hinters Ohr und ließ die Hand dann auf meiner Wange ruhen. Schließlich lehnte er seine Stirn gegen meine und holte tief Luft.

»Lass die Balkontür in deinem Zimmer nicht offen stehen«, sagte er ernst. »Und lauf nicht mitten in der Nacht im Haus rum, okay?«

»Okay.«

Er rührte sich nicht von der Stelle. Ein leichtes Brennen bewegte sich unter meiner Haut hin und her, es war etwas anderes als die Reaktion meines Körpers auf seine Nähe. Ich zwang mich dazu, ruhig zu atmen und mich ganz auf Zayne zu konzentrieren. Doch meine Fantasie übernahm die Kontrolle. Ich malte mir aus, wie seine Seele, sein reiner Geist, all die kalten, verlassenen Stellen in meinem Inneren wärmte. Das wäre besser als ein Kuss – besser als alles andere auf der Welt. Ich begann zu zittern. Zwei sehr unterschiedliche Arten von Verlangen ergriffen von mir Besitz.

Zayne ließ die Arme sinken und wich zurück. »Ist alles in Ordnung?«

Betreten senkte ich den Blick, wich einen Schritt zurück und hielt das Handy zwischen uns. »Ja, alles in Ordnung. Wir … wir sollten uns auf den Rückweg machen.«

Er musterte mich noch einen Moment lang, dann nickte er, und ich sah zu, wie er ins Baumhaus kroch. Gebannt hielt ich den Atem an, bis ich hörte, wie er auf dem Boden landete.

So konnte ich einfach nicht weitermachen. Aber welche Wahl hatte ich? Sollte ich etwa auf Dämonin machen? Nein, dazu wäre ich niemals bereit.

»Layla?«, rief er.

»Komme schon.« Ich hob den Kopf, aber als ich losgehen wollte, bemerkte ich etwas aus dem Augenwinkel. Verwundert betrachtete ich den Ast, der genau über der Aussichtsplattform verlief. Irgendetwas stimmte nicht mit ihm. Er schien dicker zu sein und zu glänzen.

Dann begriff ich, was ich da sah.

Um den Ast hatte sich eine ungewöhnlich lange und dicke Schlange gewickelt, deren diamantförmiger Kopf nach vorn geneigt war. Von meiner Position konnte ich deutlich das unverwechselbare rote Leuchten in den Augen der Schlange sehen.

Keuchend machte ich einen Satz zurück.

»Was ist denn los?«, wollte Zayne wissen.

Ich sah ihn vielleicht zwei Sekunden lang an, mehr auf keinen Fall. Aber als ich wieder nach oben schaute, war die Schlange spurlos verschwunden.

5. KAPITEL

Als ich Stacey in den Bio-Raum folgte, war ich bereits drauf und dran, ihr eine zu scheuern. Sie wollte einfach nicht aufhören, über Roth zu reden. Als ob ich außer mir selbst noch jemanden brauchte, der sich die Frage stellte, ob er wohl heute auch wieder im Unterricht sein würde. Ich hatte die ganze Nacht wach gelegen und über diese verdammte Schlange im Baum nachgedacht. War sie die ganze Zeit dagewesen? Hatte sie mich beim Schlafen beobachtet und dann meine Unterhaltung mit Zayne belauscht?

Zu gruselig!

Das alles wurde dadurch noch umso schlimmer, dass ich ständig darüber nachdenken musste, wie Roth mich in der Toilette gegen die Wand gedrückt hatte. Das war das wirklich Schlimme bei der Sache: Wenn ich an Roth dachte, drehten sich meine Gedanken nur darum, wie sich das angefühlt hatte. Niemand kam mir je so nahe, nicht mal Zayne. Am liebsten wäre ich in meinen eigenen Schädel gekrochen, um diese eine Erinnerung operativ zu entfernen und danach mein ganzes Gehirn mit Sagrotan zu desinfizieren.

»Ich will doch hoffen, dass er auftaucht«, redete Stacey weiter, setzte sich hin und brachte sich auf ihrem Stuhl in Pose. »Ich habe mich ja schließlich nicht zum Spaß so angezogen aus dem Haus geschlichen.«

»Glaub ich dir aufs Wort«, sagte ich, betrachtete ihren kurzen Rock und gleich danach den tiefen Ausschnitt. »Wir wollen doch schließlich nicht, dass deine Oberweite unbeachtet bleibt.«

Sie lächelte mich verlegen an. »Er soll die ganze Nacht nur an mich denken.«

»Glaub mir, das willst du nicht«, widersprach ich und legte das Bio-Buch auf mein Pult.

»Das würde ich gern selbst entscheiden.« Sie rutschte hin und her und zog ihren Rock glatt. »Außerdem kann ich nicht verstehen, wieso du ihn nicht scharf findest. Mit dir stimmt was nicht.«

»Mit mir stimmt alles.« Ich sah zu ihr rüber, aber ihr Blick war stur auf die Tür gerichtet. Seufzend fügte ich hinzu: »Stacey, er ist keiner von den Guten.«

»Hmm. Umso besser.«

»Ich meine es ernst. Er ist … er ist gefährlich, also komm gar nicht erst auf irgendwelche seltsamen Ideen.«

»Zu spät.« Dann stutzte sie. »Hat er dir was getan?«

»Das ist nur so ein Gefühl.«

»Ich habe alle möglichen Gefühle, wenn ich an ihn denke.« Sie beugte sich vor, stützte die Ellbogen auf den Tisch und das Kinn auf die Hände. »*Jede Menge* Gefühle.«

Ich verdrehte die Augen. »Und was ist mit Sam? Er ist hoffnungslos in dich verliebt. Der wäre klar die bessere Wahl.«

»Was?« Sie zog die Nase kraus. »Sam ist doch nicht in mich verliebt!«

»Natürlich ist er das.« Ich begann auf dem Buchumschlag herumzukritzeln und vermied es, zur Tür zu sehen. »Er sieht dich die ganze Zeit an.«

Stacey lachte auf. »Sam hat ja nicht mal mit der Wimper gezuckt, als er meinen Rock gesehen hat …«

»Viel Rock gibt es bei dir ja auch nicht zu sehen.«

»Eben. Er würde höchstens Notiz von mir nehmen, wenn auf meinen Beinen irgendwas in Binärcode stehen würde.«

Mrs. Cleo kam hereingeschlurft und beendete damit unsere Unterhaltung. Vor Erleichterung wäre ich fast ohnmächtig geworden. Mir waren sogar die sonderbaren Blicke egal, die Mrs. Cleo mir zuwarf. Roth ist weg, dachte ich und malte riesige Smileys quer über ein Diagramm. Vielleicht hatte seine dumme Schlange ihn ja gefressen.

Staceys Arm rutschte von der Tischplatte. »Dann wird der heutige Tag einfach nur beschissen.«

»Tut mir leid«, gab ich zurück und spielte mit meinem Kugelschreiber. »Sollen wir nachh…«

Die Tür ging auf, als Mrs. Cleo gerade den Overheadprojektor aus dem Nebenraum hereinschob. Roth betrat das Klassenzimmer, das Biologiebuch in der Hand und ein freches Lächeln auf den Lippen. Ich verkrampfte die Finger so heftig, dass mir der Stift entglitt und eine Mitschülerin zwei Reihen vor mir am Kopf traf. Sie fuchtelte mit den Händen und warf mir einen finsteren Blick zu.

Stacey saß sofort kerzengerade auf ihrem Stuhl und gab ein leises Wimmern von sich.

Im Vorbeigehen zwinkerte Roth Mrs. Cleo zu, die nur den Kopf schüttelte und sich dann mit ihren Notizen beschäftigte. Alle Blicke waren auf ihn gerichtet, während er durch den Mittelgang schlenderte. Jedes Mädchen drehte sich nach ihm um und ein paar von den Jungs ebenfalls.

»Hallo«, sagte er zu Stacey.

»Hi.« Sie beugte sich auf ihrem Platz noch weiter vor.

Dann sah er mich aus seinen goldenen Augen an. »Guten Morgen.«

»Der Tag ist gerettet«, flüsterte Stacey und grinste Roth an, der sein Buch auf den Tisch legte und sich hinsetzte.

»Schön für dich«, gab ich gereizt zurück und holte einen anderen Stift aus meiner Tasche.

Mrs. Cleo machte die Deckenlampen aus. »Ich habe die Arbeiten noch nicht benotet, weil ein paar von Ihnen die Arbeit am Freitag nachschreiben werden. Aber Sie können für Montag mit den Noten und den Aufgaben rechnen, mit denen Sie sich Zusatzpunkte verdienen können.«

Etliche Schüler stöhnten auf, während ich mir vorstellte, wie ich meinen Stift in Roths Hinterkopf bohrte.

Was hatte ich mir gestern Abend für einen Plan überlegt? Gar keinen! Und das nur, weil ich übers Planen eingeschlafen war.

Auch nachdem Mrs. Cleo bereits seit zehn Minuten ihren langweiligen Vortrag über Zellatmung hielt, konnte ich meinen Blick nicht von Roth abwenden. Er machte sich nicht mal die Mühe, wenigstens so zu tun, als würde er sich etwas notieren. Ich hingegen hielt immerhin noch einen Stift in der Hand.

Er lehnte sich mit seinem Stuhl so weit zurück, dass die Rückenlehne gegen meinen Tisch drückte. Dann stützte er die Ellbogen auf mein Buch, um nicht den Halt zu verlieren. Wieder roch ich etwas Süßliches, so wie gewürzten Wein oder dunkle Schokolade.

Ich spielte mit dem Gedanken, seine Arme von meinem Buch zu schieben, aber dafür hätte ich ihn anfassen müssen. Ich konnte ihm auch meinen Stift in den Arm bohren, so richtig energisch. Die Ärmel trug er hochgekrempelt, sodass ich seine wirklich schönen Arme bewundern konnte. Glatte Haut spannte sich über klar konturierte Muskeln, und da war Bambi, die sich als Tattoo um seinen Arm schlängelte. Ich beugte mich ein wenig vor, um trotz allem fasziniert die Details zu betrachten. Jede Schuppe des Tiers war mit einer Schattierung versehen, was das Tatoo dreidimensional erscheinen ließ. Der Bauch der Schlange war in Grau gehalten und wirkte weich, aber ich hatte meine Zweifel, dass Roths Haut auch so weich sein würde. Vielmehr wirkte sie so fest wie die eines Wächters.

Diese Tätowierung sah wirklich unglaublich echt aus.

Sie ist ja auch echt, du Trottel!

In diesem Augenblick zuckte der Schwanz der Schlange über seinen Ellbogen.

Erschrocken wich ich zurück, was mir einen irritierten Blick von Stacey einbrachte.

Roth drehte den Kopf zur Seite um und sah mich an. »Was machst du da hinter mir?«

Mit zusammengekniffenen Augen erwiderte ich seinen Blick.

»Starrst du mich an?«

»Nein«, behauptete ich im Flüsterton.

Er ließ den Stuhl langsam nach vorn kippen, warf Mrs. Cleo einen flüchtigen Blick zu und drehte sich dann so, dass er quer auf seinem Platz saß. »Ich glaube schon.«

Stacey beugte sich vor und warf grinsend ein: »Hat sie auch.«

Ich warf ihr einen hasserfüllten Blick zu. »Habe ich nicht.«

Mit neu erwachtem Interesse musterte er Stacey. »Ja, nicht wahr? Und wo hat sie hingestarrt?«

»Kann ich dir nicht sagen«, wisperte sie. »Ich war zu sehr damit beschäftigt, dein Gesicht anzustarren.«

Er grinste erfreut. »Stacey, nicht wahr?«

»Ganz genau«, sagte sie und beugte sich zu mir rüber.

Ich stieß sie weg und verdrehte die Augen. »Dreh dich nach vorn«, forderte ich ihn auf.

Unsere Blicke trafen sich. »Das mache ich, wenn du mir sagst, wo du hingestarrt hast.«

»Jedenfalls nicht auf dich.« Ich schaute nach vorn, wo Mrs. Cleo in ihren Notizen blätterte. »Dreh dich nach vorn, bevor wir noch Ärger kriegen.«

»Oh, dir würde die Art von Ärger gefallen«, konterte Roth, »in die ich dich hineinziehen könnte.«

Stacey seufzte, aber vielleicht war es auch ein leises Stöhnen. »Davon bin ich überzeugt.«

»Es – würde – uns – *nicht* – gefallen.«

»Dir vielleicht nicht, Schwester.« Stacey schob ihren Stift zwischen ihre Lippen.

Er lächelte Stacey an. »Deine Freundin gefällt mir.«

Der Stift brach in meiner Hand mittendurch. »Schön, aber du gefällst mir nicht.«

Lachend drehte Roth sich endlich nach vorn. So ging das schließlich weiter bis zum Ende der Stunde. Immer wieder schaute er zu uns, grinste oder wisperte irgendetwas, das mich auf die Palme brachte. Als Mrs. Cleo irgendwann das Licht anmachte, hätte ich am liebsten laut geschrien.

Stacey blinzelte nur und sah aus, als wäre sie aus irgendeiner bizarren Trance erwacht. Ich kritzelte *Hormonmonster* quer über ihre Notizen, sie lachte und revanchierte sich mit *Eisprinzessin*.

Als es zur Pause klingelte, hatte ich bereits alle meine Sachen zusammengepackt, um so schnell wie möglich den Raum verlassen zu können. Ich brauchte Luft – vor allem Luft, die weit weg von der war, die Roth atmete. Zu meiner Überraschung verschwand er bereits durch die Tür, als ich mich gerade von meinem Platz erhoben hatte. Er ging so zügig, als hätte er irgendeine Mission zu erfüllen. Hatte die Hölle ihn etwa nach Hause beordert? Aber das wäre wohl zu schön gewesen.

»Was hast du eigentlich für ein Problem?«, fragte Stacey.

Ich ging an ihr vorbei und befreite ein paar Haarsträhnen, die unter den Schultergurt meiner Tasche geraten waren. »Was? *Ich* habe ein Problem, nur weil ich nicht läufig bin?«

Sie verzog den Mund. »Das klingt ja eklig.«

»Du bist eklig«, rief ich ihr über die Schulter zu.

Stacey holte mich ein. »Nein, erklär mir doch mal, was dich an ihm stört. Ich begreife das nämlich nicht. Hat er dich gefragt, ob du seine Kinder zur Welt bringen willst?«

»Was redest du da? Ich hab's dir doch gesagt. Der Typ bedeutet nur Ärger.«

»Na und? Das sind doch die richtig coolen Typen«, erwiderte sie, als wir das Klassenzimmer verließen.

Ich hielt meine Tasche etwas fester an mich gedrückt, als ein Meer aus rosa und blauen Seelen den Gang flutete. An einer Stelle hing ein Banner von der Decke, das den Strom dieses pastellfarbenen Regenbogens unterbrach. »Seit wann findest du solche Typen denn richtig cool? Bislang hattest du immer nur Freunde, die aussichtsreiche Kandidaten auf eine Heiligsprechung waren.«

»Seit gestern«, gab sie zurück.

»Na, das ist ja wirklich ...« Ich blieb bei den Spinden stehen und rümpfte die Nase. »Riechst du das auch?«

Stacey schnupperte und gab sofort einen angewiderten Laut von sich. »Es stinkt nach Kanalisation. Bestimmt sind die verdammten Toiletten übergelaufen.«

Auch andere Schüler bemerkten den Geruch nach faulen Eiern und verwesendem Fleisch. Ein paar von ihnen kicherten, andere gaben Würgelaute von sich. Misstrauen regte sich in mir. Dieser Gestank war viel zu intensiv, und vor allem verstand ich nicht, wieso er mir erst jetzt auffiel.

Dahinter steckte bestimmt Roth.

»Bei dem Gestank müsste doch eigentlich der Unterricht ausfallen.« Stacey zog ihr Shirt hoch, um es sich vor Mund und Nase zu halten, merkte dann aber wohl, dass der dünne Stoff dafür nicht reichte. Also legte sie die Hand vor den Mund und murmelte: »Ungefährlich kann das nicht sein.«

Vor einem Klassenzimmer stand ein Lehrer und wedelte mit der Hand vor seinem Gesicht hin und her. Meine Augen brannten, als ich mich von ihm abwandte und hinter Stacey herging. Im Treppenhaus war der Gestank sogar noch stärker.

Auf dem Treppenabsatz drehte sie sich zu mir um. »Sehen wir uns beim Mittagessen?«

»Ja«, erwiderte ich und machte einer Gruppe größerer Schüler Platz, neben denen ich wie eine Erstklässlerin wirkte.

Mit der freien Hand zog Stacey an ihrem Rock, der immer wieder hochrutschte. »Hoffentlich hat sich dieser Mief bis dahin verzogen, sonst gehe ich mich beschweren.«

Bevor ich darauf noch etwas entgegnen konnte, war sie auch schon auf dem Weg nach oben. Ich ging die Treppe runter ins Erdgeschoss, wobei ich versuchte, den Würgereiz zu ignorieren.

»Was zum Teufel ist das denn für ein Gestank?«, rief eine zierliche Schülerin mit fliederfarbener Seele. Ihre blonden Haare trug sie so kurz wie eine Elfe.

»Keine Ahnung«, antwortete ich beiläufig. »Vermutlich wird gerade unser Mittagessen gekocht.«

Die Schülerin lachte. »Wundern würde mich das nicht.« Plötzlich stutzte sie, kniff die Augen zusammen und musterte mich eindringlich. »Hey, lebst du nicht bei den Wächtern?«

Ich seufzte leise und wünschte, die Menschenmenge vor mir würde sich etwas schneller weiterbewegen. »Ja.«

Jetzt machte sie große Augen. »Eva Hasher hat gesagt, du und der alte Schwarze, der dich immer nach dem Unterricht abholt … also, ihr zwei sollt die menschlichen Diener der Wächter sein.«

Ich wollte meinen Ohren nicht trauen. »Wie bitte?«

Sie nickte eifrig. »Das hat Eva mir im Geschichtsunterricht gesagt.«

»Ich bin keine Dienerin, und Morris ist auch kein Diener«, stellte ich klar. »Ich bin adoptiert, und Morris gehört zur Familie. Das ist ein großer Unterschied.«

»Wenn du's sagst«, gab sie zurück und ging um mich herum.

Ich eine Dienerin? Das wäre ja noch schöner! Eine dunkelrosa Seele mit roten Streifen kam in Sichtweite – Gareth Richmond. Der Junge, der mir *womöglich* auf den Hintern gestarrt hatte.

»Das stinkt ja entsetzlich.« Er hielt sich sein Notizbuch vor den Mund. »In der Sporthalle ist es bestimmt noch viel schlimmer. Meinst du, der Unterricht fällt aus, Layla?«

Ha! Er kannte also doch meinen Namen.

Er nahm das Notizbuch runter und präsentierte ein unglaubliches Lächeln, das ganz sicher schon bei sehr vielen Mädchen zum Einsatz gekommen war. »Wir können unmöglich eine Runde laufen, wenn wir dabei diesen Gestank einatmen müssen. Du bist übrigens eine ziemlich gute Läuferin. Warum hast du nie bei irgendwelchen Läufen oder was anderem in der Art mitgemacht?«

»Du … beobachtest mich im Unterricht, wenn ich laufe?« Am liebsten hätte ich mich jetzt auf der Stelle geohrfeigt. Das hörte sich an, als würde ich ihm unterstellen, dass er Spanner oder irgendwie anderweitig gestört war. »Ich wollte sagen, ich … ich wusste gar nicht, dass du davon etwas mitbekommen hast. Also ich … ich meine damit, dass ich nicht wusste, dass du weißt … na ja, dass ich gut laufen kann.«

Lachend sah er die Treppe runter.

Ich musste unbedingt die Klappe halten.

»Ja, ich habe dich laufen sehen.« Gareth bekam die Tür zu fassen, bevor sie uns ins Gesicht fliegen konnte, und hielt sie für mich auf. »Ich habe dich auch schon ganz normal gehen sehen.«

Ich wusste nicht, ob er mit mir flirtete oder ob er mich auf den Arm nahm. Oder ob er mich einfach nur für völlig verblödet hielt. Um ehrlich zu sein, es war mir auch völlig egal, denn in diesem Moment konnte ich nur an Staceys Idee denken: Dass ich mir Gareth angeln sollte, um Eva den Krieg zu erklären. Ziemlich unpassende Gedanken, musste ich selbst zugeben.

»Und was machst du heute nach der Schule?«, fragte er und ging neben mir her.

Ich markiere Dämonen. »Ääh … ich muss ein paar Sachen erledigen.«

»Oh.« Er schlug das Notizbuch gegen seinen Oberschenkel. »Ich muss nach dem Unterricht zum Football-Training. Ich habe dich noch nie bei einem unserer Spiele gesehen.«

Mein Blick fiel auf die leeren Vitrinen gleich neben der doppelflügeligen Tür zur Sporthalle. »Football ist nicht so ganz mein Ding.«

»Schade. Ich schmeiße nach jedem Spiel bei meinen Eltern zu Hause eine Party. Also wenn du Lust hast …«

Eine große, ganz in Schwarz gekleidete Gestalt schob sich plötzlich zwischen uns. »Kann mir nicht vorstellen, dass sie daran Interesse hat.«

Erschrocken über Roths unerwartetes Auftauchen wich ich einen Schritt zurück.

Gareth reagierte ganz genauso. Er war groß, bullig und draufgängerisch, doch Roth strahlte solche Aggressivität aus, dass er sofort den Mund hielt. Ohne ein weiteres Wort entkam er in die Sporthalle. Ich stand völlig verblüfft da, während es zum ersten Mal wieder zur nächsten Stunde klingelte. Alle Geräusche schienen unendlich weit entfernt.

»Oh, habe ich was Verkehrtes gesagt?«, wunderte sich Roth. »Ich habe doch nur ausgesprochen, was sowieso offensichtlich war.«

Langsam hob ich den Kopf und sah ihn an.

»Was denn?«, fragte er und grinste mich herausfordernd an. »Na, komm schon. Du bist doch keins von den Mädchen, die sich Football ansehen, mit den coolen Leuten rumhängen und am Ende von der Sportskanone auf dem Rücksitz von Papas Auto entjungfert werden.«

»Entjungfert?«

»Ja, du weißt schon. Die Unschuld verlieren, keine Jungfrau mehr sein.«

Meine Wangen begannen zu glühen, ich machte auf dem Absatz kehrt und marschierte in Richtung Sporthalle weiter.

Natürlich wusste ich, was das Wort bedeutete, aber irgendwie hörte es sich im 21. Jahrhundert verdammt veraltet an.

Ganz abgesehen davon war Roth wohl der Letzte, mit dem ich über Jungfräulichkeit reden wollte.

Roth packte meinen Arm. »Hey, das ist ein Kompliment. Vertrau mir. Der Typ ist auf der Überholspur mit Ziel Hölle unterwegs, ganz wie sein Daddy.«

»Gut zu wissen«, brachte ich gelassen heraus. »Aber würdest du jetzt freundlicherweise meinen Arm loslassen? Ich muss zum Unterricht.«

»Ich wüsste da was Besseres.« Er beugte sich vor, ein paar dunkle Locken fielen ihm in seine goldenen Augen. »Wir beide haben jetzt ein bisschen Spaß.«

Meine Lippen taten weh, weil ich sie so krampfhaft zusammenpresste. »Nicht mehr in diesem Leben, Kumpel.«

Er sah mich beleidigt an. »Was glaubst du denn, was ich vorschlagen wollte? Ich habe nicht vor, dich mit Alkohol abzufüllen und dann auf die Rückbank eines BMW zu verfrachten so wie Gareth eben. Allerdings könnte es auch noch schlimmer kommen, wenn er gar keinen BMW, sondern einen kleinen Kia fährt.«

Ich sah ihn verständnislos an. »Was redest du da?«

Roth ließ meinen Arm los. »Eine gewisse Eva hat ihm erzählt, dass du nach einem Bier alles mitmachst.«

»*Wie bitte?*« Meine Stimme klang so schrill wie die Klingel.

»Ich persönlich glaube ja kein Wort davon«, redete er unbekümmert weiter. »Außerdem fahre ich Porsche. Nicht so viel Beinfreiheit wie in einem BMW, aber ein viel heißeres Gerät, wie ich gehört habe.«

Ein Porsche war ein heißes Gerät, aber darum ging es hier nicht. »Das Miststück erzählt rum, dass ich nach einem Bier alles mitmache?«

»Hatte ich das nicht gerade gesagt?«, gab er zurück, als sei das alles halb so wild. »Jedenfalls ist das nicht die Art von Spaß, die mir vorschwebt.«

Ich kam immer noch nicht über diese Lügen hinweg. »Einer anderen Schülerin hat sie erzählt, ich sei so was wie eine Sklavin. Dann bin ich wohl eine Sklavin, die nach einem Glas Bier zu allem bereit ist. Oh! Dieses Miststück bring ich …«

Roth schnippte direkt vor meiner Nase mit den Fingern.

»Konzentrier dich. Vergiss Eva und die Sportskanone. Wir haben was zu erledigen.«

»Schnipp nicht mit den Fingern«, fuhr ich ihn an. »Ich bin kein Hund.«

»Nein.« Er lächelte flüchtig. »Du bist eine Halbdämonin, die mit einem Rudel versteinerter Freaks zusammenlebt, die nichts Besseres zu tun haben, als Dämonen zu töten.«

»Du bist hier der Freak, und ich komme zu spät zum Unterricht.« Ich wollte loslaufen, aber dann musste ich an die letzte Nacht denken. »Ach ja, und leg deine dämliche Schlange an die Leine.«

»Bambi kommt und geht, wie es ihr gefällt. Ich kann nichts dagegen tun, wenn sie sich in deinem Baumhaus wohlfühlt.«

Ich ballte vor Wut die Fäuste. »Wage dich nicht noch mal in die Nähe meines Hauses. Die Wächter machen dich sonst eh fertig.«

Er legte den Kopf in den Nacken und begann von Herzen zu lachen. Es war ein angenehmes, volltönendes Lachen, was mich nur noch wütender machte. »Oh ja, da gäb's Tote, aber ich wäre keiner davon.«

»Willst du meine Familie bedrohen?«, fragte ich fassungslos.

»Nein.« Er bekam meine Faust zu fassen, öffnete sie und schob seine Finger zwischen meine. »Aber nun zu was anderem: Du kannst mir nicht erzählen, dass du den Gestank nicht bemerkt hast, der sich in der Schule ausbreitet.«

Einen Moment lang presste ich die Lippen zusammen und sah ihn verärgert an. »Was denn? Das ist bloß die Kanalisation, die …« Ich unterbrach mich, weil er mich anschaute, als wäre ich nicht nur dumm, sondern dumm hoch drei. Das ließ mich zu meinem ersten Verdacht zurückkehren, der mir gekommen war, als ich den Gestank bemerkt hatte. »Das kann nicht sein …«

»Oh doch. In dieser Schule treibt sich ein Zombie rum.« Er zog eine Braue hoch. »Klingt wie der Anfang eines richtig miesen Horrorfilms.«

Seine letzte Bemerkung ignorierte ich. »Das kann nicht sein. Wie soll der unbeobachtet ins Gebäude gekommen sein?«

Roth zuckte mit den Schultern. »Wer weiß? Heutzutage ist

alles möglich. Meine Dämonensinne sagen mir, dass er sich unten in einem der Heizungsräume befindet. Da deine lieben Wächter-Freunde jetzt wohl tief und fest schlafen, dachte ich mir, wir gehen runter und sehen nach, bevor er es bis nach oben schafft und anfängt, Schüler zu verspeisen.«

Ich blieb stehen. »Ich werde mit dir nirgendwohin gehen und nach was auch immer sehen.«

»Aber da unten ist ein Zombie«, redete er auf mich ein. »Und wahrscheinlich hat er Hunger.«

»Ja, ich weiß, aber wir beide werden gar nichts unternehmen.«

Er wurde wieder ernst. »Bist du denn gar nicht neugierig, warum ein Zombie ausgerechnet in *deiner* Schule auftaucht? Was meinst du, was die Leute glauben werden, wenn sie etwas sehen, das geradewegs aus *Die Nacht der lebenden Toten* stammen könnte?«

Ich hielt seinem Blick stand. »Das ist nicht mein Problem.«

»Das stimmt.« Er legte den Kopf ein wenig schräg, dabei kniff er die Augen leicht zusammen. »Aber es wird zum Problem des Anführers der Wächter werden, wenn das Ding nach oben kommt und überall Körperflüssigkeiten verteilt, während es auf einem ausgerissenen Bein herummampft. Du weißt doch, die Alphas erwarten von den Wächtern, dass sie die Öffentlichkeit vor diesem ganzen Dämonenkram beschützen.«

Ich wollte protestieren, kam aber nicht dazu, weil mir klar wurde, dass dieser verdammte Kerl auch noch recht hatte. Wenn das Ding aus dem Keller nach oben kam, wartete auf Abbot eine Menge Ärger. Trotzdem zögerte ich. »Woher weiß ich, dass du mich dem Ding nicht zum Fraß vorwirfst?«

»Ich habe dich auch nicht dem Sucher überlassen, oder?«

»Das besagt gar nichts.«

Er verdrehte die Augen und seufzte. »Du wirst mir eben einfach vertrauen müssen.«

Unwillkürlich begann ich zu lachen, woraufhin er mich verdutzt anstarrte. »Ich soll dir vertrauen? Einem Dämon? Bist du auf Crack oder so was?«

In seinen Augen schimmerte etwas auf. Verärgerung? Oder Belustigung? »Ich sage Nein zu Drogen«, erwiderte er.

Ich musste mir ein Lächeln verkneifen, weil er das nur falsch hätte deuten können. »Ich glaube ja nicht, dass du das gerade wirklich von dir gegeben hast.«

»Es stimmt aber«, widersprach er und hob ein wenig trotzig das Kinn. »Keine Drogen während der Arbeit. Sogar die Hölle hat ihre Gesetze.«

»Welchen Job hast du da eigentlich genau?«, wollte ich wissen.

»Mein Auftrag besteht darin, dich auf dem Rücksitz des teuersten Autos der Welt zu entjungfern.«

Ich wollte meine Hand wegziehen, aber er hielt mich weiter fest. »Lass mich los.«

»Herrgott«, sagte er und lachte ungläubig. »Das war nur ein Witz.«

Mann, kam ich mir blöd und unerfahren vor. Und das war ich ja auch – ich hatte noch nicht mal jemanden geküsst. »Lass meine Hand endlich los.«

Roth atmete schwer durch. »Hör zu, es tut … es tut mir …« Abermals holte er tief Luft und startete den nächsten Anlauf: »Es tut mir le… le…«

Abwartend sah ich ihn an, dann fragte ich: »Was tut es dir? Leid?«

Er wirkte verärgert. »Es tut mir … l … e … i … d.«

»Das darf ja wohl nicht wahr sein? Du kannst nicht ›Es tut mir leid‹ sagen?«

»Richtig, das kann ich nicht.« Er schaute mich ernst an. »Im Dämonenwortschatz gibt es diesen Begriff nicht.«

»Ist ja toll.« Ich verdrehte ungläubig die Augen. »Wenn du es nicht so meinst, dann mach dir auch gar nicht erst die Mühe, es zu sagen.«

Roth schien darüber nachzudenken. »Okay.«

In diesem Moment ging die Tür zur Sporthalle auf, und Konrektor McKenzie betrat den Flur. Sein matschigbrauner Trainingsanzug war für seinen Bierbauch mindestens zwei Nummern zu klein. Als er uns entdeckte, senkte er verwundert den Kopf und machte aus seinem Doppel- ein Dreifachkinn.

»Sollten Sie nicht in der Sporthalle sein, Ms. Shaw, anstatt hier im Gang herumzulungern?« Während er redete, lockerte er den übermäßig strapazierten Gürtel seiner Hose. »Mag ja sein, dass Sie mit diesen … *Gestalten* etwas zu schaffen haben, aber daraus lassen sich keine Sonderrechte für Sie ableiten.«

Mit diesen *Gestalten* etwas zu schaffen haben? Das waren keine *Gestalten*, sondern Wächter, die dafür sorgten, dass undankbaren Säcken wie McKenzie nichts zustieß. Wütend drückte ich Roths Hand.

Roth sah erst mich, dann den Konrektor an, anschließend neigte er den Kopf und lächelte unterwürfig. Genau in diesem Moment wusste ich, dass er etwas richtig Übles vorhatte.

Etwas, das sogar für Dämonenverhältnisse übel war.

Und ich konnte nichts anderes tun, als mich auf das Schlimmste gefasst zu machen.

6. KAPITEL

»Und Sie?«, fuhr Konrektor McKenzie fort, während er näher kam und Roth missbilligend von Kopf bis Fuß musterte. »Ich weiß nicht, in welchem Klassenzimmer Sie sich jetzt eigentlich aufhalten sollten, auf jeden Fall werden Sie sich jetzt auf den Weg dorthin machen. Auf der Stelle.«

Roth ließ meine Hand los und verschränkte die Arme vor der Brust. Seine Pupillen strahlten sonderbar, als er sein Gegenüber betrachtete. »Konrektor McKenzie? Besser bekannt als Willy McKenzie, geboren und aufgewachsen in Winchester, Virginia? Abschluss an der Commonwealth und dann Heirat mit dem süßesten Mädchen aus dem Süden?«

Der Mann war von ihm offensichtlich überrumpelt. »Ich weiß nicht, was …«

»Der gleiche Willy McKenzie, der seit der Erfindung der DVD nicht mehr mit seiner Frau geschlafen hat, weil er daheim im Schrank stapelweise Pornos lagert? Und dabei noch nicht mal das, was sich die meisten Leute unter einem Pornofilm vorstellen?« Roth ging auf den Mann zu und redete so leise weiter, dass es fast nur noch ein Flüstern war. »Sie wissen, wovon ich rede.«

Mir drehte sich der Magen um. Konrektor McKenzies Seelenstatus war ziemlich fragwürdig. Zugegeben, war es bei ihm nicht so krass wie bei dem Mann, den ich an dem Abend gesehen hatte, an dem ich später Roth zum ersten Mal begegnen sollte. Aber etwas an seiner Seele hatte mich von Anfang an misstrauisch werden lassen.

McKenzie reagierte völlig unerwartet. Sein Gesicht überzogen rote Flecken, während er die Wangen aufblies, was mich an einen Frosch erinnerte. »W-wie können Sie es wagen? Wer sind Sie? Ich werde …«

Mit erhobenem Mittelfinger brachte Roth ihn zum Schweigen.

»Ich könnte Sie jetzt nach Hause schicken, damit Sie da Ihrem jämmerlichen Leben ein Ende setzen. Oder ich lasse Sie einfach vor den nächsten Müllwagen laufen, damit der einsammelt und wegbringt, was danach noch von Ihnen übrig ist. Die Hölle beobachtet Sie schon eine ganze Weile.«

In diesem Moment fand ich mich in einem moralischen Dilemma wieder. Sollte ich Roth gewähren lassen, damit er diesen Pädophilen zum Selbstmord trieb? Oder sollte ich Roth aufhalten, weil er dem Mann den freien Willen nahm – auch wenn der Kerl noch so pervers war?

Verdammt, wie sollte ich mich entscheiden?

»Ich tue weder das eine noch das andere«, sagte Roth dann und überraschte mich damit. »Aber ich mache Ihnen das Leben zur Hölle.«

Meine Erleichterung war nur von kurzer Dauer.

»Ich nehme Ihnen die eine Sache, die für Sie das Wichtigste auf der ganzen Welt ist.« Als Roth dabei lächelte, sah er mehr wie ein Engel als wie ein Dämon aus. Ein Wesen von betörender Schönheit, dem man aber niemals trauen durfte. »Auf jedem Donut werden Sie eine Lage Maden auf dem Zuckerguss sehen. Jede Pizza wird Sie an das Gesicht Ihres toten Vaters erinnern. Hamburger? Können Sie vergessen. Die werden nach verfaultem Fleisch schmecken. Jeder Milchshake wird sauer und geronnen sein. Ach ja, und diese Dosen mit Schokoglasur, die Sie vor Ihrer Frau verstecken – die sind von nun an voller Küchenschaben.«

Ein bisschen Speichel lief McKenzie aus dem Mundwinkel und sammelte sich am Kinn.

»Und jetzt verschwinden Sie, bevor ich es mir anders überlege.« Mit einer Handbewegung schickte Roth den Mann fort, der sich mit steifen Bewegungen in Richtung seines Büros bewegte, während sich an seinem Hosenbein ein seltsamer Fleck ausbreitete.

»Ähm … wird er sich an diese Begegnung erinnern können?« Ich machte einen Schritt weg von Roth und drückte meine Tasche an mich. Lieber Gott, die Fähigkeiten dieses Dämons waren ja unglaublich. Ich wusste nicht, ob ich sie beeindruckend oder erschreckend finden sollte.

»Er wird sich nur daran erinnern, dass Essen jetzt sein schlimmster Albtraum ist. Irgendwie passend, findest du nicht?«

Ich zog eine Braue hoch. »Woher weißt du das alles über ihn?«

Er zuckte beiläufig mit den Schultern. »Wir sind auf alles Böse geeicht.«

»Das ist nicht gerade eine Erklärung.«

»Sollte es auch nicht sein.« Er griff wieder nach meiner Hand. »Jetzt aber zurück zum Thema. Wir müssen uns den Zombie ansehen.«

Ich biss mir auf die Lippe und überlegte, was ich tun sollte. Für den Unterricht war ich ohnehin zu spät dran, und an meiner Schule trieb sich ein Zombie rum, den ich Abbot zuliebe wenigstens einmal begutachten sollte. Aber das in Gesellschaft eines Dämons, der mir in die Schule gefolgt war.

Roth seufzte leise. »Hör mal, dir ist doch bestimmt klar, dass ich dich nicht dazu zwingen kann, irgendwas zu tun, was du nicht willst.«

»Wie meinst du das?«, fragte ich verwundert und erntete einen ungläubigen Blick.

»Weißt du eigentlich irgendetwas darüber, was du bist?« Er musterte mein Gesicht und fand offenbar die Antwort auf seine Frage. »Du bist nicht empfänglich für die Überzeugungskraft von Dämonen. Ich kann dich genauso wenig beeinflussen wie jeden anderen Dämon oder Wächter.«

»Oh.« Woher sollte ich das bitte wissen? Schließlich konnte ich nicht einfach in einem Dämonen-Handbuch blättern, wo alles Wichtige drinstand. »Und warum willst du, dass ich mir dieses Zombie-Monster ansehe? Wäre es nicht eigentlich in deinem Sinn, wenn ein Zombie an einer Highschool Amok läuft?«

»Ich langweile mich«, gab er achselzuckend zurück.

Gereizt versuchte ich, meine Hand zu befreien. »Kannst du eigentlich nie einfach nur eine Frage beantworten?«

In seinen Augen blitzte es auf. »Okay. Du willst die Wahrheit wissen? Ich bin deinetwegen hier. Ja, du hast richtig gehört. Aber frag mich jetzt nicht nach dem Grund, denn dafür haben wir gerade keine Zeit. Außerdem würdest du mir sowieso kein Wort glauben. Du bist zum Teil Wächterin, deshalb kann ein Zombiebiss dich infizieren. Vielleicht wirst du danach nicht so völlig verrückt wie ein Mensch, aber es dürfte genügen, um mir die Arbeit zu erschweren.«

Meine Herzfrequenz vervierfachte sich. »Wieso … wieso bist du meinetwegen hier?«

»Bei allen unheiligen Dingen, warum musst du bloß so schwierig sein? Ich habe mich bei dir für meine Bemerkung vorhin entschuldigt. Ich werde mich sogar für gestern entschuldigen. Ich habe dir Angst gemacht, und ich habe dein Handy ins Klo geworfen. Vergiss nicht, dass ich in der Hölle aufgewachsen bin. Man könnte sagen, dass mir gesellschaftliche Spielregeln leichte Probleme bereiten. Nenn es tollpatschig.«

Tollpatschig war sicher keiner von den Begriffen, die ich für ihn benutzt hätte. Roth besaß die Eleganz eines Raubtiers, nur dass er anders als ein Löwe oder Tiger nicht von dieser Welt war. »Das ist alles sehr seltsam, sogar für meine Verhältnisse«, musste ich zugeben.

»Aber besser als Sportunterricht, oder?«

So gut wie alles war besser als Sportunterricht. »Ich will wissen, wieso du meinetwegen hier bist.«

»Ich sagte doch bereits, du wirst es mir sowieso nicht glauben.« Als ich stur blieb, kam etwas über seine Lippen, das zu leise war, als dass ich es hätte verstehen können. Ich war mir nicht mal sicher, um welche Sprache es sich dabei handelte, aber es klang wie ein Fluch. »Ich bin nicht hier, um dir irgendwas zu tun, okay? Von allen Dingen, die dir Sorgen bereiten sollten, stehe ich an letzter Stelle.«

Das verblüffte mich, aber noch während ich ihn ansah, wurde mir etwas bewusst: Aus einem völlig unerfindlichen Grund … glaubte ich ihm. Vielleicht hing es damit zusammen, dass Roth mir längst etwas hätte antun können, wenn er das wirklich gewollt hätte. Vielleicht war ich aber auch nur grenzenlos dumm und wurde nichtsahnend von einer unbewussten Todessehnsucht angetrieben. Allerdings war selbst das immer noch besser als Sportunterricht.

»Okay«, lenkte ich ein. »Aber du musst mir den wahren Grund sagen, wenn wir hier fertig sind.«

Er nickte.

Mein Blick fiel auf seine Hand, die immer noch meine umschlossen hielt. Ein Gefühl von Wärme hatte sich an meinem Arm nach oben ausgebreitet. »Und du musst auch nicht meine Hand halten.«

»Und wenn ich's mit der Angst bekomme?«

»Ist das etwa dein Ernst?«

Ein paar Sekunden verstrichen, dann ließ er mich los. Er kratzte sich am Kinn und erklärte dann: »Okay, wir sind uns einig. Aber wenn du nachher meine Hand halten willst, kannst du's vergessen.«

»Ich glaube, das Problem wird sich nicht ergeben.«

Roth schob die Hände in die Taschen seiner schwarzen Jeans und wippte auf den Absätzen vor und zurück. »Jetzt zufrieden? Können wir gehen?«

»Also gut«, sagte ich. »Einverstanden.«

Als er mich daraufhin breit anlächelte, entdeckte ich zwei perfekte Wangengrübchen, die mir bislang gar nicht aufgefallen waren. Wenn er so lächelte, erschien er mir fast normal, aber die Vollkommenheit seines Gesichts machte das Ganze so irreal.

Ich wandte den Blick von ihm ab und ging los. »Wo müssen wir noch mal hin?«

»In den Heizungsraum im Keller. Wahrscheinlich wird der Gestank da noch schlimmer sein.«

Den Gestank hatte ich seltsamerweise schon wieder vergessen. »Dann passt ihr also auf, was andere Dämonen und andere Höllenwesen so treiben?«

»Ja«, antwortete er, als er mit der Schulter die Tür aufdrückte.

Ich bekam die Tür zu fassen, ehe sie mit Schwung zuschlagen konnte, und machte sie leise zu. »Und ihr lasst zu, dass Zombies Menschen infizieren, obwohl das gegen die Vorschriften ist?«

Er lief vor mir die Treppe runter und summte dabei leise eine Melodie, die mir irgendwie bekannt vorkam. »Ja.«

Ich folgte ihm und hielt mich mit steifen Fingern am Geländer fest. Mir war mulmig. »Die Alphas verbieten so etwas. Ihr dürft nur …«

»Weiß ich alles. Wir dürfen Menschen nur einen Anstoß geben, sie aber nie richtiggehend manipulieren, und wir dürfen sie nicht infizieren oder töten oder was weiß ich noch alles. Der freie Wille kann mich mal kreuzweise, wenn du mich fragst.« Er lachte und sprang von einer der letzten Stufen, dann landete er geschickt auf dem Betonboden. »Wir sind Dämonen. Vorschriften gelten für uns nur, wenn wir das wollen.«

»Der freie Wille sollte dich aber nicht kreuzweise können, Roth.«

Abrupt blieb er stehen, drehte sich um und sah mir in die Augen. »Sag es noch mal.«

»Was soll ich noch mal sagen?«

»Meinen Namen.«

»Roth …?«

Da waren sie wieder: die Grübchen. »Weißt du eigentlich, dass du gerade eben zum ersten Mal meinen Namen benutzt hast? Gefällt mir. Aber zurück zum Thema. Der freie Wille kann mich wirklich kreuzweise, weil eigentlich niemand einen freien Willen besitzt.«

Ich konnte seinem Blick nicht ausweichen. »Das ist nicht wahr. Jeder von uns hat einen freien Willen.«

Roth machte noch einen Schritt auf mich zu, und ich zwang mich, nicht zurückzuweichen, auch wenn ich das am liebsten gemacht hätte. »Du hast ja keine Ahnung.« Seine Augen funkelten wie Splitter von lohfarbenen Edelsteinen. »Keiner von uns hat so was, schon gar nicht die Wächter und die Dämonen. Jeder von uns erhält Befehle, die wir ausführen müssen. Letztlich tun wir alle das, was man uns aufgetragen hat. Das Gerede vom freien Willen ist ein Witz, weiter nichts.«

Er tat mir leid, falls er wirklich an das glaubte, was er sagte. »Ich treffe jeden Tag Entscheidungen – *meine eigenen* Entscheidungen. Wenn du keinen freien Willen hast, welchem Zweck dient denn dann dein Leben?«

»Welchen Zweck ein Dämon hat? Hmm.« Er tippte mit der Fingerspitze gegen sein Kinn. »Soll ich heute einen Politiker dazu bringen, dass er seine eigene Sache verrät? Oder lieber ein Kätzchen aus einem Baum retten? Augenblick mal, ich bin doch ein Dämon. Ich werde einfach …«

»Du musst nicht sarkastisch werden.«

»Tue ich auch gar nicht. Ich gebe dir nur ein Beispiel dafür, wie und was wir sind – wozu wir geboren werden. Unser Weg liegt klar und deutlich vor uns. Daran lässt sich nichts ändern. Kein freier Wille.«

»Das ist deine Meinung.«

Er sah mir noch einige Sekunden lang in die Augen, dann lächelte er. »Komm mit.« Er drehte sich weg und lief eine weitere Treppe nach unten.

Ich benötigte einen Moment, ehe meine Beine wieder gehorchten und sich in Bewegung setzten. »Ich bin kein bisschen so wie du.«

Abermals kam von Roth dieses raue, tiefe Lachen als Antwort.

Vor meinem geistigen Auge huschte ein erfreuliches Bild vorbei, das zeigte, wie ich Roth die Treppe runterstieß. Er summte wieder vor sich hin, aber ich war im Moment zu sauer, um ihn nach der Melodie zu fragen.

Die Schule, die sich über mehrere Etagen erstreckte, war vor ein paar Jahren gründlich renoviert worden, doch die Kellertreppe ließ ihr wahres Alter erkennen. Von den alten Ziegelsteinmauern löste sich roter und weißer Staub, der die Treppenstufen übersäte.

Vor einer verrosteten grauen Tür mit der Aufschrift »Nur für Mitarbeiter« blieben wir stehen. Der Gestank war jetzt so intensiv, dass er mir bis zum nächsten Tag jeglichen Appetit verderben würde. Roth sah mich an, ihm schien diese Geruchsbelästigung gar nichts auszumachen.

»Dann … weißt du tatsächlich, wer in die Hölle kommt und wer nicht?«, fragte ich ihn, um etwas Zeit zu schinden, da ich mich womöglich würde übergeben müssen, sobald er die Tür öffnete.

»Größtenteils«, bestätigte er. »Meistens bleibt so was in der Familie. Wie sagt schon das Sprichwort: Der Apfel fällt nicht weit vom Stamm.«

»Klingt irgendwie klischeehaft«, sagte ich und rümpfte die Nase, da der Gestank tatsächlich stärker wurde.

»An den meisten Klischees ist was Wahres dran.« Er fasste nach dem Türknauf. »Abgeschlossen.«

»Ach, verdammt.« Ich zog an meiner Kette und spielte beiläufig mit dem Ring. »Dann müssen wir wohl …« Noch während ich redete, hörte ich ein metallisches Geräusch. Als ich dann auf Roths Hände sah, musste ich feststellen, dass er bereits die Tür aufzog. »Wow.«

»Ich sagte doch, ich besitze viele Talente«, gab er zurück und musterte seinerseits meinen Ring. »Ein interessantes Schmuckstück hast du da.«

Ich ließ den Ring wieder unter meiner Strickjacke verschwinden und strich mit den Händen über meine Jeans. »Ja, sieht so aus.«

Er wandte sich wieder der Tür zu und drückte sie behutsam auf. »Au weia, er ist eindeutig hier unten.«

Begrüßt wurden wir von flackerndem Licht und vom schlimmsten nur vorstellbaren Gestank. Ich musste mir die Hand vor Mund und Nase halten, da diese Kombination aus Verwesung und Schwefel meinen Würgereflex reizte. Lieber hätte ich mich stundenlang in eine der verschimmelten Duschkabinen an dieser Schule gestellt, wenn mir dadurch das hier erspart geblieben wäre.

Roth ging vor und hielt mit seinem Stiefel die Tür auf. »Mach jetzt bloß keinen Rückzieher.«

Diesmal ließ ich die Tür hinter mir zufallen, weil ich schon die Vorstellung eklig fand, hier auch nur irgendein Teil anzufassen. »Was glaubst du, wie er hier reingekommen ist?«

»Keine Ahnung.«

»Und warum glaubst du, ist er hier?«

»Keine Ahnung.«

»Sehr hilfreich«, murmelte ich.

Der Korridor, durch den wir vorsichtig vorrückten, war mit großen Metallschränken vollgestellt, in denen Gott weiß was gelagert wurde. Die Hitze sorgte dafür, dass ein feiner Film aus winzigen Schweißtropfen meine Stirn bedeckte. Die Deckenleuchten bewegten sich leicht, obwohl sich nicht mal ein Lufthauch rührte, und warfen merkwürdige Schatten auf leere Werkbänke und auf Werkzeug, das auf dem Boden verstreut lag. Wir zwängten uns an einem Stapel alter Schultafeln vorbei, die vom jahrelangen Beschreiben mit Kreide mehr weiß als grün waren.

»Ich halte das für keine gute Idee«, flüsterte ich, während ich mich dem Verlangen widersetzte, mich an Roths Shirt festzuklammern.

»Und was willst du damit sagen?« Roth öffnete die Tür zu einem in Dunkelheit getauchten Raum, der vom Dröhnen schwerer Maschinen erfüllt wurde. Beim Aufmachen stieß die Tür gegen einen Stapel Kartons, und im nächsten Augenblick landete ein Skelett mitten im Durchgang. Die Augenhöhlen waren leer und dunkel, der Unterkiefer hing ein Stück weit herab, als wollte das Skelett noch im Tod zu einem lauten Geheul ansetzen. Vor Schreck stieß ich einen heiseren Schrei aus, gleichzeitig machte ich einen Satz zurück.

»Das ist kein echtes Skelett«, erklärte Roth nach einem flüchtigen prüfenden Blick. »Das ist eines von den Modellen für den Biounterricht.« Mit einer Knochenhand winkte er mir. »Alles nur Plastik.«

Mein Herz sah das wohl anders, da es sich nicht beruhigen wollte, obwohl ich deutlich die Schrauben erkennen konnte, mit denen das Gerippe zusammengehalten wurde. »Oh Gott …«

Grinsend schleuderte Roth das Skelett von sich, das von irgendetwas abprallte und klappernd auf dem Boden landete.

Plötzlich hörte ich ein Knurren und erstarrte.

Roth schaltete die Deckenlampen ein und murmelte: »Hoppla.«

Das Ding stand vor dem Heizkessel, in einer schwarz verfärbten Hand einen Oberarmknochen aus Plastik, während der Rest des Skeletts vor ihm auf dem Boden lag. Feine Luftwirbel bahnten sich wie braune Würmer ihren Weg aus der fleckigen Haut.

Dem Gesicht fehlte an verschiedenen Stellen das Fleisch, aus der Wange hatte sich ein Streifen herausgelöst, der bis auf die dunkellila verfärbten Lippen herabhing. Die wenige noch verbliebene Haut auf den Knochen war extrem faltig und erinnerte an Dörrfleisch. Der Anzug, den das Ding noch trug, hatte eindeutig schon bessere Zeiten erlebt – vor allem Zeiten, als noch nicht alle möglichen Flüssigkeiten aus dem inzwischen spröden und löchrigen Körper ausgetreten und in den Stoff eingezogen waren.

Hinter dem Heizkessel war das einzige Fenster des Kellerraums zu sehen. Die eingeschlagene Scheibe machte deutlich, wie die Kreatur hereingekommen war. Ein Hinweis auf das Warum war dagegen nicht zu entdecken.

Roth stieß einen leisen Pfiff aus.

Die Augen des Zombies zuckten in Roths Richtung, und die ruckartige Bewegung bewirkte, dass ein Auge aus seiner Höhle geschleudert wurde, durch die Luft wirbelte und auf dem mit Schmiere bedeckten Boden zerplatzte.

»Oh nein, nein! Für so was habe ich mich nicht freiwillig gemeldet.« Zwischendurch musste ich mir den Mund zuhalten, weil ich zu würgen begann. »An das Ding gehe ich keinen Schritt näher ran.«

Roth dagegen ging ein Stück weiter und betrachtete scheinbar fasziniert die Bescherung auf dem Fußboden. »Das war ziemlich eklig.«

Allein an der Tür zurückgelassen kam ich mir sehr schutzlos vor, also näherte ich mich Stück für Stück Roth, wobei ich den Zombie nicht aus den Augen ließ. Ich hatte noch nie einen gesehen, der sich in einer so schlechten Verfassung befand. Er hätte inzwischen irgendwelche Menschen runtergeschlungen haben müssen, aber dann wären die Wächter durch ihre Kontakte längst auf diesen Zombie hingewiesen worden.

Als ich mich bewegte, wurde er auf mich aufmerksam und beobachtete mich mit dem verbliebenen Auge. »Du«, röchelte er.

Mitten in meiner Bewegung verharrte ich. Die konnten reden? Da hatte George A. Romero wohl nicht sehr gut aufgepasst. »Ich?«

»Hey, sieh sie nicht an!«, ging Roth in bestimmendem Tonfall dazwischen. »Schau gefälligst zu mir!«

Der Zombie hatte Mühe, seinen Mund richtig funktionieren zu lassen. »Du ... brauchen ...«

»Ähm ... warum starrt der mich so an?« Ich hielt den Tragegurt meiner Tasche so fest, dass mir schließlich die Knöchel wehtaten.

»Vielleicht gefällst du ihm«, antwortete Roth grinsend und trat einen Schritt zurück, als eine Ratte vor ihm vorbeilief.

Ich warf Roth einen wutentbrannten Blick zu.

Der Zombie machte einen Satz nach vorn, sein linker Fuß glitt über den Boden. Reflexartig wich ich noch einmal zurück, stieß aber gegen einen weiteren Kartonstapel. »Roth ...?«

Mit langsamen, zielstrebigen Bewegungen holte der Zombie mit dem Skelettarm nach Roths Kopf aus. Die Knochen im Leib der Kreatur ächzten und knackten, aus einem Riss im Jackett lief Eiter.

Roth fing den Arm auf und sah den Zombie ungläubig an. »Hast du das hier gerade nach mir geworfen? Und auf *meinen Kopf* gezielt? Sag mal, geht's dir noch gut?«

Der Zombie kam schwerfällig auf mich zu, während er irgendetwas Unverständliches stöhnte.

»Roth!«, schrie ich und wich dem stinkenden Arm des Dings aus. »Das war eine idiotische Idee von dir!«

»Musst du mir das jetzt auch noch unter die Nase reiben?«

Ich griff hinter mich und bekam eine Kiste zu fassen, die ich so nach dem Zombie warf, dass sie ihn seitlich am Gesicht traf. Ein Ohr fiel ab und blieb auf seiner Schulter liegen. »Ja«, herrschte ich ihn an. »Tu gefälligst was!«

Roth ging um den Widersacher herum, damit er sich ihm von hinten nähern konnte, wobei er den künstlichen Oberarmknochen wie einen Baseballschläger hielt. »Das versuche ich ja!«

»Was tust du denn?« Ich machte einen Satz zur Seite, um dem nächsten Versuch des Zombies zu entgehen, mich zu packen. »Kannst du nicht irgendwelche bösen Kräfte der Finsternis einsetzen?«

»Böse Kräfte der Finsternis? Tut mir leid, aber wenn ich die einsetzen würde, die mir im Augenblick zur Verfügung stehen, würde die komplette Schule dem Erdboden gleichgemacht werden.«

Das war doch lächerlich. »Hast du keinen besseren Plan auf Lager?«

»Was denn zum Beispiel?«, schnaubte er.

»Keine Ahnung. Kannst du ihn nicht an Bambi verfüttern?«

»Wie bitte?« Roth ließ den Arm sinken und sah mich völlig fassungslos an. »Bambi würde Verdauungsstörungen bekommen, wenn sie etwas derart Verwestes essen müsste.«

»Roth! Ich schwöre bei Gott, ich werde ...« Mein Schuh rutschte auf dem schleimigen Untergrund weg, und sofort knickte mein Bein unter mir weg. Mit einem lauten Aufschrei landete ich auf dem mit Schleim überzogenen Betonboden, der nun an meinen Händen klebte. »Ich muss gleich kotzen. Das kannst du mir glauben.«

»Aus dem Weg!«, brüllte Roth.

Ich riss den Kopf hoch, als Roth mit der behelfsmäßigen Waffe zuschlug. Ich robbte nach hinten, blieb aber mit meiner Büchertasche hängen. Der falsche Oberarmknochen traf seitlich gegen den Schädel der Kreatur – und pflügte sich ohne erkennbaren Widerstand durch den Kopf hindurch. Blut- und Fleischklümpchen flogen durch die Luft, prallten vom Boden ab und landeten zum Teil ... auf meiner Jeans!

Haut, Muskeln und Knochen sanken in sich zusammen, das Ding schien zu implodieren, bis auf dem Boden nur noch eine schleimige Lache übrig war, in der die schmutzige Kleidung lag, die das Ding getragen hatte.

Roth schleuderte den künstlichen Knochen zu Boden und machte ein frustriertes Gesicht. »Das ist etwas blöd gelaufen«, sagte er, drehte sich um und sah mich an. Im nächsten Moment funkelten seine bernsteinfarbenen Augen vor Vergnügen. »Oh, du hast dich ja ganz dreckig gemacht.«

Ich schaute auf meine Hände und die Hose, alles war mit dem Schleim des Zombies bedeckt. »Ich hasse dich«, erklärte ich, während ich Roth einen vernichtenden Blick zuwarf.

»Ach, Hass ist so ein böses Wort«, tat er meine Äußerung ab

und kam zu mir geschlendert. »Komm, ich helf dir hoch«, sagte er und bückte sich.

Ich trat nach ihm und traf sein Schienbein. »Fass mich ja nicht an!«

Fluchend humpelte er weg, dann schüttelte er das Hosenbein aus. »Deinetwegen klebt jetzt Hirnmasse an meiner neuen Jeans. Besten Dank.«

Während ich wütend vor mich hin murmelte, stand ich auf und griff nach meiner Tasche. Wenigstens war sie von diesem Schleim verschont geblieben – ganz im Gegensatz zu mir. Ich wollte mich nicht mal ansehen, so eklig fühlte ich mich. »Na, das hat doch richtig Spaß gemacht«, spottete ich.

»Was regst du dich auf? Das Zombie-Problem haben wir doch schließlich gelöst.«

Mit beiden Händen zeigte ich auf mich. In diesem Augenblick war mir völlig egal, was Roth eigentlich von mir wollte. »Sieh mich nur an. Dir habe ich zu verdanken, dass ich von oben bis unten voller Zombie-Rotz bin. Und dabei habe ich noch ein paar Stunden Unterricht vor mir.«

Ein lässiges Lächeln umspielte seine Mundwinkel. »Ich kann dich mit zu mir nehmen. Da kannst du duschen. Danach können wir was trinken, und ich zeige dir meinen Porsche.«

Meine Handflächen juckten, weil sie ihm links und rechts Ohrfeigen verpassen wollten. »Du bist ein richtiges Ekel.«

Lachend drehte er sich zu den Überresten des Zombies um. »Was hast du hier bloß zu suchen gehabt?«, murmelte er. »Und was sollte das ...« Er sah über die Schulter und schaute auf meine Brust, dann kniff er die Augen zusammen. »Na, großartig.«

»Hey! Verdammt, du bist doch ein Schwein!«

Roth zog eine Braue hoch. »Ich habe mir schon Schlimmeres anhören müssen. Geh und mach dich frisch, ich kümmere mich um die Bescherung hier.«

Ich atmete tief durch, dann machte ich auf dem Absatz kehrt und hatte die Tür erreicht, als ich ihn etwas wie »Lamm« murmeln hörte. Kopfschüttelnd verließ ich den Heizungskeller, umgeben von einer Wolke aus Zombiegestank.

Den Rest des Tages trug ich meine Sportkleidung, meine Haare blieben noch eine ganze Weile klatschnass.

Ich hasste diesen Roth.

Morris sah mich überrascht an, als ich auf dem Beifahrersitz Platz nahm. Normalerweise verbrachte ich jeden Tag nach der Schule einige Stunden damit, Dämonen zu markieren. Aber heute stand mir nicht der Sinn danach. Im Gegensatz zum Vortag schlug mir völlige Stille entgegen, als ich das Haus betrat und meine Tasche gleich hinter der Tür in die Ecke warf.

Ich durchquerte das Foyer und band meine feuchten Haare zusammen. Abbot musste unbedingt von dem Zombie in der Schule erfahren. Roth war zweitrangig, aber der Zombie war ein ganz anderes Thema. Allerdings musste ich davon ausgehen, dass Abbot noch schlief.

Als ich ihn das letzte Mal geweckt hatte, war ich acht gewesen und hatte außer Mr. Snotty niemanden gehabt. Ich war auf der Suche nach einem Spielkameraden gewesen, also hatte ich an Abbots steinerne Hülle geklopft, während er noch schlief.

Das war damals keine gute Idee gewesen.

Aber diesmal war die Situation eine ganz andere. Er würde verstehen, warum ich ihn aus dem Schlaf holte, und ich konnte zumindest versuchen, ihn mit einer Tasse Kaffee zu beschwichtigen. Ich brauchte einige Minuten, bis ich das Kaffeepulver und die Filtertüten gefunden hatte, dann verbrachte ich weitere fünf Minuten damit, mich zu entscheiden, ob es Kaffee oder Cappuccino werden sollte. Für diese Maschine benötigte man einen Abschluss als Ingenieur, um sie zu begreifen. Ich zog an einem Edelstahlhebel und fragte mich, welchen Sinn der wohl hatte.

»So schwierig ist das eigentlich gar nicht.«

Jeder Muskel in meinem Körper verkrampfte sich, trotzdem schaffte ich es, den kleinen Messlöffel fallen zu lassen. Ich bückte mich und hob ihn auf, während ich gegen meine plötzliche Nervosität ankämpfte. Meine Beine fühlten sich schwach und wacklig an.

Petr stand in der Tür, die muskulösen Arme vor der breiten Brust verschränkt. »Wie ich sehe, bist du seit dem letzten Mal kein bisschen geschickter geworden.«

Jeder andere hätte mich mit dieser Bemerkung treffen können, aber nicht Petr. Ich legte den Löffel auf den Tresen. Der Kaffee konnte noch warten. Ich ging auf Petr zu und blieb ein paar Schritte von ihm entfernt stehen. »Kann ich mal?«

Er rührte sich nicht von der Stelle. »Und du bist auch immer noch genauso unhöflich und zickig.«

Trotzig hob ich das Kinn. Er war nur ein oder zwei Jahre älter als ich, aber die dunklen Bartstoppeln rund um sein Kinn ließen ihn deutlich älter erscheinen. »Kannst du *bitte* aus dem Weg gehen?«

Petr trat einen Schritt zur Seite, trotzdem hatte ich nur gut dreißig Zentimeter Platz, um an ihm vorbeizukommen. »Zufrieden?«

Ich war keineswegs zufrieden, solange ich mich im gleichen Postleitzahlenbezirk aufhielt wie er. Aber ich zwängte mich an ihm vorbei und zuckte leicht zusammen, als meine Hüfte über sein Bein rieb.

»Wolltest du nicht Kaffee kochen?« Er folgte mir, als ich weiterging. »Ich könnte dir dabei behilflich sein.«

Ich ignorierte ihn und ging weiter. Auf seinen freundlichen Tonfall würde ich nicht noch einmal reinfallen, weder in diesem noch in irgendeinem anderen Leben.

Plötzlich ging er um mich herum und stellte sich mir wieder in den Weg, sodass ich nicht nach oben und damit in Sicherheit gelangen konnte. Er seufzte leise. »Also? Für wen sollte der Kaffee sein?«

Ein Anflug von Angst umschwirrte mein Herz. »Kannst du zur Seite gehen? Ich muss nach oben.«

»Du kannst dich nicht mal fünf Minuten mit mir unterhalten?«

Aus Gewohnheit fasste ich nach dem kreisrunden Objekt unter meinem Shirt und hielt es durch den Stoff hindurch fest. Ich wollte an Petr vorbeigehen, aber er vollzog jede meiner Bewegungen nach. »Petr, lass mich jetzt bitte vorbei.«

Ein Sonnenstrahl, der durch ein Fenster ins Haus fiel, wurde von dem kleinen Stecker reflektiert, für den er sich seine Hakennase hatte piercen lassen. »Ich kann mich an eine Zeit erinnern, als du dich noch gern mit mir unterhalten hast. Da hast du dich auch noch darauf gefreut, wenn mein Clan zu Besuch kam.«

Mein Gesicht errötete, ich hielt den Ring unter meinem Shirt noch fester, sodass er sich in meine Handfläche schnitt. Ich war mal in diesen Mistkerl verknallt gewesen. »Da wusste ich ja auch noch nicht, was für ein Widerling du bist.«

Seine Miene verhärtete sich. »Ich habe nichts Falsches getan.«

»Du hast nichts Falsches getan? Ich habe dir gesagt, du sollst aufhören, aber das wolltest du nicht …«

»Du hast mich doch herausgefordert.« Seine Stimme wurde etwas leiser. »Und seit wann zählt es, was Dämonen einem sagen?«

Aufgebracht schnappte ich nach Luft. »Ich bin eine Wächterin.«

Lachend verdrehte er die Augen. »Oh, das tut mir leid. Du bist nur zur Hälfte Dämonin. Als ob das was Besonderes wäre! Weißt du, was wir normalerweise mit der Brut von Dämonen und Menschen machen?«

»Lass mich raten: Ihr liebt sie und umarmt sie.« Ich versuchte, an ihm vorbeizukommen, doch er hob seinen Arm und stützte sich gleich vor mir an der Wand ab.

»Wir töten sie, Layla. Abbot hätte das auch mit dir machen sollen, aber du bist ja so was verdammt *Besonderes*.«

Ich biss mir auf die Lippe. Er war zu nah, viel zu nah. Wenn ich zu tief einatmete, würde ich seine Seele schmecken können. »Ich muss zu Zayne.«

»Zayne schläft noch.« Er ließ eine kurze Pause folgen. »Er ist lange aufgeblieben, weil er heute Morgen mit Danika geredet hat.«

Dumme Eifersucht regte sich, die in der momentanen Situation mehr als überflüssig war. »Dann gehe ich zu …«

»Jasmine und den Zwillingen? Die schlafen alle. Niemand im Haus ist wach, Layla, nur du und ich.«

Ich schluckte. »Morris ist hier, und Geoff ist auch wach.«

»Du bist ja so ahnungslos«, gab Petr lachend zurück.

Ich hielt den Atem an. Wenn es auf der Welt eine Person gab, der ich zu gern die Seele aus dem Leib gesaugt hätte, dann war es Petr. Und er hätte es auch mehr verdient als jeder andere.

Plötzlich landete seine Hand auf meiner Schulter, und er drehte mich lächelnd um. »Du steckst in großen Schwierigkeiten, du kleines halbdämonisches Miststück.«

Wut überkam mich, und ich versuchte, seine Hand abzuschütteln. Ich ließ den Ring los und machte mich bereit, gegen die Vorschrift zu verstoßen, dass man nicht mit einem Wächter kämpft. »Willst du mir drohen?«

»Nein, keineswegs.« Seine Hand wanderte zu meiner Kehle, seine Finger strichen fest über meine Haut. Was für eine Ironie, dass ein Dämon wie Roth sanftere Hände hatte als ein Wächter. »Du willst mit mir kämpfen, nicht wahr? Nur zu, das macht das Ganze für uns beide viel einfacher.«

Mein Magen verkrampfte sich. Petr wusste, dass ich mich immer wieder mal in Schwierigkeiten brachte. In seinen fahlen Augen konnte ich die Grausamkeit erkennen, die ihn auszeichnete. Viel schlimmer aber war die Erkenntnis, dass er an seinem eigenen Verhalten nichts zu bemängeln hatte. Sein Handeln würde niemals seine Seele beschmutzen, weil sie rein war, ganz gleich was er tat. Es war praktisch so, als würde seine Seele ihm völlig freie Hand lassen. Petr kam näher, sein Atem fühlte sich auf meiner Wange zu warm an. »Du wirst dir noch wünschen, Abbot hätte deinem elenden Leben ein Ende gesetzt, als du noch ein Baby warst.«

Zum Teufel mit den Vorschriften.

Ich riss das Knie hoch und traf Petr dort, wo es wirklich wehtat. Er stieß ein tiefes Knurren aus, ließ mich los und fasste sich in den Schritt. Ich wirbelte herum, rannte aus der Küche und stürmte die Treppe hinauf, ohne noch einen Blick zurückzuwerfen. Im Flur kam mir Petrs Vater Elijah entgegen. Ich bemühte mich, keine Reaktion zu zeigen, aber die gezackte Narbe, die sich durch seine Ober- und Unterlippe zog, konnte man kaum übersehen. Von Abbot wusste ich, dass ein Dämonenkönig ihm einmal diese Verletzung zugefügt hatte.

Elijah betrachtete mich voller Abscheu, sagte aber nichts, als ich an ihm vorbei in mein Schlafzimmer lief. Ich verriegelte die Tür, doch mir war klar, dass mir das auch nicht helfen würde, falls die beiden beschlossen, mein Zimmer zu stürmen.

7. KAPITEL

Abbot saß hinter seinem Schreibtisch und hatte die Beine übereinandergeschlagen. »Du hast heute Abend nicht viel gegessen. Fühlst du dich immer noch unwohl?«

Ich ließ mich in den Sessel ihm gegenüber fallen. Tatsächlich hatte ich nur ein paar Bissen gegessen. Die Atmosphäre beim Abendessen war angespannt gewesen, und Petr hatte mich die ganze Zeit nicht aus den Augen gelassen. »Ich will sie nicht hier haben.«

Mit den Fingerspitzen rieb Abbot sich übers Kinn. Sein sandfarbenes Haar war wie immer glatt nach hinten gekämmt. »Layla, ich verstehe ja, dass du dich unbehaglich fühlst, aber Elijah hat mir versichert, dass Petr dir keine Schwierigkeiten bereiten wird.«

»Tatsächlich? Das ist eigenartig, weil Petr mich heute Nachmittag bedrängt hat.«

Er kniff seine fahlen Augen zusammen und sah mich wachsam an. »Hat er dir etwas angetan?«

»Es war nicht so wie … wie beim letzten Mal.« Ich rutschte auf meinem Platz hin und her, mein Gesicht schien zu glühen.

Er atmete mit einem langen, gedehnten Seufzer aus. »Kannst du ihm nicht einfach aus dem Weg gehen, solange sie hier sind?«

Ich war einen Moment lang sprachlos. »*Ich* gehe ihm ja aus dem Weg, aber *er* hält sich nicht von mir fern! Ich schwöre bei Gott, wenn er mir noch einmal zu nahe kommt, dann nehme ich ihm …«

Abbot schlug mit der Faust auf den Tisch, ich zuckte vor Schreck zusammen. »Das wirst du nicht machen, Layla!«

Mein Herz machte einen Satz. »Das war nicht mein Ernst. Ich … es tut mir leid.«

»Darüber macht man keine Witze.« Er schüttelte den Kopf und redete weiter, als hätte er ein ungezogenes Kind vor sich.

»Ich bin sehr enttäuscht, dass du allein schon erwägst, so etwas auch nur auszusprechen. Wenn dich einer unserer Gäste hören würde – Petrs Vater eingeschlossen –, dann wäre der Schaden nicht wiedergutzumachen.«

Ich hatte einen Kloß im Hals. Es war mir zuwider, Abbot zu enttäuschen, schließlich verdankte ich ihm so viel – ein Zuhause, Sicherheit, mein Leben. Ich senkte den Blick und spielte gedankenverloren mit dem Ring. »Es tut mir leid. Ehrlich.«

Abbot seufzte, und ich konnte hören, wie er sich auf seinem Sessel nach hinten lehnte. Vorsichtig sah ich zu ihm. Ich wollte nicht noch etwas zu der langen Liste der Dinge hinzufügen, die ihm jetzt schon Sorgen bereiteten. Er rieb sich die Stirn und machte die Augen zu. »Worüber wolltest du mit mir reden, Layla?«

Mit einem Mal kam mir der Zwischenfall mit dem Zombie nicht mehr besonders wichtig vor, und das galt auch für Roths Auftauchen. Ich wollte nur noch in mein Schlafzimmer zurückkehren und mich dort vor der Welt verstecken.

»Layla?«, hakte er nach und nahm eine von den dicken Zigarren aus der Holzkiste auf seinem Schreibtisch. Er rauchte nie eine, es genügte ihm, mit ihnen eine Weile zu spielen.

»Es war nichts«, sagte ich schließlich. »In der Schule ist heute nur was passiert.«

Er zog die Brauen hoch. »Du wolltest mit mir über die Schule reden? Ich weiß, Zayne ist seit Danikas Ankunft mit dem Training beschäftigt, aber im Augenblick muss ich mich um sehr viele Dinge kümmern. Vielleicht möchte sich ja Jasmine mit dir darüber unterhalten.«

Mein Gesicht fühlte sich an, als könnte man darauf ein Spiegelei braten. »Ich will nicht über Jungs oder über meine Noten reden.«

Er drehte die Zigarre hin und her. »Wie sind deine Noten? Ich darf doch davon ausgehen, dass deine Lehrerin dich morgen die Arbeit nachschreiben lässt, nicht wahr?«

Ich ließ den Ring los und umklammerte frustriert die Armlehnen. »Meine Noten sind gut, und ich habe …«

»Was macht ihr zwei denn hier?«

Als ich mich umdrehte, sah ich Zayne in der Tür stehen. Seine Haare umrahmten sein Gesicht wie eine Sanddüne. »Ich versuche Abbot zu erzählen, was heute in der Schule passiert ist.«

Seine lässige Miene nahm einen überraschten Zug an. Er sah seinen Vater an und begann zu grinsen. »Und, kommst du damit voran?«

Abbot seufzte laut und legte die Zigarre zurück in die Kiste. »Layla, ich muss bald los, weil ich mich mit dem Polizeichef und dem Bürgermeister treffe.«

»Heute war ein Zombie in meiner Schule«, platzte ich heraus.

»Wie bitte?« Zayne stellte sich hinter mich und schnippte nach meinem Ohr. Ich schlug seine Hand weg. »Was redest du da?«

Mir entging Abbots beunruhigter Blick nicht. »Er war im Heizungskeller und …«

»Woher wusstest du, dass er da ist?«, wollte Abbot wissen, nahm das eine Bein runter und beugte sich vor.

Ich konnte Roth nicht erwähnen, sonst hätte ich einiges erklären müssen. »Ich … ich habe ihn gerochen.«

Zayne nahm im Sessel neben mir Platz. »Hat ihn irgendjemand gesehen?«

»Glaub mir, wenn den jemand gesehen hätte, wäre er *das* Thema in den Abendnachrichten gewesen. Er war in einer ziemlich üblen Verfassung.«

»Ist er immer noch da?«, wollte Abbot wissen, während er aufstand und die Hemdsärmel runterkrempelte.

»Ähm … ja, das schon. Aber ich glaube nicht, dass er noch ein Problem darstellt. Außer einem Berg Kleidung und einer Menge Schleim ist nichts mehr übrig.«

»Augenblick mal«, warf Zayne nachdenklich ein. »Du hast einen Zombie gerochen, und obwohl du weißt, wie gefährlich Zombies sein können, bist du in den Heizungskeller gegangen und hast nachgesehen?«

Ich sah ihn an und überlegte, worauf er mit seinen Fragen hinauswollte. »Ja, so war es.«

»Und du hast dich dem Zombie gestellt und ihn getötet?«

Also … »Ja.«

Er warf Abbot einen bedeutungsschwangeren Blick zu. »Vater.«

»Was denn?«, fragte ich und sah zwischen den beiden hin und her.

Abbot kam um den Schreibtisch herum und stieß einen weiteren Seufzer aus. »Wie lauten die Regeln, Layla?«

Mein Magen begann sich zu verkrampfen. »Ich mische mich in keine gefährlichen Angelegenheiten ein, aber …«

»Zayne erzählte, dass du neulich abends einem Blender in eine Gasse gefolgt bist«, unterbrach mich Abbot streng und klang enttäuscht. »Und dann hat sich dieser Blender als Sucher entpuppt.«

»Ich …«, setzte ich an, machte dann aber den Mund zu und sah zu Zayne, der meinem Blick auswich. »Das war keine große Sache.«

»Es ist immer eine große Sache, wenn man einem Blender oder irgendeinem anderen Dämon in eine Gasse folgt, Layla.« Abbot verschränkte die Arme und sah mich missbilligend an. »Du weißt es besser. Außer uns kann niemand deine Markierungen sehen, es gibt also keinen Grund, warum du jemand in eine abgeschiedene Ecke folgen solltest. Und anstatt heute nach dem Zombie zu sehen, hättest du Morris anrufen können, damit er uns weckt.«

Himmel! Ich ließ mich gegen die Rückenlehne sinken. »Aber …«

»Es gibt kein Aber, Layla. Was wäre geschehen, wenn jemand den Zombie gesehen hätte? Unser Auftrag lautet, die Wahrheit geheim zu halten. Die Menschheit muss an den Himmel und die Hölle glauben können, ohne den Beweis dafür geliefert zu bekommen.«

»Vielleicht sollten wir sie nicht mehr so oft zum Markieren losschicken«, überlegte Zayne. »Wir brauchen das eigentlich nicht. Es fördert nur unsere Bequemlichkeit, weil wir uns darauf verlassen, dass sie die Dämonen markiert. Wenn wir aktiv nach ihnen suchen, machen wir sie auch ausfindig.«

Ich starrte ihn an und sah meine Freiheit massiv zusammenschrumpfen. »Niemand hat diesen Zombie gesehen!«

»Darum geht es nicht«, herrschte Abbot mich an. »Und das weißt du auch, Layla. Du hast gravierende Konsequenzen riskiert, weil du uns nicht informiert hast. Von der Gefahr für deine eigene Sicherheit will ich gar nicht erst reden.«

Seine Enttäuschung war nicht zu überhören. Ich hätte mich am liebsten unter dem Sessel verkrochen, in dem ich saß.

»Wir sollten uns heute Nacht diese Schule genauer ansehen«, sagte Zayne. »Du könntest doch den Police Commissioner bitten, den Superintendent anzurufen. Sag ihm, es ist ein Routinevorgang, damit niemand misstrauisch wird.«

»Gute Idee«, sagte Abbot und lächelte seinen Sohn stolz an.

Mir stellten sich die Nackenhaare auf. »Dann darf ich nicht mehr markieren gehen?«

»Das muss ich mir erst noch überlegen«, antwortete Abbot.

Das hörte sich gar nicht gut an. Die Vorstellung, nicht mehr markieren zu dürfen, war mir einfach zuwider. Es war die eine Sache, mit der ich das Dämonenblut in meinem Körper wiedergutmachen konnte. Wenn er mir das wegnahm, würde das wie ein Schlag ins Gesicht sein. Außerdem kam ich dadurch wenigstens mal aus dem Haus, was mir noch wichtiger war, solange sich Petr hier aufhielt. Ich entschuldigte mich und verließ das Arbeitszimmer. Ich hatte das Gefühl, jeden Moment heulen und schreien … oder jemanden schlagen zu müssen.

Zayne folgte mir in den Flur. »Hey.«

An der Treppe blieb ich stehen, während Wut auf mich einstürmte, und wartete, bis er mich eingeholt hatte. »Vielen Dank, dass du ihm brühwarm von diesem Sucher in der Gasse erzählt hast.«

Er runzelte die Stirn. »Er musste es erfahren, Layla. Du warst dort nicht in Sicherheit, und du hättest verletzt werden können.«

»Warum hast du darüber nicht mit mir reden können, anstatt zu deinem Daddy zu laufen und alles zu petzen?«

»Ich bin nicht zu meinem Daddy gerannt«, gab er frostig zurück.

»So kommt es mir aber vor«, beharrte ich und verschränkte die Arme vor der Brust.

Zayne reagierte mit einem Blick, der mir nur zu vertraut war. Es war ein Blick, der mir vorwarf, ich würde mich wie ein kleines Kind verhalten und ihm ernsthaft auf die Nerven gehen.

Ich ignorierte den Blick. »Und warum musstest du vorschlagen, dass ich das Markieren einstelle? Du weißt, wie viel mir das bedeutet.«

»Deine Sicherheit geht vor. Du weißt, ich war nie damit einverstanden, dass man dich ganz allein durch D.C. ziehen lässt, um nach Dämonen Ausschau zu halten. So etwas ist gefährlich.«

»Ich mache das schon, seit ich dreizehn bin, Zayne. Es gab noch nie ein Problem und …«

»Bis vor ein paar Tagen«, fiel er mir ins Wort. Seine Wangen waren vor Wut gerötet. Es kam nur selten vor, dass Zayne mir gegenüber mal die Fassung verlor, aber wenn, dann geschah es mit voller Wucht. »Und das ist noch nicht alles. Du bist jung und hübsch, und ich möchte nicht wissen, wer da draußen alles auf dich aufmerksam wird.«

Bei jeder anderen Gelegenheit wäre ich begeistert gewesen, von ihm zu hören, dass ich hübsch war, aber in diesem Moment war ich zu wütend. »Ich kann schon auf mich aufpassen.«

Er sah mir in die Augen. »Was ich dir gezeigt habe, reicht nur für den Hausgebrauch.«

Gereizt und um zu beweisen, dass ich kein hilfloses kleines Mädchen war, sagte ich: »Ich weiß aber, wie man jemanden erledigt.«

Zayne verstand sofort, was ich meinte, und reagierte mit Unglauben. »So willst du dich beschützen? Indem du jemandem die Seele entreißt? Ist ja nett.«

Sofort wurde mir mein Fehler bewusst. »So war das nicht gemeint, Zayne, und das weißt du auch.«

Er schien davon nicht so überzeugt zu sein. »Wie du meinst. Ich muss mich jetzt um andere Dinge kümmern.«

»Zum Beispiel Danika?« Die Frage rutschte mir raus, noch bevor mir klar war, dass ich sie überhaupt gedacht hatte.

Er kniff für einen Moment die Augen zu, und als er sie wieder öffnete, waren sie von einem abweisenden Eisblau. »Wirklich sehr erwachsen. Gute Nacht, Layla.«

Die heißen Tränen, die mir in die Augen stiegen, ließen alles verschwimmen, als ich ihm hinterhersah. Das erforderte eine gewisse Begabung. Als ich mich wegdrehte, bemerkte ich Petr, der im Wohnzimmer stand und in meine Richtung schaute. Sein gehässiges Grinsen verriet mir, dass er unsere Unterhaltung belauscht und sich offenbar sehr daran erfreut hatte.

Als ich aufwachte, raste mein Herz, und meine Kehle brannte. Das Laken hatte sich um meine Beine verdreht und rieb über meine Haut. Ich drehte mich um und starrte auf die neongrünen Ziffern auf dem Radiowecker.

2:52 Uhr.

Ich brauchte irgendwas Süßes.

Ich schlug das Laken zur Seite und stand auf. Das Nachthemd klebte an meiner schweißnassen Haut. Im Flur vor meinem Zimmer brannte nicht ein einziges Licht, aber den Weg nach unten kannte ich auswendig. Es hatte genug Nächte gegeben, in denen mich der Heißhunger auf etwas Süßes aus dem Schlaf gerissen hatte, dass mir der Weg durch die Dunkelheit bis zur Küche in Fleisch und Blut übergegangen war.

Eilig ging ich die Stufen runter. Meine Beine fühlten sich mit jedem Schritt noch etwas wackliger an, mein Herz schlug schneller und schneller. *Ich kann so nicht leben.*

Mit zitternder Hand öffnete ich die Kühlschranktür, meine Beine und der Fußboden wurden in schwaches gelbliches Licht getaucht. Ich beugte mich vor und suchte zwischen den Wasser- und Milchflaschen nach der Orangensaftpackung. Als ich sie endlich entdeckte, war ich bereits so aufgebracht, dass ich am liebsten irgendwas kaputt geschlagen hätte.

Die Packung glitt mir aus den Fingern und schlug auf dem Boden auf, klebriger Saft spritzte mir auf die Zehen und bildete eine Lache um meine Füße. Im nächsten Moment liefen mir Tränen über die Wangen. Um Himmels willen, verschütteter Orangensaft brachte mich zum Heulen? Das musste der armseligste Augenblick meines Lebens sein.

Ich setzte mich neben der Pfütze auf den Fußboden und ignorierte die kalte Luft, die aus dem Kühlschrank zu mir herübertrieb. Irgendwann schlug ich dann die Tür zu und saß in pechschwarzer Finsternis da. Irgendwie gefiel mir das. Es gab nur mein unsagbar dämliches Ich und die Dunkelheit. So konnte niemand mein seltsames Verhalten beobachten.

Plötzlich hörte ich weit entferntes Flügelschlagen, das allmählich lauter wurde, da es sich der Küche näherte. Ich saß wie erstarrt da und wagte es nicht mal zu atmen. Die Luft um mich herum bewegte sich leicht. Ich hob den Kopf und sah gelbe Augen und Fangzähne, umgeben von Haut, die die Farbe und Struktur von poliertem Granit hatte. Die Nase war platt, die Nasenlöcher nur schmale Schlitze. Zwei nach innen gebogene Hörner teilten das volle Haar.

Danika war in ihrer wahren Form genauso hübsch anzusehen wie in ihrer menschlichen.

Sie landete neben mir, ich hörte das Geräusch, das ihre Krallen auf dem gefliesten Boden verursachten, als sie zur Kücheninsel kam und nach der Rolle mit den Papiertüchern griff. »Brauchst du Hilfe?«

Ein Gargoyle, der einem eine Handvoll Küchentücher hinhielt, war schon ein merkwürdiger Anblick.

Danika sah mich an, ein zögerliches Lächeln zeichnete sich auf ihren dunkelgrauen Lippen ab.

Ich wischte mir mit den Handflächen über die Augen und nahm dann die Tücher an mich. »Danke.«

Sie faltete ihre Flügel zusammen, als sie sich hinhockte, um mit einer Handvoll Tücher gleich im ersten Anlauf fast den gesamten Saft aufzuwischen. »Fühlst du dich nicht wohl?«

»Alles in Ordnung.« Ich griff nach der Saftpackung, sie war leer. Na, toll.

Danika knüllte die nassen Lappen zusammen. Ihre feingliedrigen Finger waren lang und elegant, doch die Krallen konnten mühelos Haut, Muskeln und sogar Metall durchtrennen. »Den

Eindruck habe ich aber nicht«, sagte sie behutsam. »Zayne hat mir erzählt, dass … dass dir manchmal übel wird.«

Ich hob ruckartig den Kopf und fühlte mich so verraten und hintergangen, dass ich nicht mal ein einziges Wort herausbringen konnte.

Danikas Miene wurde ernster. »Er ist nur um dich besorgt, Layla. Du bedeutest ihm sehr viel.«

Ich nahm die durchgeweichten Tücher und die leere Saftpackung, dann stand ich auf. Meine Beine fühlten sich immer noch wacklig an. »Ach ja?« Ich lachte bitter auf. »Ist das so? Und darum erzählt er *dir* davon, dass *mir* übel wird?«

Sie nahm die Schultern zurück. »Er hat es nur erwähnt, damit ich weiß, wie ich dir helfen kann, falls du etwas brauchst.« Dann bemerkte sie meinen Gesichtsausdruck. »Layla, ich verurteile dich nicht. Ich halte dich sogar für außerordentlich stark.«

Wieder wollten mir Tränen in die Augen steigen. Wieso ich immer etwas Süßes brauchte, war kein Geheimnis, aber nur Zayne wusste, wie viel Kraft es mich kostete, gegen das Verlangen anzukämpfen. Ich konnte nicht fassen, dass er Danika davon erzählt und sie gebeten hatte, auf mich aufzupassen. *Demütigend* schien mir noch ein schwacher Ausdruck für das zu sein, was ich dabei empfand.

»Layla, brauchst du sonst noch etwas? Ich kann zum Supermarkt gehen und neuen Saft kaufen.«

Ich warf alles in den Abfalleimer. »Ich werde nicht über dich herfallen und dir deine Seele aussaugen, falls du deshalb besorgt bist.«

Danika schnappte verdutzt nach Luft. »Das hatte ich damit nicht gemeint, wirklich nicht. Es ist nur so, dass du so aussiehst, als ginge es dir nicht gut. Ich will nur helfen.«

Abrupt drehte ich mich zu ihr um. Sie stand noch immer am Kühlschrank und hatte inzwischen ihre Flügel ausgebreitet, die zusammen auf eine Spannweite von ungefähr zweieinhalb Metern kamen. »Es geht mir gut, du musst nicht auf mich aufpassen.« Ich wandte mich ab, doch an der Tür blieb ich noch einmal stehen und sagte über die Schulter: »Richte doch bitte Zayne meinen Dank aus.«

Ehe sie darauf etwas erwidern konnte, verließ ich die Küche und ging zurück in mein Zimmer. Ich legte mich ins Bett und zog die Decke über meinen Kopf. Hin und wieder verkrampften sich meine Muskeln, und mein Bein zuckte. Immer wieder ging mir derselbe Satz durch den Kopf.

Ich kann so nicht leben.

8. KAPITEL

»Fühlst du dich heute etwas besser?«, fragte Stacey, kaum dass sie sich zu mir gesetzt hatte. »Du siehst nämlich ein bisschen so aus wie ausgekotzt.«

Ich machte mir nicht mal die Mühe, den Kopf zu heben. »Besten Dank.«

»Tut mir leid, wenn ich das so sage, aber es stimmt nun mal. Man könnte meinen, du hast die ganze Nacht nur geheult.«

»Allergie«, antwortete ich und beugte mich weit genug vor, damit meine Haare mein Gesicht verdeckten. »Du dagegen bist heute Morgen ja schrecklich fröhlich drauf.«

»Ja, nicht wahr?« Stacey seufzte verträumt. »Mom hat heute ausnahmsweise meinen Kaffee mal richtig hingekriegt. Du weißt ja, wie sauer ich bin, wenn sie dabei was falsch macht, was ja fast jeden Morgen der Fall ist. Aber heute Morgen? Nein. Heute war Haselnusstag, und meine Welt ist schön und sonnig. Aber zurück zu dir: Was hat Zayne dir angetan?«

»Was?« Ich sah sie verdutzt an.

Stacey musterte mich mitfühlend. »Zayne ist der Einzige, der dich zum Weinen bringen kann.«

»Ich habe nicht geweint.«

Sie strich ihre Stirnfransen zur Seite. »Wie du meinst. Auf jeden Fall solltest du ihn endlich abhaken und dir einen heißen Typen angeln.« Sie machte eine kurze Pause, dann deutete sie mit einer Kopfbewegung zur Tür. »Einen wie ihn. Der würde dich aus einem ganz anderen Grund zum Weinen bringen.«

»Ich habe nicht gew…« Ich unterbrach mich, als ich sah, dass sie Roth meinte. »Augenblick mal. Aus welchem Grund sollte er mich zum Weinen bringen?«

Stacey riss die Augen auf. »Ehrlich? Muss ich dir das tatsächlich erst noch erklären?«

Ich schaute kurz zu Roth. So wie Stacey hatten auch alle anderen im Klassenzimmer das unterbrochen, womit sie bis gerade eben beschäftigt gewesen waren, und beobachteten stattdessen Roth, der lässig durch den Mittelgang auf uns zukam. Mit einem Mal begriff ich, was Stacey meinte. Ich bekam einen knallroten Kopf und konzentrierte mich wieder auf mein Buch, während sie neben mir kicherte.

Wir hatten Labortag und sollten für das Experiment zusammen mit Roth eine Gruppe bilden, was Stacey besonders freute. Erstaunlicherweise ignorierte er mich fast die ganze Zeit und unterhielt sich stattdessen angeregt mit Stacey, die ihm alles über sich erzählte, inklusive BH-Größe. Aber ich war mir sicher, das hätte sie auch noch gemacht, wäre nicht gerade rechtzeitig die Unterrichtsstunde zu Ende gewesen.

Meine miese Laune verfolgte mich für den Rest des Tages. In der Mittagspause schob ich das Essen auf meinem Teller hin und her, während Stacey und Eva sich aggressiv anstarrten.

Sam stach mich mit seiner Plastikgabel an. »Hey?«

»Hmm?«

»Wusstest du, dass es in jedem nördlichen Bundesstaat eine Stadt namens Springfield gibt?«

Unwillkürlich musste ich grinsen. »Nein, ist mir neu. Manchmal wünschte ich, mein Gedächtnis wäre nur halb so gut wie deins.«

Hinter den Brillengläsern bemerkte ich ein Funkeln in seinen Augen. »Was glaubst du, wie lange Stacey das noch durchhalten wird?«, fragte er.

»Ich kann dich hören«, ließ Stacey ihn wissen. »Diese Eva verbreitet wieder gehässige Gerüchte. Ich glaube, ich breche heute Nacht bei ihr ein und schneide ihr die Haare ab. Und vielleicht klebe ich ihr die dann ins Gesicht.«

Sam grinste. »Seltsame Form von Vergeltung.«

»Ja, ziemlich schräg«, stimmte ich ihm zu und trank einen Schluck Wasser.

Stacey verdrehte die Augen. »Wenn du wüsstest, was für einen Blödsinn sie verbreitet, dann würdest du mitkommen und eine Tube Superkleber mitbringen.«

»Ach, geht es darum, dass ich nach einer Flasche Bier alles mit mir machen lasse oder dass ich zu Hause als Sklavin gehalten werde?« Ich schraubte die Wasserflasche zu und spielte einen Moment lang mit dem Gedanken, sie Eva ins Gesicht zu schleudern.

Sam nahm die Brille ab. »Das hatte ich noch nicht gehört.«

»Liegt daran, dass du sowieso nie irgendwas hörst, Sam. Eva verbreitet einige wirklich gehässige Sachen über Layla. Ich finde das gar nicht okay.«

Ein leichter Schauer lief mir über den Rücken und hielt mich von einer weiteren Bemerkung ab. Als ich nach links sah, erschrak ich, weil Roth dort stand. Bislang hatte ich ihn noch nie in der Cafeteria gesehen. Aus irgendeinem Grund war ich der Meinung, dass er weder aß noch trank.

Stacey versuchte gar nicht erst, ihre Überraschung zu überspielen. »Roth! Da bist du ja!«

»Was?« Ich war so verwirrt, wie Sam dreinschaute.

Roth setzte sich auf den freien Platz neben mir und grinste von einem Ohr zum anderen. »Stacey hat mich in Bio zum Essen eingeladen. Hast du das nicht mitgekriegt?«

Ich warf Stacey einen ungläubigen Blick zu. »Wie nett von dir«, sagte ich betont bedächtig.

Sam schaute ein paar Mal zwischen Stacey und mir hin und her, dann blieb sein Blick bei Roth hängen. Ein wenig ungelenk streckte er die Hand aus, auf die ich am liebsten draufgehauen hätte. »Ich bin Sam. Freut mich, dich kennenzulernen.«

Roth schüttelte seine Hand. »Du kannst Roth zu mir sagen.«

»Roth? So wie der berühmte Rentensparplan?«, fragte Sam. »Bist du danach benannt?«

Tiefe Falten bildeten sich auf Roths Stirn, als er Sam verständnislos ansah.

»Tut mir leid«, warf Stacey seufzend ein. »Sam hat überhaupt keine Umgangsformen. Ich hätte dich vorwarnen sollen.«

Sam sah Stacey verärgert an. »Was denn? Das heißt so: Roth-Rentensparplan. Wieso weißt du das nicht?«

»Weil ich die Highschool besuche. Warum sollte ich mich für meine Rente interessieren? Außerdem: Wer außer dir weiß das überhaupt?«, gab Stacey zurück, griff nach ihrer Plastikgabel und fuchtelte damit vor Sams Gesicht herum. »Als Nächstes wirst du uns mit deinem Wissen über Plastikbestecke und ihre Herstellung in Begeisterung versetzen.«

»Tut mir leid, wenn dein Mangel an Wissen dir Unbehagen bereitet.« Sam schlug amüsiert die Gabel zur Seite. »Es muss wirklich eine Tortur für dich sein, mit so einem winzigen Gehirn auskommen zu müssen.«

Roth stieß mich mit dem Ellbogen an, ich wäre vor Schreck fast von meinem Platz gesprungen. »Sind die beiden immer so drauf?«

Ich überlegte, ob ich ihn ignorieren sollte, aber als ich in sein Gesicht sah, musste ich feststellen, dass ich meinen Blick nicht wieder von ihm abwenden konnte. Ihn hier in der Cafeteria zu sehen hatte mich völlig aus dem Konzept gebracht. Irgendwie war ich davon ausgegangen, dass er nur zum Bio-Unterricht auftauchte und dann wieder verschwand. War er tatsächlich den ganzen Tag in der Schule?

»Immer«, bestätigte ich beiläufig.

Er lächelte und sah auf den Tisch. »Und worüber habt ihr euch unterhalten, bevor ich dazugekommen bin?«

»Gar nichts«, sagte ich hastig.

»Über Eva Hasher, das Miststück da drüben«, antwortete Stacey und gestikulierte mit einer Hand. »Sie redet schlecht über Layla.«

»Herzlichen Dank«, gab ich zurück und sah verzweifelt in Richtung Ausgang.

»Habe ich gehört«, erwiderte Roth. »Dann habt ihr also Rachepläne geschmiedet?«

»Auf jeden Fall«, bestätigte Stacey.

»Tja, ihr könntet doch …«

»Nein«, unterbrach ich ihn. »Wir werden keine Vergeltung üben, Roth.« Ich war mir ziemlich sicher, dass er mir mit seinen Ideen eine einfache Fahrt in die Hölle bescheren würde.

Er strich sich eine Strähne aus dem Gesicht. Heute standen seine Haare nicht hoch, und irgendwie gefiel mir das besser. Es ließ sein

Gesicht sanfter erscheinen. Nicht dass ich seine Haare oder sein Gesicht hätte leiden können! »So macht das keinen Spaß.«

Sam sah zu Roth und setzte seine Brille wieder auf. »Du kennst Stacey schlecht. Als sie sich das letzte Mal an jemandem gerächt hat, da hat sie unter anderem eine Dose Pfefferspray und ein Auto gestohlen.«

»Wow«, meinte Roth anerkennend. »Von der ganz harten Sorte?«

»Was soll ich sagen?«, erwiderte Stacey, lehnte sich auf ihrem Stuhl nach hinten und grinste breit. »Wenn ich böse werde, dann aber auch richtig.«

Das schien den Dämon zu begeistern, was aber auch kein Wunder war. Bevor er jedoch auf diese Bemerkung eingehen konnte, ging ich dazwischen: »Und? Was macht jeder von euch am Wochenende?«

Sam zuckte mit den Schultern. »Ich werde mir wohl im alten Opernhaus eine Aufführung ansehen. Da mir ein gewisser Jemand ja nicht das Interview des Jahrhunderts gegeben hat, werde ich mich stattdessen mit Volkskunst befassen. Gott stehe mir bei.«

Ich rieb mir genervt über die Stirn. »Tut mir leid, aber ich habe dich ja gewarnt, dass du dir keine allzu großen Hoffnungen machen sollst. Die Wächter sind ziemlich kamerascheu, wie du ja vielleicht noch weißt.«

»Roth, wusstest du, dass Layla von den Wächtern adoptiert wurde?« Stacey stieß mich unter dem Tisch an. »Findest du so was unheimlich?«

Wie gern hätte ich ihr jetzt eine Ohrfeige verpasst.

»Unheimlich?« Roth schüttelte den Kopf. »Nein, ich finde, das ist … grandios.«

Langsam drehte ich mich zu ihm um. »Tatsächlich?«

Sein Grinsen verwandelte sich in ein verdammt engelsgleiches Lächeln. »Aber ja. Ich bewundere die Wächter. Wo wären wir ohne sie?«

Fast hätte ich laut gelacht, so albern klang diese Bemerkung aus dem Mund eines Dämons. Aber auch wenn ich mir dieses Lachen verkneifen konnte, schaffte es ein Lächeln auf meine Lippen, das sich nicht mehr zeitig verhindern ließ. Wieder trafen sich unsere Blicke, doch diesmal schien die Cafeteria um uns herum zu verblassen. Ich wusste, die Welt existierte natürlich weiter, und ich konnte ja auch hören, wie Stacey und Sam sich erneut stritten. Dennoch kam es mir so vor, als gäbe es nur Roth und mich. Ich spürte ein seltsames Flattern in meiner Brust, das sich schnell in meinem ganzen Körper ausbreitete.

Er bewegte sich, ohne dass ich das wahrnahm. Sein warmer Atem tanzte über meine Wangen, meine Lippen. Mir stockte der Atem. Er öffnete den Mund einen Spaltbreit, und ich fragte mich, wie es sich wohl anfühlen würde, wenn meine Finger über seine Lippen strichen.

»Was denkst du gerade?«, murmelte er und senkte den Blick.

Plötzlich erwachte ich aus meiner Trance und erinnerte mich daran, wen und vor allem *was* ich anstarrte. Ich hatte auf eine Weise über ihn nachgedacht, die völlig unmöglich war. Ich hätte wütend auf ihn sein sollen wegen gestern und unzähliger anderer Dinge, die er sich in der kurzen Zeit erlaubt hatte, seit er zum ersten Mal aufgetaucht war.

Ich biss mir auf die Lippe und konzentrierte mich darauf, wegen welcher Sache meine Freunde sich nun schon wieder stritten. Es hatte irgendwas mit Ananas und Kirschen zu tun, aber ein paar Sekunden später wagte ich es erneut, Roth einen Blick zuzuwerfen. Sein Lächeln war hochnäsig, sogar ein bisschen herausfordernd.

Ich bekam das Gefühl, in Schwierigkeiten zu stecken.

Nachdem ich meine Bio-Arbeit nachgeschrieben hatte, packte ich alle Bücher in meinen Spind. Abbot würde wohl nicht wollen, dass ich heute Abend markieren ging, aber genau das hatte ich mir vorgenommen. Seinen Zorn zu riskieren war mir immer noch lieber, als mich in mein Schlafzimmer einzuschließen oder womöglich sogar gezwungen zu sein, meine Zeit in Petrs Gegenwart zu verbringen. Als ich den Spind schloss, bemerkte ich eine unnatürliche Schwingung um mich herum. Ich hob den Kopf, und vor Schreck setzte mein Herz einen Moment lang aus.

Roth stand lässig gegen den Spind gleich nebenan gelehnt, die Hände hatte er in die Hosentaschen geschoben. »Was machst du?«

»Himmel«, murmelte ich, während ich einen Schritt zurückwich. »Du hättest mir beinahe einen Herzinfarkt eingebrockt!«

Er grinste flüchtig. »Hoppla.«

Ich hängte mir die Tasche über die Schulter und ging an ihm vorbei, aber er folgte mir und war nach ein paar Schritten neben mir. Ich drückte die schwere Metalltür auf und genoss die kühle Abendluft, die mir draußen entgegenschlug. »Was willst du?«

»Ich dachte, es würde dich interessieren, dass ich gestern die ganze Sauerei im Heizungskeller beseitigt habe.«

Ich hatte mir das schon gedacht, denn Abbot und Zayne wollten sich ja dort umsehen, und da sie mich nicht mitten in der Nacht aus dem Bett gezerrt und mir Vorhaltungen wegen der Überreste eines Zombies gemacht hatten, konnte da ja nichts mehr zu finden gewesen sein. »Schön für dich.«

»Und du gehst wieder markieren, richtig? Obwohl ich dich freundlich darum gebeten hatte, das nicht zu machen. Ich kann dich nicht allein losziehen lassen.«

»Wieso nicht?«

»Das habe ich dir bereits erklärt. Es ist zu gefährlich für dich.«

Ich verkniff mir einen wütenden Aufschrei. »Und wieso ist es zu gefährlich für mich?«

Darauf entgegnete er nichts.

Stinksauer ging ich weiter. Auf den Bürgersteigen wimmelte es von Pendlern, die zu den verschiedenen Haltestellen eilten. Vielleicht konnte ich ihn ja in der Menge abschütteln. Aber einen Block später war er immer noch neben mir. »Du bist mir böse«, sagte er beiläufig.

»Ich schätze, so kann man das sagen. Ich mag dich nicht.«

Er lachte leise. »Mir gefällt, dass du wenigstens versuchst, ehrlich zu sein.«

Von der Seite warf ich ihm einen skeptischen Blick zu. »Ich *versuche* es nicht bloß, ich *bin* ehrlich.«

Roth lächelte mich strahlend an, sodass ich seine erstaunlich scharf aussehenden Zähne sehen konnte. »Das ist gelogen. Ein Teil von dir kann mich sehr wohl leiden.«

Gereizt verließ ich den Gehweg. »Ich bin hier nicht diejenige, die lügt.«

Unbeeindruckt packte er meinen Arm und zog mich von der Fahrbahn, gerade als ein Taxi so schnell an mir vorbeiraste, dass der Luftzug meine Haare flattern ließ. Der Fahrer hupte und warf mir im Vorbeifahren irgendeine Beleidigung an den Kopf. »Vorsicht«, sagte Roth. »Ich kann mir nicht vorstellen, dass deine Innereien genauso schön anzusehen sind wie dein Äußeres.«

Er hielt mich fest. Eine unerklärliche Wärme durchflutete mich, so als würde ich in der Sommersonne liegen. Unsere Blicke trafen sich. Diesmal war ich nahe genug, um erkennen zu können, dass seine Augen nicht ganz golden waren, sondern dass sich in diesem Gold auch einige Sprenkel in einem sehr dunklen Bernsteinton fanden. Diese Sprenkel wirbelten wie verrückt umher und zogen mich magisch an. Der wilde Duft, der von Roth ausging, umhüllte uns.

Meine Hand lag auf seiner Brust. Wie war sie dort hingekommen? Ich wusste es nicht. Mein Blick wanderte zu seinem Mund. Diese Lippen … so nah.

Roth zog einen Mundwinkel hoch, als er mich anlächelte.

Als ich endlich begriff, was ich da eigentlich tat, befreite ich mich schnell aus seinem Griff. Roths Lachen machte mich rasend vor Wut. Es gelang mir, die Straße zu überqueren, ohne dabei angefahren zu werden. Mein ganzer Körper kribbelte noch immer von dieser kurzen Berührung.

Und das war völlig verkehrt.

Zum Glück fand ich etwas, mit dem ich mich ablenken konnte. An der Ecke gegenüber hielt sich ein Chaos-Dämon auf. Er lungerte vor einem Hotel herum, das sich noch im Bau befand, und stand gleich neben dem roten Gerüst, das sich über die gesamte Fassade des Gebäudes erstreckte. Der Chaos-Dämon sah aus wie einer von den vielen Rotzlöffeln, denen man in D.C. überall begegnete.

»Du hättest dich wenigstens dafür bedanken können, dass ich

dir das Leben gerettet habe.« Aus heiterem Himmel stand Roth wieder neben mir.

Ich stöhnte auf, ohne den Chaos-Dämon aus den Augen zu lassen. »Du hast mir nicht das Leben gerettet.«

»Du wärst beinahe von diesem Taxi plattgemacht worden. Wenn du dich unbedingt auf den Rücken werfen lassen willst, dann stelle ich dir gern meine Dienste zur Verfügung. Ich verspreche dir, das wird dir viel …«

»Versuch gar nicht erst, diesen Satz zu beenden.«

»War nur ein Angebot.«

»Wie du meinst.« Ich beobachtete, wie der Chaos-Dämon sich auf einen Bauarbeiter konzentrierte, der soeben begonnen hatte, nach unten zu klettern. »Wenn ich mich bei dir bedanke, gehst du dann weg?«

»Ja.«

»Vielen Dank«, sagte ich prompt.

»Ich habe gelogen.«

»Was?« Ich sah ihn verwundert an. »Das nenne ich dreist.«

Roth beugte sich vor, bis sein Gesicht von meinem nur noch ein paar Zentimeter entfernt war. Gott, was duftete er wunderbar. Ich machte kurz die Augen zu und hätte schwören können, dass ich sein Lächeln fühlen konnte.

»Ich bin ein Dämon. Ich neige dazu, hin und wieder zu lügen.«

Da ich merkte, dass ich unwillkürlich lächeln musste, drehte ich den Kopf zur Seite, damit er es nicht sah. »Ich habe zu tun, Roth. Geh jemand anders ärgern.«

»Willst du den Chaos-Dämon da drüben markieren?«, fragte er. Wir waren vor einer Spielzeughandlung stehen geblieben, die ein paar Häuser von der Baustelle entfernt lag.

Ich antwortete nicht.

Roth lehnte sich gegen die Fassade des Backsteingebäudes. »Bevor du den Jungen markierst und damit zum Tode verurteilst, warte doch erst mal ab und sieh dir an, was er tatsächlich vorhat.«

»Warum soll ich ihm freie Hand lassen«, fragte ich und kniff die Augen zusammen, »wenn ich weiß, dass jemand zu Schaden kommen wird?«

»Woher weißt du denn, dass jemand zu Schaden kommen wird?«, hielt Roth dagegen und legte den Kopf ein wenig schräg, sodass ihm seine pechschwarzen Haare ins Gesicht fielen. »Du hast doch noch nie abgewartet, um dir anzusehen, was wirklich passiert, nicht wahr?«

Ich wollte gerade zu einer Lüge ansetzen, aber dann drehte ich mich weg und konzentrierte mich auf den Chaos-Dämon. Der Dämon mit den steil aufgerichteten grünen Haaren strich sich über die Wange, während er dem Bauarbeiter zusah, wie der mit einem Satz vom Gerüst sprang und dann zu einem Bereich ging, der mit orangefarbenen Seilen abgesperrt war. Der Mann hob eine Art Säge auf und fuchtelte damit herum, während er über etwas lachte, was ein Kollege ihm erzählte.

»Warte, was passiert, bevor du über ihn urteilst«, redete Roth auf mich ein. »Kann nicht schaden.«

Ich sah ihn von der Seite an. »Ich urteile nicht über ihn.«

Roth drehte sich zu mir um. »Erwartest du von mir, dass ich tue, als wüsste ich nicht, welche abscheulichen Taten du nach der Schule begehst?«

»Abscheuliche Taten?« Ich verdrehte die Augen. »Ich markiere doch nur …«

»Wodurch sie ein Licht abstrahlen, das den Wächtern hilft, sie später einfach einzukassieren. Ich weiß nicht, wie du ernsthaft glauben kannst, dass du nicht Richter und Geschworene spielst.«

»Das ist ja albern. Du willst, dass ich ihn eine böse Tat begehen lasse? Ohne mich, würde ich sagen.«

Er schien nachzudenken. »Weißt du, was meiner Meinung nach dein Problem ist?«

»Nein, aber du wirst mich sicher gleich aufklären.«

»Natürlich werde ich das. Du willst nicht zusehen, was der Chaos-Dämon macht, weil du Angst hast, es könnte gar nichts Schändliches sein. Dann müsstest du nämlich mit der Tatsache zurechtkommen, dass die Wächter Mörder sind, keine Retter.«

Ich wollte zu einer Entgegnung ansetzen, aber mein Magen verkrampfte sich. Wenn es stimmte, was er sagte, dann würde das meine Welt komplett auf den Kopf stellen. Aber es konnte nicht wahr sein. Dämonen waren böse.

»Okay«, gab ich grimmig zurück. »Dann werde ich eben abwarten.«

»Gut.« Roth grinste mich frech an.

Also konzentrierte ich mich auf den Chaos-Dämon. Ich würde einiges zu erklären haben, wenn gleich Dutzende Passanten von dem Gerüst erschlagen wurden. Jede andere Möglichkeit war schlicht ausgeschlossen. Mein ganzes Leben basierte auf einer unverrückbaren Überzeugung: Dämonen verdienten es, rigoros bestraft zu werden.

Der Chaos-Dämon stieß sich vom marmorierten Stein ab und streckte den Arm aus, dann strich er unauffällig mit einer Hand über den unteren Teil des Gerüsts und ging weiter. Nur Sekunden später übertönte ein lautes Knarren den Verkehrslärm, das Gerüst begann zu zittern, die Bauarbeiter drehten sich erschrocken um. Der erste Mann ließ die Säge fallen und schrie eine Warnung. Etliche von seinen Kollegen verließen fluchtartig diese Seite des Gebäudes, als das Gerüst in sich zusammenfiel.

Eine dichte Staubwolke breitete sich aus, laute Flüche waren zu hören. Überall blieben Fußgänger stehen, holten ihre Handys raus und schossen Fotos von der Unglücksstelle, die einen chaotischen Eindruck machte. Diese Arbeiter hatten wer weiß wie lange gebraucht, um das Gerüst aufzubauen, und nun lag es als Trümmerhaufen da. Nebenbei hatte es auch noch Werkzeuge und Geräte unter sich begraben und wahrscheinlich völlig zerstört, die von den Arbeitern daran befestigt worden waren.

Ich stand da und starrte auf die Bescherung.

»Hmm«, ließ Roth gemächlich verlauten. »Das ist ganz sicher ein Rückschlag für dieses Projekt und bestimmt auch ein wenig rausgeschmissenes Geld. Aber war das jetzt eine richtig böse, gemeine und menschenverachtende Tat? Nein, würde ich nicht sagen.«

»Er … er wollte bestimmt, dass alles auf den Fußweg stürzt«, wandte ich ein.

»Red dir das ruhig ein, wenn du willst.«

Niemand war verletzt worden. Es hatte wirklich so ausgesehen, als hätte der Chaos-Dämon gewartet, bis das Gerüst menschenleer war, ehe er es berührte. Ich konnte nicht begreifen, was ich da gesehen hatte.

Roth legte den Arm um meine Schultern. »Komm, halten wir nach einem anderen Ausschau.«

Ich schob seinen Arm weg, als wir die Straße entlanggingen. Nach ein paar Schritten begann er wieder diesen verdammten Song zu summen.

»Was ist das?«

Er blieb stehen. »Was ist was?«

»Dieses Lied, das du ständig summst.«

»Oh. Paradise City.«

Ich musste kurz überlegen. »Guns N' Roses?«

Er nickte. »Gute Musik.«

Wir entdeckten eine weitere Chaos-Dämonin, sie berührte einen Ampelmast, dann sprangen die Ampeln für alle Fahrtrichtungen auf Grün um. Die Autos fuhren aus allen Richtungen auf die Kreuzung, es entstand ein heilloses Durcheinander, aber auch hier wurde niemand verletzt. Die Chaos-Dämonin hätte sich stattdessen auch an den Fußgängerampeln zu schaffen machen können, was zweifellos böse Folgen nach sich gezogen hätte, aber genau das hatte sie nicht gemacht.

Das Ganze hatte mehr von einem Dummejungenstreich als von einer finsteren Tat, die möglichst viele Menschenleben kosten sollte.

»Willst du einen dritten Beweis?«

»Nein«, flüsterte ich beunruhigt und verwirrt. Das waren nur zwei Dämonen gewesen, das konnte nichts bedeuten.

Roth zog eine Braue hoch. »Willst du noch weitermarkieren? Nein? Hatte ich auch nicht erwartet. Wie wäre es, wenn wir stattdessen etwas anderes unternehmen?«

An einer Ampel blieben wir stehen, und ich sah ihn an. »Hast du mir deshalb gesagt, ich soll das Markieren einstellen? Weil die Chaos-Dämonen deiner Meinung nach harmlos sind?«

»Ich *weiß*, dass die Chaos-Dämonen harmlos sind. Das gilt nicht für alle Dämonen. Einige von uns sind wirklich ganz üble Zeitgenossen. Aber die, die du zum Tode verurteilst? Die nicht.« Er ließ eine kurze Pause folgen, in der mir die Bedeutung seiner Worte allmählich bewusst wurde. »Aber mit meiner Bitte hat das überhaupt nichts zu tun.«

»Sondern?«

Erst als wir auf der anderen Straßenseite angekommen waren, antwortete er, und dann auch nur mit einer Frage: »Hast du Hunger?«

Mein Magen reagierte sofort mit einem lauten Knurren. Ich hatte immer Hunger. »Roth …«

»Ich mache dir mein Angebot etwas schmackhafter. Du isst mit mir, und ich erzähle dir von der anderen, die so war wie du. Das würde dich doch reizen, nicht wahr?« Er unterstrich seinen Vorschlag mit einem einnehmenden Lächeln. »Verbring ein bisschen Zeit mit mir, und ich erzähle dir, was ich weiß – am Ende unseres kleinen Abenteuers. Vorher nicht.«

Ich machte einen Bogen um eine Touristengruppe. Meine Neugierde glühte so, als wollte sie mich verbrennen. Es fiel mir leichter, mich darauf zu konzentrieren, anstatt darüber nachdenken zu müssen, dass ich womöglich unzählige harmlose Chaos-Dämonen zum Tode verurteilt hatte. Aber eine Vereinbarung mit einem Dämon war im Prinzip nichts anderes als ein Pakt mit dem Teufel. »Wo ist der Haken?«

Roth sah mich an wie ein Unschuldsengel. »Du erlaubst mir, etwas Zeit mit dir zu verbringen, mehr nicht. Versprochen.«

»Du hast mich schon mal belogen.« Ich verschränkte die Arme vor der Brust. »Woher weiß ich, dass du jetzt nicht auch wieder lügst?«

»Das ist wohl ein Risiko, das du eingehen musst.«

Ein älteres Ehepaar ging an uns vorbei und lächelte uns an, Roth reagierte darauf mit einem kaum zu überbietenden Lächeln, während ich überlegte, was ich tun sollte. Ich konnte davon ausgehen, dass Abbot heute Abend keine Markierungen von mir erwartete, schließlich wusste ich ja gar nicht so genau, ob ich das überhaupt noch machen durfte. Ich atmete durch, dann nickte ich steif. »Also gut.«

»Super! Ich weiß auch genau die richtige Location.«

»Das hatte ich befürchtet«, gab ich mit neutralem Tonfall zurück.

»Ich finde dich sehr aufregend.«

Augenblicklich bekam ich einen roten Kopf, und ich begann am Schultergurt meiner Schultasche zu nesteln. Aber Roth beugte sich vor und löste meine Finger vom Gurt. Dabei setzte mein Herz einen Schlag lang aus, und mein Gesicht glühte noch intensiver.

»Ist das bei dir immer so?«, wollte er wissen, als er meine Hand nahm.

»Ist *was* immer so?«

»Dass du sofort einen roten Kopf bekommst und dann wegschaust?« Er strich mit den Fingerspitzen über meine Handfläche. Die Berührung ließ einen Stromschlag durch meinen Körper wandern, der dem Verlauf der Nervenbahnen folgte, bis er meine Zehen erreicht hatte. »So wie jetzt. Jetzt ist dein Gesicht auch wieder rot.«

Ich zog meine Hand zurück. »Und du bist immer nur nervtötend und unheimlich.«

Wieder lachte er, aber nicht aufgesetzt, sondern absolut ehrlich. Er fand es tatsächlich amüsant, wenn ich ihn beleidigte. Völlig verrückt. »Es gibt einen kleinen Diner am Verizon Center, da bekommt man die besten Muffins auf der ganzen Welt.«

»Du isst Muffins?« Das empfand ich als seltsam. »Ich dachte, du isst Rinderherzen und trinkst das Blut von Jungfrauen.«

»Wie bitte?« Roth konnte nicht ernst bleiben, als er mich reden hörte. »Was haben die Wächter dir eigentlich beigebracht? Ich liebe Muffins. Nehmen wir die U-Bahn oder wollen wir zu Fuß gehen?«

»Wir gehen«, entschied ich. »U-Bahnen mag ich nicht.«

Von der F Street bis zu dem besagten Diner war es ein längerer Spaziergang. Ich hielt meinen Blick auf die schimmernden Seelen vor mir gerichtet, aber es gelang mir nicht, Roths Gegenwart auch nur für einen Moment zu vergessen. Das Seltsamste aber war, dass ich mich einmal zu ihm umdrehte und Erleichterung anstelle von Entsetzen verspürte, als ich bei ihm keine Seele entdeckte. Den ganzen Tag von Seelen umgeben zu sein machte mir zu schaffen, da war ein Blick auf ein Wesen ohne Seele eine wohltuende Abwechslung.

Aber es war mehr als nur das.

In Roths Nähe zu sein hatte etwas Befreiendes. Von Zayne und den anderen Wächtern abgesehen wusste er als Einziger, was ich war. Nicht mal meine besten Freunde hatte ich eingeweiht. Roth wusste es, und es kümmerte ihn nicht. Für Zayne und die Wächter war es dagegen wichtig. Zugegeben, Roth war ein reinrassiger Dämon von welcher Art auch immer, aber in seiner Gegenwart musste ich nicht vorgeben, etwas anderes zu sein.

»Ich bin auch nicht gern unterirdisch unterwegs«, sagte Roth nach einer Weile.

»Wieso nicht? Das muss dir doch vorkommen, als wärst du zu Hause.«

»Eben deshalb.«

Ich musterte ihn von der Seite. Wie er so neben mir herging, mit den Händen in den Hosentaschen und dieser ernsten Miene, da wirkte er seltsam verwundbar. Erst als er mich ansah, hatten seine Augen den scharfen Blick eines Jägers. Ich schauderte und blinzelte in die Sonne. »Wie ist es da unten?«

»Heiß.«

»So was hatte ich mir schon gedacht«, merkte ich leise schnaubend an.

Im Vorbeigehen zog er einen der gegen die Wächter gerichteten Flyer von der Rückseite einer Sitzbank ab und reichte ihn mir. »Es ist so ähnlich wie hier, aber düsterer. Ich glaube, die Hölle versucht alles nachzuahmen, was es an der Oberfläche gibt, aber das Ergebnis ist immer eigenartig verdreht und verzerrt. Nicht sehr idyllisch. Viele Klippen, Flüsse, die kein Ende nehmen, Einöden, wo früher Städte standen, die untergegangen sind. Ich glaube nicht, dass es dir gefallen würde.«

Auf dem Flyer fand sich die gleiche grobschlächtige Zeichnung wie fast überall. Ich warf den Zettel in den nächsten Papierkorb. »Gefällt es dir?«

»Habe ich eine Wahl?«, gab er zurück. Ich spürte, wie sein Blick auf mir ruhte, um meine Reaktionen abzuwarten.

»Finde ich schon. Es kann dir gefallen, aber du kannst auch sagen, dass es dir nicht gefällt.«

Er kniff die Lippen zusammen. »Hier gefällt es mir besser.«

Ich versuchte, eine ausdruckslose Miene zu wahren, als wir an einer weiteren geschäftigen Kreuzung stehen bleiben mussten. »Kommst du oft her?«

»Öfter als ich sollte.«

»Was heißt denn das?«, wollte ich wissen und drehte mich um, wobei sich unsere Blicke wieder trafen.

»Es ist ... hier oben ist alles real.« Er legte die Hand an mein Kreuz, um mich über die Straße zu lotsen. Das Gewicht seiner Hand brannte sich auf eine höchst ungewöhnliche, aber köstliche Weise durch meinen dünnen Sweater auf meine Haut durch. »Und? Wann hast du mit dem Markieren angefangen?«

Ich überlegte, wie detailliert ich auf seine Frage eingehen sollte. »Angefangen habe ich damit, als ich dreizehn war.«

Er zog die Brauen zusammen. »Haben sie so lange gebraucht, um zu erkennen, dass du dazu in der Lage bist?«

»Nein. Nachdem sie ... mich gefunden hatten, wussten sie, dass ich Seelen sehen kann. Ich nehme an, ich habe irgendwas erzählt, was sie darauf gebracht hat. Dass ich Dämonen markieren kann, ist nur durch einen Zufall herausgekommen.«

»Was für ein Zufall?«, fragte er und nahm die Hand wieder weg.

»Ich glaube, ich war so ungefähr zehn. Ich war mit einem Wächter unterwegs. Wir wollten irgendwo etwas essen, dabei sah ich eine Frau in der Schlange stehen, die keine Aura hatte. Ich ging an ihr vorbei und muss sie irgendwie berührt haben. Es war so, als hätte ich einen Lichtschalter umgelegt. Niemand außer den Wächtern schien davon etwas zu bemerken.«

»Und der Rest ist Geschichte?« Roth klang ein wenig überheblich. »Die Wächter entdecken eine Halbdämonin, die Seelen sieht und Dämonen markieren kann. Das hört sich für mich alles doch sehr praktisch an.«

»Ich habe zwar keine Ahnung, was du damit sagen willst, aber ich bin auch eine Wächterin, wie du weißt.«

Er sah mich eindringlich an. »Du kannst mir nicht weismachen, dass du nie darüber nachgedacht hast, dass die Wächter dich nur bei sich behalten, weil du diese Fähigkeit besitzt.«

»Und der Grund, dass du dich für mich interessierst, hat nichts mit meiner Fähigkeit zu tun?«, gab ich schnippisch zurück und fühlte mich dabei forsch und mutig.

»Natürlich interessiere ich mich für dich, weil du das tust, was sonst keiner kann«, gab er im Plauderton zurück. »Ich habe nie etwas anderes behauptet.«

Ich machte einer Gruppe Gleichaltriger Platz. Roth verdrehte seinen Hals, um den Mädchen in ihren kurzen Röcken und den Spitzensöckchen hinterherzuschauen. »Als sie mich fanden, wusste keiner von ihnen, wozu ich fähig sein würde, Roth. Hör also bitte auf, sie als die Schurken hinzustellen.«

»Ich mag es, wenn Leute alles in Gut und Böse einteilen, als wäre das immer so deutlich voneinander zu trennen.«

»Es ist auch so deutlich voneinander zu trennen. Deine Art ist böse, die Wächter sind gut.« Irgendwie klang das nicht sehr überzeugend. »Die Wächter *sind* gut.«

Er fuhr sich durchs Haar, sodass ihm ein paar Strähnen in die Stirn fielen. »Und was glaubst du, wieso die Wächter so gut sind?«

»Ihre Seelen sind rein, Roth. Und sie beschützen die Menschen vor Wesen wie dir.«

»Diejenigen mit den reinsten Seelen sind zu den schlimmsten Schandtaten fähig. Niemand ist vollkommen, egal was jemand ist oder auf wessen Seite er kämpft.« Roth nahm meine Hand und zog mich um eine Gruppe Touristen mit Gürteltasche herum. »Eines Tages werde ich mir so was auch zulegen.«

Ich musste so plötzlich loslachen, dass ich es nicht mehr schaffte, es mir zu verkneifen. »Mit einer Gürteltasche würdest du richtig sexy aussehen.«

Sein Lächeln ließ eine wohlige Wärme auf sein Gesicht überspringen – und dann auch noch auf mich. »Ich würde in allem sexy aussehen.«

Wieder begann ich zu lachen und schüttelte den Kopf. »Du bist ja so bescheiden.«

»Bescheidenheit ist was für Verlierer«, sagte er und zwinkerte mir dabei zu. »Aber ein Verlierer bin ich nicht.«

»Ich könnte dir ja erzählen, dass Leute mit einer solchen Einstellung sich einen Platz in der Hölle verdient haben, aber in deinem Fall …«

Roth legte belustigt den Kopf zur Seite. »Ja, ja. Hast du eine Vorstellung davon, wie viele Leute schon meinten, mir sagen zu müssen, ich sollte mich zum Teufel scheren?«

»Da kann ich nur raten«, erwiderte ich und entdeckte ein Stück voraus die Spitze des Verizon Center.

»Du würdest nie an die tatsächliche Zahl herankommen«, erwiderte Roth und lächelte mich dabei an.

9. KAPITEL

Wir bogen in die F Street ein, und ich zeigte auf die andere Straßenseite. »Als ich noch klein war, habe ich mich immer vor das Performing Arts Center gesetzt und die Tänzer hinter den Fenstern beobachtet, während ich mir wünschte, ich hätte nur einen Funken von deren Anmut und Talent. Du müsstest mich mal tanzen sehen, dann wüsstest du, wie ich das meine.«

»Hmm.« In Roths Augen war ein seltsames Funkeln zu sehen. »Ich würde dich gern mal tanzen sehen.«

War es eigentlich normal, dass ein Dämon jede Äußerung so verdrehte, bis sie sich nach einer sexuellen Anspielung anhörte? Je näher wir dem Performing Arts Center kamen, umso mehr Menschen drängten sich auf dem Gehweg, ein sicherer Hinweis darauf, dass später am Abend ein Konzert stattfinden würde. Mein Blick fiel auf ein Pärchen, das eng umschlungen gegen die Fassade gelehnt stand und die Welt um sich herum vergessen haben musste. Ich hatte Mühe zu erkennen, welcher Arm wem von ihnen gehörte. Neid erwachte in mir und zwang mich dazu, woandershin zu sehen.

Roth beobachtete mich, wie ich zu dem Pärchen schaute, dabei lächelte er anzüglich. »Wie sieht eigentlich eine Markierung aus?«, wollte er plötzlich wissen.

»Kannst du das nicht erkennen?« Ich grinste ihn an. »Tja, verraten werde ich's dir ganz sicher nicht.«

»Kann ich verstehen. Darf ich dich etwas anderes fragen?«

Ich warf ihm einen Blick von der Seite zu, er sah auf irgendeinen weit entfernten Punkt und hatte die Lippen geschürzt. »Klar.«

»Gefällt es dir, Dämonen zu markieren?«

»Ja. Ich tue damit was Gutes. Wie viele Menschen können das schon von sich behaupten?« Dann fügte ich rasch hinzu: »Das mag ich daran.«

»Und es stört dich nicht, dass deine *Familie* dich wissentlich in Gefahr bringt, damit du etwas tust, was für sie von Nutzen ist?«

Erst wurde ich wütend, aber dann erklärte ich: »Meine Familie will, dass ich nicht länger markieren gehe. Also werde ich ja auch nicht mehr wissentlich in Gefahr gebracht. Ich freue mich, dass ich helfen kann. Kannst du das von deiner Arbeit auch sagen? Du bist böse, du ruinierst das Leben anderer Leute.«

»Wir reden hier nicht über mich«, konterte er geschickt. »Und was hat es damit auf sich, dass sie dich nicht länger markieren lassen wollen? Das hört sich ja fast so an, als hätten die Wächter und ich etwas gemeinsam.«

Ich hielt den Schultergurt meiner Tasche umklammert und verpasste mir im Geiste einen Schlag auf den Hinterkopf. »Da ist nichts weiter. Wir haben jetzt genug über mich geredet.«

Wir hatten das Diner erreicht, von dem Roth gesprochen hatte. Die frischen Kekse und Muffins in der Auslage riefen mich förmlich zu sich.

»Hunger?«, flüsterte Roth mir ins Ohr.

Seine Nähe machte mir das Durchatmen schwer. Mir fiel auf, dass das Ende der Schlange über seinem Kragen hervorlugte. »Dein Tattoo bewegt sich.«

»Bambi langweilt sich.« Sein Atem strich über die Haare rund um mein Ohr.

»Oh«, murmelte ich. »Dann … dann lebt sie auf deiner Haut oder so?«

»Oder so. Also, Hunger oder keinen Hunger?«

Auf einmal entdeckte ich ein Schild mit der Aufschrift »Wächter werden hier nicht bedient«. Abscheu überkam mich. »Ich schätze, jetzt weiß ich, warum dir dieses Diner so gut gefällt.«

Sein Lachen bestätigte meine Vermutung.

»Das ist unglaublich.« Ich drehte mich zu ihm um. »Wächter werden hier nicht bedient, aber Leute von deiner Art sehr wohl.«

»Ich weiß. So was nennt man Ironie. Ich mag Ironie.«

Kopfschüttelnd betrat ich das Diner. Diese Kekse sahen einfach zu lecker aus. Im gut besuchten Lokal war es etwas wärmer als draußen auf der Straße. Es duftete nach frisch gebackenem Brot, die Luft war erfüllt vom Gemurmel der Gäste an den Bistrotischen. Ich bestellte ein Sandwich und zwei Kekse mit Zuckerguss, während Roth einen Kaffee und einen Blaubeermuffin nahm. Dass ein Dämon Muffins aß, wollte mir noch immer nicht so richtig in den Kopf gehen. Wir entdeckten einen freien Tisch im hinteren Teil des Lokals, und ich versuchte die Tatsache zu ignorieren, dass ich mit einem Dämon aß.

Während ich von meinem Sandwich abbiss, überlegte ich, welche ganz normale, nicht dämonische Frage ich ihm stellen konnte. »Wie alt bist du?«, erkundigte ich mich schließlich.

Roth unterbrach sein systematisches Zerlegen seines Muffins in mundgerechte Stücke und sah mich an. »Das würdest du mir sowieso nicht glauben.«

»Vermutlich hast du recht. Aber du kannst es mir trotzdem sagen.«

Er nahm ein Stück Muffin in den Mund und kaute genüsslich. »Achtzehn.«

»Achtzehn?« Ich aß mein Sandwich auf und musterte ihn, während er mich abwartend ansah. »Augenblick mal. Willst du mir erzählen, du bist erst achtzehn?«

»Ja.«

Für einen Moment verschlug es mir die Sprache. »Du meinst achtzehn in Hundejahren, richtig?«

Roth lachte. »Nein. Ich meine achtzehn, weil ich vor achtzehn Jahren geboren wurde. Ich bin sozusagen ein Babydämon.«

»Ein Babydämon«, wiederholte ich verblüfft. Wenn ich an Babys dachte, dann kamen mir kleine süße, knuddelige Kinder in den Sinn. Aber mit Roth hatte das nichts zu tun. »Das ist dein Ernst.«

Er nickte und wischte ein paar Krümel von seiner Hand. »Du siehst mich so entsetzt an.«

»Aber … ich verstehe das nicht.« Ich griff nach einem der beiden Kekse.

»Nun, genau genommen sind wir eigentlich nicht lebendig, denn ich habe keine Seele.«

Ich zog die Brauen zusammen. »Wurdest du aus einem Stück Schwefel ausgebrütet?«

Roth warf lachend den Kopf in den Nacken. »Nein, ich bin genauso gezeugt worden wie du, nur in Wachstum und Entwicklung unterscheiden wir uns ganz erheblich.«

Eigentlich sollte er mich nicht neugierig machen, aber ich konnte einfach nicht anders. »Wie erheblich?«

Er beugte sich grinsend vor, seine Augen funkelten. »Wir werden zwar als Säuglinge geboren, aber danach sind wir innerhalb weniger Stunden erwachsen. Das hier …«, er deutete auf sich, »… ist nur eine menschliche Hülle, die ich mir ausgesucht habe. In unserer wahren Form sehen wir uns alle ziemlich ähnlich.«

»Also so wie bei den Wächtern. Du trägst eine Hülle, die dich wie einen Menschen erscheinen lässt. Und wie siehst du in Wahrheit aus?«

»So großartig wie jetzt auch, nur dass meine Haut eine völlig andere Farbe hat.«

Ich seufzte gedehnt. »Und welche Farbe ist das?«

Er nahm die Kaffeetasse hoch und senkte den Kopf, damit er mich mit einem besonders treuherzig angelegten Augenaufschlag ansehen konnte. »Wenn ich dir alles verrate, dann habe ich doch keine Geheimnisse mehr, über die du nachgrübeln könntest.«

»Nee, klar«, meinte ich stöhnend und verdrehte die Augen.

»Vielleicht werde ich's dir ja eines Tages zeigen.«

»Dann werde ich leider nicht mehr interessiert sein.« Ich widmete mich dem zweiten Keks. »Also zurück zu deinen achtzehn Lebensjahren. Du wirkst viel reifer als normale Jungs in deinem Alter. Ist das für Dämonen normal?«

»Wir sind allwissend.«

»Blödsinn«, konterte ich lachend. »Du willst mir weismachen, dass du schon alles weißt, wenn du geboren wirst?«

Roth reagierte mit einem schelmischen Grinsen. »Kann man so sagen. Ich bin von der Größe …«, er hielt die Hände nicht ganz einen Meter voneinander entfernt, »… zu meiner jetzigen Größe innerhalb von vierundzwanzig Stunden herangewachsen. Das Gehirn ist gleichzeitig mitgewachsen.«

»Das ist völlig verrückt.«

Wieder trank er einen Schluck Kaffee. »Und was weißt du über deine andere Hälfte?«

Und damit waren wir wieder bei mir gelandet. Seufzend antwortete ich: »Nicht sehr viel. Man hat mir gesagt, dass meine Mutter eine Dämonin war, aber das war es eigentlich auch schon.«

»Was?« Er lehnte sich auf seinem Stuhl nach hinten. »Dann weißt du also praktisch nichts über dein Erbe. Irgendwie süß, aber es macht mich auch wütend.«

Ich knabberte an meinem Keks. »Sie finden, so ist es besser.«

»Und du findest es okay, dass sie dich komplett im Unklaren über deine andere Hälfte lassen?«

»Es ist nicht so, als wollte ich diese andere Hälfte großartig für mich beanspruchen«, antwortete ich schulterzuckend.

Nun verdrehte er die Augen. »Weißt du, das erinnert mich an eine Diktatur. Ich meine die Art und Weise, wie die Wächter dich behandeln.«

»Wieso?«

»Na ja, die Leute werden im Unklaren gelassen, man verschweigt ihnen die Wahrheit, weil man sie so leichter kontrollieren kann.« Er nippte an seinem Kaffee und sah mich über den Becherrand hinweg an. »Das ist bei dir genau das Gleiche, nur dass es dich nicht zu stören scheint.«

»Ich werde nicht von ihnen kontrolliert.« Ich brach ein Stück von meinem Keks ab und spielte mit dem Gedanken, es Roth ins Gesicht zu schleudern. Aber ich wollte einen so köstlichen Keks nicht verschwenden. »So wie du dich anhörst, scheinst du dich ja bestens mit den berüchtigtsten Diktatoren der Welt zu verstehen.«

»So würde ich das nicht formulieren.« Nachdenklich spitzte er die Lippen. »Es ist eher so, dass ich sie mit einem glühenden Schürhaken traktiere, wenn ich mich langweile.«

Ich verzog das Gesicht. »Ehrlich?«

»Die Hölle ist kein schöner Ort, wenn man sich dort durch sein Handeln einen Platz verdient hat.«

Das musste ich erst mal verarbeiten. »Na ja, ewige Qualen sind ja auch eine gerechte Strafe.« Ich sah mich im Diner um und betrachtete die leuchtenden Seelen und die gerahmten Porträts an den Wänden. Es waren Bilder der früheren Eigentümer des Lokals, Bilder von alten, grauhaarigen Menschen.

Und dann bemerkte ich sie.

Oder besser gesagt: Ich bemerkte zuerst ihre Seele.

Sünder-Alarm! Die Essenz war ein Kaleidoskop düsterer Farben, und ich fragte mich, was diese Frau wohl alles getan hatte. Nachdem ihre Seele verblasst war, konnte ich erkennen, dass es sich um eine ganz normal wirkende Frau um die dreißig handelte, ordentlich angezogen, dazu schicke High Heels und eine Handtasche, für die man durchaus morden konnte. Ihre blonden Haare waren ein wenig spröde, aber zu einem modischen Bob geschnitten. Sie machte einen ganz normalen Eindruck, niemand, vor dem man Angst haben oder sogar davonlaufen musste. Aber ich wusste, dieser Eindruck täuschte. Hinter der Fassade schlummerte das Böse.

»Was ist?«, fragte Roth, der sich weit entfernt anhörte.

Ich musste schlucken. »Ihre Seele … die sieht sehr übel aus.«

Er schien zu begreifen. Ich fragte mich, was er sah: eine elegant gekleidete Frau oder die Frau, die so schwer gesündigt hatte, dass ihre Seele kaputt war?

»Was siehst du?«, wollte er wissen, als hätte er das Gleiche gedacht wie ich.

»Die Seele ist dunkel. Braun. So, als hätte jemand einen Pinsel in rote Farbe getaucht und die Farbe um sie herum verspritzt.« Ich beugte mich vor, das Verlangen raubte mir den Atem. »Das ist wunderschön. Völlig verkehrt, aber wunderschön.«

»Layla?«

Meine Finger bohrten sich in die Tischdecke. »Ja?«

»Warum erzählst du mir nicht etwas über deine Halskette?«

Roths Stimme holte mich in die Realität zurück, und ich wendete den Blick von der Frau ab. Ich holte schnell Luft, betrachtete den Keks und hatte das Gefühl, dass sich mein Magen mit heißer Lava füllte. »Was … was willst du wissen?«

»Du trägst die Kette immer, richtig?«

Meine Finger tasteten nach der Kette, bis sie das kühle Metall des Rings spürten. »Ja. Eigentlich mache ich mir nicht viel aus Schmuck.« Fast zwanghaft sah ich wieder nach der Frau, die nun an der Theke stand und eine Bestellung aufgab. »Aber die Kette trage ich immer.«

»Layla, sieh mich an. Du willst *dieser* Versuchung nicht nachgeben.«

Es kostete mich Mühe, meine Aufmerksamkeit auf ihn zu lenken. »Tut mir leid, aber das ist so schwierig.«

Er zog die Brauen zusammen. »Du musst dich nicht für etwas entschuldigen, das dir im Blut liegt. Aber wenn du einmal einem Menschen die Seele genommen hast … dann gibt es für dich kein Zurück mehr.«

So viele Gefühlsregungen stürzten gleichzeitig auf mich ein, allen voran völlige Überraschung. Warum wollte ein Dämon verhindern, dass ich von meinem Stuhl sprang, durchs Lokal hechtete und eine Seele aufsaugte? »Wieso kümmert dich das?«

Roth erwiderte nichts.

Ich seufzte. »Was ich von ihr will, ist nicht natürlich. Ich kann nicht mal einem Jungen wirklich nahe kommen, Roth. So sieht mein Leben aus.« Ich nahm den restlichen Keks vom Teller und hielt ihn hoch. »Das ist das Einzige, was ich habe: Zucker. Ich bin ein wandelnder Werbespot für beginnenden Diabetes.«

»Dein Leben besteht nicht nur aus dem, was du *nicht* tun kannst«, sagte er sehr ernst. »Was ist mit all den Dingen, die du tun *kannst*?«

Ich musste lachen. »Du weißt nichts über mich«, gab ich kopfschüttelnd zurück.

»Ich weiß mehr, als dir bewusst ist.«

»Das ist mir ziemlich unheimlich. Außerdem bist du ein Dämon, der mir eine Predigt über das Leben hält, und irgendwas ist an diesem Bild völlig falsch.«

»Ich habe dir keine Predigt gehalten.«

Ich sah zur Theke, die Frau war gegangen. Ich sank auf meinem Stuhl in mich zusammen, die Erleichterung schmeckte so süß wie der Keks, an dem ich knabberte. »Die Kette hat meiner Mutter gehört. Ich hatte sie schon, als ich noch ganz klein war. Warum ich die Kette habe, weiß ich selbst nicht. Es ist eigentlich dämlich, weil sie eine Dämonin war, die mich nicht mal haben wollte. Und ich renne heute immer noch mit ihrem Ring um den Hals durch die Gegend. Jämmerlich.«

»Du bist nicht jämmerlich.«

Ich brachte ein Lächeln zustande und fragte mich, warum ich ihm das alles überhaupt erzählte. Darüber hatte ich nicht mal mit Zayne gesprochen. Ich biss wieder von meinem Keks ab und legte ihn auf die Serviette.

So schnell wie Bambi schoss Roths Arm über den Tisch, bekam meine Hand zu fassen und zog sie zu sich. Bevor ich reagieren konnte, leckte er die winzigen Zuckerreste ab, die an der Haut kleben geblieben waren.

Ich wollte nach Luft schnappen, aber mir stockte der Atem. Ein Kribbeln erfasste meinen Arm, strahlte bis zu meiner Brust aus und von dort tiefer, sehr viel tiefer. »Das ... das ist unangenehm.«

Roth sah mich eindringlich an. »Weil es dir gefällt.«

Es gefiel mir sogar sehr, dennoch zog ich meine Hand weg und sah mich im Diner um. Mir war unnatürlich heiß. »Mach das nie wieder.«

»Aber du schmeckst so gut.«

Ich wischte meine Finger an der Serviette ab. »Ich gehe jetzt.«

Wieder griff er nach meiner Hand. »Nein, lauf noch nicht weg. Wir haben doch gerade erst angefangen.«

Als ich daraufhin in seine Augen sah, kam es mir vor, als ... als würde ich fallen. »Womit angefangen?«

»Uns anzufreunden«, antwortete er und schob seine Finger zwischen meine.

»Wir können keine Freunde sein.«

»Wieso nicht?«, fragte er mit Unschuldsmiene. »Gibt es da irgendeine Vorschrift, von der ich nichts weiß?«

Plötzlich war ich mir nicht mehr so sicher. Er stand auf und bezahlte die Rechnung, während ich dahinterzukommen versuchte, was eigentlich zwischen uns ablief. Konnte ich mit ihm befreundet sein? Wollte ich das überhaupt versuchen? Vermutlich wäre es besser gewesen, die Flucht zu ergreifen, während er in der Schlange vor der Kasse wartete, aber ich lief nicht weg.

Eine Kellnerin mittleren Alters kam an den Tisch. Ihre Seele war von einem blassen Pink, das im krassen Gegensatz zu ihrem hageren Erscheinungsbild und dem matten Glanz in ihren Augen stand.

Sie nahm die leeren Teller und die Servietten, dann schaute sie über die Schulter zu Roth. »Dieser Junge sieht aus, als wäre er etwas schwierig.«

Ich wurde rot und interessierte mich mit einem Mal sehr für den Saum meines Shirts. »Kann man so sagen.«

Die Kellnerin schnaubte und ging zum nächsten Tisch.

»Wieso wirst du so rot im Gesicht?«, fragte Roth, als er zu mir zurückkam.

»Nur so.« Ich nahm meine Tasche und stand auf. »Du hast mir versprochen, mir etwas über die eine zu erzählen, die das konnte, was ich kann. Ich finde, es wird jetzt Zeit, dass du dein Versprechen einlöst.«

»Ja, wird es wirklich.« Er hielt mir die Tür auf.

Im schwindenden Sonnenschein sahen alle Gebäude in diesem Bezirk alt und unfreundlich aus. Wir blieben am Eingang zu einem kleinen, gepflegten Park stehen, und ich schaute Roth erwartungsvoll an.

»Ich weiß, was du wissen willst, aber ich möchte dir erst eine Frage stellen.«

Ich kämpfte gegen meine Ungeduld und nickte zustimmend.

Abermals sah er mich so unschuldig an wie ein Engel. »Du bist noch nie geküsst worden, nicht wahr?«

»Das geht dich nun wirklich gar nichts an.« Ich verschränkte die Arme vor der Brust, während er auf meine Antwort wartete. »Ist doch wohl offensichtlich, oder? Ich kann niemanden küssen. Die ganze verdammte Seelenaussaugerei macht das für mich unmöglich.«

»Nicht, wenn du jemanden küsst, der gar keine Seele hat.«

Ich verzog den Mund. »Und warum sollte ich jemanden küssen, der ke…«

Er bewegte sich unglaublich schnell. So schnell, dass mir keine Zeit zum Reagieren blieb. Eben stand er noch gut einen Meter von mir entfernt, und jetzt hatte er bereits die Hände auf meine Wangen gelegt. Ich wunderte mich, wie eine Kreatur, die so stark und so todbringend war, gleichzeitig so sanft sein konnte. Aber der Gedanke war vergessen, kaum dass er meinen Kopf leicht nach hinten bog und sich über mich beugte. Mein Herz schaltete auf Hyperantrieb um. Roth würde mich nicht küssen. Auf keinen Fall würde er …

Und dann küsste er mich.

Erst war es nur eine zaghafte Berührung unserer Lippen. Jeder Muskel in meinem Körper spannte sich an, doch ich wich nicht zurück, obwohl ich genau das hätte tun sollen. Roth gab ein leises, kehliges Knurren von sich, das mir eine Gänsehaut über den Rücken laufen ließ. Wieder küsste er mich und knabberte an meiner Unterlippe, bis ich den Mund ein wenig öffnete. Ich spürte seine Zunge, meine Sinne wurden von den Empfindungen überwältigt, die sich in meinem Körper in alle Richtungen rasend schnell ausbreiteten. Dieser Kuss … er war so, wie ich ihn mir vorgestellt hatte, aber er war auch noch viel mehr. Grandios und explosiv zugleich. Er ließ mein Herz rasen und weckte ein so tiefes Verlangen, dass es mich fast ein wenig ängstigte.

»Siehst du?«, sagte Roth leise, nachdem er von mir abgerückt war. Mit seinen Fingern strich er über meine Wange. »Dein Leben besteht nicht nur aus dem, was du nicht kannst, sondern auch aus dem, was du kannst.«

»Deine Zunge ist gepierct«, stellte ich benommen fest.

Es leuchtete in seinen Augen. »Ist nicht mein einziges Piercing.«

Der Sinn seiner Worte drang nicht bis zu mir durch. Plötzlich wurde ich so unfassbar wütend, dass ich am liebsten alles kurz und klein geschlagen hätte. Er hatte es gewagt, mich zu küssen! Und mir hatte es auch noch gefallen! Ich wusste nicht, was mich mehr aufregen sollte – sein Verhalten oder mein eigener Körper, der mich verraten hatte. Moment mal, er … er war noch woanders gepierct? Dieser Gedanke veranlasste mein Gehirn zu nicht jugendfreien Überlegungen, was meinen Zorn nur noch mehr entfachte.

Roth legte den Kopf schräg und schaute mich an. »So, jetzt bist du geküsst worden. Das kannst du auf deiner Liste abhaken.«

Daraufhin holte ich aus und rammte ihm wie ein Schwergewichtsboxer die Faust in die Magengrube.

Er brachte ein ersticktes Lachen zustande. »Autsch. Das hat schon irgendwie wehgetan.«

»Tu so was niemals wieder.«

Trotz des Fausthiebs schien er mit seiner Leistung noch immer sehr zufrieden zu sein. »Weißt du, was man über den ersten Kuss sagt?«

»Dass man ihn sein Leben lang bereut?«

Roth wurde ernster. »Nein, dass man ihn nie vergisst.«

Ich musste mich zwingen, ihn nicht noch einmal zu schlagen oder über seine Worte zu lachen, und atmete ein paar Mal tief durch. »Erzähl mir jetzt von der, die so war wie ich, sonst gehe ich auf der Stelle nach Hause.«

»Du neigst echt zum Drama«, sagte er und schob die Hände in die Hosentaschen. »Bist du dir wirklich sicher, dass du etwas über sie erfahren willst?«

Drei Dinge standen für mich fest: dass ich diesen Kuss niemals vergessen würde, dass ich mehr über diesen Dämon herausfinden musste und dass ich allmählich genug hatte von seiner besserwisserischen Art. »Ja, ich bin mir ganz sicher.«

»Die eine, die das konnte, was du kannst … nun, sie ging etwas mehr in ihrer Fähigkeit auf«, sagte er und lehnte sich gegen eine Bank.

Ich schürzte die Lippen. Mehr musste er nicht sagen, mir war auch so klar, dass sie es genossen hatte, Seelen aufzusaugen.

»Sie war auch sehr gut darin. So gut, dass sie eine der mächtigsten Dämoninnen wurde, die es je auf der Erdoberfläche gegeben hatte. Sie war noch zu anderen Dingen fähig, nicht nur dazu, Seelen an sich zu reißen.«

Mit jedem seiner Worte wurde ich etwas nervöser. »Was konnte sie sonst noch?«

Roth zuckte mit den Schultern, sein Blick war in die Ferne gerichtet. »Dinge, die du vermutlich lieber nicht wissen möchtest.«

Ich wagte es kaum zu atmen. »Wer war sie, Roth?«

Unsere Blicke trafen sich, und tief in meinem Inneren ahnte ich bereits, wie seine Antwort lauten würde.

»Diese Dämonin war deine Mutter«, sagte er und sah mich die ganze Zeit über an.

»Okay.« Ich schluckte angestrengt und machte einen Schritt nach hinten. »Das erklärt die Dinge, zu denen ich in der Lage bin. Das ergibt doch einen Sinn, nicht wahr? Die meisten Mädchen haben von der Mutter die Augen, ich habe ihre Fähigkeit geerbt, Seelen aufzusaugen. Und ich habe ihren Ring. Was hast du gesagt, wie sie hieß?«

Ich war mir nicht sicher, ob ich ihren Namen überhaupt wissen wollte, denn das würde das Ganze für mich umso realer machen. Aber ich hatte die Frage schon ausgesprochen und konnte sie jetzt nicht mehr zurücknehmen.

Roth atmete mit einem leisen Seufzer aus. »Deine Mutter hatte viele Namen, aber die meisten kannten sie als Lilith. Und deswegen stehst du in der Hölle auf der Liste der meistgesuchten Personen.«

Während ich auf der Bank saß und auf Morris wartete, starrte ich vor mich hin, ohne etwas von den Dingen mitzubekommen, die sich um mich herum abspielten. Okay, meine Mutter war also eine seelensaugende Dämonin. Man musste kein Genie sein, um sich das denken zu können. Aber ich hatte nicht damit gerechnet, diesen Namen zu hören. Lilith? Die schreckliche Lilith? Die Mutter aller Dinge, die einem in der Nacht Angst machten? Nein, das konnte nicht sein. Es musste sich um eine andere Lilith handeln, denn diese Dämonin war seit einem Jahrtausend nicht mehr nach oben an die Erdoberfläche gekommen.

Sagen behaupteten, Lilith sei Adams erste Frau gewesen, die auf die gleiche Weise wie er geschaffen worden war. Da sie sich aber weigerte, sich Adam unterzuordnen, führte das zu endlosen Kämpfen, bis Gott sie schließlich aus dem Garten Eden verbannte und Eva erschuf. Kein Wunder, dass Lilith stinksauer war. Um sich an Adam und Gott zu rächen, lief sie weg und verführte den Erzengel Samael, und von da an ging es erst richtig bergab.

Bis dahin entsprachen die Legenden den Tatsachen, aber der Rest war irgendwelcher Schrott, den ich in den alten religiösen Texten gelesen hatte, die Abbot in seinem Büro aufbewahrte. Der Mythos, sie habe Babys gegessen, war völliger Quatsch. Und Lilith hatte auch nie mit Satan geschlafen. Überhaupt hatte sie nie mit irgendeinem Dämon geschlafen, sondern nur mit einem Erzengel. Alle anderen Bettgesellen waren menschlicher Natur gewesen. Aber die Alphas waren von vornherein nicht von ihr begeistert gewesen, und nachdem sie sich mit Samael vergnügt hatte, wurde sie von ihnen bestraft.

Jedes Kind, das Lilith von da an zur Welt brachte, war ein Monster gewesen, mal ein Sukkubus, mal ein Inkubus, mal irgendein anderer Dämon, von denen es mehr als genug unterschiedliche Arten gab. Am schlimmsten war jedoch, dass sie den Lilin das Leben schenkte, einer Rasse von Dämonen, die mit einer einzigen Berührung eine Seele rauben konnten. Sie waren ihre ersten und mächtigsten Kinder. Etwa zur gleichen Zeit tauchte die erste Generation der Wächter auf, von den Alphas geschaffen, um gegen die Lilin zu kämpfen. Es gelang ihnen, die Lilin auszulöschen und Lilith gefangen zu nehmen. In den Texten wurde behauptet, einer der Wächter habe Lilith in die Hölle verbannt, indem er sich mit ihr dort unten für alle Zeit ankettete.

So wie das meiste von dem, was die Alphas taten, ergab auch das für mich überhaupt keinen Sinn. Durch die Geburt von so vielen Dämonen hatte Lilith sich selbst in eine Dämonin verwandelt, und weil die Alphas sie bestraft hatten, schufen die versehentlich die Lilin, eine Dämonenlegion, die so mächtig und so gefürchtet war, dass sie die Menschen für immer dem Himmel hätten fernhalten können.

Menschen, die ohne Seele starben, konnten im Leben noch so gut gewesen sein, sie existierten nach ihrem Tod bis in alle

Ewigkeit in einer Zone genau zwischen Himmel und Erde, aus der es kein Entrinnen gab. Da sie von unendlichem Hunger und Durst geplagt wurden, verwandelten sie sich in brutale und rachsüchtige Geister, denen selbst Dämonen mit Vorsicht begegneten. Diese Geister konnten in die reale Welt eingreifen, und wenn sie das taten, dann war ein blutiges Ende meistens nicht mehr abzuwenden.

Ich strich mir die Haare aus dem Gesicht und sah einer schimmernden blauen Seele hinterher, die einem Mann in zerlumpten Jeans folgte. Meine Mutter konnte nicht *diese* Lilith gewesen sein, denn was würde das über mich aussagen? Wie sollte ich mich gegen eine solche Blutlinie sperren? Und wenn Lilith tatsächlich meine Mutter war, dann musste Abbot das gewusst haben. Es war völlig undenkbar, dass jemand wissentlich eines von Liliths Kindern auf der Erde umherspazieren ließ. Außerdem war da noch das Problem, dass Lilith in der Hölle angekettet war. Da war es wohl kaum so, dass jemand ihr Ausgang gewährt, damit sie geschwängert wird und ein Kind zur Welt bringt.

Die Höllen-Liste der meistgesuchten Personen? Mir lief ein Schauer über den Rücken. War das der Grund, warum ein Sucher und ein Zombie … Nein, das wollte ich gar nicht erst zu Ende denken. Nichts von dem, was Roth erzählt hatte, konnte wahr sein. Warum dachte ich überhaupt ernsthaft über irgendetwas davon nach? Roth zu vertrauen wäre ein Schlag ins Gesicht der Wächter gewesen. Dämonen verbreiteten Lügen. Sogar ich log hin und wieder, auch wenn das in meinem Fall nichts mit meiner dämonischen Hälfte zu tun hatte, aber trotzdem …

Roth spielte nur mit mir, damit ich aufhörte, Dämonen zu markieren. Und wenn die Hölle mir auf den Fersen war, dann konnte es nur daran liegen, an sonst nichts.

Ich hielt meinen Ring fest umklammert, während ich ein lautes Stöhnen unterdrücken musste. Ich hatte einen Dämon geküsst! Beziehungsweise … er hatte mich geküsst, aber auf diese spitzfindige Unterscheidung kam es nicht an. Meine Lippen und die eines Dämons hatten sich berührt. Mein erster Kuss. Lieber Gott …

Fast hätte ich vor Freude gekreischt, als ich den schwarzen

Yukon entdeckte. Ich konnte dringend eine Ablenkung von meinen unerfreulichen Gedanken gebrauchen. Als ich aufstand und meine Tasche über die Schulter schob, lief mir ein sonderbares Kribbeln vom Hals abwärts über den Rücken, bei dem sich all die feinen Härchen sträubten. Das war anders gewesen als beim letzten Mal, als ich auf Morris gewartet hatte.

Ich drehte mich um und suchte den Fußweg nach etwas Auffälligem ab. Ich sah blassrosa und blassblaue Schemen, dazwischen ein paar dunklere Auren, aber niemand war zu entdecken, dessen Seele abhandengekommen war. Ich verdrehte mir den Hals und stellte mich auf die Zehenspitzen, um einen Blick um die Ecke werfen zu können, vorbei an der Taxiflotte, die den Straßenrand säumte. Nirgends zeigte sich mir etwas Dämonisches, und dennoch war dieses Gefühl unerfreulich vertraut gewesen.

Morris hupte und lenkte meine Aufmerksamkeit auf sich. Kopfschüttelnd lief ich zwischen zwei Taxis auf die Straße und riss die Beifahrertür auf. In dem Moment kehrte das Gefühl zurück und traf mich wie eine eisige Hand, die sich um meine Kehle herum bewegte.

Schaudernd stieg ich ein und zog die Tür zu, während ich die Reihe der Taxis beobachtete. Etwas stimmte hier nicht … irgendetwas.

»Spüren Sie das auch?«, fragte ich, als ich mich zu Morris umgedreht hatte.

Er zog nur die Brauen hoch und sagte wie üblich keinen Ton. Manchmal tat ich so, als würden wir uns angeregt unterhalten. Ein paar Mal hatte ich eine solche Unterhaltung für Morris durchgespielt, wobei ich mir gern einredete, dass er sich amüsierte.

»Also, ich spüre da was Eigenartiges.« Ich beugte mich vor, während er sich mit dem SUV in den schleichenden Verkehr einfädelte. Drei Taxis fuhren ebenfalls los und versperrten mir zum großen Teil die Sicht auf den Gehweg und die Geschäfte. »Es ist so, als würde sich ein Dämon ganz in der Nähe aufhalten, den ich aber nicht sehen kann.«

Drei Blocks weiter hielt dieses Gefühl nicht nur an, sondern es war sogar noch intensiver geworden, sodass es sich anfühlte wie eine unheilvolle Wolke. Bösartigkeit lag über der Straße und drang in unseren Wagen ein, diese Präsenz raubte uns die Luft. Schweißperlen standen auf Morris' Stirn.

»Jetzt merken Sie es auch, richtig?« Ich hielt mich an den Sitzkanten fest. »Morris?«

Er nickte, ließ aber den wachsamen Blick auf die Straße gerichtet, da er um einen langsamen Lastwagen herumfuhr und sich dann sehr knapp vor ihn setzte, um die Ausfahrt noch zu erwischen. Zwei Taxis waren dicht hinter uns, aber eine ganze Fahrzeugschlange folgte uns auf der Umgehungsstraße.

Das bösartige Gefühl war so intensiv, dass es mir fast so vorkam, als würde sein Verursacher auf der Rückbank sitzen und uns in den Nacken atmen. Dieses Gefühl ging von etwas durch und durch Bösem aus, so etwas hatte ich bei einem Chaos-Dämon noch nie wahrgenommen.

»Morris, ich glaube, wir sollten uns beeilen, um so bald wie möglich nach Hause zu kommen.«

Er war schon längst damit beschäftigt und hatte das Gaspedal weiter durchgetreten, damit er zügig von einer Spur auf die andere wechseln konnte, sobald er irgendwo eine Lücke entdeckte. Ich drehte mich auf meinem Platz um und sah aus dem Rückfenster. Augenblicklich machte mein Herz einen Satz.

Das Taxi hinter uns hielt so wenig Abstand, dass ich deutlich ein silbernes Kreuz erkennen konnte, das am Innenspiegel hin und her schaukelte. Dass uns dieser Wagen fast schon im Kofferraum hing, war dabei nicht mal etwas Ungewöhnliches. Taxifahrer schienen alle nicht ganz dicht zu sein, wenn sie in der Stadt unterwegs waren. Nein, was mich so erschreckte, war der *Fahrer* des Wagens.

Jetzt wusste ich, wo das unangenehme Gefühl seinen Ursprung hatte.

Die unmittelbare Umgebung des gebeugt dasitzenden Fahrers war schwärzer als jeder Schatten und so dickflüssig wie Öl. Schmale silberne Strahlen durchdrangen die Finsternis seiner Seele, die sich um den Mann herum ausbreitete, über das Armaturenbrett glitt und über das Glas der Windschutzscheibe kroch.

»Oh mein Gott«, flüsterte ich und bemerkte, dass mir alles Blut aus dem Gesicht wich. »Der Fahrer ist besessen!«

Kaum hatte ich es ausgesprochen, riss Morris das Lenkrad nach rechts. Jemand hupte. Reifen quietschten. Dann trat er auf die Bremse, um einen Zusammenstoß mit dem Heck eines Lieferwagens zu verhindern. Ich wurde dabei auf meinem Sitz hin und her geschleudert. Eine Serie von ähnlichen Manövern später befanden sich etliche Fahrzeuge zwischen dem besessenen Taxifahrer und uns.

Staunend sah ich zu Morris. »Verdammt, für einen alten Mann haben Sie aber einen sehr jugendlichen Fahrstil.«

Morris hielt das Lenkrad fest umklammert, aber mit einem Lächeln nahm er mein Kompliment zur Kenntnis.

Augenblicke später hatten wir unsere Ausfahrt erreicht, die Morris mit Vollgas nahm. Er wurde etwas langsamer, als der Yukon in der Rechtskurve auszubrechen drohte, aber sobald die Straße wieder gerade verlief, drückte er das Gaspedal erneut durch. Mit halsbrecherischem Tempo rasten wir die Privatstraße entlang.

Aber wir waren nicht allein.

Das Taxi war wieder da, und es holte schnell auf. Dann wechselte es auf die Gegenfahrbahn, um uns zu überholen. Mein Herz schlug wie verrückt, als ich durch das Seitenfenster das Taxi genauer beobachtete.

Die Schwärze der Seele dieses Mannes war verblichen, zum Vorschein war ein bleiches, ausdrucksloses Gesicht gekommen. Der Mensch stand vollständig unter dem Einfluss des Dämons, der von ihm Besitz ergriffen hatte. Besessenheit war neben Mord eines der schlimmsten Verbrechen, weshalb es nach dem Gesetz der Ausgewogenheit verboten war. Ein Mensch verlor vollständig seinen freien Willen, wenn ein Dämon seine Essenz in ihn hauchte – und nur Hohedämonen waren dazu in der Lage.

Roth? Das war anzunehmen, immerhin hatte ich außer ihm noch keinen Hohedämon gesehen – ausgenommen den einen, der so schnell gewesen war, dass ich ihn nicht genauer hatte erkennen können. Angst lag mir wie Blei im Magen. Hatte Roth diesen

Mann übernommen, weil ich mich geweigert hatte, das Markieren aufzugeben? Wenn ja, dann hatte ich damit soeben Morris' Leben in Gefahr gebracht. Wut und ein schlechtes Gewissen lieferten sich in meinem Kopf einen Kampf um die Vorherrschaft, und ich ballte die Fäuste so fest, dass sich meine Fingernägel in die Handflächen bohrten.

Plötzlich war das Taxi auf gleicher Höhe mit uns. Wie ein Profi hielt Morris den Blick nach vorn gerichtet, während ich mich darauf gefasst machte, einen gellenden Entsetzensschrei auszustoßen. Meine Muskeln verkrampften sich, so als wüsste mein Körper bereits, was ihn erwartete.

Morris machte einen Schlenker, sodass wir die Straße halb verließen und mit zwei Rädern über lockere Erde rasten. Aber bei Gott, das Manöver kam etwas zu spät. Ich kniff die Augen zu, Entsetzen überkam mich und hatte mich fest im Griff.

Und dann rammte uns das Taxi.

10. KAPITEL

Der Zusammenstoß war ohrenbetäubend.

Metall knirschte, gefolgt von einer weißen Explosion, die mich zur Seite und dann nach hinten schleuderte. In dem Moment, in dem der Airbag auf mich zuschoss, sah ich verschwommen Bäume, die auf den Wagen zuzujagen schienen.

Zum Glück gelang es Morris trotz des Airbags vor seinem Gesicht irgendwie, das Lenkrad so herumzureißen, dass der Wagen nicht mit der Frontpartie, sondern mit dem Heck gegen den dicken Stamm eines uralten Baums prallte. Der Zusammenstoß fiel deshalb aber nicht harmloser aus, sodass wir brutal durchgeschüttelt wurden.

Als endlich Ruhe einkehrte, war ich davon überzeugt, ich müsse jeden Moment einen Herzinfarkt bekommen.

»Morris! Morris!« Ich drückte den in sich zusammensinkenden Airbag zur Seite und musste husten, als mir das feine weiße Pulver in den Mund geriet. »Alles in Ordnung?«

Er lehnte sich nach hinten und zwinkerte ein paar Mal, während er nickte. Das weiße Pulver des Airbags bedeckte seine Wangen, aber außer leichtem Nasenbluten schien er nichts abbekommen zu haben.

Ich sah nach dem anderen Wagen und löste mit zitternden Fingern meinen Sicherheitsgurt. Die gesamte Frontpartie des Taxis war eine einzige Masse aus verdrehtem Metall und zerdrücktem Kunststoff. In der Windschutzscheibe klaffte ein riesiges Loch, die Ränder waren mit Blutspritzern übersät.

»Oh Gott«, flüsterte ich und schob den Gurt zur Seite. »Ich glaube, der Taxifahrer ist aus seinem Wagen geschleudert worden.«

Ich suchte nach meiner Tasche, in der das Handy steckte, und schlug wütend auf den Airbag, der mir dabei im Weg hing. Ich musste Hilfe rufen, denn auch wenn das Taxi uns gerammt hatte, war der Fahrer von einem Dämon besessen gewesen. Also war er für sein Handeln nicht verantwortlich, sondern ein unschuldiges Opfer, dem geholfen werden musste. Auf dieser Straße waren nur selten Autos unterwegs, deshal…

Vor meinem Fenster tauchte in diesem Moment wie aus dem Nichts ein blutverschmiertes Gesicht auf. Ich wich vor Schreck zurück und hätte fast einen Schrei ausgestoßen. Der Anblick bereitete mir Übelkeit. Das Gesicht war … eine Katastrophe. Glassplitter steckten in den Wangen, das Fleisch war von den Knochen gerissen, das Blut lief in Strömen aus unzähligen Wunden. Ein Auge hielt sich nur noch knapp in seiner Höhle, die Unterlippe war fast abgerissen. Der Kopf saß in einem unnatürlichen Winkel auf den Schultern. Dieser Kerl müsste längst tot sein, zumindest aber im Koma liegen.

Doch er hielt sich immer noch auf den Beinen, was kein gutes Zeichen war.

Plötzlich fasste er nach dem Türgriff und riss die komplette Wagentür heraus. Er schleuderte sie zur Seite und kam mit ausgestreckten blutigen Armen zielstrebig auf mich zu.

Morris legte einen Arm um meine Schultern, um mich an sich zu ziehen, während ich versuchte, zu ihm zu klettern, aber der verdammte Besessene ließ nicht von mir ab. Ich zog die Knie an, dann rammte ich ihm mit aller Kraft meine Beine gegen die Brust, sodass der Mann nach hinten geschleudert wurde.

Kaum war er auf dem Boden gelandet, rappelte er sich auch schon wieder auf und kam zurück, weil er nur eines im Sinn hatte. Seine Hand bekam meinen Knöchel zu fassen, als ich erneut nach ihm trat, und dann zerrte er mich mit einem Ruck ein Stück aus dem Wagen. Blut lief ihm aus dem Mund und aus einem Loch in seiner Kehle.

Ich schrie und kreischte, während ich mit den Armen fuchtelte und in allerletzter Sekunde die Gangschaltung zu fassen bekam. Einen Moment lang hing ich in der Luft, weil ich mich mit einer Hand daran festhielt, während der Besessene an meinen Füßen zerrte, als wollte er mich in zwei Stücke reißen.

Morris beugte sich vor und öffnete hastig das Handschuhfach, dann sah ich etwas Schwarzes, Metallisches aufblitzen, und im nächsten Moment hallte ein ohrenbetäubender Knall im Wagen wider. Der Besessene zuckte zusammen, als er getroffen wurde, und ließ mich los. Ich wurde zurückgeschleudert und prallte gegen die Mittelkonsole. Ein dumpfer Schmerz jagte durch meinen Körper, beißender Rauch brannte in meinen Augen.

Der Besessene stand mit glasigem Blick da, ein Einschussloch mitten auf der Stirn. Dann kippte sein Kopf in den Nacken, sein Mund klappte auf, und er stieß einen entsetzlichen Schrei aus, der eine Mischung aus Babyweinen und dem Winseln eines Hundes zu sein schien.

Roter Rauch stieg aus dem offen stehenden Mund auf und verbreitete einen üblen Gestank, bis sich eine wabernde Wolke gebildet hatte. Der Besessene fiel rückwärts zu Boden, doch die Wolke dehnte sich weiter aus. Konturen und Formen waren in ihr zu erkennen, Finger und Hände, die sich nach außen bewegten, als würde etwas in dieser Wolke daraus zu entkommen versuchen.

Auf einmal bewegte sich die Wolke ein Stück nach hinten und nahm eine längliche ovale Form an, die an einen Kopf erinnerte. Dann kam sie auf uns zu, und ich wurde von einer Panik befallen, die mir die Luft abschnürte.

Dieses Ding wollte einfach nicht sterben!

Hinter der Wolke begannen sich die Baumkronen zu bewegen, so als würde jeden Augenblick Godzilla die Szene betreten. Nach allem, was in den letzten Minuten geschehen war, hätte es mich nicht gewundert, wenn da tatsächlich die grüne Riesenechse zum Vorschein gekommen wäre. Die Äste schwankten vor und zurück, und die letzten welken Blätter, die sich bis jetzt noch gehalten hatten, regneten in einer mattbraunen Wolke herab.

Etwas Riesiges näherte sich uns.

Am Rand der zitternden Bäume entlang der Straße erfassten die letzten Sonnenstrahlen einen dicken, glänzenden onyxfarbenen Schwanz, der sich zwischen den Blättern hindurchschlängelte.

Ich wollte meinen Augen nicht trauen. Bambi.

Die Wolke pulsierte und wand sich, doch die verdammte Schlange war unglaublich schnell. Sie schoss über den Boden, sprang in hohem Bogen in die Luft und verschlang innerhalb von Sekundenbruchteilen die bösartige Essenz.

Gleich darauf war alles verschwunden – die wabernde Wolke und die riesige Schlange. In der Luft hing noch ein widerwärtiger Schwefelgestank, inzwischen allerdings deutlich schwächer. Auch war das Gefühl einer bösartigen Präsenz nicht mehr zu spüren. Ich hörte nur noch Morris' angestrengtes Atmen und mein rasendes Herz.

»Haben Sie das gesehen?«, fragte ich und sah ihn an.

Sein Gesichtsausdruck schien »Was gesehen?« zu fragen. Ich war mir nicht sicher, ob er Bambi überhaupt bemerkt hatte, war sie doch so ungeheuer schnell gewesen.

»Lieber Himmel«, murmelte ich.

Morris lächelte mich an.

In der Villa regierte das Chaos.

Von dem Moment an, als Morris und ich berichtet hatten, was geschehen war, machten sich Wut und Anspannung in jedem Zimmer des riesigen Hauses breit. Ein besessener Mensch, der Jagd auf einen aus ihren Reihen machte, war kein gutes Zeichen. Und dass ein Besessener auch noch so nahe an das Haus herangekommen war, machte alle Wächter hochgradig nervös. Alle bis auf Zayne, allerdings auch nur, weil ich keine Ahnung hatte, wo er war.

Trotz aller Sicherheitsvorkehrungen und Schutzzauber, die das gesamte Grundstück umgaben und einhüllten, konnte nicht so viel unternommen werden, wie es eigentlich möglich gewesen wäre. Dass es nicht möglich war, das lag an mir.

Meine Gegenwart störte die Schutzzauber. Vielleicht nicht in dem Maß wie bei einem reinrassigen Dämon oder einem Besessenen, dennoch mussten die Wächter aufpassen, dass die Schutzzauber sich nicht versehentlich gegen mich richteten.

Ich verstand noch immer nicht, wie mein Tag so normal – jedenfalls für meine Verhältnisse normal – hatte anfangen können, wenn am Ende dieses Tages alles infrage gestellt worden war, woran ich eigentlich glaubte, und wenn ich meinen allerersten Kuss von einem Dämon erhalten und herausgefunden hatte, dass *die* Lilith womöglich meine Mutter war. Und wenn ich dann zu allem Überfluss auch noch von einem besessenen Menschen gejagt worden war.

Wie um alles in der Welt hatte dieser Tag eine solche Wendung hin zum Schlechten nehmen können?

Nicolai, ein Wächter Mitte zwanzig, blieb bei mir stehen, als er auf dem Weg war, um die Leiche und die Autowracks zu beseitigen.

»Geht es dir gut, Layla?«, fragte er und legte eine Hand auf meine Schulter.

Auch wenn Nicolai nur noch selten lächelte, da er wie so viele von seinen Kameraden seine Partnerin und das gemeinsame Kind im letzten Jahr verloren hatte, war er zu mir immer nett und höflich. Manche Wächter dagegen, von denen einige sogar zum Clan gehörten, behandelten mich wegen meines Blutes so, als wäre ich noch weniger wert als der Dreck unter ihren Stiefeln.

»Alles in Ordnung«, versicherte ich ihm, auch wenn ich mit blauen Flecken übersät war und mich der ganze Zwischenfall doch ziemlich mitgenommen hatte.

Er drückte meine Schulter und ging weiter, womit ich wieder allein war in einem Zimmer voller aufgebrachter Wächter. Erschöpft ließ ich mich auf die Couch sinken.

Mitten zwischen sechs Wächtern stand Abbot in perfekter soldatischer Haltung: breitbeinig, der Rücken kerzengerade, die Arme vor der Brust verschränkt. Dass er über die aktuelle Entwicklung nicht erfreut war, verstand sich von selbst. Sie unterhielten sich leise. Elijah und sein Sohn gehörten auch zu der Gruppe und tauschten immer wieder finstere Blicke aus, die gelegentlich auch zu mir wanderten. Ich hatte keinen Zweifel daran, dass Elijah und Petr mir die Schuld gaben.

Ich war bereits befragt worden. Man hatte sich nicht mit mir unterhalten und mich erst recht nicht getröstet. Das war derzeit nicht wichtig. Stattdessen war ich zu den Ereignissen ausgefragt worden. Ein besessener Mensch stellte eine Krise dar. Wie ich das Erlebte verarbeiten würde, war da völlig zweitrangig.

Nachdem ich vom ersten Kribbeln bis zur Erkenntnis, dass der arme Taxifahrer besessen war, alle Einzelheiten geschildert hatte, an die ich mich erinnern konnte, hatte Abbot sich sofort an seine Leute gewandt.

»Durchkämmt die ganze Stadt nach Aktivitäten von Hohe-dämonen«, befahl er ihnen jetzt und erntete dafür von allen Seiten eifriges Nicken. »Nehmt *jeden* Dämon fest, damit er befragt werden kann. Wenn ein Mensch von einem Dämon übernommen wird, dann braut sich irgendwas zusammen. Selbst ein Chaos-Dämon könnte wissen, was hier vor sich geht. Bringt sie zum Reden.«

Ein Wächter grinste, die anderen sahen sich untereinander an. Die Blicke verrieten, wie sehr sich jeder von ihnen auf die Aufgaben dieser Nacht freute.

Mein Magen verkrampfte sich, als ich darüber nachdachte, dass der Tod für einen Dämon angenehmer sein würde als eine Befragung durch die Wächter. In der Stadt gab es ein Lagerhaus, in dem verhaftete Dämonen festgehalten wurden. Ich war noch nie dort gewesen, aber ich hatte die Wächter gehört, wie sie darüber redeten, was sich in diesem Lagerhaus abspielte und mit welchen Methoden sie die Dämonen zum Reden brachten.

Über Bambi hatte ich kein Wort verloren, da Morris anscheinend nicht auf die Schlange aufmerksam geworden war. Mein schlechtes Gewissen machte mir deswegen zu schaffen, allerdings war Bambi zu uns gekommen, um uns zu helfen. Niemand wusste, was die bösartige Essenz uns angetan hätte, wäre sie nicht von der Schlange geschluckt worden.

Mit einem Fuß tippte ich nervös auf den Boden, schlang die Arme um mich und biss mir auf die Lippe. Es war verkehrt, Abbot nichts davon zu sagen. Das Leben von Wächtern konnte leicht in Gefahr geraten. Menschen konnten in Gefahr geraten. Aber ich hatte so lange über Roth geschwiegen, dass ich gar nicht wusste, wo ich nun hätte anfangen sollen. Wenn Abbot von Roth erfuhr, würde er mich von der Schule nehmen. Ich hasste die Dämonenseite in mir, weil sie sich mehr dafür interessierte, was ich bekommen oder verlieren würde, anstatt sich zu fragen, wie sich die Dinge auf andere Leute auswirken könnten.

Aber das war nun mal der Haken. Manchmal siegte das Dämonenblut. Ich wusste, das war verkehrt, und mir war auch klar, dass es eigentlich nicht passieren durfte. Aber letztlich war das alles völlig bedeutungslos.

»Wir wussten, dass so etwas eines Tages kommen würde«, stieß Elijah knurrend hervor. »Dass dieser Tag nicht mehr lange …«

Abbots Blick war der stumme Befehl, sofort den Mund zu halten, während ich überlegte, wovon der andere Wächter wohl redete. Ganz sicher wollte er dem dämonischen Blut in meinen Adern die Schuld an allem geben.

Ich schloss die Augen und atmete tief durch, aber sofort sah ich das von der Windschutzscheibe brutal zerschnittene Gesicht des armen besessenen Taxifahrers vor mir. Bestimmt würde ich den Anblick dieses Mannes bis zu meinem Lebensende nicht mehr vergessen können. Schaudernd schlug ich die Augen wieder auf und suchte nach einer bestimmten Person.

Nach einem dezenten Räuspern fragte ich: »Wo ist Zayne?«

Geoff wandte sich zu mir um. Ich sah ihn im Haus praktisch nie, da er anscheinend sein ganzes Leben im Kontrollraum verbrachte. Er trug sein schulterlanges Haar glatt nach hinten gekämmt, hatte ein recht breites Gesicht, und wenn er lächelte, bildete sich ein Kinngrübchen. Aber jetzt lächelte er nicht. »Er ist mit Danika und Jasmine unterwegs. Gemeinsam mit einem weiteren Wächter haben sie die Zwillinge in den Park mitgenommen.«

Ich spürte den bitteren Geschmack der Eifersucht. Natürlich war das falsch, aber ich konnte dieses Gefühl nicht abstellen.

Geoffs wachsamem Blick entging nichts. »Wir haben sie angerufen, sie sind bereits auf dem Heimweg.«

Ich senkte den Kopf und betrachtete den Teppich. Was genau Geoff alles mit seinen Kameras beobachtete und belauschte, wusste nur er ganz genau. Wenn es im Haus jemanden gab, der einfach alles wusste, dann er.

»Layla?« Abbot stellte sich vor mich. »Du bist dir wirklich sicher, dass der Besessene nichts zu dir gesagt hat?«

Ich nickte bestätigend, während der Clan sich auf den Weg machte, um Dämonen zu finden und zu *befragen*. Petr blieb kurz stehen und musterte mich mit leicht zusammengekniffenen Augen, dann verschwand er in den Flur, um seinem Vater zu folgen. Lediglich Geoff blieb zurück. Er stand mit verschränkten Armen an der Tür. »Nein, ich glaube nicht, dass er noch etwas sagen konnte. Er hatte ein gro…« Ich ließ den Satz unvollendet, weil mir übel wurde, als ich an das Loch in der Kehle des Mannes denken musste. »Er konnte nicht mehr reden.«

Abbot kniete sich hin und musterte mich ganz genau. »Und dieser Sucher, der sich als Blender ausgegeben hat. Hat er irgendetwas gesagt?«

Mein Kopf zuckte hoch. »Nein … das heißt, er könnte ›Hab dich‹ gesagt haben, aber richtig sicher bin ich mir nicht. Wieso?«

Daraufhin sah Abbot zu Geoff, der irgendetwas Unverständliches murmelte.

»Was ist?«, wollte ich sofort wissen und legte die Hände zwischen meine Knie. »Was ist hier los?«

Abbot drückte mit zwei Fingern auf seinen Nasenrücken und stand auf. »Ich glaube, es wird Zeit, dass du das Markieren einstellst.«

Ich wollte dagegen protestieren, doch Geoff hob sein Kinn an und kam mir zuvor: »Offensichtlich ist das zu gefährlich geworden – für dich und für den Clan, Layla.«

Mein Herz geriet ins Stottern, als ich das hörte. »Mir ist nichts passiert, Morris ist nichts passiert, jedenfalls so gut wie nichts. Er muss mich ja nicht mehr abholen, ich kann auch …«

»Innerhalb weniger Tage haben sich dir ein Sucher, ein Zombie und ein Besessener genähert. Wenn es um die Jagd auf Dämonen geht, gibt es keine Zufälle. Einer von ihnen hat es sogar fast auf unser Anwesen geschafft, Layla.«

Vor meinem geistigen Auge sah ich Roth auftauchen. »Wieso … wieso glaubt ihr, dass die Dämonen es auf mich abgesehen haben?«

Sekundenlang herrschte Schweigen, dann sagte Abbot: »Es scheint, als wären sie auf deine Fähigkeit aufmerksam geworden.« Er ließ eine kurze Pause folgen und sah zur Seite, während er die Lippen zusammenpresste. »Einen anderen Grund kann es nicht geben.«

Vielleicht war ich auch nur paranoid, aber ich hatte Schwierigkeiten, Abbot abzunehmen, dass er sich keinen anderen Grund vorstellen konnte. Dahinter musste mehr stecken, er wollte es nur nicht aussprechen.

»Im Moment bist du da draußen in Gefahr.« Geoff kam näher und stellte sich zu Abbot. »Wenn die Dämonen herausgefunden haben, wozu du in der Lage bist, kannst du nicht mehr markieren. Das wäre viel zu riskant.«

»Ich weiß, wie ich mich verteidigen muss. Zayne hat es mir beigebracht.«

»Ganz gleich, was du von meinem Sohn gelernt hast«, schnaubte Abbot, »es wird nicht genügen, um sich mit einem Dämon anzulegen, der es auf dein Leben abgesehen hat, Kind. Du hast nicht länger das Überraschungsmoment auf deiner Seite, das bislang dein *einziger* Vorteil war. Und das weißt du auch.«

Ich wollte ihm widersprechen, aber mir war klar, dass er recht hatte. Ich kannte meine Grenzen, das machte es für mich jedoch nicht erträglicher. Ich ließ mich gegen das weiche Leder der Rückenlehne sinken.

»Wir werden dahinterkommen, was momentan los ist, Layla.« Abbots Stimme nahm einen etwas sanfteren Tonfall an. »Ich weiß, wie wichtig es dir ist, uns in diesem Krieg zu unterstützen. Aber ich kann es mir derzeit nicht erlauben, mir auch noch Sorgen um deine Sicherheit zu machen. Eigentlich sollte ich dich auch aus der Schule nehmen.«

Entsetzt sprang ich auf. Ich war bereit, notfalls vor ihm auf den Knien zu rutschen und ihn anzuflehen. »Bitte, Abbot, tu das nicht. An der Schule ist alles in Ordnung. Ich bin da in Sicherheit und …«

»Ich habe ja nicht gesagt, dass ich es auch tun werde. Jedenfalls nicht im Augenblick. Aber ich will nicht, dass Morris dich weiterhin fährt. Das wird einer unserer Clansmen übernehmen.«

Damit war das Thema erledigt. Ich saß mehr oder weniger hier im Haus fest, außer wenn ich Schule hatte oder von einem Wächter begleitet wurde. Das hatte schon was Ironisches an sich, saß doch ausgerechnet im Bio-Unterricht ein Hohedämon vor mir.

Aber wenn ich das erwähnte, konnte ich die Schule vergessen, weil ich dann zu Hause Unterricht bekommen würde. Andererseits konnte ich schon begreifen, warum solche Vorsichtsmaßnahmen notwendig waren.

Ich ging nach oben und ließ Geoff und Abbot weitertuscheln. Gerade eben hatte ich die Tür zu meinem Zimmer geöffnet, da hörte ich von unten aus dem Foyer die Zwillinge kreischen. Ich drehte mich um und wartete auf das Geräusch hastiger Schritte. Dass Zayne nach oben stürmte, auf mich zueilte und mich nach Verletzungen absuchte, die ich zum Glück nicht erlitten hatte. Ich erwartete, dass er mich auf diese überwältigende Art in seine Arme nahm, die mir das Gefühl gab, alles komme wieder in Ordnung.

Männerstimmen hallten durchs Treppenhaus, eine davon gehörte Zayne. Er klang aufgebracht, ganz so wie sein Vater. Aber sie stritten nicht, und nachdem Danika irgendeine Bemerkung machte, wurden sie prompt leiser.

Ich wartete weiter.

Niemand kam die Treppe rauf, stattdessen entfernten sich die Stimmen, vermutlich ins Untergeschoss.

Ein Seufzer entglitt mir, als ich dastand und immer noch auf Zayne wartete. Aber er kam nicht. Er kam einfach nicht zu mir.

Am nächsten Morgen stand ich früh auf, so wie jeden Samstag. Natürlich war ich immer noch verärgert, dass Zayne nicht nach mir gesehen hatte, aber jetzt war Samstagmorgen. Es musste einen Grund geben, wieso Zayne nicht mehr zu mir gekommen war. Wahrscheinlich hatte Abbot ihn gleich nach seiner Ankunft wieder losgeschickt, damit er die anderen Wächter bei ihrer Arbeit unterstützte.

So wie an jedem Samstagmorgen hatten wir uns auch für heute etwas vorgenommen. Es bestand zwar die Möglichkeit, dass ich tatsächlich von den Dämonen gesucht wurde, aber wenn ich mit Zayne unterwegs war, würde mir nichts passieren. Er war der Typ Babysitter, hinter dem ich Schutz suchen konnte.

Außerdem wollte ich Zayne nach meiner Mutter fragen. Ich war davon überzeugt, dass ich das hinbekam, ohne ihn misstrauisch zu machen. Ich wusste, wenn mir das gelang, würde er mir die Wahrheit sagen, denn Zayne hatte mich in meinem ganzen Leben noch nicht belogen. Ich vertraute ihm, und ich wusste schon jetzt, er würde sagen, dass es keinen Grund zur Sorge gab, weil meine Mutter nämlich nicht *diese* Lilith war.

Ich wartete bis acht Uhr, dann ging ich so wie immer zu seinem Zimmer. Zu dem Zeitpunkt hatte er längst wieder seine menschliche Gestalt angenommen, und er musste eigentlich jeden Moment die Tür aufmachen. Aber die Tür wurde nicht geöffnet. Zehn Minuten verstrichen. Nach einer halben Stunde setzte ich mich auf den Fußboden. Als die Standuhr neunmal schlug, wurde ich langsam richtig nervös. Was, wenn ihm etwas zugestoßen war? Wenn er verletzt war … oder gar Schlimmeres geschehen war?

Ich konnte nicht länger warten, stand auf und lief nach unten ins Erdgeschoss. Abbot hatte sich noch nicht zur Ruhe begeben, sondern unterhielt sich in seinem Arbeitszimmer noch mit Elijah und ein paar anderen Männern aus dem Clan. Außer Atem blieb ich vor der Tür stehen.

Abbot hob den Kopf, ein leicht amüsierter Ausdruck huschte über sein Gesicht, als er mich entdeckte. »Layla?«

Alle drehten sich zu mir um, meine Wangen begannen zu glühen, und ich verschränkte die Arme vor der Brust. »Ist Zayne zurück?« Ob ihm etwas zugestoßen war, konnte ich nicht fragen, weil mein Verstand sich weigerte, eine solche Frage zu formulieren.

Sekundenlang sah Abbot mich verwundert an und strich über seinen Bart. »Ach, heute ist Samstag, nicht wahr?«

Ich nickte.

»Ich glaube, Zayne hat das vergessen«, warf Nicolai auf seine ruhige Art ein.

Elijah lehnte sich gegen den Türrahmen und gähnte laut. »Zayne ist mit Danika unterwegs. Die beiden haben sich kurz vor Sonnenaufgang getroffen. Ich glaube, es war von Frühstück die Rede.«

Ich sah wieder zu Abbot, dem diese Entwicklung zu gefallen schien. Natürlich wollte er, dass sich Zayne mit Danika paarte, also musste er im Moment zumindest im Geiste jubeln und sich bereits ausmalen, wie er mit seinen Enkeln spielte. Ich dagegen bekam keine Luft mehr.

Nicolai kam hinter dem Stuhl hervor, neben dem er gestanden hatte, und betrachtete mich. Sein Gesicht spiegelte Mitgefühl wider, und mein Herz setzte einen Schlag aus. »Möchtest du frühstücken? Oder einen Kaffee?«

Elijah und seine Männer kicherten hämisch, aber Nicolai ignorierte das.

»Das wird nicht nötig sein«, sagte Abbot. »Du brauchst deinen Schlaf, Nicolai, und nach allem, was gestern Abend passiert ist, sollte Layla heute sowieso nicht aus dem Haus gehen.«

»Ich kann ein, zwei Stunden für Layla aufbleiben.« Nicolais Miene nahm einen energischeren Zug an. »Da passiert schon nichts.«

»Wie wohltätig«, murmelte Elijah.

Die Demütigung ließ mir Tränen in die Augen steigen, und ich machte ein paar Schritte weg von der Tür. »Nein danke«, sagte ich kopfschüttelnd. »Ist schon okay.«

»Aber …«

Ich drehte mich um und ging, bevor Nicolai ausreden konnte. Zayne hatte mich vergessen. Ich konnte es nicht fassen. Noch nie hatte er unseren gemeinsamen Samstag vergessen. Aber vielleicht war das ja auch gar nicht der Fall. Möglicherweise war ich bloß durch Danika ersetzt worden, die eine geeignetere Gefährtin für ihn abgab. Verstehen konnte ich das Ganze dennoch nicht, denn zuvor hatte er sich nie besonders für sie interessiert.

Bis jetzt.

Ich ging zur Haustür, blieb aber im Foyer stehen. Durch die Fenster fiel Sonnenschein herein. Wohin sollte ich gehen? Sollte ich meine Zeit wieder wie ein Trottel im Baumhaus verplempern? Ich saß in diesem Haus buchstäblich fest.

Zurück in meinem Zimmer zog ich wieder den Schlafanzug an und verkroch mich in meinem Bett. Ich wollte nicht weinen, weil es ein Zeichen von Schwäche und Dummheit war, wegen einer solchen Sache Tränen zu vergießen. Dennoch fühlten sich meine

Wangen nach einer Weile feucht an, und meine Brust verkrampfte sich. Ich drehte mich auf die Seite und hielt den Ring fest umschlossen, bis ich irgendwann wieder einschlief.

Stunden später wurde ich von einem Klopfen an der Tür aus dem Schlaf geholt. Ich blinzelte und sah durchs Fenster, dass die Sonne sich bereits dem Horizont näherte. Ich hatte praktisch den ganzen Tag verschlafen. Wieder wurde geklopft, und ich warf die Tagesdecke über mich.

Die Tür ging auf. »Layla-Biene?«

Ich sagte keinen Ton und hoffte, dass er weggehen würde.

Kurz darauf bewegte sich die Matratze unter Zaynes Gewicht. Er tastete mit einer Hand die Decke ab, bis er auf meinem Kopf landete. »Wo steckst du denn?« Er tastete weiter. »Ich kann dich nicht finden.«

Ich hasste ihn dafür, dass er in diesem Moment Witze machte.

Es folgte ein längeres Schweigen. »Du bist sauer auf mich.«

»Du hast mich *vergessen*!«, motzte ich ihn unter der Decke an.

Wieder schwieg er. »Das war keine Absicht, Layla. Nach allem, was gestern Abend mit diesem Besessenen vorgefallen ist, waren wir alle sehr lange unterwegs. Es ist … es ist eben einfach passiert.«

Ein seltsames Gefühl der Leere breitete sich in mir aus. »Wir kennen uns jetzt schon seit so vielen Jahren, aber du hast mich nicht einmal vergessen.« Meine Kehle war wie zugeschnürt. »Ich habe auf dich gewartet, weißt du das? Und dann war ich so dumm zu glauben, dir könnte was zugestoßen sein. Also habe ich mich auch noch vor dem ganzen Clan blamiert.«

»Wie ich gehört habe, hatte sich Nicolai angeboten, mit dir frühstücken zu gehen.«

Es war nicht sehr hilfreich, mich auch noch daran zu erinnern. »Verschwinde einfach.«

Zayne griff nach der Decke und zog sie mir aus den Händen. Ich versuchte zwar mit aller Kraft, die Decke wieder an mich zu reißen, aber er hielt sie zu hoch, sodass ich es aufgab und mich auf den Rücken fallen ließ. »Du bist ein Arsch.«

»Tut mir leid.« Er sah abgekämpft aus, hatte Schatten unter den Augen, sein Haar war zerzaust, das Hemd zerknittert. »Layla, es tut mir wirklich leid. Ich hatte vor, zeitig wieder hier zu sein. Außerdem wollte ich dich sehen, weil ich mir Sorgen mache deinetwegen. Ich habe bloß irgendwann jeden zeitlichen Bezug verloren.«

»Du siehst schrecklich aus«, sagte ich. »Ich nehme an, du bist länger als üblich aufgeblieben, wie?«

Er kniff die Augen zusammen. »Nicht länger als sonst, wenn ich den Tag mit dir verbracht hätte.«

Aber er hatte den Tag nicht mit mir verbracht. »Warum hast du Danika gesagt, sie soll auf mich aufpassen?«

Er stutzte. »Ach so, darum geht es also. Du bist sauer, weil ich sie gebeten habe, dir zu helfen, wenn du irgendwas brauchst?«

»Ich bin sauer, weil du mich heute Morgen vergessen hast, und ich bin sauer, weil du ihr von meinem Problem erzählt hast.«

»Layla, jeder hier weiß, was dich plagt. Das ist kein Geheimnis.«

Ich setzte mich auf und strich die zerzausten Haare aus meinem Gesicht. »Nicht jeder hier weiß, wie sehr ich damit zu kämpfen habe, und das weißt du ganz genau! Und trotzdem musstest du es Danika erzählen!«

»Ich begreife nicht, was daran so ein großes Problem sein soll«, gab er verständnislos zurück. »Es ist ja nicht so, als würden wir hinter deinem Rücken schlecht über dich reden.«

»Du weißt nicht, was das Problem ist?« Ich kletterte aus dem Bett und kümmerte mich nicht darum, dass ich die Decke mitzog, die auf dem Boden landete. Alles bahnte sich seinen Weg nach draußen, aller Ärger und Frust, alle Verwirrung und auch eine stechende Trauer, weil ich das Gefühl hatte, dass ich im Begriff war, ihn zu verlieren. »Weißt du, wie peinlich … wie demütigend es ist, wenn Leute glauben, ich wäre so ein Freak? Himmel! Jasmine glaubt ja schon, dass ich ihren Babys die Seele aussaugen würde, und jetzt läuft mir auch noch Danika mitten in der Nacht hinterher. Falls sie nicht gerade hinter *dir* herläuft.«

»Jasmine glaubt so was ganz sicher nicht, Layla.« Er fuhr sich durchs Haar. »Du bist in der letzten Zeit so eigenartig, deshalb hielt ich das für eine gute Idee, falls …«

Ich zuckte zusammen. »Falls *was*, Zayne?«

»Layla, ich habe damit gar nichts sagen wollen.« Er stand vom Bett auf und hob in einer hilflosen Geste die Hände.

Aus einem unerfindlichen Grund fiel mein Blick auf ein altes Puppenhaus, das in einer Zimmerecke stand. Ich hatte es nie übers Herz gebracht, es nach oben auf den Speicher zu bringen. Jetzt kamen mir die Erinnerungen daran, wie ich Zayne gezwungen hatte, mit Puppen zu spielen, unendlich weit entfernt vor. Warum klammerte ich mich an diese Erinnerungen und an Zayne, wenn das alles so völlig sinnlos war?

»Weißt du, ich glaube, dein Verhalten hat nichts mit heute Morgen oder damit zu tun, dass Danika dir helfen soll«, erklärte er schließlich unüberhörbar frustriert.

»Und warum sollte ich sonst sauer auf dich sein?«, fragte ich.

»Du bist sauer, weil Danika hier ist. So benimmst du dich jedes Mal, wenn sie herkommt, und diesmal ist es besonders schlimm.«

Einen Moment lang bekam ich den Mund nicht mehr zu, und dieses unangenehme Gefühl der Leere verstärkte sich. »Das glaubst du? Ist ja lächerlich. Du hast mich viermal gegen die Wand laufen lassen, Zayne.«

»Viermal? Worum zum Teufel geht es denn jetzt schon wieder?«

Ich hob die Hand, um die Vorfälle an meinen Fingern abzuzählen. »Erstens hast du mich bei deinem Vater angeschwärzt, mit dem Ergebnis, dass ich seit gestern Abend nicht mehr markieren darf, also genau das, was du ja wolltest. Zweitens hast du Danika gesagt, dass sie auf mich aufpassen soll, *falls* die Dämonin in mir außer Kontrolle gerät.« Ich wusste, wie verrückt das alles klang, aber ich konnte mich einfach nicht bremsen. »Drittens hast du bei deiner Heimkehr gestern Abend nicht mal nach mir gesehen. Und viertens hast du mich heute Morgen vergessen, damit du den Tag in anderer Gesellschaft verbringen konntest.«

Er durchquerte das Zimmer und stellte sich vor mich. »Ich habe vorgeschlagen, dass du das Markieren einstellst, weil es zu gefährlich für dich ist – was sich ja dann auch als zutreffend erwiesen hat, nicht wahr? Ich habe Danika gebeten, dich im Auge zu behalten, weil ich *besorgt* um dich bin. Seltsamer Gedanke, stimmt's?« In seinen fahlen Augen loderte ein Feuer, als sich unsere Blicke trafen. »Ich bin gestern Abend nicht mehr zu dir gekommen, weil ich dachte, du ruhst dich aus, außerdem bin ich gleich nach meinem Eintreffen auf die Jagd gegangen. Und das mit heute Morgen tut mir leid. Ich ersetze dich durch niemanden, Layla. Es war nichts weiter als ein Irrtum.«

»Du ersetzt mich *sehr wohl*!« Erst als ich es ausgesprochen hatte, wurde mir klar, was ich da gesagt hatte. Erschrocken schlug ich die Hände vor den Mund und wich zurück. Aber noch schlimmer waren die Tränen, die mir dabei in die Augen stiegen.

Seine Miene nahm sofort einen sanfteren Zug an. Er streckte die Hand nach mir aus, aber ich ging einen Schritt nach hinten. Ein schmerzhafter Ausdruck blitzte in seinen Augen auf. »Das ist nicht wahr.«

Ich ließ die Hände sinken. »Aber du verbringst so viel Zeit mit ihr. Seit sie hier ist, sehe ich dich kaum noch. Sie macht all die Dinge, die ich …« Ich unterbrach mich und biss mir in die Wange, bis ich Blut schmeckte. *Du unglaublich dummes Ding!*

»Sie ist erst seit ein paar Tagen hier. In ein paar Wochen reist sie wieder ab.« Abermals fuhr Zayne sich durchs Haar. »Sei bitte nicht so, Layla.«

Unsere Blicke begegneten sich wieder. Ich wusste, er wartete, dass ich ihm sagte, alles sei wieder in Ordnung und ich sei nicht länger sauer wegen Danika. Doch ich sagte nichts davon, denn es war überhaupt nichts in Ordnung. Eifersucht und Verbitterung vergifteten mein Denken. Das hier war mehr als nur unerwiderte Verliebtheit. Zayne war mein Freund, der einzige Freund, der mich wirklich kannte, und ich merkte, dass er mir allmählich entglitt.

Zayne schüttelte den Kopf und zuckte mit den Schultern, dann ging er zur Tür, wo er sich noch einmal zu mir umdrehte. »Es tut mir leid.«

»Davon fühle ich mich auch nicht besser«, konterte ich, nur um ihn zu verletzen.

Ich sah, wie er mit sich rang, während er dastand. Nach einigen Sekunden sagte er: »Weißt du, du beklagst dich ständig darüber, dass du von allen wie ein Kind behandelt wirst. Aber es ist ziemlich schwierig, dich wie eine erwachsene Frau zu behandeln, wenn du dich wie ein Kind aufführst.«

Ein realer Schlag gegen den Kopf hätte mir nicht so wehtun können wie diese Bemerkung.

Einen Moment lang sah es so aus, als würde er seine Worte bereuen, doch dann fuhr er sich mit der Hand übers Gesicht, und der flüchtige Ausdruck war verschwunden. Er öffnete die Tür. »Übrigens, Vater hat gestern Abend mit den Alphas gesprochen.«

»Mit den Alphas?«, wiederholte ich erschrocken.

Er nickte nur knapp. »Sie kommen morgen her.«

Augenblicklich war alles vergessen – die Sache mit Lilith genauso wie der Stich, den er mir mit seinen Worten versetzt hatte. »Triffst du dich mit ihnen?«

»Nein, sie wollen nur mit Vater reden.«

Ich begriff, was er sagen wollte. »Dann sollte ich besser nicht im Haus sein?«

»Ganz genau. Du solltest besser nicht im Haus sein.«

11. KAPITEL

Die Alphas waren so eine Art Schreckgespenst für jede Kreatur, die auch nur einen Tropfen dämonisches Blut im Leib hatte. Selbst die Wächter fühlten sich in ihrer Gegenwart ein wenig unbehaglich. Ich behielt die Uhr im Auge, weil sie vor Anbruch der Nacht eintreffen würden. Eigentlich hätte ich das Haus längst verlassen sollen, aber ich wusste nicht, wo ich hingehen sollte ... außerdem wollte ich sie gern wiedersehen.

Ich hing in der Küche rum, während Jasmine versuchte, die Zwillinge noch mit einem Snack zu füttern, bevor sie sie ins Bett brachte. Izzy und Drake saßen im Gargoyle-Modus am Tisch, ihre kleinen Hörner bewegten sich auf und ab, während sie kicherten.

Jasmine stand zwischen ihnen, auf einmal versteifte sie sich.

Ihre Reaktion bewirkte bei mir ein nervöses Flattern in der Brust. Ich stellte mein Glas Saft zur Seite. »Sind sie da?«

»Noch nicht.« Sie strich sich über ihre Bluse. »Aber die Männer bereiten sich auf ihre Ankunft vor.«

Es war schon eigenartig, wie sie alle untereinander verbunden waren. Sekunden später hörte ich, wie sie sich im Stockwerk über uns in Bewegung setzten. Zayne hatte ich den ganzen Tag nicht gesehen, womit es offiziell war, dass er mir aus dem Weg ging. Ich musste zu ihm, denn nachdem ich die ganze Nacht damit verbracht hatte, die Decke anzustarren, wusste ich, dass ich zu ihm gehen sollte, um mich zu entschuldigen. Ich gab ihm an zu vielen Dingen die Schuld und setzte Erwartungen in ihn, die er gar nicht erfüllen konnte. Er war um mich besorgt, und das Problem lag bei mir, weil ich für ihn mehr empfand, als ich eigentlich sollte.

»Wohin wirst du gehen?«, wollte Jasmine wissen, die den Apfelsaft und eine Packung Kekse wegräumte.

Ich strich eine Haarsträhne hinter mein Ohr. »Keine Ahnung.

Ich hoffe, ich laufe Zayne noch über den Weg, bevor sie ankommen. Falls nicht, werde ich einfach im Baumhaus abwarten.« *Wie ein jämmerlicher Loser …*

Besorgt sah sie mich an. »Woher willst du dann wissen, wann sie sich wieder auf den Weg machen?«

»Ich weiß nicht. Wenn ich Zayne nicht finden kann, gehe ich davon aus, dass mir irgendjemand Bescheid gibt.« Zumindest hoffte ich das. »Wie lange werdet ihr …«

Ein lautes Grollen unterbrach mich. Die Gläser in den Schränken begannen zu vibrieren, Kochtöpfe schlugen gegeneinander. Ich machte einen Schritt weg vom Tresen und legte die Hände zusammen. Von einem Augenblick zum nächsten wurde alle Luft aus dem Haus gesaugt, leises Rauschen durchdrang das Zimmer. Ich wagte es nicht, mich zu bewegen. Sogar die Zwillinge schienen die Ankunft zu bemerken, da sie mit aufgerissenen Augen ihre Mutter ansahen.

Alphas liebten ihre pompösen Auftritte über alles.

Eine Energiewelle ließ alle winzigen Härchen auf meinem Körper zu Berge stehen. Das Grollen verstummte, in der Luft hing ein Geruch nach Moschus und etwas Süßem. Für jeden war der Geruch aber ein anderer, denn der Himmel roch so, wie es einem am liebsten war. Rosen? Pfannkuchen mit Ahornsirup? Verbranntes Gummi? Alles war möglich. Als sie das letzte Mal hergekommen waren, hatte es für mich nach Wintermint gerochen.

Jasmine sah zu mir, aber ich ging bereits um den Tresen herum. Mein Instinkt sagte mir, dass sie in der Bibliothek waren. Ich schlich durch den Flur und blieb einige Meter von der Tür entfernt stehen. Sanftes Licht strömte durch den Spalt unter der Tür hindurch in den Flur, glitt über den Ahornholzboden und kroch an den buttercremefarbenen Wänden hinauf. Das Licht pulsierte und verwandelte sich mehr und mehr in ein lebendes Wesen, als sich Ranken über die Decke zogen und kleine Stücke aus grellem Licht auf den Boden tropften, wo sie auf dem Läufer leuchtende Lachen bildeten.

Es war das Licht, das Menschen sahen, unmittelbar bevor der Tod eintrat. Es war ein wunderschönes, ein himmlisches Licht.

Für manche Menschen hatte der Tod nichts, was sie fürchten mussten. Jedenfalls nicht, wenn sie das hier erwartete.

Weiter als bis hierher konnte ich nicht gehen. Die Alphas wussten bereits, dass ich mich irgendwo im Haus aufhielt, aber ich schaffte es nicht, mich von diesem Anblick zu lösen und mich zurückzuziehen. Meine Kehle brannte, meine Haut kribbelte. Es war eine Qual, etwas so Reinem nahe zu sein, ohne dessen Essenz verschlingen zu wollen.

Ich wusste, ich musste hier weg, trotzdem streckte ich meine Hand aus und tauchte die Fingerspitzen in das Licht ein. Erschrocken riss ich die Hand zurück, denn das Licht war heiß – so heiß, dass es mich verbrannte. Meine Fingerspitzen waren hellrot und pochten. Feine Rauchschwaden stiegen von meiner Hand auf.

Während ich einen Schritt zurück machte, drückte ich die verletzte Hand an meine Brust, die ihrerseits aus einem ganz anderen Grund schmerzte. Ich starrte auf das Licht, das sich überall im Haus ausbreitete und alles mit seiner Wärme erfüllte.

Ich konnte nicht in das Licht treten, jetzt nicht und vermutlich auch für den Rest meines Lebens nicht.

Tränen brannten mir in den Augen. Ich wandte mich ab, holte meine Schultertasche aus der mittlerweile menschenleeren Küche. Dann verließ ich das Haus, bevor die Alphas meiner Gegenwart noch überdrüssig wurden und sich zum vorzeitigen Aufbruch entschlossen.

Ich saß im Baumhaus auf dem dämlichen Aussichtsdeck und starrte auf das Display meines Handys. Dabei stieß ich einen von Herzen kommenden Fluch aus, bei dem den Alphas vermutlich die Ohren abgefallen wären. Die Nacht war längst angebrochen, und am Himmel waren die ersten winzigen Sterne zu sehen.

Zayne hatte auf meine ersten beiden Anrufe vor einer halben Stunde nicht geantwortet.

Als ich auf meine Hand sah, musste ich beim Anblick der noch immer geröteten Haut an den Fingerspitzen den Kopf schütteln. Nur jemand wie ich konnte dumm genug sein und versuchen, himmlisches Licht zu berühren.

Ich fasste an meinen Hals und zog an der Kette, bis sich der Ring dicht unter meinen Fingern befand. Mit dem Daumen strich ich über den Edelstein, aber ich konnte dieses Schaudern nicht unterdrücken, das aus Abscheu heraus entstand. Am liebsten hätte ich den Ring von der Kette gerissen und ins Gebüsch geschleudert, und fast wäre es mir auch gelungen, doch als meine Finger ihn umschlossen, da … da konnte ich es einfach nicht. Selbst wenn *diese* Lilith meine Mutter war und selbst wenn sie mich nicht gewollt hatte, war ich nicht in der Lage, den einen Gegenstand wegzuwerfen, der mir von ihr geblieben war.

Ich schob meine Tasche zur Seite, zwängte mich durch die Öffnung zurück ins Baumhaus und kletterte an den Holzbrettern nach unten, die an den Baumstamm genagelt worden waren.

Nachdem Stacey meinen Anruf nicht angenommen hatte, schickte sie mir eine SMS, um mir mitzuteilen, dass sie im Kino war. Voller Neid trat ich gegen eine dicke Wurzel, die bis an die Oberfläche gedrungen war, und dann tat ich es erneut: Ich rief Zayne an.

Es klingelte einige Male, aber Zayne meldete sich noch immer nicht. Ich unterbrach die Verbindung, als seine Mailbox ansprang. Mein Herz begann schneller zu schlagen, so wie jedes Mal, wenn Zayne nicht ranging. Vielleicht hatte mein Verhalten ja was von einem Stalker, aber auch wenn er noch so sauer auf mich war, musste er erfahren, dass ich in dem verdammten Baumhaus würde übernachten müssen, wenn nicht irgendjemand auf die Idee kam, mir Bescheid zu sagen, sobald die Alphas wieder abgereist waren.

Fünf Minuten später versuchte ich es wieder, auch wenn ich mich selbst dafür hasste, weil ich nämlich allmählich auf dem Weg in jenes Reich der Verzweiflung war, das von den Mädchen bevölkert wurde, die sich wegen eines Jungen zum Affen machten – wegen eines Jungen, der sie nicht wollte. Mein Magen verkrampfte sich genau wie gestern Abend, unmittelbar bevor ich den ganzen Unsinn von mir gegeben hatte.

Nach dem zweiten Klingeln sprang die Mailbox an.

Moment mal …

Mein Magen kam zur Ruhe, ich ebenfalls.

Alles um mich herum schien zu verstummen, während ich der Stimme lauschte, die mich auf der Mailbox begrüßte. Wie benommen beendete ich den Anruf und ließ die Hand langsam sinken. Er hatte mich auf die Mailbox weggedrückt. Er hatte gesehen, dass der Anruf von mir kam, und dann hatte er mich weggedrückt, um mich mit seiner Mailbox abzuspeisen.

Ich hatte keine Ahnung, wie lange ich einfach nur dastand. Aber vermutlich hätte ich noch eine Ewigkeit so dagestanden, wenn ich nicht gehört hätte, wie hinter mir ein Zweig unter einem Schritt knackte.

Als ich mich umdrehte, setzte mein Herz vor Schreck aus. Petr stand da, die Hände in die Taschen seiner Jeans geschoben. Es war kühl geworden, doch er trug nur ein dünnes Shirt. In der Dämmerung konnte ich das Design nicht erkennen.

Petr lachte … nein, er kicherte hämisch. »Das ist doch wirklich viel zu einfach.«

»Was ist zu einfach?« Ich tat einen Schritt nach hinten, ohne ihn aus den Augen zu lassen.

Ein boshaftes Lächeln umspielte seine Lippen. »Du hier? In einem Baumhaus? Wie unglaublich schwachsinnig ist das denn?«

Mein Unbehagen schlug schnell in Wut um. »Was hast du hier zu suchen?«

Petr sah sich demonstrativ um. »Wonach sieht es denn wohl aus? Ich bin hergekommen, um ein letztes Mal Zeuge deines jämmerlichen Daseins zu sein.«

Eisige Kälte breitete sich in meiner Brust aus. »Man hat dir gesagt, du sollst mich in Ruhe lassen.«

»Tja, weißt du, das ist eine seltsame Sache. Man sagt mir alles Mögliche, was ich tun oder nicht tun soll.« Langsam ging er um mich herum, wobei er wie ein Jäger den Kopf ein wenig gesenkt hielt, ganz so, wie man es von einem Wächter erwartete. »Was ist das für ein Gefühl, wenn man wie ein alter Köter ausgesperrt wird? Wenn einen niemand haben will? Wie es scheint, hat ja sogar Zayne inzwischen genug von dir.«

Seine Worte verletzten mich, weil sie in gewisser Weise genau ins Schwarze trafen. Allerdings war ich eher ein unerwünschtes

Maultier, kein alter Köter. Dennoch weigerte ich mich, ihn merken zu lassen, wie sehr er mich traf. »Und wie fühlt es sich an, die perverse Ausgabe eines Gargoyles zu sein?«

Petr kniff die Augen zu schmalen Schlitzen zusammen, während er weiter seine Kreise um mich zog. »Weißt du, was an dem Ganzen so witzig ist?«

»Nein, aber ich nehme an, du wirst es mir gleich sagen.«

»Dass du nicht mal weißt, wieso die Alphas wirklich hier sind. Und dass du auch keine Ahnung hast, wieso dir die Dämonen auf den Fersen sind.«

Ich hielt mein Handy fest umklammert und spürte, wie sich mein Puls beschleunigte. »Und du wirst es mir verraten?«

Er schoss so schnell auf mich zu, dass ich nicht mal mitbekam, wie er sich bewegte. Stattdessen stand er in der nächsten Sekunde dicht vor mir und legte seine langgliedrigen Finger um meine Halskette, dann zog er so heftig daran, dass sich die Glieder in meine Haut drückten. Sein Blick fixierte den Ring an der Kette. »Du weißt ja nicht mal, was das da ist.«

Ich riss ihm die Kette aus den Fingern und wich einen Schritt zurück. Etwas an seinem Tonfall hatte bei mir einen Nerv getroffen. Wusste er von Lilith? Aber selbst wenn, war es eigentlich unwichtig. Mich kümmerte nicht länger, dass die Alphas wohl noch immer im Haus waren. Entschlossen ging ich um Petr herum.

»Wohin willst du denn?«, fragte er mich und packte mich am Arm.

Ich sah auf seine Hand und kämpfte gegen die aufkeimende Angst an. Es war nicht gut, sich seine Furcht anmerken zu lassen. »Lass mich los.«

Petr grinste mich gehässig an. Das war eine ziemlich hässliche Situation, in der ich mich hier gerade befand. Ich war so weit von der Villa entfernt, dass dort niemand meine Schreie hören würde. Außerdem war jeder, der mir zu Hilfe hätte kommen können, momentan anderweitig beschäftigt.

Ich straffte die Schultern. »Hast du schon vergessen, was letztes Mal passiert ist?«

Unbewusst strich er über die Narbe auf seiner Wange, die er Zayne zu verdanken hatte.

»Wenn du mich nicht loslässt, wirst du dich über mehr als nur einen gebrochenen Kiefer freuen dürfen«, warnte ich ihn.

Sein eisiges Lachen war wie ein Fausthieb in die Magengrube, und mich beschlich ein ungutes Gefühl. »Das hätte schon vor langer Zeit geschehen sollen, aber ich bin froh, dass man das versäumt hat. Dadurch habe ich jetzt das Vergnügen, es nachzuholen.«

Mir wurde bewusst, dass Petr nicht hergekommen war, um mich mit seinem Geschwätz zu belästigen, sondern um mich zu *töten*. Diese Erkenntnis ließ mich fassungslos nach Luft ringen, doch die einsetzende Panik verhinderte, dass ich überhaupt atmen konnte. »Damit kommst du nicht ungeschoren davon.«

»Ach, ich glaube, mir wird keiner was tun.«

Plötzlich erwachten meine Instinkte. Ich warf mich zur Seite und überrumpelte ihn damit so sehr, dass sich sein Griff um meinen Arm lockerte. Irgendwie kam mir in den Sinn, dass ich immer noch mein Handy festhielt, also begann ich mit dem Daumen blindlings auf dem Display herumzutippen – in der Hoffnung, dass ich dabei irgendeine Nummer erwischte und Hilfe rufen konnte. Bevor Petr reagieren konnte, zog ich mein Knie hoch und rammte es ihm in die Magengrube.

Ich riss mich los und wollte davonlaufen, aber er bekam meine Haare zu fassen und zerrte mich zurück. Dann packte er mein Handgelenk und verdrehte es so, bis ich das Handy loslassen musste, das er sofort ins Gebüsch warf.

Entsetzen überwältigte mich, aber in mir erwachte auch die blanke Wut. Ich holte aus und bohrte die Fingernägel in seine Wange, bis er mich mit einem Aufschrei losließ. Gleichzeitig trat ich nach ihm und traf sein Bein. Petr jagte um mich herum und schickte mich mit einem Fausthieb zu Boden. Obwohl die Schmerzen mich fast lähmten, robbte ich vorwärts, um ihm zu entkommen. Er bekam meine Schultern zu fassen und wirbelte mich so herum, dass ich auf dem Rücken landete.

Links neben uns war auf einmal ein lautes Rascheln im Gebüsch zu hören, das Petrs Aufmerksamkeit auf sich zog. Er richtete sich auf, gerade als ich mich zur Seite drehte und etwas glänzend Schwarzes mit großen Fangzähnen aus dem Blattwerk hervorschoss. *Bambi?* Ich versuchte gar nicht erst zu überlegen, wieso die Schlange hier war, sondern betete nur, dass sie Petr verschlingen möge.

Bambi kam mit weit aufgerissenem Maul und funkelnden Fangzähnen über die Lichtung gejagt. Petr stieß ein tiefes Knurren aus, wirbelte herum und bekam die Schlange dicht unter dem Kopf zu fassen. Sie zischte und versuchte, nach ihm zu schnappen, aber Petr stieß nur einen wüsten Fluch aus und schleuderte das Tier gegen den nächsten Baum. Bambi klatschte gegen den Stamm und sank zu Boden, wo sie als regloser Klumpen liegen blieb.

Pures Grauen breitete sich wie ein Virus in mir aus. Ich holte aus, um irgendeine Stelle von Petr zu erwischen, die sich in Reichweite meiner Hände befand.

»Du dämliches kleines Dämonen-Miststück«, spie Petr mir entgegen. »Ein Hausgeist? Du hast dich von einem *Hausgeist* begleiten lassen? Da wird sich ja sogar Abbot persönlich bei mir bedanken.«

Ich schluckte einen Schrei runter, als ich ihm erneut mein Knie in den Bauch rammte. Petr keuchte bei diesem Treffer, dennoch traf seine Faust mich mit voller Wucht am Kopf. Das Klingeln in meinen Ohren übertönte jedes andere Geräusch. Ich schnappte nach Luft und schmeckte Blut, während er sich mit seinem ganzen Gewicht auf mich warf und ich wie ein wildes Tier nichts anderes tun konnte, als heftig zu strampeln.

»Hör auf damit. Hör einfach auf«, sagte Petr und drückte meinen Kopf nach hinten. »Wenn du dich nicht wehrst, hast du es viel schneller hinter dir.«

Ein anderer Instinkt meldete sich, nicht der der Wächterin, sondern des Teils in mir, der weitaus stärker war als mein Überlebenswille. Petr glaubte, ich liege wehrlos unter ihm? Sollte er das ruhig glauben. Er musste mit seinem Kopf nur noch ein paar Zentimeter näher kommen. Die Dämonin in mir brüllte zustimmend.

»So ist es gut.« Als er redete, gerieten die Kratzer auf seiner Wange in Bewegung, und es trat wieder ein wenig Blut aus. »Es muss vollbracht werden. Die ganze Welt ist besser dran, wenn du tot bist.«

Das intensive Rasierwasser, das er benutzte, raubte mir die Luft. Meine Haut fühlte sich an, als wäre sie bis zum Zerreißen gespannt. Die Dämonin in mir versuchte, sich den Weg freizukämpfen.

»Du wirst mich anflehen«, raunte er und sah mich mit seinen fahlen Augen an, die zu glühen schienen. »So, wie sie es alle machen. Sie alle fangen an zu betteln und zu flehen, unmittelbar bevor wir sie in die Hölle zurückschicken.« Seine Hand wanderte weiter nach unten. »Kein Funken Stolz, und so soll es auch sein. Sieh dich doch nur an.«

Wut und Angst trieben mir die Tränen in die Augen, liefen mir über die Wangen und vermischten sich mit Schmutz und Blut, aber auf Petr hatte das keine Wirkung. Das ging nicht! Ich konnte nicht einfach daliegen und abwarten. Ich bäumte mich auf und griff in seine kurzen Haare am Hinterkopf, um ihn näher zu mir zu ziehen, damit seine Lippen meine berührten.

Aber Petr durchschaute meine Absicht, legte eine Hand auf meinen Mund und drückte meinen Kopf wieder nach unten. »Oh nein, das wirst du mit mir nicht machen.«

Seine Finger pressten meine aufgeplatzte Lippe zusammen, und ich konnte nicht atmen. Mit den Fäusten trommelte ich auf seine Arme und gegen seine Brust. Der dünne Stoff meines Unterhemds zerriss, und dann legte er seine Finger um meinen Hals. Ich spürte jeden Kieselstein, der sich in meinen Rücken drückte, und aus dem Durcheinander von Gedanken, die durch meinen Kopf jagten, trat einer in den Vordergrund. Ich erinnerte mich an etwas, das Roth gesagt hatte: *Diejenigen mit den reinsten Seelen sind zu den schlimmsten Schandtaten fähig. Niemand ist vollkommen, egal was jemand ist oder auf wessen Seite er kämpft.*

Welch wahre Worte!

Verzweiflung trübte meine Sinne. Ich bohrte die Fingernägel in seine Hand, aber ganz egal, was ich auch versuchte, ich bekam einfach keine Luft. Meine Arme und Beine fühlten sich unendlich schwer an, während ich mich an meinen eigenen Tränen verschluckte. Seine Finger taten mir weh, als er versuchte, meine Beine auseinanderzudrücken. Ich presste sie fester und fester zusammen. Mein Blick wanderte zum Nachthimmel, an dem der Mond wie ein blasser, ferner Schatten hing.

Mein Trotz erwachte plötzlich. Ich drehte den Kopf zur Seite, Petrs Hand verlor den Halt, und ich biss zu, so fest ich konnte. Seine Haut platzte zwischen meinen Zähnen auf, warmes Blut quoll heraus. Mit einem Aufschrei zuckte er hoch und versetzte mir einen Fausthieb, der meinen Kopf mit solcher Wucht auf den Boden prallen ließ, dass ich das Gefühl hatte, mein Schädel würde zertrümmert. Sterne tanzten vor meinen Augen.

Nicht ohnmächtig werden! Nicht ohnmächtig werden!

Ich zwang mich, die Augen aufzumachen, die auf einmal heftig brannten. Etwas schien in meinem Inneren aufzubrechen, vielleicht die Dämonin, die sich endlich befreit hatte. Was es war, kümmerte mich nicht. Wichtig war nur, dass es mir gelang, mich aufzurichten und meine Hände links und rechts gegen Petrs Kopf zu pressen. Meine Reaktion ließ ihn lange genug erstaunt verharren, sodass mir Zeit blieb, meinen Mund auf seinen zu drücken. Dann atmete ich tief ein und kostete den ersten Hauch seiner Seele.

Ich atmete wieder ein, und er begann auf meine Arme und meinen Oberkörper einzuprügeln. Ich hielt ihn weiter fest und entzog ihm Stück für Stück seine Seele, während er aufstöhnte. Er schmeckte nicht so, wie ich es von einer reinen Seele erwartet hätte. Sie fühlte sich zäh und dicklich an, reich an Blut und Hass.

Petr wand sich, seine Finger griffen nach meinem Hals und legten sich um die silberne Kette. Der letzte Rest seiner Seele wehrte sich gegen mich, aber ich entriss sie ihm und nahm sie in mich auf. Petr löste sich von mir, und mir kam ein lautes Schluchzen über die Lippen, als die Verbindung abriss.

Weit nach hinten gebeugt und die Arme ausgebreitet, kauerte Petr da. Seine Haut wurde fahl, die Adern traten an seinem Hals deutlich hervor und verfärbten sich dunkel, so als hätte ihm jemand Tinte injiziert. Die Veränderung setzte sich bis zu seinen Wangen und auf seinen Armen fort. Ein Zittern durchfuhr seinen

Körper, dann richtete er sich weiter auf, bis er auf den Zehenspitzen dastand und an eine Marionette erinnerte.

Ich versuchte aufzustehen, doch meine Beine wollten das nicht mitmachen, auch wenn mein Instinkt mich dazu antrieb, von hier zu verschwinden. Was immer da mit Petr geschah, war nicht normal. Aber die Seele … oh, das Kosten einer Seele war wie eine Dosis der reinsten Droge, die es gab. Wohlige Wärme trieb durch meine Adern, dämpfte alle Schmerzen und ließ die Angst verschwinden. Ich hatte zuvor von einer Seele gekostet, aber noch nie hatte ich eine vollständig in mich aufgenommen.

Ich zwang meine Muskeln dazu, mir zu gehorchen, und schaffte es, mich hinzusetzen. Mir war schwindlig, zudem musste ich gegen anstürmende Hitzewellen ankämpfen, um mich zu konzentrieren. Meine Muskeln spannten sich an und lockerten sich wieder, die Welt drehte sich um mich, aber Petr …

Sein ganzer Leib war verdreht, er warf den Kopf nach hinten und riss den Mund weit auf, als würde er ein lautloses Heulen ausstoßen. Fangzähne kamen zwischen seinen blassgrauen Lippen zum Vorschein, seine Kleidung dehnte sich und zerriss. Petr war im Begriff, sich zu wandeln. Hatte ich ihm vielleicht doch nicht seine Seele genommen? War das nur eine Halluzination gewesen?

Knochen zersplitterten, Haut wurde aufgerissen, als sich Petrs Flügel aus seinem Rücken hervorkämpften, um sich zu ihrer vollen Größe zu entfalten, von einer Flügelspitze zur anderen rund fünf Meter lang. Sein Körper zuckte während der letzten Abschnitte dieser Verwandlung. Dann verharrte er einen Moment lang reglos, bis auf einmal sein Kinn aufplatzte.

Petrs Augen waren blutrot.

Das war … tja, das war überhaupt nicht richtig.

Meine Handflächen rutschten über den Waldboden, bis ich wieder platt auf dem Rücken dalag. Ein flüchtiges Kichern kam über meine Lippen. Das Blut pulsierte durch meine Adern, während ich einen erneuten Anlauf unternahm, um mich hinzusetzen. Tief in meinem Inneren wusste ich, das alles sollte mir Angst machen. Aber nichts davon konnte mir jetzt noch wehtun. Wenn ich wollte, konnte ich den Himmel küssen.

Der Boden bebte, als Petr einen Schritt nach vorn machte. Ein tiefes Grollen entrang sich seiner Kehle. Er streckte einen sehr muskulösen Arm aus, seine Hände bildeten todbringende Klauen. Sein Mund verzog sich zu einem boshaften Lächeln, als er vor mir in die Hocke ging.

Etwas Großes, Schnelles löste sich aus den Schatten und kam auf uns zu. Aus dem Chaos, das in meinem Kopf herrschte, formte sich ein Gedanke – war das ein anderer Wächter, der das zu Ende führen wollte, was Petr begonnen hatte?

Petr richtete sich auf und wirbelte zu dem sich rasend schnell nähernden Schatten herum, doch er hatte zu spät reagiert.

Der verschwommene Schemen nahm Konturen an. Das Gesicht war vertraut, wirkte aber schärfer geschnitten, als wäre die Haut auf den Knochen dünner geworden. Die Pupillen waren vertikale Schlitze, die Iriden leuchteten gelb.

Petrs Körper verkrampfte sich, dann stieß er einen heiseren Schrei aus. Etwas Heißes, Nasses spritzte umher und besprenkelte meine Jeans und meinen Bauch. Ein metallischer Geruch erfüllte die Luft.

»Das ist dafür, dass du ein Bastard bist«, sagte Roth und riss seinen Arm energisch zurück. Dann sah ich, dass er etwas Längliches, Knochiges in der Hand hielt … eine Wirbelsäule. »Und das ist dafür, dass du Bambi gegen den Baum geschleudert hast.«

12. KAPITEL

Ich war zu benommen und zu überrascht, um auch nur einen Ton herauszubekommen. Stattdessen sah ich stumm mit an, wie Roth die Wirbelsäule auf den Boden schleuderte. Den Mund hatte er voller Abscheu verzogen, als er über Petrs Leichnam hinwegstieg und sich vor mir hinhockte.

»Geht es dir gut?«, fragte er. Als ich nichts erwiderte, streckte er seine Hand nach mir aus, hielt aber inne, als er sah, dass sie blutverschmiert war. Er murmelte etwas Unverständliches und wischte sie an seiner Jeans ab. »Layla?«

Seine Gesichtszüge kamen mir jetzt nicht mehr so scharf geschnitten vor, aber da war noch immer dieses gelbe Leuchten in seinen Augen. Die Hitze in meinem Körper hatte den Siedepunkt erreicht und ließ allmählich nach. Gleichzeitig nahm ich an immer mehr Stellen überall an meinem Leib stechende Schmerzen wahr, die ich Petrs Brutalität verdankte. Ich setzte zu einer Antwort an, aber es wollte kein Ton über meine Lippen kommen.

Mein Blick bewegte sich in Richtung des Leichnams.

»Sieh nicht hin«, sagte er und legte eine Hand auf mein Bein.

Ich wich vor ihm zurück, gleichzeitig konnte ich allmählich wieder durchatmen.

»Schon gut«, murmelte er leise und sah zu Bambi, die langsam zum Leben erwachte. Roth wandte sich mir zu und pfiff leise, woraufhin die Schlange sich aufrappelte und auf den Weg zu ihm machte, um sich auf halber Strecke in eine dunkle Wolke zu verwandeln. Dieser Rauch trieb bis zu uns, legte sich auf Roths Arm und wurde wieder zu einem Tattoo. Roth sah mich immer noch eindringlich an. »Layla, sag irgendwas.«

Ich zwinkerte träge. »Ich … danke.«

Er sah mich noch ein paar Sekunden lang an, dann deutete er

auf den Leichnam. »Erst mal muss ich mich darum kümmern, und dann … dann werde ich mich um dich kümmern.«

Roth brachte die Leiche fort. Am Rand der Lichtung verschwand er zwischen den Büschen. Ich drehte mich auf die Seite und schaffte es, mich wenigstens weit genug an einem Baumstamm hochzuziehen, um mich dagegenzulehnen. Nach wie vor zogen Tausende von unzusammenhängenden Gedanken durch meinen Kopf.

Ich hatte eine Seele genommen – eine reine Seele.

Mein Magen verkrampfte sich. Das sanfte Leuchten, das mich umgeben hatte, löste sich in nichts auf, und ich begann am ganzen Leib heftig zu zittern.

Ich hatte eine Seele genommen.

Roth tauchte wie aus dem Nichts auf, die Vorderseite seiner Jeans war feucht, seine Hände waren frei von Blut. Er musste wohl bis zu dem Bach in der Nähe gegangen sein, um das Blut abzuwaschen. Wortlos kam er langsam Schritt für Schritt näher, so als sei er besorgt, mir sonst Angst zu machen. Einen Arm schob er unter meine Knie, den anderen legte er auf meinen Rücken, dann hob er mich hoch und ging mit mir weg. Mir kam zwar der Gedanke, dass ich ihn fragen sollte, wohin er mich bringen wollte, aber das war mir ganz egal, solange er mich nur von diesem Ort wegschaffte, und das am liebsten so weit weg wie nur möglich.

Sein Körper veränderte sich, während er mich trug. Er wurde härter und fester, so ähnlich wie bei einem Wächter. Sein Körper strahlte eine große Hitze aus, und ich hörte das vertraute Geräusch von sich teilender Haut. Flügel, die so dunkel waren, dass sie fast mit der Nacht verschmolzen, breiteten sich auf seinem Rücken aus und bogen sich elegant. An den Enden befanden sich geschwungene Hörner, die nadelspitz zuliefen. Jede Schwinge maß mindestens drei Meter, größer als alles, was ich bis dahin gesehen hatte.

Ich zuckte zusammen und holte erschrocken Luft. Seine Haut hatte die Farbe von poliertem Onyx und fühlte sich mehr nach Knochen als nach Haut an. Im Gegensatz zu den Wächtern saßen auf seiner Stirn keine Hörner, da war nur glatte, schwarze Haut.

Die Angst jagte einen eisigen Dolch durch mein Herz, denn als ich Roth in dieser Form sah, wurde mir deutlich klar, was er tatsächlich war: ein Dämon.

Aber ich war zum Teil ebenfalls Dämon, während Petr ... während er ein Wächter gewesen war.

Ein Wächter, der mich hatte umbringen wollen. Mit einem Mal konnte ich meine Welt nicht mehr so klar in Gut und Böse unterteilen.

Ich sah in Roths Gesicht.

Mit seinen goldenen Augen schaute er mich an, als wüsste er genau, was ich gerade dachte. »Ist schon witzig, wie ähnlich Dämonen und Wächter doch aussehen, nicht wahr?«, fragte er dann.

Ich erwiderte nichts, aber als er einen Mundwinkel zu einem schiefen Lächeln verzog, war da exakt die Mimik, die ich von Roth in seinem menschlichen Erscheinungsbild kannte. »Mach die Augen zu, Layla. Das wird jetzt schnell gehen.«

Zeit zu widersprechen bekam ich nicht, vielmehr drückte er mit einer Hand mein Gesicht gegen seinen Hals, dann hockte er sich hin. Ein gewaltiges Vibrieren erfasste seinen Körper, und dann jagte er auch schon mit mir in seinen Armen in Richtung Himmel davon.

Mein Herz raste, ich kniff die Augen zu und presste mich an Roth. Nur Zayne war mit mir zuvor zum Himmel hinaufgeflogen, niemand sonst hatte das je getan. Allerdings erforderte es von meiner Seite sehr viel Vertrauen, denn falls Roth auf die Idee kommen sollte, mich fallen zu lassen, konnte ich nicht darauf hoffen, dass mir im Sturz noch rasch Flügel wuchsen, die mich davor bewahren würden, ungebremst auf die Erde aufzuschlagen. Auch wenn ich mir nicht vorstellen konnte, dass Roth so etwas beabsichtigte, steigerte sich meine Angst ins Unermessliche, was mein ohnehin schon wie wild rasendes Herz zu einer noch höheren Schlagfrequenz antrieb.

Roth hielt mich fester an sich gedrückt und sagte irgendetwas, doch der Wind trieb seine Worte davon, ehe sie mich erreichten. Ich nahm alles um mich herum nur verschwommen wahr, aber wenigstens brachte mir der Flug etwas Ruhe. Als er irgendwann mit mir landete, pochte mein ganzer Körper vor Schmerzen. Ich war so entsetzlich mitgenommen, dass ich gar nicht wahrnahm, wie Roth seine menschliche Gestalt wieder annahm. Erst als er sich über mich beugte und ich sein Gesicht sah, wurde mir das bewusst.

»Du hältst dich noch tapfer, ja?«, fragte er. Die Pupillen seiner honigfarbenen Augen waren noch immer vertikale Schlitze.

Ich nickte, oder zumindest war es das, was ich tun wollte. Über seine Schulter hinweg konnte ich ein paar Apartmentgebäude erkennen, die mit ihren beleuchteten und dunklen Fenstern wie riesige Schachbretter wirkten. »Wo sind … wir?«, brachte ich nur mit Mühe heraus, da bei jedem Wort Stiche durch meinen Kiefer gingen.

»Bei mir zu Hause.«

Bei ihm zu Hause? Mehr sagte er dazu nicht, während er sich in Bewegung setzte. Ich brauchte einen Augenblick, ehe ich begriff, dass wir uns in einer schmalen Gasse hinter einem ziemlich großen Gebäude befanden. Vor uns wurde eine Tür geöffnet, ein Mann tauchte in der Dunkelheit auf.

Ich schätzte ihn auf Mitte zwanzig. Das hellblonde Haar trug er zu einem Pferdeschwanz gebunden, seine perfekt geschwungenen Augenbrauen waren dagegen dunkel. Da seine Augen vom gleichen Honiggelb waren wie Roths, musste es sich bei ihm ebenfalls um einen Dämon handeln. Allerdings um einen, der uns die Tür aufhielt. »Das nenne ich eine Überraschung«, sagte er.

»Ach, halt die Klappe, Cayman.«

Cayman ging neben Roth her, wir befanden uns auf einer Treppe, die nach oben führte. »Sollte ich mir Sorgen machen?«, redete er weiter. »Wenn sie nämlich die ist, für die ich sie halte, und wenn sie so aussieht, weil du ihr das angetan hast, dann muss ich das jetzt wissen, ehe ein Trupp Wächter hier aufkreuzt und das ganze Haus zerlegt.«

Ich fragte mich, wie übel ich wohl aussah und woher dieser andere Typ wusste, wer ich war. »Er hat mir das nicht angetan.«

»Das ist schon mal gut, aber …«

Roth ging zum nächsten Stockwerk hoch. »Die Wächter sind momentan kein Grund zur Sorge.«

Der andere Dämon zog eine Braue hoch. »Das ist deine Meinung zu dem Thema, nur leider befindest du dich da auf dem Holzweg. Die Wächter …«

»Hatte ich dir nicht eben schon mal gesagt, du sollst die Klappe halten?«

Cayman grinste und ging um uns herum, dann öffnete er die Tür zum vierzehnten Stockwerk. »Und seit wann höre ich auf dich?«

»Gutes Argument«, musste Roth ihm zustimmen.

Cayman machte einen Schritt zur Seite, mit einer Hand hielt er weiter die Tür fest. »Kann ich euch irgendwas bringen?«

»Im Augenblick nicht.« Dann blieb Roth stehen und sah den anderen Dämon an. »Ich komme später noch runter zu dir. Und keine Sorge, ich werde dir alles erzählen.«

Die Augen des zweiten Dämons blitzten amüsiert auf. »Das ist gut. Ich kann guten Klatsch und Tratsch gebrauchen.«

Und damit war er verschwunden, als hätte er sich im Flur in Luft aufgelöst. Roth ging mit mir in seinen Armen weiter. »Ich … ich … kann … allein … gehen.«

»Es wäre mir lieber, wenn du das im Augenblick nicht versuchst. Außerdem sind wir ja schon da.«

»Da« war eine schwarz gestrichene Tür, die von selbst aufging. Kaum hatten wir den Raum dahinter betreten, schaltete sich eine Deckenlampe ein, die alles in helles Licht tauchte. Ich musste blinzeln, bis sich meine Augen an die Helligkeit gewöhnt hatten.

Sein Zweitwohnsitz jenseits der Hölle war nicht schlecht. Genau genommen war es ein Loft, in dem sich auch ein König hätte wohlfühlen können. Die Wände waren weiß gestrichen, nur ein paar makaber aussehende, abstrakte Gemälde hatte er aufgehängt. Mitten im Raum stand ein Bett mit schwarz-roter Wäsche, an der Wand war ein Fernseher montiert, darunter stapelten sich DVDs und Bücher. In einer Ecke stand neben einer geschlossenen Tür ein Klavier.

Unter anderen Umständen wäre ich sofort zu den DVD- und Bücherstapeln geeilt, um mir anzusehen, wofür er sich interessierte. Aber als er mich behutsam auf dem Bett absetzte, blieb ich einfach dort, da ich mich leer und taub fühlte.

»Warum hat er das gemacht?«, fragte Roth. Seine Stimme war fast beängstigend ruhig.

»Wie ... wie geht es Bambi?«, erkundigte ich mich, anstatt zu antworten.

Roth stutzte. »Bambi geht es gut.«

Es war schon eigenartig, erleichtert darüber zu sein, dass eine dämonische Schlange wohlauf war. »Sie hat mir zweimal geholfen.« Ich hob den Kopf. »Du hast mir auch zweimal geholfen.«

»Wie gesagt, Bambi scheint dich zu mögen. Sie passt auf dich auf ...«

Mir kam es so vor, als hätte der unausgesprochene Teil dieses Satzes »wenn ich es nicht kann« lauten müssen. Ich senkte den Blick, weil ich in jeder Hinsicht völlig durcheinander war. Waren wirklich alle Dämonen böse? Wie sollte das wahr sein, wenn einer von ihnen mich ausgerechnet aus der Gewalt eines jener Wesen gerettet hatte, die eigentlich jeden beschützen sollten?

»Beantworte meine Frage, Layla.«

Ich zögerte, weil ... weil ich mir nicht sicher war, dass ich sagen konnte, warum Petr so gehandelt hatte. Ich war nicht dazu bereit, diese Worte auszusprechen, weil dadurch alles so schmerzhaft real werden würde. Im Augenblick fühlte ich mich nicht dazu in der Lage, mit dieser Realität klarzukommen.

Er sah mich eine Zeit lang an, dann ging er zu einem Sessel, nahm eine dicke Decke von der Rückenlehne und kam damit zu mir zurück. »Hier.« Er legte sie mir um. »Du siehst so aus, als wäre dir kalt.«

Nur zögerlich ließ ich meine zerrissene Kleidung los und ließ meine Finger in die flauschig weiche Decke eintauchen, um mich ganz darin einzuhüllen. Ich wusste nicht, aus welchem Material sie war, vielleicht aus Kaschmir, auf jeden Fall fühlte sie sich wunderbar an. Und sie war schwarz, was zu Roth passte.

Er stand wieder da und sah mich an, sagte aber nichts. Schließlich drehte er sich weg, und ich konnte das komplexe Spiel seiner Muskeln beobachten, als er den Saum seines schmutzigen Shirts über den Kopf zog. Die Armmuskeln spannten sich an, als er das Shirt dann auf den Boden warf. Seitlich an seinem Körper entdeckte ich ein großes Tattoo, vier Zeilen in einer kunstvollen Schrift, verfasst in einer Sprache, die ich nicht kannte.

Selbst in meiner momentanen Verfassung entging mir Roths gutes Aussehen nicht. Als er sich umdrehte und von einem ordentlich zusammengelegten Kleiderstapel ein frisches T-Shirt nahm, konnte ich ihn ausgiebig von vorn betrachten. Sein Körper war muskulös und schlank, er strahlte Eleganz aus. Der Bund seiner Jeans hing tief auf den auffallend betonten Hüften, die Struktur seiner Bauchmuskulatur war so perfekt, dass sie schon etwas Unwirkliches hatte.

Bambi schlang sich um seinen Bizeps, über dem rechten Brustmuskel hatte er eine sonderbare, kreisförmige Tätowierung, und auf dem Bauch fand sich eine Art Drache, der den Kopf in den Nacken geworfen und das Maul weit aufgerissen hatte. Die Flügel hatte er an seinen schuppigen Leib angelegt, der Schwanz dieses Tiers verschwand unter dem Hosenbund.

Ich musste meinen Blick von ihm abwenden, aber meine Augen starrten wie gebannt auf die Stelle, an der diese Tätowierung unter seiner Jeans enden musste.

Nachdem er das frische T-Shirt angezogen hatte, atmete ich ein wenig erleichtert auf. Er ging hinüber zu einer kleinen offenen Küche und öffnete einen Schrank. Als er zu mir zurückkam, hielt er eine Flasche in der Hand. »Trink das, das wird dir helfen.«

Ich nahm ihm die Flasche aus der Hand und trank einen großen Schluck. Der Likör brannte auf meinen Lippen und im Mund, wärmte aber wunderbar von innen. In der Zwischenzeit verschwand Roth in einem Nebenraum, vermutlich dem Badezimmer, und dann hörte ich Wasser laufen. Gleich darauf kam er zurück und brachte ein Handtuch mit. »Was hast du vor?«

»Ich wische dein Gesicht sauber.« Roth hockte sich hin und musterte mich aufmerksam. »Tut es weh, wenn du redest?«

»Ein bisschen«, sagte ich. Nicht zu reden hätte mir viel mehr wehgetan. Ich trank noch einen Schluck und schnappte nach Luft, als die Flüssigkeit über meine wunden Lippen lief. Roth nahm die Flasche an sich und stellte sie so weit weg ab, dass sie für mich außer Reichweite war. Ich seufzte leise.

»Wie verheilen Verletzungen bei dir normalerweise?«, wollte er wissen.

»Schneller als bei Menschen, aber nicht so schnell wie bei einem Wächter oder … wie bei dir«, antwortete ich und hoffte, dass die meisten Prellungen in zwei bis drei Tagen nicht mehr zu sehen waren. Aber meine Verletzungen waren eigentlich noch das unbedeutendste Problem. Es gab wesentlich wichtigere Dinge, über die ich mir Gedanken machen musste.

Überraschend sanft tupfte Roth mit dem Handtuch den Bereich unter meiner Unterlippe ab. »Ich will wissen, warum er das getan hat, Layla. Ich muss es wissen.«

Ich wich seinem Blick aus und kniff die Augen zu. Ein brutaler Stich fraß sich wie eine echte Wunde durch meine Brust. Ich wusste … oh Gott, ich *wusste*, dass nicht nur Petr meinen Tod gewollt hatte. Das Ganze wirkte auf mich wie arrangiert: die Ankunft der Alphas, keiner der Clansmen in meiner Nähe, und sogar Zayne hatte meine Anrufe ignoriert. Dieser Verrat schmerzte, als hätte jemand eine rot glühende Klinge in mein Herz getrieben.

Er legte zwei Finger an mein Kinn und drehte mit leichtem Druck meinen Kopf in seine Richtung. »Sprich mit mir, Layla.«

Ich schlug die Augen auf und kämpfte gegen meine Tränen an. »Er wollte … er wollte mich töten. Er hat gesagt, die Welt wäre ohne mich besser dran.«

Roth presste vor Wut die Lippen zusammen, seine Augen flammten lohfarben auf, doch seine Berührung blieb so sanft, dass ich seine Finger kaum an meinem Kinn spüren konnte. »Hat er auch einen Grund genannt?«

»Er hat gesagt, man hätte mich schon töten sollen, als die Wächter mich fanden. Petr hat mich schon immer gehasst, aber das hier … das war mehr …«

Ich erzählte ihm alles, was sich abgespielt hatte, musste aber immer wieder unterbrechen, weil mein Kiefer zu sehr schmerzte. »Mir blieb keine andere Wahl.«

»Keine andere Wahl?«, wiederholte er verwundert. »Du hast ihn nicht getötet, sondern ich. Und ich würde es gern noch einmal machen.«

Ich schüttelte den Kopf, aber auch das tat zu weh. »Ich habe ihm seine Seele genommen, Roth. Ich weiß nicht, was dabei passiert ist. Er ist nicht in sich zusammengesunken, so wie es bei Menschen der Fall ist. Stattdessen hat er sich verwandelt, und seine Augen wurden rot.«

Roth verharrte einen Moment lang reglos, während er mich ansah. »Du hast ihm seine Seele genommen?«

Tränen stiegen mir in die Augen.

»Layla«, sagte er leise, »hast du ihm seine Seele vollständig genommen?«

»Ich glaube schon.« Meine Stimme versagte. »Ja. Ja, so war es.«

Die Farbe seiner Augen verdunkelte sich ein wenig. »Du hast getan, was du tun musstest. Dich trifft an dem Vorfall keine Schuld. Verstehst du das? Er hat … er hat dich angegriffen. Er hat den Tod verdient.«

Darauf entgegnete ich nichts. Roth strich mit dem Handtuch über meine Stirn. Dabei sah ich ihm seinen Zorn auf Petr an, aber als er zwischendurch wegging und mit einem frischen Handtuch zurückkam, hatte er sich so weit im Griff, dass seine Pupillen fast wieder normal aussahen.

»Wie schlimm ist es?«, fragte ich, als ich sein Schweigen nicht länger ertrug.

Zum ersten Mal, seit er mir zu Hilfe geeilt war, sah ich ihn lächeln. »Nicht so schlimm, wie es hätte werden können. Deine Lippe ist aufgeplatzt, und du wirst einen gewaltigen blauen Fleck an der Wange und am Hals bekommen. Aber du bist widerstandsfähiger, als man meinen sollte.«

Ich hätte stark sein müssen, aber das gelang mir nicht. Ich musste immer nur daran denken, wie Petr die Hände um meinen Hals legte und wie er aussah, nachdem ich ihm die Seele genommen hatte. Roth schob vorsichtig die Decke auseinander, aber ich hielt sie sofort fest umklammert. »Was machst du da?«

»Ich will mich vergewissern, dass mit dir alles okay ist.«

»Nein.« Ich lehnte mich nach hinten und hatte das Gefühl, dass das Zimmer um mich herum zusammenzuschrumpfen begann. »Mir geht's gut.«

»Ich werde dir nicht wehtun«, versicherte er mir und legte seine Hand ganz leicht auf meine Schulter, und trotzdem ließ mich der Schmerz zusammenzucken, der bis hinab in meinen Arm jagte. Seine Augen schauten entschlossener drein. »Ich will dich einmal komplett untersuchen, und ich werde dir dabei nicht wehtun, okay? Versprochen.«

Eine scheinbare Ewigkeit sah ich ihn an, schließlich nickte ich und ließ die Decke los. Roth ließ mir keine Zeit, es mir noch einmal anders zu überlegen, sondern zog die Decke von meiner Schulter. Als ich hörte, wie er vor Schreck nach Luft schnappte, hätte ich mich am liebsten gleich wieder eingepackt. Ich spürte, wie er den Stoff meines zerfetzten Unterhemds zur Seite schob.

»Er hat dich gekratzt«, stellte Roth fest. »Hatte er da schon seine wahre Gestalt angenommen?«

»Nein.« Ich machte die Augen wieder auf. »Er begann sich erst zu wandeln, als ich seine Seele zu fassen bekommen hatte. Anschließend verwandelte er sich vollständig.«

Plötzlich bemerkte ich etwas Weiches, Warmes an meinen Beinen. Ich sah nach unten und entdeckte eine kleine Katze, die mich mit himmelblauen Augen ansah. »Ein Kätzchen?«

»Ja, das ist ein Kätzchen.«

Erstaunt darüber, dass Roth so etwas Niedliches in seiner Wohnung hatte, beugte ich mich vor, um das kleine Fellknäuel zu streicheln. Den Schwindel, der mich in dem Moment befiel, ignorierte ich einfach. Das Tier schnurrte leise und hörte sich an wie ein winziger Dieselmotor. Auf einmal kam unter dem Bett ein zweites Kätzchen zum Vorschein, völlig schwarz und so groß wie das erste. Kaum hatte es seinen Artgenossen entdeckt, stürzte es sich auf ihn, dann rollten die beiden über den Boden, fauchten sich gegenseitig an und traktierten sich mit Krallen und Zähnen. »Zwei Stück?«

Er schüttelte den Kopf und deutete aufs Bett. »Drei.«

Hinter einem Kissen kam das dritte Kätzchen zum Vorschein, es war schwarz-weiß gemustert, kam zu mir geschlendert und holte mit erstaunlich scharfen Krallen nach meinen Fingern aus. »Ich … ich kann das gar nicht richtig glauben, dass du Katzen hast.« Ich bewegte den Finger, und sofort versuchte die Kleine, ihn zu fassen zu bekommen. »Wie heißen die drei?«

»Das da ist Fury, die weiße heißt Nitro und die schwarze Thor.«

»Wie bitte? Diesen niedlichen Dingern gibst du solche Namen, aber deine Riesenschlange nennst du Bambi?«

Er beugte sich vor und gab mir einen Kuss auf die Schulter, was so schnell geschah, dass ich mir nicht sicher war, ob das tatsächlich passiert war oder ob ich es mir nur eingebildet hatte. »Im Bösen steckt auch immer etwas Schönes«, antwortete er. »Und vergiss nicht, dass der Schein oft trügt.«

Ich streichelte dem Kätzchen über den Kopf.

»Das würde ich an deiner Stelle nicht ma…«

Da hatte Fury bereits mit Krallen und Zähnen meine Hand traktiert. Ich stieß einen spitzen Schrei aus und riss die Hand weg, aber das Vampirkätzchen hatte offenbar gar nicht vor, mich loszulassen.

Roth bekam das Fellknäuel zu fassen und befreite vorsichtig meine Hand aus den winzigen Klauen. »Böses Kätzchen«, sagte er leise und setzte das Tier zu seinen Geschwistern.

Ich sah dem Kätzchen zu, wie es sich das Blut von den Krallen leckte, dann drehte ich mich zu Roth um. »Ich verstehe das nicht.«

»Sagen wir, sie haben nicht immer so süß und knuddelig ausgesehen. Wenn man sie provoziert, können sie ziemlich groß werden, und Höllenhunde haben schon Angst vor ihnen, wenn sie sie nur so sehen.«

Die weiße Katze sprang aufs Bett, streckte sich genüsslich und gähnte, dann betrachtete sie mich, als würde sie überlegen, was ich auf diesem Platz zu suchen hatte. Roth griff nach meiner Hand und drückte sanft einen Kuss auf die Stelle, an der ich gebissen und gekratzt worden war. Einmal mehr überraschte er mich damit so sehr, dass mir die Worte fehlten.

»Das wird schon wieder«, sagte er.

Abermals stiegen mir Tränen in die Augen. »Was … was soll ich nur machen? Ich habe eine Seele genommen – eine *reine* Seele.«

»Es wird alles gut«, versicherte mir Roth und setzte sich zu mir.

Ein ersticktes Lachen kam über meine Lippen. »Du verstehst das nicht. Es ist mir nicht erlaubt, eine Seele zu nehmen. Unter gar keinen Umständen.«

»Darüber musst du dir im Moment keine Gedanken machen«, beruhigte er mich. »Ich werde mich darum kümmern.«

Ich wollte ihm so gern glauben, aber ich konnte mir nicht vorstellen, wie er in der Lage sein sollte, sich um irgendetwas zu kümmern. Was geschehen war, konnte nicht ungeschehen gemacht werden.

Vorsichtig berührte er die Seite meines Gesichts, die nicht wie Feuer brannte. »Es wird alles gut, ganz bestimmt.« Nach einer kurzen Pause fügte er hinzu: »Guck mal, du hast Besuch.«

Ich drehte mich zur Seite und sah, dass das weiße Kätzchen sich an mir rieb und dann mit seinen blauen Augen anschaute. Am liebsten hätte ich das Tier hochgenommen und an mich gedrückt, aber dafür waren mir meine Finger doch etwas zu kostbar. Da ich nichts unternahm, rieb die kleine Katze sich weiter an meiner Seite, als wollte sie mich zum Streicheln herausfordern.

Ich spürte einen Kloß im Hals, als mir klar wurde, dass ich mich noch gar nicht richtig bei Roth bedankt hatte. »Warum hilfst du mir? Ich meine, ich kann dir gar nicht genug für das danken, was du für mich getan hast. Es ist nur …« Es war nur so, dass ich nicht verstehen konnte, wieso es gerade ein Dämon war, der mich vor einem Wächter gerettet hatte.

Er zuckte mit den Schultern und ließ die Hand sinken. »Ich bin vieles, Layla, aber sogar ich habe meine Grenzen.«

Wir verfielen wieder in Schweigen, und Roth säuberte sorgfältig meine übrigen Verletzungen. Er war gut darin, sich um jemanden zu kümmern, aber ich wollte nicht so recht daran glauben, dass er das in der Hölle gelernt hatte.

Als er fertig war, gab er mir eine von seinen Jogginghosen und ein T-Shirt, damit ich etwas Frisches zum Anziehen hatte. Auf dem Weg zum Badezimmer tat mir jeder Schritt weh, und ich kam mir irgendwie völlig fehl am Platz vor. Als ich mich im Spiegel ansah, kamen mir meine Augen unnormal groß vor, zudem war das Grau intensiver und wirkte fast schon wild. Meine rechte Wange begann sich bereits bläulich zu färben, was zu dem Bluterguss gleich unter dem Haaransatz passte. Die Haut war dort aufgeplatzt, aber es sah nicht so aus, als müsste die Wunde genäht werden. Meine Lippe sah aus, als hätte ich sie mit ein paar Kilo Fett aufspritzen lassen.

Ich zog mich aus und zuckte zusammen, nicht nur wegen der Schmerzen, sondern auch wegen der blauen Flecken, mit denen mein Oberkörper übersät war. Unterhalb des Halsansatzes war die Verletzung zu sehen, die mir Petr mit seinen Klauen zugefügt hatte – drei tiefe, parallele Schnittwunden, die gut zehn Zentimeter lang waren. Da ich meinen Anblick nicht länger ertrug, zog ich schnell Roths Sachen an und verließ das Badezimmer.

Roth stand am Fenster und sah hinaus. Als er mich bemerkte, drehte er sich um und versuchte ein anzügliches Grinsen. »Wer hätte gedacht, dass du in meinen Sachen noch besser aussiehst als ich?«

Ich hatte nicht damit gerechnet, je wieder zu lachen, aber in diesem Moment konnte ich nicht anders, auch wenn es nur ein schwaches Lachen war. »Das hätte ich dir gleich sagen können«, gab ich zurück.

Er deutete auf die geschlossene Tür, die mir bereits aufgefallen war. »Ich würde dir gern etwas zeigen, sofern du dich jetzt schon dazu in der Lage fühlst.«

Trotz meiner Verfassung hatte er damit meine Neugier geweckt, und ich nickte. Er machte die Tür auf und gab mir ein Zeichen, ihm zu folgen. Wir gingen eine schmale Treppe hinauf. An einer weiteren Tür angekommen, blieb er stehen und sah über die Schulter zu mir. »Versprich mir, dass du nicht von der Dachkante springen wirst.«

Ich hätte die Augen verdreht, aber selbst das wäre mit zu viel Schmerzen verbunden gewesen. »Versprochen.«

So ganz schien er mir nicht zu glauben, dennoch öffnete er die Tür. Kühle Luft zog mich an, ich humpelte an Roth vorbei.

»Aber spring bitte wirklich nicht vom Dach«, redete er auf mich ein, als er mir folgte. »Ich habe keine Lust, deine Überreste vom Asphalt zu kratzen.«

Wallende weiße Regendächer wurden von einer aromatisch duftenden Brise bewegt. Darunter standen zahlreiche Clubsessel und kleine Tische, aber es war vor allem der gepflegte Blumengarten, der meine Aufmerksamkeit auf sich zog. Blumenkübel in allen möglichen Größen und Formen säumten die Dachkante. Die wenigsten Blumen waren mir dem Namen nach vertraut, aber ich konnte überall Rosen und Lilien erkennen.

»Ist das dein Garten?«, fragte ich.

»Das gehört alles mir.«

Ich blieb an einem großen Blumentopf stehen und strich mit den Fingern über die dicken Blütenblätter. Es war zu dunkel, deshalb konnte ich nicht sagen, ob die Blüte lila oder rot war, auf jeden Fall verbreitete sie einen schweren, süßen Duft. »Du gärtnerst?«

»Ich langweile mich.« Sein Atem strich über meine Wange. »Ich finde, das ist ein angenehmer Zeitvertreib.«

Ich drehte mich zu ihm um und legte den Kopf schräg. »Ein Dämon, der gärtnert?«

Er grinste mich schief an. »Ich habe schon Verrückteres gesehen.«

»Tatsächlich?«

»Du wärst überrascht. Ich weiß, dass ein paar von meiner Art sich als Steuerberater oder als Sportlehrer betätigen, wenn sie an der Oberfläche sind. Wir Dämonen mögen auch eine gute Partie Völkerball.«

Ich versuchte mich an einem schwachen Witz und erwiderte: »Ich wusste doch, dass mit unserem Sportlehrer irgendwas nicht stimmt.«

»Wenn ich es nicht besser wüsste, würde ich darauf wetten, das Mrs. Cleo ein getarnter Höllenhund ist.«

Ich ging ein paar Schritte weiter, mein Blick wanderte zu den Lichtern der unzähligen Gebäude, die uns umgaben. In der Ferne konnte ich den Turm des Nancy Hanks Center erkennen. Ich schauderte, als ich mich wieder zu Roth umdrehte.

Er stand dicht neben mir, aber ich hatte ihn nicht kommen gehört. »Du solltest dich hinsetzen.«

Es war mehr eine Aufforderung als ein Vorschlag, und dann führte er mich zu einem der Clubsessel. Ehe ich michs versah, saß ich auch schon von flauschigen Kissen umgeben da. Das Hochgefühl, das mich angetrieben hatte, war abgeebbt, das Adrenalin aufgebraucht. Zurück blieben nur die Schmerzen und viel zu viele Fragen.

Roth setzte sich zu mir, seine Hüfte drückte gegen mein Bein. »Wie fühlst du dich?«

Was für eine schwammige Frage. »Alles ist so … so verdreht.«

»Das kannst du laut sagen.«

Ich sah ihn an und hätte fast wieder gelacht. Seine brutale Ehrlichkeit war noch eine von den Eigenschaften, die ich an ihm schätzte. Das Mondlicht wurde von seinem wirklich schönen Gesicht reflektiert. Unsere Blicke trafen sich. »Ich weiß nicht, wie es jetzt weitergehen soll.«

»Hast du jemals gewusst, was du machen sollst?«

Eine gute Frage. Ich sah zur Seite. »Du bist ein seltsamer Dämon.«

»Ich nehme das mal als Kompliment.«

Ich lächelte flüchtig. »Du bist in jeder Hinsicht anders als alle Dämonen, die ich je kennengelernt habe.«

»Tatsächlich?« Mit den Fingerspitzen strich er über meinen Arm bis hinauf zum Schlüsselbein; kurz vor der Stelle, an der die Haut aufgerissen war, hielt er inne. »Das kann ich mir nur schwer vorstellen. Wir Dämonen sind alle ziemlich gleich. Wir begehren hübsche Dinge; wir verderben, was rein ist; wir nehmen uns, was wir nicht haben können. Du müsstest eigentlich einen ganzen Fanclub haben, in dem nur Dämonen-Mitglieder sind.«

Seine Berührung hatte etwas Beruhigendes, Tröstendes. Plötzlich musste ich gähnen. »Wärst du auch Mitglied in diesem Club?«

Roth lachte leise auf. »Oh, ich glaube, ich wäre eher der Präsident.« Er drehte sich ein wenig auf die Seite. »Würde dir das gefallen?«

Mir war klar, dass er versuchte, mich abzulenken, und es funktionierte auch. »Kann ich mal für einen Moment ernst sein?«

Seine Hand wechselte zu meiner anderen Schulter. »Du kannst sein, was immer du willst.«

»Weißt du, du bist gar nicht so übel … für einen Dämon, meine ich.«

»So weit würde ich nicht gehen.« Er streckte sich neben mir aus und stützte sich auf den Ellbogen. »Einen Schlimmeren als mich findest du nicht.«

»Wie du meinst.« Nach einer Weile setzte ich erneut an: »Ich …«

»Ich weiß, ich weiß. Es gibt wahrscheinlich keine Frage, auf die ich keine Antwort weiß. Und wir müssen reden. Was du weißt, ist nicht mehr als ein Tropfen in einem Ozean voller Informationen. Und was du von mir erfahren wirst, das wird deine ganze Welt auf den Kopf stellen.« Er ließ eine Pause folgen, mein Herz setzte einen Schlag lang aus. »Aber wir müssen das nicht jetzt sofort erledigen. Du brauchst deinen Schlaf. Wenn du aufwachst, werde ich hier sein.«

Als ich ihn ansah und mir langsam die Augen zufielen, wurde mir klar, dass ich wirklich überhaupt nichts wusste. Ich wusste ja nicht mal, ob ich je nach Hause würde zurückkehren können. Falls ich überhaupt noch ein Zuhause hatte. Ich hatte keine Ahnung, wie weit der Verrat reichte und ob auch andere darin verstrickt waren, die mich hatten aufwachsen sehen. Ich wusste ja nicht mal, was der nächste Tag bringen würde. Ich wusste nur, dass ich im Augenblick in Sicherheit war, auch wenn das eigentlich völlig unmöglich war. So unmöglich, wie Roth zu vertrauen – einem Dämon. Und doch vertraute ich ihm.

Ich nickte und machte die Augen zu, Roth begann »Paradise City« zu summen, was ich als unglaublich beruhigend empfand. In dem Augenblick, als ich einschlief, hätte ich schwören können, dass ich seine Hand an meiner Wange spürte.

13. KAPITEL

Als ich aufwachte, war es kurz vor Sonnenaufgang. Der Himmel jenseits der sanft wallenden Regendächer klammerte sich noch immer an der Nacht fest. Die Ereignisse des gestrigen Tages zogen mit erschreckender Klarheit vor meinem geistigen Auge vorüber, und obwohl ich mich nicht rührte, schlug mein Herz auf einmal schneller. Das lag aber auch nicht an meinem Körper, denn die Schmerzen hatten deutlich nachgelassen, und auch das Pulsieren meiner Wange war nicht mit dem Zustand von vor ein paar Stunden zu vergleichen. Nein, der Grund für diese Reaktion war die Erkenntnis, dass den Wächtern spätestens jetzt mein Verschwinden auffallen musste. Sie würden nach mir suchen, ebenso nach Petr. Und Zayne ... nein, über ihn wollte ich jetzt auf keinen Fall nachdenken.

Nichts würde wieder so sein, wie es noch bis gestern gewesen war.

Diese Tatsache wurde auch durch die Hitze unterstrichen, die von dem schlanken, muskulösen Körper ausging, der neben mir lag. Roths Brust hob und senkte sich gleichmäßig bei jedem Atemzug. Unsere Beine waren untereinander wie verflochten, und sein Arm lag auf meiner Taille. Seine Nähe, die eigentlich so völlig unmöglich war, drängte alles andere, was sonst noch wichtig war, in den Hintergrund. Noch nie war ich in den Armen eines Jungen aufgewacht. Als Zayne und ich noch Kinder gewesen waren, hatten wir gemeinsam in einem Bett geschlafen, aber das hier ... das war hier so absolut anders. Eine angenehme Wärme erwachte in meinen Zehen und arbeitete sich von dort beunruhigend schnell in meinem Körper nach oben. Überall dort, wo wir uns berührten, flammte sie noch etwas stärker auf.

Ich musste daran denken, wie er mich geküsst hatte. Mein erster Kuss. Ich war so außer Atem, als hätte ich ein anstrengendes

Kampftraining absolviert. Angesichts der jüngsten Ereignisse, deren Konsequenzen sich noch gar nicht absehen ließen, hätte der Kuss eigentlich das Letzte sein müssen, um das sich meine Gedanken drehen sollten.

Doch ich konnte das so wenig ignorieren, wie ich in der Lage war, das Atmen einzustellen. Meine Lippen kribbelten, wenn ich nur an den Kuss dachte. Roth hatte wohl kaum noch einen Gedanken daran verschwendet, aber mir war er seit dem letzten Freitag nicht aus dem Sinn gegangen.

Ich drehte den Kopf ein wenig und atmete durch.

Roth lag noch so auf der Seite wie am Abend, bevor ich eingeschlafen war. Das Gesicht war entspannt, der Mund war leicht geöffnet. Zu gern hätte ich seine Wange berührt und über seine Stirn gestreichelt, auch wenn ich keine Erklärung für diesen Wunsch hatte. Doch meine Fingerspitzen kribbelten, so sehr sehnte ich mich danach. So, wie er jetzt dalag, fehlte seiner Schönheit dieses raue, schroffe Element, und er sah genauso aus, wie ich mir einen Engel vorstellen konnte.

»Du solltest mich besser nicht so anschauen«, sagte er leise.

Eine anders geartete Hitze durchströmte meine Wangen, und ich musste mich räuspern. »Ich sehe dich auf keine besondere Weise an.«

»Wirklich nicht?«

Er machte ein Auge auf, ich sah die in die Länge gezogene Pupille. Ein Schauer lief mir über den Rücken, aber nicht vor Schreck, sondern aus einem ganz anderen Grund. Er streckte seine Hand aus und strich mir ein paar Haarsträhnen aus dem Gesicht, dann ließ er seine Finger auf meiner Wange ruhen, was sich unendlich sanft anfühlte – viel sanfter als das, was er mir gleich darauf sagte: »Ich muss dir mitteilen, dass deine Tugend sich bei mir nicht in sicheren Händen befindet. Wenn du mich also so anschaust, als wolltest du, dass ich über dich herfalle, dann werde ich das auch machen und niemals bereuen. Allerdings bezweifle ich, dass du das anschließend genauso empfinden wirst.«

»Warum bist du dir so sicher, dass ich es bereuen würde?«

Kaum hatte ich die Frage gestellt, wurde mir klar, dass ich eine so formulierte Bemerkung besser für mich behalten hätte. Er öffnete jetzt auch das andere Auge und sah mich an. Plötzlich bewegte er sich dermaßen schnell, dass ich überhaupt nicht reagieren konnte. Einen Sekundenbruchteil später beugte er sich über mich und sah mich mit Augen an, die wie ein Mosaik aus jedem nur erdenklichen Goldton erschienen. »Ich weiß eine Menge.«

»Aber du weißt kaum etwas über mich.«

»Ich habe dich lange Zeit beobachtet, ich war immer ein paar Schritte hinter dir. Ich wollte dir keine Angst einjagen, als ich dir das erzählt hatte.« Mit einem Finger zeichnete er den Saum meines T-Shirts nach, die Knöchel glitten flüchtig an meiner Brust entlang. »Weißt du, was ich gesehen habe?«

»Was hast du gesehen?« Ich zwinkerte verhalten.

Er ließ den Saum in Ruhe und bewegte seine Hand am Schwung meiner Rippen entlang, dabei beugte er den Kopf vor. Seine Lippen berührten mein Ohr. »Ich sah in dir etwas, das du unbedingt vor jedem verbergen möchtest. Etwas, das mich an mich selbst erinnert.«

Ich konnte nur flach atmen, mein Mund war wie ausgedörrt.

Roth drückte seine Lippen gegen meine Schläfe, seine Hand wanderte unter das T-Shirt. Als ich seine Finger auf meinem Bauch spürte, zuckte ich unwillkürlich zusammen. »Du bist mir immer einsam vorgekommen, selbst dann, wenn du mit deinen Freunden unterwegs warst.«

Meine Brust verkrampfte sich. »Und du … bist du einsam?«

»Was denkst du wohl?« Er schob sein Bein zwischen meine. »Aber das ist nicht weiter wichtig. Im Moment bin ich nicht einsam, und du bist es auch nicht.«

Ich wollte weiter mit ihm reden, allerdings fuhr er mit der Hand über meinen Bauch und verharrte dann am Rand meines BHs. Mein Körper entwickelte ein Eigenleben und reckte sich seinen Fingern entgegen, damit er weitermachte, während ich nach einem Grund für diese Reaktion suchte. Unsere Blicke trafen sich, in seinen Augen konnte ich etwas Heißes, Berechnendes entdecken, etwas Wildes und Räuberisches.

Roth schaute auf meinen Mund und presste seine Brust gegen meine. Ein leichter Wind kam auf und bewegte die Regendächer, die so hin und her schaukelten, dass der Himmel darüber zu sehen war. Mir war klar, Roth würde mich küssen. Ich sah es in seinen Augen, ich erkannte es daran, wie er den Kopf vorbeugte und die Lippen leicht öffnete. Ich legte meine Hand auf seine Wange, seine Haut fühlte sich warm an, viel wärmer als meine.

Roth drückte sich gegen mich, mein Herz schlug wie wild. Unsere Körper lagen aneinandergeschmiegt da, sein wilder Duft umhüllte mich. Für einen winzigen Moment merkte ich, wie er seine Hüfte an mir rieb, was jeden Nerv in meinem Körper erwachen ließ. Doch dann seufzte er voller Bedauern und rollte sich zur Seite.

Ich lag allein da, während er neben dem Clubsessel stand, die Arme in die Höhe streckte und mir dabei einen verlockenden Blick auf seinen flachen Bauch und das Drachentattoo erlaubte. »Ich hole uns Kaffee, wir müssen reden.«

Jede Erwiderung wäre zu spät gekommen, da er von einer Sekunde zur nächsten verschwunden war. Einfach in Luft aufgelöst, so wie Cayman am Abend zuvor. Was sollte das?

Ich setzte mich hin, presste die Handfläche gegen meine Stirn und stöhnte leise. Seine Abwesenheit würde ich nutzen, um meinen Kopf wieder klar zu bekommen und um meinen chaotischen Puls zu bremsen. Fünf Minuten später war er mit zwei dampfenden Kaffeebechern zurück.

»Das ging aber schnell«, erwiderte ich staunend.

»Ein Dämon zu sein hat seine Vorteile. Man muss sich nie Sorgen machen, dass irgendwo ein Stau sein könnte.« Er nahm den Deckel ab und reichte mir den Becher. »Vorsicht, der Kaffee ist heiß.«

Ich murmelte ein Danke. »Wie viel Uhr haben wir?«

»Kurz nach fünf. Ich werde wohl heute die Schule ausfallen lassen. Solltest du übrigens auch machen.«

Ich lächelte schwach. »Ja, ich glaube, in die Schule gehe ich nicht.«

»Du Rebellin.«

Kommentarlos nippte ich an meinem Kaffee. French Vanilla? Das war meine Lieblingssorte. Wie genau hatte Roth mich bloß beobachtet?

Er ließ sich neben mir nieder und streckte die Beine aus. »Mal ehrlich: Wie fühlst du dich?«

»Schon besser. Mein Gesicht tut nicht mehr so weh.« Ich sah hoch und überlegte, ob er wohl irgendwas empfunden hatte, als er mir vorhin so nahe gewesen war. Oder hatte er vielleicht nur mit mir gespielt? »Wie sieht es aus?«

Roth betrachtete mich, aber ich wurde das Gefühl nicht los, dass er eigentlich gar nicht auf meine blauen Flecke achtete. »Nicht mehr so schlimm wie gestern Abend.«

Erneut machte sich Schweigen breit, und ich griff aus Gewohnheit nach meiner Halskette.

Aber die war nicht da.

»Meine Kette«, flüsterte ich erschrocken. »Petr hat sie mir vom Hals gezerrt. Ich muss zurü…«

»Oh, das hatte ich ganz vergessen.« Roth griff in seine Hosentasche. »Die lag auf dem Boden. Da ist sie wohl gelandet, weil die Kette gerissen war. Ich habe sie vorsichtshalber sofort eingesteckt.«

Ich nahm sie ihm aus der Hand und schloss meine Finger um den Ring. Am liebsten hätte ich vor Freude geheult. »Danke«, flüsterte ich. »Dieser Ring …«

»Er bedeutet dir viel.«

»Ja, das tut er«, bestätigte ich.

Roth schüttelte den Kopf. »Du weißt gar nicht, wie wichtig er wirklich ist.«

Der Ring schien sich in meine Handfläche zu brennen, und als ich ihn im einsetzenden Sonnenlicht betrachtete, sah der Stein so aus, als wäre er mit einer schwarzen Flüssigkeit gefüllt. Ich musste daran denken, was Roth mir über den Ring gesagt hatte, und gleich darauf kamen mir Petrs Worte ins Gedächtnis.

Ich hob den Kopf und stellte fest, dass Roth mich beobachtete. Sicher eine Minute lang schwieg er, dann sagte er: »Du musst so einsam sein.«

»Sind wir jetzt wieder bei diesem Thema?«

Er krauste die Stirn. »Du lebst bei den Kreaturen, deren Pflicht es ist, dich zu töten, sobald du ihnen über den Weg läufst. Einer von ihnen hat genau das versucht, und niemand kann sagen, wie viele von ihnen dir dieses Schicksal wünschen. Vermutlich hast du dein Leben lang versucht, so zu sein wie sie, und dabei hast du immer gewusst, dass du das niemals sein kannst. Und das Einzige, was dich an deine wahre Familie erinnert, ist ein Ring, der zu jenem Teil deines Erbes gehört, den du gar nicht haben willst. Sonst nichts, richtig? Keine Erinnerungen. Nicht mal daran, wie es sich angefühlt hat, von deinem Vater im Arm gehalten zu werden. Auch keine Erinnerung daran, wie sich seine Stimme angehört hat.«

Ich lehnte mich zurück, meine Kehle war wie zugeschnürt. Die Geräuschkulisse des Straßenverkehrs tief unter uns übertönte das leise Keuchen, das über meine Lippen kam.

Roth nickte, ohne mich anzusehen. »Ich habe versucht, mir vorzustellen, wie es für dich sein muss, verzweifelt zu einer Gruppe gehören zu wollen und gleichzeitig zu wissen, dass du niemals dazugehören wirst.«

»Wow«, flüsterte ich und drehte mich weg. »Danke, dass du mich so sanft in die Realität zurückholst. Bist du der Dämon, der für Depressionen zuständig ist?«

Er schaute wieder zu mir. »Wieso warst du gestern Abend im Wald?«

Dass er so abrupt das Thema wechselte, kam völlig unerwartet. »Die Alphas waren im Haus. Es ist nicht gut, wenn ich dabei bin, während sie zu Besuch kommen.«

»Ah, die Seraphim – die Krieger für Gerechtigkeit und anderen Blödsinn.« Er schüttelte den Kopf und lächelte wehmütig. »Eine Bande bösartiger Bastarde, wenn du mich fragst.«

»Ich wette, die sagen das Gleiche über euch.«

»Aber selbstverständlich.« Er ließ meine Hand los und trank einen Schluck Kaffee, dann beobachtete er einige Augenblicke lang, wie sich eine Pflanze im leichten Wind wiegte, die für mich nach einer Venusfliegenfalle aussah. »Ein Sucher, ein Zombie und ein Besessener … hm, hört sich wie die erste Zeile aus einem Witz an, stimmt's?«

Das tat es wirklich.

»Die drei hatten eines gemeinsam: dich.«

»Bis dahin war ich auch schon gekommen, aber ich verstehe nicht, was das mit dem Ring oder mit meiner Mutter zu tun haben sollte.«

»Die Hölle sucht nach dir«, sagte er beiläufig.

»Das hast du mir ja schon gesagt, und ich …«

»Du hast es mir nicht geglaubt?«, führte er meinen Satz zu Ende. Als ich nickte, schloss er die Augen. »Das war nicht gelogen. Die Hölle sucht nur nach solchen Personen, die etwas haben, was für die Hölle interessant ist. Ich sagte dir ja, dass wir leicht Dinge begehren.«

»Aber ich habe nichts, was die Hölle begehren könnte.«

»Doch, hast du.«

Ich rutschte unruhig auf dem Clubsessel hin und her, wobei ich mich gegen das dringende Verlangen wehren musste, sofort aufzuspringen und wegzulaufen. »Und was ist mit dir? Hast du aus dem gleichen Grund nach mir gesucht?«

»Ja.«

»Und warum?« Ich stellte den zur Hälfte ausgetrunkenen Becher zur Seite und drückte den Ring an meine Brust.

»Wie ich schon sagte, ich habe dich seit einer ganzen Weile beobachtet«, erwiderte er. »Ich beobachte dich seit Monaten, eigentlich sogar schon seit Jahren.«

Seit *Jahren*? Das hörte sich so unfassbar an, dass mein Verstand es nicht akzeptieren wollte.

Er starrte wieder auf die Pflanze. »Ich habe dich vor langer Zeit entdeckt, lange vor deinem jüngsten Geburtstag. Lange bevor die anderen Dämonen auf dich aufmerksam geworden sind. Ich denke, die Frage, um die es dir geht, lautet: Was macht dich so interessant, dass die Hölle auf der Suche nach dir ist? Du bist eine Halbdämonin, was soll's also?«

Aus einem unerfindlichen Grund kam ich mir noch begriffsstutziger vor als gewöhnlich. »Okay, und weiter?«

»Allerdings verfügen Halbdämonen gar nicht über richtige dämonische Kräfte. Sie sind eigentlich nur völlig durchgeknallt. Du weißt schon: Kinder, die Schmetterlingen die Flügel ausreißen und das Haus ihrer Eltern abfackeln, einfach nur, weil es ihnen Spaß macht. Bevorzugt, wenn die sich noch im Haus befinden. Also nicht gerade die Hellsten, aber was soll's? Solche muss es auch geben. Wir kommen schließlich nicht alle gleich schlau auf die Welt.«

Ich schürzte die Lippen. »Ich sehe mich nicht als etwas Besonderes.«

»Aber genau das bist du«, beharrte er. »Du bist eine Halbdämonin, die zugleich auch noch eine halbe *Wächterin* ist. Weißt du irgendetwas darüber, was die Wächter wirklich sind?«

»Na, die Leute nennen sie Gargoyles, aber ...«

»Nicht, wie sie bezeichnet werden, sondern wie sie erschaffen wurden, meine ich.«

Ich strich mit den Fingern über den Rand des Rings. »Sie wurden geschaffen, um die Lilin zu bekämpfen.«

Roth reagierte mit einem tiefen, amüsierten Lachen, als hätte er einen guten Witz gehört.

»Und *warum* wurden sie dann geschaffen, Besserwisser?«

»Lass dir von ihnen nie einreden, sie wären besser als du.« Roth schüttelte den Kopf und lächelte immer noch. »Sie sind es nicht. Sie sind nicht besser als irgendeiner von uns.« Dann folgte ein Lacher, der gar nicht mehr belustigt klang. »Sie sind Sein kapitaler Fehler, und Er hat ihnen als Wiedergutmachung eine reine Seele gegeben.«

»Das ergibt alles keinen Sinn.«

»Und es ist nicht meine Sache, dir das Ganze zu erklären. Es gibt so viele Regeln und Vorschriften, wie du selbst weißt. Frag doch mal deinen lieben Adoptivvater, den Schwachkopf. Ich bezweifle, dass er dir jemals die Wahrheit sagen würde. Und auch, dass er sie dir jemals gesagt hat.«

»Du bekleckerst dich aber auch nicht gerade mit Ruhm, wenn es darum geht, die Wahrheit zu sagen.«

»Das liegt auch nicht in meinem Wesen.« Er stellte den Becher weg und lehnte sich nach hinten, stützte sich auf seine Ellbogen und sah mich unter halb geschlossenen Lidern an. »Ob du's glaubst oder nicht, aber es gibt sogar ein paar Regeln, die der Boss befolgt. Natürlich halten sich nicht alle Kinder der Hölle an sämtliche Vorschriften, aber es gibt Dinge, die kann und werde ich nicht tun.«

»Augenblick mal. Der ›Boss‹? Willst du damit sagen …?«

»Der Boss?«, wiederholte er. »Ja, der große Macher im Untergeschoss.«

»Du … du arbeitest für ihn?«

Er lächelte mich fast demütig an. »Ja, natürlich.«

Lieber Himmel! Wie hatte ich mich bloß von ihm küssen lassen können?

Roth schien genau zu wissen, was mir durch den Sinn ging, da er leise seufzte. »Angenommen, du hast etwas, das ich haben will. Ich könnte es dir nicht einfach wegnehmen«, erklärte er.

Verwirrt schüttelte ich den Kopf. »Wieso nicht? Ein Sukkubus entzieht einem Menschen auch Energie, ohne dass der davon etwas merkt.«

»Das ist etwas anderes, der Sukkubus tötet den Menschen nicht, er kostet nur von seiner Essenz, und zum größten Teil stört das den Menschen auch nicht sonderlich.« Er zwinkerte mir zu. »Aber ich bin vom alten Schlag, genau wie der Boss. Die Menschen müssen ihren freien Willen haben und der ganze übrige Blödsinn.«

»Ich dachte, du glaubst nicht an den freien Willen.«

»Tue ich auch nicht, aber das heißt nicht, dass der Boss genauso denkt.« Er schüttelte den Kopf. »Sieh mal, wir sind jetzt weit von unserem eigentlichen Thema abgekommen. Du weißt, dass ich für den Boss arbeite und hier bin, um einen Job zu erledigen, um es mal so zu formulieren.«

Auch wenn mir klar gewesen war, dass es einen Grund dafür geben musste, wieso Roth sozusagen aus dem Nichts aufgetaucht war und begonnen hatte, mir zu folgen, enttäuschte mich das. Was hatte ich mir bloß gedacht? Dass er mich gesehen hatte, wie ich einen Big Mac aß, und dann auf die Idee verfallen war, mich näher kennenzulernen? »Ich bin dein Job?«

Er sah mir tief in die Augen. »Ja.«

Ich nickte langsam und atmete tief aus. »Und was genau sollst du tun?«

»Ich bin hier, um dich vor denen zu beschützen, die nach dir suchen. Und damit meine ich Dämonen, die viel größer und bösartiger sind als die, mit denen du normalerweise zu tun hast.«

Ich sah ihn so lange an, dass ich das Gefühl bekam, darüber einzuschlafen. Dann begann ich zu lachen, so lauthals, dass mir die Tränen kamen und ich seine finstere Miene nur noch verschwommen wahrnahm.

»Worüber lachst du?«, wollte er wissen. »Ich hoffe, du zweifelst nicht an meiner Fähigkeit, dir den Hintern zu retten – einen sehr hübschen Hintern, nebenbei bemerkt. Ich habe nämlich den Beweis erbracht, dass ich das sehr wohl kann.«

»Darum geht es nicht. Es ist nur so, dass du ein Dämon bist.«

Er schaute ratlos drein. »Dass ich ein Dämon bin, weiß ich. Aber danke, dass du's mir noch mal gesagt hast.«

»Dämonen beschützen nichts und niemanden«, sagte ich und machte eine abweisende Geste, während ich immer noch lachen musste.

»Offenbar tun sie es ja doch, sonst hätte ich dir nicht gleich ein paar Mal das Leben gerettet.«

Ich wischte die Tränen weg und beruhigte mich wieder. »Stimmt, und das weiß ich auch zu schätzen. Danke. Aber das ist alles so … so völlig verkehrt.«

Ungeduld ließ seine Augen dunkler werden, bis die Sprenkel fast ganz verschwunden waren. »Dämonen beschützen so gut wie alles, wenn es ihren Interessen dient. Beziehungsweise den Interessen der Hölle.«

»Und wieso dient es den Interessen der Hölle, mich zu beschützen?«

Roth verdrehte die Augen. »An sich wollte ich dir das ja schonend beibringen, aber dann eben nicht. Ich hatte dir gesagt, wozu deine Mutter fähig war, und habe dir auch ihren Namen genannt.«

Sofort hatte sich jeder Anflug von Humor verflüchtigt, und ich sah Roth ganz ernst an.

Ein Hauch von Spott huschte über sein Gesicht. »Ich möchte wetten, du hast mit Händen und Füßen versucht, dich gegen diese Tatsache zu wehren und sie zu leugnen, aber Lilith ist nun mal deine Mutter.«

»Du redest von einer Dämonin namens Lilith.« Noch immer wollte ich das nicht wahrhaben. Meine Mutter war eine gewöhnliche Dämonin, die zufälligerweise einen erheblich vorbelasteten Namen trug.

»Nein, ich rede von *der* Dämonin namens Lilith«, stellte er klar. »Sie ist deine Mom.«

»Das ist unmöglich.« Ich schüttelte energisch den Kopf. »Die ist in der Hölle angekettet.«

Jetzt war Roth derjenige, der sich vor Lachen krümmte. »Wer hat denn das Gerücht in die Welt gesetzt? Die Wächter? Lilith war in der Hölle, das ist richtig. Aber vor ziemlich genau siebzehn Jahren und neun Monaten konnte sie entkommen, was nebenbei bemerkt zu welchem dir bekannten Datum führt?«

Ich musste nicht lange rechnen, um auf meinen Geburtstag zu kommen. Mir drehte sich der Magen um.

»Sie begab sich an die Oberfläche, vergnügte sich ein wenig, wurde schwanger und brachte ein süßes kleines Mädchen zur Welt, das ihr zum Verwechseln ähnlich sah.«

»Ich sehe aus wie sie?«, fragte ich, obwohl das eigentlich ziemlich unwichtig war.

Roth beugte sich vor und griff nach einer Haarsträhne, die er um seinen Zeigefinger wickelte. »Sie hatte deine Haarfarbe, wenn ich mich richtig erinnere. Ich habe sie nur einmal gesehen, bevor man sich um sie gekümmert hat.«

»Gekümmert?«, flüsterte ich, obwohl ich die Antwort darauf kannte.

»Als sie entkam, hatte der Boss eine ziemlich genaue Vorstellung davon, was sie vorhatte. Dort, wo sie jetzt sitzt, kommt sie nicht mehr raus.«

Ein dumpfes Pochen in der Schläfengegend hatte eingesetzt. Ich war so durcheinander wie nie zuvor in meinem Leben. Sollte ich mich besser fühlen, weil ich wusste, dass Lilith nicht tot war, die ja immerhin meine Mutter war? Aber in der Hölle von Satan persönlich festgehalten zu werden konnte auch nicht berauschend sein, und meine Mom … meine Mom war Lilith. Ich hatte keine Ahnung, was ich denn nur für sie empfinden sollte. Ich wusste nur, alles würde noch viel schlimmer kommen.

»Hast du schon mal vom *Kleinen Salomon* gehört?«, fragte Roth.

»Nein.«

»Das ist *das* Buch überhaupt – ein Katalog aller Dämonen. Darin finden sich die entsprechenden Beschwörungen, man kann nachschlagen, wie man sie ruft, wie man sie voneinander unterscheidet, wie man sie einfangen kann und alle möglichen witzigen Sachen mehr. Lilith kann nicht gerufen werden.« Er ließ eine Pause folgen und beobachtete mich aufmerksam. »Und ihre ursprünglichen Kinder auch nicht.«

Ich hatte das Gefühl, mein Kopf müsste explodieren. »Die Lilin?«

Als er nickte, fürchtete ich, vor Entsetzen ohnmächtig zu werden. »Aber jede Sache hat ein Schlupfloch, und mit Blick auf die Lilin ist das sogar ein richtig großes Schlupfloch. In der Originalfassung des *Kleinen Salomon* wird beschrieben, wie man die Lilin erschaffen kann. Es ist wie ein Siegel, das gebrochen werden muss … eine Beschwörung.«

»Oh Gott …«

Roth meinte jedes Wort todernst, das konnte ich ihm anmerken. »Die Beschwörung setzt sich aus mehreren Stufen zusammen, so wie die meisten Zauber. Wir wissen, dass eine Stufe darin besteht, das Blut eines Kindes von Lilith zu vergießen. Und man braucht das … nun, das tote Blut von Lilith selbst. Und dann noch ein paar Dinge mehr … eine dritte, vielleicht auch noch eine vierte Sache. Das wissen wir nicht so genau. Wenn diese Stufen ebenfalls vollzogen worden sind, dann werden die Lilin auf der Erde wiedergeboren werden.«

Ich legte die Hände in den Schoß und ließ etwas Zeit verstreichen. »Und das Kind? Das bin ich? Sonst gibt es niemanden?«

»Richtig. Und die Sache mit dem Blutvergießen … nicht dass

ich dich deprimieren will, aber da der Boss nicht weiß, ob sich das nur auf einen Tropfen von deinem Blut oder auf deinen Tod bezieht, will er kein Risiko eingehen.«

»Wow«, hauchte ich stimmlos. »Richte ihm doch bitte meinen Dank aus, wenn du ihn das nächste Mal siehst.«

Ein spöttisches Lächeln umspielte seine Lippen. »Das tote Blut …« Er beugte sich vor, seine flinken Finger strichen über mein Handgelenk und lösten einen wohligen Schauer aus. Er öffnete meine Hand, bis der seltsam rubinfarbene Stein zu sehen war. »Dieser Stein dort ist kein Edelstein, sondern ein Behältnis, in dem sich das tote Blut von Lilith befindet.«

»Wie! Igitt! Woher willst du das denn wissen?«

»Weil Lilith diesen Ring getragen hat, und nur ein Kind von Lilith kann den Ring ebenfalls tragen, ohne irgendwelche gravierenden Nebenwirkungen zu erfahren«, sagte er und drückte meine Hand wieder zu. »Wir wissen also, wo sich zwei der benötigten Elemente befinden. Aber der Rest … der steht im *Salomon*.«

»Und wo finden wir den?«

»Eine gute Frage.« Roth lehnte sich zurück und schloss die Augen. »Ich habe keine Ahnung. Und der Boss weiß nicht, welches die übrigen Elemente sind. Allerdings macht er sich Sorgen, dass andere Dämonen – Herzöge und Prinzen – es wissen könnten, weil sich Lilith mit einigen von ihnen sehr gut verstanden hat. Aus der Hölle zu entkommen und dich zur Welt zu bringen, das war ihr letztes großes ›Leckt mich‹ an den Himmel und die Hölle.«

Na, wenn *das* mein Selbstbewusstsein nicht bis in die Unendlichkeit steigerte …

»Ich verstehe das aber nicht.« Ich ballte die Fäuste so fest, dass sich die Fingernägel in meine Handflächen bohrten. »Diese Lilin sind doch wahnsinnig und Furcht einflößend. Warum sollte dein Boss sie nicht wiederauferstehen lassen? Das wäre doch dann die buchstäbliche Hölle auf Erden.«

Roth lachte kurz rau auf. »In dem Fall gewinnt keine Seite. Wenn Menschen ihrer Seele beraubt werden, dann siechen sie dahin und verwandeln sich in Geister. Sie gehen weder in den Himmel noch in die Hölle ein. Und der Boss weiß, dass er die Lilin nicht kontrollieren kann. Er hatte ja schon genug Schwierigkeiten mit Lilith.« Roth verzog seine wunderschönen Lippen zu einem ironischen Grinsen. »Und du kannst mir glauben, du hast noch nichts erlebt, wenn du nicht mit angesehen hast, wie die beiden aufeinander losgehen. Das Letzte, was die Hölle sehen will, sind Amok laufende Lilin auf der Erde.« Er tippte mit den Fingern auf sein Knie und zog die Brauen zusammen. »Und deshalb bin ich hier. Ich soll sicherstellen, dass dein Blut nicht vergossen wird und dass dem Blut in deinem Ring auch nichts zustößt. Gleichzeitig soll ich herausfinden, was die anderen Stufen dieser Beschwörung sind, und zwar, bevor sie jemand abgeschlossen hat. Ach ja, und dann wäre da auch noch die Aufgabe herauszufinden, wer denn nun die Lilin wiedergeboren sehen möchte. Ich bin also ein viel beschäftigter Dämon.«

Ich wollte etwas erwidern, brachte aber kein Wort heraus. Minutenlang saßen wir da und schwiegen, das einzige Geräusch war der Lärm von der Straße unter uns. Ich war völlig neben der Spur. Meine Mutter war *die* Lilith. Ich war einfach zu erschöpft, um diese Wahrheit noch länger zu leugnen. Meine liebe Mom hatte mich offenbar nur gezeugt, um aller Welt den Mittelfinger zu zeigen. Und Blutvergießen klang gar nicht witzig, ganz egal, wie man die Sache drehte oder wendete.

»Und warum ausgerechnet jetzt?«, wollte ich wissen.

»Es hat mit dem Zeitpunkt deiner Geburt zu tun. Angeblich funktioniert die Beschwörung nur, nachdem du siebzehn geworden bist.« Einen Moment lang schwieg er. »Der Boss war sich nicht sicher, ob Lilith in ihrem Sinne erfolgreich gewesen war oder nicht. Es hätte ja sein können, dass die Wächter …«

Ich sah ihn fragend an, doch dann begriff ich, was er hatte sagen wollen. »… dass die Wächter mich sofort nach meinem Auffinden umgebracht hätten, richtig?«

Roth nickte. »Niemand wusste, wohin Lilith entkommen war und wo sie dich zur Welt gebracht hatte. Die Welt ist nicht gerade klein. Ich war schon zuvor auf dich gestoßen, aber da lag dein siebzehnter Geburtstag noch in weiter Ferne. Als der Boss wusste, dass es nur noch ein paar Monate waren, schickte er mich wieder her, um festzustellen, ob du immer noch … na ja, du weißt schon …«

»… ob ich noch lebe«, flüsterte ich.

Er erzählte weiter: »Nachdem ich Bericht erstattet hatte, befahl mir der Boss, dich im Auge zu behalten. Du musst wissen, der Boss und die Dämonen, mit denen Lilith früher rumhing, sind nicht die Einzigen, die von der Beschwörung wissen. Andere haben auch davon gehört, und die sehen in dir ein Risiko. Die wissen, dass die Alphas jeden Dämon an der Oberfläche auslöschen werden, falls die Lilin wiedergeboren werden. Sie wollen dich aus dem Weg räumen – der Sucher, der Zombie und der besessene Mensch.«

»Also … ein paar Dämonen wollen mich haben, um die Lilin auferstehen zu lassen, und die anderen wollen mich töten, um genau das zu verhindern.« In dem Moment wurde mir das Ausmaß des Verrats bewusst. Die Erkenntnis war wie ein Schlag ins Gesicht. »Abbot muss davon wissen.«

Roth äußerte sich nicht.

Ich schluckte, aber meine Kehle war wie zugeschnürt. »Er muss es die ganze Zeit über gewusst haben. Etwas anderes ist gar nicht möglich. Die Alphas … und deshalb hat Petr versucht, mich zu töten. Vermutlich haben er und sein Vater mich deswegen immer gehasst … weil sie wussten, von wem ich abstamme.«

Tränen stiegen mir in die Augen, ich ballte die Fäuste, bis meine Knöchel schmerzten. Zu keinem Zeitpunkt war Abbot der Meinung gewesen, ich würde es verdienen, die Wahrheit zu erfahren – wer ich war, wobei ich eine entscheidende Rolle spielen könnte. Und wenn Zayne es auch wusste … nein, ich konnte mir nicht vorstellen, dass ich darüber jemals hinwegkommen würde.

»Layla …«

Roth sprach meinen Namen so leise aus, dass ich ihn einfach ansehen musste. Unsere Blicke trafen sich. Ich fragte mich in diesem Moment, was er wohl sah, wenn er mich so anschaute – so als ob er sich nicht ganz im Klaren war, was ich war oder was er hier eigentlich zu suchen hatte. Für ihn musste das alles auch verwirrend sein. Immerhin war er ein Dämon. Ich fragte mich auch, warum es mich überhaupt kümmerte, aber ich wollte nicht als das typische Mädchen wahrgenommen werden, das im Begriff war, jeden Moment in Tränen auszubrechen. Obwohl ich tatsächlich kurz davorstand.

Ich atmete tief durch und betrachtete den Ring, der in meiner Hand lag. Da ich ihn nirgendwo sonst aufbewahren konnte, steckte ich ihn kurz entschlossen auf meinen rechten Ringfinger. Insgeheim hatte ich damit gerechnet, mit dieser Aktion womöglich den Jüngsten Tag anbrechen zu lassen, aber nichts tat sich – nicht mal ein sonderbares Gefühl oder eine Gänsehaut.

Wie enttäuschend.

Allmählich begann mein Verstand das Ganze zu verarbeiten. Vermutlich dauerte das etwas länger als notwendig, aber ich war stolz auf mich selbst, weil ich meine Tränen zurückgehalten hatte. Dass sich meine Kehle rau anfühlte, war dabei nicht so wichtig. »Wir müssen den *Kleinen Salomon* finden.«

»Genau. Wenn wir wissen, was für die Beschwörung benötigt wird, dann stehen unsere Chancen besser. Ich habe ein paar Fährten, denen wir nachgehen können.« Nach einer Pause fügte er an: »Du darfst den Wächtern kein Wort davon sagen.«

Ich lachte ungläubig. »Ich habe ja nicht mal eine Ahnung, wie ich überhaupt nach Hause zurückkehren soll. Wenn sie herausfinden, was ich mit Petr gemacht habe …«

»Das werden sie nie erfahren.« Roth legte die Finger um mein Kinn und drehte meinen Kopf so, dass ich ihm in die Augen sehen musste. Seine Augen loderten aufgebracht. »Weil du ihnen nicht sagen wirst, was tatsächlich vorgefallen ist.«

»Aber …«

»Du wirst ihnen nur zum Teil die Wahrheit sagen. Petr hat dich angegriffen, du hast dich zur Wehr gesetzt, aber getötet habe ich ihn. Du wirst kein Wort davon erwähnen, dass du seine Seele genommen hast.«

Fassungslos sah ich ihn an. »Aber dann werden sie dich zur Rechenschaft ziehen.«

Roth lachte glucksend. »Das sollen sie ruhig versuchen.«

Ich stand auf, weil ich nicht länger ruhig dasitzen konnte. Ich strich meine vermutlich hoffnungslos zerzausten Haare glatt und ging zwischen einem Apfelbaum und etwas hin und her, das wie ein Fliederbusch aussah, der nicht geblüht hatte. »Ich werde den Wächtern nicht sagen, dass du Petr getötet hast.«

Er setzte eine finstere Miene auf. »Ich kann gut auf mich aufpassen, und man findet mich nicht so leicht, wenn ich nicht gefunden werden will. Und mich zu töten, das ist noch schwieriger.«

»Ich verstehe schon, aber das kommt nicht infrage. Ich werde sagen, dass ein Dämon ihn getötet hat, aber nicht, dass du es warst. Sie werden von mir deinen Namen nicht erfahren.« Nachdem ich das ausgesprochen hatte, würde mich nichts und niemand mehr von meinem Entschluss abbringen.

Roth sah mich bestürzt an. »Ich weiß, ich habe dir gesagt, du sollst lügen, was die Sache mit der Seele angeht, aber das ist auch nur sinnvoll, weil sie dich sonst sofort töten würden. Aber du willst lügen, was meine Identität angeht? Ist dir klar, was das bedeutet?«

»Natürlich«, gab ich zurück. Roth zu verschweigen war ein eindeutiger Verrat. Das konnten die Wächter mir sogar als Verrat auslegen. Sollten sie herausfinden, dass ich Petrs Mörder kannte und die Wahrheit geheim gehalten hatte, war ich so gut wie tot.

»Ich glaube, du magst mich«, verkündete Roth auf einmal.

Ich blieb stehen, während mein Herz einen sonderbaren Satz machte. »Was? Nein, natürlich nicht.«

Er legte den Kopf schräg und grinste vergnügt. »Ich finde es irgendwie süß, wie du dir selbst was vormachst.«

»Ich mache mir gar nichts vor.«

»Hmm …« Er setzte sich auf und schien diese Situation zu genießen. »Du wolltest doch heute Abend von mir geküsst werden.«

Meine Wangen begannen zu glühen. »Wollte ich gar nicht.«

»Du hast recht. Du wolltest sogar viel mehr von mir, als nur geküsst werden.«

Jetzt hatte ich das Gefühl, von Kopf bis Fuß rot anzulaufen. »Du bist ja verrückt. Ich will das nicht … Ich will dich nicht.« Das hörte sich nicht mal in meinen Ohren überzeugend an. »Du hast mir das Leben gerettet, und ich werde mich nicht in der Form revanchieren, indem ich dir die Wächter auf den Hals hetze.« So. Das hörte sich doch schon besser an.

Leise lachte Roth. »Wie du meinst.«

»Komm mir nicht mit ›wie du meinst‹«, warnte ich ihn.

»Wie du meinst.«

Ich warf ihm einen giftigen Blick zu.

»Was denn?«, fragte er mit Unschuldsmiene, dann wurde er ernst: »Was wirst du machen?«

Ich sah hinauf zum bewölkten Himmel und schüttelte den Kopf. Er konnte damit nur meine Situation bei den Wächtern meinen. »Ich weiß nicht, was ich machen soll«, entgegnete ich im Flüsterton. »Ich kann mich nicht ewig vor ihnen verstecken. Und solange sie nicht wissen, was mit Petrs Seele geschehen ist, dürfte ich in Sicherheit sein. Zayne …«

»Zayne?«, warf er ein. »Ist das der große blonde Trottel? Ich hatte ihm für mich den Namen Stony gegeben, weil ich nicht wusste, wie er heißt, und weil's so gut zu jemandem passt, der sich in einen Stein verwandeln kann. Dabei bleibe ich jetzt auch.«

»Ich finde nicht, dass die Bezeichnung Trottel angemessen ist«, konterte ich frostig. »Woher weißt du überhaupt … Ah, vergiss es. Du hast mich beobachtet, schon klar.«

»Du kannst ihnen nicht vertrauen. Mag ja sein, dass du Stony und den anderen nahe bist, aber jeder von ihnen wird wissen, was du bist. Du bist da nicht sicher aufgehoben.« Mit den Fingerspitzen strich er beiläufig über das Kissen neben sich. Hatte er mich nicht exakt so in der letzten Nacht berührt? Mir lief ein Schauer über den Rücken, und ich musste den Blick abwenden. »Wenn du heimkehrst, Layla, dann musst du so tun, als wäre für dich alles immer noch so wie vor zwei oder drei Tagen.«

»Ich kann das nicht glauben«, beharrte ich. »Zayne … er … er kann nichts gewusst haben. Er ist …«

»Er ist ein Wächter, Layla. Seine Loyalität …«

»Nein, du verstehst nicht. Ich bin weder naiv noch dumm. Ich weiß, dass Zayne so etwas nicht vor mir verheimlicht hätte.«

»Wieso? Weil er dir was bedeutet?«

Ich wollte fragen, woher er das nun wieder wissen wollte, aber dann fiel mir ein, dass Bambi sich auf dem Ast über dem Baumhaus ausgeruht und alles belauscht hatte. »Natürlich bedeutet mir Zayne etwas. Er ist der Einzige, der sich je die Mühe gemacht hat, mich richtig kennenzulernen. In seiner Gegenwart kann ich ganz ich selbst sein und …« Der Satz blieb unvollendet, da mir klar wurde, was ich da eigentlich redete. Nicht mal bei Zayne konnte ich sein, wer ich wirklich war. »Auf jeden Fall hätte er mir die Wahrheit gesagt.«

»Weil du ihm auch etwas bedeutest, meinst du?«

»Das ist auch so, aber nicht auf die Art, an die du jetzt bestimmt denkst.«

»Oh, er mag dich wirklich«, sagte er und lachte wieder, als er meine verdutzte Miene sah. »Und damit meine ich, dass er dich *mag*. Punkt. Aus. Ende.«

Ich schnaubte verächtlich. »Woher willst du das wissen? Du …«

»Du meinst, ich kenne Stony nicht? Stimmt, aber du vergisst, dass ich dich eine Zeit lang beobachtet habe. Ich habe gesehen, wie du dich in seiner Gegenwart benimmst und wie er dich anschaut. Eine Beziehung zwischen euch wäre ein genauso sinnloses Unterfangen, als wollte man versuchen, das Haushaltsdefizit der Vereinigten Staaten in den Griff …«

»Himmel! Ist schon gut, das weiß ich selbst.« Ich seufzte leise.

»Aber das hält einen gewissen Jemand nicht davon ab, die eine Person zu begehren, die er niemals haben kann.« Er schüttelte flüchtig den Kopf. »Selbst wenn Stony die Wahrheit nicht kennt und du ihm jederzeit dein Leben anvertrauen würdest und bla, darfst du ihm kein Wort sagen.«

Zentnerschwer senkte sich die Angst auf mich und nahm mir die Luft zum Atmen.

»Layla?«

Ich nickte. »Ich werde ihnen nichts sagen.«

»Gut«, nahm er erleichtert zur Kenntnis und stand ebenfalls auf. Zwar lächelte er mich an, aber ich konnte diese Geste nicht erwidern. Stattdessen wurde ich das Gefühl nicht los, dass ich soeben mein Schicksal besiegelt hatte.

14. KAPITEL

Roths Wohnung zu verlassen war nicht so einfach gewesen. Es hatte einen Moment gegeben, da war ich davon überzeugt, dass er mich nicht gehen lassen wollte. Er hatte sich nicht ausdrücklich dagegen ausgesprochen, aber ich merkte ihm an, dass ihm mein Plan nicht sonderlich gefiel. Aber wenn ich bei ihm blieb, war es nur eine Frage der Zeit, bis mich die Wächter aufspürten.

Dann würden sie Roth umbringen, und auch wenn ich keine Ahnung hatte, wie ich wirklich zu ihm stand, wollte ich ganz sicher nicht seinen Tod.

Roth wollte mich so weit nach Hause begleiten, wie er es ohne Gefahr für sich selbst wagen konnte, doch ich fühlte mich noch nicht bereit zurückzukehren. Ich wusste nicht, wohin ich stattdessen gehen sollte, auf jeden Fall wollte ich erst einmal für eine Weile allein sein. Er begleitete mich noch bis auf die Straße, wo ich feststellte, dass er in einem der neuen Hochhäuser außerhalb der Palisades wohnte. Entlang des Potomac gelegen, war das eines der wohlhabendsten Viertel in D.C.

Es musste sich wohl lohnen, Dämon zu sein.

Ich ging los und blieb weder stehen noch warf ich einen Blick hinter mich, um zu sehen, ob Roth mir folgte. Mir war klar, dass ich ihn nicht sehen würde, obwohl ich wusste, dass er da war. Unterwegs ging mir alles Erlebte wieder und wieder durch den Kopf, bis ich davon schließlich Magenschmerzen bekam. Ein Kaffee war jetzt vermutlich keine so gute Idee.

Zwei Stunden später setzte ich mich auf eine Bank vor dem Smithsonian Institute. Sogar jetzt am frühen Morgen wimmelte es auf der ausgedehnten Rasenfläche davor von Joggern und Touristen. Die ersten Passanten sahen noch besorgt zu mir herüber. Mit meinem ramponierten Gesicht und der geborgten Kleidung hätte ich vermutlich Werbung dafür machen können, was aus Jugendlichen wird, die von zu Hause weglaufen.

Ich hielt den Kopf gesenkt und saß so, dass mir die Haare ins Gesicht fielen. Diese Taktik funktionierte, da von da an niemand mehr auf mich aufmerksam wurde. Es war ein kühler Morgen, ich saß in Roths Kleidung da und fühlte mich todmüde. Innerhalb weniger Stunden war die Welt, wie ich sie kannte, auf den Kopf gestellt worden. Nichts war mehr so, wie ich es gestern noch angenommen hatte. Vermutlich war Roth erstaunt darüber, dass ich nicht komplett ausgerastet war, nachdem er mir alles erzählt hatte. Dafür stand ich jetzt umso dichter davor, jeden Moment die Nerven zu verlieren.

Wie sollten wir ein uraltes Buch finden, wenn niemand wusste, wo es sein könnte? Und wie sollte ich vor einem Dämon beschützt werden, wenn niemand eine Ahnung hatte, wer dieser Dämon war? Und vor allem eines: Wie sollte ich jemals nach Hause zurückkehren können?

Nach Hause zu gehen war ja mein Plan. Darum hatte ich Roths Loft überhaupt verlassen. Okay, das war nicht der einzige Grund, denn ich brauchte auch etwas Abstand zu ihm, weil sich die Situation zwischen uns verändert hatte. Es kam mir vor, als hätten wir eine Art Handel abgeschlossen, aber das war nicht alles. Da war noch irgendetwas anderes, das sich an diesem Morgen ereignet hatte, das ich aber noch nicht begriff. Und außerdem hatte Roth mit seiner Behauptung völlig richtiggelegen: Ich hatte *tatsächlich* von ihm geküsst werden wollen.

Gott, darüber konnte ich jetzt schon gar nicht nachdenken.

Am liebsten hätte ich mich im Moment der Raserei hingegeben. Ich wollte irgendetwas packen und zerschmettern, ich wollte jemanden treten, vorzugsweise Abbot, und ich wollte irgendeinen kostbaren Gegenstand kaputt machen. Oder gleich einen Berg aus kostbaren Gegenständen. Ich wollte mich auf die Bank stellen und schreien, bis meine Stimme versagte. Wut durchzuckte meinen Körper, als wäre sie ein tollwütiger Hund, den ich auf irgendwen hetzen konnte. Doch dahinter verbarg sich noch etwas anderes, etwas Bitteres. Mein Magen verkrampfte sich nicht nur, weil meine Nerven verrücktspielten. Ich wusste, was mich in den nächsten Stunden erwartete.

Ich brauchte etwas Süßes, zum Beispiel einen Saft, aber dafür benötigte ich Geld.

In wenigen Stunden würde ein intensiver Schmerz mich heimsuchen, meine Haut würde eiskalt werden, während mein Inneres in Flammen stand. So seltsam sich das auch anhören mochte, aber ich freute mich über die Übelkeit, die dem Kosten einer Seele folgte. Das war wie eine brutale Bestrafung, die ich auch verdient hatte.

Ich atmete die frische Morgenluft ein und schloss die Augen. Ich durfte jetzt nicht zusammenbrechen, das konnte ich mir einfach nicht leisten. Das, was uns allen drohte, war viel wichtiger als meine Verärgerung über den Verrat, den man an mir verübt hatte. Wenn dieser Dämon sein Ziel erreichte, dann würde die Apokalypse im Vergleich dazu wie ein Kindergeburtstag wirken. Ich musste stark sein, aber nicht bloß auf eine Art, die sich mit rigorosem Krafttraining erreichen ließ.

Das dumpfe Dröhnen eines perfekt eingestellten Motors veranlasste mich dazu, die Augen aufzumachen. Schon seltsam, dass ich in einer Stadt voller Straßenlärm unter den Tausenden von Autos ganz genau Zaynes 1969er Chevy Impala heraushören konnte.

Ich schaute durch einen Vorhang aus weißlich-blonden Haaren und sah, wie Zayne aus seinem Wagen ausstieg. Die Aura um ihn herum war so rein, dass sie auf mich wie ein Heiligenschein wirkte. Er warf die Tür zu, drehte sich um und entdeckte im nächsten Moment die Bank, auf der ich saß.

Bei seinem Anblick stockte mir der Atem, tausend Gedanken rasten durch meinen Kopf, während Zayne um seinen Wagen herumging. Als er mich sah, blieb er wie erstarrt stehen, setzte sich dann langsam in Bewegung und wurde mit jedem Schritt etwas schneller, bis er schließlich auf mich zurannte.

Im nächsten Moment stand er neben mir, und ohne sich darum zu kümmern, dass sich alle Leute nach uns umdrehten, nahm er mich in die Arme und drückte mich so fest, dass ich mich zusammenreißen musste, um nicht vor Schmerzen aufzuschreien.

»Oh Gott«, hauchte er mir ins Ohr. »Ich kann gar nicht …« Ein leichtes Beben erschütterte seinen wuchtigen Körper, während er seine Finger mit meinen Haaren verflocht.

Über Zaynes Schulter hinweg entdeckte ich dann endlich Roth. Er stand in der Nähe eines der kahlen Kirschblütenbäume. Unsere Blicke begegneten sich kurz, dann drehte er sich weg, überquerte den Rasen und folgte dem Fußweg in östliche Richtung. Dass Zayne die Gegenwart des Dämons nicht bemerkte, zeugte davon, wie aufgewühlt er war. Es tat mir leid, dass er sich meinetwegen solche Sorgen gemacht hatte.

In diesem Augenblick überkam mich das unerklärliche Verlangen, Roth zu folgen. Aber das ergab keinen Sinn. Ich wusste, er beobachtete mich, und das war auch alles, was er tat, dennoch …

Zayne drückte mich noch fester an sich, und ich schmiegte meinen Kopf an seinen Hals. Langsam hob ich die Arme, legte die Hände auf seinen Rücken und krallte mich in sein T-Shirt. Wieder lief dieses Zittern durch seinen Körper. Ich hatte kein Gefühl dafür, wie lange wir beide so dastanden. Es hätten Stunden ebenso wie nur ein paar Minuten sein können, aber es genügte, damit seine Wärme auf mich übersprang und die Kälte in meinem Inneren linderte. Wenigstens für den Augenblick konnte ich mir einreden, dass ich eine Woche in der Zeit zurückgereist war und *meinen* Zayne vor mir hatte. Ich konnte mir weismachen, dass alles wieder in Ordnung war.

Aber dann löste er sich von mir, seine Hände strichen über meine Schultern. »Wo bist du gewesen? Was ist passiert?«

Da ich beim besten Willen nicht wusste, wo ich anfangen sollte, hielt ich den Kopf gesenkt.

»Layla«, sagte er und umfasste mein Gesicht mit beiden Händen. Ich zuckte zusammen, als seine Finger zu fest gegen meine Schläfe drückten, aber ich wich nicht zurück. Zayne hob meinen Kopf leicht an und riss entsetzt die Augen auf. Ein Sturm der Gefühle zog über sein Gesicht hinweg. Wut war davon das Offensichtlichste, weil sie seine Augen stahlblau leuchten ließ. Angespannt verzog er die Mundwinkel, ließ mein Gesicht los und strich meine Haare nach hinten. »Ist das Petrs Werk?«

Vor Angst und Sorge verkrampfte sich meine Brust. »Wieso … woher weißt du das?«

Er atmete schnaubend aus. »Seit gestern Abend ist er spurlos verschwunden. Morris hat ihn als Letzter gesehen, wie er in den Wald ging. Im Baumhaus habe ich deine Tasche gefunden, und dein Handy lag im Gebüsch. Am Handy klebte Blut … dein Blut. Wir haben auf der Suche nach dir die ganze Stadt auf den Kopf gestellt. Gott, ich hatte schon mit dem Schlimmsten gerechnet. Ich dachte schon …« Er schluckte angestrengt. »Lieber Gott, Layla …«

Ich öffnete den Mund, aber kein Ton kam über meine Lippen. Der Ausdruck, den ich in Zaynes Augen sah, war beängstigend. »Geht es dir gut?«, wollte er wissen, fiel sich aber mit einem Fluch fast selbst ins Wort. »Was für eine idiotische Frage. Natürlich geht es dir nicht gut. Wie schlimm sind deine Verletzungen? Musst du ins Krankenhaus? Warst du etwa die ganze Nacht unterwegs? Soll ich …«

»Es geht mir gut.« Meine Stimme versagte, während ich die Finger um sein Handgelenk legte. So wie in diesem Moment hatte ich ihn noch nie erlebt. »Es geht mir gut, wirklich.«

Er sah mich eindringlich an, und auf einmal begriff ich, was ich in seinen Augen sah: blankes Entsetzen. »Bei Gott, Layla, er … er hat dir *wehgetan*.«

Das konnte ich nicht leugnen, da mein Gesicht noch immer so aussah, als wäre ich gegen eine Wand gelaufen. »Es ist alles in Ordnung.«

»Nichts ist in Ordnung. Er hat dich *geschlagen*!« Als er gleich darauf den Blick senkte, wusste ich, dass er die drei tiefen Kratzer bemerkt hatte. Er schnappte nach Luft und zitterte auf einmal heftig. »Welche Gestalt hatte er?«

»Zayne!« Ich legte eine Hand auf seinen zitternden Arm. »Du beginnst dich zu wandeln.«

»Antworte mir!«, brüllte er so laut, dass ich zusammenzuckte. Ein paar Leute drehten sich zu uns um, woraufhin er fluchte und leiser weiterredete: »Tut mir leid. Hat er …«

»Nein«, antwortete ich. »Er hat versucht, mich zu töten, aber er … Zayne, du wandelst dich.«

Er war im Begriff, die Kontrolle über sich zu verlieren und zum Gargoyle zu werden. Seine Haut verfärbte sich bereits grau. Zwar waren die Menschen mittlerweile daran gewöhnt, ihnen in der Nacht zu begegnen, aber ich bezweifelte, dass irgendeiner von ihnen damit gerechnet hatte, an einem Montagmorgen vor dem Smithsonian einen Gargoyle anzutreffen.

»Wie hast du mich gefunden?«, fragte ich in der Hoffnung, ihn abzulenken.

»Was?«, gab er irritiert zurück.

Ich drückte seinen Arm, so fest ich konnte, wobei ich spürte, dass seine Haut sich bereits verhärtete. »Woher wusstest du, dass ich hier bin?«

Sekundenlang musste er sich anstrengen, ehe seine Konzentration reichte, um mir zu antworten. »Das hier war meine letzte Hoffnung. Ich hatte überall nach dir gesucht, und dann fiel mir ein, dass es dir hier so gut gefällt.« Er zwinkerte, seine Augen nahmen wieder ihr normales Aussehen an, die Haut wechselte von Grau zurück zu Gold. »Verdammt, Layla-Biene, ich war völlig außer mir.«

»Tut mir leid.« Ich schob meine Finger zwischen seine. »Ich konnte nicht zurück nach Hause, aber ich hatte auch mein Handy nicht mehr bei mir. Ich bin einfach …«

»Du musst dich nicht entschuldigen«, unterbrach er mich, zeichnete mit einem Finger meinen Mundwinkel nach, dann strich er hauchzart über meine blau verfärbte Wange. »Ich werde diesen Scheißkerl umbringen.«

Ich ließ die Arme sinken. »Das wird nicht nötig sein.«

»Von wegen!«, widersprach er mir voller Zorn. »So geht es nicht! Keiner hat was davon, wenn ich ihm nur den Kiefer breche. Sein Vater …«

»Er ist tot, Zayne.« Ich verschränkte meine Hände. »Petr ist tot.«

Schweigen. So beharrliches Schweigen, dass ich ihm schließlich in die Augen sah und erschrak. Da war wieder dieser wilde Ausdruck. »Ich habe ihn nicht umgebracht«, machte ich ihm sofort klar. »Er kam her, als die Alphas im Haus waren. Ich hatte den

Eindruck, als hätte ihn jemand mit dem Auftrag zu mir geschickt, mich zu töten, Zayne. Es war nicht sein übliches Spiel mit mir, das außer Kontrolle geraten ist.« Ich berichtete ihm alles, was Petr gesagt hatte, wobei ich kaum einmal Luft holte. »Und ich wäre jetzt auch tot, wenn nicht …«

Zayne griff nach der Hand, an der ich den Ring trug. Ich zuckte leicht zusammen. »Wenn nicht was, Layla?«

»Ich habe ihn nicht getötet.« Das entsprach der Wahrheit. »Ein Dämon tauchte aus dem Nichts auf, stürzte sich auf Petr und tötete ihn.«

Zayne stand da, rührte sich nicht und sagte keinen Ton.

Es gefiel mir gar nicht, Zayne zu belügen, es war wie ein körperlicher Schmerz. »Ich weiß nicht, warum er ihn angriff oder wer er war. Ich kann dir nicht mal sagen, was er mit Petrs Leichnam gemacht hat.« Angst überkam mich bei dem Gedanken daran, was die Wächter machen würden, wenn sie herausfanden, dass ich Petr die Seele genommen und dass Roth ihn getötet hatte. »Danach war ich so durcheinander. Ich wusste, was die Wächter denken würden … was Abbot denken würde. Man hätte mir die Schuld gegeben, weil Petr ein Wächter war. Also habe ich …«

»Hör auf«, unterbrach mich Zayne und drückte sanft meine Hand. »Niemand wird dir die Schuld für das geben, was Petr sich selbst eingebrockt hat. Ich werde nicht zulassen, dass dir etwas zustößt. Du musst nicht durch die Stadt irren und allein mit dem fertigwerden, was dir zugestoßen ist. Ich hätte …« Er unterbrach sich und stöhnte leise auf.

»Es tut mir leid«, sagte ich, weil mir sonst nichts einfallen wollte.

»Himmel, Layla, du musst dich nicht entschuldigen.« Ein ängstlicher Ausdruck schlich sich in seinen Blick, noch bevor er den Kopf zur Seite drehen konnte. Er lehnte sich nach hinten und fuhr sich mit einer Hand durch seine Haare, die so aussahen, als hätte er das in den letzten Stunden schon einige Male gemacht. »Hast du anschließend noch versucht, mich anzurufen?«

Ich wusste, worauf seine Frage abzielte, und mir ging sofort ein Stich durchs Herz. »Nein, ich hatte davor ein paar Mal versucht, dich zu erreichen.«

Er fluchte leise. »Wäre ich bloß rangegangen …«

»Hör auf«, bat ich ihn.

Zayne schüttelte den Kopf und verzog das Gesicht, als hätte er Schmerzen. »Wäre ich rangegangen, dann wäre das alles nicht passiert. Ich wusste, dass du nirgendwo hinkonntest, während die Alphas im Haus waren, aber ich war noch immer so wütend auf dich. Verdammt! Kein Wunder, dass du die Nacht über nicht nach Hause gekommen bist. Du musst ja völlig verängstigt gewesen sein. Layla, ich hätte …«

»Du hättest gar nichts tun können.« Ich schmiegte mich an ihn. Wer konnte schon sagen, was passiert wäre, wenn Zayne meinen Anruf angenommen hätte. Dann wäre Petr gestern Abend nicht an mich herangekommen, aber es hätte noch genügend andere Gelegenheiten für ihn gegeben. »Passiert wäre es früher oder später sowieso. Er wollte mich umbringen. Er musste mich umbringen. Dich trifft keine Schuld.«

Zayne reagierte nicht sofort, aber schließlich sprach er mit schroffer Stimme: »Ich werde meinem Vater erzählen, was du mir erzählt hast, damit du das nicht alles wiederholen musst. Aber er wird noch mit dir reden wollen. Er wird genau wissen wollen, was Petr gesagt hat und wie dieser Dämon aussah.«

Unbehagen regte sich bei diesen Worten. »Ja, ich weiß.«

Er seufzte und sah mich an. Unter den Augen hatte er dunkle Ringe. »Jeder war in Sorge um dich. Vater war außer sich, genauso der ganze Clan. Komm, ich fahre dich nach Hause.« Er hielt mir den Arm hin, damit ich mich bei ihm unterhakte. »Layla?«

Als ich aufstand, merkte ich, wie wacklig meine Beine waren. Zayne hielt mich an sich gedrückt, während wir zu seinem Wagen gingen. Zwar lächelte Zayne auf dem Weg, aber ich spürte nach wie vor seine Unruhe. Ich wusste, ich konnte ihm tausendmal versichern, dass er diesen Vorfall nicht hätte verhindern können, es würde an seiner Überzeugung nichts ändern. Es war so, wie Zayne das Gebäude, in dem ich die letzten zehn Jahre verbracht hatte, immer wieder als »Zuhause« bezeichnen konnte – für mich würde es das nie wieder sein.

Die meisten Clansmen waren im Haus unterwegs, als Zayne mit mir zurückkehrte. Ich hatte Mühe, sie alle anzusehen und mich bei jedem zu fragen, ob er wohl enttäuscht war, dass es mich immer noch gab.

Wie zu erwarten, hatten Elijah und die Mitglieder seines Clans das Anwesen verlassen, kaum dass Zayne sich bei seinem Vater gemeldet und ihm berichtet hatte, was mir zugestoßen war. Zwei Clansmen waren derzeit auf der Suche nach ihm, aber ich erwartete nicht, dass sie Elijah finden würden – ganz abgesehen davon, dass ihm ohnehin nichts passieren würde.

Einen Halbdämon töten zu wollen – auch ohne eine offizielle Erlaubnis – war eine Tat, für die man einen Wächter allenfalls formal tadeln würde.

Von Morris abgesehen, der mich vor Freude fast zu Tode drückte, als ich aus Zaynes Wagen ausstieg, war Nicolai der Erste, der auf meine Rückkehr reagierte. Erleichtert lächelnd nahm er mich in seine Arme. »Ich bin froh, dass du wieder da bist.«

Ich glaubte ihm, dass er das ehrlich meinte. Sogar Geoff wirkte erleichtert, Abbot ebenfalls. Die anderen … eher nicht so sehr. Aber ihnen stand ich auch nicht nahe, wir sagten uns Guten Tag und Auf Wiedersehen, und das war es auch schon.

Zayne hatte richtiggelegen, dass sein Vater mich befragen wollte. Den größten Teil der Ereignisse gab Zayne wieder, aber die Details rund um das Auftauchen des Dämons wollte Abbot von mir hören. Zayne zu belügen ließ meine Haut jucken, und es fühlte sich völlig verkehrt an. Aber bei Abbot erreichte meine Paranoia ganz neue Ausmaße. Zum Glück waren wir zu dritt, sodass es mir nicht ganz so vorkam, als würde ich dem Großinquisitor gegenübersitzen.

»Und du hast diesen Dämon noch nie gesehen?«, fragte Abbot, der neben mir auf der Couch saß und über seinen Bart strich. Er wirkte nicht so ganz von meinen Ausführungen überzeugt.

Ich beschloss, dem Ganzen ein bisschen mehr Wahrheit unterzumischen. Ein paar glaubwürdige Elemente konnten nicht verkehrt sein. »Der Dämon sah nicht normal aus.«

Zayne stutzte. »Wie meinst du das?«

»Na ja, er hatte ein bisschen was von einem Wächter.« Ich hoffte wirklich, dass noch etwas Orangensaft im Kühlschrank war.

»Ein Hohedämon«, sagte Zayne an seinen Vater gewandt.

»Dann habe ich ihn vielleicht schon mal gesehen, aber nicht in dieser Form.«

Abbot sah mich sekundenlang an. »Wie wär's, wenn du nach oben gehst? Ich werde Jasmine zu dir schicken, damit sie nachsieht, ob alles in Ordnung ist.«

Erleichterung erfüllte mich, auch wenn ich wusste, das war noch nicht das Ende dieser Unterhaltung. Aber für den Augenblick hatte ich meine Ruhe. »Tut mir leid, dass ich so ...«

»Hör auf, dich zu entschuldigen«, sagte Zayne. Seine Augen leuchteten wieder in diesem markanten Dunkeltürkis. »Dich trifft keine Schuld.«

Abbot legte eine Hand auf meine Schulter und drückte sie leicht. Er war jemand, der lieber auf Abstand blieb, daher kam diese Geste schon fast einer Umarmung gleich. Meine Kehle war wie zugeschnürt, da ich eine Kombination aus Wut und Schuldgefühlen verspürte. Zugegeben, ich tischte Abbot eine Lüge auf, aber er machte nichts anderes. Als ich ihn jetzt ansah und sein faltiges, aber immer noch attraktives Gesicht musterte, musste ich mir die Frage stellen, ob er mir gegenüber wohl jemals ehrlich gewesen war.

Und ich fragte mich, was er sich davon versprach, dass er Liliths Kind am Leben ließ.

»Es tut mir leid, dass wir Petr in unser Haus gelassen haben«, sagte Abbot, als ich aufstand. »Dieses Haus ist eine geschützte Zuflucht, und er hat diesen Schutz verletzt.«

»Was auch für seinen Clan gilt«, ergänzte Zayne wütend. »Es ist wirklich ärgerlich, dass sie alle sofort aufgebrochen sind, als ihnen klar wurde, dass Layla noch lebt.«

»Das ist in der Tat unerfreulich«, stimmte Abbot ihm zu und erhob sich ebenfalls. »Wir werden dieser Sache auf den Grund gehen.«

Ich nickte und wandte mich zum Gehen, da ich bezweifelte, dass Elijah mit ernsthaften Konsequenzen rechnen musste, selbst wenn sich herausstellen sollte, dass er und sein Clan von Petrs Mordplan gewusst hatten. Dass Elijah eingeweiht war, stand für mich schon jetzt fest, denn auch wenn Petr mich verabscheut hatte, wäre er nie auf die Idee gekommen, mich zu ermorden, ohne das zuvor von seinem Vater absegnen zu lassen.

Ich war fast an der Tür angekommen, da rief Abbot mir nach: »Ach, Layla, eine letzte Sache noch.«

Mein Magen verkrampfte sich. »Ja?«

Abbot lächelte aufgesetzt. »Woher hast du die Sachen, die du trägst?«

Stunden später rebellierte mein Magen immer noch. Da war zum einen Übelkeit, die nach dem Kosten einer Seele unweigerlich hochkam, zum anderen machte mir zu schaffen, dass ich aufgefallen war. Daher blieb ich in der Nähe des Badezimmers.

Meine Kleidung! Heilige Scheiße, wie konnte ich denn so etwas übersehen? Und wieso war das Roth nicht aufgefallen? Die zu weite Jogginghose und das T-Shirt mit einem schrillen Stirnband aus den Achtzigern als Motiv gehörten eindeutig nicht mir.

Und was antwortete ich Abbot? Dass es sich um alte Sportkleidung handelte, die ich in meiner Tasche dabeigehabt hatte. Eine offensichtlichere Lüge hätte mir wohl nicht einfallen können! Warum sollte ich Kleidung für Männer in meiner Tasche mit mir herumtragen und mich nach Petrs Attacke erst noch umziehen, dann aber meine Tasche im Baumhaus zurücklassen?

Ich hätte mich ohrfeigen können.

Hoffentlich führte Abbot ein solches Verhalten darauf zurück, dass ich traumatisiert gewesen war, doch davon war eher nicht auszugehen. Er war nicht dumm, und sein Lächeln sowie sein wissender Blick verrieten mir, dass er meine Lüge durchschaut hatte. Die Frage war nur, warum er darauf nicht sofort zu sprechen gekommen war. Darauf zu warten, dass er das irgendwann nachholte, machte das Ganze nur noch schlimmer.

Zehn Minuten später hielt ich mit beiden Händen die Toilettenschüssel fest und erbrach alles, was Jasmine mir noch hatte eintrichtern können, als sie nach mir gesehen hatte. »Himmel«, keuchte ich, als der nächste Krampf meinen Körper erfasste und brutal durchschüttelte. Mir kamen die Tränen vor Anstrengung.

Und dann bahnte sich die Seele ihren Weg nach oben.

Sie kroch in meiner Kehle nach oben, so beharrlich, als würde sie winzige Haken in die Speiseröhre bohren, um sich erfolgreich weiterzukämpfen. Mein Magen verkrampfte sich noch brutaler, und dann endlich stieg weißer Rauch aus meinem Mund auf. Als auch noch der letzte Rest von Petrs Seele meinen Körper verließ, schüttelte ich mich und sank an der Badezimmerwand entlang zu Boden.

Petrs Seele trieb als trauriges und verdrehtes Ding über mir in der Luft. Wie eine düstere Wolke kurz vor einem heftigen Unwetter wirbelte sie umher. Hinter der Wolke konnte ich die ordentlich gefalteten und gestapelten gelben Handtücher ebenso wie die kleinen Körbe erkennen, in denen ich mein Make-up aufbewahrte. Die bloße Gegenwart der Seele legte sich als Makel auf die Wände.

»Tut mir leid«, flüsterte ich heiser und zog die Knie an. Auch wenn ich Petr noch so sehr gehasst hatte, hätte ich ihm das hier niemals gewünscht. Das Ding, in das er sich verwandelt hatte, nachdem ich ihm die Seele entrissen hatte, stammte geradewegs aus einem Albtraum. Ohne seine Seele würde er niemals seinen Frieden im Himmel finden können. Menschen verwandelten sich in Geister, aber ich hatte keine Ahnung, was aus Wächtern wurde, die ohne ihre Seele starben.

Schweißgebadet betätigte ich die Toilettenspülung, während ich auf wackligen Beinen dastand. Dann beugte ich mich vor und drehte das heiße Wasser in der Dusche auf. Es dauerte nicht lange, dann begann der Wasserdampf sich im Badezimmer zu verteilen, der die schwarze Wolke aufzubrechen begann und sie nach und nach auflöste, als hätte es sie nie gegeben. Dann zog ich mich aus und duschte zum zweiten Mal an diesem Tag. Während ich unter dem Wasserstrahl stand, fiel mein Blick auf den Ring an meinem Finger. Ein Teil von mir wollte das Ding immer noch loswerden, entweder wegwerfen oder zumindest irgendwo verstecken.

Mit nassen Fingern versuchte ich, den Ring vom Finger zu ziehen, aber er rührte sich nicht. Es half auch nichts, den Ring hin und her zu bewegen. Es gelang mir nicht, den Ring abzulegen, was eigenartig war, da er mir nicht zu eng war. Ich konnte ihn um den Finger herumdrehen, aber er wollte sich nicht einen Millimeter zur Fingerspitze hin bewegen.

Na großartig. Wahrscheinlich hatte ich irgendeinen Zauber ausgelöst, als ich den Ring auf meinen Finger gesteckt hatte, und jetzt würde ich ihn nur noch loswerden, wenn ich mir den Finger abhackte.

Ich blieb unter der Dusche stehen, bis meine Haut runzlig wurde, aber der Makel war immer noch da.

Als Nächstes würde ich zu frieren beginnen.

Ich hatte eben meinen Schlafanzug angezogen, als an die Tür geklopft wurde. Während ich mich aufs Bett setzte und die feuchten Haare unter dem Oberteil hervorholte, rief ich: »Herein.«

Zayne betrat das Zimmer. Im ersten Moment war er nur ein weißer Schemen, aber als seine Essenz verblasste, sah ich seine blonden Haare. Er trug einen hellblauen Sweater, der sich über seine breite Brust spannte. Die Farbe war fast die gleiche wie die seiner Augen.

Als er den Kopf hob und mich sah, blieb er abrupt stehen. »Du siehst ja beschissen aus.«

Ich lachte, was sich sehr rau und heiser anhörte. »Herzlichen Dank.«

»Hier ist dein Handy. Es funktioniert einwandfrei, und ich ... ich habe es sauber gemacht.« Er legte es auf den Nachttisch und setzte sich zu mir, aber ich rutschte ein Stück zur Seite, um auf Abstand zu ihm zu bleiben. Als er meine Aktion bemerkte, versteifte sich seine Haltung.

»Layla«, sagte er flehend.

»Ich bin einfach nur müde.« Ich zog die Decke über meine Beine. »Vielleicht habe ich mir ja eine Erkältung geholt. Oder ich ...«

Zayne griff nach meiner Hand. »Layla, sag, dass du es nicht getan hast. Sag mir bitte, du hast es nicht getan!«

Ich zog meine Hand weg. »Nein! Nein. Ich habe mir bloß irgendwas eingefangen. Außerdem bin ich hundemüde. Ich habe ziemlich ereignisreiche Stunden hinter mir.«

Er kam näher und setzte mich zwischen seinem Körper und dem Kopfende des Betts fest. »Du musst es mir sagen, wenn du es getan hast, Layla. Wenn du letzte Nacht irgendeine Seele genommen hast, dann muss ich das wissen. Selbst, wenn es Petrs Seele war.«

»Nein«, flüsterte ich und krallte meine Finger in die Decke.

Eindringlich betrachtete er meine Augen, schließlich ließ er den Kopf sinken. Ein leiser Seufzer kam ihm über die Lippen. »Du würdest mir die Wahrheit sagen, nicht wahr?«

»Ja.« Ein Schauer lief mir über den Rücken.

Wieder sah er mich forschend an. »Und du vertraust mir? Du weißt, ich würde dich niemals den Alphas übergeben. Deshalb lüg mich jetzt bitte nicht an. Versprich mir, mich nicht anzulügen.«

»Ich verspreche es dir.« Die Lüge schmeckte säuerlich, als ich sie aussprach. Ich sah zur Seite, da ich seinem Blick nicht länger standhalten konnte. Mir war klar, dass er meine Lüge womöglich durchschaute. Immerhin hatte er es auch gewusst, als ich das erste Mal eine Seele gekostet hatte.

Er saß da und schaute auf seine Finger, die er in die Tagesdecke gekrallt hatte. »Brauchst du noch irgendetwas?«

»Nein danke«, antwortete ich kopfschüttelnd und legte mich hin.

Minutenlang schwieg Zayne. Als er dann weiterredete, spürte ich, dass sein Blick auf mir ruhte. »Ich habe mit Jasmine geredet.«

Ich verzog den Mund.

»Sie sagte, du hast einiges einstecken müssen.«

Jasmine hatte erschrocken nach Luft geschnappt und irgendetwas Unverständliches gemurmelt, nachdem sie mir beim Ausziehen geholfen und das Festival der blauen Flecke gesehen hatte.

»Sie ist der Meinung, dass die Kratzer keine Narben hinterlassen werden.« Seine Stimme zeugte von seiner Wut. »Ich bin froh, dass Petr tot ist. Ich wünschte nur, ich hätte ihn töten können.«

Ich sah ihn ungläubig an. »Das ist nicht dein Ernst.«

»Doch, das ist mein Ernst.« Seine Augen flammten in einem erschreckenden Türkiston auf. »Das Einzige, was ich mir mehr wünsche, ist, dass du diese Erfahrung gar nicht erst hättest machen müssen.«

Da ich keine Ahnung hatte, was ich darauf hätte erwidern können, saß ich gegen mein Kissen gelehnt da und sagte *gar nichts*, während ich *alles* sagen wollte.

Nach einer Weile erklärte er: »Das mit Samstagmorgen tut mir leid.«

»Zayne, hör auf, di…«

»Nein, lass mich ausreden. Es war von meiner Seite ein völlig verkehrter Zug. Ich hätte dich wenigstens anrufen können. Und ich hätte gestern rangehen sollen, als du angerufen hast. Außerdem hatte ich kein Recht vorzuschlagen, dass du mit dem Markieren aufhören solltest.«

»Ich habe ja mit dem Markieren aufgehört.« Das hatte ich ja dem besessenen Menschen zu verdanken, der den Schlussstrich unter diesen Job gezogen hatte.

»Das ist was anderes. Ich weiß, wie gern du das gemacht hast.«

Ich drehte mich auf die Seite und stieß ihn mit meinem Ellbogen an. »Ja, aber ich war total unfair. Du warst nur besorgt, ich könnte bei der Arbeit umkommen.«

Zayne fuhr sich durchs Haar und legte die Hand in den Nacken. Unter dem T-Shirt konnte ich das Spiel seiner Muskeln beobachten. Schließlich beugte er sich vor und strich eine Strähne weg, die an meiner Wange klebte. »Und du willst ganz sicher nichts haben? Ein Glas Saft? Oder etwas Obst?«

»Nein.« Dafür war es jetzt zu spät. Ich kuschelte mich in meine Bettdecke, da ich das Gefühl hatte, durch und durch tiefgekühlt zu sein. Ich konnte mich nicht mehr daran erinnern, wie lange es beim letzten Mal angehalten hatte. Zwei Tage? Oder länger? Ich kniff die Augen zu und betete, dass es nur ein Tag sein würde. Ich wollte mit Zayne über die Hölle und Lilith sprechen, aber mir fiel kein Weg ein, wie ich auf das Thema zu sprechen kommen sollte, ohne mich gleichzeitig verdächtig zu machen.

»Musst du schon wieder gehen?«, fragte ich, obwohl ich wusste, ich konnte ihm nicht die kleinste Kleinigkeit anvertrauen.

Zum ersten Mal, seit er hergekommen war, lächelte er. »Rutsch rüber.«

Ich machte ihm Platz, damit er sich zu mir legen konnte. Er hielt genug Abstand zu mir, dennoch zog ich die Decke so weit hoch, dass mein Mund unter dem Stoff verschwand. Als Zayne mich schief anlächelte, musste ich daran denken, was Roth gesagt hatte. Dass Zayne mich *mochte*. Für einen Moment hatte ich nicht das Gefühl zu verbrennen und gleichzeitig zu erfrieren. »Und was wollten die Alphas hier?«

Er streckte sich und drehte sich so, dass er den Kopf auf seinem Arm abstützen konnte. »Offenbar sind in D.C. und in Städten ringsum mehr Hohedämonen aktiv als sonst üblich.« Er rieb sich über die Nase. »Wohl so viele, wie die Alphas es schon seit Jahrhunderten nicht mehr erlebt haben.«

Ich hörte auf, mit der Decke zu spielen, und für einige Zeit hatte ich wohl das Atmen eingestellt.

»Das ist nichts, was dir Sorgen machen muss«, versicherte er mir, da er meine Reaktion falsch gedeutet hatte. »Diese Hohedämonen sind unser Problem, und wir werden uns auch damit beschäftigen.«

»Aber … warum kommen sie überhaupt nach oben? Und wieso so viele?« Eine andere Art von Kälte breitete sich in meinen Adern aus.

»Die Alphas glauben, sie planen irgendetwas. Vielleicht eine erneute Rebellion. Aber niemand weiß etwas Genaues. Wir halten alle Ausschau nach ihnen. So wie mein Vater nach dem Angriff des Besessenen auf dich und Morris befohlen hat, sollen wir jeden von ihnen befragen, bevor wir ihn in die Hölle zurückschicken.«

Meine Kehle war wie ausgedörrt. Was, wenn sie Roth zu fassen bekamen? Ich zog meine Hand unter der Decke hervor und legte sie auf meine Stirn, die sich feucht anfühlte. Als ich noch klein gewesen war, hatte Abbot mir von der letzten Rebellion erzählt, die sich während der Spanischen Grippe abgespielt hatte. Niemand hatte anschließend mit Gewissheit sagen können, wie viele Menschen der Spanischen Grippe und wie viele einer dämonischen Besessenheit zum Opfer gefallen waren. War es das, was einige Dämonen wollten? Eine Auferstehung der Lilin und eine weitere Rebellion?

»Hey«, sagte Zayne und kam etwas näher. »Wir haben das im Griff, du musst dir keine Sorgen machen.«

»Wie?«

»Du bist so bleich im Gesicht, Layla.« Er beugte sich vor und zog die Bettdecke bis zu meinen Schultern hoch.

»Ach so. Ich hab doch gesagt, ich bin schrecklich müde.« Ich drehte mich auf den Rücken und streckte mein Bein, da gerade eben ein Wadenkrampf einsetzen wollte.

»Vielleicht solltest du morgen die Schule ausfallen lassen«, schlug er vor.

Das hörte sich gut an. »Ja, vielleicht.«

Nach einer Weile fragte er: »Layla?«

Ich drehte mich zu ihm um und sah ihm in die Augen. Als ich versuchte zu lächeln, geriet das mehr zu einer Grimasse. »Ja?«

»Ich weiß, es geht nicht nur darum, dass du müde bist, oder um das, was Petr getan hat.«

Mir stockte der Atem.

Auf einen Ellbogen gestützt, legte er seine Hand auf meine Wange. »Ich weiß, was du vermutlich getan hast, geschah, weil du dich zur Wehr gesetzt hast. Oder vielleicht geschah es anschließend wegen der Dinge, die Petr getan hat. Ich kann mir nicht mal im Ansatz vorstellen, wie schwierig das für dich ist, aber ich weiß, du bist stärker als das. Und ich weiß, du willst so nicht leben. Du bist keine Dämonin, du bist eine Wächterin, Layla. Du bist besser als das hier.«

Ich spürte, dass meine Unterlippe gegen meinen Willen zu zittern begann. Nicht weinen. Nicht weinen. Mit gebrochener Stimme wisperte ich: »Es tut mir so leid. Ich wollte das nicht. Ich wollte nur, dass er aufhört und …«

»Schhht«, machte Zayne und schloss die Augen. »Ich weiß. Ist schon gut.«

Tränen brannten in meinen Augen. »Ich werde es nie wieder machen. Ich verspreche es dir. Es tut mir so schrecklich leid.«

Zayne drückte die Lippen gegen meine Stirn. »Ich weiß.« Er lehnte sich zurück, machte die Nachttischlampe aus und legte sich hin. »Ruh du dich aus. Ich bleibe bei dir, bis ich los muss.«

Ich rollte mich zusammen und tastete blindlings nach seiner Hand. Er griff nach ihr und verschränkte seine Finger mit meinen. »Es tut mir leid«, flüsterte ich noch einmal. Es tat mir leid, ihn angebrüllt zu haben. Es tat mir leid, Petrs Seele genommen zu haben. Vor allem aber tat es mir wegen der vielen Lügen leid.

15. KAPITEL

Am Dienstag blieb ich zu Hause und verbrachte fast den ganzen Tag im Bett. Als ich mich am Mittwoch wieder auf den Weg zur Schule machte, waren die meisten blauen Flecken abgeklungen, und die Übelkeit hatte ihren Höhepunkt überschritten.

Stacey wartete an meinem Spind auf mich. Sie bekam den Mund nicht mehr zu, als sie mich sah. »Okay, ich weiß, du hast mir gesagt, dass du am Freitag in einen Verkehrsunfall geraten bist, aber du siehst schon so aus, als müsstest du dringend einen Arzt aufsuchen.«

Offenbar sah ich immer noch so beschissen aus, wie Zayne es ausgedrückt hatte.

Ich trat die Spindtür zu und folgte Stacey zum Bio-Unterricht. Roth war nicht da, und als die Mittagspause begann, war von ihm noch immer weit und breit nichts zu entdecken. Unabhängig von der Frage, wo Roth sich wohl aufhielt, wäre ich am liebsten sofort wieder nach Hause gefahren, um mich in meinem Bett zu verkriechen. Die Wächter hatten den Befehl erhalten, alle Hohedämonen aufzuspüren, die in die Stadt gekommen waren. Hatten sie Roth gefasst? Jedes Mal wenn ich daran denken musste, stockte mir der Atem.

Ich sagte mir, dass meine Sorge um ihn nur mit der Tatsache zu tun hatte, dass er als Einziger wusste, wieso die halbe Hölle auf der Suche nach mir war. Ich brauchte einen lebendigen und unversehrten Roth. Nur deshalb war ich so besorgt. *Oh ja, ganz sicher.*

Beim Mittagessen merkte ich, dass sich Staceys Gedanken um das gleiche Thema drehten. »Möchte wissen, was mit Roth los ist. Ihn habe ich seit Freitag auch nicht mehr gesehen.«

Ich entgegnete nichts.

»Zuerst dachte ich, euch beide hätte die wilde Lust gepackt und ihr wärt zusammen durchgebrannt.«

Fast wäre ich an meinem Bissen von der teilweise noch eiskalten Pizza erstickt. »Du bist verrückt.«

Stacey zuckte mit den Schultern. »Was denn? Du kannst mir doch nicht erzählen, dass du dich nicht an ihn ranmachen würdest, wenn ihr beide allein und ungestört wärt.«

»Wir waren allein und ungestört, und ich habe mich trotzdem nicht an ihn rangemacht«, gab ich zurück. Erst als der Satz ausgesprochen war, wurde mir zu meinem Entsetzen bewusst, was ich da gerade eben gesagt hatte. »Mist«, murmelte ich.

Sie packte meinen Arm. »Oh mein Gott! Ich will alle Einzelheiten hören, und ich will sie jetzt sofort hören!«

Von diesem Thema wäre Stacey höchstens noch abzubringen gewesen, wenn ein Zombie angefangen hätte, an ihrem Kopf herumzuknabbern, und selbst dann wäre ich mir nicht hundertprozentig sicher gewesen, dass sie mich in Ruhe gelassen hätte. »Wir sind uns am Wochenende zufällig über den Weg gelaufen«, spielte ich die Sache runter.

»Wo seid ihr hingegangen? In ein Lokal oder zu ihm?«

»Zu ihm, aber es war alles keine große Sache.« Ich gab mir Mühe, einen desinteressierten Eindruck zu machen. Für kein Geld der Welt würde ich ihr sagen, dass er mich geküsst hatte. Dann würde sie niemals wieder Ruhe geben. »Gehst du heute Abend nicht zu Wick It?«, fragte ich und hoffte, das Thema wechseln zu können.

Sam, der soeben an den Tisch gekommen war und sich zu uns gesetzt hatte, verdrehte die Augen. »Wer würde denn so was wollen? Heute Abend ist Poetry Slam angesagt, was bekanntlich bedeutet, dass jeder dort sein wird, der glaubt, er könnte einen Paarreim hinkriegen.«

»Sei nicht eifersüchtig, weil ich dich nicht eingeladen habe«, sagte Stacey zu ihm. »Und jetzt zurück zu Layla.«

»Was ist denn mit Layla?«, fragte Sam und betrachtete interessiert den Rest meiner Pizza.

Ich schob ihm meinen Teller hin. »Gar nichts.«

»Von wegen nichts«, keuchte Stacey. »Sie hat sich mit Roth getroffen – bei ihm zu Hause. Wart ihr im Schlafzimmer? Hast du sein Bett gesehen? Warte, lass mich mit der wichtigsten Frage anfangen: Hast du endlich deine Unschuld verloren?«

»Himmel, Stacey, wieso interessiert dich das so sehr, ob sie ihre Unschuld verloren hat oder nicht?«, wunderte sich Sam.

»Ja, das würde ich auch gern wissen.« Ich strich meine Haare aus dem Gesicht. »Aber um deine Frage zu beantworten: Nein, ich habe meine Unschuld nicht verloren. Um so was ging es überhaupt nicht.«

»Hör zu, du bist meine beste Freundin. Es ist meine Pflicht, mich für deine sexuellen Aktivitäten zu interessieren.« Nach einer kurzen Pause ergänzte sie grinsend: »Oder für das Fehlen solcher Aktivitäten.«

Ich konnte nur noch die Augen verdrehen.

»Das ist irgendwie ziemlich beunruhigend«, meinte Sam und stieß Stacey mit dem Ellbogen an, während er sich auch von ihrem Teller bediente.

»Warte mal, hast du gerade gesagt, dass es um ›so was‹ gar nicht ging? Wir reden hier vom schärfsten Typen, der jemals den Boden dieser Schule betreten hat!« Stacey lehnte sich nach hinten und fuchtelte mit den Händen. »Du bist ja so was von unmöglich.« Ehe ich darauf etwas erwidern konnte, zog sie die Brauen zusammen und fragte: »Hast du wenigstens sein Bett gesehen? Heilige Mutter Gottes, hast du auf seinem Bett *gesessen*?«

Ich hatte das Gefühl, dass mein Gesicht inzwischen dunkelrot angelaufen sein musste. »Stacey …«

»Dein Gesicht verrät mir, dass du sein Bett gesehen hast. Und dass du vermutlich sogar drauf gesessen hast. Und? Wie war es?« Sie beugte sich vor und sah mich erwartungsvoll an. »Hat es nach ihm gerochen? Hat es nach Sex gerochen? Hat er Seidenbettwäsche? Er muss Satin oder Seide haben, ganz bestimmt.«

»Echt?« Sam stellte seinen Becher zurück auf den Tisch und sah Stacey an. »Hast du sie echt gerade danach gefragt, ob sein Bett nach Sex gerochen hat? Wen kümmert's, wonach sein Bett riecht?«

»Mich kümmert's«, gab sie zurück.

»Es hat nicht nach Sex gerochen«, murmelte ich und kratzte mich an der Wange.

Stacey schnaubte. »Du bist gut. Du weißt ja nicht mal, wie Sex riecht!«

Am liebsten hätte ich sie gewürgt. »Können wir jetzt …«

»Weißt du was? Du benimmst dich genauso idiotisch wie all die anderen blöden Mädchen hier!« Sam griff nach seiner Tasche und hängte sie über die Schulter. »Er sieht gut aus. Sogar verdammt gut. Aber deshalb musst du nicht gleich zur Stalkerin werden.«

Stacey machte den Mund auf, brachte aber keinen Ton heraus.

Ich sah Sam an, der mir auf einmal schrecklich leidtat. Ich erhob mich von meinem Platz und begann: »Sam …«

Seine Wangen glühten, aber er schüttelte den Kopf. »Wir sehen uns in Englisch. Peace, Leute.«

Wir sahen ihm hinterher, wie er sein Mittagessen wegwarf und die Cafeteria verließ. Ich drehte mich zu Stacey um und biss mir auf die Lippe. Sie schaute immer noch zur Tür, als ob sie erwartete, dass er jeden Moment zurückkam und rief: »War nur 'n Witz!«

Als das nicht geschah, ließ sie sich auf ihrem Stuhl nach hinten sinken und fuhr sich durchs Haar. »Was bitte war denn das gerade?«

»Stacey, Sam hat was für dich übrig, schon vom ersten Tag an. Das ist nicht zu übersehen.«

Wieder schnaubte sie. »Wie soll das gehen, dass das für dich offensichtlich ist, für mich aber nicht? Bevor Roth hier aufgetaucht ist, hast du ja nicht mal gewusst, dass Jungs überhaupt existieren.«

»Hier geht es aber nicht um mich, du Pfeife.«

»Du musst dich irren.« Sie schüttelte nachdrücklich den Kopf. »Sam denkt so nicht über mich. Das kann er gar nicht. Wir sind seit Jahren befreundet.«

Ich musste an Zayne denken. »Nur weil man mit jemandem befreundet ist, heißt das ja nicht, dass das ewig so bleiben muss. Sam ist süß, Stacey. Und er ist schlau.«

»Jaaa«, gab sie gedehnt zurück. »Aber er ist *Sam*.«

»Ja, wie du meinst.«

Sie zog eine Braue hoch. »Vergiss jetzt mal Sam. Magst du Roth? Ich meine, außer mit Sam und Zayne hängst du sonst nie mit Jungs rum. Für dich ist das ein historisches Ereignis.«

»Es ist kein historisches Ereignis«, widersprach ich und trank meinen Becher aus, hatte aber immer noch Durst.

»Also? Magst du ihn?«

Ich sah zu ihrem Getränk. »Nein ... das heißt, ich weiß es nicht. Trinkst du das noch?«

Stacy gab mir die Wasserflasche. »Was soll das heißen, dass du es nicht weißt?«

»Das ist nicht so einfach zu erklären.« Ich wischte mit dem Handrücken über meinen Mund. »Roth ist nicht so wie andere Jungs.«

»Ist mir gar nicht aufgefallen«, konterte sie ironisch.

Ich lachte, wurde aber schnell wieder ernst. Ich wollte ihr von Roth erzählen, was er war, was ich war. Es würde ihr nicht so viel abverlangen, mir diese Dinge zu glauben, denn seitdem die Wächter an die Öffentlichkeit gegangen waren, erwarteten die Leute förmlich die Wahrheit. Das Verlangen danach, einfach nur zu reden und zur Abwechslung einmal völlig ehrlich zu sein und nur die Wahrheit zu sagen, traf mich mit voller Wucht.

»Layla? Ist alles okay?« Sie musterte mich beunruhigt. »Ich weiß, es war nur ein Autounfall, aber ich finde, du siehst krank aus.«

»Ja, ich glaube, ich habe mir irgendwas eingefangen.« Ich zwang mich zu einem Lächeln. »Nichts Wildes.«

Die Glocke ertönte, setzte unserer Unterhaltung ein Ende und hinderte mich daran, Stacey die Wahrheit zu sagen. Wir nahmen den Abfall und warfen ihn weg, dann verließen wir die Cafeteria. Kaum waren wir draußen, stellte sie sich vor mich, um mich aufzuhalten. Ich musste angestrengt schlucken. Seelen ... überall waren Seelen.

Dann fiel mir ein rosiger Schimmer auf Staceys Wangen auf. Stacey wurde nie rot. Niemals. »Was hast du?«, fragte ich.

Sie spielte mit dem Tragegurt ihrer Tasche. »Meinst du wirklich, dass Sam mich mag?«

Ich konnte nicht anders und begann zu lächeln. »Ja, meine ich.«

Stacey nickte und konzentrierte sich ganz auf die anderen Schüler, die links und rechts an uns vorbeieilten. »Er sieht nicht übel aus.«

»Würde ich auch sagen.«

»Und er ist auch kein Idiot«, fuhr sie fort. »Er ist nicht wie Gareth oder die anderen Jungs, die nur jedem Mädchen an die Wäsche wollen.«

»Er ist viel besser als Gareth«, bestätigte ich.

»Ja, das stimmt.« Sie setzte eine besorgte Miene auf. »Layla, meinst du, ich habe seine Gefühle verletzt? Das wollte ich eigentlich nicht.«

Ich nahm ihre Hand und drückte sie. »Das weiß ich doch. Und ich glaube, Sam weiß das auch.«

Sie drückte im Gegenzug meine Hand und ließ sie dann los. Sie machte ein paar Schritte nach hinten und grinste mich an. »Hm, das ist eine interessante Entwicklung.«

»Finde ich auch. Und was wirst du machen?«

Zwar zuckte sie mit den Schultern, aber ihre Augen strahlten. »Wer weiß? Ich rufe dich später an, okay?«

Unsere Wege trennten sich, und ich verbrachte den Rest des Tages damit, immer wieder über die Schulter zu schauen, weil ich damit rechnete, dass Roth irgendwo auftauchte. Aber er tauchte nicht auf, und das nagende Gefühl in meinem Magen wurde immer intensiver, bis ich mich kaum noch auf den Unterricht konzentrieren konnte. Genauso erging es mir später am Tag, als wir beim Abendessen beisammensaßen und ich der Unterhaltung nicht mehr folgen konnte. Keiner der Wächter sprach davon, ob er einen Hohedämon gefangen hatte, aber es war normal, dass ich von ihnen über solche Dinge nichts erfuhr.

Abbot kam weder auf das Thema meiner ungewohnten Kleidung vom Vortag zu sprechen, noch machte er Petrs Angriff und die Einmischung eines Dämons zum Gegenstand der Unterhaltung. Es machte mich wahnsinnig, ständig damit rechnen zu müssen, dass er irgendwann etwas sagte und mich mit meinen Lügen konfrontierte. In meinem eigenen Zuhause, in dem jeder seine Geheimnisse hatte, kam ich mir wie eine Fremde vor, und ich fühlte mich in meiner Haut unwohl.

Ganz zu schweigen davon, dass ich mich vom Ausrasten abhalten musste. Das Wissen, dass da draußen Dämonen unterwegs waren, von denen einige mich für eine bizarre Beschwörung benutzen und andere mich einfach nur umbringen wollten, machte mich zu einem wahren Nervenbündel. Und nicht zu vergessen, dass Elijah auch noch auf freiem Fuß war und womöglich Rache nehmen wollte. Wenn alles ganz ruhig war, dann ging meine Fantasie allzu leicht mit mir durch.

Am Donnerstagmorgen kam ich offiziell zu dem Schluss, dass die verrückteste Entwicklung der letzten Wochen weder mit der Enthüllung zu tun hatte, dass ich Liliths Kind war, noch die Tatsache betraf, dass ich offenbar irgendwie in der Lage war, eine Horde seelenfressender Dämonen auf die Welt loszulassen. Es hing auch nicht damit zusammen, dass Heerscharen von Dämonen mich tot sehen wollten. Nein, die verrückteste Entwicklung betraf Stacey.

Sie benahm sich völlig seltsam und überraschend zurückhaltend. Anders als gewohnt kam sie auf einmal nicht mehr innerhalb der ersten fünf Sekunden einer Unterhaltung auf Jungs oder Sex zu sprechen, und nach dem Zwischenfall in der Cafeteria lachte sie im Englischunterricht am Mittwoch über jede Bemerkung, die von Sam kam. Das wurde nach einer Weile peinlich, und ich versuchte, die verwunderten Blicke zu ignorieren, die Sam mir immer wieder zuwarf. Es musste wohl mit ihrer überraschenden Erkenntnis zu tun haben, dass Sam etwas für sie übrig hatte.

Zugegeben hätte sie das natürlich nicht.

Nachdem sie ihr Bio-Buch aus dem Spind genommen und die Tür mit dem Fuß zugedrückt hatte, musterte sie mich. »Du siehst immer noch krank aus. Du solltest wirklich zum Arzt gehen, Layla.«

»Jetzt wechsel nicht das Thema«, gab ich zurück. »Seit dem Mittagessen gestern benimmst du dich sehr sonderbar.«

Stacey drehte sich um, lehnte sich gegen den Spind und sah mich an. »Du benimmst dich jeden Tag so. Du verschwindest spurlos, wenn wir verabredet sind. Du triffst dich mit dem schärfsten Typen der Welt und tust so, als wär das nichts Besonderes. Wenn eine von uns beiden sich sonderbar benimmt, dann doch wohl du.«

Ich verzog flüchtig den Mund. Genau genommen hatte sie in jeder Hinsicht recht. »Wie du meinst.«

Sie stieß sich vom Spind ab und hakte sich bei mir unter. »Sam soll doch nur nicht denken, dass ich immer noch eins von diesen Mädchen bin.«

»Aber du *bist* eins von diesen Mädchen«, hielt ich dagegen. Der beständige Strom an schimmernden Seelen verlangte nach meiner Aufmerksamkeit, aber ich blieb auf Stacey konzentriert. »Und Sam mag dich so, wie du bist.«

»Offenbar mag er mich so ja gerade nicht.«

Ich stieß sie mit einem Schwung meiner Hüfte an. »Stell dich nicht so an.«

Sie wollte etwas entgegnen, kam aber nicht mehr dazu, da eine hoch aufragende Gestalt unseren Weg kreuzte. Noch bevor ich hochsah, wusste ich, es war Roth. Nur er war von diesem süßlichen, moschusartigen Duft umgeben.

»Hey, du«, sagte Stacey, die sich schnell wieder gefangen hatte. »Wir dachten schon, du wärst tot oder so.«

Ich hob den Kopf und fühlte mich ein bisschen verlegen, als sich unsere Blicke trafen und er mich von Kopf bis Fuß ansah. Ich sah heute ziemlich schludrig aus, da ich eine weite Jeans und ein Kapuzenshirt trug, das schon bessere Zeiten erlebt hatte. Mir entging nicht, wie er ein wenig skeptisch die vollen Lippen schürzte.

»Hat euch beiden mein Anblick tatsächlich so sehr gefehlt?«, neckte Roth uns gemeinsam, ließ mich aber nicht aus den Augen.

»Wo bist du gewesen?«, fragte ich, ehe ich mich abhalten konnte. Himmel, ich kam mir vor wie eine Marionette.

Roth zuckte mit den Schultern. »Ich hatte Verschiedenes zu erledigen.« Dann wandte er sich an Stacey: »Was dagegen, wenn ich deine Freundin für eine Weile entführe?«

»Ich versuche meiner Mom ständig zu erklären, dass ich andere Sachen zu erledigen habe, aber ich werde trotzdem jeden Tag in die Schule geschickt.« Stacey legte einen Arm um mich und schürzte die Lippen, während sie weiter mit Roth redete. »Ich wünschte, ich hätte deine Eltern. Dann müsste ich auch nur zur

Schule gehen, wenn ich Lust hätte. Aber egal. Ich schätze mal, du hast nicht vor, heute Bio mitzumachen, stimmt's?«

»Nein.« Er zwinkerte ihr zu und erklärte mit gesenkter Stimme: »Ich werde *wieder* Rebell spielen und den Unterricht ausfallen lassen.«

»Ooh«, schmachtete Stacey. »Und du willst meine reine, unschuldige Freundin dazu bringen, ebenfalls zu rebellieren.«

Ich stand daneben und seufzte.

Seine goldenen Pupillen schienen zu glühen. »Das habe ich jedenfalls vor.«

»Tja, das wirst du aber nur schaffen, wenn sie auch rebellieren *will*.«

Jetzt reichte es mir. »Ähm … Leute. Ich stehe hier bei euch, schon vergessen? Darf ich auch noch ein paar Worte mitreden?«

Er zog eine Augenbraue hoch. »Willst du denn rebellieren?«

»Warum nicht?«, gab ich zurück, da ich das Gefühl hatte, durch seine bloße Anwesenheit zur Rebellin zu werden.

»Super!«, freute sich Stacey und gestikulierte wie wild hinter Roths Rücken. Dabei beschrieb sie mit ihrer Hand und ihrem Mund etwas, von dem ich wusste, dass Roth darauf stehen würde. Ich versuchte, sie zu ignorieren. »Aber versprich mir, dass du sie mir wiederbringst.«

»Na, ich weiß nicht.« Roth stellte sich so zu mir, dass er den Arm um meine Schultern legen konnte. »Könnte sein, dass ich sie auf Dauer entführe.«

Ich konnte nicht verhindern, dass mir ein Schauer über den Rücken lief. Die Art, wie Roth meine Schulter drückte, verriet mir, er hatte diese Reaktion ebenfalls bemerkt.

»Wie du willst.« Stacey winkte uns zu und schlenderte zum Bio-Unterricht davon.

Roth nahm seinen Arm runter und griff nach meiner Hand. »Du siehst schrecklich aus.«

Ich konnte nicht sagen, ob meine Wangen glühten, da sich mein ganzer Körper aus einer ganzen Reihe von verkehrten Gründen heiß anfühlte. »Danke, das höre ich im Augenblick von allen Seiten.«

Mit seiner freien Hand zupfte er an meinem zerzausten Pferdeschwanz. »Hast du heute Morgen überhaupt geduscht?«

»Ja, hab ich. Lieber Himmel, wo bist du gewesen, Roth?«

»Wieso bist du krank?«, wich er meiner Frage aus. »Du siehst aus, als hättest du nicht mehr geschlafen, seit wir uns das letzte Mal gesehen haben. So sehr kann ich dir doch gar nicht gefehlt haben.«

»Oh Mann, du bist wirklich sehr von dir eingenommen. Das hat nichts mit dir zu tun. So geht es mir immer, wenn ich …«

»Wenn du was?« Er sah mich abwartend an.

Ich sah weg und redete leiser weiter: »Wenn ich von einer Seele koste. Anschließend ist mir ein oder zwei Tage lang übel. Aber das scheint länger anzuhalten, wenn ich eine Seele vollständig nehme.«

Roth ließ meine Hand los. »Und wieso?«

»Das ist so eine Art Entzugserscheinung«, sagte ich. Roth verhielt sich ungewohnt ruhig und musterte mich nachdenklich. »Was ist?«

»Nichts. Ich habe übrigens wirklich nicht vor, Bio mitzumachen.«

»Dachte ich mir schon«, erwiderte ich und entschied, mich ihm dabei anzuschließen. »Und was willst du stattdessen machen?«

Er grinste mich an, was mich vermuten ließ, dass er mir irgendetwas Perverses zuflüstern wollte. Aber dann überraschte er mich, indem er sagte: »Du kannst es gern selbst rausfinden. Das, womit ich in den letzten Tagen beschäftigt war, hat mit dir zu tun.«

»Wie reizend.«

Roth nahm meine Hand, seine Haut fühlte sich angenehm warm an, sodass ich nichts gegen diese Form des Händchenhaltens einzuwenden hatte. Er führte mich zum nächsten Treppenhaus, dann gingen wir einige Stufen nach unten in den alten Teil der Schule, in dem es ein paar leer stehende Büros und eine Turnhalle gab, die nach Schimmel roch. Zum Glück befanden sich die Heizungskeller auf der anderen Seite des Gebäudes. Mit all den Abstellräumen in den Untergeschossen der Schule war das ein berüchtigter Treffpunkt für die Kiffer.

Es überraschte mich nicht, dass Roth wusste, wohin man sich zurückziehen musste, wenn man nicht gefunden werden wollte.

Am Fuß der Treppe angekommen, blieben wir stehen. Zerrissenes orangefarbenes Absperrband hing von den mattgrauen Metalltüren herunter, hinter denen sich die alte Turnhalle befand. Eines der Fenster war so verdreckt, dass es wie schwarz getönt wirkte. Dem Treppenhaus war es nicht besser ergangen. Großflächig war die Farbe abgeblättert, darunter kam der nackte Beton zum Vorschein.

Roth nahm mich an den Händen. »Du hast mir gefehlt.«

Mein dummes Herz vollführte einen seltsamen Satz. Ich musste konzentriert bleiben. Da ich die letzten drei Tage die meiste Zeit im Bett geblieben war, hatte ich genug Zeit gehabt, um über alles nachzudenken, was er mir gesagt hatte. »Roth, wir müssen über das reden, was du erzählt hast.«

»Wir reden doch.« Er ließ den Kopf nach vorn sinken und strich mit seiner Wange an meiner vorbei.

»Das würde ich nicht sagen.« Nicht dass es mir nicht gefallen hätte. »Außerdem habe ich ein paar wichtige Fragen.«

»Frag mich ruhig, ich kann zwei Dinge gleichzeitig machen.« Er zog mich an sich und legte einen Arm um meine Taille, dann drückte er den Kopf an meinen Hals und atmete tief ein. »Oder kannst du das nicht?«

Wieder bekam ich eine Gänsehaut von seinen Berührungen, unwillkürlich krallte ich die Finger in sein Shirt. Vermutlich konnte ich es nicht, aber ich wollte es zumindest versuchen. »Wo bist du gewesen?«

»Wo bist *du* gewesen?« Er legte die Hände auf meine Hüften. Es fühlte sich gut an, als er seinen Griff verstärkte. »Du warst am Dienstag nicht in der Schule.«

»Woher weißt du das?«

»Ich weiß so einiges.«

Ich seufzte. »Ich war zu Hause. Mir war so übel, und bei so vielen blauen Flecken war es besser, noch einen Tag daheim zu bleiben.«

»Guter Gedanke.« Aufmerksam betrachtete er meine Wange. »Man sieht fast gar nichts mehr«, stellte er fest und sah auf meinen Mund, den ich unwillkürlich einen Spaltbreit öffnete. »Und deine Lippen …«

»Was?«

Seine ernste Miene wich einem lässigen, verführerischen Grinsen. »Die sehen gut genug aus, um wieder daran zu knabbern.«

Hastig atmete ich ein und versuchte, meinen wilden Herzschlag zu bändigen. »Hör auf, Roth.«

»Was denn?«, entgegnete er mit Unschuldsmiene. »Ich will damit nur sagen, ich könnte mir alle möglichen Di…«

»Schon kapiert. Aber jetzt zurück zu meiner Frage.«

»Hmm …« Roths Hände wanderten wieder zu meiner Taille. Die Stellen, an denen seine Finger auf das Kapuzenshirt drückten, strahlten immense Wärme aus. »Wie war es, als du nach Hause zurückgekehrt warst?«

Abermals abgelenkt, antwortete ich zunächst auf seine Frage: »Es … es ging so. Allerdings habe ich vergessen, wieder meine eigenen Sachen anzuziehen, als ich mich auf den Heimweg gemacht habe.« Auf seinen verwunderten Blick hin machte ich ihm klar, dass ich in der Kleidung aufgebrochen war, die er mir geborgt hatte. »Ich habe nicht das Gefühl, dass Abbot mir meine Antwort abgekauft hat, aber bislang ist er nicht wieder darauf zu sprechen gekommen.«

Roth schien das keine großen Sorgen zu bereiten. »Ich bin mir sicher, er kennt die Wahrheit – in jeder Hinsicht. Aber wie will er dir etwas sagen, ohne gleichzeitig all die Lügen zu enthüllen, die er dir die ganze Zeit über erzählt hat?« Seine Hände bewegten sich ein klein wenig nach oben, bis sie knapp unterhalb der Rippen anhielten. »Außerdem wird er dich nicht töten und dir auch sonst nichts antun.«

Ich zog die Nase kraus. »Ich will es nicht hoffen.«

Er lachte leise. »Ich glaube, dein furchtloser Anführer wird nichts unternehmen, womit er Stony verärgern könnte. Apropos … Stony kam mir erleichtert vor, als er dich am Montag wiedergesehen hat.«

»Das war er auch …« Ich schüttelte flüchtig den Kopf. »Ich hatte es dir ja gesagt. Ich kenne Zayne fast mein ganzes Leben lang. Wir stehen uns nahe.«

»Er schien *sehr* erleichtert zu sein, als er dich am Montag entdeckt hatte.« Dabei ließ er die Daumen so langsam kreisen, dass ich ernsthafte Schwierigkeiten hatte, mich zu konzentrieren. »Ich glaube, so schnell habe ich einen Wächter bislang nur rennen sehen, wenn er einen Dämon jagt.«

Mein Gesicht begann wieder zu glühen, ich griff nach seinen Handgelenken. »Roth, ich will nicht über Zayne reden.«

»Wieso willst du denn nicht über Stony sprechen?«

Verärgerung regte sich. »Ich weiß nicht. Vielleicht, weil es Wichtigeres gibt, über das wir reden sollten?«

Roth beugte sich wieder vor, und als er weiterredete, strich sein warmer Atem über mein Ohr. »Aber ich will über Stony sprechen. Erinnerst du dich, wie ich dir gesagt habe, dass du ihm wichtig bist, Layla?«

Ich hielt seine Handgelenke fester umschlossen. »Ja. Ich habe ja schon erwähnt …«

»… dass du ihn dein ganzes Leben lang kennst. Das habe ich begriffen.« Ich spürte seine Lippen unter meinem Ohr und schnappte nach Luft. »Aber war es mit ihm schon jemals … *so*?«

Ehe ich fragen konnte, was er mit »so« meinte, ließ Roth seine Lippen über meine Wange wandern. Jede Berührung ließ meine Nerven kribbeln. Er war an meinem Mundwinkel angekommen, mein Puls raste wie wild. Er war mir in diesen Dingen so haushoch überlegen, dass es schon nicht mehr witzig war. »Ist es *so*, Layla?«

So? Mit solchen Berührungen? Mit diesen Beinahe-Küssen? »Nein.« Meine eigene Stimme kam mir fremd vor. »Ich kann nicht …«

»Was kannst du nicht?« Mit den Zähnen zupfte er an meiner Unterlippe, und ich drückte mich an ihn.

»Ich kann ihm nicht so nahe kommen«, gestand ich ihm hauchend.

Roth lächelte mich an. »Das ist aber schade.«

Niemand hätte ihm abgenommen, dass er das ernst gemeint haben könnte. »Ich bin mir sicher, dass du das von Herzen bedauerst.«

Er lachte laut auf, und gleich darauf drückte er seine Lippen abermals an meinen Hals. Das war doch lächerlich! Wir mussten über wichtige Dinge reden, und ich schwänzte bestimmt nicht eine Unterrichtsstunde, nur damit ... damit Roth das mit mir machen konnte, was er jetzt machte. Aber verdammt noch mal! Was er da tat, war für mich alles neu und unbekannt.

Und es fühlte sich unglaublich gut an. Diese stürmische Vorfreude, die sich allmählich aufbaute und steigerte, die Aussicht auf ein Versprechen, das tatsächlich eingelöst werden könnte. Das heftige Verlangen tobte wie ein Sturm in mir, der mich in solche Höhen trug, dass ich wusste, bei einem Sturz in die Tiefe würde etwas Wertvolles zerbrechen. Das hier war etwas anderes, das hier war kein Wunschtraum ohne Aussicht darauf, jemals Wirklichkeit zu werden. Diese Erkenntnis begeisterte mich, machte mir aber auch Angst.

Mit einer Entschlossenheit, die ich nicht in mir vermutet hatte, löste ich mich aus seinen Armen. Roth zog verwundert eine Braue hoch. Seine Augen loderten lohfarben, und ich erschrak, als ich sah, wie sehr sie mich anzogen. Es wäre für mich eine Leichtigkeit gewesen, all diese unglaublich wichtigen Dinge einfach zu vergessen.

Ich räusperte mich und schaute zur Seite. »Okay, zurück zu meiner Frage.«

»Was wolltest du wissen?« Er klang unüberhörbar amüsiert. »Ich habe das schon vergessen.«

»Das glaube ich dir aufs Wort.« Ich seufzte und fragte mich, ob es mir wohl irgendwann mal gelingen würde, mich nicht durch Roth vom Thema abbringen zu lassen. »Wo bist du gewesen?«

Er lehnte sich gegen die Wand und verschränkte die Arme vor der Brust. »Ich musste nach Hause.«

»Nach Hause im Sinne von ...« Obwohl niemand da war, der uns hätte belauschen können, wurde ich deutlich leiser. »... in die Hölle?«

Roth nickte. »Ich musste mich melden und hielt das für eine günstige Gelegenheit, hier und da ein paar Fragen zu stellen, um herauszufinden, ob jemand weiß, welcher Dämon die Fäden in der Hand hält.«

Ich nahm meine Tasche und hängte sie mir über die andere Schulter. »Und? Hast du was erfahren können?«

»Jeder schweigt sich darüber aus. Niemand will mir sagen, wer es ist, was darauf schließen lässt, dass es sich um jemanden mit sehr großem Einfluss handelt.«

»Also ein Hohedämon so wie du?«

»Ja, aber ganz sicher keiner, der so atemberaubend ist wie ich.« Er zwinkerte mir zu, was ihn verdammt noch mal auch noch gut aussehen ließ. »Trotzdem bin ich nicht mit leeren Händen zurückgekehrt. Ich hatte recht, was das Buch *Der kleine Salomon* angeht. Die exakte Beschwörung für die Lilin findet sich in dem Buch, und die Dämonen sind scharenweise auf der Suche danach – auf beiden Seiten.«

Das erklärte etwas. »Darum treiben sich hier so viele Hohedämonen rum.«

»Tatsächlich?«

Ich nickte. »Das habe ich jedenfalls gehört.«

»Und wo hast du das gehört?«

Als ich nicht antwortete, stieß sich Roth von der Wand ab und kam mit gemächlichen Schritten auf mich zu. Ich wich zurück, bis ich die gegenüberliegende Wand im Rücken hatte. Winzige Farbpartikel schwebten durch die Luft.

»Wir kommen nicht weiter, wenn du mir nicht sagst, was du weißt, Layla.«

Es fiel mir nicht leicht, ihm anzuvertrauen, was die Wächter wussten. Mein schlechtes Gewissen lag mir zentnerschwer im Magen, aber ich vertraute Roth. Obwohl er mich vor Petr bewahrt und mir Gott weiß wie oft das Leben gerettet hatte, war ihm nie die Bitte über die Lippen gekommen, ich solle ihm doch vertrauen. Vielleicht war das allein schon Grund genug für mich, ihm tatsächlich zu vertrauen.

»Wir stehen doch in dieser Sache auf der gleichen Seite, richtig?«, fragte ich. »Ich meine, wir finden heraus, welcher Dämon damit zu tun hat, und dann legen wir ihm das Handwerk.«

Roth schaute mir in die Augen. »Du und ich, wir sind in dieser Sache wie Erdnussbutter und Marmelade auf einer Scheibe Brot.«

Ich verzog flüchtig den Mund. »Okay, es ist nämlich so, dass es mir eigentlich nicht richtig vorkommt, dir das zu sagen, aber ich … ich vertraue dir.« Ich ließ eine kurze Pause folgen. »Die Alphas haben berichtet, dass sich sehr viele Hohedämonen in der Stadt aufhalten. Die Wächter versuchen, die Dämonen festzunehmen und zu befragen. Ich dachte schon … na ja, auf jeden Fall ist es so, dass die Alphas gemerkt haben, dass da irgendwas läuft.«

Er legte den Kopf schräg und begann zu grinsen. »Du hast gedacht, sie hätten mich geschnappt? Mich?« Er stieß ein lautes Lachen aus. »Deine Sorge schmeichelt mir, aber einen solchen Gedanken musst du dir niemals machen.«

Ich war mir sicher, dass meine Wangen glühten, also konzentrierte ich mich ganz auf das Blatt einer Marihuanapflanze, das jemand in die Wand hinter Roth geritzt hatte. »Ich war nicht um dich besorgt, Blödmann.«

»Aha. Red dir das ruhig ein.«

Meine Geduld mit ihm war allmählich aufgebraucht. »Dann ist es also offensichtlich, dass die Dämonen nach dem *Kleinen Salomon* suchen, richtig?«

Wieder kam mir Roth viel zu nahe. Warum musste er das immer machen? Und sollte ich mich darüber beschweren? »Richtig.« Seine Hand glitt über meine Schulter, mir stockte der Atem, mein ganzer Körper war prompt angespannt. »Das ist nicht das Einzige, was ich in Erfahrung bringen konnte.«

»Tatsächlich?«

»Ja. Wir müssen den *Kleinen Salomon* finden, bevor uns irgendjemand zuvorkommen kann. Ein uraltes Buch aufzustöbern, das gut geschützt sein dürfte, wird nicht leicht sein. Aber ich habe eine Spur.«

»Und was für eine Spur ist das?«

Er fasste nach einer Haarsträhne, die sich gelöst hatte, und wickelte sie sich um den Finger. Meine bleichen Haare bildeten einen deutlichen Kontrast zu seiner dunkleren Haut. »In der Nähe gibt es einen Seher.«

Ich zog ihm die Strähne aus den Fingern. »Einen Hellseher?«

»Keiner von den Pseudo-Hellsehern aus dem Fernsehen, sondern einen Seher, der eine Verbindung nach oben und nach unten hat. Wenn uns jemand sagen kann, wer der Dämon ist und wo sich der *Kleine Salomon* befindet, dann dieser Seher.«

Ich hatte meine Zweifel. »Seher werden von den Alphas beschützt. Wie sollte ein Dämon wissen, wo er einen Seher finden kann?«

»Ich sagte nur, ich habe eine Spur. Dass das alles ganz einfach werden würde, davon habe ich nie gesprochen.« Er trat einen Schritt nach hinten und schob die Hände in die Hosentaschen. Ich wollte etwas sagen, aber er fiel mir sofort ins Wort. »Und bevor du noch danach fragst: Nein, du willst gar nicht wissen, was ich alles tun musste, um diese Spur nicht aus den Augen zu verlieren.«

Verdammt, genau das hatte ich fragen wollen. »Und? Wo steckt dieser Seher?«

»Am Rande von Manassas«, antwortete er.

»Das ist wirklich nicht sehr weit.« Ich bemerkte, wie eine nervöse Vorfreude mich befiel. »Wir können sofort hinfahren.«

»Langsam, langsam.« Roth hielt die Hände hoch. »Ich habe ja nichts dagegen, dass du die Schule schwänzt und für allgemeine Unruhe sorgst, immerhin bin ich ja ein Dämon. Aber ›wir‹ werden gar nichts tun.«

»Nicht?« Ich konnte nicht fassen, was er da sagte. »Und wieso nicht?«

Er sah mich an, als wollte er wie bei einem Hund meinen Kopf tätscheln. »Weil ich wahrscheinlich nicht der einzige Dämon bin, der unaussprechliche Dinge getan hat, um zu erfahren, wo dieser Seher zu finden ist. Es könnte also gefährlich werden.«

Trotzig verschränkte ich die Arme vor der Brust. »Gefährlich könnte momentan alles werden. Wenn ich hier in der Schule bleibe, könnte der nächste Zombie auftauchen und mich zu seinem bösartigen Anführer schaffen wollen. Ein Dämon könnte einen Lehrer übernehmen und auf mich hetzen. Auf dem Weg nach Hause könnte ich von Dämonen entführt werden.«

Er runzelte die Stirn. »Oh, da wird mir ja ganz warm ums Herz.«

Ich verdrehte die Augen. »Hör zu, ich werde nicht einfach dabeistehen und zusehen, wie alle anderen ihr Leben für mich riskieren. Ich werde nicht im Geschichtsunterricht rumsitzen, wenn die anderen all die anstrengende Arbeit erledigen.«

»Na, wenn du nicht in der Schule rumsitzen willst, dann kannst du ja in mein Apartment gehen und meinem Bett Gesellschaft leisten, bis ich zurück bin.«

Die Chancen standen gut, dass ich ihm eine scheuerte. »Hier geht es um mich und um mein Leben. Wir gehen diese Sache gemeinsam an, also fahren wir auch gemeinsam zu dem Seher.«

»Layla ...«

»Tut mir leid, aber du kannst mich nicht umstimmen. Ich komme mit. Damit musst du jetzt klarkommen.«

Eine Zeit lang sah er mich verblüfft an. »Ich hätte nicht gedacht, dass so was in dir steckt.«

»Was?«

Er tippte mir auf die Nasenspitze. »Dass du unter all diesem Flaum tatsächlich angriffslustig bist.«

»Ich bin mir nicht sicher, ob ich das als Beleidigung auffassen soll oder nicht«, stieß ich knurrend hervor.

»Nicht«, gab er nur zurück, dann murmelte er etwas in einer fremden Sprache, schließlich hielt er mir die Hand hin. »Dann komm, lass uns das erledigen. Wir beide zusammen.«

16. KAPITEL

Die Schule schwänzen, um zum ersten Mal einen Seher aufzusuchen – dabei konnte nichts Gutes herauskommen. Was im Übrigen auch dafür galt, mit Roth in dessen Porsche unterwegs zu sein. Er benahm sich, als hätte niemand außer ihm das Recht, sich auf der Straße aufzuhalten. Aus den Lautsprechern dröhnte natürlich »Paradise City«.

»Mag ja sein, dass du ein unsterblicher Dämon bist«, sagte ich, während ich mich an meinem Sicherheitsgurt festklammerte. »Aber ich bin das nicht.«

Das wilde Grinsen, mit dem er darauf reagierte, brachte mich nur auf erschreckende Gedanken. »Dir passiert schon nichts.«

Mal abgesehen davon, dass ich bei einem verheerenden Autounfall mein Leben lassen könnte, war das hier immer noch besser, als irgendwo rumzusitzen und so zu tun, als sei alles in Ordnung. Ich befand mich in einer aktiven Rolle. In gewisser Weise nahm ich die Sache selbst in die Hand, wenn auch mit Roths Hilfe, und das half mir, gegen die panische Rastlosigkeit anzukämpfen, die sich in mir aufgebaut hatte.

Als wir Manassas erreichten, machte Roth etwas Unerwartetes und hielt vor dem ersten Supermarkt an, auf den wir stießen. Ich sah ihn verdutzt an, als er den Motor abstellte. »Du musst jetzt erst mal Lebensmittel einkaufen, oder wie sehe ich das?«

Roth warf mir nur einen Blick zu, sagte aber nichts. Seufzend stieg ich aus und folgte ihm in den Supermarkt. Insgeheim befürchtete ich, jemand könnte sich uns in den Weg stellen und wissen wollen, warum wir um diese Uhrzeit nicht in der Schule waren, aber nachdem wir das Geschäft betreten hatten, entdeckte ich mindestens ein halbes Dutzend Teenager und kam zu dem Schluss, dass wir hier nicht auffallen würden.

In der Geflügelabteilung blieb er stehen und sah sich um.

»Was suchst du?«, wollte ich wissen.

»Ein Huhn«, sagte er beiläufig. »Vorzugsweise ein lebendes, aber da werde ich wohl kein Glück haben.«

Ich beugte mich vor. »Ich weiß nicht, ob ich wissen will, wofür du ein lebendes Huhn benötigst.«

»Ich dachte, das wäre eine angenehme Reisebegleitung.« Als er meinen finsteren Blick sah, erklärte er: »Wenn man einen Seher besucht, sollte man ihm immer ein Zeichen der Dankbarkeit mitbringen. Ich habe gehört, dass Hühner ein willkommenes Geschenk sind.« Er nahm ein ganzes in Folie eingeschweißtes Huhn aus der Kühltruhe. »Jeder liebt Hühner aus Freilandhaltung, nicht wahr?«

»Das ist völlig verrückt.«

»Und dabei ist das erst der Anfang«, gab Roth zurück.

Zehn Minuten später waren wir wieder unterwegs, gemeinsam mit unserem Huhn fuhren wir in Richtung Manassas Battlefield. Ich wusste nicht, was uns erwarten würde. Aber als wir an den alten Lattenzäunen und halbhohen Steinmauern vorbeifuhren und dann in die Einfahrt zu einem Haus einbogen, das so alt aussah, dass man im Mauerwerk bestimmt noch Einschüsse aus der Zeit des Bürgerkriegs entdecken konnte, da versuchte ich, mich auf das Bizarrste einzustellen, was mir in den Sinn kommen wollte.

Roth ging vor mir her zum Haus, während er die sorgfältig geschnittenen Büsche zu beiden Seiten des gepflasterten Wegs so aufmerksam betrachtete, als erwarte er einen Angriff der Gartenzwerge. Wir betraten die Veranda. Eine Hollywood-Schaukel ganz links von uns bewegte sich in der sanften Brise. An der Tür hing eine hölzerne Vogelscheuche, die auf einem Kürbis saß.

Die Tür wurde geöffnet, noch bevor Roth anklopfen konnte.

Eine Frau kam zum Vorschein, und nachdem ihre schwachblaue Seele verblasst war, konnte ich sie genauer sehen. Ihre blonden Haare hatte sie zu einem eleganten Knoten hochgebunden. Winzige Fältchen umgaben ihre hellwach dreinblickenden, grauen Augen. Ihr Make-up war schlicht makellos, ihre hellrosa Strickjacke und die Leinenhose sahen aus wie gerade eben erst gebügelt. Um den Hals lag eine Perlenkette.

Sie war in keiner Weise das Bizarre, das ich erwartet hatte.

Nachdem sie mich einmal lässig von oben bis unten angesehen hatte, wandte sie sich Roth zu und kniff die Lippen zusammen. »Ich bin darüber gar nicht erfreut.«

Er zog eine Braue hoch. »Ich könnte ja sagen, dass es mir leidtut, aber das wäre dann nicht so gemeint.«

Gerade wollte ich zu einer Entschuldigung ansetzen, weil eine solche Einstellung uns nicht weiterbringen würde, da ging die Frau zu meinem Erstaunen zur Seite. »Ins Wohnzimmer«, sagte sie und deutete auf eine Tür zu ihrer Rechten.

Mit dem Huhn in einer Plastiktüte ging Roth vor mir durch den schmalen Flur. Im Haus roch es angenehm nach Bratapfel. Aus dem Wohnzimmer war die Geräuschkulisse eines Videospiels zu hören, und als wir eintraten, wanderte mein Blick als Erstes zum Fernseher.

Assassin's Creed. Sam würde es hier gefallen.

»Danke für das Huhn, aber das da ist nicht so ganz das, was man einem Seher mitbringt.«

Ich wollte meinen Augen nicht trauen.

Zuerst sah ich nur einen Schemen aus perlweißer Güte – eine reine Seele. Einen Menschen mit reiner Seele zu finden war wie ein Lottogewinn, so selten begegnete man ihnen außerhalb der Wächter-Rasse. Mein Mund war ausgetrocknet, meine Kehle wie zugeschnürt. Ein fast übermächtiges Verlangen überkam mich so heftig, als hätte mir jemand einen Tritt in die Magengrube verpasst. Ein Verlangen, das nicht nachließ, als die Seele verblasste und der Seher erkennbar wurde. Roth legte eine Hand an mein Kreuz, dabei wurde mir erst bewusst, dass ich ein paar Schritte nach vorn gegangen war. Sein Gesichtsausdruck sagte tonlos: »Iss nicht die Seele des Sehers.« Das Einzige, was mir half, den Heißhunger zu lindern, war der Schock, der mich erfasste, als ich mich zum Seher umdrehte.

Vor dem Fernseher hockte auf dem Boden im Schneidersitz ein Junge, der vielleicht neun oder zehn Jahre alt war. In seinen Händen hielt er den Joystick für sein Videospiel. Das konnte doch nicht sein …

Roth trat von einem Fuß auf den anderen. »Tut mir leid, aber du glaubst nicht, wie schwierig es ist, so kurzfristig ein lebendes Huhn aufzutreiben.«

Der Junge stellte das Spiel auf Pause und drehte sich zu uns um. Goldblonde Locken fielen ihm ins Gesicht, und mit seinem Kinngrübchen und allem anderen sah er aus wie ein Engel. »Schon gut, dass ich Brathähnchen sowieso viel lieber esse.«

»*Du* bist der Seher?«, fragte ich ungläubig. »Wieso bist du nicht in der Schule?«

»Ich bin ein Seher. Glaubst du wirklich, ich müsste in die Schule gehen?«

»Nein«, murmelte ich. »Vermutlich nicht.«

»Du scheinst schockiert zu sein.« Seine leuchtend blauen Augen erfassten mich, ich machte einen Schritt nach hinten und stieß gegen die Armlehne der Couch. Das Zentrum seiner Pupillen war weiß. »Das solltest du nicht sein, Kind von Lilith. Wenn es in diesem Zimmer etwas Schockierendes gibt, dann ist es die Tatsache, dass du hier bist und einen Dämon mitgebracht hast.«

Ein paar Mal setzte ich zum Reden an, doch ich hatte beim besten Willen keine Ahnung, was ich sagen sollte. Der Seher war ein Kind.

Seine Mutter kam herein, räusperte sich und nahm Roth das Huhn ab. »Ich würde euch ja etwas zu trinken anbieten, aber ich gehe nicht davon aus, dass ihr euch lange hier aufhalten werdet.« Sie hielt kurz inne. »Tony, habe ich dir nicht gesagt, du sollst dich nicht so dicht vor den Fernseher setzen? Du verdirbst dir noch die Augen.«

Ich sah zu Roth, der nur flüchtig den Mundwinkel verzog.

Tony schüttelte gelangweilt den Kopf. »Ich werde mir die Augen nicht verderben. Das habe ich bereits *gesehen*.«

Damit war diese Unterhaltung auch schon abgeschlossen. Die Frau ließ uns mit ihrem Sohn, dem Seher, allein. Der stand auf und reichte Roth gerade mal bis zur Hüfte. Das war mehr als nur bizarr.

»Ich weiß, warum ihr hier seid«, verkündete Tony und verschränkte die pummeligen Arme vor der Brust. »Ihr wollt wissen, wer die Lilin auferstehen lassen will. Das weiß ich nicht. Und wenn ich es wüsste, würde ich es euch nicht sagen. Ich möchte gerne alt genug werden, um mir einen Bart wachsen zu lassen.«

Roth kniff die Augen zusammen. »Wie kann es sein, dass ein Seher nicht weiß, wer die Lilin auferstehen lassen will?«

»Wie kann es sein, dass ein Dämon von deinem Rang es nicht weiß? Wenn du es nicht weißt, warum erwartest du dann von mir, dass ich es weiß? Ich befasse mich mit den Dingen, mit denen ich mich befassen *will* und die mich betreffen. Ich wusste zum Beispiel, dass ihr heute mit einem Freiland-Hühnchen herkommen würdet, also hab ich Mom gesagt, dass sie sich keine Gedanken über das Essen machen muss. Ich weiß auch, wenn ich einen Blick auf den Dämon werfe, der hinter dem Ganzen steckt, dann würden sich meine Augen bald in einem Einmachglas befinden, das sich ein gewisser Jemand auf den Kaminsims stellen würde. Aber ich möchte meine Augen ganz gern behalten.«

Es hatte etwas Beunruhigendes, ein Kind so reden zu hören.

Tony legte den Kopf schräg und betrachtete mich. »Und du solltest sehr vorsichtig sein.«

Meine Nackenhaare richteten sich auf. »Wieso?«

»Du meinst, abgesehen vom Offensichtlichen?«, gab er zurück. »Du kämpfst ständig gegen das an, was du bist. Das muss kraftraubend sein. So sehr, dass du dann, wenn die Zeit zum Kämpfen gekommen ist, viel zu erschöpft sein wirst, um noch irgendetwas zustande zu kriegen.«

Unwillkürlich schnappte ich nach Luft. »Ich …«

»Du bist nicht hergekommen, damit ich dir Ratschläge erteile? Weiß ich. Du willst wissen, wo sich *Der kleine Salomon* befindet.« Er seufzte auf eine frustrierte Weise, die nicht zu einem Kind passen wollte. »Wusstest du, dass ein Wächter und ein Dämon den *Salomon* gemeinsam versteckt haben? Es war das einzige Mal, dass diese beiden Seiten zusammengearbeitet haben. Beide Rassen werden in der Zukunft erneut zusammenarbeiten.«

Roth strahlte Ungeduld aus und fragte mit Nachdruck: »Weißt du, wo der *Salomon* ist, Seher?«

»Lasst mich euch eine Frage stellen«, sagte der Junge, dessen Pupillen aufflammten. »Was glaubt ihr, wer einen Nutzen davon haben wird, die Lilin auferstehen zu lassen?«

Ich sah zu Roth und erwiderte: »Ich wüsste nicht, wie irgendjemand davon einen Nutzen haben könnte. Die Lilin lassen sich nicht kontrollieren.«

»Das stimmt nicht ganz«, korrigierte mich der Seher. »Lilith kann die Lilin kontrollieren, aber sie ist nicht hier. Du hast also völlig recht: Wenn die Lilin erst einmal losgelassen worden sind, kann sie niemand stoppen.«

»Und?« Nun verschränkte auch Roth die Arme vor der Brust. »Du kennst bereits die Antwort auf diese Frage. Warum fragst du also überhaupt noch?«

Der Junge lächelte so, dass ich seine kleinen, geraden Zähne sehen konnte. »Ich habe diese Frage gestellt, um euch ans Nachdenken zu bringen, aber offenbar ist es zu viel verlangt, wenn man einen Dämon dazu bringen will, seinen Verstand zu benutzen.«

Roth kniff wütend die Augen zusammen und machte einen Schritt nach vorn. Ich wusste, er würde nicht davor zurückschrecken, einen abgebrochenen Seher zu packen und gegen die nächste Wand zu schleudern. Bevor er das in die Tat umsetzen konnte, stellte ich mich ihm in den Weg. »Und wieso glaubst du, dass ein Dämon das alles überhaupt machen will?«

»Aus dieser Sache kann nur eines resultieren«, sagte der Seher, ohne den Blick von Roth abzuwenden, »nämlich der Beginn einer neuen Apokalypse.« Er redete, als ginge es um irgendeine Zeichentrickserie, aber nicht um etwas Wichtiges. »Wenn die Lilin auf die Erde zurückkehren, dann werden die Alphas eingreifen. Sie werden versuchen, jeden Dämon an der Oberfläche zu töten, was einen Krieg auslösen wird. Ein Krieg zwischen Alphas und Dämonen klingt irgendwie vertraut, nicht wahr? Armageddon ist erst für einen Zeitpunkt in einigen Hundert Jahren angesetzt, aber die Lilin werden diese kleine Party mit den vier Reitern ein bisschen vorverlegen.«

Mir würde übel. »Der Dämon will die Apokalypse in Gang setzen?«

»Hab ich doch gerade gesagt.« Der Junge drehte sich weg und griff nach dem Joystick. »Tut mir leid, Leute, aber Dämonen haben an der Oberfläche nichts zu bestimmen. Eine Chance haben sie nur, wenn die Apokalypse losbricht. Aber selbst dann müssen sie erst noch auf den Sieg hoffen. Es ist ein riskanter Schachzug, aber …« Er sah über die Schulter zu Roth. »Du weißt ja, wie es in der Hölle aussieht. Die Dämonen wollen von da weg, und einige von ihnen sind bereit, die ganze Welt zu vernichten, nur um da rauszukommen. Du kannst mir nicht erzählen, dass du noch nie darüber nachgedacht hast, wie es wohl sein würde, immer dann an die Oberfläche kommen zu können, wenn es dir passt. Wie es wohl sein würde, sich keine Sorgen darüber machen zu müssen, dass die Wächter einen jagen könnten. Freiheit – das ist das, was jedes Lebewesen haben will.«

Mein Magen verkrampfte sich, als Roth dem Seher nicht widersprach. Würde er tatsächlich die Welt aufs Spiel setzen? Oh, wem wollte ich hier eigentlich was vormachen? Roth würde es tun, da er ein Dämon war und Dämonen immer zuerst an sich dachten. Aber war das ein Wunder, wenn die Hölle wirklich so ein grässlicher Ort war?

»Ich kann dazu nur sagen, wenn dieser Dämon erfolgreich ist, dann sollte die Menschheit lieber darauf hoffen, dass ihr Gott der aus dem Neuen Testament ist, aber nicht der aus dem Alten Testament. Sonst ist nämlich die Kacke am Dampfen.«

»Tony!«, ertönte von irgendwoher die Stimme seiner Mutter. »Du sollst nicht so reden!«

Roth grinste hämisch. »Hör auf deine Mom, Kleiner.«

Als Tonys Wangen darauf rot wurden, war ich mir schon fast sicher, dass er uns rauswerfen würde, bevor wir irgendwas von ihm erfahren konnten. »Kannst du uns sagen, wo wir den *Kleinen Salomon* finden?«, fragte ich schnell.

Der Junge holte tief Luft und atmete laut schnaubend durch die Nase aus. »Warum sollte ich euch irgendwas sagen? *Er* ist nicht sehr nett zu mir.«

»Ich bin zu niemandem nett«, gab Roth lässig zurück.

»Zu ihr bist du nett«, stellte Tony fest.

Mit gesenkter Stimme erklärte Roth: »Das liegt daran, dass sie hübsch ist. Eines Tages, wenn du groß bist, wirst du den Grund verstehen.«

»Und du wirst dich eines Tages in den Flammengruben der Hölle angekettet wiederfinden, und dann werde ich über dich lachen«, konterte der Junge.

Anstatt das mit einem Lachen abzutun oder den Zehnjährigen mit einer passenden Bemerkung ins Leere laufen zu lassen, wurde Roth bleich und drückte den Rücken durch, als hätte jemand seine Wirbelsäule durch eine Stahlstange ersetzt. Es dauerte nur kurz und war schon wieder vorüber, ehe ich mit Sicherheit sagen konnte, dass er wirklich einen Augenblick lang Verwundbarkeit hatte erkennen lassen.

Tony lächelte aufgesetzt. »Findet den Ort, an dem der Monolith bei Vollmond zurückgeworfen wird, und ihr findet den Zugang zu dem Ort, an dem sich der *Kleine Salomon* befindet.« Er drehte sich weg. »Ihr habt ja gesehen, dass ich mit meinem Spiel beschäftigt war, als ihr …«

»Augenblick, das ergibt doch gar keinen Sinn«, protestierte ich. Ich wusste ja nicht mal, was ein Monolith sein sollte! Und dafür hatte ich so viele Stunden in der Schulbibliothek verbracht?

»Natürlich ergibt es einen Sinn.« Er fuchtelte mit dem Joystick. »Und ich habe zu tun.«

Vielleicht ergab der Spruch ja auf einer Welt einen Sinn, die von Hobbits bevölkert wurde, aber ich konnte damit nichts anfangen. »Kannst du uns nicht einfach sagen, wo das Buch ist?«

»Soll ich es euch auch noch aufmalen?«

»Das wäre nett von dir«, gab ich zurück.

Wieder schnaubte der Junge. »Ich kann euch nicht erklären, wo ihr den *Kleinen Salomon* findet.«

»Weil das zu einfach wäre«, erwiderte Roth brummend.

»Nein, weil es Regeln gibt«, erklärte der Seher. »Wenn ich *euch* die exakte Position nenne, dann muss ich sie auch jedem anderen Dämon verraten, der hier reinspaziert kommt. Ich kann nicht Partei ergreifen. Euch habe ich genug erzählt, um herauszufinden, was es bedeutet.« Er setzte sich wieder vor den Fernseher. »Also geht und findet es heraus. Am besten jetzt sofort.«

»Aber es besteht die Gefahr, dass der andere Dämon weiß, was nötig ist, um die Lilin auferstehen zu lassen«, wandte ich ein.

»Dann macht euch lieber mal vom Acker, damit ihr nicht zu spät kommt.« Tony setzte das Spiel fort, ein Pfeil schoss über den Bildschirm und bohrte sich durch einen Spalt in der Rüstung eines Ritters.

»Hm, also das war alles schon sehr eigenartig«, sagte ich und sah aus dem Fenster. Eine graue Lärmschutzwand zog an uns vorüber, die die Nachbarschaft vor dem Lärm der Umgehungsstraße abschirmte. »Hast du eine Ahnung, wovon er geredet hat? Ein Monolith?« Ich sah auf mein Handy, das die Ergebnisse meiner Internetsuche nach dem Begriff »Monolith« anzeigte. »Ein Monolith ist ein großer, massiver Felsblock. Irgendeine Ahnung, wo sich so ein Felsblock befinden könnte?«

»Nein.«

Ich sah ihn an. Seit wir das Haus des Sehers verlassen hatten, war er sehr schweigsam gewesen. »Alles okay?«

Er sah kurz in den Rückspiegel. »So okay, wie ich nur sein kann.«

Ich biss mir auf die Lippe und lehnte mich zurück. »Glaubst du ihm?«, fragte ich nach einer Weile.

»Welchen Teil?«

»Den Teil, als er dir gesagt hat, du würdest in der Hölle angekettet werden«, sagte ich und verspürte eine sonderbare Kälte, als ich diesen Satz aussprach.

»Nein.« Roth lachte, aber dabei wurde mir noch kälter. »Und abgesehen davon müssen wir dahinterkommen, welcher Monolith gemeint ist. Wir brauchen den *Kleinen Salomon*.«

Ich nickte und konzentrierte mich wieder auf die Straße, da Roth sich gerade vor ein Taxi setzte. Ein Blick auf die Uhr am Armaturenbrett machte mir bewusst, dass wir noch kurz vor der Mittagspause ankommen würden, wenn wir jetzt auf direktem Weg zur Highschool zurückfuhren. Damit ich zur Unterrichtsstunde wieder anwesend war und so tun konnte, als hätte ich nicht gerade eben einen zehnjährigen Seher kennengelernt und als hätte er uns nicht ein Rätsel mit auf den Weg gegeben, das ich nie im Leben würde lösen können. Hinzu kam, dass wir noch immer keinen Schritt weiter waren, wer der Dämon sein sollte, der hinter dem Ganzen steckte.

»Willst du zurück in den Unterricht?«, fragte Roth.

»Bist du dir sicher, dass du nicht doch Gedanken lesen kannst?« Er setzte zum Überholen an, und ich konnte mich nur wundern, dass wir unserem Vordermann dabei nicht ins Heck rasten. »Und bist du dir sicher, dass du tatsächlich jemals den Führerschein gemacht hast?«, fügte ich gleich darauf hinzu.

Roth grinste frech. »Ich bin mir sicher. In beiden Punkten. Allerdings würde ich zu gern wissen, was dir durch den Kopf geht.«

Momentan war das die Frage, ob wir es wohl lebend bis zurück in die Stadt schaffen würden. »Dass ich nicht zurück zur Schule will«, räumte ich ein.

»Oh, wie tief bist du gesunken«, zog er mich auf und fügte dann noch sarkastisch an: »Dabei hatte ich mich schon so darauf gefreut, nicht zu spät im Mathe-Unterricht zu erscheinen.«

»Ich glaube dir jedes einzelne Wort.«

Mit halsbrecherischem Tempo bog er in die Ausfahrt ein und lachte leise. »Wir können zu mir nach Hause fahren«, schlug er vor.

Mein Magen verkrampfte sich, aber das hatte nichts mit der Vollbremsung zu tun, die er vor dem nächsten Stoppschild hinlegte. »Ich weiß nicht so recht.«

Roth sah mich von der Seite an. »Was denn? Hast du Angst, ich nehme dich mit zu mir, um dich zu verführen?«

Prompt begannen meine Wangen zu glühen. »Nein.«

»Ach, verdammt, und dabei hatte ich das schon im Detail geplant«, gab er ironisch zurück. »Durch die Stadt zu streifen ist aber auch keine gute Idee, immerhin ist ein Dämon hinter dir her. Also bringe ich dich entweder zurück zur Schule oder zu mir nach Hause.«

Ich kam mir vor wie ein Kleinkind ohne Mitspracherecht. Schließlich zuckte ich knapp mit den Schultern. »Bei dir ist schon okay.«

»Wir können die Zeit nutzen, damit wir so schnell wie möglich dahinterkommen, was uns der Seher eigentlich sagen wollte, wo der *Kleine Salomon* versteckt ist.«

Das hörte sich nach einem guten Plan an, aber die Ungeduld, die ich verspürte, hatte eine denkbar ungeeignete Ursache.

Plötzlich bog Roth in ein düsteres Parkhaus ein. »Hier sind wir aber nicht bei dir zu Hause.«

»Stimmt, aber wir sind nur ein paar Blocks entfernt.« Er parkte ein und stellte den Motor ab. »Dieses Baby würde ich auf keinen Fall auf der Straße parken. Sonst kommt noch jemand auf die Idee, es anzugrapschen.«

Diese Vernarrtheit in sein Auto ließ ihn in diesem Moment so menschlich erscheinen, dass ich Mühe hatte, mir ein Lächeln zu verkneifen. Er stieg aus, und nur eine Sekunde später stand er schon auf der Beifahrerseite und öffnete mir die Tür.

Er verbeugte sich tief vor mir und hielt mir seinen Arm hin. »Darf ich bitten?«

Unwillkürlich musste ich lächeln. Ich ergriff seine Hand und ließ mich von ihm aus dem Wagen ziehen. Mit einem Mal hatte ich das Gefühl, Achterbahn zu fahren. »Was geschieht eigentlich mit deinem Wagen, wenn du … ähm … also, wenn du ›unten‹ bist?«

»Du erinnerst dich an Cayman? Er ist ein guter Freund von mir, er passt in der Zwischenzeit auf den Wagen auf.«

Als ich auf meine Hand schaute, die in seiner lag, wäre ich beinahe über eine Unebenheit im Pflaster gestolpert. »Du hast Freunde?«

»Autsch, das tut weh.«

»Was denn? Das ist doch eine berechtigte Frage.«

»Ein paar von meiner Art wohnen bei mir im Haus. Ihnen vertraue ich.«

»Tatsächlich?«, fragte ich erstaunt.

Er nickte und zog mich mit sich, hin zu der Rampe, die zu den unteren Ebenen der Tiefgarage führte. Die Neonröhren an der Decke waren in so großen Abständen montiert, dass in der Dunkelheit voneinander getrennte Lichtinseln entstanden. Die Motorhauben der geparkten Wagen spiegelten die Lampen wider. »Wie gesagt, Cayman kümmert sich um mein Baby, wenn ich für eine Weile nach Downtown muss.«

»Cayman klingt nach einem eigenartigen Namen für einen Dämon.«

»Cayman ist ein infernalischer Herrscher, der an der Oberfläche bleibt. So wie die meisten infernalischen Herrscher ist er ein Dämonenmanager. Er überwacht sie und erstattet wöchentlich und monatlich Bericht. Für mich ist er so was wie ein Assistent.«

Also gab es sogar in der Hölle ein mittleres Management.

Ich schüttelte den Kopf, während wir die nächste Ebene erreichten. Wie auf ein geheimes Zeichen hin blieben wir beide gleichzeitig stehen. Ein intensives Angstgefühl ließ meinen Magen sich verkrampfen. Ich stand wie angewurzelt da, Roth ließ meine Hand los und ging ein paar Schritte, wobei er sich mit zusammengekniffenen Augen umsah.

Bevor ich ihn fragen konnte, was hier los war, begannen die Neonröhren zu flackern, und gleich darauf zerplatzte eine nach der anderen in einem Funkenregen. Jeder Knall war so laut wie ein Schuss. Schließlich brannte nur noch eine Lampe, die aber auch nicht mehr lange durchzuhalten schien.

Schwere Schatten kamen zwischen den Autos hervor und schossen an den Wänden nach oben. Ein Klicken ertönte, das von allen Seiten gleichzeitig zu kommen schien, während die Schatten immer weiter um sich griffen und die rote Leuchtschrift verschluckten, die auf den Ausgang hinwies. Die Schatten waberten und pulsierten, schwollen weiter an und kamen dann endlich zum Stillstand.

Roth fluchte.

Als hätte jemand ein Seil durchtrennt, das sie alle in Position hielt, sackten die Schatten auf einmal vor uns zu Boden und bildeten einen brodelnden öligen Schlick. Aus dieser Lache schossen blitzschnell über ein Dutzend Säulen in die Höhe, die sich in gebückt dastehende Gestalten verwandelten. Blasen bahnten sich ihren Weg durch die Haut und überzogen den knochigen Rücken. Die Finger bogen sich zu messerscharfen Klauen. Spitze Ohren legten sich an den Kopf, Hörner wuchsen aus den kahlen Schädeln. Die Haut war teigig grau und extrem faltig, so sehr, dass im Gesicht fast die roten Glubschaugen darunter verschwanden. Den dicken nackten Schwanz – ähnlich dem einer Ratte – ließen die Kreaturen ungeduldig auf den Betonboden klatschen.

Folter-Dämonen kamen aus den innersten Eingeweiden der Hölle, ihre Art verbrachte schon eine Ewigkeit damit, Seelen zu quälen. Und wir waren von ihnen umzingelt.

17. KAPITEL

Es gab einen guten Grund, warum diese Dämonen niemals an die Oberfläche kamen, aber der hatte nichts mit ihrem Aussehen zu tun. Folter-Dämonen ernährten sich vom Schmerz anderer, und wenn es keine Seelen gab, die sie quälen konnten, dann saßen sie nicht einfach rum und warteten auf Nachschub.

Roth stöhnte auf. »Okay, welchen von euch hat man nach Mitternacht gefüttert? Ihr seht nämlich übler aus als ein Mogwai.«

»Mogwais sind niedlich«, protestierte ich, ohne nachzudenken. »Diese Dinger hier sind das nicht.«

»Aber Mogwais verwandeln sich in Gremlins mit Irokesenschnitt, also ...«

Ich warf ihm einen mahnenden Blick zu, dann machte ich einen Schritt nach hinten, weil mich der Schwefelgestank zum Würgen brachte. »Ähm ... meinst du, die sind hier, um mich mitzunehmen, oder wollen die mich töten?«

»Weißt du, im Moment bin ich mir nicht sicher, ob das so wichtig ist«, gab er in finsterem Tonfall zurück.

Einer der Folter-Dämonen machte seinen Mund auf, zum Vorschein kam ein Maul voller gezackter Haifischzähne. Die Kreatur gab eine Reihe von Klicklauten von sich. Falls das eine Sprache darstellte, hatte ich keine Ahnung, was das bedeuten sollte. Roth dagegen zog verwundert die Brauen hoch.

»Ich glaube, sie wollen dich irgendwohin bringen. Möglicherweise möchten sie mit dir in die Flitterwochen reisen.« Er schüttelte seine Hände aus. »Nein, ich glaube, das wird nichts. Dann wollen wir mal.«

Auf die Folter-Dämonen wirkte das, als hätte man eine Glocke geläutet, um eine Meute hungriger Wachhunde auf einem Schrottplatz zum Essen zu rufen, denn die Dämonen stürzten sich wie ein Mann auf Roth.

Ich tat einen Schritt auf Roth zu, aber der rief mir schroff zu: »Halt du dich da raus, Layla!«

Dann duckte er sich und trat um sich. Dem ersten Dämon riss er so die gebeugten Beine unter dem Leib weg. Blitzschnell sprang er auf, als der Dämon sich aufrappelte, und wich dem Maul aus, das nach Roth schnappte. Gleich darauf legte er eine Hand auf die Stirn des Dings.

Ein roter Lichtblitz schoss aus Roths Handfläche und traf den Folter-Dämon. Was es auch sein mochte, was Roth da machte, es hatte die Wirkung von Benzin, das man in eine offene Flamme schüttete. Feuer erfasste den Dämon, das von den leuchtenden Augenhöhlen und dem offenen Maul ausging, und vielleicht eine halbe Sekunde später war von dem sogenannten Rack-Dämon nur noch ein Aschehaufen übrig.

»Himmel«, flüsterte ich.

Roth zwinkerte mir über die Schulter zu, dann schoss er nach vorn und schaltete gleich drei Dämonen mit einem einzigen Schlag aus. Feuer umhüllte sie und ließ sie augenblicklich verkohlen. Drei weitere Folter-Dämonen rückten vor, gingen in Lauerstellung und fauchten ihn an.

Die Dämonen kamen Schritt für Schritt näher. Roth stand nur da, legte den Kopf schräg und beobachtete sie. Dann hob er den rechten Arm. Aus dem Ärmel seines Sweaters kam eine verdrehte, dunkle Wesenheit hervor, die als Schatten in der Luft hing, dann zu tausend murmelgroßen Punkten zerfiel und auf dem Boden landete. Zu schnell für das menschliche Auge schlossen sich diese Punkte zusammen.

»Bambi«, flüsterte ich.

Es dauerte nur einen Herzschlag lang, dann hatte die große Schlange zwischen den Folter-Dämonen und Roth Gestalt angenommen. Sie hob ihren diamantförmigen Kopf so hoch, bis sie sich genau über den Dämonen befand.

Die Folter-Dämonen wichen einen Schritt vor ihr zurück.

»Essenszeit, Baby«, sagte Roth. »Papa hat dich heute zu einem All-you-can-eat-Buffet mitgenommen.«

Bambi schoss nach vorn und traf den Folter-Dämon, der ein

Stück näher an ihr dran war. Das Ding kreischte, als sich Bambis Fangzähne durch Haut und Fleisch bohrten. Ich musste schlucken und wollte mich von diesem erschreckenden Anblick abwenden, aber es gelang mir einfach nicht. Mir drehte sich der Magen um, als eine pechschwarze Masse durch die Luft flog und auf dem Boden zerplatzte.

Roth lachte auf eine so bedrohliche Weise, dass ich eine Gänsehaut bekam. Er wandte sich den verbliebenen Dämonen zu und spielte mit ihnen, bis zwei von ihnen auf seine Provokation reagierten und sich ihm näherten. Das Ganze machte ihm offensichtlich großen Spaß.

Bambi glitt über den Boden und hatte sich bereits den nächsten Folter-Dämon ausgesucht, der es wagte, sich Roth zu nähern. Roth dagegen ... oh Gott! Sie hatten ihn umzingelt! Auf keinen Fall konnte er sich gegen sechs Dämonen gleichzeitig behaupten, auch wenn seine Berührung noch so tödlich war.

Ich atmete einmal tief durch, setzte mich über Roths Anweisung hinweg und überwand meine Angst. Auf keinen Fall wollte ich einfach nur dastehen und tatenlos zusehen.

»Hey«, rief ich ihnen zu. »Was ist eigentlich mit mir?«

Die Folter-Dämonen drehten sich zu mir um und rissen das Maul auf, als würden sie einen lautlosen Schrei ausstoßen.

»Nein!«, brüllte Roth.

Sie kamen auf mich zu.

»Oh verdammt«, murmelte ich, während mein Herz vor Schreck aussetzte.

Meine Bauch- und Beinmuskeln spannten sich an, während ich versuchte, mich an alles zu erinnern, was Zayne mir bei einem langweiligen Selbstverteidigungskurs beigebracht hatte. Er predigte dauernd davon, irgendwie »in den Kampf einzutauchen« und »den nächsten Zug des Gegners vorauszuahnen«. Einer der nächsten Züge dieser Truppe hier bestand zweifellos darin, meine Beine zu vertilgen.

Der erste Folter-Dämon hatte mich erreicht, und endlich erwachten meine Instinkte zum Leben. Ich sprang nach hinten, drehte mich dabei um mich selbst und trat nach der Kreatur, der ich meinen Fuß in den Bauch rammen konnte. Der Dämon sank zu Boden und stützte sich auf einem Knie auf, aber mir blieb keine Zeit, um diesen kleinen Sieg gebührend zu feiern.

Noch während ich herumwirbelte, streckte ich den Arm aus und traf den nächsten Dämon am Hals. Der empfindliche Knochen wurde zerschmettert, das Ding taumelte ein Stück weit zurück und schoss dann auf mich los. Ich riss den Arm nach hinten, ballte die Faust und traf das hässliche Wesen am Kiefer.

Der Folter-Dämon sank zu Boden und blieb bewusstlos liegen. Ich hob den Kopf und bemerkte Roths ungläubigen Blick. »Und? Kann ich zuschlagen oder was?«

In den lohfarbenen Tiefen seiner Augen konnte ich Stolz und noch etwas anderes ausmachen, etwas wie Erregung. Fast so, als würde ihn der Anblick, wie ich einen Dämon mit einem Fausthieb auf die Bretter schickte, genauso anmachen, als würde ich mich ihm in einem Stringbikini präsentieren. Das war schon etwas eigenartig, musste ich sagen. Aber dann war dieser Anblick auch schon wieder aus seinen Augen gewichen, um großer Angst Platz zu machen, die seine Pupillen größer werden ließ.

»Layla!«

Heißer, widerwärtiger Atem strich über meine Wange.

Hastig drehte ich mich um und stand dem dritten Rack gegenüber. Der gab wieder diese ohrenbetäubenden Klicklaute von sich und schoss auf mich zu, wobei er eine Klauenhand auf mich gerichtet hielt.

Oh, verdammt!

Ich wirbelte herum und tauchte so ab, wie ich es von Zayne gelernt hatte. Ich spürte, wie der Griff des Dämons ins Leere ging, und als er genau über mir war, riss ich das Knie hoch. Doch der Dämon ließ seine andere Klaue vorschnellen. Ehe ich wusste, wie mir geschah, explodierte ein Schmerz wie von Tausenden von Nadelstichen, der sich über meine ganze Wirbelsäule erstreckte.

Meine Handflächen brannten, und meine Jeans riss auf, als ich mit Händen und Knien auf dem harten Betonboden landete. Ein Schrei kam mir über die Lippen, gleich darauf wurde mir die Luft aus den Lungen gepresst, da ein ungeheures Gewicht auf mir landete. Instinktiv warf ich den Kopf in den Nacken, damit mir nicht das Gesicht auf dem kalten, rauen Boden zermalmt wurde.

Panik überkam mich, als der Folter-Dämon mir mit einer Klaue in die Haare fasste, während er mit der anderen die Hand zu fassen bekam, an der ich Liliths Ring trug. Diese Attacke nahm ein so jähes Ende, dass mein Kopf nach vorn schnellte und ich abermals aufpassen musste, damit ich mir nicht die Nase auf dem Betonboden brach.

Der Dämon flog durch die Luft und landete mit dumpfem Knall vermutlich auf einem geparkten Wagen. Als ich mich umdrehte, sah ich Bambi auf den Folter-Dämon zuschießen, um ihn zu erwischen, bevor der sich aufrappeln konnte. Ich sah mich in der Tiefgarage um, entdeckte ein paar Aschehaufen und ein paar eklig aussehende, undefinierbare Klumpen, aber Dämonen waren keine mehr da.

Roth kniete sich vor mir hin und packte mich an den Handgelenken. »Was zum Teufel hast du dir bloß dabei gedacht, Layla?«

»Was denn?« Ich versuchte, mich aus seinem Griff zu befreien, aber er drehte meine Hände um und inspizierte meine aufgescheuerten Handflächen. »Ich hatte nicht vor, einfach nur dazustehen und abzuwarten. Ich kann selbst kämpfen.«

Er kniff die Augen ein wenig zusammen und sah mir ins Gesicht. »Wer hat dir das beigebracht? Stony, der Gargoyle?«

Ich verzog den Mund. »Sein Name ist Zayne. Und ja, das habe ich von ihm gelernt.«

Er schüttelte den Kopf, mit den Daumen massierte er sanft den Rand meiner Handflächen. »Dich so in Aktion zu erleben war unglaublich scharf. Wirklich sagenhaft scharf. Aber wenn du so was noch mal versuchst, werde ich dich übers Knie legen, und dann versohle ich dir …«

»Wenn du auch nur noch ein Wort sagst, wird ein bestimmter Teil deiner Anatomie Bekanntschaft mit meinem Knie machen.«

Roth zuckte leicht zusammen. »Okay, du hast gewonnen. Ich habe gesehen, was dein Knie anrichten kann.«

Ich wollte etwas darauf erwidern. Aber da kam Bambi zu uns, baute sich hinter mir auf und legte den pferdeschädelgroßen Kopf auf meine Schulter. Jeder Muskel in meinem Körper verkrampfte sich, und ich kniff die Augen zu. Bambi atmete schnaubend aus und zerzauste meine Haare in Höhe der Schläfe. Plötzlich streckte sie ihre Zunge raus und ertastete damit meinen Hals.

»Guck mal, Bambi mag dich.«

Vorsichtig machte ich ein Auge einen Spaltbreit auf. »Und wenn sie mich nicht mögen würde?«

»Na, dann hätte sie dich inzwischen längst aufgefressen.«

Meine Handflächen brannten noch ein wenig, aber insgesamt hätte es viel schlimmer kommen können. Wir hatten beide überlebt, und Bambi war wieder dort, wo sie hingehörte – als Tattoo auf Roths Haut. Jemand verstärkte seine Anstrengungen, und nachdem er jetzt bereits Folter-Dämonen in Aktion hatte treten lassen, würde es von nun an noch viel riskanter werden.

»Glaubst du, bei dir zu Hause sind wir in Sicherheit?«

»Kein Dämon würde es wagen, meiner Wohnung zu nahe zu kommen«, antwortete er und fügte sofort hinzu: »Und bevor du mir jetzt ein maßloses Ego unterstellst – es wohnen zu viele Dämonen mit im Haus, die alle ziemlich sauer werden, wenn sich jemand auf ihr Terrain vorwagt.«

Ich konnte nur hoffen, dass er damit recht hatte, denn auf eine zweite Runde mit den Folter-Dämonen hatte ich keine Lust. Von der soeben lebend überstandenen Begegnung schwirrte immer noch genug Adrenalin durch meinen Körper, um mein Herz wie wild schlagen zu lassen. Wäre ich allein unterwegs gewesen, um Dämonen zu markieren, und ich wäre ihnen in die Arme gelaufen … nein, darüber wollte ich lieber gar nicht erst nachdenken. Üblicherweise waren Dämonen in der Nacht aktiv, weil es ihnen nach Sonnenuntergang leichterfiel, inmitten von Menschen unbemerkt zu bleiben. Dass aber die Folter-Dämonen so aufgetreten waren, das verhieß nichts Gutes.

Meine Augen wurden größer und größer, als wir sein Apartmentgebäude durch den Haupteingang betraten. Bei meinem letzten Besuch hatte ich den Seitenausgang benutzt, daher war der Anblick der hell erleuchteten Lobby ganz neu für mich.

Ein riesiger goldener Kronleuchter beschien ein gewaltiges Deckengemälde, das Engel zeigte, die in eine blutige Schlacht verwickelt waren. Mit flammenden Schwertern gingen sie aufeinander los, manche stürzten verletzt oder tot durch die wattige weiße Wolkendecke. Viel Zeit hatte der Künstler den Gesichtern gewidmet, denn die schmerzverzerrten Mienen und das rechtschaffene Funkeln in den Augen der Engel wirkten auf mich viel zu realistisch.

So realistisch, dass ich eine Gänsehaut bekam.

Ein paar altmodische Ledergarnituren waren in der Lobby aufgestellt worden, in der Luft hing das angenehme Aroma von Kaffee und Tabak. Hinter den getönten Glastüren am anderen Ende der Lobby schien es einen Coffeeshop zu geben.

Das Ganze hatte etwas von einem alten Hotel in Hollywood, und fast rechnete ich damit, jeden Moment dem Geist von Marilyn Monroe zu begegnen. Die Lobby war nicht verwaist, aber ich war mir sehr sicher, dass ich bei keinem der Anwesenden menschliche DNS finden konnte.

Überall wimmelte es von Dämonen, die es sich auf den Sofas und in Sesseln bequem gemacht hatten, per Handy telefonierten, Bücher lasen oder in kleinen Gruppen beisammenstanden und sich unterhielten.

Roth legte eine Hand an meinen Rücken und dirigierte mich zur Treppe. »Nehmen wir nicht den Aufzug?«, fragte ich.

»Du wirst keinen von diesen Aufzügen benutzen wollen.« Als er meinen ratlosen Blick bemerkte, lachte er. »Diese Aufzüge fahren alle nur nach unten.«

Interessant. Ich wusste, dass es hier in der Stadt so wie überall auf der Welt irgendwelche Portale oder etwas in der Art geben musste, denn irgendwie musste es den Dämonen ja möglich sein, aus der Hölle herzukommen und wieder dorthin zurückzukehren. Aber niemand, nicht mal die Wächter wussten, wo sich diese Portale befanden, und ich selbst hatte auch noch nie eines gesehen. Die Tatsache, dass Roth mich herbrachte und mir von den Aufzügen erzählte, war genau genommen eine unfassbare Dummheit.

Auf der Treppe warf er mir einen wissenden Blick zu. »Ich vertraue darauf, dass du Stony nichts von unserem besonderen Transportsystem erzählst.«

Ich hatte nicht mal mit einem solchen Gedanken gespielt. Ich musste an die Chaos-Dämonen und an die Dämonen in der Lobby denken, die alle so ... so normal aussahen.

»Layla?«, hakte er nach.

»Auf keinen Fall«, versicherte ich ihm. »Außerdem habe ich ja bislang auch über alles andere geschwiegen, und im Moment sollte ich in der Schule sein.«

Er nickte, und wir gingen weiter nach oben. Als ich sein Loft – und sein Bett – wiedersah, wusste ich nicht, welche Gefühle da gleichzeitig auf mich einstürmten. Während Roth zu seinem Piano ging, zog ich mich unter einem dahingemurmelten Vorwand ins Badezimmer zurück. Mein Gesicht glühte, mein Puls war außer Rand und Band.

Das Badezimmer war überraschend aufgeräumt und groß, was mir beim letzten Mal gar nicht aufgefallen war. Aufeinander abgestimmte schwarze Handtücher hingen neben der altmodischen Badewanne mit Löwenfüßen und neben der Duschkabine. Alle Wasserhähne sahen aus wie vergoldet, und mein Gefühl sagte mir, dass das echtes Gold war. Ich ließ mir Zeit, damit mein Herz zur Ruhe kommen konnte.

Ich bin hier, um mit ihm darüber zu reden, wo der Kleine Salomon *versteckt sein könnte. Weiter nichts. Dass ich von ihm geküsst werden möchte, hat überhaupt nichts mit diesem Besuch zu tun. Und außerdem will ich ja eigentlich gar nicht von ihm geküsst werden.*

Ja, so mussten sich Selbstgespräche einer Verrückten anhören.

Als ich aus dem Badezimmer kam, saß Roth am Piano, streichelte mit der einen Hand das schwarze Kätzchen und hielt in der anderen ein Weinglas. Die spätmorgendliche Sonne fiel so durch die Fenster, dass es aussah, als wäre Roth von einem Heiligenschein umgeben. Kein Junge sollte so gut aussehen wie er, erst recht kein Dämon. Da ich von einer plötzlichen Schüchternheit befallen wurde, blieb ich auf Abstand zu ihm, indem ich vorgab, mich in seiner Wohnung umzusehen. Mit einem Mal hatte es für mich etwas unerklärlich Intimes, mit ihm hier in seinem Loft zu sein.

Roth sah zu mir. »Ich habe hier auch ein Glas für dich stehen, falls du möchtest.«

Ich kam ein paar Schritte näher. »Danke, für mich nicht. Deine Wohnung … ist hübsch. Ich weiß nicht, ob ich es dir letztes Mal schon gesagt habe.«

Leise lachend stand er auf. »Ich dachte mir, dass du das nicht mehr weißt.« Er stellte sich vor mich und zog meine Hand weg, mit der ich mir die ganze Zeit in den Haaren rumgewühlt hatte. »Du musst nicht so nervös sein. Ich werde nicht über dich herfallen.«

Ich merkte sofort, dass ich einen knallroten Kopf bekam, also unternahm ich ein Ausweichmanöver hin zu den Bücherstapeln in den Regalen. Im nächsten Moment stand Roth neben mir, aber diesmal zuckte ich nur leicht zusammen. Sein Grinsen hatte etwas Überhebliches und Schelmisches zugleich. Er summte leise vor sich hin, während er mit einem Finger über den einen oder anderen Buchrücken strich – auf eine Weise, die bei mir den Wunsch weckte, auch so von ihm berührt zu werden. Ich atmete leise aus und war dankbar dafür, dass er mich nicht ansah. Schließlich zog er einen dünnen Band heraus und zwinkerte mir zu, als er an mir vorbeiging.

»Was hast du da?«, fragte ich und setzte mich an seinen Schreibtisch.

Ohne mich anzusehen, begab er sich mit dem Buch zum Bett und legte sich auf die Seite, während er den schmalen Band zwischen zwei Fingern hielt. »Das ist die reguläre Ausgabe von *Der kleine Salomon*. Willst du mal sehen?«

Ich rollte mit dem Bürostuhl näher an das Bett heran. »Eine reguläre Ausgabe?«

»Ja, für all die kleinen Möchtegern-Satanisten auf der Welt«, sagte er und nickte bestätigend. »Es ist natürlich keine vollständige Ausgabe, aber es listet alle wichtigen Dämonenarten auf. Ich habe das jetzt schon ein Dutzend Mal durchgeblättert, aber vielleicht übersehe ich ja irgendwas.«

Am Fußende des Betts angekommen, hielt ich meine Hand ausgestreckt. »Lass mich mal sehen.«

»Komm zu mir.«

Ich sah ihn sekundenlang an, verdrehte die Augen und stand auf. Vorsichtig näherte ich mich ihm. »So okay?«

»Ja, klar.« Er nahm das Buch an sich. »Setz dich zu mir.«

»Warum?«, fragte ich und warf ihm einen finsteren Blick zu.

»Weil ich einsam bin.«

»Das ist lächerlich. Ich stehe ja direkt vor dir.«

Er sah mich mit Dackelblick an. »Aber das ist zu weit weg, Layla.«

Als er mich neckend angrinste, konnte ich nur hilflos die Fäuste ballen. Er würde es nicht aufgeben. Leise murmelnd setzte ich mich zu ihm.

»Vielen Dank.«

»Wie du meinst. Kann ich das Buch jetzt sehen?«

Roth drückte es mir in die Hand. Es war ein dünnes Buch, das nicht mehr als hundert Seiten haben konnte. Das Titelbild zeigte einen Kreis und einen Stern.

»Beim Original sind die Symbole geprägt, und der Umschlag sieht aus wie altes Dörrfleisch«, erläuterte er. »Aber in Wahrheit ist das Menschenhaut.«

Ich musste mich davon abhalten, vor Schreck diese Ausgabe in die Ecke zu schleudern, obwohl sie nicht in Haut gebunden war. »Igitt.«

»Tja, so hat man das früher gemacht.«

Ich schlug das Buch auf und stieß einen leisen Pfiff aus. »Wie nett.« Die aufgeschlagene Seite zeigte eine Zeichnung von einem Wesen, das je zur Hälfte Mensch und Amsel war. Die Bildunterschrift besagte, dass es sich um Caym handelte, den Großen Präsidenten der Hölle, Herrscher über dreißig Legionen. »Meister der Logik und des Kalauers«, las ich vor. »Er sieht wie ein Freak aus.«

»Du müsstest ihn mal in natura sehen.«

Auf der gegenüberliegenden Seite fand sich ein Text, mit dem man den Dämon rufen und auch zurück in die Hölle schicken konnte. Allerdings war das bestenfalls eine Hälfte der kompletten Beschwörung. Roth griff nach dem Buch, und ich ließ ihn blättern, während er zu diesem oder jenem Bild einen Kommentar abgab.

Ich stoppte ihn, als ich einen Dämon namens Paimon entdeckte. »›Rang: Erster und Wappenkönig der Hölle. Er herrscht über den Westen und befehligt zweihundert Legionen.‹ Wow«, sagte ich beeindruckt.

»Das stimmt so, wie es da steht. Aber er ist ... oder besser gesagt: Er war ein Hochrangiger. Quasi die rechte Hand vom Boss. Er war ihm gegenüber loyaler eingestellt als jeder andere.«

»›War‹?« Ich konnte meinen Blick nicht von der Zeichnung nehmen. Sie zeigte einen Mann mit irgendeiner dunklen Kopfbedeckung, der auf einem Kamel ritt. Oder auf einem Pferd mit ernsten Rückenproblemen.

»Er und der Boss haben sich vor Jahrhunderten zerstritten.«

Sofort wurde ich hellhörig. »Ein so ernster Streit, dass Paimon hinter diesen Vorfällen stecken könnte?«

»So gut wie jeder zweite Dämon überwirft sich ein paar Mal mit dem Boss.« In einer fließenden Bewegung setzte er sich hin und lehnte sich gegen meine Schulter. »Siehst du diesen sinnlosen Bannzauber auf der anderen Seite? Den hat man garantiert aus einer Folge von *Supernatural* geklaut.«

Ich musste grinsen.

»Im echten Buch steht der echte Zauber, und dazu gehört auch eine echte Dämonenfalle. Dadurch ist das Buch auch so bedeutsam. Wenn diese Steinbeißerbande – also deine Wächter – das Buch in die Finger bekommen könnte, würde man die Dämonen tatsächlich endgültig ausradieren können.«

Ich schnappte erschrocken nach Luft, noch bevor ich das verhindern konnte. »Und was ist mit ...«

»... mit mir?« Roth zuckte flüchtig mit den Schultern. »Versuchen könnten sie es.«

»Und das wär dir egal?« Ich strich eine Strähne hinter mein Ohr.

»So leicht bin ich nicht zu fassen«, gab er laut lachend zurück.

Nachdem ich ihn einen Moment lang angesehen hatte, widmete ich mich wieder dem Buch und suchte nach einem anderen Thema. Die Vorstellung, Roth könnte verbannt werden, machte mir mehr zu schaffen, als es eigentlich der Fall hätte sein sollen. »Mich wundert nach wie vor, dass die Hölle sich überhaupt an irgendwelche Regeln hält, weißt du? Das kommt mir so widersprüchlich vor.«

»Die Abmachung, die der Boss mit Ihm getroffen hat, hält jetzt seit über zweitausend Jahren. Wir versuchen, uns an die Regeln zu halten, und die Alphas löschen uns nicht aus.« Er blätterte um und zeigte auf eine Liste mit niederen Dämonen, die man beschwören konnte, damit sie einem den einen oder anderen Gefallen erwiesen. »Auf der Welt muss es Gut und Böse geben. Man muss zwischen dem einen und dem anderen wählen können. Und du bist auch noch eine Halbdämonin. Ob du es glaubst oder nicht, aber der Boss mag es gar nicht, dass wir uns untereinander bekriegen. Er hält es für Zeitverschwendung. Aber wenn einer von seiner Art anfängt, gegen die Regeln zu verstoßen, dann wird er erst richtig sauer.«

Ich kicherte. »Kein Wunder. Ihr sollt eure Zeit doch schließlich damit verbringen, menschliche Seelen zu verderben.«

»Ganz richtig«, antwortete Roth und blätterte weiter im Buch. »Wie geht's dir eigentlich? Hast du irgendwelche Schmerzen wegen deiner Kung-Fu-Attacken auf die Dämonen?«

Ich schüttelte den Kopf. »Nein. Es ist alles wieder in Ordnung nach … na, du weißt ja, was ich meine. Und meine Hände fühlen sich auch ganz gut an.«

Roth nickte und schlug die nächste Seite auf, aber ich sah nicht auf das Buch, sondern ich sah ihn an. »Ich muss mich bei dir entschuldigen.«

Er hob den Kopf und drehte sich zu mir um. »Ich brauche eigentlich keine Entschuldigungen. Ich finde, es entschuldigen sich ständig so viele Leute für irgendwas, dass das schon gar keine Bedeutung mehr hat.«

»Es tut mir leid«, sagte ich dennoch. »Ich hätte dich anfangs nicht so gemein behandeln sollen.«

Roth verstummte, und ich übernahm das Blättern. Dämonen und noch mehr Dämonen, bis mir einer von ihnen ins Auge fiel. »Hey!«, rief ich, als Roth nach dem Buch griff. »Nein, warte!« Ich hielt den dünnen Band fest.

Er fasste das Buch am Rand und zog daran. »Layla!«

»Wenn du so weitermachst, kriegst du es noch kaputt«, warnte ich ihn. »Lass mich sehen.«

Eine Zeit lang sah er mich an, während seine Augen zu lodern schienen. »Na gut.« Er überließ mir das Buch und lehnte sich zurück.

Mit triumphierender Miene blätterte ich zurück, bis ich die Zeichnung gefunden hatte, die einen jungen Mann mit unscheinbarer silberner Krone auf dem Kopf zeigte. Er hatte Flügel, die von der Länge her fast seiner Körpergröße entsprachen. Flügel, die so gewaltig wirkten wie die, die ich bei Roth gesehen hatte. Um den einen Arm wand sich eine schwarze Schlange, zu seinen Füßen saß ein Höllenhund.

Außerdem war er nackt und mit allen anatomischen Details versehen.

Meine Wangen begannen zu brennen. »Astaroth, der … Kronprinz der Hölle?«

Roth schwieg.

»›Astaroth ist ein sehr mächtiger Dämon der Ersten Hierarchie, er verführt durch die Anwendung von Faulheit, Eitelkeit und rationalisierten Philosophien.‹« Ich atmete schnaubend aus. »Klingt ganz nach dir. ›Er besitzt außerdem die Fähigkeit, Sterbliche unsichtbar zu machen, und er kann Sterblichen die Macht über Schlangen übertragen.‹«

»Bist du jetzt fertig?«, fragte er seufzend.

»Nein«, gab ich lachend zurück und überflog den unvollständigen Text, wie man ihn beschwören konnte. Dazu gehörten Nacktheit und das Blut einer Jungfrau, also nichts Ungewöhnliches. Einen Bannzauber gab es nicht, nur ein Siegel, das ein wenig nach einem missglückten Kompass aussah. »Und wie kann ich dich loswerden?«

»Für Dämonen der Ersten Hierarchie sind keine Bannzauber

bekannt. Du musst schon eine Teufelsfalle benutzen und auf Vollmond warten, was im *Kleinen Salomon* erklärt wird. Aber eine Teufelsfalle bewirkt nicht, dass ein Dämon gebannt wird. Diese Fallen schicken Dämonen geradewegs in die Feuergruben, was für uns wie der Tod ist.«

Ich sah Roth an, meine Belustigung ebbte allmählich ab. Mit verbissener Miene starrte er in Richtung Fenster. »Was ist? Das bist doch nicht du. Das kannst du gar nicht sein.«

Er drehte sich zu mir um, die Stirn gerunzelt. »Was glaubst du, wie mein Name richtig lautet?«

»Ja und? Du bist erst achtzehn und …« Ich ließ den Satz unvollendet und betrachtete wieder die Zeichnung. Der Roth, der hier neben mir saß, konnte einfach nicht der Kronprinz der Hölle sein. Dann wurde mir klar, was hier los war, und am liebsten hätte ich ihm mit dem Buch ins Gesicht geschlagen. »Du hast mich angelogen!«

»Nein, ich wurde vor achtzehn Jahren geboren«, beharrte er. »Du verstehst nicht.«

»Da hast du allerdings recht. Ich verstehe nicht. Das hier ist nicht das Original, aber der echte *Kleine Salomon* ist steinalt. Wie kannst du in diesem Buch zu finden sein?«

»Ich bin nur einer von vielen«, erwiderte er mit tonloser Stimme. »Diejenigen, die vor mir waren, nahmen ein vorzeitiges Ende, oder sie dienten nicht länger ihrem eigentlichen Zweck.« Zwar lächelte er, aber das hatte rein gar nichts Menschliches an sich. »Ich bin der derzeitige Kronprinz.«

Ich lehnte mich zurück und stützte mich auf meine Arme. »Dann bist du so was wie … wie ein Ersatzmann?«

»Ein identischer Ersatzmann.« Er lachte ohne einen Anflug von Humor. »Jeder Roth vor mir hat genauso ausgesehen wie ich, er hat so geredet wie ich, und er war wahrscheinlich auch genauso charmant wie ich. Man kann also sagen, dass ich ein Ersatzmann bin.«

»Ist das bei anderen Dämonen auch so?«

Roth fuhr sich langsam durchs Haar. »Nein. Dämonen können im eigentlichen Sinn nicht sterben, aber die Feuergruben sind unser Gegenstück zum Tod. Alle vorangegangenen Prinzen finden sich dort und leiden Qualen, die du dir selbst mit der grausamsten Fantasie nicht ausmalen könntest. Ich kann ihre Schreie hören, was eine gute Gedächtnisstütze ist, damit einem kein Fehlverhalten unterläuft.« Er hob beiläufig die Schultern, aber ich wusste, es machte ihm sehr zu schaffen. »Du siehst also, ich habe nur ein klein wenig gelogen. Genau genommen bin ich nicht mal real.«

Ich schloss das Buch und hätte es am liebsten auf den Boden geworfen. Roth saß stocksteif neben mir. Er war ein Ersatzmann, geschaffen, weil sein Vorgänger versagt hatte oder in eine Teufelsfalle geraten war. Ich konnte mir nicht mal im Ansatz vorstellen, wie sich das anfühlen musste. War er überhaupt eine eigene Persönlichkeit, oder war er nur die Summe aus Dutzenden oder vielleicht sogar Hunderten von Kronprinzen, die vor ihm existiert hatten?

Er tat mir schrecklich leid. Während ich so gut wie gar nichts über mein Erbe wusste, besaß Roth über sich selbst vermutlich schon zu viele Informationen.

Schweigen machte sich breit, sodass ich das Schnurren der Kätzchen unter dem Bett hören konnte, das nach kleinen Dieselmotoren klang. Ich wagte einen Blick in Roths Richtung und stellte fest, dass er mich eindringlich ansah.

»Was ist?«, fragte er, nachdem er einmal tief durchgeatmet hatte.

»Ich … es tut mir einfach leid.«

Er setzte zum Reden an, brach aber gleich wieder ab. Nach einigen Sekunden unternahm er einen neuen Anlauf. »Du solltest kein Mitleid mit mir empfinden. Das tue ich ja selbst nicht.«

Ich glaubte ihm kein Wort. Auf einmal ergaben viele Dinge einen Sinn. »So ein Blödsinn.«

Voller Erstaunen sah er mich an.

»Deshalb gefällt es dir hier oben so gut. Du willst nicht da unten sein, sondern hier oben, weil hier alles real ist.« Ich beugte mich vor und hielt seinem Blick stand. »Weil du hier real bist, aber nicht bloß ein weiterer Roth.«

Er zwinkerte ein paar Mal, schließlich begann er zu lachen. »Das wäre vielleicht so, wenn mich solche Dinge kümmern würden. Aber ich bin, was ich bin. Ich bin …«

»Ja, ich weiß, du bist ein Dämon.« Ich nahm die Beine hoch und kniete mich aufs Bett. »Das sagst du immer, so als würdest du versuchen, dir einzureden, dass du nur ein Dämon bist, aber sonst nichts. Ich weiß, dass das nicht stimmt. Du bist mehr als das. Du bist mehr als nur ein weiterer Roth.«

»Jetzt hör aber auf.« Er ließ sich aufs Bett fallen und schaute grinsend zur Decke. »Als Nächstes wirst du mir bestimmt noch weismachen wollen, dass ich ein Gewissen besitze.«

Ich verdrehte die Augen. »So weit würde ich nun nicht gerade gehen, aber …«

»Du hast keine Ahnung«, fiel er mir ins Wort. »Nur weil es mir hier oben gefällt, muss das nichts weiter bedeuten, als dass ich Orte mag, die nicht nach faulen Eiern riechen und an denen keine Temperaturen jenseits der tausend Grad herrschen.«

»Du bist so ein Lügner.«

Er stützte sich auf die Ellbogen auf und lächelte mich spöttisch an. »Und du bist so unglaublich naiv. Ich kann es nicht fassen, dass du Mitleid mit mir hast. Ich habe ja nicht mal ein Herz.«

Ich stieß ihm meine Hände gegen die Schultern, woraufhin er nach hinten kippte – nicht, weil ich so stark gewesen wäre, sondern weil ich ihn überrumpelt hatte. Das war ihm deutlich anzusehen. »Du bist so ein Arsch. Ich möchte jetzt gehen.«

Innerhalb von nicht mal einer halben Sekunde war er aufgesprungen, hatte mich gepackt und drückte mich aufs Bett, während er sich über mich beugte. »Warum wirst du sauer, wenn ich dir die Wahrheit sage?«

»Weil es nicht die Wahrheit ist!« Ich wollte mich aufrichten, aber er hielt mich weiter fest. »Ich verstehe nicht, warum du mich belügen musst. Du bist nicht nur schlecht.«

»Ich habe meine Gründe für mein Verhalten.« Sein Blick wanderte über meinen Körper. »Nicht ein einziger dieser Gründe könnte einen Engel aus mir machen, weil jeder dieser Gründe allein meinen Interessen dient.«

»Nein«, flüsterte ich, weil ich wusste, es war die Wahrheit. »Du bist mehr als nur der aktuelle Kronprinz.«

Er kam näher, bis sein Gesicht nur noch wenige Zentimeter von meinem entfernt war. Mir stockte der Atem. »Ich bin nur der aktuelle Kronprinz. Das ist, was ich bin. Und das ist alles, was ich bin.«

»Das ist nicht wahr.«

Roth erwiderte nichts, sondern nahm die Hände weg und strich mit den Fingern über meinen Arm. Seine Hand wanderte zu meiner Taille, dann zu meiner Hüfte. Jede Berührung löste Hitze aus, gefolgt von einem fast schmerzhaften Verlangen, unter das sich sogar ein wenig Angst mischte. Da war sie wieder, diese berauschende Anspannung, die uns zueinander hinzog. Ich war es leid, diese Gefühle zu ignorieren und mir einzureden, dass es verkehrt war, wenn es in Wahrheit das war, was ich wollte ... und was ich brauchte.

Denn Roth war mehr als nur ein Dämon, und ich war mehr als nur ein Mädchen, das zwischen zwei Rassen stand.

Langsam hob ich meine Hand und legte sie auf seine Wange. Nur seine Brust hob und senkte sich, aber nicht in einem gleichmäßigen Rhythmus. Dadurch wurde mir klar, dass ihn das, was zwischen uns war, genauso fest im Griff hatte, wie es bei mir der Fall war. Es ging nicht nur um ein Spiel oder einen Job. Es war mehr als ein Necken und Flirten. »Du bist mehr als nur ein weiterer Roth. Du bist viel mehr als nur das. Du bist ...«

In diesem Moment fuhr er mit den Lippen über meine. Ich schnappte erschrocken nach Luft und erstarrte mitten in der Bewegung. Es war kein richtiger Kuss, nur eine zärtliche Berührung, überraschend sanft und zärtlich. Er drängte nicht zu mehr, und er küsste mich auch nicht intensiver. Stattdessen verharrte er über mich gebeugt und sah mich an. Dieser Kuss, der so leicht wie die Berührung durch einen Schmetterling war, bewirkte bei mir alles, was ich bis dahin erlebt hatte.

Er bewirkte, dass ich mehr wollte. Sehr viel mehr.

18. KAPITEL

Roth hob den Kopf und schaute mir tief in die Augen. Sein Blick hatte weniger etwas Fragendes, vielmehr erkannte ich ein wildes Versprechen, das Dinge beinhaltete, die ich nicht einmal im Ansatz verstehen konnte.

Ich presste die Hände auf seine Brust, ich hatte allerdings keine Ahnung, ob ich ihn wegstoßen oder an mich ziehen wollte. Zu viele Gedanken gingen mir gleichzeitig durch den Kopf. Ich wollte das hier, dabei wusste ich nicht mal, was dieses *das hier* eigentlich sein sollte. An diesem Tag im Park hatte ich von Roth meinen allerersten Kuss gekriegt, wobei ich mir nicht mal sicher war, ob der überhaupt zählte. Er war gut gewesen, sogar hervorragend, doch ich fand nicht, dass er aus Leidenschaft heraus entstanden war. In erster Linie hat Roth mich geküsst, nur um zu beweisen, dass er es konnte.

Jetzt dagegen würde er mich richtig küssen, das konnte ich spüren.

Ich legte meine zitternden Finger auf seine Schulter. Ich musste nur ganz leicht drücken, schon wich Roth zurück. Dabei fiel mir auf, wie angestrengt er atmete.

»Was ist los?« Seine Stimme durchdrang mich.

Mein Herz pochte wie wild. Ich nahm meine Hände zurück und verschränkte die Arme vor der Brust. Mein Shirt war ein Stück weit hochgerutscht, unsere Beine waren verschlungen. Seine Augen schienen golden zu leuchten. »Ich glaube, ich … ich bin mir nicht ganz sicher.«

Roth rührte sich sekundenlang überhaupt nicht, schließlich nickte er. Ich biss mir auf die Lippe, während er sich zur Seite rollte. Ich rechnete damit, dass er beleidigt sein würde, weil ich die Notbremse gezogen hatte, bevor irgendetwas passieren konnte. Ich könnte ihn gut verstehen, immerhin war ich ja sogar selbst sauer auf mich. Warum hatte ich nur abgebrochen?

»Es tut mir leid«, flüsterte ich, während ich mich hinsetzte und mein Shirt zurechtzupfte. »Es ist nur so … ich habe noch nie …«

»Es ist in Ordnung.« Die Matratze gab nach, als Roth die Arme um mich schlang und er mich wieder zu sich aufs Bett zog. Er streckte sich genüsslich, dabei drückte er mich fest an sich. »Es ist wirklich in Ordnung.«

Die schwarz-weiße Katze sprang auf die Bettkante und scheuerte sich zuerst an Roths, danach an meinem Fuß. Diese Ablenkung war mehr als willkommen, weil ich das Gefühl hatte, dass ein ganzer Schwarm Schmetterlinge in meinem Bauch unterwegs war.

Das Kätzchen hielt inne und sah mich mit seinen hellblauen Augen wachsam an. Ich rechnete jeden Moment damit, dass es mich in den Fuß biss oder ihn zumindest mit seinen Krallen traktierte. Aber offenbar war ich diesmal nicht so interessant, da sich das Tier ans Fußende zurückzog und sich dort zusammenrollte. Gleich darauf sprangen auch die beiden Geschwisterchen aufs Bett und gesellten sich zu dem kleinen Wollknäuel.

Eine Zeit lang lagen wir schweigend da, während ich versuchte, mein Herz unter Kontrolle zu bekommen und zu begreifen, wieso Enttäuschung und Erleichterung in mir darum wetteiferten, was ich denn nun empfinden sollte. Endlich begann Roth zu reden, und er erzählte mir, welche Fernsehserien er alle verpasst hatte, wenn er unten war. »Wir kriegen da kein Kabelfernsehen«, sagte er. »Nur Satellit, doch das auch nur, bis jemand einen Feuerball aufsteigen lässt, was alle paar Sekunden der Fall ist.«

Er erzählte auch davon, wie er und Cayman sich angefreundet hatten. Cayman kümmerte sich um das Portal und verwaltete mehr oder weniger das Apartmentgebäude. Er hatte sich an Roth rangemacht, und der war schließlich in das Loft über der Bar eingezogen, nachdem er Cayman erklärt hatte, er stehe ausschließlich auf Mädchen. Wie das funktioniert haben sollte, war mir zwar nicht so ganz klar, aber ich fragte auch nicht nach.

Und dann erzählte er mir von seiner Mom.

»Du hast eine Mutter?«, fragte ich und musste lachen, weil das irgendwie ein absurder Gedanke war. Ich stellte mir immer noch vor, dass er in einem Ei ausgebrütet worden und dann fertig ausgewachsen geschlüpft war.

»Ja, ich habe eine Mutter und einen Vater. Du … weißt doch, wo die Babys herkommen, oder?«

Am liebsten hätte ich ihm auf der Stelle gezeigt, wie das mit den Babys funktionierte. »Wie heißt sie?«

»Oh, sie hat viele Namen, und sie lebt schon seit sehr langer Zeit.«

Ich stutzte, weil mir das irgendwie bekannt vorkam.

»Aber ich nenne sie Lucy«, ergänzte er.

»Nicht Mom?«

»Auf gar keinen Fall. Falls du der Frau je begegnen solltest, wobei ich dir jetzt schon versichern kann, dass du dir das niemals wünschen wirst, dann wirst du das verstehen. Sie ist sehr … altmodisch. Und sie will alles und jeden kontrollieren.«

»So wie Abbot?« Ich lag so bequem, dass ich mich nicht bewegen wollte, nur um mir die Haare aus dem Gesicht zu streichen. Also versuchte ich sie wegzupusten, was aber nicht funktionierte.

»Ja, so wie Abbot.« Er kümmerte sich um meine ungestümen Haare, seine Finger verharrten danach auf meiner Wange. »Allerdings glaube ich, dass du Abbot tatsächlich etwas bedeutest.«

Ich zog die Brauen zusammen. »Wenn er mich lieben würde, hätte er mich nicht die ganze Zeit über belogen.«

»Er lügt, um dich zu beschützen«, stellte Roth klar. »Das ist etwas anderes.«

Eigentlich wollte ich ihn fragen, wieso er auf einmal so auf Abbots Seite war, doch dann ließ ich es auf sich beruhen. »Wie ist sie?«

Roth drückte meinen Kopf leicht nach oben, sein Daumen strich leicht über meine Unterlippe. »Sie ist … ungewöhnlich.«

Ein paar Minuten lang lagen wir schweigend da. »Ich muss bald zurück zur Schule.«

»Stony holt dich nach dem Unterricht ab?«

»Es ist für Morris zu riskant geworden.« Ich wusste nicht, wieso, aber ich hatte das Gefühl, einen Grund nennen zu müssen, einen stichhaltigen Grund. »Und deshalb holt Zayne mich ab.«

Er hielt meine Taille etwas fester umfasst. »Vielleicht sollte ich mich ihm vorstellen.«

»Ach, ich glaube, das ist keine so gute Idee.«

»Also, ich halte das für eine geniale Idee.«

Ich löste mich aus seiner Umarmung, setzte mich hin und zog mein Shirt erneut gerade. In der nächsten Sekunde lag Roths Hand schon wieder auf meiner Wange, dabei hatte ich nicht mal gesehen, wie er aufgestanden war. »Mit deinen geröteten Wangen und diesen großen Augen bist du wunderschön.«

Mein Herz führte bei diesen Worten doch tatsächlich einen Freudentanz auf! »Du wirst mich mit keinem Kompliment der Welt dazu bringen, dass ich dir Zayne vorstelle.«

Er nahm die Hand weg. »Verdammt, ich brauche einen neuen Plan.«

»Wir müssen uns jetzt wirklich auf den Weg machen«, drängte ich und stand vom Bett auf.

Mit einem aus tiefster Seele kommenden Seufzer folgte mir Roth und streckte die Arme über den Kopf. Der Bund seiner Hose hing so tief auf den makellos geformten Hüften, dass ich noch etwas von dem Schwanz des Drachen sehen konnte, bevor der unter dem Stoff verschwand.

Roth bemerkte meinen Blick und fragte grinsend: »Hast du irgendwas gesehen, was dir gefällt?«

Ich schaute ihn ausdruckslos an, und danach musterten wir uns gegenseitig ein wenig verlegen. Alles zwischen uns war anders geworden, obwohl ich nicht den genauen Moment bestimmen konnte, als es geschehen war, und ich mir auch nicht im Klaren darüber war, was das eigentlich zu bedeuten hatte. Als ich später an diesem Tag so tat, als komme ich geradewegs vom Unterricht, und auf Zaynes Impala zuging, wurden mir dann jedoch zwei Dinge klar.

Dieses Gefühl, dass sich meine Brust verkrampfte und mir das Atmen erschwerte, sobald ich nur an Roth dachte, würde so bald nicht der Vergangenheit angehören. Außerdem war mir der eigentliche Grund dafür, Roth in sein Loft zu begleiten, völlig entfallen, nachdem er mir diesen federleichten Kuss gegeben hatte.

Wenn wir so weitermachten, würden die Lilin die Erde bevölkern, ohne dass wir auch nur einen Schritt weitergekommen wären, um das zu verhindern.

Die nächste Woche verlief einigermaßen normal, sofern man es als normal bezeichnen wollte, dass ich einen Dämon als Mitschüler hatte und jede freie Minute damit verbrachte, dem Versteck dieses Buchs auf die Spur zu kommen. Entweder übersahen Roth und ich etwas absolut Offensichtliches, oder wir waren beide nicht die Hellsten, auf jeden Fall stießen wir nicht mal auf einen noch so kleinen Hinweis, der uns weiterhelfen konnte.

Von dem Problem mit den Dämonen abgesehen, war es eine schöne Sache, dass Zayne mich jeden Tag zur Schule brachte und auch wieder abholte. Von Elijah und seinem Clan hatte sich bislang keine Spur finden lassen. In ihren eigenen Bezirk waren sie nicht zurückgekehrt. Zayne war davon überzeugt, dass sie sich noch irgendwo in der Nähe der Stadt aufhielten, und ich wusste in meinem tiefsten Inneren, dass das Thema Elijah noch nicht abgeschlossen war. Aber er war nicht mein größtes Problem. Mit jedem Tag, der ergebnislos verstrich, wurde meine Angst stärker, dass uns letztlich die Zeit davonlaufen würde. Außerdem war es nur eine Frage der Zeit, bis der nächste Dämon auftauchen würde, der es auf mich abgesehen hatte, weshalb ich ständig über die Schulter schaute, ob sich schon irgendwo etwas Verdächtiges regte.

Beim Mittagessen am Donnerstag hielt Sam mir eine Tageszeitung vor die Nase. Die Schlagzeile lautete: »WÄCHTER – SOLLEN SIE BLEIBEN ODER GEHEN? Die Kirche der Kinder Gottes meldet sich zu Wort.«

Angewidert seufzend nahm ich die Zeitung und überflog den Artikel. In Abständen unternahm die Kirche der Kinder Gottes eine Demonstration gegen die Wächter und schaffte es damit jedes Mal am nächsten Tag auf die Titelseite. Das Ganze zog sich schon hin, seit die Öffentlichkeit von der Existenz der Wächter erfahren hatte.

Roth strahlte pure Schadenfreude aus, als er über meine Schulter auf die Zeitung schaute. Wenn wir nicht gerade blaumachten, um dem Rätsel dieses Sehers auf die Spur zu kommen und um den Dämon zu identifizieren, der hinter dem Plan steckte, aß Roth mit uns zu Mittag.

»Die müssen endlich anfangen, Interviews zu geben«, sagte Sam. »Sonst werden sie von solchen Idioten am Ende noch auf dem Scheiterhaufen verbrannt.«

»Was ist denn gegen ein gutes Freudenfeuer einzuwenden?«, fragte Roth mit Unschuldsmiene und stieß mich unter dem Tisch mit seinem Knie an.

Ich rammte ihm meine Faust in den Oberschenkel.

Sam griff über den Tisch und nahm sich ein paar von meinen Fritten. »Hast du den Mist gelesen?«

»Nur überflogen«, sagte ich und legte die Zeitung auf den Tisch.

Stacey beugte sich vor und las die Schlagzeile. »Was soll denn das? Da steht doch tatsächlich – und ich zitiere –: ›Die Wächter sehen genau jenen Kreaturen ähnlich, die aus dem Himmel verbannt und in die Hölle geschickt wurden. Sie sind Sünder, die sich als Heilige ausgeben.‹ Okay, zwei Fragen hätte ich dazu: Welche Drogen haben diese Typen geschluckt, um so was verbreiten zu können? Und wo kann ich was von dem Zeug herkriegen?«

»Sieh mal da.« Roth zeigte auf den dritten Absatz, während er den Arm um meine Taille legte. Weil er mich ständig auf diese Art anfasste, glaubte die halbe Schule bereits, wir seien ein Paar. Dabei war ich mir gar nicht sicher, *was* wir eigentlich waren. Und wir hatten auch noch von keiner Behörde ein offizielles Schreiben erhalten, das uns zum Paar erklärte. »Die Kirche spricht davon, dass die Wächter ein Zeichen für die bevorstehende Apokalypse sind. Na, das ist ja interessant.«

»Ich werde stinksauer sein«, warf Sam schnaubend ein, »wenn die Apokalypse kommt und nicht ein einziger Zombie auftaucht.«

Roth nahm die Hand von meiner Taille und setzte schon zu einer Erwiderung an, da fiel ich ihm noch schnell genug ins Wort: »Fanatiker sind alle krank im Hirn.«

Sam drehte sich zu Stacey um. »Isst du die Fritten noch auf?«

»Seit wann fragst du, bevor du dir was nimmst?« Ich packte Roths Hand und schob sie weg, damit er sie nicht noch weiter an meinem Bein nach oben wandern lassen konnte. »Außerdem kannst du dich von meinem Teller bedienen.«

Ein rosa Hauch breitete sich auf Sams Wangen aus. »Wusstet ihr, dass der durchschnittliche Erwachsene bei dreißig Minuten Sex zweihundert Kalorien verbrennt?« Das Rosa wurde intensiver, während Sam die Augen weit aufriss. »Ich weiß nicht, wieso ich das gerade gesagt habe!«

Vergeblich versuchte ich, mein Kichern zu unterdrücken.

Stacey bekam vor Staunen den Mund nicht mehr zu.

Roth zog die Augenbrauen hoch. »Nur Sex im Kopf, Kumpel?«

Daraufhin murmelte Sam etwas Unverständliches und räusperte sich: »Wusstet ihr eigentlich, dass Bananen radioaktiv sind?«

»Wow, was du alles weißt«, meinte Stacey staunend, konnte sich allerdings ein Grinsen nicht verkneifen.

»Oh ja, diese radioaktiven Bananen sind schon …« Mitten im Satz brach ich ab. Roth warf mir einen seltsamen Blick zu, aber den ignorierte ich einfach. Sam wusste wirklich alles Mögliche, vielleicht auch das, was mich interessierte. Warum hatte ich nicht schon längst daran gedacht? »Hey, ich habe neulich morgens im Radio ein Rätsel mitbekommen, aber nicht die Lösung. Das macht mich jetzt noch verrückt, weil ich nicht auf die Antwort komme.«

Sams Augen strahlten vor Neugier. »Lass mal hören.«

»Okay, also ich glaube, es bezog sich auf irgendetwas in der Stadt, und zwar ging es da um eine Stelle, an der ein Monolith zurückgeworfen wird.« Ich konnte mich kaum noch auf meinem Platz halten, so sehr brannte ich darauf, Sams Meinung zu hören. »Irgendeine Ahnung, was das sein könnte?«

Sekundenlang starrte mich Sam an, dann auf einmal begann er zu lachen und klatschte mit beiden Händen auf den Tisch. »Ist das dein Ernst?«

Ich verstand nicht, was so lustig daran war. »Ja, das ist mein Ernst.«

Roth griff nach einer Plastikgabel. »Ich nehme an, du weißt, wo diese Stelle ist, richtig?«

»Natürlich! Wie kann man das nicht wissen? Es ist offensichtlich. Da muss man sehr …« Sam ließ den Rest unausgesprochen, als er sah, dass Roth die Gabel als Geschoss einsetzen könnte. »Okay, vielleicht ist es ja nicht ganz so offensichtlich.«

»Sam«, sagte ich nur, da ich zunehmend ungeduldig wurde.

Er schob seine Brille hoch. »Also gut, das Rätsel ist etwas verdreht formuliert, um dich in die Irre zu führen. Der Schlüssel zur Lösung besteht folglich darin, gängigere Begriffe für einige der Worte zu finden. Zum Beispiel der Monolith. Ein anderes Wort dafür? Ein Monument. Und ein Synonym für ›zurückwerfen‹? Widerspiegeln. Du wirst also eigentlich nach einer Stelle gefragt, an der sich ein Monument widerspiegelt. Und was damit gemeint ist, weiß ja nun wirklich jeder von uns.«

»Alter«, sagte Stacey genervt. »Nicht jeder von uns.«

Sam seufzte gedehnt. »Muss ich euch eigentlich wirklich jedes kleine bisschen erklären? Es geht um das Washington Monument, und es spiegelt sich im … Reflexionsbecken wider. Also? War das nun offensichtlich oder nicht?«

»Offensichtlich war es das nicht«, gab Roth zurück.

Am liebsten wäre ich Sam um den Hals gefallen. »Du bist der totale Wahnsinn, Sam. Vielen, vielen Dank!«

»Ich *bin* der totale Wahnsinn«, erwiderte er. »Das weiß ich doch.«

Nach einem auffordernden Blick in Roths Richtung schnappte ich mir mein Tablett. »Hey, Leute, wir sehen uns zur Englischstunde wieder?«

»Klar«, sagte Stacey gedankenverloren, da sie immer noch Sam ansah.

Ich hätte zwanzig Dollar darauf verwettet, dass sie die ganze Zeit darüber nachdachte, wie angenehm sich doch zweihundert Kalorien verbrennen ließen. Roth und ich brachten die Tabletts weg, dann schlichen wir uns davon zu der Treppe an der alten Turnhalle. Rings um das rostige Geländer hatten sich alte Farbpartikel angesammelt.

»Ich hoffe, wir sind hergekommen, weil du die Theorie von den zweihundert Kalorien testen willst«, sagte Roth.

»Netter Versuch, Roth, aber leider daneben.«

»Schade. Aber man soll die Hoffnung nie aufgeben, nicht wahr?«

»Wir wissen, wo der *Kleine Salomon* ist«, sagte ich, ohne auf seine zweite Bemerkung einzugehen. Ich strich mir die Haare aus dem Gesicht. »Mein Gott, ich kann es nicht fassen, dass wir nicht von selbst auf diese Lösung gekommen sind. Hey, Roth, das sind gute Neuigkeiten«, betonte ich, da von ihm keine Reaktion kam.

»Ja, ich weiß«, erwiderte er und zog die Haarsträhne weg, die ich soeben aus meinem Gesicht streichen wollte, dann wickelte er sie noch um seinen Finger. »Ich muss nur die ganze Zeit daran denken, wie gern ich zweihundert Kalorien verbrennen würde.«

Ich gab ihm einen Klaps auf die Finger, damit er aufhörte. »Roth!«

»Ja, ja, schon gut.« Trotzdem griff er wieder nach der widerborstigen Strähne. »Wer hätte gedacht, dass das nutzlose Zeug in Sams Kopf tatsächlich mal von Nutzen sein würde?«

»Eben«, sagte ich und lachte begeistert. »Jetzt benötigen wir nur noch einen Vollmond.«

»Da haben wir Glück, der nächste Vollmond ist am Samstag.«

Ich sah ihn skeptisch an. »Wie um alles in der Welt kannst du so was auswendig wissen?«

Roth zog mich zu sich heran. »Dämonen und der Vollmond gehören so sehr zusammen wie Erbsen und Möhren.«

»Das ist das Dümmste, was ich je gehört habe«, sagte ich kopfschüttelnd und legte eine Hand auf seine Brust, um ihn auf Abstand zu halten.

»Willst du lieber was Besseres hören?«

Der Himmel allein wusste, was Roth als Nächstes verkünden würde. Ich sah ihm in die Augen. »Was denn?«

»Hmm?« Er versuchte, sich mir zu nähern, ich wich gleichzeitig zurück. »Weißt du noch, wovon du mich überzeugen wolltest, als du das letzte Mal bei mir warst?«

Ich stieß mit dem Rücken gegen die alte Betonmauer. »Du meinst, dass du nicht bloß ein weiterer Roth bist?«

Roth ließ meine Haare los und legte stattdessen die Fingerspitzen an mein Kinn. Ich fühlte mich bis hinunter in meine Zehen elektrisiert, während er meinen Kopf ein wenig nach hinten drückte und mich spitzbübisch angrinste. »Als ich gesagt habe, ich bin gar kein richtiger Junge?«

»Ja.«

Er lächelte und beugte sich vor. Ich versuchte noch, meine Beine zusammenzupressen, aber er schob ein Bein dazwischen und drängte seine Hüfte gegen mich. »Ich glaube, aus mir wird jetzt doch noch ein richtiger Junge.«

Oh, lieber Himmel ...

In diesem Moment schrillte die Glocke los und zeigte das Pausenende an. Sie hörte sich so unendlich weit entfernt an. »Roth ...«

»Was denn?« Er ließ den Kopf sinken und rieb seine Nase an meiner. Seine Lippen waren nur ein paar Zentimeter weit weg. Ich hatte das Gefühl, dass mein ganzer Körper in Flammen stand. Er küsste meine Wange, mein Ohrläppchen. Er knabberte an den empfindlichen Stellen, sodass mir der Atem stockte und ich mich in sein Hemd verkrallte.

Plötzlich ließ er mich los und trat einen Schritt nach hinten. »Hör auf, mich abzulenken.«

»Bi... bitte was?«, rief ich verdutzt. »Ich tue doch gar nichts! Du bist derjenige ...«

»Du bist einfach zu unwiderstehlich.« Dabei grinste er mich noch etwas breiter an. »Aber zurück zu den wichtigen Dingen.«

Ich fühlte mich so versucht, ihm eine zu scheuern, dass ich die Arme vor der Brust verschränken musste, um mich zurückzuhalten. »Ja, genau. Zurück zu den wichtigen Dingen.«

»Ich kann am Samstag nach dem *Kleinen Salomon* suchen.«

»Ich werde dich begleiten«, warf ich ein.

Roth seufzte. »Ich wusste, du würdest das sagen. Es gibt bloß ein kleines Problem, das dir dabei im Weg steht. Wie willst du dich mitten in der Nacht aus deiner Wächter-Festung schleichen?«

»Das schaffe ich schon.« Auf seinen skeptischen Blick hin stöhnte ich leise auf. »Okay, wahrscheinlich kann ich mich nicht rausschleichen. Aber ich könnte sie dazu überreden, mich die Nacht bei Stacey verbringen zu lassen.«

»Und das würden sie dir erlauben?«

»Keine Ahnung.« Ich schob den Träger meine Schultertasche zurecht. »Aber ich will es auf jeden Fall versuchen.«

Schnaubend atmete Roth aus. »Okay, versuch es. Schick mir eine SMS, damit ich Bescheid weiß.« Er hielt mir die Tür auf, die aus dem Treppenhaus führte, und sah mich besorgt an. »Meinst du, du schaffst es bis in den Klassenraum? Immerhin habe ich deine Knie zum Zittern gebracht.«

Ich kniff die Augen zusammen und stolzierte an ihm vorbei. »Du hast meine Knie überhaupt nicht zum Zittern gebracht. Dein Problem ist, dass du ein viel zu großes Ego hast.«

»Also wenn du mal sehen willst, was ich wirklich Großes zu bieten habe, dann musst du …«

»Sei bloß ruhig, Roth! Ich will das überhaupt nicht wissen!« Ich fuchtelte mit einer Hand. »Ich gebe dir Bescheid, sobald ich was erfahren habe.«

Roth blieb zurück, während ich mich in den Schülerstrom einfädelte, um zu meinem Klassenraum zu gelangen. Ich hatte Roth angelogen. Er hatte meine Knie sehr wohl zum Zittern gebracht. Und wie!

19. KAPITEL

Mittlerweile ging ich zum zehnten Mal an Abbots geschlossener Tür zum Arbeitszimmer vorbei. Es wäre schon ein kleines Wunder nötig, um ihn dazu zu bewegen, dass er mir erlaubte, am Samstag bei Stacey zu schlafen. Auch wenn es seit der Begegnung mit den Folter-Dämonen keinerlei Angriffe auf mich gegeben hatte, wobei die Wächter von diesem Zwischenfall ja noch nicht mal etwas wussten, hegte ich ernsthafte Zweifel an seiner Zustimmung.

Aber ich musste es zumindest versuchen.

Zayne kam um die Ecke und blieb stehen, als er mich entdeckte. Er hatte eben sein Training absolviert, und sein graues Shirt klebte an seinem Oberkörper, von der breiten Brust bis hinunter zur schmalen Taille. »Was machst du denn da, Layla-Biene?«, fragte er grinsend.

»Ich warte darauf, dass Abbot seine Unterhaltung mit Nicolai und Geoff beendet.« Ich hypnotisierte die Eichentür, als könnte ich sie allein durch Willenskraft öffnen. Da nichts geschah, ließ ich mich auf die unterste Treppenstufe sinken. »Das dauert schon ewig.«

»Wie lange wartest du denn schon?«

»Seit dem Abendessen.« Ich rutschte zur Seite, um seinem muskulösen Körper Platz zu machen. »Dein Vater führt in letzter Zeit eine Menge Gespräche hinter verschlossenen Türen.«

Zayne setzte sich zu mir und stützte die Ellbogen auf seine Knie. »Stimmt.«

»Du weißt nicht zufällig, worum es geht, oder?«

»Nein.« Er lachte leise. »Vater plant irgendwas, aber was es ist, weiß ich auch nicht.«

Ein Schauer lief mir über den Rücken. Ich konnte nur hoffen, dass sein Vater nicht etwas plante, was mich betraf.

»Geht's dir gut?«, fragte er und stieß mein Bein an.

»Alles bestens.« Lächelnd strich ich mir eine Haarsträhne aus dem Gesicht. »Und bei dir?«

Er runzelte die Stirn. »Alles okay.«

Unsere Blicke trafen sich für einen Moment, ich nickte und konzentrierte mich dann wieder auf die Tür zum Arbeitszimmer. Seit Petrs Anschlag auf mein Leben hatte sich zwischen Zayne und mir etwas verändert. Er schien mich ständig zu beobachten, als rechne er jeden Augenblick mit meinem unvermeidbaren Nervenzusammenbruch … oder als befürchte er, ich könnte die Kontrolle über mich verlieren und anfangen, Seelen im Dutzend aufzusaugen. Vielleicht war meine Einschätzung auch nicht fair, und Zayne war bloß besorgt um mich.

»Du wirkst so anders.«

Bei dieser scheinbar aus dem Nichts kommenden Bemerkung verkrampfte sich mein Magen. »Inwiefern?«

Zayne legte den Kopf ein wenig schräg. »Ich weiß nicht, aber … du wirkst irgendwie anders.«

Jetzt bekam ich auch noch das Gefühl, dass mir die Luft abgeschnürt wurde, weil ich vor Schreck nicht mehr durchatmen konnte. »Wie meinst du das?«

»Ich kann das nicht erklären.« Er ließ ein etwas nervöses Lachen folgen. »Es ist irgendwie so ein Gefühl, aber …« Seine Hand fasste nach dem Haarbüschel auf meiner Schulter, aber weder zog er daran noch wickelte er es um seine Finger, wie es sonst der Fall war. Stattdessen fuhr er sanft durch die Haare, während ich reglos dasaß. »Vielleicht liegt es auch nur an mir.«

Unwillkürlich musste ich an Roth denken – an den Kuss im Park und all die anschließenden Beinahe-Küsse. Von den Geheimnissen abgesehen, die ich seit einer Weile mit mir herumtrug, war die einzige Veränderung die, dass ich … dass ich geküsst worden war. Aber das konnte es nicht sein. Davon konnte Zayne nichts ahnen, schließlich stand mir das nicht auf die Stirn geschrieben.

Oh Gott! Was, wenn er es doch irgendwie wusste? Zayne schien immer alles zu wissen.

Ich schüttelte den Kopf. »Ich bin immer noch die gleiche langweilige …«

»Du bist nicht langweilig«, widersprach er prompt. »Und du bist auch noch nie langweilig gewesen. Ich mag es nicht, wenn du so etwas sagst, und noch weniger mag ich es, dass du das auch noch glaubst.«

Zwar setzte ich zu einer Antwort an, aber ich brachte keinen Ton heraus. Zayne unterschied sich in so vielen Dingen von mir, dass es mir manchmal so vorkam, als könnten wir gar nicht gegensätzlicher sein. Zweifel kamen an die Oberfläche, die mir so vorkamen wie alte Freunde, die man lieber nicht wiedersehen wollte. Ich war nicht so wie Zayne. Ich konnte niemals so sein wie er, auch wenn ich mir noch so viel Mühe gab. Izzy und Drake waren erst zwei, und sie konnten sich schon wandeln, ich mit meinen siebzehn war dazu nicht in der Lage und würde es auch niemals sein. Ich drehte den Kopf zur Seite, während ich im Geiste eine Liste all meiner Fehler, Schwächen und Unzulänglichkeiten zusammenstellte, die immer länger und länger wurde.

Eigenartig war, dass meine Gedanken nie in diese unerfreuliche Richtung abschweiften, wenn ich mit Roth zusammen war.

Zayne murmelte irgendetwas, dann legte er den Arm um meine Schultern und zog mich an sich, bis er das Kinn auf meinen Kopf legen konnte. Ich schloss die Augen und atmete den frischen Duft nach Wintermint ein, der Zayne umgab. Wir saßen immer noch so, als ich auf einmal schwere Schritte hörte, die sich im Arbeitszimmer der Tür näherten.

Ich löste mich von Zayne und ignorierte den eisigen Hauch, der über meinen Rücken lief. Gerade als ich aufgestanden war, verließen Nicolai und Geoff den Raum und zwinkerten mir auf dem Weg zur Kellertür zu.

Abbot sah seinen Sohn an, dann mich. »Ich nehme an, ihr beide oder zumindest doch einer von euch beiden wartet auf mich.«

»Ja, ich.« Ich machte einen Schritt auf ihn zu, während ich die Hände hinter dem Rücken verschränkte, damit Abbot mir meine Nervosität nicht ansehen konnte. »Ich wollte dich um einen Gefallen bitten.«

Er kreuzte die Arme vor der Brust.

»Na ja, es ist kein richtig großer Gefallen, sondern mehr eine Bitte.« Meine Wangen wurden wärmer. Dieser Mann hatte irgendetwas an sich, das mich jedes Mal aus dem Konzept brachte, was dazu führte, dass ich kaum einen vernünftigen Satz zustande bekam und wild drauflos zuplappern begann. Ein Blick über die Schulter zeigte mir, dass Zayne noch auf der Treppe saß und mir aufmerksam zuhörte. Ich seufzte leise. »Am Montag steht diese große Bio-Prüfung an.« Gelogen. »Na ja, und nachdem es keine weiteren Angriffe von Dämonen mehr gegeben hat …« Gelogen. »… also … ich hatte überlegt, ob ich von Samstag auf Sonntag bei Stacey übernachten kann, dann können wir länger zusammen lernen.«

Alles Lüge! Alles nur Lüge!

Ehe Abbot etwas dazu sagen konnte, ging Zayne dazwischen: »Es hat keine weiteren Angriffe gegeben, weil du nirgendwo warst, wo dich Dämonen hätten angreifen können.«

Mist …

Ich warf Zayne einen vernichtenden Blick zu, damit er die Klappe hielt. »Wenn Zayne mich zu Stacey fährt und da absetzt, kann er sich die Nachbarschaft ja gründlich ansehen und …«

»Sekunde mal!«, rief Zayne und stand im nächsten Moment neben mir. »Bezieh mich nicht in diese Schnapsidee mit ein. Nach allem, was passiert ist, wirst du auf keinen Fall irgendwo anders übernachten.«

»Ich kann mich nicht daran erinnern, dass ich *dich* um Erlaubnis gebeten habe«, konterte ich verärgert.

Sein Blick war genauso finster wie meiner. »Du solltest momentan gar nicht erst auf eine solche Idee kommen.«

Ich atmete tief durch und wandte mich wieder an Abbot. »Bitte. Ich muss unbedingt lernen und …«

»Ich kann dir beim Lernen helfen«, fiel Zayne mir ins Wort und stemmte die Hände in die Hüften.

»Nein, kannst du nicht, weil du nicht in meiner Klasse bist.«

»Aber ich habe auch Biounterricht gehabt, und das war wahrscheinlich viel schwerer als das, was du in der Schule lernst.«

Ich ahmte seine Körperhaltung nach. »Besten Dank für deine Belehrung, aber ich muss das lernen, was die arme öffentliche Schule Leuten wie mir und Stacey beibringt.« Mit meinem besten Dackelblick wandte ich mich wieder an Abbot. Ich war nicht weit davon entfernt, auf die Knie zu sinken und zu betteln. »Ich verspreche auch, dass ich sofort den ganzen Clan alarmiere, wenn mir irgendwas seltsam vorkommt. Ich werde auch …«

»Machst du dir eigentlich gar keine Sorgen, du könntest deine Freundin in Gefahr bringen?«, warf Zayne ein. Zum Teufel mit ihm! Am liebsten wäre ich ihm ins Gesicht gesprungen. »Layla, nimm Vernunft an.«

»Wie wär's, wenn *du* mal Vernunft annehmen würdest? Ich kann nicht ewig nur zu Hause bleiben und bloß dann mal rausgehen, wenn ich zur Schule muss! Willst du, dass ich durchfalle?« Okay, das war schäbig von mir, aber ich war inzwischen auch am Rande der Verzweiflung. »Das wird nämlich passieren, wenn ich nicht lernen kann.«

»Niemand will, dass du durchfällst«, meldete sich Abbot und drückte Daumen und Zeigefinger auf seinen Nasenrücken, so wie er es immer machte, wenn Zayne und ich in seiner Gegenwart zu streiten anfingen. Aber in seinen Augen entdeckte ich diesmal etwas Gerissenes. »Ich halte es für gar keine so schlechte Idee, wenn du am Samstag zu deiner Freundin nach Hause fährst.«

»Ehrlich?«, kreischte ich im gleichen Moment, in dem Zayne ungläubig »Was?« rief.

Abbot sah seinen Sohn ernst an. »Ja, ich glaube, das geht in Ordnung. Du musst in Ruhe lernen, und du wirst wohl auch gern etwas Zeit mit deiner Freundin verbringen wollen.« Dann fügte er betont hinzu: »Vor allem mit Blick auf die Dinge, die sich ereignet haben.«

»Danke«, sagte ich und konnte mich gerade noch davon abhalten, Abbot um den Hals zu fallen.

»Ich halte das für keine gute Idee«, erklärte ein unüberhörbar entsetzter Zayne.

»Nun, ich denke, es wäre gut, wenn du Layla zu Stacey fährst und am nächsten Morgen wieder abholst, schließlich bist du ja so sehr um Laylas Sicherheit besorgt.« Abbot beugte sich vor und wischte eine Fluse von seinem Hosenbein. »Wenn etwas passiert, weiß Layla ja, wie sie uns umgehend erreichen kann.«

Ich nickte bestätigend, aber ich konnte auch nicht leugnen, dass ich wegen meiner Lügen ein schlechtes Gewissen hatte, zumal Zaynes Miene erkennen ließ, wie groß seine Sorge um mein Wohlergehen war. Mein einziger Trost war, dass ich nur zum Wohl der Menschheit handelte. Das musste mein Handeln einfach rechtfertigen.

Abbot ging, und ich wollte gerade in mein Zimmer zurückkehren, da packte Zayne mich am Arm, noch bevor ich die erste Stufe nehmen konnte. »Ich halte das immer noch für eine sehr dumme Idee«, sagte er.

»Es wird schon nichts passieren. Das verspreche ich dir.«

»Mir gefällt das überhaupt nicht.«

»Aber du bringst mich doch, und du holst mich auch wieder ab.« Ich befreite mich aus seinem Griff. »Und du wirst dafür sorgen, dass mir nichts zustößt.«

Zayne kniff die Augen zusammen. »Du hast irgendwas vor.«

Mein Magen verkrampfte sich, weil Zayne mich durchschaut hatte. Ich ging eine Stufe nach oben. »Ich wünschte, ich hätte irgendwas vor. Aber leider ist mein Leben nicht so aufregend.«

»Ach, wirklich nicht?« Er stellte sich auf die gleiche Stufe, sodass er mich wieder überragte. »Hat Stacey jemals für eine Prüfung gelernt?«

Verdammt. Da hatte ich ihm immer wieder Geschichten über Stacey und die Schule erzählt, und jetzt konnte er mir daraus einen Strick drehen. Aber ich blieb standhaft. »Na ja, das ist mit ein Grund, warum ich mit ihr zusammen lernen will. Indem ich ihr helfe, helfe ich mir selbst.«

»Das glaubst du doch selbst nicht!«, schnaubte er.

»Was soll denn das heißen?«, konterte ich aufgebracht. »Was sollte ich denn anderes tun, außer mit Stacey zu lernen? Es ist nicht so, als wäre ich zu irgendeiner Party eingeladen.« Die Mitleidskarte auszuspielen war wirklich kein netter Zug von mir. »Und ich schleiche mich wohl auch nicht davon, um mich heimlich mit einem Jungen zu treffen.«

»Layla …«

»Ich gehe zu Stacey, um mit ihr zu lernen. Weiter nichts.«

Wut huschte über seine Gesichtszüge, so als wüsste er schon, dass er das Ganze auf jeden Fall bereuen würde. »Du bist rotzfrech.«

Ich grinste ihn triumphierend an, dann lief ich nach oben, um Roth eine SMS zu schreiben, dass am Samstagabend alles nach Plan laufen würde.

Stacey hatte nichts dagegen, als mein Alibi herzuhalten, damit ich »mit Roth abhängen« konnte. Nachdem ich sie um diesen Gefallen gebeten hatte, kam ich mir mies vor. Nicht, weil ich sie als meine Ausrede benutzte, sondern weil sie viel zu begeistert davon war, dass ich die Nacht mit Roth verbringen würde. Für mich war das zwar kein Date, und ich hatte auch nicht vor, die ganze Nacht mit ihm unterwegs zu sein, aber die Vorstellung, diese Zeit mit Roth zu verbringen, ließ mich nervös kichern und gleichzeitig in Panik geraten. Manchmal kam es mir so vor, dass der Gedanke an einen Freund für mich bei Stacey deutlich mehr Begeisterung auslöste als bei mir.

Nachdem Zayne mich am Samstagabend um kurz vor sieben bei Stacey abgesetzt hatte, beobachtete ich von ihrem Wohnzimmerfenster aus, wie er wiederholt um den Häuserblock fuhr. Bei der fünften Runde verdrehte ich frustriert die Augen.

»Und du bist dir sicher, dass er nicht weiß, was du vorhast?«, fragte Stacey, die ihren kleinen Bruder an sich drückte. Ihre Mom hatte ein Date mit ihrem Freund, was meinem Plan entgegenkam. »Oder hat er noch einen Nebenjob als Stalker?«

»Er meint nun mal, er müsste ganz besonders auf mich aufpassen.« In einem Maß, das sogar mich in den Wahnsinn treiben konnte. »Aber ich glaube, er hat es jetzt aufgegeben.«

Stacey setzte ihren Bruder auf die Couch und musterte mich von Kopf bis Fuß. »Und du willst wirklich das da anziehen?«

Ich drehte mich vom Fenster weg und sah an mir hinunter. »Was ist verkehrt an Jeans und Sweater?«

»Ehrlich?« Leise seufzend hob sie einen kleinen Stoffelefanten auf. »Ich an deiner Stelle würde ja so wenig tragen, wie es ohne Strafe gerade noch erlaubt ist.«

»Das ist schon okay.« Mir gefiel die Vorstellung nicht, in einem Kleid unterwegs zu sein, bei dem mir womöglich die Brüste rausrutschten, nur weil wir Gott weiß wo rumkriechen mussten, um den *Kleinen Salomon* zu bergen. Roth würde das sicherlich sehr gefallen, aber mir nun mal gar nicht. »Es sieht hübsch aus.«

»Es sieht langweilig aus.« Sie bewegte das Spielzeug vor ihrem Bruder hin und her, der daraufhin vergnügt zu glucksen begann. »Richtig langweilig.«

Stimmte das? Ich zog am Saum meines Sweaters und sagte mir, dass es unwichtig war, ob ich langweilig aussah oder nicht. Aus meiner Handtasche holte ich mein Handy hervor. Bei irgendeiner Gelegenheit hatte Roth mein Telefon in die Finger bekommen, Zaynes Namen in Stony geändert und sich selbst als »Sexy Beast« eingetragen. So ein Arsch!

Unwillkürlich musste ich grinsen.

Nachdem ich ihm eine SMS geschickt hatte, um ihn wissen zu lassen, dass ich bereit war, drehte ich mich zu Stacey um. Bis gerade eben hatte sie den Plüschelefanten außer Reichweite des Kleinen gehalten, jetzt drückte sie ihn ihm in die Hand. »Ich bin richtig stolz auf dich, Layla. Wie ein ganz normaler Teenager schleichst du dich aus dem Haus, um dich mit einem Jungen zu treffen.«

»Auf so etwas kannst auch nur du stolz sein«, gab ich zurück und verzog den Mund.

Stacey stellte sich vor mich hin und strich meine Haare an den Seiten glatt, aber das änderte nichts daran, dass sie heute eine einzige Katastrophe waren. »Das ist wie ein Ritual auf dem Weg zum Erwachsenwerden. Versprich mir, dass du mich morgen früh anrufst und mir alles erzählst. Ich will jede klitzekleine Einzelheit wissen, und wehe, ich bekomme von dir nicht bergeweise heiße Details!«

Ich schob ihre Hände weg. »Ich komme heute Abend wieder her.«

»Aber klar doch.« Von der Straße her war ein lautes Hupen zu hören, und Stacey zog am Saum meines Sweaters, bis ein schmaler Streifen Bauch unbedeckt war. Dann schob sie mich in Richtung Tür. Die Tasche mit meinen Büchern ließ ich da, weil ich in den nächsten Stunden garantiert keine Zeit zum Lernen haben würde. »Ich bleibe nicht auf, um auf dich zu warten.«

Während ich meinen Sweater wieder nach unten zog, erwiderte ich: »Ich will aber hoffen, dass ich irgendwie reinkomme, wenn ich wieder da bin.«

Sie zwinkerte mir zu, als sie die Tür öffnete. Vor dem Haus stand Roths silberner Porsche und schnurrte wie ein Kätzchen. Die getönte Seitenscheibe senkte sich, dahinter kam Roth zum Vorschein. Stacey winkte ihm zu. »Jetzt geh und mach Mama stolz.«

»Und wie soll ich das anstellen?« Ich hängte mir die Handtasche über die Schulter.

»Streng einfach deine Fantasie ein bisschen an. Und denk immer dran, du kannst nur einmal jung und dumm sein. Und er ist genau der Richtige, um jung und dumm zu sein.«

»Du hast wirklich nichts anderes im Kopf.« Ich drückte sie kurz und verließ das Haus, ehe Stacey auch noch Roth auffordern konnte, er solle sie stolz machen.

An der Bordsteinkante blieb ich stehen und vergewisserte mich, dass ich nicht die Gegenwart irgendeines Wächters spürte. Schließlich atmete ich erleichtert auf. Das Letzte, was ich jetzt gebrauchen konnte, war Zayne, der mich dabei beobachtete, wie ich Staceys Haus verließ und in Roths Wagen einstieg.

Roth grinste mich an, als ich auf dem Beifahrersitz Platz genommen hatte. »Wieso ist dein Gesicht so rot?«

Manchmal hasste ich Stacey von ganzem Herzen. »Nur so«, murmelte ich. »Wohin fahren wir?«

Damit es für Stacey so aussah, als hätte ich tatsächlich ein Date mit Roth, mussten wir uns bereits jetzt treffen, obwohl der Mond erst in einigen Stunden aufgehen würde und wir uns erst dann das Reflexionsbecken vornehmen konnten. »Was hältst du davon, wenn wir unterwegs was essen gehen und dann zu mir fahren? Ein paar Stunden kriegen wir auf die Weise schon totgeschlagen.«

Mit einer Hand krallte ich mich am Ledersitz fest, während sich mein Magen verkrampfte, dennoch nickte ich. Wir hielten bei Chan an, einem Lokal, das ein paar Blocks von Roths Wohnung entfernt lag. Im Laden entdeckte ich ein paar Chaos-Dämonen und sogar einen Blender, und ich musste mich wirklich zusammenreißen, damit ich den Blender nicht markierte. Auf die Weise hätte ich nur die Dämonen und die Wächter auf mich aufmerksam gemacht.

Als wir später bei Roth zu Hause eintrafen, stellte er die Schachteln mit dem übrig gebliebenen Reis in den Kühlschrank, dann zog er seine Schuhe aus. Da ich nicht so recht wusste, was ich tun sollte, setzte ich mich auf die Bettkante. Die Kätzchen lagen zu einem einzigen Fellknäuel zusammengerollt auf dem Piano.

Roth stand gegen die Wand gelehnt da und lächelte flüchtig. »Du bist nervös.«

»Ich bin überhaupt nicht nervös.«

»Ich kann deine Nervosität riechen, Layla. Du kannst mir nichts vormachen.«

Na, dann eben nicht. Ich zog die Knie an und schlang die Arme um meine Beine. »Bist du denn gar nicht nervös? Was ist, wenn wir den *Kleinen Salomon* gar nicht finden? Was ist, wenn er doch da ist, aber bewacht wird? Ich kann mir nicht vorstellen, dass wir da irgendwo reinspazieren und den *Salomon* einfach mitnehmen können.«

»*Das* meinte ich nicht.« Er stieß sich von der Wand ab und schlenderte zum Bett, setzte sich zu mir und drehte sich so, dass er sich zu beiden Seiten von meinen Füßen abstützen konnte. »Aber um deine Frage zu beantworten: Nein, ich bin nicht nervös. Ganz egal, welche Hindernisse da auf uns warten sollten, ich werde damit fertig.«

»Wow, du bist ja wirklich was ganz Besonderes und kein bisschen eingebildet, wie?«

»Ich bin in vieler Hinsicht was ganz Besonderes, aber das weißt du ja.« Er beugte sich vor und legte sein Kinn auf meine Knie. »Du bist nervös, weil du hier bei mir bist.«

Da er direkt vor mir saß, hatte ich Mühe, mir eine glaubwürdige Lüge auszudenken. »Du machst mich nervös.«

Er lächelte mich auf seine typisch lässige Weise an, während er den Kopf hob und sich noch ein wenig weiter vorbeugte, bis seine Lippen ganz nah an meinen waren. »Du solltest auch nervös sein.«

»Wie beruhigend.« Am liebsten wäre ich vor ihm zurückgewichen, aber ich zwang mich dazu, es nicht zu tun.

Roth lachte leise und stand auf, ging zum Regal und zog eine DVD heraus. »Ein Film?«, fragte er mich über die Schulter hinweg.

Ich nickte nervös.

Nachdem er die DVD eingelegt hatte, machte er es sich neben mir auf dem Bett bequem und räkelte sich wie eine Katze, die ein Sonnenbad nahm. Noch bevor der Titel eingeblendet wurde, erkannte ich den Film. *»Im Auftrag des Teufels?«*

Er nickte grinsend.

»Originelle Wahl«, meinte ich seufzend und schüttelte den Kopf.

»Sieh ihn dir einfach an und genieß ihn.«

So sehr ich mich auch bemühte, konnte ich mich kaum auf den Film konzentrieren. Entweder sah ich zur Uhr auf dem Nachttisch oder ich versuchte, Roth zu ignorieren, dementsprechend angespannt war ich. Außerdem spielte mein Gehirn immer wieder das ab, was Stacey gesagt hatte. Wirklich verdammt hilfreich. Allerdings hatte sie in gewisser Weise sogar recht, wenn auch nicht so, wie sie es meinte. Ich konnte nur einmal jung und dumm sein.

Und es gab nur sehr wenige Jungs, bei denen ich es mir erlauben konnte, jung und dumm zu sein.

Aus dem Augenwinkel betrachtete ich Roth, wobei mir jetzt vor allem seine extrem langen Wimpern auffielen, da er die Lider halb geschlossen hatte. Seine Wangen luden förmlich dazu ein, sanft berührt zu werden. Den Mund hatte er leicht geöffnet, gerade weit genug, um das glitzernde Piercing in seiner Zunge sehen zu können. Als ich mich an das Gefühl erinnerte, das dieser glatte, kühle Metallstift ausgelöst hatte, musste ich einen Moment lang die Augen zukneifen.

Ja, Roth war schon ein ganz besonderes Exemplar.

Meine Nerven waren angespannt, mein Herzschlag beschleunigte sich, und ohne eine Ahnung zu haben, was ich da eigentlich dachte oder tat, atmete ich einmal tief durch und rutschte an Roth heran. Zwischen uns war immer noch ein bisschen Platz, dennoch kribbelte mein ganzer Körper, als würde ich eng an ihn geschmiegt daliegen.

Als ich die Augen wieder aufmachte, konzentrierte ich mich ganz auf den Fernseher. Keanu hatte soeben ein neues Apartment in New York City gekauft, und von da an würde es schon bald bergab gehen. Meine Aufmerksamkeit blieb gerade mal ein oder zwei Minuten lang auf den Film gerichtet, dann überkam mich ein heftiges Verlangen.

Ich rutschte etwas näher, bis mein Oberschenkel seinen berührte. Roth hatte bis gerade eben ganz normal geatmet, aber jetzt schien er die Luft anzuhalten, während er betont eine Braue hochzog.

Mir war noch immer nicht klar, was ich da machte und warum ich es tat. Wollte ich einfach ein einziges Mal so sein wie alle anderen Mädchen in meinem Alter? Jung und dumm? Oder wollte ich mich von dem ablenken, was wir in Kürze unternehmen würden? Vielleicht, weil damit eine so extrem ungewisse Zukunft verbunden war?

Oder war es schlicht so, dass ich Roth wollte?

Kaum war mir diese Frage durch den Kopf gegangen, konnte ich nicht länger die Wahrheit leugnen, die sich dahinter verbarg. Ein eisiger Schauer breitete sich von meinem Rücken aus und rann mir über Arme und Beine. Es war mehr als nur die Möglichkeit, ihn küssen zu können. Etwas an Roth zog mich an, etwas, von dem ich nicht so recht wusste, ob ich es zuvor schon gespürt hatte.

Ich legte die Hand auf seinen Bauch und rührte mich nicht. Auch Roth zeigte keine Regung. Zwar guckten wir beide uns den Film an, aber ich wusste genau, dass Roth so wie ich in diesem Moment der Handlung gar nicht mehr folgte.

»Layla …«

Seine tiefe Stimme ließ mich erschauern, und gerade wollte ich die Hand wegziehen, da griff er nach ihr und hielt sie sanft, aber entschlossen fest.

»Was tust du da?«, fragte er.

Mir stockte der Atem. Eine Antwort konnte ich ihm nicht geben, weil ich selbst keine Erklärung für das hatte, was ich da tat und was ich eigentlich wollte. Wieder kam ein kehliger Laut über Roths Lippen, und dann bewegte er sich so blitzschnell, dass ich eine Sekunde später auf dem Rücken lag und er über mir hockte.

Er schaute mich an, seine Augen leuchteten wie zwei Citrine. Er erkannte etwas in meinem Blick. Er musste etwas erkannt haben, denn nun war er derjenige, dessen Körper ein Schauer überlief. »Ich bin ein Dämon, Layla. Was ich deinen Augen ansehen und deinem Körper anmerken kann, ist etwas, das ich mir nehmen werde. Mach dir in dem Punkt nichts vor. Ich gebe dir eine Chance. Schließ die Augen, und ich werde es mir nicht nehmen.«

Unter seinem eindringlichen Blick fühlte ich mich schwach, trotzdem hielt ich die Augen offen.

»Layla.« Er sprach meinen Namen aus, als würde es ihm Schmerzen bereiten.

Und er küsste mich. Nicht so wie beim ersten Mal im Park und nicht so wie beim nächsten Mal in genau diesem Bett hier. Es war ein langer, anhaltender Kuss, der mich leise aufstöhnen ließ, sowie ich seine Lippen auf meinen spürte. Er war so süß wie Schokolade. Lust und Angst verwirrten mir die Sinne, als Roth seinen Kuss vertiefte und ich sein Piercing fühlte. Mein ganzer Körper erwachte zum Leben, mein Herz pochte so laut wie Donnerschlag. Der Ansturm der verschiedensten Empfindungen war irrsinnig, wunderschön und beängstigend zugleich.

Ich krallte die Finger in seine Haare, die sich wie erwartet weich und seidig anfühlten. Roth legte sich auf mich und schlang mein Bein um seine Taille. Ich rang nach Luft, denn auf einmal glitt er mit der Hand unter mein Shirt, und seine Finger strichen über meine Haut. Jede Berührung ließ das Blut schneller durch meine Adern rauschen.

Jetzt wollte ich ihn so spüren und streicheln, wie er es bei mir tat. Er stöhnte leise, da ich mich wand und meine Finger unter sein Shirt schob. Seine Bauchmuskulatur fühlte sich hart an, jeder Muskel war Perfektion. Er ließ gerade so lange von mir ab, wie er brauchte, um sein Shirt auszuziehen. Dann verharrte er für einen Moment über mir, und ich konnte seinen nackten Oberkörper bewundern. Es war nicht das erste Mal, dass ich ihn so sah, doch dieser Anblick war immer wieder ein Erlebnis. Sogar Bambi auf seinem Arm und der Drache auf seinem Bauch erschienen mir wunderschön. Ich fragte mich, was Roth wohl von mir dachte, aber schon küssten wir uns wieder, und er drückte mich sanft zurück auf die Matratze, gab mir einen Kuss auf die Wange, danach auf die Lider, unterdessen kämpfte ich darum, mein wild schlagendes Herz zu bändigen.

Er umfasste mein Gesicht, unsere Lippen berührten sich immer wieder hauchzart, schließlich zog er mir in einer schnellen, fließenden Bewegung den Sweater aus. Gleichzeitig wanderten meine Finger seine Brust hinab, um seine Jeans aufzuknöpfen. Er wollte das Gleiche wie ich, und ich wurde von heftigen Gefühlen wie auf einer Woge davongetragen. Lust und Unsicherheit rangen miteinander. Ich hatte keine Erfahrung mit solchen Empfindungen.

Einen Moment lang hielt Roth mitten in der Bewegung inne, kniff die Augen zu und legte den Kopf in den Nacken. Dass er um Selbstbeherrschung rang, begriff ich erst, als er den Kampf verlor.

Er schlang die Arme um mich und presste mich an seine Brust, während sich seine Hüften gegen meine drängten. Haut berührte Haut, wir waren ineinander verschlungen, und unser Atem schien eins zu werden. Wir schnappten beide nach Luft, unsere Herzen lieferten sich ein Wettrennen. Ich spürte seine Haut unter meinen Fingern, hart und sanft zugleich.

Roth griff mit beiden Händen meine Hüfte und hob mich leicht an, damit wir uns noch enger aneinanderschmiegen konnten. Als er mich wieder küsste, war es ein Kuss, der so stürmisch und leidenschaftlich war, dass ich das Gefühl hatte, bis an den Rand einer Klippe getrieben zu werden. Ich war bereit zu springen, um endlich all das fühlen zu können, von dem ich immer geglaubt hatte, dass es mir vorenthalten bleiben würde.

Meine Finger krallten sich in seinen Bizeps, während seine freie Hand zu meinem Bauch strich, um meinen Bauchnabel kreiste und sich dann langsam unter den Bund meiner Jeans schob. In diesem Moment erstarrte jeder Muskel in meinem Körper auf eine seltsame Art. Nicht auf eine schlechte Art, doch unerklärlich eindringlich, auf der einen Seite zu viel, auf der anderen Seite nicht genug.

»Roth, ich … ich weiß nicht …«

»Ist schon okay«, flüsterte er. »Hier geht es um dich. Ja, es geht hier nur um dich.« Er hörte sich an, als wundere er sich selbst über die Worte, die ihm über die Lippen kamen. Als er dann weiterredete und seine Stirn an meine lehnte, klang seine Stimme heiser. »Du bringst mich um den Verstand. Und du hast gar keine Vorstellung davon, wie leicht dir das fällt.«

Ehe ich begreifen konnte, was er damit meinte, bewegte er seine Hand wieder. Mein Körper verkrampfte sich, bis es fast schmerzhaft wurde. Ich konnte das nicht mehr kontrollieren, mein Körper bewegte sich aus eigenem Antrieb und bäumte sich auf. Eine Flut von Empfindungen stürmte von allen Seiten auf mich ein und schlug über mir zusammen. War das die Klippe, an deren Rand ich gestanden hatte? Mit einem Mal schien mein gesamter Körper zu explodieren, als würde es mich zerreißen.

Roth passte den richtigen Moment ab, um mich zu küssen und so die Laute zu ersticken, die mir später so peinlich sein sollten. Die ganze Zeit über hielt er mich fest, während ich scheinbar Stunden damit verbrachte, mich mühsam wieder zu sammeln. Vielleicht dauerte das auch nur ein paar Minuten. Ich hatte keine Ahnung, und es kümmerte mich auch nicht. Mein Herz pochte wild. Ich fühlte mich großartig, lebendig, besser als nach dem Kosten einer Seele.

Unsere Blicke trafen sich, ich lächelte schwach. Etwas zerbrach in seinem Blick, als Roth meine Wange streichelte. »Was würde ich nicht alles dafür geben ...«

Er ließ den Satz unvollendet, und mein Gehirn war immer noch zu benommen, als dass es die Bedeutung seiner Worte hätte erfassen können. Seine Lippen berührten meine glühende Stirn, anschließend drehte er sich zur Seite, bis er mit dem Rücken auf dem Bett lag. Da mein Bein um seins geschlungen war, vollzog ich die Drehung ein wenig ungelenk nach und lag schließlich auf ihm.

Roth hielt eine Hand hoch und atmete angestrengt ein und aus. »Ich brauche eine Minute.«

Ich wollte erst etwas sagen, schwieg dann aber doch. Als ich mich von ihm zu lösen versuchte, schlang er den Arm um meine Taille und hielt mich fest.

»Okay, es könnte sein, dass ich mehr als eine Minute brauche.« Seine Stimme klang angestrengt.

Ich war zwar unerfahren, allerdings nicht völlig naiv. »Wieso hast du aufgehört?«

»Ich weiß es nicht.« Er lachte kurz auf. »Ich weiß es wirklich nicht. Aber das ist schon okay. Glaub mir, es ist okay.«

Da ich ihm nicht länger in die Augen schauen konnte, ließ ich meinen Blick über seine Brust und seinen Bauch schweifen. Der Drache war mit der gleichen Detailverliebtheit tätowiert worden wie Bambi. Blau und grün schillernde Schuppen leuchteten im schwachen Lichtschein, der durchs Fenster in die Wohnung fiel. Der Körper des Tiers passte genau zur Struktur von Roths Bauchmuskulatur, und wenn Roth atmete, schien es so, als würde der Drache Luft holen. Die Augen passten zu denen von Roth, da sie genauso golden leuchteten.

»Wenn du weiter so da hinstarrst, wird es doch nicht okay sein.«

Ich bekam sofort einen roten Kopf und wandte den Blick ab, doch das war nicht von langer Dauer. Als ich mich auf meine Ellbogen stützte, kostete es mich all meine Willenskraft, die Tätowierung nicht zu berühren. »Dieser Drache ... kann er sich genauso von dir lösen wie Bambi?«

»Nur wenn ich sehr, sehr wütend bin.« Er streckte die Arme über dem Kopf aus und drückte den Rücken durch, sodass der Drache leicht in die Länge gezogen wurde. »Und selbst dann lasse ich ihn nur los, wenn es gar nicht anders geht.«

»Hat er auch einen Namen?«

Roth hob eine Braue. »Klopfer.«

Ich musste laut lachen. »Was hast du nur mit Disney-Namen?«

»Er gefällt mir.« Er setzte sich kurz hin, küsste mich aufs Schulterblatt und ließ sich dann zurück aufs Bett sinken. Den Arm legte er wieder um meine Taille, dabei landete seine Hand mit erstaunlicher Lässigkeit auf meiner Hüfte. »Wenn du willst, kannst du ihn berühren.«

Was ich dann auch tat.

Als ich die Umrisse des Flügels nachzeichnete, rechnete ich damit, dass er sich rau oder zumindest ein wenig erhaben anfühlte. Aber das Tattoo war genauso glatt wie die übrige Haut. Meine Finger glitten über den Bauch des Drachens und bewegten sich weiter dorthin, wo der Schwanz des Tiers unter dem Stoff von Roths Jeans verschwand.

Plötzlich schnappte Roth nach Luft. »Okay, das mit dem Berühren ist vielleicht doch keine so gute Idee.«

Ich nahm die Hand weg und sah, dass Roth verkrampft die Decke anstarrte. »Tut mir leid.«

Er verzog den Mund zu einem schiefen Lächeln. »Du … du hast mich überrascht. Ich dachte, du trägst bestimmt Weiß.«

»Was?« Dann begriff ich. Mein BH war rot. Ich gab Roth einen Klaps auf die Brust. »Na und, ich bin schließlich keine Nonne.«

»Nein, das bist du mit Sicherheit nicht.« Er drehte sich auf die Seite und sah mich an. Auf einmal wirkte er viel jünger und … völlig unbekümmert. »Du bist nämlich in Wahrheit ein wildes kleines Ding.«

Ich schüttelte den Kopf. »Da wäre ich mir nicht so sicher.«

»Du hast bloß keine Ahnung«, sagte er mit rauer Stimme und zog mich so zu sich heran, dass ich halb auf seinem Oberkörper lag. Er umfasste mein Kinn und dirigierte mich in seine Richtung, bis wir uns wieder küssten. Es war ein sanfter, doch sengend heißer Kuss, der mein Herz wieder zum Rasen brachte. Seine Hand wanderte vom Kinn zu meinem Nacken, damit er meinen Kopf halten konnte, bis mir von seinen Küssen schwindlig wurde.

Plötzlich jedoch war all diese sinnliche Gelassenheit aus seinem Gesicht verschwunden. Mein Puls beschleunigte sich noch mehr, und es lief mir eiskalt den Rücken runter.

Roth atmete tief durch. »Es wird Zeit.«

20. KAPITEL

Kurz vor Mitternacht brachen wir auf. Den Wagen stellten wir einige Blocks vom Monument entfernt ab. Ein Wagen wie Roths Porsche lenkte einfach zu viel Aufmerksamkeit auf sich, und ich machte mir auch so schon mehr als genug Sorgen, wir könnten auf einen Wächter treffen. Immerhin waren die um diese Zeit alle unterwegs, um Dämonen zu jagen ... Dämonen wie Roth.

Wir gingen von der Constitution Avenue aus los, wo wie erwartet noch sehr viele Fußgänger unterwegs waren. Bei den meisten von ihnen handelte es sich um Leute, die von einer Bar zur nächsten zogen, aber dazwischen tummelten sich auch einige Seelenlose. Eine Chaos-Dämonin mit weinroten, zum Pferdeschwanz gebundenen Haaren winkte einem Taxi, was mir seltsam vorkam. Neben ihr stand ein Mann, einer mit Seele, und ich fragte mich unwillkürlich, ob er wohl eine Ahnung hatte, wer die Kreatur neben ihm tatsächlich war.

Als wir uns der National Mall näherten, stand ein dicker, aufgeblasener Vollmond hoch über uns am Himmel. Roth nahm meine Hand, und ich sah ihn an. »Was denn? Hast du Angst?«

»Ha, von wegen. Wenn du's genau wissen willst, ich mache uns unsichtbar.«

»Wie?« Ich schaute nach unten, weil ich erwartete, durch meine Beine hindurchsehen zu können. »Ich fühle mich gar nicht unsichtbar.«

»Wie fühlt sich das denn sonst an, wenn du unsichtbar bist?«, gab er schmunzelnd zurück.

Ich zog eine Grimasse.

»Die National Mall hat seit ungefähr einer halben Stunde geschlossen. Was wir da gar nicht gebrauchen können, ist ein Parkwächter, der auf uns aufmerksam wird.«

Da musste ich ihm recht geben. »Und wir sind jetzt unsichtbar?«

Er grinste mich an und zog mich hinter sich her zu zwei jungen Männern, die im Schein einer Straßenlampe auf dem Gehweg standen. Die Glut ihrer Zigaretten flammte auf, als sie inhalierten. Wir stellten uns so dicht vor sie, dass ich bei einem der Männer einen winzigen Nasenstecker erkennen konnte, dann zeigte Roth ihnen den Mittelfinger – ohne irgendeine Reaktion. Für die beiden existierten wir überhaupt nicht.

Ich war so sprachlos darüber, dass wir die beiden Männer bereits weit hinter uns zurückgelassen hatten, ehe ich sagen konnte: »Das ist ja unglaublich cool.«

»Das ist es allerdings.«

Wir überquerten die breite Straße, die Sandsteinspitzen der Museumsgebäude ragten in den sternenübersäten Nachthimmel auf. »Machst du dich oft unsichtbar?«

»Würdest du es oft machen, wenn du das könntest?«, gab er zurück.

»Vermutlich ja«, gab ich zu und versuchte zu ignorieren, wie warm sich seine Finger in meiner Hand anfühlten.

Nervosität stellte sich ein, als das Washington Monument in Sichtweite kam. Zwar hatte ich keine Ahnung, was wir dort vorfinden würden, aber insgeheim rechnete ich mit irgendwelchen Fallen, mit denen sich normalerweise jemand wie Indiana Jones rumplagen musste.

Am Lincoln Memorial angekommen, mussten wir feststellen, dass der Mond hinter einer Wolke verschwunden war und das von Bäumen gesäumte Reflexionsbecken still und düster vor uns lag. Ein schwacher Wind trug den feuchten, modrigen Geruch des Potomac zu uns herüber.

Ich wartete ab, bis ein Parkwächter weit genug entfernt war, dann fragte ich: »Und was jetzt?«

Roth sah zum Himmel. »Wir warten, bis der Mond wieder auftaucht.«

Eine Minute, die mir wie zehntausend Jahre vorkam, verstrich, und dann zog die Wolke auch schon weiter, und das silbrige

Mondlicht kehrte zurück. Ich schluckte nervös und beobachtete das Becken, während ich überlegte, ob wir wohl den richtigen Standort ausgewählt hatten.

Vom Mond beschienen, reichte das Spiegelbild des Washington Monument vom gegenüberliegenden Ende des Beckens bis zu der Stelle, an der wir standen.

Gebannt hielt ich den Atem an.

Nichts geschah. Nirgendwo öffnete sich eine Geheimtür, keine Fanfaren ertönten, und nicht mal Indiana Jones tauchte plötzlich auf. Nichts, gar nichts.

Ich sah Roth an. »Also, das ist jetzt irgendwie ziemlich enttäuschend.«

»Wir übersehen irgendwas«, erwiderte er, während er aufmerksam das Becken beobachtete.

»Vielleicht hat Sam sich ja geirrt. Oder der Seher wollte uns in die Irre führen.« Ich war so enttäuscht, dass es schon an eine Depression heranreichte. »Alles sieht ganz normal aus und ... Moment mal.« Ich trat einen Schritt nach vorn, ohne Roths Hand loszulassen, und kniete mich am Beckenrand hin. »Täusche ich mich, oder schimmert das Wasser da irgendwie, wo es das Monument widerspiegelt?«

»Schimmern?«

»Ja, genau.« Es war nur ganz schwach, aber es sah aus, als hätte jemand ein paar Eimer Glitter auf der Oberfläche verteilt. »Siehst du nicht, was ich meine?« Ich drehte mich zu Roth um.

Er kniff die Augen ein wenig zusammen. »Doch, sehe ich. Aber das kann auch am Wasser liegen.«

Ich streckte meine freie Hand aus und tauchte die Finger ins Wasser, zog aber die Hand sofort ruckartig zurück. »Was ist denn *das*?«

»Was denn?« Roth kniete gleich darauf neben mir, seine Augen leuchteten in der Dunkelheit. »Was ist?«

Ich wusste nicht, wie ich es beschreiben sollte. Dieses Wasser war ... kein Wasser. Ich hatte meine Finger ganz eingetaucht, aber sie waren nicht nass geworden. »Halt die Finger rein.«

Sein Gesichtsausdruck verriet mir, dass ihm irgendein dämlicher Kommentar auf der Zunge lag, aber er war schlau genug, den Mund zu halten. Dann tauchte er die freie Hand ins Becken.

»Verdammt, das Wasser …!«, rief er verblüfft.

»Es ist nicht da«, sagte ich und schüttelte den Kopf. »Meinst du, das Ganze ist nur eine optische Täuschung?«

»Das kann nicht sein. Hier springen ständig irgendwelche Idioten rein. Das muss eine Art Zauber sein, der auf uns reagiert.« Er bewegte die Hand hin und her, bis er auf reales Wasser stieß, auf dem sich kleine Wellen bildeten, die er selbst ausgelöst hatte. »Es ist in diesem Bereich hier.« Seinen Blick hielt er auf die Mitte des Beckens konzentriert, während er ihn langsam in die Ferne richtete. »Das zieht sich über die gesamte Länge des Spiegelbilds.«

Das wollte ich auch hoffen, denn das Becken war sicher mindestens fünf Meter tief, und darin zu ertrinken wäre sicher kein Vergnügen gewesen.

»Bist du bereit dafür?«

Eigentlich war ich das nicht, trotzdem nickte ich und richtete mich auf. Roth machte den Anfang und überprüfte unsere Theorie, dass das Wasser gar kein Wasser war. Sein Bein verschwand im Becken, und tatsächlich zeigte die Oberfläche keinerlei Reaktion.

Er lächelte mich an. »Hier vorn ist eine Stufe, und die ist nicht nass.« Er ging weiter, bis er bis zu den Oberschenkeln im Becken stand, mich dabei aber immer noch festhielt. »Alles in Ordnung. Was immer das auch sein mag, es ist in Wahrheit gar nicht hier.«

Nachdem ich einmal tief durchgeatmet und all meinen Mut zusammengenommen hatte, machte ich meinen ersten Schritt ins Becken. Meine Sneakers und die Jeans wurden nicht nass. Nach einem weiteren Schritt stand ich dicht neben Roth. »Das ist ja völlig verrückt«, merkte ich an.

»Ich habe schon verrücktere Sachen gesehen.«

An sich hätte ich statt dieser Antwort schon lieber eine Erklärung dafür erhalten, womit wir es hier zu tun hatten, aber damit wäre das Unvermeidbare – nämlich mein Eintauchen in dieses … dieses … was auch immer das hier sein mochte – nur unnötig hinausgezögert worden. Ich sah Roth an, der mir aufmunternd zulächelte. Aus Gewohnheit atmete ich noch einmal tief ein und hielt die Luft an, dann folgte ich ihm ins Becken.

Ich spürte nicht das Gewicht Tausender Liter von allen Seiten auf mich einwirken, meine Haare waren nach wie vor trocken und fielen mir zottelig bis auf den Rücken. Ich atmete versuchsweise durch die Nase ein, bekam aber kein Wasser in die Lunge. Da war nur ein feuchter, modriger Geruch, der mir in der Kehle kribbelte.

»Mach die Augen auf, Layla.« Roths Stimme war dicht an meinem Ohr.

Ich öffnete ein Auge einen Spaltbreit, dann bekam ich vor Staunen den Mund nicht mehr zu. »Heilige Scheiße …«

»Wie elegant formuliert, Layla«, kommentierte er amüsiert und ließ meine Hand los.

Wir befanden uns im Inneren des Reflexionsbeckens, jedenfalls war das meine Vermutung. Aber es kam mir so vor, als hätte es uns in eine völlig andere Welt verschlagen.

Der Tunnel, in dem wir uns wiederfanden, wurde in Abständen von Fackeln erhellt, die die Wände zu beiden Seiten säumten. Die Tunneldecke war keine richtige Decke, sondern die Unterseite der Substanz, durch die wir hierhergelangt waren.

»Ich wage mal die wilde Vermutung, dass wir auf der richtigen Fährte sind«, sagte ich und wischte meine verschwitzten Handflächen an meiner Jeans ab. »Oder wir sind ertrunken, und das hier ist nur eine Halluzination.«

Roth lachte finster auf und folgte dem Verlauf des Tunnels. »Komm, bringen wir es hinter uns.«

Ich ging neben ihm her, unsere Schritte hallten von den Betonwänden wider. Roth summte das vor sich hin, was ich inzwischen als seinen Song bezeichnete. Nach einer scheinbaren Ewigkeit mussten wir uns bereits in der Nähe der Museumsbauten befinden, als sich auf einmal der Weg teilte.

»Zu schade, dass wir am Eingang dafür keinen Plan kaufen konnten«, scherzte er und ging nach rechts voraus, blieb aber nach ein paar Metern stehen und kam zu mir zurück. »Falls da eine Tür war, hat man sie zubetoniert. Wollen wir hoffen, dass das nicht der Weg ist, den wir nehmen müssen.«

Da uns keine andere Wahl blieb, nahmen wir den nach links führenden Tunnel, der kein so jähes Ende nahm. Ich schlang die Arme um mich, da die Luft hier unten kalt und feucht war. Nach einer Weile schlug der Tunnel eine Rechtskurve ein, und dann entdeckten wir vor uns eine alte Holztür, die der Machart nach zu urteilen aus dem Mittelalter hätte stammen können.

»Gleich geht die Tür auf, und dann kommt ein Tempelritter zu uns gestürmt«, murmelte ich.

»Das hätte immerhin hohen Unterhaltungswert«, stimmte Roth lächelnd zu.

»Ja, nicht wahr? Und dann müssen wir uns entscheiden, ob …«

Ein Windstoß peitschte durch den Tunnel, zerzauste meine Frisur und ließ die Flammen der Fackeln einen wilden Tanz vollführen. Meine Nackenhaare sträubten sich, als ich mich hastig umdrehte. »Roth …«

Eine Art Klacken auf dem Betonboden drang bis zu uns vor und wurde schnell lauter, so als wäre eine Armee aus Stepptänzern auf dem Weg hierher. Vor Angst wich ich einen Schritt zurück, während das Klacken so laut wurde, dass es mein aufgeregt schlagendes Herz übertönte.

»Hast du mal *Die Braut des Prinzen* gesehen?«, fragte Roth und ballte die Fäuste.

»Ähm … ja, wieso?«

»Kannst du dich an diese wirklich riesigen Ratten in dem düsteren Wald erinnern?«

Ich riss vor Schreck die Augen auf. »Oh Gott, nein!«

»Ganz genau. Versuch die Tür aufzumachen, schnell!«

Ich wirbelte herum und rannte laut und wüst fluchend zur Tür. Die war zwar nicht abgeschlossen, aber mit einem stählernen Riegel zugesperrt worden. Ich versuchte, den Riegel anzuheben, aber selbst mit vereinten Kräften von Dämonin und Wächterin wollte sich das Ding nicht von der Stelle rühren.

»Ähm, Roth, das ist nicht so …« Mein Einwand ging in dem lauter werdenden Lärm unter, und als ich über die Schulter schaute, sah ich etwas durch den Tunnel auf uns zukommen. Mir stockte der Atem, weshalb mir auch nicht der Entsetzensschrei über die Lippen kam, den ich beim Anblick der Kreaturen ausstoßen wollte.

»KHD«, rief Roth mir zu und fluchte lautstark.

»Was?«

»Kleine hässliche Dämonen«, antwortete er.

Diese KHD waren nicht ganz einen Meter groß und wirkten wie Ratten, die auf zwei Beinen gehen konnten. Sie hatten spitze Schnauzen und bleckten Zähne, bei deren Anblick ich an Haifische denken musste. Rote Glubschaugen schimmerten im Schein der Fackeln. Ihre Klauenhände hatten sie nach uns ausgestreckt, den Schwanz schlugen sie wie Peitschen auf den Boden.

»Lieber Gott«, flüsterte ich und wich erschrocken zurück.

»Das wird hässlich werden«, verkündete Roth, als ob das nicht offensichtlich gewesen wäre.

Der vorderste KHD machte einen Satz in die Luft und hielt geradewegs auf Roth zu, doch der wich mit einem Sprung nach rechts aus, und die pelzige Kreatur knallte gegen die Wand. Das Ding landete auf dem Boden, wo es auf dem Rücken liegend mit seinen kleinen Armen und Beinen ruderte und versuchte, sich wieder umzudrehen.

Zugegeben, das waren nicht die klügsten Wesen, aber was ich nicht verstand, war, warum sie uns angriffen. Sie kamen aus der Hölle, und jetzt wollte die Hölle nicht, dass wir den *Kleinen Salomon* ausfindig machten? Und selbst wenn sie von dem Dämon befehligt wurden, der für das ganze Theater verantwortlich war … warum sollte der uns jetzt am Weiterkommen hindern wollen? Wenn er die Bestandteile der Beschwörung nicht kannte, dann musste er doch wissen, dass er das alles im *Kleinen Salomon* finden konnte. Das ergab alles keinen Sinn, allerdings konnte ich momentan keine Pausentaste drücken, um erst mal Antworten auf meine Fragen zu erhalten.

Roth schleuderte einen KHD durch die Luft, er kollidierte von einem hässlichen Knirschen begleitet mit der Wand. Ein anderer KHD landete auf Roths Rücken, Roth bückte sich hastig und katapultierte ihn in eine Gruppe von Artgenossen. Es waren

Dutzende dieser Kreaturen, sie alle versuchten, nach seinen Armen und Beinen zu schnappen, während er sich immer wieder um sich selbst drehte und in alle Richtungen nach ihnen trat. Einem KHD gelang es, ihm mit seinen Krallen die Jeans ein Stück weit aufzureißen.

Wir konnten uns unmöglich gegen diese Meute zur Wehr setzen, erst recht nicht, wenn wir mit dem Rücken zur Wand standen und keine Möglichkeit für einen Rückzug hatten.

Plötzlich fiel mein Blick auf die Fackeln.

Ich stieß mich von der Tür ab, rannte zur Wand und streckte mich, so weit ich nur konnte, um nach der Fackel zu greifen und sie aus ihrer Halterung zu ziehen. Ein kleiner Dämon bekam mein Bein zu fassen und krabbelte an mir hoch. Ich stieß einen gellenden Schrei aus und schüttelte das Bein so heftig, dass der KHD den Halt verlor und auf dem Bauch landete. Sofort sprang er wieder auf und drehte sich zu mir um, dabei zischte er mich an wie eine Kobra. Ich holte mit der Fackel aus und zuckte zusammen, als die Flammen den pelzigen Leib berührten. Als wäre das Fell mit Benzin getränkt, brannte der KHD im nächsten Moment lichterloh. Der Gestank von verbranntem Pelz stieg mir in die Nase.

Der KHD begann zu quieken wie ein Schwein, rannte wie verrückt im Kreis und lief dann gegen die Wand. Einen Augenblick später war nur noch etwas rötliche Asche von ihm übrig.

Roth bekam einen KHD zu fassen, der es auf seinen Hals abgesehen hatte, und warf mit ihm nach einem weiteren Dämon, der soeben zum Sprung ansetzte. Die Wesen stürzten sich alle auf Roth, sie schnappten nach ihm und schlugen mit ihren Krallen nach seiner Kleidung. Zwei andere KHDs kletterten über seinen Rücken nach oben.

Mit der Fackel in der Hand eilte ich zu Roth, schnappte mir einen der Dämonen auf seinem Rücken und befreite Roth von ihm. Das Ding wand sich in meinem Griff und versuchte alles, um nach mir schnappen zu können. Ich schleuderte den KHD von mir, dann nahm ich mir den anderen vor, den ich gerade noch davon abhalten konnte, an Roths Kopf heranzukommen. Der

Dämon landete mit Wucht auf dem Boden. Ich schüttelte mich und wünschte mir in diesem Augenblick nichts sehnlicher als eine Flasche Desinfektionsmittel und eine intensive Therapie.

Erfreut lächelte Roth mir zu und nahm mir die Fackel aus der Hand. »Danke.«

Er ging in die Hocke und stach mit der Fackel nach den KHDs. Schließlich sprangen die Flammen auf einen Dämon über, der daraufhin quiekend umherrannte, mit Artgenossen zusammenstieß und so eine Kettenreaktion auslöste, da die Flammen sich wie ein aggressives Virus immer weiter ausbreiteten.

Roth drehte sich zur Tür um und gab mir die Fackel zurück. »Hier, halt sie uns vom Leib. Ich versuche, die Tür zu öffnen.«

»Alles klar.« Ich wich mit ihm ein Stück zurück, behielt dabei aber die kreischende Masse aus pelzigen Leibern im Auge. Zwischendurch warf ich einen kurzen Blick auf Roth, weil ich wissen wollte, ob er ernsthaft verletzt worden war. Als ich die Blutflecken auf seinem weißen Shirt sah, wurde mir sofort schlecht. »Du bist verletzt.«

»Halb so wild.« Er fasste den stählernen Riegel, seine Rückenmuskeln spannten sich an. »Halt mir nur die kleinen Monster vom Leib.«

Nach einem Blick auf unsere Angreifer verzog ich den Mund. »Die stellen keine Bedrohung mehr da. Die sind alle tot.«

»Bis Nachschub kommt«, warnte er mich, dann ächzte er, als er den Riegel nur mit Mühe aus den beiden Haken hob. »Himmel, aus welchem Material besteht denn dieses Ding?«

Ich ging zur Seite, damit er mehr Platz hatte. Nach zwei Schritten warf er den Riegel hin, der ganze Tunnel zitterte beim Aufschlag, und im Boden bildeten sich Risse. Sekunden später war wieder dieses Klacken zu hören.

»Oh«, murmelte ich.

»Komm!« Roth packte meine freie Hand, während er die Tür aufzog. Eiskalte Luft schlug uns von der anderen Seite entgegen, als wir den Zugang durchschritten. Er ließ mich los und zog an der Tür, die genau in dem Moment zufiel, als die nächste KHD-Welle anrollte und die Stelle erreichte, an der wir Sekunden zuvor noch gestanden hatten. »Mein Gott, es kommen ja immer mehr von der Sorte.«

Ich wandte mich ab und musste feststellen, dass wir uns in einem weiteren verdammten Tunnel befanden, an dessen Ende die nächste Tür auf uns wartete. Wir liefen los, aber ich schaute alle paar Schritte über die Schulter, weil ich insgeheim damit rechnete, dass es den KHD gelang, die Tür hinter uns zu überrennen. Am anderen Ende des Korridors angekommen, entfernte Roth auch dort einen schweren Stahlriegel und warf ihn zur Seite. Ich machte vor Schreck einen Luftsprung, als der Aufprall wie ein Donnerschlag aus nächster Nähe durch den Tunnel hallte. Roth riss die Tür auf.

Schatten kamen ihm entgegen. Nein … keine Schatten.

Ich hörte Flügelschlagen, dann packte Roth meinen Arm. Mir fiel die Fackel aus der Hand, als er mich in einen kleinen Alkoven in der Tunnelwand drückte und mich mit seinem Körper abschirmte.

»Fledermäuse«, wisperte ich, während ich mich an ihm festklammerte.

Er nickte. »Jede Menge Fledermäuse.«

Das hohe Fiepen der Tiere und das Geräusch von Tausenden von flatternden Flügeln ließen mir einen Schauer über den Rücken laufen. Während das Flattern kein Ende nehmen wollte, wurde mir etwas völlig anderes bewusst: Roth stand so eng an mich geschmiegt vor mir, dass es mir vorkam, als könnte ich nicht unterscheiden, wo ich aufhörte und er begann.

Er legte die Hände auf meine Hüften, seine Finger fanden ihren Weg unter den Saum meines Sweaters, und dann ließ er die Daumen so gemächlich über meine Haut kreisen, dass mein Herz klopfte und mir der Atem stockte.

»Vergessen wir einfach den *Kleinen Salomon*«, schlug er vor. »Lass uns hierbleiben, alles andere ist unwichtig.«

»Du bist so verdorben«, erwiderte ich.

Sein tiefes Lachen ließ meinen Körper beben. »Das ist erst der Anfang.«

Ich legte den Kopf zurück, und seine Lippen berührten meine.

Mit einem so innigen Kuss hatte ich nicht gerechnet, aber ich stellte mich schnell darauf ein und öffnete die Lippen. Sein Zungenpiercing strich über meine Unterlippe, und mir entwich ein erschrockenes, begieriges Stöhnen, das die herrschende Stille unterbrach.

Herrschende Stille? Das hieß doch, dass …

Roth hob den Kopf und atmete angestrengt durch. Im Tunnel war völlige Ruhe eingekehrt. Als Roth einen Schritt nach hinten machte, musste ich mein Herz dazu zwingen, nicht länger so stürmisch zu pochen. Ich trat aus dem Alkoven heraus und brauchte ein paar Sekunden, ehe ich wieder in der Lage war, ein Wort zu sagen. »Wo sind die Fledermäuse hin?«

Roth schaute nach oben. »Ich schätze, die sind alle durch diesen Riss dort in der Decke davongeflogen.« Dann hob er die Fackel auf, die mir heruntergefallen war, und näherte sich der offenen Tür.

Ich folgte ihm in einen kleinen, kreisrunden Raum, der von ein paar Fackeln nur schwach beleuchtet wurde. Im hinteren Teil dieser Kammer fand sich ein Torbogen, der in einen weiteren Tunnel führte. Roth hielt die Fackel an eine Wand, sodass ihr Licht auf etwas fiel, das man in den Beton geritzt hatte.

»Was ist das?«, wollte ich wissen.

»Eine alte Sprache«, sagte er und ging mit der Fackel in der Hand ein paar Schritte weiter.

»Latein?« Ich sah, dass Decke und alle Wände mit diesen fremdartigen Schriftzeichen überzogen waren.

Roth schnaubte abfällig. »Nein, das hier ist viel älter als Latein. Der *Salomon* muss sich hier irgendwo befinden.« Er wandte sich zur Mitte der Kammer um. »Na, was haben wir denn hier?«

Ich schaute über seine Schulter und entdeckte ein Quadrat mit einer Kantenlänge von weniger als einem Meter, das man in den Boden geritzt hatte und in dessen Mitte sich zwei Handabdrücke befanden. Diese Abdrücke waren ungefähr gleich groß und stammten von jemandem mit langen, feingliedrigen Fingern und breiten Handflächen, was mich an die Hände eines Wächters erinnerte.

Und an Roths Hände, wenn er seine wahre Gestalt angenommen hatte.

Roth legte die Fackel auf den Boden und sah zu mir. »Leg deine Hand in einen der Abdrücke.«

Ich kniete mich neben ihm hin und sah, wie er seine Hand in den linken Abdruck legte. Dabei fiel mir ein, was der Seher darüber gesagt hatte, dass ein Wächter und ein Dämon zusammengearbeitet hatten, um den *Kleinen Salomon* zu verstecken. Ich drückte meine Hand in die Einbuchtung auf der rechten Seite, wobei deutlich wurde, dass meine Hand erheblich kleiner und zierlicher war.

Aus dem Untergrund drang ein dumpfes Grollen an die Oberfläche, und ich wollte schon zurückweichen, da sagte Roth: »Nein, nicht. Es funktioniert.«

Kleine Steinchen rieselten von der Decke, in der sich ein großer Riss bildete. Staubwolken stiegen auf, einzelne Partikel kamen mit den Flammen der Fackel in Berührung und wirbelten als winzige Funken durch die Luft. Ich konnte nur hoffen, dass diese Kammer uns nicht unter sich begraben würde.

Das Quadrat im Boden zitterte und bewegte sich auf einmal nach oben, woraufhin ich genauso meine Hand wegnahm wie Roth. Wir machten beide einen Schritt nach hinten, als sich der Betonklotz knirschend und ächzend aus dem Boden schob.

»Bingo«, sagte Roth.

Die Mitte des Betonblocks wies ein Fach auf, darin befand sich etwas, das nichts anderes sein konnte als *Der Kleine Salomon*.

Roth griff nach der Fackel und hielt sie näher ans Buch. Der Einband sah exakt so aus, wie er ihn beschrieben hatte, nämlich wie uraltes Dörrfleisch. Dabei handelte es sich bei diesem Einband um menschliche Haut – sehr alte menschliche Haut.

Ich hätte mich am liebsten auf der Stelle übergeben.

Auf der Vorderseite war das gleiche Symbol wie bei der Ausgabe, die Roth besaß. Ein Kreis und darin ein Stern, beides in Gold nachgezeichnet. Der Stern war ein wenig nach rechts geneigt, sodass er nicht genau in der Mitte saß. An den vier Zacken hatte man winzige Zahlen und Buchstaben eingeritzt.

Roth hielt mir die Fackel hin, die ich nur zu gern an mich nahm. Auf keinen Fall wollte ich dieses Buch auch nur anrühren. Ich sah ihm zu, wie er in das Fach hineingriff und das Buch behutsam in beide Hände nahm. Es wäre ziemlich unpraktisch gewesen, wenn das Ding bei der ersten Berührung in Staub zerfallen wäre. Fast hätte ich bei dem Gedanken daran laut gelacht, obwohl so etwas alles andere als lustig gewesen wäre.

Mit dem *Kleinen Salomon* in den Händen trat Roth einen Schritt nach hinten, im gleichen Moment explodierte völlig unerwartet der Riss in der Decke. Große Betonbrocken stürzten von der Decke, und einer davon hätte mich unter sich begraben, wenn Roth nicht in letzter Sekunde meine Hand gepackt und mich in Sicherheit gezogen hätte.

Ein weiteres Stück Decke stürzte herunter und versperrte den Durchgang, durch den wir hergekommen waren. Grauen überkam mich bei diesem Anblick, während dichte Staubwolken die Kammer erfüllten. »Roth!«

Im nächsten Moment rannte er mit mir im Schlepptau um den Betonblock in der Mitte des Raums herum und hetzte durch den anderen Zugang nach draußen.

»Weißt du denn, wo wir hier hinkommen?«, rief ich.

»Nein«, antwortete er und lachte auf eine seltsam wilde Art. »Aber irgendwohin muss es hier ja gehen.«

Irgendwohin war immer noch besser, als einfach in der Kammer zu bleiben, deren Decke jetzt vollständig runterkam. Entweder ein schlimmer Fall von Pfusch am Bau, oder aber die Zerstörung war Absicht und so eingeplant. Vielleicht sollte hier alles einstürzen, sobald jemand den *Kleinen Salomon* an sich nahm, damit niemand mit dem Buch entkam.

Mein Herz schlug wild, als wir durch den Tunnel rannten und an einer Kreuzung nach rechts abbogen, dicht gefolgt von der Staubwolke aus der Kammer. Einmal stolperte ich und wäre fast aufs Gesicht gefallen, aber Roth fing mich in letzter Sekunde auf und zog mich hoch.

Als wir schließlich durch einen größeren Torbogen rannten, verloren wir auf einmal den Boden unter den Füßen und landeten unsanft ein Stück tiefer auf einem Schienenstrang. Ich hatte mich gerade aufgerappelt und drehte mich um, da konnte ich noch sehen, wie auch der letzte Abschnitt des Gangs einstürzte.

Ich atmete keuchend aus. »Ich schätze, du wolltest das Buch sowieso nicht später zurückbringen, richtig?«

»Hatte ich nicht vor.« Roth verließ den Schienenstrang und legte das Buch auf einen Sims. Dann umfasste er meine Taille und hob mich auf den Sims. »So, das hätten wir auch.«

Während ich dastand, wurde mir klar, dass wir uns in einem U-Bahn-Tunnel befanden. In einiger Entfernung blinkte ein Licht. »Mein Gott, wir müssen ja meilenweit vom Monument entfernt sein!«

Roth kam zu mir auf den Sims, in einer Hand hielt er den *Kleinen Salomon*. Ich sah ihn an und bemerkte die Begeisterung, die in seinen Augen funkelte. »Das hat Spaß gemacht, wie?«, fragte er. »So was bringt mal das gute, alte Herz auf Trab.«

»Das hat überhaupt keinen Spaß gemacht! Da waren aufrecht gehende Ratten! Und Fledermäuse! Und dann ist die ganze Konstruktion ...«

Er bewegte sich so schnell, dass ich keine Chance hatte, mich auf irgendwas gefasst zu machen. In der einen Sekunde stand er noch da, in der nächsten lag seine Hand schon an meinem Nacken. »Du brauchst etwas«, sagte er. Als ich ihn nur verständnislos ansah, ergänzte er: »Dein Gesicht braucht etwas.«

»Mein Gesicht?«

»Ja, es braucht meine Küsse.«

Ich begann zu lachen, kam aber nicht weit, da er seine Lippen auf meine presste und mir einen so innigen Kuss gab, dass mir die Luft wegblieb. Seine Fingerspitzen umfassten meinen Nacken, damit ich nicht zurückweichen konnte. Die Zeit schien stillzustehen, während er mich küsste, als würde sein Überleben davon abhängen. Der Kuss war gut, er war sehr gut und ließ mich daran zurückdenken, was wir in seinem Loft gemacht hatten.

Aber keiner von uns durfte die Realität aus den Augen verlieren. Als Roth den Kuss schließlich unterbrach, lehnte er seine Stirn noch einen Moment lang gegen meine. Seine wunderschönen Augen waren geschlossen. »Wir müssen von hier verschwinden und uns das Buch vornehmen.«

»Spielverderber«, murmelte ich, löste mich aber aus seinem Griff und ging vor ihm her durch den Tunnel. So bekam mein Herz Gelegenheit, zu einem gemächlicheren Rhythmus zurückzukehren, und auch der Rest meines Körpers konnte sich wieder beruhigen. Es gab jetzt Wichtigeres, auf das wir uns konzentrieren mussten. Ich wunderte mich nicht, dass Roth nach ein paar Schritten gleich wieder neben mir auftauchte. »Ich kann es noch gar nicht richtig fassen, dass wir das Buch tatsächlich gefunden haben.«

»Ich habe nicht eine Sekunde lang daran gezweifelt.« Er setzte sich vor mich, als wir in einen schmaleren Tunnel überwechselten, der zu einer Haltestelle führte. »Wir sind ein gutes Team.«

Da war es wieder, dieses dumme Gefühl in meiner Brust. Ein Team – als ob wir beide zusammen wären. Das Schlimmste daran war, dass das Mädchen in mir jetzt auch noch einen Freudentanz aufführte. Das war völlig albern, weil eine gemeinsame Zukunft für uns beide nichts als Probleme mit sich bringen würde. Da war zum einen das Problem, dass ich zum Teil Wächterin war, also jemand, der seine Art jagte und tötete. Aber es gab noch einen anderen Haken: Roth konnte nicht ewig an der Oberfläche bleiben. Er erledigte nur den Job, der ihm aufgetragen worden war.

Genau dieser Job näherte sich allmählich seiner Vollendung.

Als wir die U-Bahn-Haltestelle verließen, erkannte ich, dass wir ein paar Blocks von der Union Station entfernt waren. Der muffige Geruch des Tunnels verfolgte uns immer noch, und ich atmete tief die kalte Nachtluft ein. Mein Blick war auf die Sterne gerichtet, die hinter den Wolken am Himmel zum Vorschein kamen.

Ich kniff die Augen zusammen.

Einer der Sterne fiel vom Himmel.

Plötzliche Furcht erfasste mich und ließ mich eine Sekunde zu lang wie erstarrt dastehen.

Das war kein Stern.

Das war … ein Wächter.

21. KAPITEL

Er fiel vom Himmel und landete fast anmutig genau vor uns.

Der Aufprall bei seiner Landung ließ die Umgebung erzittern, verursachte eine Vertiefung im Straßenbelag und schlug die wenigen Menschen, die um diese Zeit noch unterwegs waren, in die Flucht, um irgendwo in Deckung zu gehen. Seine Schwingen waren ausgebreitet und brachten es auf eine Spannweite von bestimmt fünf Metern. Die breite, granitfarbene Brust war mit Narben übersät, doch sein Gesicht war unversehrt und attraktiv.

Nicolai.

Seine gelben Augen mit ihren katzengleichen Pupillen fixierten Roth. Er knurrte so tief, dass mein ganzer Körper zu vibrieren schien. »Dämon.«

»Glückwunsch«, gab Roth zurück, ohne eine Miene zu verziehen. »Du kennst dich mit den verschiedenen Spezies aus. Einen Keks zur Belohnung?«

Der Wächter kniff die Augen zusammen, dann sprach er mit einer Stimme weiter, die ich bei Nicolai noch nie gehört hatte: »Wie kannst du es wagen, so mit mir zu reden, *alandlik* Dämon?«

Dass Nicolai in seine Muttersprache Estnisch wechselte, kam völlig unerwartet und war für mich auch in keiner Weise nachvollziehbar. Mein Gehirn war zu langsam, und noch bevor es mich auf den aktuellen Stand bringen konnte, fiel ein weiterer Schatten vom Himmel herab.

»Layla«, sagte Nicolai, erhob sich ein Stück weit in die Lüfte und schwebte wie ein verzerrter Engel über uns. Seine Flügel schlugen, ohne ein Geräusch zu verursachen. Mehr als meinen Namen sagte er nicht, doch dieses eine Wort hatte solches Gewicht, dass mir klar war, was er wusste – nämlich alles.

Angst legte sich wie eine eisige Klaue um mein Herz, aber es war keine Angst um mich.

Nicolai drehte sich zu Roth um und bleckte seine Fangzähne. Für einen Sekundenbruchteil sah Roth mir in die Augen, und mir stockte der Atem. Roth starrte mich an, als könne er es nicht glauben. Er fühlte sich verraten – verraten von *mir*.

»Nein«, flüsterte ich heiser.

Im letzten Moment drehte sich Roth wieder um und wehrte Nicolais Angriff ab, indem er einmal mit seinem Arm nach ihm ausholte. »Glaub mir, du willst dich nicht mit mir anlegen«, fuhr er Nicolai an. Seine Pupillen weiteten sich blitzschnell, als er den Wächter wegstieß. »Ich meine das ernst.«

»Du hast keine Ahnung, wen du vor dir hast«, presste Nicolai hervor.

Roth lachte höhnisch. »Och, weißt du, ich sage dir das ja nicht gerne, aber du bist eigentlich nichts Besonderes.«

Nur Roth konnte in einer so ernsten Situation noch mit Sarkasmus reagieren.

Dann gingen die beiden richtig aufeinander los. Wie es Roth bei diesem Schlagabtausch gelang, den *Kleinen Salomon* festzuhalten, war mir ein Rätsel. Der Kampf war brutal. Die Fäuste flogen, Krallen schnitten sich durch Kleidung und Haut, Blut spritzte umher – Blut, das von beiden stammte und dennoch hinsichtlich Farbe und Konsistenz identisch war.

Ich durfte nicht zulassen, dass die beiden noch länger aufeinander einschlugen.

»Hört auf! Bitte!«, rief ich und rannte zu ihnen, kam aber nicht weit. Abbots Hand kam aus dem Nichts und packte mich. Er musste eingetroffen sein, als ich abgelenkt gewesen war. »Nicolai, du musst aufhören. Er ist kein …«

»Kein Dämon?«, raunte Abbot mir ins Ohr. »Hast du vergessen, welches Blut durch deine Adern fließt?«

Ich bohrte meine Finger in seinen Arm, aber damit konnte ich nichts bewirken, weil seine Haut hart wie Stein war. Also trat ich ihm mit aller Kraft auf den Fuß, er fluchte lautstark, und sein Griff um meinen Arm lockerte sich ein wenig. Ich riss mich von ihm los und rannte auf den Wächter und den Dämon zu, die unvermindert aufeinander einschlugen.

Ich schaffte es nicht.

Abbot war in der nächsten Sekunde bei mir, bekam meinen Arm zu fassen und schleuderte mich weg von den beiden Kämpfenden. Da ich nicht mit der Wucht seiner Attacke gerechnet hatte, verlor ich das Gleichgewicht und landete auf dem Bürgersteig. Schmerz strahlte von meinen Knien aus, und ich musste laut keuchend nach Luft schnappen.

Roth wirbelte zu mir herum, seine Augen glühten in intensivem Gelb, und dieser Moment der Unachtsamkeit rächte sich sofort. Ein weiterer Wächter landete neben ihm und riss ihm den *Kleinen Salomon* aus der Hand, was Roth jedoch nicht zu kümmern schien. Vielmehr stürmte er in seiner menschlichen Form auf Abbot zu, der ihn in ein Handgemenge aus schnappenden Kiefern und flatternden Schwingen verstrickte.

Ich rappelte mich auf und musste mit Entsetzen erkennen, dass Roth umzingelt war. Seine beträchtlichen Kräfte konnten unmöglich ausreichen, um sich gegen drei Wächter gleichzeitig zu behaupten. Dafür hätte er Bambi oder den Drachen ins Spiel bringen müssen, und dann hätte ich es auch nicht ertragen, wie jemand aus meiner Familie zu Schaden kam.

Die Luft hinter mir bewegte sich, und Hitze strahlte auf meinen Rücken ab. Ich musste mich nicht umdrehen, ich wusste auch so, dass Zayne eingetroffen war.

»Bring sie von hier weg«, befahl Abbot, ohne den Blick von Roth abzuwenden.

Roth stand da und atmete schwer, während die drei Wächter ihn lauernd umkreisten. Blut lief ihm aus Mund und Nase.

Flieh, sagte ich lautlos zu ihm, als Zayne einen Arm um meine Taille legte. Ich flehte Roth stumm an, auf mich zu hören. Hinter mir spannte sich Zayne an, dann stieg er mit mir in den Himmel auf. Unmittelbar bevor die Welt unter mir von der Nacht verschluckt wurde, sah ich noch, wie Roth sich scheinbar in nichts auflöste.

Zayne sprach kein Wort mit mir. Wir landeten auf dem Balkon vor meinem Zimmer, dann ging er wortlos hinaus auf den Flur und schloss von außen ab. Meine Hände zitterten so sehr, dass ich sie unter die Arme klemmen musste, während ich im Zimmer auf und ab ging. Woher hatten sie gewusst, wo sie uns finden würden? Es war einfach zu unwahrscheinlich, dass sie zufällig alle zur gleichen Zeit dort auftauchten, vor allem in Begleitung von Abbot. Wir waren nicht von ihnen verfolgt worden, das hätte ich rechtzeitig gemerkt.

Verdammt, ich saß so richtig im Dreck! Der einzige Hoffnungsschimmer in dieser Situation war, dass Roth doch noch hatte fliehen können. Aber ich hatte da diesen Blick von ihm aufgefangen … Roth glaubte, ich hätte ihn in eine Falle gelockt. Und es war wirklich nicht schwer, auf diesen Gedanken zu kommen.

Als eine Tür im Haus zugeschlagen wurde, kniff ich unwillkürlich die Augen zu. Ich wusste, Roth war in diesem Moment nicht derjenige, um den ich mir Sorgen machen musste. Ich konnte ihnen alles sagen, was Roth getan hatte, um mir selbst damit zu helfen … um uns allen zu helfen. Ich würde sie schon davon überzeugen können.

Doch was mich selbst betraf … das sah gar nicht gut aus. Ich hatte sie belogen, ich hatte einen Dämon beschützt. Ihr Zorn auf mich würde grenzenlos sein. Und Zayne … Meine Brust verkrampfte sich, wenn ich an ihn dachte, an die unterkühlte Art, wie er mich hergebracht und abgesetzt hatte, an seine unnatürlich steife Körperhaltung, als er mein Zimmer verließ.

Ich setzte mich auf die Bettkante und stützte den Kopf in die Hände. Ich wollte Zayne niemals wehtun, und ich wollte ihn auch nie enttäuschen. Trotz dieser ganzen Geschichte wusste ich, dass sich daran nicht viel ändern würde. Ich hatte ihm zuvor noch nie etwas verschwiegen.

Aber hatte *er mir* etwas verschwiegen?

Mein Herz schmerzte bei dem Gedanken daran, dass er schon immer gewusst hatte, wer meine Mutter war und was das für mich bedeutete. Zwischen uns hatten sich so viele Lügen angehäuft, dass die Wahrheit sich in ihrem Geflecht verfangen hatte.

Als die Tür aufgeschlossen wurde, machte mein Herz einen Sprung. Ich stand auf und ging auf wackligen Beinen hin, um sie zu öffnen. Draußen wartete Nicolai in seiner menschlichen Gestalt auf mich. Seine Wange war gerötet, sein linkes Auge angeschwollen und sah so aus, als würde es ihm Schmerzen bereiten.

»Nicolai …«

Er hob eine Hand. »Im Moment gibt es nichts, was du zu all dem sagen könntest, Kleine.«

Ich schwieg und schämte mich in Grund und Boden, obwohl ich mich ja gar nicht gegen sie verschworen hatte. Das, was hier vor sich ging, war etwas ganz anderes.

Auf dem Weg in Abbots Arbeitszimmer musste ich feststellen, dass Nicolai mich plötzlich ansah, als wäre ich eine Fremde, die da neben ihm herging. Das traf mich tief. Oder schlimmer noch: als wäre ich der Feind, dem man besser mit Argwohn begegnete. Ein paar Minuten später kam Abbot herein, begleitet wurde er von seinem Sohn. Zaynes bleiche, bestürzte Miene verriet mir, dass Abbot ihm mitgeteilt hatte, welchen Verdacht auch immer er gegen mich hegte.

Zayne sah mir nicht in die Augen, und er zuckte nicht mal mit der Wimper, als ich zusammenfuhr, weil Abbot die Tür zuknallte und dann mit stampfenden Schritten auf mich zuging. Nein, Zayne zeigte keine Reaktion, sondern stand nur hinter dem Schreibtisch und sah starr auf die Wand hinter mir.

Von allem, was sich in dieser Nacht ereignet hatte, war das mit Sicherheit das Schlimmste.

»Ich kann mir selbst derzeit nur gerade weit genug vertrauen, um dir zu sagen, dass du unglaubliches Glück gehabt hast, weil es uns gelungen ist, den *Kleinen Salomon* an uns zu nehmen.« Abbot stand wie ein Hüne vor mir, allein seine Gegenwart genügte, um ängstlich nach Luft zu schnappen. Er hatte auch den einen oder anderen Treffer abbekommen, vor allem an der Stirn, die gerötet war. Aber er war nicht so traktiert worden wie Nicolai. »Ansonsten hätte sich nämlich nicht verhindern lassen, die Alphas in das Ganze einzubeziehen.«

Meine Finger zitterten immer noch, als ich eine Haarsträhne aus meinem Gesicht strich. »Du verstehst nicht.«

»Da hast du recht, ich verstehe dich nicht. Vor allem verstehe ich nicht, was du dir dabei gedacht hast, einem Dämon zu helfen, sich den *Kleinen Salomon* anzueignen.«

»Er hat *mir* geholfen. Er ist nicht wie …«

»Führ diesen Satz ja nicht zu Ende«, unterbrach er mich wutschnaubend. »Denn wenn du sagen willst, dass er nicht so ist wie andere Dämonen, dann könnte ich mich vergessen.«

»Aber so ist es! Du verstehst das nicht. Lass es mich erklären …«

Abbot schoss auf mich zu und krallte die Finger in die Armlehnen des Sessels, auf dem ich saß. Die Wut, die sein Gesicht rot anlaufen ließ, war so greifbar, dass ich mich ins Polster presste. Über seine Schulter hinweg sah ich, dass Nicolai und Zayne beide ein paar Schritte auf mich zukamen, aber ich konnte nicht sagen, ob sie mich vor Abbot beschützen oder ob sie ihm dabei helfen wollten, mich zu erwürgen.

»Ich bin so enttäuscht, dass es mich krank macht«, stieß er hervor. »Wie konntest du nur, Layla? Ich habe dich zu etwas Besserem erzogen. Ich habe dich behandelt wie mein eigen Fleisch und Blut. Und so zeigst du deine Dankbarkeit?«

»Lass mich doch bitte erklären, Abbot. Es ist nicht so, wie du denkst.« Ich sah zu Zayne, doch der wich meinem Blick aus. »Bitte.«

Abbot musterte mich sekundenlang, dann stieß er sich vom Sessel ab und verschränkte die Arme vor der Brust. Sein Schweigen legte ich als widerwillige Zustimmung aus. »Ich habe nicht mit einem Dämon gemeinsame Sache gemacht, um mich gegen euch zu verschwören. Ich bin zum Teil Dämon, richtig? Aber ich bin nicht so wie andere Dämonen.«

»Das hatte ich jedenfalls immer angenommen«, konterte er frostig.

Das tat weh. »Er hat mir geholfen und mich vor dem Sucher gerettet, dem ich in die Arme gelaufen war.« Ich atmete tief durch und erzählte ihm so gut wie alles, wobei ich nur die persönlicheren Dinge wegließ, von denen ich wusste, dass Abbot dann endgültig durchdrehen würde. »Er wurde aus der Hölle hergeschickt, um zu verhindern, dass ein bestimmter Dämon die …«

»… die Lilin wiederauferstehen lässt?«, fragte er. »Und hat er dir gesagt, was du bist? Und wie wichtig die Beschwörung im *Kleinen Salomon* ist? Hat er dir gesagt, dass der *Salomon* aus eben diesem Grund vor so langer Zeit versteckt wurde? Um sicherzustellen, dass niemals wieder irgendjemand die Lilin auf die Erde zurückbringt?«

»Ja, er hat mir alles erzählt. Wir brauchen den *Salomon*, um herauszufinden, was alles zu dieser Beschwörung gehört. Er ist nicht derjenige, der die Lilin auferstehen lassen will.«

»Und das hast du ihm geglaubt?« Abbot hockte sich vor mich hin, damit ich ihm in die Augen sah. »Warum hast du einem Dämon vertraut?«

Meine Kehle schnürte sich ein Stück weit zu. »Weil er mich nicht belogen hat und weil er mich gerettet hat, als …«

»Ist er der Dämon, der Petr getötet hat?«

Im Zimmer herrschte solch gebannte Stille, dass man fast die Staubflusen hören konnte, wie sie auf den Schreibtisch sanken. »Ja.«

»Hat Petr dich überhaupt angegriffen, oder war das auch eine Lüge?«

Vor Entrüstung schnappte ich nach Luft. »Oh ja! Petr hat mich angegriffen. Warum sollte ich mir das aus den Fingern saugen?«

Abbots Augen flammten in einem strahlenden Azurblau auf. »Weil du nichts außer Lügen erzählst, seit du diesem Dämon begegnet bist! Warum soll ich davon ausgehen, dass sich zwischen all den Lügen ein Fünkchen Wahrheit verbirgt?«

Ich wusste nicht, welche seiner Unterstellungen das Fass zum Überlaufen brachte. Vielleicht war es auch eine Kombination aus Angst und Frustration, weil ich keinen einzigen Satz zustande bekam, auf jeden Fall ging in diesem Augenblick meine Beherrschung mit mir durch. Ich sprang so schnell von meinem Platz auf, dass Abbot aus der Hocke hochfuhr und tatsächlich vor mir zurückwich. Vor Wut kribbelte meine Haut, als ich ihn anfuhr: »Du machst mir Vorhaltungen, wo du doch derjenige bist, der mich von Anfang an belogen hat?«

Abbots Nasenflügel blähten sich.

»Was ist? Hast du dazu gar nichts zu sagen?« Ich machte einen Schritt nach vorn, angetrieben von meiner grenzenlosen Wut. »Du wusstest von vornherein, wer meine Mutter ist, und du wusstest, was passieren konnte! Du hast mir mindestens so viele Lügen aufgetischt wie ich dir.« Ich ließ meinen Blick durch den Raum schweifen, und als mein Blick auf Zayne fiel, war der Schmerz für mich unerträglich. »Ihr alle habt mich belogen!«

»Wir haben versucht, dich zu beschützen«, wandte Nicolai ein.

»Wie soll das funktionieren, wenn ich nicht weiß, wer mir überhaupt gefährlich werden könnte? Da draußen sind Dämonen unterwegs, die nach mir suchen. Aber das gilt nicht für den einen, den ihr heute Abend angegriffen habt. Ohne ihn würden jetzt vielleicht schon die Lilin auf der Erde ihr Unwesen treiben. Oder ich wäre längst tot.«

»Ich hielt es für besser, dir die Wahrheit zu verschweigen, anstatt dich mit dem Makel deines Blutes zu konfrontieren«, sagte Abbot.

»Dem Makel meines Bluts?«, wiederholte ich schockiert.

»Du bist Liliths Tochter.«

»Ich bin auch eine Wächterin!«

»Eine Wächterin würde niemals mit einem Dämon zusammenarbeiten!«, warf Abbot mir an den Kopf.

»Vater«, stieß Zayne knurrend hervor.

Meine Wut hatte mich so sehr im Griff, dass ich gar nicht wahrnahm, dass es Zayne war, der sich gerade eben zu Wort gemeldet hatte. »Ein Wächter und ein Dämon müssen sogar mehr getan haben, als nur zusammenzuarbeiten! Wie könnte ich sonst heute hier stehen?«

»Hast du mit dem Dämon geschlafen?«, wollte Abbot plötzlich wissen.

Diese Frage kam so dermaßen überraschend, dass ich darüber für einen Moment meinen Zorn vergaß. »Wie bitte?«

»Ich will wissen, ob du noch Jungfrau bist!«

Die plötzliche allgemeine Verlegenheit im Zimmer ließ die anderen den Blick senken. »Wieso sollte das wichtig sein?«

»Antworte mir!«, brüllte er.

Ich wurde bleich und gleich darauf knallrot im Gesicht. »Ich habe weder mit ihm noch mit irgendwem sonst geschlafen! Himmel!« Abbot ließ erleichtert die Schultern sinken, allerdings so erleichtert, dass ich augenblicklich misstrauisch wurde. »Wieso? Was ist daran so wichtig?«

Zayne wirkte extrem angespannt. »Das würde mich auch interessieren.«

Sein Vater schnaubte aufgebracht. »Warum sollte sich sonst ein Dämon in ihrem Alter für sie interessieren? Ihre Unschuld beziehungsweise der Verlust ihrer Unschuld ist Teil der Beschwörung.«

»*Was?*« Meine Stimme überschlug sich. »Ich muss eine verdammte Jungfrau bleiben?« Doch dann wurde mir plötzlich etwas bewusst. »Du weißt, was alles zu der Beschwörung gehört?«

Die drei Männer im Raum vermieden es ganz gezielt, mir in die Augen zu sehen. »Ja. Wir mussten es wissen, damit wir verhindern konnten, dass es dazu kam.«

Ich fragte mich, wie um alles in der Welt sie das erreichen wollten, wenn sie es niemals für nötig gehalten hatten, mir auch nur ein Wort davon zu sagen. »Und was gehört dazu?«

Abbot zog eine Braue hoch. »Hat dir dein Dämon das nicht verraten?«

Ärger regte sich wieder. »Mein Dämon wusste ja eben nicht, was zu der Beschwörung gehört. Darum waren wir auf der Suche nach dem Buch, um herauszufinden, wie wir die Beschwörung aufhalten können.« Wenn Roth etwas davon gewusst hätte, dann hätte er es mir erzählt. Da war ich mir sicher.

Nach einer kurzen Pause erklärte er: »Zur Beschwörung braucht man das Blut von Lilith und den Verlust deiner Unschuld. Das bezieht sich nicht nur auf deine … nun, das haben wir ja bereits geklärt, aber deine Unschuld umfasst auch deine Dämonenfähigkeiten. Deine Unschuld ist vollständig verloren, sobald du eine Seele geraubt hast.«

»Eine Seele?« Mein Mund war mit einem Mal wie ausgetrocknet.

Abbot nickte. »Von den moralischen Konsequenzen abgesehen, die damit verbunden sind, wenn man jemandem die Seele nimmt, ist es vor allem aus diesem Grund so wichtig, dass du dich niemals derart entwürdigst.«

Ich war mir nicht sicher, ob er damit nun die Sache mit dem Sex oder das mit der Seele meinte. Auf jeden Fall ließ ich mich wie benommen in den Sessel sinken. Oh Gott, ich hatte eine Seele genommen, und damit waren drei der vier Bedingungen erfüllt, um die Beschwörung in Gang zu setzen.

»Ich glaube, wir sollten ihr einen Moment Ruhe gönnen«, warf Zayne ein und fixierte seinen Vater. »Layla hätte ohne diesen Dämon nichts von alledem getan. Sie ist eine Wächterin, aber sie ist auch noch jung und …«

»Naiv?«, führte Abbot den Satz zu Ende und ballte die Fäuste. »Sie hätte wissen müssen, dass sie sich nicht von einem Dämon benutzen lassen darf. Sie ist nicht unschuldig.«

»Es trifft sie aber auch nicht die alleinige Schuld«, wandte Zayne ein. Ich hätte gern angemerkt, dass ich nicht naiv war, hielt aber lieber den Mund. »Sie hatte noch nie …« Er sah mich nicht an, als er schluckte und erneut ansetzte: »Sie hatte noch nie …«

Plötzlich begriff ich, was er sagen wollte. »Du meinst, ich hatte noch nie jemanden, der sich für mich interessiert hat?«

Zwar reagierte Zayne nicht auf meine Frage, aber ich wusste auch so, dass ich ins Schwarze getroffen hatte. Verdammt, das war nicht nur beleidigend, das tat auch verdammt weh, auch wenn das wohl nicht seine Absicht gewesen war.

»Trotzdem hätte sie es besser wissen müssen.« Abbot schnaubte abfällig. »Du hättest uns offen alles sagen müssen.«

»*Du* hättest *mir* die Wahrheit sagen sollen«, konterte ich.

Wir befanden uns in einer Pattsituation. Beide hatten wir gelogen, und jeder von uns hätte dem anderen von Anfang an die Wahrheit sagen müssen. Hätte, sollte, würde – alles das half jetzt nicht weiter. Das Schweigen dauerte an. Ich hatte Abbot alles berichtet – jedenfalls so gut wie alles –, und er glaubte mir kein Wort. Meine anfängliche Zuversicht, ich würde ihn schon von meiner Sicht der Dinge überzeugen können, hatte sich in Luft aufgelöst.

»Woher hast du es gewusst?«, fragte ich schließlich leise.

Er legte den Kopf ein wenig schräg. »Mir war klar, dass irgendetwas nicht stimmt, als du an diesem Morgen diese Sachen getragen hast, die dir nicht gehörten. Was genau los war, wusste ich zu dem Zeitpunkt noch nicht, aber es konnte nur eine Frage der Zeit sein, bis etwas passierte. Darum habe ich dir auch erlaubt, bei Stacey zu übernachten.«

Verdammt. Ich hätte misstrauisch werden müssen, nachdem Abbot so schnell einverstanden gewesen war. »Wenn du gewusst hast, dass ich irgendetwas vorhabe, warum hast du es dann überhaupt erst so weit kommen lassen?«

»So weit kommen lassen?« Abbot lachte rau. »Wir haben den *Kleinen Salomon*, und jetzt ist er in sicheren Händen. Den Dämon wollten wir zwar auch dingfest machen, aber den werden wir schon noch finden.«

Ich schaute hinüber zu Zayne, der in einer Ecke stand und auf irgendeinen Punkt starrte. Zwar hätte er mich wohl jederzeit wieder verteidigt, so wie er das vorhin gemacht hatte, aber in die Augen sehen konnte er mir noch immer nicht.

»Wie heißt er, Layla?«, fragte Abbot.

»Warum willst du das wissen? Du glaubst mir sowieso nicht. Du denkst, er will …«

»Er ist ein Dämon! Er hat dich so benutzt, Layla, wie es jeder Dämon machen würde. Verstehst du das nicht? Nur wenn ein Dämon und ein Wächter zusammenarbeiten, kann der *Kleine Salomon* geborgen werden. Dein Dämon brauchte einen Wächter, und du hast ihm auch noch bereitwillig geholfen.« Abbot zitterte am ganzen Leib, als er tief durchatmete. »In dir steckt genug Blut von unserer Art, damit sein Plan funktionieren konnte.«

»Das weiß ich auch«, presste ich heraus. »Aber er …«

»Du kannst nicht so naiv sein, Layla. Woher willst du wissen, dass er nicht gegen uns gearbeitet hat? Woher willst du wissen, dass nicht *er* der Dämon ist, der den *Salomon* in seinen Besitz bringen wollte? Oder er wollte herausfinden, was es mit dieser Beschwörung auf sich hat, und hat dich benutzt, um dahinterzukommen.«

Ich wollte ihn davon abhalten, alle diese Dinge zu sagen, denn sobald er sie ausgesprochen hatte, war der Schaden da. Ein Problem war für mich, dass ich nicht mal einen anderen Hohedämon auch nur wirklich gesehen hatte, ausgenommen dieser kurze Moment, als ich einmal auf Morris gewartet hatte.

»Er hat dich benutzt. Es wäre nur noch eine Frage der Zeit gewesen, bis er dich dazu gebracht hätte, eine Seele zu rauben und deine Unschuld zu verlieren.«

»Das kannst du so nicht einfach behaupten.« Ich kniff die Augen zu. »Er hat …« Ich schüttelte den Kopf. Roth hatte mehr als eine Gelegenheit gehabt, um mich zum Sex zu verführen. Ich musste daran denken, was geschehen war, kurz bevor wir uns auf die Suche nach dem Buch begeben hatten. Es war so wundervoll gewesen, dass ich bestimmt mitgemacht hätte, wenn er auf die Idee gekommen wäre, mich zu mehr zu überreden.

»Er hat was?«, hakte Abbot nach.

»Nichts.« Ich straffte die Schultern. Den Namen eines Dämons zu kennen bedeutete, Macht über ihn zu besitzen. Mit ein paar schwarzen Kerzen und den angemessen bösen Absichten konnte man einen Dämon mit seinem Namen herbeirufen. Dieses Risiko würde ich nicht eingehen. »Ich werde dir seinen Namen nicht sagen.«

Das löste die erwartete Reaktion aus. Abbot wurde laut und sah aus, als wollte er mich jeden Moment erwürgen. Aber ich blieb standhaft. Ich würde Roth nicht hintergehen, auch wenn es deshalb so aussah, als würde ich damit die Wächter hintergehen.

»Der Name ist nicht wichtig«, sagte ich erschöpft. Es war vier Uhr am Morgen, und das Verhör schien kein Ende nehmen zu wollen. »Wirklich wichtig ist der Dämon, der die Lilin auferstehen lassen will. Was sollen wir unternehmen, um ihn zu stoppen?«

»Wir?«, wiederholte Abbot spöttisch. »Du hast damit gar nichts zu schaffen. Und es gibt auch keinen Grund, dir deswegen irgendwelche Sorgen zu machen. Wir haben den *Salomon*, und auch wenn du so naiv bist und nicht einsehen willst, dass du von dem fraglichen Dämon benutzt worden bist, wissen wir es besser.«

Ich sah ihn ungläubig an. »Er ist es nicht! Gott, warum will mir eigentlich niemand zuhören? Er ist nicht dieser Dämon, und der wahre Schuldige weiß vielleicht längst alles, was er wissen muss.«

Abbot schüttelte den Kopf und kniff die Augen zusammen. »Du wirst mir seinen Namen nennen. Vielleicht nicht heute Nacht, aber schon bald.« Dann packte er mich an den Handgelenken und zog mich hoch.

Zayne kam zu uns herüber. »Vater, du tust ihr weh!«

Das stimmte. Abbot musterte seine Hände, zog die Brauen zusammen und ließ mich dann los. Er trat ein paar Schritte zurück und atmete tief durch. »Es versteht sich wohl von selbst, dass du Hausarrest hast.«

Ich hätte fast aufgelacht, doch glücklicherweise verkniff ich mir das. Ich hatte meine Zweifel, dass Abbot meine Belustigung teilen würde.

»Für den Rest deines Lebens«, fügte er dann noch hinzu.

Oh.

Zayne nahm meinen Oberarm, war aber viel sanfter als Abbot. Ich wusste, an den Handgelenken würden sich später blaue Flecke bilden. »Bring sie rauf in ihr Zimmer«, befahl Abbot und warf mir einen letzten finsteren Blick zu. »Und bete, dass ich es mir nicht noch anders überlege und dich in eine der Zellen in der Stadt stecke.«

Ich schauderte. So wütend, wie Abbot war, konnte ich nur hoffen, dass das eine leere Drohung war, um mir Angst einzujagen.

Zayne führte mich hinaus, und als wir im Flur waren, wagte ich es, ihn anzuschauen. Es sah nicht gut aus für mich. »Würde er mich wirklich in eine von diesen Zellen stecken?«

Wir hatten bereits die Mitte der Treppe erreicht, da antwortete er schließlich: »Das weiß ich nicht.«

Klang nicht gerade ermutigend. Ich ging etwas langsamer. Ich war müde, aber ich freute mich nicht gerade auf die Aussicht, in meinem Zimmer eingesperrt zu bleiben, bis ich neunzig war. »Zayne …«

»Ich weiß, was du denkst«, sagte er und schob den Unterkiefer vor. »Du denkst, ich hätte das mit Lilith gewusst. Aber das stimmt nicht. Sonst hätte ich es dir gesagt, sobald du alt genug warst, um zu begreifen, was das bedeutet.«

Einerseits war ich unendlich erleichtert, dass er es tatsächlich nicht gewusst hatte. Andererseits quälten mich nun Schuldgefühle, weil ich an Zayne gezweifelt hatte. Ich glaubte ihm, dass er es mir gesagt hätte. Er hätte mehr Vertrauen zu mir als sein Vater.

Ich aber hatte Roth mehr vertraut als Zayne.

Vor der Tür zu meinem Zimmer blieben wir stehen. Zayne kniff einen Moment lang die Augen zu, dann drehte er sich zu mir um. »In gewisser Weise kann ich verstehen, dass du dich nicht an meinen Vater gewandt hast, aber wieso bist du nicht zu mir gekommen? Ich hätte …«

»Was hättest du?«, unterbrach ich ihn leise. »Hättest du mir geglaubt? Oder hättest du es Abbot gesagt?«

Unsere Blicke begegneten sich. »Ich weiß es nicht. Und jetzt werden wir es auch niemals herausfinden können.«

Ich presste die Lippen zusammen. In der Vergangenheit war ich von Zayne nie enttäuscht worden. Zugegeben, er sagte manchmal Sachen, die ich gerade nicht hören wollte. Und dann war da auch noch das ganze Theater um Danika. Aber niemals hatte er irgendetwas getan, das mein Vertrauen zu ihm in Frage gestellt hätte.

Ich kniff die Augen zu, um die Tränen zurückzuhalten. »Ich habe Mist gebaut, Zayne. Vor allem, was dich angeht. Es tut mir leid.«

»Ja«, sagte er mit belegter Stimme. »Ja, das hast du wirklich.«

22. KAPITEL

Am Sonntag bekam ich alle Mahlzeiten aufs Zimmer gebracht. Zayne holte meine Schulbücher bei Stacey ab, mein Handy wurde mir abgenommen, aber wenigstens konnte ich zuvor noch Roths Nummer löschen. Auch den Laptop und den Fernseher nahm man mir weg. Ich ging davon aus, dass Nicolai auch noch alle meine Bücher abholen würde, aber in dem Punkt schien er wohl Mitleid mit mir zu haben.

Ich versuchte, mit ihm zu reden, aber er antwortete auf keine meiner Fragen.

Von ihm abgesehen kam nur noch Danika, um mir Essen zu bringen. Sie sprach ebenfalls kein Wort mit mir, was mich vermuten ließ, dass man es ihr verboten hatte. Außerdem kam Abbot vorbei und fragte mich noch einmal nach dem Namen des Dämons. Als ich ihm wieder keine Antwort gab, schmiss er beim Hinausgehen die Tür mit solcher Wucht zu, dass die Fensterscheiben klirrten.

Zayne sah ich erst am Montagmorgen wieder. Er klopfte einmal, dann kam er herein. »Mach dich für die Schule fertig«, forderte er mich auf und starrte stur auf den Fußboden.

»Abbot lässt mich zur Schule gehen?« Ich sah ihn verblüfft an.

»Ich glaube, er informiert sich gerade, wie das abläuft, wenn der Unterricht zu Hause stattfinden soll. Aber im Moment findet er, dass es eine gewisse Bestrafung bedeutet, wenn er dich in die Schule schickt.«

Gott sei Dank hatte ich mit keinem Wort erwähnt, dass Roth ebenfalls die Schule besuchte.

In Rekordzeit war ich geduscht und angezogen. Äußerlich bemühte ich mich aber, mir von meiner Vorfreude möglichst nichts anmerken zu lassen. Auf dem Weg zur Schule sprach Zayne kein Wort mit mir. Erst als er mich abgesetzt hatte, ließ er mich wissen:

»Komm gar nicht erst auf die Idee, dich aus der Schule zu schleichen. Abbot wird sich im Lauf des Tages davon überzeugen, dass du auch wirklich im Unterricht sitzt.«

Dann fuhr er los, ehe ich noch etwas erwidern konnte.

Seufzend wandte ich mich ab und lief nach drinnen.

Stacey wartete an meinem Spind auf mich. »Okay, du musst mir alles erzählen. Aber zuerst mal will ich wissen, wieso Zayne deine Sachen bei mir abgeholt hat und wieso du gestern nicht angerufen hast.«

»Ich bin aufgeflogen.« Ich holte mein Bio-Buch aus dem Spind. »Und jetzt habe ich bis ans Lebensende Hausarrest.«

»Was?«, keuchte sie.

»Einer der Wächter hat uns gesehen.« Ich schloss den Spind ab und hasste mich dafür, dass ich nach diesem missratenen Wochenende schon wieder eine Lüge erzählen musste. »Den Rest kannst du dir ja denken.«

»Oh Mann, das ist so unfair. Da benimmst du dich immer wie ein Unschuldslamm, und dann machst du einmal was Verbotenes und wirst sofort erwischt.« Sie schüttelte den Kopf. »Gott scheint dich zu hassen.«

»Das kannst du laut sagen.«

Sie hakte sich bei mir unter und zog einen Schmollmund. »Hm, dann erzähl mal von den schöneren Dingen. Hast du wenigstens genug Zeit mit Roth verbringen können?«

»Nicht viel, aber … passiert ist nichts. Wir wurden ziemlich schnell erwischt.« Ich wechselte rasch das Thema, weil ich zu nervös war, um über Roth zu reden, den ich gleich im Unterricht wiedersehen würde.

Nur kam es nicht dazu, denn nachdem ich mich auf meinen Platz gesetzt hatte und die Schulglocke ein zweites Mal läutete, war von Roth nichts zu sehen. Angst überkam mich und steigerte sich weiter, als wir mittags in die Cafeteria gingen und Roth auch da nicht auftauchte.

»Ich will ja nicht hoffen, dass Abbot ihn umgebracht und die Leiche beseitigt hat«, sagte Stacey nach einer Weile. »Die Wächter können einem nämlich ganz schön Angst machen.«

Mein Appetit hatte sich damit endgültig verabschiedet.

»Was ist passiert?«, fragte Sam, nachdem er sich zu uns gesetzt und seine Brille hochgeschoben hatte.

Während Stacey ihm in groben Zügen berichtete, wie mein Wochenende verlaufen war, ließ ich den Eingang zur Cafeteria nicht aus den Augen. Meine Handflächen waren verschwitzt, mein Magen verkrampfte sich, aber alles Warten war vergebens, Roth kam nicht.

Weder an diesem Tag noch an einem der folgenden.

Aus Tagen wurde eine Woche, aber weder bekam ich Roth zu Gesicht, noch änderte sich an meinem Hausarrest irgendetwas. Ein Satz von Roth ging mir die ganze Zeit nicht aus dem Sinn: *Ich bin ein Dämon, ich lüge immer.*

Hatte er mich womöglich von Anfang an belogen und mich nur benutzt, um an den *Salomon* heranzukommen, damit er die Lilin auferstehen lassen konnte? War das der Grund, warum er sich jetzt nicht mehr blicken ließ?

Nein, unmöglich. Roth hatte mich nicht manipuliert. Das konnte auf keinen Fall alles von langer Hand geplant gewesen sein. Das konnte ich nicht glauben. Aber vielleicht *wollte* ich es auch nur nicht glauben, weil es zu wehtat, darüber auch nur nachzudenken. In meinen finsteren Momenten jedoch wurde ich von diesen Fragen beharrlich verfolgt.

Manchmal kam es mir so vor, als würde ich diesen einzigartigen, wilden Duft wahrnehmen, der Roth immer umgab – mal in einem Flur, wenn ich zwischen zwei Unterrichtsstunden von einem Klassenzimmer ins andere wechselte oder wenn ich dorthin unterwegs war, wo er immer seinen Wagen geparkt hatte. Überall hielt ich Ausschau nach ihm, aber ich konnte ihn nirgends entdecken. Und ich hörte ihn auch nie wieder »Paradise City« summen.

Das Verhältnis zwischen mir und Zayne verbesserte sich nicht. Wenn ich ihn nicht gerade mit einer Frage oder einer Bemerkung konfrontierte, auf die er mir eine Antwort geben musste, redete er nicht mit mir. Ich wurde nach wie vor in mein Zimmer eingesperrt, aber wenn man mich mal rausließ, war Zayne mit Danika zusammen oder hatte etwas mit den anderen Wächtern zu besprechen.

Das Verlangen nach etwas Süßem quälte mich in der Nacht. Vermutlich hing das mit meiner Angst und dem gesamten Stress zusammen, auf jeden Fall war die Tür immer verschlossen. Auch die Balkontür ließ sich nicht mehr öffnen, und die Fenster waren von außen vernagelt worden, als hätten die Wächter Angst, ich könnte mich in die Tiefe stürzen. Ohne an ein Glas Saft oder irgendetwas Süßes heranzukommen, waren die Nächte eine Qual für mich.

Seltsamerweise war meine dämonische Seite nie ein Thema gewesen, wenn ich mich in Roths Nähe aufhielt. Das Verlangen war zwar immer dagewesen, aber nur ganz sanft und damit beherrschbar. Fast so, als hätte Roths Nähe mir geholfen, diese Seite zu kontrollieren. Aber vielleicht lag es auch an etwas anderem. Ich wusste es beim besten Willen nicht.

Nach einer besonders üblen Nacht, die ich nur durchgestanden hatte, weil ich in meinem Zimmer so lange auf und ab gegangen war, bis ich vor Erschöpfung zusammengebrochen war, sagte Zayne auf dem Weg zur Schule zum ersten Mal etwas von sich aus. »Du siehst schlecht aus.«

Ich zuckte mit den Schultern und wischte eine Fluse von meiner Jeans. »Lange Nacht.«

Er reagierte nicht sofort darauf, aber ich bemerkte seinen Blick, als wir vor dem lang gestreckten Schulgebäude anhielten. »Hast du mehrere lange Nächte hinter dir?« Als ich nicht antwortete, seufzte er leise. »Wie übel sind deine Nächte, Layla?«

»Halb so wild.« Ich machte die Tür auf und stieg aus, dann blinzelte ich, weil mir die Novembersonne ins Gesicht schien. »Bis nachher.«

Wie es mein unsagbares Glück wollte, lief mir als Erstes Eva mit ihren perfekt gestylten Haaren über den Weg. Angesichts der Tatsache, dass ich mir heute Morgen nicht mal die Mühe gemacht hatte, meine Haare zu waschen, und da ihre Seele mit mehr roten als pinkfarbenen Streifen noch dunkler aussah als zuvor, war sie die allerletzte Person auf diesem Planeten, die ich in dem Moment in meiner Nähe haben wollte.

»Mach Platz, du Freak.«

Meine Füße waren wie mit dem Boden verwachsen, während ich nur Evas Seele und ihre Finsternis sehen konnte. Meine Kehle und mein Magen brannten, als hätte ich Säure geschluckt.

Eva sah sich suchend um, dann schnippte sie vor meiner Nase mit den Fingern. »Ist das jetzt dein Ernst? Gibt's irgendeinen Grund, mir hier im Weg herumzustehen?«

Das Verlangen tief in meinem Inneren begann bedrohlich zu brodeln. Schließlich drehte ich mich weg, atmete tief und gleichmäßig durch, bis es abebbte. Dann setzte ich konzentriert einen Fuß vor den anderen. Der Tag schleppte sich dahin, ich schleppte mich durch den Tag. Der achte Tag ohne eine Spur von Roth.

In der darauffolgenden Nacht wurde ich vom Heißhunger aus dem Schlaf gerissen. Ich drehte mich auf die Seite und kniff die Augen zu. Nein, nicht schon wieder. Bitte nicht schon wieder. Alles in mir verkrampfte sich. Auf meiner Haut brannte es wie Feuer, dann folgte die Eiseskälte.

Ich machte die Augen auf und versuchte, gegen meine Tränen anzukämpfen. Der Gedanke, aus dem Fenster zu springen, wurde mit jedem Tag ein bisschen verlockender.

Ich setzte mich auf und sah mich um, als mir auf meinem Schreibtisch ein seltsamer Umriss auffiel, den ich nicht zuordnen konnte. Also schlug ich die Bettdecke zur Seite und stand auf.

Am Schreibtisch angekommen, erkannte ich den Gegenstand. Ich riss die Augen auf und hielt mir die Hand vor den Mund.

Dort stand eine Kanne mit Orangensaft, außerdem ein Glas und eine Rolle Keksteig.

Mit meiner Beherrschung war es vorbei, und die Tränen liefen mir über die Wangen und am Hals entlang bis hinunter zum T-Shirt. Ich wusste nicht, wieso ich so sehr weinte und schluchzte. Vielleicht lag es daran, weil diese Geste mir bewies, dass Zayne mich jetzt doch nicht hasste. Vielleicht war es aber noch etwas mehr als das. Ein paar Tränen vergoss ich für Abbot, den einzigen Vater, den ich je gekannt hatte und der in diesem Augenblick ganz sicher bereute, dass er mich vor all den Jahren zu sich nach Hause mitgenommen hatte. Vielleicht galten ein paar von meinen Tränen auch Roth, denn je länger er verschwunden blieb, umso plausibler klangen Abbots Behauptungen. Wenn da draußen tatsächlich ein anderer Dämon sein Unwesen trieb und darauf wartete, die Lilin auferstehen zu lassen, würde sich dann Roth nicht immer noch irgendwo in meiner Nähe aufhalten und darauf achten, dass mich niemand an ein auf dem Kopf hängendes Kreuz nagelte?

Aber er war verschwunden.

Abgehauen.

Am Dienstag fühlte sich mein Kopf an, als hätte sich ein Drummer auf Crack darin eingenistet. Mein Gesicht tat mir nach meiner nächtlichen Heulorgie weh, und ich konnte mich kaum auf irgendetwas konzentrieren, was Stacey während des Unterrichts zu mir sagte. Wie durch ein Wunder hatte sie mich heute noch nicht nach Roth gefragt.

Sie war zwar verrückt nach Jungs, aber dumm war sie nicht, und deshalb fand sie es eigenartig, dass er spurlos verschwunden war, nachdem man mich mit ihm zusammen erwischt hatte. Bestimmt fand sie inzwischen ihre Bemerkung gar nicht mehr so witzig, Abbot könnte Roth umgebracht haben.

Ich konnte mich nicht auf den Text konzentrieren, der vom Overheadprojektor an die Wand geworfen wurde. Stattdessen begann ich die Ränder meines Notizbuchs vollzukritzeln. Irgendwann im Verlauf der Stunde stieg mir ein vertrauter Geruch in die Nase – Roths süßlicher, wilder Duft, der mich an seine Küsse erinnerte.

Ich legte den Stift weg und schaute mich um, aber Roth war nicht da, nur sein Geruch hing in der Luft. Großartig. Hatte mir gerade noch gefehlt, dass ich jetzt auch noch den Verstand verlor.

Mrs. Cleo legte eine neue Folie auf und redete unentwegt drauflos, während ich nur dasaß und die Tafel anstarrte, bis die Klingel irgendwann das Ende der Unterrichtsstunde verkündete.

In der anschließenden kurzen Pause ging ich zur Toilette. Ich weiß nicht, warum ich immer noch in der Kabine saß, als die Klingel bereits zum zweiten Mal schrillte, um die Schüler zur Eile anzutreiben. Ich ertrug die Vorstellung einfach nicht, noch eine Unterrichtsstunde über mich ergehen zu lassen. Als ich mir sicher war, dass sich niemand sonst in der Mädchentoilette aufhielt, verließ ich die Kabine, warf die Schultasche auf den Boden und stützte mich aufs Waschbecken, während ich mein Spiegelbild betrachtete. Hellblonde Strähnen fielen mir ins Gesicht und umrahmten meine extrem bleichen Wangen. Zusammen mit den weit aufgerissenen Augen sah ich leicht gestört aus, zumal meine Körperhaltung auch etwas von einer Verrückten hatte.

Ich drehte den Hahn auf, hielt die Hände unter das kühle Wasser und spritzte es mir dann ins Gesicht, um das Feuer zu löschen, das in mir brannte. Ein wenig zumindest half das.

Die Tür zu den Toiletten ging auf, während ich mit ein paar Papierhandtüchern die Hände trocknete. Ich drehte mich um, aber da war niemand. Nur die Tür fiel langsam wieder zu. Es war wie ein Déjà-vu. Ich ließ meinen Blick über die Türen zu den einzelnen Kabinen wandern.

Plötzlich stockte mir der Atem.

Auf der zweiten Tür saß eine Krähe, eine sehr große, sehr schwarze Krähe, deren schwarz glänzender Schnabel halb so groß wie meine Hand sein musste.

An meiner Schule gab es eine ziemlich nachlässige Sicherheitstruppe, die aber auch nur selten mit irgendwelchen Problemen konfrontiert wurde. Trotzdem konnte ich mir nicht vorstellen, dass irgendeiner von den Wachleuten das Tier ins Gebäude gelassen haben sollte. Und ich konnte mir auch nicht erklären, wie die Krähe die Tür zu den Toiletten geöffnet haben sollte.

»Seltsam …«, murmelte ich und machte einen Schritt zurück, wobei ich gegen das Waschbecken stieß.

Die Krähe stieß Krächzlaute aus, was sich in meinen Ohren beunruhigend und faszinierend zugleich anhörte. Der Vogel stieß sich von der Tür ab und kam auf mich zugeflogen, aber kurz bevor er mich erreicht hatte, blieb er in der Luft stehen. Ungläubig sah ich mit an, wie er sein Aussehen zu verändern begann. Der Körper zog sich in die Länge und wurde zugleich breiter, die Flügel wurden zu Armen, und der Schnabel bildete sich zurück. *Roth?* Hoffnung erwachte in mir, ich machte einen Schritt nach vorn und war bereit, auf ihn zuzulaufen und ihn in die Arme zu nehmen.

Ich stutzte, als ein Mann in Lederhose und wallendem, weißem Hemd vor mir Gestalt annahm. Aus seinem schulterlangen schwarzen Haar ragten ein paar Krähenfedern heraus.

Das war definitiv nicht Roth.

Der Mann lächelte mich an. »Mein Name ist Caym. Ich herrsche über dreißig Dämonen, deren Loyalität allein der Hölle gehört.«

»Oh verdammt«, murmelte ich. Warum hatte ich immer das Glück, in der Mädchentoilette auf Dämonen zu stoßen?

Cayms dunkle Augen erfassten meine. »Du musst keine Angst haben. Es wird nur kurz wehtun.« Dann streckte er die Hände nach mir aus.

Instinktiv holte ich aus und schlug zu. Ich traf den Dämon am Hals, er gab einen erstickten Laut von sich. Jedoch wartete ich nicht ab, ob ich ihn wirklich nennenswert verletzt hatte. Während ich zur Tür rannte, verfluchte ich zum x-ten Mal in meinem Leben die Tatsache, dass ich nicht in der Lage war, mich zu wandeln.

Er erwischte meine Haare noch und wickelte sich ein Büschel um die Finger, dann riss er mich brutal zurück. Ich wollte laut schreien, doch als ich gerade den Mund geöffnet hatte, legte Caym seine Hand um meinen Hals und drückte so fest zu, dass ich keinen Ton mehr herausbrachte.

»Kämpf nicht dagegen an«, redete er auf mich ein und ließ meine Haare los. »Das macht es für dich einfacher.«

Ich bohrte die Fingernägel in seine Hand, während Caym mich hochhob, bis ich keinen Boden mehr unter den Füßen hatte. Während ich zu röcheln begann, versuchte ich mit aller Kraft, seine Finger von meinem Hals zu lösen. *Keine Luft!* Ich konnte nicht mehr atmen, und ich war auch nicht in der Lage, mich aus seinem Griff zu befreien.

Ich trat nach ihm und landete einen Treffer in seiner Magengegend, der ihn zumindest so sehr überraschte, dass er mich losließ. Ich taumelte und stieß erst mit der Hüfte und dann mit dem Kopf gegen den Rand des Waschbeckens. Schmerz jagte durch meinen

Körper und nahm mir die Luft, die ich eben noch hatte einatmen können. Ich landete hart auf dem kalten Fußboden, schnappte nach Luft und stützte mich auf einen Ellbogen, während ich mit der freien Hand die Stelle an meinem Kopf abtastete, mit der ich auf dem Becken aufgeschlagen war. Als ich meine Hand ansah, war sie rot.

Rot? Ich kämpfte gegen Schmerz und Verwirrung an und kroch unter das Waschbecken, bevor Caym mich wieder zu fassen bekam. Es war nicht das beste Versteck, aber immer noch besser als gar nichts.

»Das hättest du nicht machen sollen«, zischte er mir zu, kniete sich hin und bekam mein Bein zu fassen, mit dem ich nach ihm hatte treten wollen. »Jetzt bin ich sauer.«

»Was denn? Du warst noch nicht sauer, als du mich erwürgen wolltest?« Ich klammerte mich am Abflussrohr unter dem Waschbecken fest.

Plötzlich ging die Tür zu den Toiletten auf, und im gleichen Moment nahm ich einen vertrauten Geruch wahr. Mein Herz machte einen Sprung.

Roth stand in der Tür, seine goldenen Augen fixierten erst mich, dann den Dämon. »Caym, ich hätte nie gedacht, dass ich dich mal auf dem Mädchenklo wiederfinden würde.«

23. KAPITEL

Ich konnte fast nicht glauben, was ich da sah.

»Außergewöhnliche Umstände erfordern außergewöhnliche Maßnahmen«, erwiderte Caym und lächelte merkwürdig, während er abermals an meinem Bein zerrte und mich wieder ein paar Zentimeter weiter unter dem Becken hervorzog.

Ich trat mit meinem anderen Bein nach ihm und traf sein Knie. Caym ließ mich los, taumelte ein paar Schritte zurück und richtete sich auf.

»Scheint nicht zu funktionieren«, kommentierte Roth und zog die Brauen hoch.

Caym seufzte. »Das ist eins von diesen Jahrhunderten, Bruder, da will einem irgendwie nichts richtig gelingen.«

»Roth«, sagte ich, aber sein Name kam nur als Krächzen über meine Lippen. Er nahm keine Notiz von mir, sondern unterhielt sich weiter mit dem Dämon. Meine Hoffnung auf Rettung verflüchtigte sich augenblicklich.

»Das sehe ich.« Er senkte den Blick, ein flüchtiges Lächeln umspielte seine Lippen. Als er weiterredete, klang seine Stimme sanft, aber zugleich tief und kraftvoll. »Du weißt, dass ich sie dir nicht überlassen kann.«

»Wie bitte?«, rief Caym. »Du kennst das Risiko! Sie muss aus dem Weg geräumt werden, sonst müssen wir alle sterben, wenn die Lilin auferstehen. Du kannst mich nicht aufhalten.«

»Kann ich doch«, gab Roth im Plauderton zurück.

Caym sah ihn erstaunt an, aber dann begriff er auf einmal, was er da gehört hatte. Die Luft um ihn herum begann zu flimmern, doch da war es bereits zu spät. Roth schoss unglaublich schnell auf ihn zu, legte eine Hand an den Kopf des Mannes, während er mit der anderen dessen Schulter umklammert hielt. Dann riss er den Kopf herum.

Das Knacken war so ohrenbetäubend, dass es sogar Cayms Schrei übertönte.

Seine Gestalt explodierte und verwandelte sich in eine Wolke aus dichtem schwarzem Nebel, der in meinen Augen brannte und einen unglaublichen Gestank verbreitete. Ich musste mir den Mund zuhalten, trotzdem begann ich zu würgen. Dann trieben die gasförmigen Überreste des Dämons durch das Fenster am anderen Ende der Toiletten nach draußen. Die Scheiben zersplitterten, der Feueralarm schrillte ohrenbetäubend.

Die schwarze Wolke breitete sich weiter aus und tauchte nach und nach alles in Finsternis, aus der zwei Hände auftauchten, die meine Wangen berührten. Ich zuckte zurück, als ich ein loderndes Augenpaar sah.

»Alles in Ordnung, ich bin es«, hörte ich Roth sagen, der seine Hände auf meine Schultern legte. »Geht es dir gut?«

Ich musste husten. »Ich kann nichts sehen.«

Roth beugte sich vor, hob etwas vom Boden auf und legte dann einen Arm um meine Taille. »Du blutest.«

»Ich habe mir den Kopf angeschlagen.«

Er half mir hoch. »Am Waschbecken?«

»Ja, es lief hier drinnen nicht so gut.« Ich ließ mich von ihm durch die dichte Rauchwolke nach draußen in den Flur führen. Dort atmete ich hastig die frische Luft ein, aber hinter uns quoll die Wolke bis in den Korridor. Im Augenblick hatte ich Mühe, die Konturen um mich herum zu erkennen. »Roth, wo bist du gewesen? Ich war so besorgt um dich.«

»Ich war unterwegs«, sagte er nur.

Schüler rannten schreiend und in Panik aus den Klassenräumen, und ich glaubte, irgendjemanden »Eine Bombe!« rufen zu hören.

Plötzlich ließ Roth mich los, und ich streckte blindlings die Arme aus. »Roth! Ich kann nichts sehen!«

»Ich bin hier«, sagte er und legte seinen Arm um meine Taille. Er zog mich mehr durch den Gang, als dass ich mich aus eigener Kraft weiterbewegte.

Ich stolperte neben ihm her, während ich immer zu begreifen versuchte, was gerade alles geschehen war. Das Hämmern in meinem Kopf ließ allmählich nach, aber das Brennen in meinen Augen machte es mir unmöglich, irgendetwas zu erkennen.

Er drückte mich fester an sich. »Halt durch, wir sind gleich draußen.«

Plötzlich schien mir grelles Licht ins Gesicht, und ich zuckte unwillkürlich zusammen. Ich hörte die Lehrer, wie sie ihre Schüler anwiesen, die Straße zu überqueren und im Park zu bleiben. Kühle Luft strich über meine Wangen und linderte ein wenig das Brennen.

Roth half mir, damit ich mich auf den Boden setzen konnte. »Wie fühlst du dich?«

Ringsum hörte ich Kinder husten oder mit ihren Eltern telefonieren, ein paar von ihnen schluchzten. Vermutlich war ich immer noch besser dran als sie. »Meine Augen brennen wie verrückt. Wie kommt es, dass du noch sehen kannst?«

»Ich habe die Augen zugemacht.«

»Na toll«, murmelte ich und rieb mit den Handflächen über meine Augen. »Ich schätze, du bist ein Stück schlauer als ich.«

»Ach was, ich habe bloß damit gerechnet und du nicht. Zwinker einfach weiter«, forderte Roth mich auf, dann nahm er meine Hände und zog sie weg. »In ein paar Minuten legt sich das, vorausgesetzt, du kannst dich dazu durchringen, deine Augen mal drei Sekunden lang nicht wie verrückt zu reiben.«

Meine Augen tränten unablässig. »Roth …«

»Im Moment will ich darüber nicht reden«, erwiderte er.

»Ich habe dich nicht verraten, das schwöre ich dir«, beteuerte ich. »Ich hatte keine Ahnung, dass sie da auftauchen würden.«

Er schwieg einen Moment lang. »Du bist zur Hälfte Wächterin, ich würde auch gar nichts anderes von dir erwarten.«

Eine zentnerschwere Last legte sich auf meine Brust. »Ich bin auch zur Hälfte Dämonin.«

»Wieso sagst du das? Ist diese Seite jetzt genauso wichtig wie die Wächterin in dir?«

Ich antwortete nicht, weil ich es nicht wusste.

»Hast du ihnen meinen Namen gesagt?«, wollte er in überraschend sanftem Tonfall wissen. »Ich wäre gern vorgewarnt, bevor man mich mit einem Zauber irgendwohin zitiert.«

»Nein, ich habe ihnen deinen Namen nicht gesagt.« Den Kopf hielt ich weiter gesenkt, um nicht dem grellen Licht der Sonne ausgesetzt zu sein. Ich atmete tief durch und versuchte, die Schmerzen zu vertreiben. »Wenn sie deinen Namen wüssten, hättest du das schon längst gemerkt.«

»Stimmt.« Er stellte sich hinter mich, hielt aber weiter meine Handgelenke fest, als rechnete er damit, dass ich sofort wieder meine Augen zu reiben begann. »Zu schade, dass du das nicht sehen kannst. Alle sind in Panik, die Polizei und die Feuerwehr sind im Gebäude.«

Ich wünschte wirklich, ich könnte etwas sehen. »Kannst du feststellen, ob irgendwer verletzt ist? Stacey und Sam waren auch da drin.«

Roth seufzte. »Allen geht es gut, das kann ich garantieren. Das war nur Rauch, der bringt niemanden um. Übrigens, ich habe deine Schultasche mitgenommen, sie liegt gleich neben dir.«

Allmählich erholten sich meine Augen. Ich drehte mich zu Roth um und konnte honigfarbene Augen und dunkle Wimpern erkennen. Plötzlich wurde mir etwas klar. Wenn ich seinen Duft wahrgenommen hatte, war das nicht bloß meine blühende Fantasie gewesen. »Du warst die ganze Zeit hier.«

Er erwiderte nichts.

»Du warst unsichtbar«, redete ich leise weiter, »aber du warst immer *hier*.«

Ein schelmisches Lächeln zeichnete sich auf seinen Lippen ab, dann strich er über meine Wange. Seine Berührung löste ein wundervolles Kribbeln aus, das sich von meinem Bauch in alle Richtungen ausbreitete. Unsere Blicke trafen sich, und auf einmal fiel es mir schwer zu atmen – und mich daran zu erinnern, worüber wir gerade eben noch geredet hatten.

Er hob den Kopf und seufzte. »Da kommt die Kavallerie, wenn auch gefühlte hundert Jahre zu spät.«

Ich war so von Roths Anblick gebannt gewesen, dass ich den Wächter erst jetzt bemerkte, als er sich unmittelbar über uns befand.

»Lass sie los«, ertönte Zaynes Stimme.

Roths Griff um meine Handgelenke wurde fester. »Und wenn nicht?«, fragte er. »Wirst du dann den großartigen Wächter markieren, der sich mit einem Dämon anlegt? Und das vor den Augen von Hunderten Kindern? Ich glaube, den Alphas wird so ein Showdown sicher nicht gefallen, oder was meinst du?«

Zayne knurrte. »Das Risiko gehe ich ein.«

»Das glaube ich dir aufs Wort.«

Aber dann ließ Roth mich doch los, und starke Hände griffen nach meinen Armen, um mich hochzuziehen. Ich schrie vor Schreck und auch ein wenig vor Schmerz auf, weil die Finger zu fest auf meine Oberarme drückten. Der Duft von Wintermint stieg mir in die Nase, noch bevor mich Zayne zu sich umdrehte.

Er sah wütend aus, besonders, als er die Beule an meinem Kopf entdeckte.

Roth stand im Schatten der Bäume und beobachtete uns. Er begann spöttisch zu grinsen, als Zayne meine Haare zur Seite strich, um sich die Beule genauer ansehen zu können. »Ihr Kopf kommt wieder in Ordnung«, sagte Roth. »Der Arm, den du ihr beinahe abgerissen hättest, ist ein anderes Thema.«

Zayne lockerte seinen Griff. »Halt den Mund.«

»Ich glaube, mir gefällt dein Ton nicht«, gab Roth zurück.

»Und mir gefällt dein Gesicht nicht!«

»Mein Kopf … mein Arm … das ist alles in Ordnung.« Ich wand mich aus seinem Griff und ignorierte den plötzlichen Schwindel. »Meine Augen brennen noch ein bisschen, aber ich kann wieder sehen.«

Erschrocken packte Zayne mich an den Schultern. »Wieso konntest du nicht sehen? Was ist passiert?«

»Der Schwefel«, erklärte Roth leise und kam dabei näher. Er hatte keine Angst vor Zayne, nicht das kleinste bisschen, und ich wusste nicht, ob ich deshalb stolz oder wütend auf ihn sein sollte. »Es war ein Dämon in der Schule, und damit meine ich nicht mich. Er wollte sie töten. Es wäre sicher nicht schlecht, wenn du etwas besser auf sie aufpassen würdest. Dann müsste ich das nicht für dich erledigen.«

Knurrend machte Zayne einen Schritt auf ihn zu.

Roths Lächeln wurde noch breiter, als sie beide sich so gegenüberstanden. Roth war ein paar Zentimeter größer, dafür war Zayne noch etwas muskulöser. Ich sah mich um und stellte fest, dass bereits einige Kinder auf die zwei aufmerksam geworden waren.

Die Unmengen an Testosteron, mit denen die beiden sich gegenseitig zu beeindrucken versuchten, waren einfach lächerlich. Ich zwängte mich dazwischen und erklärte: »Vielleicht glaubt ihr das nicht, aber ihr seid keine Feinde.«

Roth lachte leise. »Er kann offensichtlich nicht für deine Sicherheit sorgen.«

Die Chancen standen bedenklich gut, dass Zayne jeden Moment auf Roth losging. »Es wird mir ein Vergnügen sein, dir die Kehle rauszureißen.«

»Aber sicher«, meinte Roth amüsiert und ging einen Schritt zurück. »Aber wenn du auf dich genauso gut aufpasst wie auf sie, könnte es passieren, dass du gar nicht mehr dazu kommst, mir die Kehle rauszureißen, weil ich dir längst deine Kehle rausgerissen habe.«

Ich wollte eben erklären, dass ich von keinem von ihnen beschützt werden musste, aber da hatte Roth sich schon weggedreht und war in der Menge der wartenden Schüler untergetaucht. Ich sah auf die Stelle, an der er zuletzt gestanden hatte, bis Zayne mich an sich zog und die Arme um mich legte, was ich mit einem erstickten Quieken quittierte.

»Verdammt. Und du bist sicher, dass mit dir alles okay ist?«

»Ja.« Ich drückte mit beiden Händen gegen seine Brust, um besser durchatmen zu können, doch er rührte sich nicht. Ich sagte mir, dass er irgendwann mit dem Umarmen wieder aufhören musste, also ließ ich die Arme sinken und wartete geduldig ab.

Als er mich schließlich aus seinen Armen entließ, bückte er sich und hob meine Schultasche auf. Er nahm meine Hand und sah starr vor sich hin. »Ich bringe dich nach Hause.«

»Er hat mir nicht wehgetan, Zayne. Er war es nicht«, beharrte ich. Als er nichts erwiderte, drückte ich seine Hand. »Zayne …«

»Das ist im Moment nicht wichtig«, sagte er. »Wichtig ist, dass dieser Bastard mit seiner Bemerkung recht hatte. Wir haben nicht für deine Sicherheit gesorgt. Und wenn stattdessen wirklich er auf dich aufgepasst hat, stimmt hier etwas nicht.«

Jasmine hielt mir ein Tuch hin, das nach Desinfektionslösung roch. »Das kann ein wenig brennen.«

Schlimmer als das Brennen in meinen Augen konnte es kaum sein. Die waren auch jetzt noch ein wenig empfindlich, während ich vom Wintergarten aus beobachtete, wie Abbot in der Küche hin und her ging. Jasmine drückte das Tuch behutsam gegen meine Schläfe, ich zuckte zusammen.

»Tut mir leid«, murmelte sie und lächelte mich mitfühlend an.

Ich nickte, dann hielt ich den Kopf still, während sie die Beule abtupfte. Es hätte schlimmer kommen können, wenn man bedachte, dass Caym mich hatte töten wollen.

Zayne stand mit verschränkten Armen da. »Vater, es widerspricht allem, was ich weiß, aber wir müssen uns mit den Dingen auseinandersetzen, die Layla uns gesagt hat. Dieser Dämon …«

»Ich weiß«, fiel Abbot ihm ungehalten ins Wort.

Vergeblich versuchte ich, mir ein Grinsen zu verkneifen, was bei Jasmine einen verwunderten Blick auslöste. Aber meine Freude war nur von kurzer Dauer.

»Bis wir dieser Sache auf den Grund gegangen sind, kann sie weder zurück in die Schule noch irgendwo anders hingehen, wenn sie nicht ständig von einem Wächter begleitet wird.« Abbot drehte sich zu mir um und rieb sich den Bart. »Und komm gar nicht erst auf die Idee, mir zu widersprechen.«

Sein Blick ließ mich zusammenzucken. »Aber was willst du der Schule sagen?«

»Dass du irgendeine ansteckende Krankheit hast. Das ist eigentlich auch ganz egal. Bis auf Weiteres sollen sie uns durchgeben, welche Hausaufgaben du zu erledigen hast.« Er drehte sich zu Geoff um. »Hast du irgendwas vom Police Commissioner gehört?«

Geoff nickte. »Niemand hat eine Ahnung, was tatsächlich vorgefallen ist. Sie geben eine Erklärung heraus, dass es sich um einen

Schülerstreich gehandelt hat. Es soll eine Rauchbombe gewesen sein. Aber das war verdammt knapp. Wenn der Dämon sie in seine Gewalt gebracht hätte …«

»Was mein Freund durch sein beherztes Eingreifen verhindert hat«, warf ich ein, allein weil es mir guttat.

Abbots Blick war vernichtend, als er mich ansah. »Selbst wenn dieser Dämon aus irgendeiner Laune des Schicksals heraus nicht vorhaben sollte, die Lilin auferstehen zu lassen, ist er nicht dein Freund und wird es auch nie sein.«

»Auf jeden Fall«, fuhr Geoff ungerührt fort, »wäre der Schaden, den ein solcher Zwischenfall ausgelöst hätte, nicht mehr zu beheben gewesen.«

Jasmine tupfte weiter mit dem Tuch auf die Beule, sah dabei aber zur Tür. Danika kam herein, sie trug Izzy auf dem Arm, deren kleiner Kopf an ihrer Schulter ruhte.

»Drake?«, fragte Jasmine.

»Schläft noch tief und fest.« Danika schob Izzy etwas höher. »Sie will erst einschlafen, wenn sie herumgetragen wird, aber ich will doch diese Unterhaltung hier nicht verpassen.«

Ich musste mich zwingen, nicht die Augen zu verdrehen. Als sie neben Zayne stand, kam mir unweigerlich der Gedanke, dass sie jetzt schon aussahen wie eine kleine Familie, vor allem mit der Kleinen im Arm. Ich wünschte, jemand würde mir wieder schwarzen Dämonenrauch in die Augen pusten. »Eines verstehe ich nicht«, sagte sie und strich über den Lockenkopf des Kindes. »Wieso haben wir die Hohedämonen nicht erwischt?«

»Dämonen wissen, wann sie sich verstecken müssen«, grummelte Abbot.

»Das passt zusammen.« Zayne sah kurz zu mir. »Ich meine die verstärkten Aktivitäten der Hohedämonen überall in der Stadt. Ein Dämon, der die Lilin auferstehen lassen will, bringt automatisch Scharen von anderen Dämonen mit.«

»Stimmt, aber es ist dumm von ihnen. Unten sind sie sicherer aufgehoben, weil wir Wächter sie da nicht kriegen.« Geoff setzte sich auf einen Stuhl und streckte seine langen Beine aus.

»Die Dämonen wollen die Apokalypse auslösen«, warf ich ein.

Abbot seufzte leise. »Kind, die Apokalypse …«

»… soll jetzt noch nicht stattfinden, sondern erst Gott weiß wann. Ja, ist mir klar. Aber es ist doch so, dass niemand von der Wiedergeburt der Lilin profitiert, nicht wahr?« Da jetzt alle Augen auf mich gerichtet waren, kam ich mir etwas seltsam vor, weil Jasmine sich um meine Beule kümmerte, als wäre ich so gebrechlich, dass ich das nicht selbst erledigen konnte.

Kurz entschlossen stand ich auf und stellte mich hinter den Korbsessel, in dem ich gesessen hatte. »Wenn ein Lilin eine Seele raubt, dann verwandelt sich der Mensch in einen Geist. Weder der Himmel noch die Hölle bekommt den Geist. Genau deshalb will die Hölle ja gar nicht, dass die Lilin auferstehen.« Ich hatte schon einmal versucht, das zu erklären, aber da waren alle so wütend auf mich gewesen, dass mir garantiert niemand zugehört hatte. »Einige Dämonen allerdings wollen raus aus der Hölle. Sie wollen nach oben, aber sie wollen sich weder an die Regeln halten noch sich Gedanken um die Wächter machen müssen. Wenn die Lilin wiedergeboren werden, greifen die Alphas ein und jagen jeden einzelnen Dämon. Sie werden sich nicht kampflos ergeben, und die Menschheit wird von der Existenz der Dämonen erfahren. Es wird ein Krieg ausbrechen, und der wird sehr wahrscheinlich dafür sorgen, dass die Apokalypse früher stattfindet.«

Einige Zeit schwiegen alle, schließlich sagte Geoff: »Das ist zwar riskant, aber über Risiken haben sich Dämonen noch nie Gedanken gemacht.«

Danika reichte das schlafende Kind an Jasmine weiter. »Also in etwa so wie der verrückte Liebhaber, der seine Angebetete umbringt? Wenn ich die Erde nicht haben kann, dann soll sie auch kein anderer kriegen?«

Der Vergleich ließ mich beinahe grinsen.

»Wann muss die Beschwörung abgeschlossen sein?«, wollte Zayne wissen.

»Es gibt keinen vorbestimmten Zeitrahmen«, sagte Abbot und zupfte an den Blütenblättern der Pflanze, neben der er stand. »Möglich wird sie erst, nachdem Layla siebzehn geworden ist. Jedenfalls ist der Text so übersetzt worden.«

»Ich kann nicht ewig hier eingeschlossen bleiben. Da werde ich ja irgendwann verrückt.«

»Dir bleibt keine andere Wahl«, entgegnete Abbot.

»Ach, jetzt auf einmal glaubst du mir?«, gab ich gereizt zurück.

»Ich bin mir genau genommen nicht sicher, was ich derzeit überhaupt noch glauben oder nicht glauben soll.« Er riss ein welkes Blatt ab und hielt es in der geballten Faust. »Das alles sind nur Theorien. Nichts davon ist sicher oder bewiesen.«

»Es ist die Wahrheit«, rief ich schnaubend. »Das versuche ich dir schon von Anfang an zu erklären.«

»Es gibt noch eine andere Möglichkeit«, meldete sich Zayne schnell zu Wort, ehe sein Vater verbal auf mich losgehen konnte, wie ich es wohl noch nie erlebt hatte. »Wir finden den Dämon, der dafür verantwortlich ist, und schicken ihn in die Hölle zurück.«

»Die Idee gefällt mir.« Ich verschränkte die Arme, um mich davon abzuhalten, vor Frust auf irgendetwas einzuschlagen.

»Die Idee ist gut, das Problem ist nur, dass es da draußen von Dämonenhorden wimmelt.« Geoff drückte mit Daumen und Zeigefinger auf seinen Nasenrücken. »Wir könnten anfangen, einen nach dem anderen wie im *Kleinen Salomon* beschrieben herbeizurufen, aber das würde Jahre dauern.«

»Der Dämon …« Zayne unterbrach sich und atmete tief durch. »Dein Freund weiß nicht zufällig, wer dieser Dämon ist?«

Ich wusste, wie viel Überwindung es Zayne kosten musste, Roth als meinen Freund zu bezeichnen, und ich war ihm wirklich dankbar dafür. »Nein. Das ist etwas, was er herausfinden wollte, aber niemand lässt ein Sterbenswörtchen darüber verlauten. Entweder machen da mehrere Dämonen gemeinsame Sache, oder aber sie haben Angst vor dem Drahtzieher.«

»Macht nicht gerade Mut«, fand Danika.

Zayne zog zustimmend die Augenbrauen hoch. »Wir könnten ihn fragen, ob er inzwischen irgendwelche Fortschritte gemacht hat, und …«

»Auf gar keinen Fall!«, fuhr sein Vater ihm aufgebracht über den Mund. »Wir arbeiten nicht mit einem Dämon zusammen.«

»Vater …«

»Nein, Zayne.« Abbot ging bis zur Tür, blieb dann aber stehen und drehte sich zu uns um. Seine Wangen glühten vor Wut. »Über die Brücke gehe ich nicht. So etwas endet nur in Verrat.«

Damit war für mich klar, dass Roth und jeder andere Dämon versuchen konnte, was er wollte, Abbots Einstellung würde sich niemals ändern. Seine Überzeugungen waren so tief in ihm verwurzelt, dass es an blinden Fanatismus grenzte. Allenfalls ein Wunder würde ihn noch umstimmen können, aber so wie er dachten die meisten Wächter, vor allem die älteren.

Ich sah zu Zayne, der offenbar noch nicht bereit war, das Thema auf sich beruhen zu lassen. »Laylas Leben ist in Gefahr, und das gilt auch für das Leben von Tausenden, wenn nicht sogar von Millionen Menschen.«

»Als ob ich das nicht wüsste!« Abbot baute sich vor seinem Sohn auf. »Willst du mir jetzt vielleicht erzählen, dass verzweifelte Situationen verzweifelte Maßnahmen erfordern? Das haben wir alles schon mal mitgemacht, die Welt stand schon mal kurz vor ihrem Untergang. Das ist nichts Neues, und wenn wir auf einen Dämon vertrauen, wird das die Zerstörung nur noch schneller vorantreiben.«

»Dazu wird es nicht kommen.« Geoff stand auf und stützte die Hände in die Hüften. »Wir haben aus erster Hand miterlebt, was dabei herauskommt, wenn man einem Dämon vertraut.«

»Das ist wohl wahr.« Abbot sah mich über die Schulter hinweg an, sein Gesichtsausdruck war undefinierbar. »Immerhin war Elijah so dumm, einem Dämon zu trauen.«

»Was?« Ich musste lachen. »Elijah würde sich lieber selbst umbringen, ehe er einem Dämon vertraut.«

Abbot drehte sich zu mir um. »Heute schon, und es gibt auch einen guten Grund dafür. Vor etwas mehr als siebzehn Jahren beging er den Fehler, einer Dämonin zu vertrauen, die behauptete, sie wäre lieber tot, anstatt weiter das zu bleiben, was sie war. Außer Elijah kennt niemand die ganze Geschichte, aber eines ist gewiss: Er schlief mit ihr, und letztlich bekam die Dämonin genau das von ihm, was sie hatte haben wollen.«

Ich wollte etwas erwidern, aber mir fehlten die Worte. Ein eisiger Schauer lief mir über den Rücken. Ich wollte nicht wahrhaben, was ich da hörte.

»Die Dämonin, der er vertraute, war Lilith«, fuhr Abbot fort. »Und weil Elijah ihr glaubte, half er ihr, das zu erschaffen, was die Welt zerstören könnte – nämlich dich.«

24. KAPITEL

Ich neigte sonst nicht zu Ohnmachtsanfällen, aber als Abbot diese Bombe platzen ließ, wäre mir beinahe schwarz vor Augen geworden. Völlig entsetzt ließ ich mich wieder in meinen Korbsessel sinken.

»Elijah ist ihr Vater?« Zayne klang so schockiert, wie ich mich fühlte. »Du machst Witze.«

»Nein, das ist kein Witz.« Abbot atmete schwer seufzend durch. »Er hatte nicht gewusst, dass die Dämonin in Wahrheit Lilith war. Dahinter kam er erst, als wir Layla Jahre später bei einer Pflegefamilie entdeckten.«

Ich blinzelte ein paar Mal. Alles hier im Wintergarten erschien mir unendlich weit entfernt und unendlich winzig. »Er wusste, dass ich seine Tochter bin?«

»Ja.«

»Aber … aber er *hasst* mich.« Ich lehnte mich gegen die weichen Kissen mit Blumenmuster. »Er hat mich schon immer gehasst.« Kaum hatte ich es ausgesprochen, wurde mir der Grund dafür klar. »Oh Gott, ich muss ihn immer daran erinnert haben …«

»… welchen Fehler er begangen hat?« Abbot kam zu mir und redete leise weiter: »Er konnte niemals den Teil akzeptieren, den du von ihm geerbt hattest.«

In meinem Kopf drehte sich alles. »Wollte er mich denn nicht töten, als ihr mich gefunden hattet?« Abbot wich meinem Blick aus, und mir stockte der Atem. »Er wollte mich also töten. Wow. Ich kann nicht mal daran …« Ich unterbrach mich und suchte in Abbots Gesicht nach der Antwort, die mir soeben durch den Kopf gegangen war. »Du hast ihn daran gehindert, mich zu töten, und du wusstest, dass er mein Vater ist?«

Da Abbot auch jetzt schwieg, meldete sich Geoff zu Wort. »Elijah verdankt seine Narbe keinem Dämon. Abbot hat sich ihm in jener Nacht in den Weg gestellt und dich zu sich genommen. Immerhin fließt in deinen Adern auch das Blut eines Wächters.«

»Oh mein Gott…« Ich schüttelte den Kopf. »Das ist alles…«

… zu viel für mich!

Alle starrten mich an, einige voller Erstaunen, andere mitleidig. Es war einfach zu viel für mich, all diese Dinge innerhalb von ein paar Minuten zu erfahren, ohne dass ich die Gelegenheit hatte, es ganz ohne Publikum erst mal zu verarbeiten.

Ich stand auf und ging um Abbot herum, ohne ihn wirklich wahrzunehmen. Jemand rief meinen Namen, aber ich ging weiter, bis ich zurück in meinem Zimmer war. Ich setzte mich aufs Bett und starrte an die Wand. Nichts anderes schien in diesem Augenblick noch von Bedeutung zu sein. Elijah war mein Vater – der Wächter, der mich aus tiefstem Herzen hasste und meinen Tod wollte. Wahrscheinlich hatte er Petr befohlen, mich umzubringen.

Mein Gott!

Plötzlich wurde mir übel, als ich es nun begriff: Petr war mein Halbbruder gewesen. Dieser abscheuliche, widerwärtige …

Ich hatte meinem eigenen Bruder die Seele genommen.

Ich legte mich auf die Seite und rollte mich zusammen, dann kniff ich die Augen zu, weil sie wieder brannten, was diesmal aber nichts mehr mit dem Vorfall in der Schule zu tun hatte.

Wie sollte man mit einer solchen Enthüllung umgehen? Ich wusste nicht, was mich mehr anwiderte – dass mein eigener Vater mich töten wollte oder dass ich meinem Bruder die Seele genommen hatte.

Auch im Verlauf der folgenden Tage gelang es mir nicht, all die Einzelheiten zu verstehen, die mir enthüllt worden waren. Es war einfach nicht möglich, das zu verstehen. Die einzige Lösung, die mir für den Augenblick in den Sinn kommen wollte, bestand darin, einfach nicht mehr über diese Sache nachzudenken. Aber das war leichter gesagt als getan. Genauso hätte ich mir vornehmen können, nicht mehr zu atmen. In den unpassendsten Momenten gingen mir diese Gedanken gegen meinen Willen durch den Kopf, und ich wurde sie nicht mehr los.

Mein eigener Vater wollte meinen Tod.

Dieses Wissen stellte alles andere in den Schatten, und ich fühlte mich wie benommen. In gewisser Weise konnte ich Elijahs Hass ja verstehen, weil ich ihn an seinen schlimmsten Fehler erinnerte. Aber ich war trotzdem immer noch seine Tochter. Seit Jahren hatte ich mir dieses Bild von meinem Vater erträumt und mir immer wieder gesagt, dass er mich liebte, auch wenn ich zur Hälfte Dämonin war. Ich hatte mir immer vorgestellt, dass ihn irgendein Unglück ereilt hatte und ich nur das Opfer einer Tragödie war.

Jetzt war dieser Traum zerplatzt wie eine Seifenblase.

Und die Sache mit Petr machte mir zusätzlich zu schaffen. Die Erkenntnis, dass er mein Halbbruder war, änderte nichts an meiner Meinung, dass er ein Monster gewesen war. Allerdings fragte ich mich, ob ich genauso gehandelt hätte, wenn mir die Wahrheit bekannt gewesen wäre.

Ich war mir nicht sicher.

Am Tag nach den Enthüllungen im Wintergarten brachte mir Zayne klammheimlich meinen Laptop. Zwar schien es so, dass ich immer noch Hausarrest hatte, aber ich tat ihm offenbar leid. Ich schickte Stacey eine E-Mail und schrieb ihr, ich sei krank und wisse nicht, wann ich wieder am Unterricht teilnehmen würde. Das war aber auch schon alles, da ich jegliches Interesse am Internet verloren hatte.

Ich wollte stärker sein als alles, das auf mich eingestürmt war, aber in Wahrheit wünschte ich mir so sehr wie noch nie, jemand anders zu sein, der mit diesen Dingen nichts zu tun hatte.

Was am Freitagabend in mich fuhr, wusste ich selbst nicht. Auf jeden Fall stand ich auf einmal vor dem verdammten Puppenhaus in meinem Zimmer und *hasste* das Ding aus tiefstem Herzen.

Ich griff ins Haus, packte das Obergeschoss und zog einmal kräftig daran, dann hielt ich das komplette Stockwerk in den Fingern. Das genügte mir aber nicht, und ich packte das Dach. Dann stand ich da und überlegte, ob ich nicht auch noch die Wände einreißen sollte.

»Was machst du denn da?«

Ein spitzer Schrei kam über meine Lippen, und ich drehte mich hastig um. Zayne stand in der Tür und sah mich verwundert an. Seine Haare waren noch feucht, wohl vom Duschen. Ich bekam einen roten Kopf. »Ähm … ich mache gar nichts.« Mein Blick fiel auf das Dach, das ich in der Hand hielt. »Na ja, also …«

Er sah an mir vorbei. »Wenn du das Puppenhaus nicht mehr in deinem Zimmer haben willst, dann musst du nur was sagen, und ich bringe es nach oben auf den Speicher.«

Behutsam legte ich das Dach auf den Boden. »Ich weiß es nicht.« Zayne schaute mich abwartend an, schließlich seufzte ich. »Ich weiß nicht, was ich hier mache.«

Wieder ruhte sein Blick unendlich lange auf mir. »Gut.«

»Gut?« Dass er mich dabei ertappt hatte, wie ich im Begriff war, mein Puppenhaus zu demolieren, war meiner Meinung nach nichts, was man als gut bezeichnen konnte.

»Ich habe eine Beschäftigung für dich. Sie hat was mit Eiscreme zu tun.«

Ich bekam große Augen. »Mit Eiscreme?«

Ein schwaches Lächeln zeichnete sich auf seinen Lippen ab. »Ja, ich habe überlegt, dass wir losfahren und Eis essen gehen.«

Meine Begeisterung war überwältigend. Das war wie Weihnachten. Ich durfte das Haus verlassen, *und* es gab Eiscreme. Aber meine Freude nahm ein jähes Ende. »Abbot wird das nicht zulassen.«

»Er hat nichts dagegen, solange ich bei dir bin.«

»Meinst du, wir können das überhaupt wagen?«, fragte ich, da ich Angst hatte, mich vielleicht doch noch zu früh zu freuen. »Und wenn etwas passiert?«

»Wenn ich bei dir bin, wird sich kein Dämon in deine Nähe wagen.« Sein überzeugter Tonfall ließ alle Bedenken hinfällig werden. Zayne hatte recht. Jeder Dämon, der so etwas versuchte, musste schon selbstmörderische Absichten haben. »Also? Bereit für einen Eiscreme-Abend?«

Wenn es um Eiscreme ging, war ich immer bereit.

Es gab für mich kaum etwas Schöneres, als mit Zayne in seinem alten Impala unterwegs zu sein. Das satte Motorengeräusch, dazu die Blicke, die die Leute uns hinterherwarfen. Mitten in einem Meer aus Mercedes- und BMW-Limousinen stach ein kirschroter 1969er Impala immer heraus. An meinem sechzehnten Geburtstag hatte er mich einmal seinen Wagen fahren lassen, aber ich war durch die zahllosen schimmernden Seelen so abgelenkt gewesen, dass ich mich nicht richtig auf die Straße hatte konzentrieren können – und prompt auf einen Polizeiwagen aufgefahren war.

Seitdem hatte ich mich nie wieder hinters Lenkrad gesetzt.

Wir hielten an einem Supermarkt, wo Zayne eine Packung Twizzlers kaufte. Ich machte einen dezenten Würgelaut, als er kurz darauf mit diesen bunten Lakritzstangen den Eissalon betrat. »Ist ja eklig«, murmelte ich.

Er sah mich mit Unschuldsmiene an. »Du kannst dich immer noch beschweren, *nachdem* du das Zeug probiert hast.«

»Ich werde niemals Lakritzstangen in Schokoladeneis tauchen!«

Zayne gab mir einen Schubs, um mich aus der Schlange zu schieben. Ich versuchte das Gleiche bei ihm, bekam ihn aber keinen Millimeter von der Stelle bewegt. Die Seelen um uns herum leuchteten in den unterschiedlichsten Pastelltönen auf, und zum Glück war keine von ihnen für mich interessant. Dämonen waren auch keine in Sicht. Volltreffer. Zayne bestellte einen Becher Schokoladeneis, ich bekam meinen üblichen Bananensplit.

Angenehme Temperaturen sorgten an diesem Novembertag dafür, dass die Menschen Spaziergänge unternahmen und dabei auch in Scharen in diesen Eissalon einfielen. Indian Summer nannte Zayne das Wetter, wenn ich ihn richtig verstanden hatte. Wir hatten Glück, dass wir noch einen freien Zweiertisch erwischten, an den wir uns quetschen konnten. Der Eissalon gehörte zu meinen liebsten Läden in der Stadt, es war ein altmodischer Familienbetrieb, und es war immer wieder schön hier. Der Boden war in schwarz-weißem Schachbrettmuster gefliest, die Sitzbänke und die Tische waren alle in Rot gehalten, an den Wänden hingen

Familienfotos. In einen solchen Laden musste man sich einfach verlieben.

Hier fühlte man sich wie zu Hause.

Ich sah Zayne zu, wie er versonnen lächelnd die Lakritzstange in sein Eis tauchte. Er bemerkte meinen Blick und zwinkerte mir zu. »Und du willst wirklich nicht einmal abbeißen?«

»Besten Dank«, sagte ich und verzog das Gesicht.

Daraufhin hielt er mir die Lakritzstange hin, ein Klumpen aus zähflüssigem Schokoladensirup hing auf dem einen Ende, ein paar Tropfen landeten auf dem Tisch. »Vielleicht schmeckt es dir ja doch.«

Demonstrativ nahm ich einen Löffel Bananensplit in den Mund. Zayne zuckte nur mit den Schultern, schob sich die Lakritzstange in den Mund, biss ab und seufzte genießerisch, während ich ihn aufmerksam beobachtete. »Meinst du, ich darf das Haus wirklich nicht mehr verlassen, bis ich achtzehn bin?«

»Ich schätze schon. Vater ist in keiner Hinsicht zum Einlenken bereit.«

»So was hatte ich schon befürchtet.«

Mit der zweiten Lakritzstange stieß er meine Hand an. »Ich werde dich so oft da rausholen, wie es geht.«

»Danke.« Ich zwang mich zum Lächeln. »Und … wie läuft's mit dir und Danika?«

Er zog die Brauen zusammen und sah so konzentriert in seinen Eisbecher, als könnte er dort die Antwort auf alle Fragen des Lebens finden. »Gut. Sie ist … ein nettes Mädchen.«

»Nett? Sie ist absolut scharf. Für ihren Körper würde ich einen Mord begehen.« Ich sah auf meinen Eisbecher. »Apropos … wie viele Kalorien hat das hier?«

Zayne hob den Kopf, seine Augen schienen heller zu strahlen als üblich. »Du bist perfekt, so wie du bist.«

»Hast du dir schon mal *Bridget Jones* angesehen?«, gab ich schnaubend zurück.

Er musterte mich noch ein paar Sekunden lang, dann widmete er sich wieder seinem Eis. Seine Schultern wirkten mit einem Mal verkrampft, so als hätte jemand ein unsichtbares Gewicht auf ihm abgeladen. Ich redete unterdessen wie ein Idiot weiter: »Ich habe Jasmine und Danika reden hören. Sie sprach davon, dass ihr bislang nicht über eure … eure gemeinsame Zukunft geredet habt.«

Ich hatte das Gefühl, dass sich seine Schultern noch mehr verkrampften. »Das ist richtig.«

»Und? Hast du immer noch vor, dich dem System zu widersetzen?« Ich spielte mit einer Kirsche in meinem Eisbecher.

Zayne fuhr sich mit einer Hand durchs Haar und kniff die Augen ein wenig zusammen. »So würde ich das nicht sehen. Wenn ich mich paa… wenn ich heirate, dann will ich das zu meinen Bedingungen machen.«

»Und was sagt Abbot dazu?« Ich bot ihm die Kirsche an, er griff danach. »Oder hast du ihn vertröstet?«

»Ich habe bislang immer einen Bogen um das Thema gemacht.«

»Aber du machst keinen Bogen um Danika«, betonte ich. »Du magst sie. Warum also dieser Aufstand?«

»Es geht nicht darum, ob ich sie mag oder nicht.« Er lehnte sich auf seiner Sitzbank zurück, ließ die Hände von der Tischkante rutschen und sah zur Eistheke. »Sie ist ein tolles Mädchen. Ich habe Spaß mit ihr, aber im Moment will ich wirklich nicht über sie reden.«

»Oh.« Ich ahnte, was kommen würde.

Er warf mir einen wissenden Blick zu. »Ich könnte dich ja fragen, wie es dir geht, aber ich glaube, der Zustand deines Puppenhauses beantwortet die Frage.«

Ich seufzte. »Ich versuche, nicht darüber nachzudenken. Es funktioniert nicht. Ich meine …«

»Etwas Schwerwiegendes?«

»Ja, ziemlich schwer sogar.« Ich brachte ein Lächeln zustande und spielte mit einer Scheibe Banane in meinem Becher. Schließlich schüttelte ich den Kopf. »Zayne, ich …«

»Was denn?«, fragte er, als ich nicht weiterredete.

Ich sah ihm in die Augen und gab mir einen Ruck, bevor ich noch den Mut verlor. »Ich war nicht ganz ehrlich.«

»Ach, wirklich?«, entgegnete er ironisch. »Darauf wäre ich nie gekommen.«

Ich bekam einen roten Kopf. »Es tut mir leid, Zayne. Nicht, weil ich erwischt wurde, sondern weil ich weiß, dass ich dich verletzt habe. Ich hätte dir vertrauen müssen.«

»Ich weiß.« Er drückte sanft meine Hand. »Ich war stinksauer, und manchmal bin ich das jetzt immer noch. Aber was passiert ist, ist passiert.«

Voller Hoffnung, dass er nach meinem Geständnis noch im gleichen Raum sein wollte wie ich, zog ich meine Hand weg und betrachtete mein inzwischen fast flüssiges Eis. Ich beschloss, es jetzt einfach offen zu sagen. »Ich habe Petrs Seele geraubt.«

Zayne beugte sich vor und zog die Brauen zusammen, als hätte er mich nicht richtig verstanden. Dann ließ er sich nach hinten sinken und starrte schweigend vor sich hin.

»Ich weiß, du hast das schon geahnt, weil mir so schlecht war, nachdem ich nach Hause gekommen war.« Ich hielt den Eislöffel krampfhaft fest. »Ich habe mich nur verteidigt. Er wollte mich umbringen. Ich wollte es nicht, wirklich nicht. Gott, es war das absolut Letzte, was ich tun wollte, aber er ließ einfach nicht von mir ab, und ich wusste nicht, was ich sonst tun sollte. Es hat bei ihm irgendetwas verändert, Zayne. Er wurde nicht zum Geist, so wie es bei Menschen der Fall ist, sondern er wandelte sich zum Gargoyle. Aber seine Augen waren rot. Es tut mir so leid. Sei bitte nicht …«

»Layla«, unterbrach er mich ruhig und nahm meine verkrampfte Hand, um den Löffel zu befreien und um meine Finger in seine Hand zu legen. »Ich weiß, du hast in Notwehr gehandelt, es war kein Vorsatz.«

»Aber dein Gesichtsausdruck«, flüsterte ich.

Er lächelte, wenn auch ein wenig bemüht. »Ich war schockiert. Wie du gesagt hast – ich hatte etwas in der Art vermutet. Allerdings dachte ich, du hättest nur von der Seele gekostet. Ich wusste nicht, dass es … bis zum Schluss gegangen ist.«

Mein schlechtes Gewissen plagte mich, obwohl ich wusste, ich wäre längst tot, wenn ich seine Seele nicht genommen hätte. Nur so hatte ich Zeit gewinnen können, bis Roth aufgetaucht war. »Du bist jetzt von mir enttäuscht, nicht wahr?«

»Oh, Layla, es hat nichts damit zu tun, dass ich enttäuscht

wäre. Du hast dich wehren müssen, und ich hätte dir gewünscht, dass das gar nicht erst notwendig geworden wäre. Das hat nichts damit zu tun, was du bist«, fuhr er leiser fort. »Es hat damit zu tun, dass ich weiß, wie schlecht es dir danach geht. Ich mag es nicht, dich so sehen zu müssen.«

Mit der freien Hand fuhr ich mir über die Augen. Oh verdammt, ich hatte angefangen zu weinen.

»Siehst du? Du gibst dir die Schuld für das, was du getan hast. Ich mag es nicht, wenn du das machst.«

»Aber du hast gesagt, ich bin besser als mein Dämonenerbe.«

»Himmel«, stieß er seufzend hervor. »Ich wünschte, das hätte ich dir nie gesagt. Wie du dich selbst siehst, das ... das ist zum Teil auch unsere Schuld.«

Ich stutzte. »Wie soll ich das verstehen?«

Abermals lehnte er sich nach hinten. »Wir haben dich dazu erzogen, diesen Teil von dir zu hassen. Heute bin ich mir nicht sicher, ob das wirklich so eine gute Idee war. Ich bin mir eigentlich bei gar nichts mehr sicher.« Er fuhr sich durchs Haar. »Ich bin von dir nicht enttäuscht, und ich hasse dich auch nicht, weil ich das niemals könnte. Selbst wenn du nicht einsehen willst, wie köstlich eine in Schokolade getauchte Lakritzstange ist.«

Ich lachte erstickt und kämpfte gegen noch mehr Tränen an. »Das ist witzig.«

Jetzt war sein Lächeln etwas ehrlicher. »Wollen wir gehen?«

Schniefend nickte ich, wir sammelten alle Reste ein und brachten das Tablett zum Abfalleimer. Als wir die Eisdiele verlassen hatten, legte Zayne einen Arm um meine Schultern, und wir gingen zu seinem Wagen. Es war gut, wieder mit ihm unterwegs zu sein und diese Verbundenheit zu spüren.

Zayne achtete darauf, dass ich den Sicherheitsgurt angelegt hatte, ehe er um den Wagen herumging und selbst einstieg. Diese Geste brachte mich zum Lächeln.

Auf der Heimfahrt lief das Radio, und als Zayne auf einmal anfing mitzusingen, musste ich lachen. Er konnte vieles, aber Singen gehörte eindeutig nicht zu seinen Stärken. Als wir die Privatstraße zum Anwesen erreicht hatten, warf Zayne mir einen kurzen Blick zu. Etwas Ungewohntes blitzte in seinen Augen auf, das ich bei ihm noch nie beobachtet hatte – und das ich jetzt wohl auch nicht hätte deuten können, wenn ich … wenn ich diesen gleichen Ausdruck nicht zuvor bei Roth gesehen hätte. Mir wurde heiß, während er wieder auf die Fahrbahn sah.

»Oh Gott!«, brüllte er und machte eine Vollbremsung, als etwas auf der Motorhaube seines Wagens landete und die Windschutzscheibe zertrümmerte.

Im ersten Moment dachte ich, ein riesiger Gorilla wäre aus dem Zoo geflohen und von einem der vielen Bäume am Straßenrand gefallen. Aber dann sah ich gezackte Zähne und roch Schwefel. Ich schrie aus Leibeskräften.

Das war ein Hellion.

Ein großer, haariger, stinkender Hellion, der soeben die Motorhaube und die Windschutzscheibe eingedrückt hatte. Zotteliges, grobes Fell bedeckte den gesamten wuchtigen Leib. Die Scheibe hatte er mit seinen gewaltigen Hörnern zerschlagen. Aber das musste eine Halluzination sein, denn Hellions durften aus unübersehbaren Gründen nicht an die Oberfläche kommen.

Zayne streckte den Arm nach mir aus und drückte mich in den Sitz, als der Hellion versuchte, ins Wageninnere zu greifen. Die Hörner verfingen sich am Blech, und das Ding war offenbar so dumm, dass es nicht auf die Idee kam, den Kopf etwas tiefer zu halten, um durch das Fenster zu passen.

Der Hellion begann zu brüllen, was vermutlich genauso laut war, als hätte man einem Tyrannosaurus Rex gegenübergestanden. Eigentlich sogar eher einem Giganotosaurus, der noch eine Nummer größer war und von dem ich ohne Sam bisher garantiert niemals gehört hätte. Schon gar nicht in unserem Bio-Unterricht.

»Zayne!«, kreischte ich, als die wuchtigen Vorderklauen mein Gesicht nur knapp verfehlten. »Zayne!«

»Layla, hör mir zu.« Mit einer Hand löste er den Sicherheitsgurt. »Du musst jetzt unbedingt Ruhe bewahren.«

Die Klauen des Hellions schnitten sich in Zaynes Unterarm und hinterließen blutende Wunden, aber Zayne zuckte nicht mal mit der Wimper.

»Oh mein Gott«, flüsterte ich und sah, wie Blut von seinem Arm auf meinen Schoß tropfte. »Zayne, dein Arm!«

»Layla, wenn ich gleich sage, dass du loslaufen sollst, dann tust du das auch, okay?«, redete er hastig auf mich ein. Er öffnete meinen Gurt. »Du läufst dann los und siehst dich nicht um. Du versuchst auch nicht, gegen das Ding zu kämpfen, weil du nicht gewinnen kannst, klar?«

Ich wollte ihn nicht im Stich lassen, wenn wir von diesem Ding da angegriffen wurden. Hellions waren berüchtigte Killer. Sie wendeten brutale Gewalt an und konnten einen Wächter mühelos in Stücke reißen. »Aber ich kann dir helf…«

Wieder holten die Klauen nach mir aus, aber Zayne zog mich in letzter Sekunde aus deren Reichweite zurück. »Bleib unten«, wies er mich an. »Achte drauf, wann ich den Befehl rufe. Du kennst dich in diesem Wald aus. Lauf nach Hause und hol meinen Vater. Bleib unterwegs nicht stehen. Nur so kannst du mir helfen.«

Mein Herz raste wie verrückt, aber ich nickte.

Zaynes Hand strich über meine Wange und durch mein Haar.

Ich kniff die Augen zu, als der Hellion ein weiteres Mal aufheulte. Dann öffnete Zayne die Tür, und ich rutschte auf seinen Sitz. Der Wagen schaukelte, als der Hellion seine Position veränderte, kaum dass er Zayne aus dem Fahrzeug hervorkommen sah.

Der Hellion lachte, jedenfalls hörten sich seine gutturalen Laute danach an.

Ich wusste, ich sollte in dieser geduckten Position verharren, aber ich konnte einfach nicht anders und setzte mich auf, als der Hellion von der Haube sprang. Ich dachte erst, Zayne würde zögern, weil er wusste, ich war in der Nähe, aber das war nicht der Fall.

Zayne wandelte sich.

Als Erstes kamen seine Flügel zum Vorschein, die hervorschossen und sich hinter ihm prachtvoll ausbreiteten. Sein Gesicht konnte ich nur von der Seite sehen, aber dieser Anblick war auch schon fesselnd genug. Die Haut verfärbte sich grau, der Kiefer ging in die Breite, die Nase wurde platter. Zwei Hörner wuchsen aus seiner Stirn, die denen des Hellions ähnlich waren, aber

Zaynes gedrehte Hörner waren schwarz und auf eine sonderbare Art wunderschön. Als sollte daran erinnert werden, dass er immer noch Zayne war, ließ eine leichte Brise seine blonden Haare um die Hörner herumwehen.

Ich schnappte ungewollt nach Luft, aber so leise, dass es außer mir niemand hätte hören sollen. Dennoch drehte Zayne sich ein ganz klein wenig in meine Richtung. Ein schmerzhafter Ausdruck zeichnete sich auf seinem Gesicht ab, als sich unsere Blicke für den Bruchteil einer Sekunde trafen. Dann bemerkte ich, wie sich der Hellion bewegte.

»Zayne!«, schrie ich und klammerte mich am Armaturenbrett fest.

Er drehte sich zum Hellion um und fing die riesige Hand ab, bevor sie ihn zu fassen bekam. Dann lehnte er sich zurück und rammte seinen Fuß in den Leib der Kreatur, die daraufhin einige Meter nach hinten geschleudert wurde. Der Hellion landete mit einem bösen Grunzen auf dem Asphalt, rappelte sich aber gleich wieder auf. Im nächsten Augenblick prallten die beiden mit so viel Wucht zusammen, dass der Boden erzitterte.

Zayne ging in die Knie und stieß sich ab, dann machte er mit dem Hellion einen Satz durch die Luft, der bis über die Baumkronen der massiven Eichen führte. Als sie landeten, wühlten sie auf einer Länge von mehreren Metern den Waldboden auf. Zayne stand auf und legte seinen muskulösen Arm um den Hals der Bestie.

»Lauf!«, brüllte er, wobei seine Stimme nach ihm, zugleich aber auch nach einem Fremden klang. »Lauf los! Jetzt!«

Ich drückte die Wagentür auf und wäre fast rausgefallen. Als ich neben dem Wagen stand, drehte ich mich um und sah zu Zayne. Etwas Dunkles – Blut? – lief ihm aus der Nase, und die Haut auf seiner Wange schien von einem dunkleren Grau zu sein. Der Hellion wehrte sich gegen den Griff und schnappte nach Zayne.

»Geh endlich!«, rief Zayne mir zu. »Bitte!«

Der Hellion bekam Zaynes Arm zu fassen, und das Letzte, was ich von Zayne sah, war, wie er durch die Luft geschleudert wurde, dann drehte ich mich auch schon weg und rannte los. Ich versuchte, mir zu sagen, dass ich nicht weglief und ihn im Stich ließ, sondern dass ich Hilfe holen würde. Dennoch hatte ich bei jedem Schritt, den ich mich von Zayne entfernte, das Gefühl, als würde mir jemand eine Faust in den Magen rammen. Was, wenn er schwer verletzt wurde?

Oder wenn er starb?

Ich durfte mir solche Gedanken nicht machen. Also rannte ich weiter, denn ich wusste, ich konnte Zayne nur helfen, wenn ich den Clan warnte. Zweige trafen mich im Gesicht und zerrten an meiner Kleidung. Ein paar Mal wurde ich durch einen Stein oder eine Wurzel zu Fall gebracht, aber ich federte jeden Sturz ab, indem ich die Arme ausstreckte. Gleich darauf war ich wieder auf den Beinen und rannte weiter. Ich kam mir wie in einem billigen Horrorfilm vor, nur wusste ich, dass mich kein Toter mit Hockeymaske verfolgte. Der wäre mir trotz Machete und hoher Opferzahl aber immer noch lieber gewesen als ein Hellion.

Ich rannte weiter, meine Kehle war wie ausgedörrt, alle Muskeln brannten. Ausgerechnet jetzt meldete sich mein Unterbewusstsein und wies mich darauf hin, dass ich besser ab und zu Zaynes Angebot zum gemeinsamen Joggen angenommen hätte. Ich war einfach vollkommen untrainiert.

Plötzlich wehte mir ein heißer Wind entgegen, der das trockene Laub vom Boden hochwirbelte und einen Regen aus dunkelroten und braunen Blättern auf mich niederprasseln ließ. Ein lautes Knacken hallte in der Dunkelheit wider, das Geräusch wiederholte sich einige Male.

Ich spürte, wie etwas durch die Luft wirbelte, und nur Sekunden später wickelte sich dieses Etwas um meine Beine und brachte mich zu Fall. Mit den Ellbogen voran schlug ich auf dem harten Waldboden auf. Ich drehte mich auf den Rücken und sah, wie sich dicke Baumwurzeln an meinen Beinen nach oben schlängelten und sie dabei so fest zusammendrückten, dass jeden Moment meine Knochen splittern würden. In Panik griff ich nach dem Ende einer der Wurzeln und versuchte mit zitternden Fingern, sie von meinem Bein zu lösen. In dem Moment jedoch bewegten sich die Wurzeln in die Richtung, aus der sie gekommen waren, und zerrten mich mit sich. Ich wurde über Stock und Stein gezogen und fuchtelte dabei mit den Armen, um mich an Büschen oder Wurzeln festzuhalten, doch das wollte mir einfach nicht gelingen. Als das Gezerre endlich endete, war der Gestank nach Schwefel so stark, dass ich kaum atmen konnte.

Von einem Moment zum nächsten stand jemand über mich gebeugt da. Er hatte keine Seele, und ich wusste, er war ein Hohedämon. Sein dunkles Haar trug er zum Irokesenkamm geschnitten. Dem Aussehen nach schien er höchstens Mitte zwanzig zu sein, er trug einen Nadelstreifenanzug, der hier mitten im düsteren Wald völlig lächerlich wirkte und dabei so aussah, als würde er aus einem alten Gangsterfilm stammen. Er hatte sogar an ein rotes Satinhalstuch und ein passendes Einstecktuch gedacht. Ich musste kurz auflachen, weil es einfach zu albern war.

Aber dann wurde mir klar, dass ich ihn schon mal gesehen hatte. An dem Tag, an dem ich darauf wartete, dass Morris mich abholte, war er der Dämon gewesen, der mich beobachtet hatte.

»Mein Name ist Paimon, ich bin der große und mächtige König, Herrscher über zweihundert Legionen«, erklärte er mir in einem markanten Südstaatenakzent. Gab es in der Hölle Nord und Süd? überlegte ich absurderweise. Dieser Kerl kam unüberhörbar aus dem Süden. Er verbeugte sich. »Und du bist Layla, das Kind des Wächters Elijah und der Dämonin Lilith. Nach so langer Zeit begegnen wir uns endlich. Es freut mich sehr, deine Bekanntschaft zu machen.«

Paimon. Seinen Namen hatte ich im *Kleinen Salomon* gesehen. Er war der Dämon auf einem Kamel oder Pferd oder was auch immer. Ich musste meine Fantasie wirklich nicht bemühen, um zu begreifen, dass er der Dämon war, der die Lilin auferstehen lassen wollte.

»Scheiße.« Ich setzte mich auf und versuchte, meine Beine von dem Wurzelgeflecht zu befreien.

Der Dämon hob eine Hand, und ich wurde zurück auf den Boden gedrückt, sodass ich nur wieder den Sternenhimmel betrachten konnte. »Mach es nicht unnötig schwer, Darling.«

Ich schnappte nach Luft und tastete den Boden ab, bis ich einen Stein fand, den ich so fest umschlossen hielt, dass die rauen Kanten sich in meine Handfläche schnitten.

»Ich bin dir dankbar, deshalb werde ich dir eine Gelegenheit bieten, die ich noch nie jemandem geboten habe. Du begleitest mich, ohne mir Ärger zu machen …«, er grinste mich an und ließ mich seine makellosen weißen Zähne sehen, »… und im Gegenzug wird meine Krone nicht aus den Knochen all jener Menschen geschnitzt werden, die du liebst. Ich verspreche dir Wohlstand, wie du ihn dir in deiner kühnsten Fantasie nicht ausmalen könntest, und die Freiheit, alles zu sein, was du sein willst, sodass jeder dich um dein Leben beneiden wird.«

Der Stein in meiner Hand fühlte sich schwer an, und ich hätte fast wieder gelacht. »Und du willst die Lilin auferstehen lassen?«

»Ach, es freut mich, dass ich meinen Wunsch nicht erst noch erklären muss. Obwohl ich schon extra dafür eine kleine Rede vorbereitet hatte.« Er sah mich mit seinen karmesinroten Augen an und zwinkerte mir zu. »Aber dafür haben wir später immer noch Zeit, Darling.«

Angst packte mich, trotzdem versuchte ich, mir davon möglichst nichts anmerken zu lassen. »Und nachdem du mich benutzt hast, um die Lilin auferstehen zu lassen, willst du mich tatsächlich am Leben lassen?«

»Ja, vielleicht«, erwiderte er. »Das hängt davon ab, wie glücklich du mich machst.«

»Scher dich doch zum Teufel.«

Paimon drehte sich kurz weg, dann wandte er sich wieder zu mir um. Ich sah, wie seine Haut zerschmolz und darunter ein roter Schädel und Augenhöhlen zum Vorschein kamen, in denen Flammen loderten. Er machte den Mund auf, der sich in die Länge zu ziehen begann und sich immer weiter verformte. Aus diesem Maul stieg ein Heulen auf, das meine Seele frieren ließ. Ich schrie, bis meine Stimme versagte, während ich dalag und mich nicht mehr als ein paar Zentimeter von der Stelle rühren konnte.

Im nächsten Moment war er wieder der gut aussehende junge Mann, der mich freundlich anlächelte. »Darling, du bist ein Mittel zum Zweck – einem Zweck, der wundervoll zu meinen Gunsten wirkt.« Er hockte sich neben mir hin. »So, es liegt jetzt ganz an dir, ob es für dich einfach oder sehr, sehr mühselig wird.«

Ich atmete ein, aber ich bekam nicht genug frische Luft in meine Lungen. Ich war in Sorge um Zayne, und ich wusste, wenn ich mich nicht aus Paimons Gewalt befreien könnte, würde ich keine Hilfe für Zayne holen können. »Okay, aber kannst du mich von diesen Wurzeln befreien? Ich bekomme davon Panik.«

Paimon lächelte kurz und machte eine Handbewegung, dann begannen die Wurzeln zu zittern, trockneten aus und zerfielen nach wenigen Sekunden zu Staub. »Ich bin wirklich froh, dass du dich dafür entschieden ha…«

Ich holte mit aller Kraft aus und schlug ihm den Stein gegen die Schläfe. Sein Kopf wurde brutal herumgerissen, noch nicht mal eine Sekunde später sah er mich wieder an und … *lachte*! Flammen traten aus der Kopfwunde aus, die eigentlich hätte bluten sollen.

Paimon packte meinen Arm so fest, als wäre der in einen Schraubstock geraten. »Das war nicht sehr nett.«

Ich starrte auf seinen brennenden Kopf und hauchte: »Lieber Gott.«

»Knapp daneben«, gab er lachend zurück und zog mich vom Boden hoch. »Und jetzt sag Gute Nacht.«

Ich wollte noch etwas sagen, aber bevor ein Ton über meine Lippen kam, wurde die Welt um mich herum dunkel.

25. KAPITEL

Langsam kam ich wieder zu mir. Ich lag auf einem kalten Untergrund und konnte weder Arme noch Beine bewegen, sie waren mit Seilen umwickelt, die mir ins Fleisch einschnitten, sobald ich mich bewegte.

Oh, verdammt!

Dann erwachte auch mein Geruchssinn. Der Schimmelgestank kam mir vertraut vor, aber so sehr ich mein Gedächtnis auch bemühte, ich konnte ihn keinem Ort zuordnen. Als ich endlich die Augen öffnen konnte, sah ich über mir ein unverkleidetes Metallgestell.

Die aufgestellten Kerzen sorgten nicht für viel Licht, aber in ihrem flackernden Schein konnte ich schließlich einen Basketballkorb erkennen. Ich sah zur Seite und entdeckte auf dem ramponierten Fußboden eine Kreidelinie, die einen Kreis zu bilden schien. Gerade Linien verliefen von mir bis zum Kreis. Trotz der pochenden Schmerzen in meinen Schläfen drehte ich den Kopf auf die andere Seite, wo ich weitere Linien entdeckte.

Ein Pentagramm, wenn auch etwas krakelig gezeichnet. Oh nein, das war übel.

Ich befand mich in der alten Turnhalle im untersten Stockwerk meiner Schule, lag gefesselt in einem Pentagramm und … hörte ich da tatsächlich *Gesang*? Oh Gott. Ich verdrehte den Hals und versuchte zu erkennen, was sich hinter den Hunderten von brennenden Kerzen befand, die um das Pentagramm herum verteilt worden waren.

Im Schatten machte ich Schemen aus, die sich hin und her bewegten. Ihr leises Murmeln und ihr Quieken, das von Schweinen zu kommen schien, ließ mir das Blut in den Adern gefrieren. Folter-Dämonen.

»Du bist wach, sehr schön«, drang ein vertrauter Südstaatenakzent aus der Dunkelheit zu mir. »Dann wollen wir doch mal anfangen.«

Ich drehte mich zur Seite und entdeckte Paimon, der seine Jacke ausgezogen und das rote Hemd aus der Hose gezogen hatte. Er kam bis zum Rand des Kreidekreises, blieb stehen und machte einen Schritt zurück, nachdem er nach unten gesehen hatte. »Kommst du nicht zu mir?«, fragte ich.

Paimon legte den Kopf in den Nacken und begann zu lachen. »Aus diesem hübschen kleinen, wenn auch leicht schiefen Pentagramm lässt sich ohne Mühe eine Teufelsfalle machen, und meine Hermès-Schuhe werden sich nicht einen Millimeter über die Kreidelinie bewegen.«

Ich ballte die Fäuste und spürte, wie der Ring in meine Finger einschnitt. »Das wird diese Beschwörung aber etwas schwierig machen, nicht wahr?«

»Keineswegs, Darling.« Er kniete sich an den Rand des Pentagramms. Mein Blick fiel auf seinen Irokesenschnitt, der locker einen halben Meter in die Höhe ragen musste. »Dafür hat man schließlich seine Lakaien. Hey, Lakai!«

Links von mir löste sich eine weitere Gestalt aus den Schatten. Diesen Mann hatte ich noch nie gesehen, aber sein Lächeln war mehr als unheilvoll. Ich schluckte, während mein Blick zwischen den beiden Dämonen hin und her wanderte. Niemand würde herkommen und mich retten. Ob Zayne den Kampf mit dem Hellion überlebt hatte, wusste ich nicht. Und Roth hatte von meiner Entführung wahrscheinlich nichts mitbekommen. Da ich keine Ahnung hatte, wie sich Houdini an meiner Stelle entfesselt hätte, würde ich nicht viel zu meiner Verteidigung beitragen können. Nur drei Dinge waren in diesem Moment sicher: Ich war am Arsch. Die Menschheit war am Arsch. Das gesamte Universum war am Arsch.

»Ich gestehe, ich bin von Naberius enttäuscht. Er hätte dich auch ohne mein Einschreiten herbringen sollen. Zeig ihr, wie ich meiner Enttäuschung Ausdruck verliehen habe.«

Der Lakai winkte mir mit der linken Hand, die nur noch den Mittelfinger aufwies. Drei Finger und der Daumen fehlten. »Die wachsen nach«, sagte er. »Langsam, aber sicher.«

»Und schmerzhaft«, fügte Paimon an und lächelte schadenfroh. Dann stand er in einer fließenden Bewegung auf. »So, Naberius, vergieß jetzt das Blut von Lilith. Ich habe nicht die ganze Nacht Zeit.«

Wie ein pflichtbewusster kleiner Handlanger überschritt Naberius den Kreis und kniete sich hin. Meine Angst steigerte sich. »Warte!« Mit dem einzigen Finger griff der Lakai nach meiner Hand, in seiner anderen Hand glänzte etwas Metallisches. »Ich habe gesagt, du sollst warten!«

Paimon seufzte. »Willst du jetzt anfangen zu betteln? Weil du zur dunklen Seite überwechseln willst? Die Chance hattest du bereits, Darling. Wenn ich hier fertig bin, werde ich dich töten. Gut, ich werde mich vorher bestimmt noch ein bisschen mit dir vergnügen, aber dann werde ich dich töten.«

Panik schnürte mir die Kehle zu, doch ich wusste, wenn ich mich von meiner Panik überrennen ließ, dann war das unwiderruflich das Ende. Mein Herz raste, und ich versuchte, den Arm wegzuziehen, der Naberius am nächsten war, doch das Seil gab nicht nach. »Warum?«

»Warum?«, äffte Paimon mich nach.

»Warum machst du das?« Mein Mund war wie ausgedörrt. »Willst du wirklich die Apokalypse auslösen? Glaubst du, das wird funktionieren?«

Der Dämon legte den Kopf schräg. »Die Apokalypse?« Sein tiefes Lachen wurde von den Wänden der Turnhalle zurückgeworfen. »*Das* glauben die Wächter?«

»Die Hölle glaubt das auch.«

»Der Boss glaubt das ebenfalls? Grandios. Zugegeben, die Apokalypse klingt nach einer Menge Spaß, aber daran bin ich kein bisschen interessiert.«

»Du … du willst nicht raus aus der Hölle?«, fragte ich verdutzt.

»Zeig mir einen Dämon, der *nicht* aus der Hölle raus will. Nimm mich, nur als Beispiel. Ich habe dem Boss über zweitausend Jahre lang brav gedient. Ich möchte nichts lieber, als diesem Leben den Rücken zukehren. Aber ich bin nicht wegen etwas hier, das ich will, sondern für das, was ich brauche. Ganz so wie du – nur ein Mittel zum Zweck.«

»Was soll das heißen? Ich verstehe das nicht.« Und das war sogar die reine Wahrheit.

Er verzog die Lippen zu einem spöttischen Lächeln. »Irgendwie ironisch, dass du das nicht verstehst. Und auch ein bisschen traurig.«

»Wirklich?« Ich merkte, wie Naberius an meinen Fingern hantierte und den Ring zu drehen versuchte. »Dann erklär es mir doch. Wenn ich schon sterben soll, dann würde ich gern den wahren Grund wissen.«

Paimon sah kurz über die Schulter, dann wandte er sich wieder mir zu. »Warst du jemals verliebt?«

»Was?« Mit dieser Frage hätte ich nun wirklich nicht gerechnet.

»Ich habe dich gefragt, ob du jemals verliebt warst.«

»Ich …« Ich wusste es nicht. Ich liebte Zayne, aber welche Art von Liebe das war, konnte ich nicht sagen. Und Roth … ich konnte mir vorstellen, mich mit der Zeit in ihn zu verlieben. Vielleicht war ich sogar schon ein klein wenig in ihn verliebt. »Ich habe keine Ahnung.«

»Interessant«, gab der Dämon zurück. »Wenn du verliebt bist, dann riskierst du alles, um dafür zu sorgen, dass derjenige, den du liebst, glücklich ist. Selbst wenn dazu auch das Ende der Welt gehört.« Er zuckte mit den Schultern. »Wenn du von der einen getrennt bist, die du liebst, dann würdest du alles tun, um wieder bei ihr sein zu können. Absolut alles. Was schaust du so entsetzt? Dachtest du, Dämonen können sich nicht verlieben? Das können wir. Unsere Liebe ist ein wenig düster und verdreht. Wir lieben bis zum Tod. Die wenigsten möchten zu denen gehören, denen wir unsere Zuneigung schenken, aber das ändert nichts an unseren Gefühlen.«

Ich hatte keine Ahnung, was seine Verliebtheit mit der Auferstehung der Lilin zu tun hatte, es sei denn, er ging davon aus, dass seine Geliebte eine als Lilin Wiedergeborene wurde.

Er verdrehte die Augen. »Wie ich sehe, hast du es noch immer nicht begriffen. Es geht um deine Mutter, Darling. Darum ist es ja so ironisch.«

»Lilith?«, rief ich.

»Kannst du sie nicht Mutter nennen? Ich bin mir sicher, das würde ihr kaltes Herz ein wenig wärmen.«

»Nein, das kann ich nicht.«

Er ging an der Kreidelinie entlang. »Deine Mutter wird in den Feuergruben festgehalten, also genau an dem Ort, an den es einen Dämon verschlägt, der in eine Teufelsfalle gerät. Solange der Boss in der Hölle ist, wagt sich niemand in die Nähe der Gruben, und es kommt erst recht niemand von dort heraus. Zu Lilith gelange ich also nur, wenn ich den Boss an die Oberfläche locke. Ganz egal, wann die Apokalypse eintritt, der Boss wird herkommen, wenn die Lilin hier auftauchen. Und eine Minute mit meiner Geliebten ist das Risiko wert, eine Ewigkeit ohne sie auskommen zu müssen.«

»Dadurch sind dann die Gruben unbewacht«, folgerte ich. Als Paimon bestätigend applaudierte, war ich völlig verblüfft. Der ganze Aufwand diente also nur dazu, Lilith zu befreien – und das alles bloß, weil er Lilith *liebte*? Das war ja völlig verrückt und …

»Naberius?«

»Warte!« Blankes Entsetzen begann die Panik zu verdrängen, was nur noch schlimmer war. »Woher willst du wissen, ob die Beschwörung überhaupt funktioniert? Du hast ja nicht mal den *Kleinen Salomon*!«

»Als ob ich den nötig hätte! Ich hatte Lilith. Ich half ihr, in die Freiheit zu entkommen, damit sie dich zur Welt bringen konnte.«

»Du liebst sie, und dann hilfst du ihr dabei, von einem anderen Mann geschwängert zu werden?«

»Das war die einzige Möglichkeit, damit wir tatsächlich zusammen sein können.« Er zuckte mit den Schultern. »Außerdem bist du bereit. Ich kann den Makel auf deiner Seele sehen.«

Ich wusste nicht, was mich mehr verblüffte: dass er meine Seele sehen konnte, *dass ich überhaupt eine Seele hatte* oder dass er glaubte, meine Seele weise einen Makel auf. Ich sah Paimon nur weiter an, während ich meine linke Hand immer wieder in der Hoffnung drehte, mich irgendwie von der Fessel zu befreien.

»Als ich erfuhr, dass der Boss Astaroth nach oben schickt, war das wie ein Lottogewinn. Der Boss war der Meinung, ich brauche den *Kleinen Salomon*, also schickte er Astaroth los, damit er mir dabei hilft, an das Buch heranzukommen.« Er legte den Kopf in den Nacken und lachte ausgelassen. »Hätte man es mir irgendwie noch einfacher machen können? Ich musste nur warten, bis Roth es geschafft hat, dich zu verführen. Es war tatsächlich nur eine Frage der Zeit. Immerhin ist er ein Dämon. Ich kann deine fleischliche Sünde riechen.«

Ich wusste zwar nicht, welche fleischliche Sünde er riechen konnte, aber es war nicht die, die er meinte. Ich wollte ihn eben darauf hinweisen, weil das seinen Plan vor ein gravierendes Problem stellen würde. Aber wenn ich ihn wissen ließ, dass ich noch Jungfrau war, würde er wohl sofort Abhilfe schaffen.

Ich musste den Mund halten. Wenn ich ihn in seinem Irrglauben ließ, blieben wenigstens die Menschheit und die Welt verschont. Die Beschwörung würde nicht funktionieren, die Lilin konnten nicht wiedergeboren werden, und er konnte Lilith nicht befreien. Ich würde bei dieser Beschwörung sehr wahrscheinlich sterben, aber ich musste an das Schicksal der ganzen Welt denken. Vielleicht lag es am Wächterblut in mir, das mich mein Schicksal akzeptieren ließ, denn bereit zu sterben war ich eigentlich noch nicht. Es gab so vieles im Leben, das ich bisher nicht hatte erfahren können. Es war nicht fair.

Aber vielleicht war das auch etwas Menschliches, das ich von Stacey und Sam übernommen hatte.

Ich ließ den Kopf sinken und starrte auf den Basketballkorb über mir. Naberius hatte es inzwischen geschafft, meinen Ring so zu drehen, dass der Edelstein in die richtige Richtung wies. Mit dem Griff seines Messers zerschlug er das Glas.

Ich biss mir auf die Lippe, als sich ein heftiger Schmerz an meiner Hand ausbreitete. Dann lief etwas Klebriges über meine Finger. Als der erste Tropfen auf den Boden fiel, flackerten alle Kerzen.

Das Gemurmel und der monotone Gesang verstummten.

»Das tote Blut der Lilith«, verkündete Paimon. »Das lebende Blut von Liliths Kind.«

Eine rasche Handbewegung von Naberius, und mein Handgelenk begann zu brennen. Der Schnitt war nicht tief – eigentlich mehr ein Nadelstich – und genügte gerade, um ein paar Tropfen austreten zu lassen, die an meinem Arm entlangliefen und sich an meinem Ellbogen sammelten.

»So«, fuhr Paimon fort. »Jetzt musst du nur noch eine Seele rauben.«

Er wusste nicht, dass das bereits geschehen war? Paimon rief etwas in einer hart klingenden Sprache, und ich versuchte zu sehen, was nun passierte.

Wieder lösten sich Schemen aus den Schatten, und als sie sich dem Schein der Kerzen näherten, schrie ich stumm auf. *Nein! Nein! Nein!* Das durfte nicht wahr sein. Ich zerrte wie wahnsinnig an meinen Fesseln.

Vier Folter-Dämonen näherten sich dem Kreis, je zwei trugen eine vornübergebeugte Gestalt. Die eine war Zayne, die andere Roth. Beide sahen aus, als hätte man ihr Gesicht mit einem Steakklopfer traktiert. Ihre Kleidung hing in Fetzen herab, Hals und Oberkörper waren blutbeschmiert.

Paimon lächelte wie ein Vater, der seiner Tochter den Herzenswunsch erfüllt hatte. »Fragst du dich eigentlich nicht, wie ich die Folter-Dämonen dazu bekommen habe, meine Anweisungen zu befolgen?«

»Nein«, gab ich heiser zurück.

»Überleg mal, von wie viel Leid sie sich ernähren können, wenn die Lilin die Erde zu ihrem persönlichen Spielplatz gemacht haben«, erklärte er trotzdem. »Naberius?«

Der Dämon stand auf und verließ den Kreis, wobei er darauf achtete, nicht mit der Kreidelinie oder den Kerzen in Berührung zu kommen. In seiner Hand hielt er das Messer …

Wieder flackerten alle Kerzen, und mein Blick wanderte zu meinem Arm. Ein Tropfen von meinem Blut war auf den Boden gelangt und brannte sich dort ein, als wäre es Säure. Mir blieb keine Zeit, darüber nachzudenken, wie das sein konnte.

»Kehren wir zurück zu meiner Frage, ob du schon mal verliebt warst«, sagte Paimon und stellte sich hinter die vier Folter-Dämonen. »Liebst du sie?«, fragte er und deutete auf Roth und Zayne. »Was, wenn ich von dir verlangen würde, die Seele des Wächters zu nehmen?«

Ein tiefes Summen machte sich in meinen Ohren bemerkbar, als ich die unverhohlene Grausamkeit in Paimons Augen bemerkte. »Nein.«

»Ich dachte mir schon, dass du dich nicht so schnell damit einverstanden erklären würdest.« Paimon sah Naberius zu, wie der um Roth herumging. Der hatte den Kopf gesenkt, und seine Schultern bewegten sich leicht. Er zeigte nicht mal eine Reaktion, als Naberius ihm das Messer an die Kehle drückte. »Man hat ihn gefasst, als er dem Wächter helfen wollte. Ist das nicht unsagbar lächerlich? Ein Dämon, der einem Wächter helfen will? Aber wahrscheinlich war er ja dort, um dich zu retten.«

Ich zog an dem Seil, bis meine Haut brannte und meine Muskeln schmerzten. »Lass sie gehen.«

»Oh, das habe ich auch vor«, ließ Paimon mich wissen. »Wenn du nicht die Seele des Wächters nimmst, dann wird Naberius dem Kronprinzen mit Vergnügen den Kopf abtrennen.«

»Und das möchte ich wirklich sehr, sehr gerne machen«, ergänzte Naberius.

Mein rasender Herzschlag übertönte das Summen in meinen Ohren. Das Entsetzen hatte mich fest im Griff. »Nein, das kannst du nicht machen! Das kannst du nicht machen!«

Paimon lachte. »Natürlich kann ich das, und ich werde es auch. Entweder du nimmst dem Wächter die Seele, oder ich bringe Roth um. Ich weiß ja, dass Mädchen im Teenageralter unglaublich naiv und dumm sein können. Aber du wirst doch sicher nicht zusehen wollen, wie dein erster Liebhaber enthauptet wird, oder?«

Roth war nicht mein erster Liebhaber – niemand war mein erster Liebhaber. Aber das bedeutete schließlich nicht, dass ich Paimon gewähren lassen konnte. Ohnmächtige Wut packte mich.

»Und er wird nicht bloß sterben«, fuhr er fort. »Er wird es spüren.« Mit einer blitzschnellen Bewegung griff er in Roths Haar und riss ihm den Kopf nach hinten. »Stimmt doch, Eure Hoheit, oder nicht?«

Ein Schaudern überlief Roths Körper, als er die Augen aufschlug. »Leck mich«, spie er aus.

»Ach, wie unglaublich langweilig.« Paimon ließ seinen Kopf wieder los, doch der sank nicht nach vorn. Unsere Blicke trafen sich, und mir fiel auf, dass seine Augen erstaunlich klar dreinschauten, wenn man überlegte, in welcher Verfassung er war. Paimon sah zu Zayne. »Roth wird in den Feuergruben enden, was schlimmer ist als der Tod.«

Mein Magen verkrampfte sich. Ich konnte nicht Zaynes Seele nehmen und mit ansehen, wie er sich in das gleiche Monster verwandelte wie Petr. Und ich konnte nicht zulassen, dass Roth umgebracht wurde.

»Wie lautet deine Antwort, Layla?«

Ein tiefes, schreckliches Poltern stieg in Roths Kehle nach oben. »Layla ...«

Ich sah ihn an, seine Pupillen waren geweitet und leuchteten. »Ich kann nicht«, brachte ich heraus.

»Nicht«, meinte er. »Nicht ...« Naberius drückte das Messer fester gegen seinen Hals, bis Blut kam.

»Halt!«, schrie ich und ballte die Fäuste. Meine Fesseln machten es mir nach wie vor unmöglich, meine Hände zu benutzen. »Halt!«

Paimon hob eine Hand, und Naberius ließ von Roth ab. »Ja, bitte?«

»Layla, sag kein Wort mehr! Du ...« Mit einem Fausthieb brachte Naberius Roth zum Schweigen.

»Ich muss seine Seele nicht nehmen«, brachte ich keuchend raus. »Ich habe bereits eine Seele genommen – eine reine Seele.«

Sekundenlang starrte Paimon mich an, dann begann er laut zu lachen. »Sieh an, sieh an. Das ist ja eine interessante Entwicklung.«

»Ja! Ja, es war ein Wächter. Ich habe seine Seele genommen!« Mein Atem ging zu schnell, und aus irgendeinem Grund atmete ich nur einmal ein, aber zweimal aus.

»Hm, damit habe ich nun wirklich nicht gerechnet.« Er wirkte erstaunt, und ich fragte mich, ob das der Makel war, den er wahrgenommen und für die Folge meiner angeblichen fleischlichen Sünde gehalten hatte. Es war aber auch nicht weiter wichtig, da er nun mit den Fingern schnippte.

Die Folter-Dämonen ließen Zayne auf den Boden fallen, wo er reglos liegen blieb. Im nächsten Moment war Naberius hinter ihm, fasste ihm in die Haare und zog Zaynes Kopf nach hinten, sodass der Hals ungeschützt war.

»Na ja, dann hätten wir das ja auch geklärt. Aber weißt du übrigens, was man über Wächter sagt?« Paimon grinste mich lässig an. »Nur ein …«

»… toter Wächter ist ein guter Wächter«, vollendete Naberius den Satz und drückte die Klinge an Zaynes Kehle.

»Nein!«, schrie ich und wand mich wieder.

Zayne machte die blutunterlaufenen Augen einen Spaltbreit auf.

Ich warf den Kopf in den Nacken und schrie ohrenbetäubend. Unzählige Bilder rasten an meinem geistigen Auge vorbei, bis sie in einer gigantischen Explosion endeten und mich ein Schmerz durchfuhr, der stärker war als jeder andere, den ich je gespürt hatte.

Der unbändige Zorn hatte den Dämon in mir entfesselt.

Als ich mich nach vorn beugte, dehnten sich auf einmal die Seile um meine Handgelenke, sie begannen sich an den Enden aufzulösen und schließlich zerrissen sie. Meine Beine waren nur einen Augenblick später von ihren Fesseln befreit, und Sekunden später stand ich aufrecht mitten im Pentagramm. Es war keine Luft, die durch meine Kehle strömte, sondern Feuer, das mich verzehrte. Mein Körper loderte. Muskeln spannten sich an, aus meinen Händen wurden Klauen. Meine Augen konnten schärfer sehen, die Welt war von einem roten Film überzogen. Knochen zerbrachen und verschmolzen neu, meine Haut spannte sich so sehr, dass sie sich zu dünn anfühlte. Meine Kleidung riss an verschiedenen Stellen auf, während sich mein Körper komplett veränderte und sich Muskelpakete in alle Richtungen ausdehnten. Meine Sneakers platzten der Länge nach auf.

Rings um meinen Kopf herum richteten sich winzige Haarsträhnen auf, mein Rücken wurde von einer Serie von explodierenden Schmerzen überzogen. Doch es waren gute Schmerzen, die mir wunderbare Erleichterung bescherten, als sich meine Schwingen entfalteten und bis weit über mir in die Luft ragten.

Als ich meine Hände hob, erschrak ich. Meine Haut war schwarz und grau marmoriert, eine wechselnde Mischung aus beiden Spezies – eine wunderschöne Kombination aus Wächterin und Dämonin, die lange Zeit tief in meinem Inneren geschlummert hatte.

»Ergreift sie!«, schrie Paimon.

Die beiden Folter-Dämonen, die bis eben noch Zayne festgehalten hatten, stürmten auf mich los. Gleichzeitig warf sich Roth nach hinten und befreite sich aus dem Griff der zwei anderen Folter-Dämonen.

Ein Instinkt, von dem ich bis dahin nichts gewusst hatte, ließ mich handeln, ohne dass ich nachdenken musste. Ich hob den Kopf, bleckte die Zähne und fauchte.

Den ersten Folter-Dämon bekam ich am Hals zu fassen, ihm bohrte ich die Klauen ins Fleisch, bis ich mit Genugtuung hörte, wie das Genick durchbrach. Mit dem zweiten Dämon spielte ich, packte ihn im Nacken, und als ich ihn dann hochhob, sodass er über mir in der Luft hing, ließ mich sein Quieken vergnügt lächeln. Gleich darauf drehte ich mich einmal um mich selbst, um Schwung zu holen, dann schleuderte ich den Dämon durch die Wand oberhalb der Tribüne.

Mit einem großen Schritt stieg ich über den Ring aus Kerzen, dabei streckte ich meine Flügel.

Roth, den man vollkommen blutig geschlagen hatte, grinste mich an und schleuderte einen der beiden anderen Folter-Dämonen auf den Boden. »Als Steinfreak siehst du immer noch genauso scharf aus«, sagte er und ließ den Blick über mich wandern. »Vielleicht sogar noch schärfer. Verdammt.«

»Schnappt sie euch!«, brüllte Paimon. »Tötet sie! Tut irgendetwas!«

Ich sah zu Paimon, der neben Zayne stand, dann machte ich einen Satz, der mich genau vor ihm landen ließ. Mit dem Handrücken verpasste ich ihm einen Schlag ins Gesicht, der ihn durch die Halle schleuderte.

Ich kniete mich neben Zayne hin und drehte ihn behutsam auf den Rücken. »Zayne?«

Er hatte die Augen geöffnet und blinzelte hastig. »Mir geht's gut. Der Schnitt ist nicht so tief.« Er legte seine menschliche Hand um meine, wobei unsere vertauschten Rollen den Kontrast umso krasser erscheinen ließen. Sein Blick wanderte an meinem Arm entlang bis zu der Stelle, wo der Ärmel meines Sweaters von meinen Muskeln gesprengt worden war. »Du bist …«, begann er.

»Layla!«, brüllte Roth.

Ich drehte mich um und schlug nach dem Folter-Dämon, der auf mich zugestürmt kam. Der Treffer schickte das Ding zu Boden, aber da waren noch Dutzende, wenn nicht sogar Hunderte Artgenossen von ihm, die alle im Schatten jenseits der Kerzen lauerten und mir bislang nicht aufgefallen waren. Die ganze Turnhalle wimmelte von ihnen, und hinter ihnen standen noch größere, haarigere Kreaturen, die wildes Gebrüll ausstießen.

Hellions.

»Mir geht's gut«, erklärte Zayne und richtete sich ein wenig unsicher auf. »Ich kann kämpfen.«

»Das will ich auch hoffen.« Roth hob den Arm und ließ Bambi von seiner Haut gleiten, die auf dem Boden zwischen uns landete und sich zusammenrollte. »Wenn du nämlich vorhast, nur da rumzuliegen und zu bluten, dann kannst du auch gleich nach Hause gehen.«

Dann wandelte sich Roth. Seine Haut nahm die Farbe von Obsidian an und war glatt und glänzend. Er war ein deutliches Stück größer als ich und sogar größer als Zayne, der inzwischen die Wandlung zum Gargoyle vollzogen hatte. Auch wenn die Hautfärbung eine andere war und er keine Hörner besaß, war die Ähnlichkeit dennoch nicht zu übersehen.

Wir drei drehten uns gleichzeitig um.

Hinter Paimon und Naberius wartete eine ganze Dämonenhorde auf uns.

Die Dämonen stürmten los, zum Nachdenken blieb keine Zeit, augenblickliches Handeln war gefragt. Ich rang einen Folter-Dämon nieder, ging einem Hellion aus dem Weg und machte Platz für Bambi, die durch die Luft schoss und ihre Fangzähne in den Nacken der Bestie bohrte. Schwarzer Rauch stieg aus dem offenen Maul der Bestie auf, die gleich darauf implodierte.

Roth rannte Paimon nach, während Zayne sich Naberius vornahm, mit dem er noch ein Hühnchen zu rupfen hatte. Das war schade, weil ich diesen Mistkerl gern selbst in die Mangel genommen hätte, anstatt einen Folter-Dämon nach dem anderen unschädlich zu machen.

»Du bist so eine unglaubliche Nervensäge gewesen«, sagte Roth und flog um Paimon herum. »Der Boss wird seinen Spaß daran haben, dir die glühenden Schüreisen dorthin zu stecken, wo es richtig schön wehtut.«

»Na, wenn das nicht das harmlose Schoßhündchen der Familie ist«, höhnte Paimon. »Das Lieblingsspielzeug vom Boss.«

»Nur kein Neid«, sagte Roth und landete vor ihm, was den Boden der Turnhalle erzittern ließ. »Du bist doch nur eifersüchtig, weil man dich seit der Inquisition nicht mehr an die Oberfläche gelassen hat. Du hinterlässt aber auch immer einen solchen Saustall.«

»Während du der brave kleine Junge bist.« Paimon schüttelte seine Schultern, der Stoff riss auf, knorrige dunkle Flügel kamen zum Vorschein. Der Feuer breitete sich auf Paimons Haut aus, bis er nichts weiter war als eine Flamme in einem Armani-Anzug. »Es wird mir ein Vergnügen sein, die Kleine zu brechen und ausbrennen zu lassen. Du wirst sie aus den Eingeweiden der Hölle schreien hören.«

Roth brüllte los und stürmte auf Paimon zu. Auf halber Strecke begegneten sie sich, ihr Zusammenprall entlud sich in einem Feuerball, gefolgt von Dunkelheit. Ich wich zurück, als Paimon Roth durch die Luft wirbelte und ihn in einer Gruppe Hellions landen ließ. Roth flog zurück, griff in die Flammen und packte Paimon, zog ihn mit sich und drehte sich um sich selbst, ehe er den König in eine Schar Folter-Dämonen schleuderte.

In dem Moment wurden die Türen zur Turnhalle aufgestoßen, und unzählige Wächter strömten wie eine Flutwelle herein. Sie fraßen sich durch die Reihen der Folter-Dämonen, als wären die nur Papierfiguren. Ich erkannte Abbot und Nicolai, die den Angriff anführten. Sie hielten auf die Stelle zu, an der Bambi einen Hellion in die Enge getrieben hatte. Das massige Monster machte einen Satz nach vorn und packte die Schlange, bevor die ihren kraftvollen Körper um ihn wickeln konnte. Im nächsten Moment flog Bambi quer durch die Halle und zerschmetterte eine Sitzbank auf der Tribüne.

Ich bekam Angst um sie, während ich einen weiteren Folter-Dämon zur Seite schleuderte.

»Layla?« Es war Abbot, der da laut nach mir rief.

Ich hielt inne und drehte mich zu ihm um. Sein verdutzter Gesichtsausdruck wäre unter anderen Umständen als diesen zum Totlachen gewesen. »Ich schätze, ich bin wohl doch kein Maultier.«

Sicher hätte er darauf etwas erwidern wollen, aber da waren immer noch Heerscharen von Dämonen, die getötet werden mussten. Zum ersten Mal in meinem Leben durfte ich mich ins Kampfgetümmel schmeißen. Die Kraft einer Wächterin strömte durch meinen Körper, sie war so berauschend und kraftvoll, als würde ich von einer Seele kosten. Die Krallen der Folter-Dämonen konnten nicht mal meine Haut durchdringen, ich war stärker und schneller, als ich es mir jemals hätte träumen lassen.

Ich ging zu Zayne und packte Naberius von hinten. Der Dämon wehrte sich zwar, aber ich hielt ihn fest, damit Zayne ausholen und ihm mit einem Hieb den Kopf abschlagen konnte.

Uns blieb keine Zeit, diesen Sieg zu feiern. Roth kämpfte immer noch mit Paimon, der längst erkannt haben musste, dass sein Traum vorbei war, und der jetzt nach einem Fluchtweg suchte. Ich wollte eben zu Roth fliegen, da hielt Zayne mich zurück.

»Nein, das bin ich ihm schuldig.«

Mein Instinkt rebellierte dagegen, dennoch hielt ich mich zurück, als Zayne unter Paimons Arm hindurchtauchte und ihn von hinten ergriff. Dann beobachtete ich, wie er und Roth den Dämon in Richtung des Pentagramms zogen.

»Vater!«, rief Zayne, Abbot drehte sich zu ihm um.

Sie wollten Paimon festsetzen!

Während die anderen Wächter die restlichen Dämonen erledigten, drückten Zayne und Roth Paimon im Pentagramm mit dem Gesicht nach unten auf den Boden, dann fesselten sie ihn gemeinsam so, dass er sich genauso wenig rühren konnte wie ich vorher.

»Bestell dem Boss einen schönen Gruß von mir«, sagte Roth und presste Paimon das Knie in den Rücken, während er den letzten Knoten festzurrte. »Ach, verdammt, du wirst ja vor lauter Schmerzen gar kein Wort mehr rausbringen, sondern nur noch schreien. Na, dann vergiss das mit dem schönen Gruß.«

Roth stand auf, dann verließ er zusammen mit Zayne das Pentagramm, während Abbot zu ihnen kam. Es war vorbei, es war endlich ausgestanden. Ich betrachtete Zayne und Roth, die Seite an Seite dastanden, beide in ihrer wahren Gestalt, die beängstigend, aber zugleich auch seltsam schön war.

Roth zwinkerte mir zu.

Ich lächelte ihn an, dann atmete ich aus, was sich anfühlte, als würde ich mich häuten. Muskelpartien lockerten sich und schrumpften zusammen. Sekunden später war ich wieder ich selbst, nur dass ich in zerfetzter Kleidung und barfuß dastand.

Und dann war auf einmal buchstäblich die Hölle los.

Paimon stieß ein unnatürliches Gebrüll aus, sein Körper dehnte sich aus, sodass die Fesseln zerrissen. Dann erhob sich der Dämon und schnappte sich das nächstbeste Opfer. Er bekam Zayne zu fassen und zog ihn zu sich in den Kreis. Mein Herz blieb stehen, ein Entsetzensschrei steckte mir in der Kehle fest.

»Mach!«, schrie Zayne seinen Vater an. »Jetzt!«

Mir gefror das Blut in den Adern. Es war egal, wer in einer Teufelsfalle saß, ob Mensch, Wächter oder Dämon, er war in jedem Fall dort gefangen und würde in den Feuergruben der Hölle enden. Wenn Abbot Paimon jetzt dorthin verbannte, würde er seinen eigenen Sohn ebenfalls in die Hölle schicken.

»Nein!«, schrie ich verzweifelt.

Plötzlich wirbelte Roth herum, packte Zayne und riss ihn aus Paimons Griff. Er stieß Zayne aus dem Kreis, dann schlang er die Arme um Paimon, damit der sich nicht mehr rühren konnte. In diesem Augenblick wurde mir klar, dass Paimon niemals in der Teufelsfalle sitzen und abwarten würde, bis man ihn in die Hölle schickte. Seile würden nicht genügen, um ihn zu fixieren – jemand musste ihn festhalten, und Roth hatte soeben entschieden, dass er dieser Jemand sein würde.

»Halte sie auf!«, brüllte Roth, ohne Paimon loszulassen. »Los, Zayne!«

»Nein! Nein!« Ich rannte los, meine nackten Füße fanden auf dem Blut und Schleim auf dem Boden kaum Halt. Abbot warf das schwarze Salz in die Falle. »Roth! Nein!«

Für Sekunden trafen sich unsere Blicke, ich sah in seine goldenen Augen. »Freier Wille, wie? Was für ein idiotisches Konzept.« Und dann lächelte er mich an, ein echtes, ehrliches Lächeln, das seine tiefen Wangengrübchen deutlich zum Vorschein brachte. »Ich habe mich in dem Moment verloren, als ich dich gefunden habe.«

Meine Stimme versagte, mein Herz setzte einen Schlag lang aus …

Zayne legte die Arme um mich und drehte sich mit mir zusammen um, wobei er mich auf die Knie zwang. Er streckte seine Flügel aus und legte sie um mich, damit ich es nicht mit ansehen musste.

Rotes Licht flammte auf, das so grell war, dass es mich durch Zaynes Flügel hindurch blendete. Ein heulender Wind zog durch die Turnhalle, und ich begann zu schreien. Ich schrie, weil ich wusste, Roth würde keinen Laut von sich geben, wenn er von den Feuergruben empfangen wurde. Ich hörte nicht auf zu schreien. Ich schrie, als der Schwefelgestank mir die Luft zum Atmen nahm. Ich schrie, als die sengende Hitze uns traf und Schweiß aus jeder Pore austreten ließ. Ich schrie, bis der Wind, die Hitze und der Schwefelgestank nachließen.

Dann auf einmal herrschte völlige Stille.

»Es tut mir leid«, flüsterte Zayne und lockerte seinen Griff um mich.

Ich löste mich aus seinen Armen und ging ein paar Schritte auf den ausgebrannten Kreis zu, ehe mir meine Beine den Dienst versagten. Ich sank auf die Knie. Die Stelle, an der Roth gemeinsam mit Paimon gestanden hatte, war verkohlt.

Irgendjemand sagte etwas zu mir. Vielleicht Abbot, vielleicht Nicolai. Es war nicht wichtig, weil es nichts gab, was irgendwer in diesem Moment zu mir hätte sagen können. Roth hatte sich geopfert … für mich … und für Zayne. Ein Dämon hatte entschieden, bis in alle Ewigkeit schlimmste Qualen zu leiden, damit das einem anderen erspart blieb.

Ich ertrug das einfach nicht.

Tränen liefen mir über die Wangen und vermischten sich mit dem Blut und dem Ruß. Ich ließ den Kopf sinken, bis meine Stirn den Boden berührte, und dann tat ich etwas, was ich nie zuvor getan hatte.

Ich betete.

Ich betete für Roth und dafür, dass die Alphas in Aktion traten. Was er getan hatte, sollte ein göttliches Einschreiten rechtfertigen. Ich betete, dass die Engel in die Hölle hinabstiegen und ihn zurückholten. Ich betete, bis ich nur wieder schreien wollte.

Aber solche Gebete wurden nie erhört.

Etwas Kaltes, Glattes stieß meine Hand an, und ich hob langsam den Kopf. Es dauerte einen Moment, ehe ich begriff, was ich da sah. »Bambi?«

Die große Schlange wickelte sich um meinen Arm und richtete sich so weit auf, dass sie ihren Kopf auf meine Schulter legen konnte. Tränen stiegen mir wieder in die Augen, aber ich konnte dennoch den Wächter erkennen, der auf mich zukam und einen hasserfüllten Blick auf Bambi warf, der alles über seine Absichten verriet.

»Wenn du ihr etwas tust, wird es das Letzte sein, was du in deinem Leben machst«, warnte ich ihn und erkannte meine eigene Stimme kaum wieder.

Der Wächter blieb stehen und zog sich zurück. Niemand sonst wagte es, sich uns zu nähern.

Mein Blick kehrte zurück zum Pentagramm und entdeckte ein winziges Loch, das sich durch den Boden der verkohlten Fläche gebrannt hatte, auf der der Kronprinz der Hölle Astaroth eine für Dämonen sehr untypische Erklärung abgegeben hatte.

Ich habe mich in dem Moment verloren, als ich dich gefunden habe.

Ich starrte auf das Pentagramm.

Roth war nicht mehr.

26. KAPITEL

Ich band meine Haare zu einem lockeren Knoten zusammen und griff nach meinem Tanktop. Das Material fühlte sich in meinen Fingern schwerelos an. Manchmal kam es mir vor, als wäre ich selbst schwerelos.

In ein paar Tagen würde ich – auf wundersame Weise von meiner ansteckenden Krankheit genesen – in die Schule zurückkehren, worauf sich Stacey und Sam schon freuten. Nach der Stippvisite der Hölle in der alten Turnhalle hatte drei Tage lang kein Unterricht stattgefunden. Abbot und dem Polizeikommissar war es gelungen, der Schulleitung weiszumachen, man habe einen lokalen terroristischen Anschlag verhindern können.

Die Bevölkerung wusste auch weiterhin weder etwas von der Existenz von Dämonen in ihrer Welt noch von der wahren Funktion der Wächter. Die Bedrohung durch die Lilin war gebannt, zumindest für den Augenblick, solange nicht der nächste Dämon die Bühne betrat, der in Lilith verliebt war oder das Ende der Welt herbeiführen wollte. Das Leben war im Begriff, sich wieder zu normalisieren, so als hätte es diese beiden letzten Monate nie gegeben. Alles war wieder im Lot, zumindest für die Alphas und die Wächter.

Seit jener Nacht hatte ich mich nicht mehr gewandelt.

Vielleicht würde ich es nie wieder tun. Wenigstens hatte Abbot mich mit dem Thema in Ruhe gelassen. Ich fühlte mich nicht länger als Maultier, aber ich war auch nicht so wie andere Wächter. Seit ich wusste, wie ich aussah, hatte ich vielmehr das Gefühl, mich sogar noch viel stärker als zuvor von den anderen zu unterscheiden.

Ich versuchte auch, nicht über Petr und meinen Vater nachzudenken. Elijah war immer noch untergetaucht und überlegte sich zweifellos einen neuen Plan, wie er meinem Leben vorzeitig ein Ende setzen konnte. Aber das kümmerte mich momentan nicht weiter. Damit konnte ich mich immer noch befassen, wenn Elijah wieder in Aktion trat.

Im Augenblick gab es Wichtigeres, um das ich mich kümmern musste.

Mein Blick wanderte zum Spiegel, und so wie an jedem Tag seit dem Showdown in der alten Turnhalle überraschte mich mein Anblick. Es würde vermutlich Jahre dauern, ehe ich mich daran gewöhnt hatte.

Ich drehte mich nach links und rechts und war seltsam erleichtert, wenn ich mein Spiegelbild sah. Mein neues Tattoo erinnerte mich jedes Mal aufs Neue an alles, was sich zugetragen hatte.

Langsam senkte ich den Blick, während mir Tränen in die Augen stiegen. Bambi hatte sich an dem Abend den einzigen noch lebenden Dämon gesucht, nämlich mich. Sie war für meinen Körper viel zu groß, aber wir versuchten, uns zu arrangieren. Derzeit war sie zum größten Teil um meinen Oberkörper gewickelt, der breite, schwarz glänzende Hals lag zwischen meinen Brüsten, und der Kopf ruhte auf meinem Schulterblatt. Nach wie vor faszinierte mich die unglaubliche Detailtreue. Jede einzelne Schuppe war einer echten Schlange nachempfunden und in der Färbung so gut getroffen, dass sie auch die dunklen Streifen auf dem Rücken und dem weicheren Bauch bildeten.

Ich strich über meinen eigenen Bauch, auf dem Bambis Schwanz zuckte. Die Bewegung erschreckte mich, und sie kitzelte auch leicht.

»Du musst unbedingt damit aufhören«, sagte ich zu ihr.

Sie drehte den Kopf ein wenig, und ich schauderte, weil mir dieses Gefühl eine Gänsehaut bereitete. Die Persönlichkeit der Schlange wies einige Ähnlichkeiten mit der von Roth auf. In der kurzen Zeit mit Bambi hatte ich schon gemerkt, dass ihr Daseinszweck vor allem darin bestand, immer neue Wege zu suchen, um mich zu quälen. So zum Beispiel nachts, wenn sie sich von mir lösen wollte, um auf die Jagd zu gehen. Nach welcher Beute sie dann auf die Suche ging, wollte ich lieber gar nicht wissen.

Ich konnte nur hoffen, dass es sich dabei nicht um Haustiere handelte … oder um Kinder!

Oder wenn sie ihre Position auf meiner Haut so veränderte, dass sie zu sehen war, wenn Zayne sich in der Nähe aufhielt. So hätte es Roth vermutlich auch gemacht, wenn er noch …

Ich zog mein Tanktop über und verdrängte diesen Gedanken, dennoch schnürte sich meine Kehle zu, und ich musste die Augen zukneifen und tief durchatmen. Um die Tränen erfolgreich zu bekämpfen, konzentrierte ich mich wieder ganz auf Bambi.

Erst gestern hatte sie sich bis hinauf zu meinem Gesicht geschoben, als Zayne sich mit mir einen Film angesehen hatte. Egal, was ich versuchte, sie wollte sich einfach nicht zurückziehen. Und als Zayne kurzerhand beschloss, sie einfach zu ignorieren, empfand sie das als Provokation, löste sich von meiner Haut und legte den Kopf auf Zaynes Oberschenkel.

Oh ja, die Schlange war Roth wirklich sehr ähnlich.

Ein Klopfen an der Tür lenkte mich ab. »Ja, bitte?«

Zayne kam herein, er trug die Haare zum Pferdeschwanz gebunden. Ich hatte ihn heute erwartet, und das nicht nur, weil er in den letzten Tagen viel Zeit mit mir verbracht hatte. Wir redeten kaum über das, was vorgefallen war und was Roth für ihn … für uns getan hatte. Dennoch wusste ich, es störte ihn, dass er nicht die richtigen Worte für das fand, was er sagen wollte.

Mir erging es nicht anders.

Also verbrachten wir einfach viel Zeit zusammen. Es gab nicht genug Worte auf der ganzen Welt, um meine Dankbarkeit auszudrücken. Zaynes Gegenwart bewirkte genau das, was Roth lange vor mir gewusst hatte: Sie hielt die raueren, dunkleren Seite des Schmerzes in Schach. Was uns seit unserer Kindheit verband, funktionierte jetzt wie ein Puffer, der die hässliche Wahrheit ausblendete, dass mir ein Teil von mir genommen worden war, noch bevor ich überhaupt begriffen hatte, dass es ein Teil von mir gewesen war.

»Und du bist dir wirklich sicher, dass du mitkommen willst?«, fragte ich ihn.

»Ja.« Sein Blick fixierte meine Schulter. »Mann, ich hasse es, wie dieses Biest über deinen ganzen Körper wandert.«

Ich lachte leise. »Ist ja nicht so schlimm, Bambi ist ein Mädchen.«

»Das macht es auch nicht besser«, murrte er, während er mein Kapuzenshirt nahm und es mir hinhielt.

»Ich glaube, sie mag dich.« Ich zog das Shirt an und machte den Reißverschluss zu. »Deshalb zieht sie dich mit ihrer Masche auf.«

»Ich glaube eher, sie macht das, weil sie mich hasst.« Er beugte sich vor und zog an der Schnur des Shirts, damit beide Enden gleich lang waren. »Die Schlange ist ei…«

Plötzlich glitt Bambis Schwanz über meine Taille, ich zuckte zur Seite und musste kichern.

Zayne nahm die Hände weg. »Was ist?«

»Bambi«, sagte ich und schnappte nach Luft. »Sie bewegt sich. Und sie kitzelt mich.«

Er kniff die Augen zusammen und zog die Mundwinkel nach unten.

»Mit dem Gesicht hilfst du mir gar nicht. Das provoziert sie nur zum Weitermachen.« Ich musste lächeln, als er die Augen verdrehte, aber dann schwand mein Lächeln sehr schnell wieder, weil ich daran denken musste, was vor mir lag. »Bist du so weit?«, fragte ich.

»Du?«

»Nein«, flüsterte ich und schüttelte den Kopf. »Trotzdem, ja.«

Zayne wartete. »Ist schon okay. Nimm dir die Zeit, die du brauchst. Ich bin bei dir.«

Ganz so, wie Roth es lange zuvor gewusst hatte.

Wir parkten einige Blocks von Roths Apartment entfernt, Zayne begleitete mich, wartete dann aber in einem Park ganz in der Nähe des Hauses. Ich konnte mir nicht vorstellen, dass die Dämonen sich freuen würden, wenn ein Wächter das Haus betrat, auch wenn Zayne sich heute mit keinem von ihnen anlegen wollte. Ich war mir ja nicht mal sicher, wie man auf die Wächterin in mir reagieren würde, doch das konnte mich nicht abhalten.

Ich atmete tief durch, öffnete die Tür und betrat die luxuriöse Lobby. Ich sah mich um und konnte nur wenige Dämonen entdecken. Auf einer Couch saß ein Chaos-Dämon, trank eine Tasse Kaffee und spielte mit seinem Handy.

Er hob den Kopf, sah mich kurz an und schaute dann wieder aufs Display. Sehr schön. Ich ging betont langsam zur Treppe und kam dort an, ohne von irgendwem angesprochen zu werden. Als ich die Tür zum Treppenhaus erreicht hatte, fiel mein Blick auf die Aufzüge. Das Portal zur Hölle.

»Ich weiß, was du gerade denkst.«

Abrupt drehte ich mich um. »Cayman.«

Der Infernalische Herrscher nickte zum Gruß. »Du kannst da nicht runtergehen und nach Roth suchen.«

Ich wollte etwas erwidern, aber er redete weiter. »Falls du nicht vom ersten Dutzend Dämonen vertilgt wirst, das dir über den Weg läuft, und du es tatsächlich bis zu den Gruben schaffst, wird der Boss dich trotzdem nicht passieren lassen.«

Ich atmete tief aus und warf den Aufzugtüren einen finsteren Blick zu. »Ich bin nicht so blöd, um so etwas zu versuchen.«

»Nein, bist du nicht. Aber ein Augenblick der Verzweiflung könnte dich zu einer sehr unklugen Entscheidung veranlassen. Das hätte Roth nicht gewollt.«

»Ich hasse es, wenn du über ihn redest, als wäre er tot«, sagte ich und kniff die Augen zu.

»Denkst du das denn nicht?«

Der stechende Schmerz, der mir in die Brust fuhr, war ein Zeichen dafür, dass ich das durchaus auch befürchtete. »Ich wollte nur kurz in seine Wohnung und nach dem Rechten sehen. Er hatte ja diese Kätzchen …«

»Ah, die drei kleinen Monster. Das waren Tattoos.«

Verdutzt sah ich Cayman an. »Tatsächlich? Die habe ich nie an ihm gesehen.«

Er ging um mich herum und hielt mir die Tür zum Treppenhaus auf. »Er hat sie nur selten getragen. Ich weiß nicht, ob er sie an dem Abend bei sich hatte. Ich habe bislang gar nicht daran gedacht, bei ihm nachzusehen.«

»Würdest du mich mal schauen lassen?«

Er deutete auf die Treppe. »Nach dir.«

Schweigend gingen wir hinauf bis in den obersten Stock. Auf den letzten Stufen schmerzten meine Beinmuskeln, dann waren wir endlich oben, und Cayman schloss mir die Wohnungstür auf.

Als ich eintrat, blieb er im Hausflur stehen. Ich wusste nicht, welche Gefühle mich hier erwarten würden, aber selbst das hätte mich nicht auf diese ungeheure Leere vorbereiten können, die mich überkam, als ich den Duft wahrnahm, der Roth immer umgeben hatte.

Alles war vermutlich noch so, wie Roth es zurückgelassen hatte. Auf dem Schreibtisch lag ein aufgeschlagenes Buch, das sich als Kurzgeschichtensammlung von Edgar Allan Poe entpuppte. Lächelnd legte ich es zurück auf den Tisch. Ich wusste nicht, wieso, auf jeden Fall wollte ich hier nichts verändern.

Ich setzte mich aufs Bett und wartete darauf, dass die kleinen Fellknäuel auftauchten und jedes unbedeckte Stück Haut nutzten, um damit eins zu werden. Aber nichts geschah. Während ich dasaß, ließ ich meinen Blick durch den Raum schweifen. Ich betrachtete die Bücherregale, den Fernseher und all die kleinen Dinge, die Roth zu einem realen Wesen machten, einem Wesen, das realer war als der Kronprinz der Hölle.

Schließlich kniete ich mich hin, schlug die Decke um und sah unter dem Bett nach. Keine Katzen. Auch nicht hinter dem Piano oder im Badezimmer. Der Kleiderschrank war zu meiner Überraschung leer, und ich fragte mich, wo Roth wohl seine Kleidung untergebracht hatte. Ich stellte das gesamte Loft auf den Kopf, aber die Kätzchen waren nirgends zu entdecken.

Ich schaute in den Flur jenseits der offenen Wohnungstür, wo Cayman unbeirrt auf mich wartete. »Er muss sie getragen haben«, sagte er.

Ich nickte, wusste aber nicht, ob ich darüber erleichtert sein sollte oder nicht. Wenigstens konnten sie nicht hier verhungern. Andererseits hatte ich keine Ahnung, wovon sie sich überhaupt ernährten. Bestimmt von Blut.

»Ich brauche noch einen Moment«, rief ich Cayman zu, der flüchtig lächelte, während ich die Tür aufzog, durch die man hinaus aufs Dach gelangte. Ich ging die Treppe rauf, um mich dort ein letztes Mal umzusehen. Der Garten wuchs und gedieh, und mir schnürte es die Kehle noch weiter zu. Ein Dämon, der gärtnerte? Roth … oh Gott, Roth hatte voller Überraschungen gesteckt.

Beim Anblick der Klubsessel und der sich sanft im Wind bewegenden Regendächer seufzte ich leise und ging langsam bis zur Dachkante. Der Schmerz in mir fühlte sich so intensiv an, dass ich mir nicht vorstellen konnte, wie er jemals weggehen sollte. Mein Verstand sagte mir, eines Tages würde es dazu kommen, aber …

Wie aus dem Nichts war da auf einmal der süßliche, moschusartige Geruch, der den Duft der Blumen um mich herum überlagerte. Meine Nackenhaare sträubten sich, mein Herz begann schneller zu schlagen. Hastig drehte ich mich um. »Roth?«

Niemand war zu sehen, aber der Duft hielt sich, während mein Blick zu dem Klubsessel wanderte, neben dem ich eben gestanden hatte. Etwas Metallisches blitzte dort auf. Ich ging rüber und entdeckte auf dem kleinen Beistelltisch neben dem Sessel eine silberne Kette. Sie hatte vor ein paar Sekunden noch nicht dort gelegen. Als ich sie hochhielt, stockte mir der Atem.

Es war meine Kette – die Kette, die Petr zerrissen hatte. Aber der Verschluss war repariert und das Metall gereinigt worden, weshalb alles wie neu glänzte. Ich wusste, es war meine Kette, weil ich noch nie eine andere zu Gesicht bekommen hatte, die auch nur annähernd so aufwändig gearbeitet war. Womöglich war sie sogar speziell so angefertigt worden, damit sie zu dem Ring mit Liliths Blut passte.

Ich kämpfte mit den Tränen, während ich mich abermals langsam um mich selbst drehte. Es konnte eigentlich nicht sein, aber … wie sollte die Kette hergekommen sein?

»Roth?«, flüsterte ich mit krächzender Stimme. »Bist du hier?«

Ich hatte selbst keine Ahnung, was ich erwartete. Dass er plötzlich aus dem Nichts auftauchte, so wie er es ein paar Mal gemacht hatte? Das geschah nicht. Ich schaute wieder auf die Kette. Sie hatte eben noch nicht da gelegen. Ganz sicher nicht.

Eine warme Brise, die mehr wie ein Atemhauch war, strich über meine Wange und ließ mein Herz zusammenzucken. Und dann … dann war der markante Geruch verschwunden, so als hätte ich ihn mir nur eingebildet.

Ich schloss die Finger um die Kette, drückte sie an meine Brust und kniff die Augen zu. Die Sehnsucht wurde stärker und stärker, bis ich das Gefühl hatte, von ihr erdrückt zu werden.

So ungern ich auch weinte, ließ ich diesmal den Tränen freien Lauf, die sich den Weg in meine Augen bahnten. Diese Tränen bedeuteten etwas, sie bedeuteten alles, sie waren die einzige Möglichkeit, um mich bei Roth für das erkenntlich zu zeigen, was er geopfert hatte.

Cayman wartete immer noch im Flur auf mich, als ich die Wohnung verließ. »Ich werde mich um den Garten kümmern«, sagte er.

Ich dankte ihm, dann gingen wir schweigend nach unten. Im Foyer angekommen, begab ich mich zum Ausgang. Eine düstere Wolke verdunkelte meine Gedanken und mein Herz. Ich verstand nicht, was es mit der Kette wirklich auf sich hatte. War sie mir bloß zuvor nicht aufgefallen und hatte ich mir Roths Duft nur eingebildet, weil ich mir so sehr wünschte ihn wiederzusehen? Ich war mir nicht sicher, aber die Hand, in der ich die Kette hielt, zitterte.

»Layla?«

Ich drehte mich zu Cayman um. »Ja?«

Er lächelte mich an, was zwar mehr nach einer Grimasse aussah, aber für einen Dämon war das immerhin etwas. »Weißt du, Dämonen sterben nicht, wenn sie in die Feuergruben geschickt werden. Roth hat seine Aufgabe erledigt, Layla. Er kam her, um die Rückkehr der Lilin zu verhindern.« Unsere Blicke trafen sich. »Die Feuergruben sind eine Art Einbahnstraße, aber der Boss ist ziemlich altmodisch, und Roth ist von allen Kronprinzen bislang sein Liebling.«

Ich schnappte nach Luft, aber ich wollte diesen winzigen Funken Hoffnung noch nicht größer werden lassen. »Was willst du damit sagen?« Ich streckte ihm meine zitternde Hand entgegen, in der ich die Kette hielt. »Ich habe das auf dem Dach gefunden. Es lag plötzlich an einer Stelle, an der eine Minute zuvor noch nichts gelegen hatte.«

Cayman lächelte noch etwas breiter, dann zuckte er mit den Schultern und schob die Hände in die Taschen. Er drehte sich weg, durchquerte die Lobby, bis er auf einmal über die Schulter sah und mir zuzwinkerte. Im nächsten Moment hatte er sich in Luft aufgelöst.

Hoffnung und Unglauben rangen in meinem Kopf miteinander. Ich wollte … nein, ich musste glauben, dass Roth nicht in diesen Feuergruben gefangen war. Dass es ihm gut ging. Dass er es war, der die Kette auf den Tisch gelegt hatte. Das würde es mir etwas einfacher machen, mich dem nächsten Tag zu stellen, weil ich an die Chance glauben konnte, ihn wiederzusehen. Irgendwann einmal …

Ich wusste nicht, wie lange ich noch im Foyer stand und vor mich hin starrte, aber schließlich zwang ich mich, den Rückweg anzutreten. Zayne war inzwischen sicher schon ganz nervös.

Als ich das Apartmentgebäude verließ, atmete ich die kühle Luft tief ein. Zayne wartete dort auf mich, wo wir uns verabredet hatten. Als er merkte, dass ich auf dem Weg zu ihm war, hob er den Kopf und sah mich an, ohne zu lächeln. Er musste sich nicht dazu äußern, was er von meinen Gefühlen für Roth hielt, er wusste, wie ich empfand.

Aus einer Laune heraus tastete ich nach dem Ring an meiner Hand. Ich konnte ihn mühelos vom Finger ziehen. Als ich ihn vor mich hielt, brach sich das Licht in der gesprungenen Oberfläche. Ohne Liliths Blut sah er nun mehr nach einem ganz normalen Edelstein aus. Es gab eigentlich keinen Grund mehr, ihn noch länger zu behalten, aber ich konnte ihn nicht einfach wegwerfen. Noch nicht.

Ich drückte Zayne Ring und Kette in die Hand, er schien zu wissen, was er damit tun sollte. Die Stelle, an der Bambi in meine Haut eingedrungen war, juckte wie verrückt, aber ich widerstand der Versuchung, so lange zu kratzen, bis Blut kam.

»Hast du erledigt, was du erledigen musstest?«, fragte Zayne, während er die Kette durch den Ring zog.

Ich räusperte mich, aber ich hatte noch immer einen Kloß im Hals. »Ich glaube schon.«

Zayne gab mir ein Zeichen, ich drehte mich um und zwang mich, tief und gleichmäßig durchzuatmen. Während er mir die Kette umlegte, sah ich hinauf zu Roths Loft. Die Fenster waren so dunkel getönt, dass man nicht hindurchschauen konnte. Nicht dass ich irgendwen dort hätte entdecken können, aber selbst wenn sich dort jemand aufhielt, hätte ich es nie gesehen.

»Bereit?«, fragte Zayne.

Die Stiche in meiner Brust ließen ein wenig nach, als ich in Zaynes blaue Augen sah. Ich versuchte, für ihn zu lächeln, und ich hatte das Gefühl, dass er meinen Versuch mit Erleichterung aufnahm. Er wusste, ich würde mich nicht verkriechen und dahinsiechen, weil ich Roth verloren hatte. Allerdings gab es Augenblicke, in denen ich nichts lieber getan hätte als genau das.

Ich schob den Ring an der Kette unter meinen Sweater und berührte ihn leicht durch den Stoff hindurch, als er zwischen meinen Brüsten lag.

Zayne bot mir seine Hand an, ich ergriff sie, und dann gingen wir schweigend die Straße entlang. Mein Herz raste bei jedem Schritt, der mich weiter von all den Dingen wegführte, die mich an Roth erinnerten. Ich konnte nicht stehen bleiben, auch wenn ich am liebsten auf der Stelle kehrtgemacht hätte und in Roths Wohnung zurückgekehrt wäre, um dort zu warten bis … bis die Ewigkeit verstrichen war. Immer wieder blickte ich über die Schulter und hielt Ausschau nach einem dunkelhaarigen Jungen mit einem Lächeln, das mich umhaute und gleichzeitig zur Weißglut bringen konnte. Ich lauschte, ob irgendjemand »Paradise City« summte. Aber trotz so vieler Gesichter um mich herum sah ich nicht das eine, nach dem ich suchte.

Doch dann musste ich an die Halskette und an Caymans Andeutung denken, und ich fragte mich unwillkürlich, ob ich dieses eine Gesicht wohl eines Tages wiedersehen würde.

Lest jetzt eine ganz besondere Bonusszene aus Roths Perspektive …

»IM AUFTRAG DES TEUFELS«

Mit Layla an dem Ort zu sein, den ich als mein Zuhause bezeichnete, brachte mich ziemlich aus der Fassung. Alles, was Layla machte, ob sie nur einatmete, ob sie ihre Sitzposition änderte oder ob sie nur den kleinen Finger bewegte, nahm ich mit unendlicher Intensität wahr. Allein ihre Gegenwart ließ meine Haut so sehr kribbeln, dass ich am liebsten sofort die Form gewechselt hätte.

Oh Mann, das war in jeder nur denkbaren Hinsicht absolut verkehrt.

Layla saß auf der Bettkante, während ich die Schachteln mit dem übrig gebliebenen Reis in den Kühlschrank stellte. Ich zog meine Stiefel aus und beobachtete sie aus dem Augenwinkel. Sie zupfte an den Ärmeln ihres Shirts, dann spielte sie mit ein paar Strähnen, die ihr ins Gesicht hingen.

Ich drehte mich in ihre Richtung, ohne das bewusst wahrzunehmen, und legte den Kopf ein wenig schräg. Der Räuber in mir atmete tief ein und genoss den Zitrusduft ihrer Nervosität. Ein Teil von mir wollte sich am liebsten direkt auf sie stürzen, aber ein anderer Teil – jener Fremde, der sich anscheinend in meinen Körper geschlichen hatte – hielt mich davon ab.

Ihr Blick zuckte kurz zu mir und dann gleich zur Seite, nervös wie ein neugeborenes Füllen. Dämonen wie ich blühten durch menschliche Emotionen auf, vor allem solche Emotionen, die aus der einen oder anderen Schwäche heraus entstanden. Es lag in meinem Wesen, solche Schwächen auszunutzen … und auch jemanden wie Layla auszunutzen.

Nichts an mir war menschlich, und mein wahres Wesen war nie gebändigt worden, doch in ihrer Gegenwart war das … irgendwie anders.

Ich lehnte mich gegen die Wand und lächelte flüchtig, während sie sich verkrampfte. »Du bist nervös.«

Sie hob ein wenig trotzig ihr schmales Kinn. »Ich bin überhaupt nicht nervös.«

Der Drache auf meinem Bauch veränderte als Reaktion auf ihre Behauptung seine Haltung, und ich musste lachen. »Ich kann deine Nervosität riechen, Layla. Du kannst mir nichts vormachen.«

Sie rümpfte die Nase, zog die Knie an und legte die Arme um ihre Beine. »Bist du denn gar nicht nervös? Was ist, wenn wir den *Kleinen Salomon* gar nicht finden? Was ist, wenn er doch da ist, aber bewacht wird? Ich kann mir nicht vorstellen, dass wir da irgendwo reinspazieren und den *Salomon* einfach mitnehmen können.«

Als ob mir das Kopfzerbrechen bereiten würde.

»*Das* meinte ich nicht.« Ich stieß mich von der Wand ab und schlenderte zum Bett. Der Zitronenduft wurde intensiver, ich wurde langsamer. Ich setzte mich zu ihr und stützte mich zu beiden Seiten von ihren Füßen ab. Ihre zierlichen Füße mit den zierlichen Zehen. Verdammt, alles an ihr war zierlich, ausgenommen ihr Charakter und ihr Mut. »Aber um deine Frage zu beantworten: Nein, ich bin nicht nervös. Ganz egal, welche Hindernisse da auf uns warten sollten, ich werde damit fertig.«

Sie verzog den Mund. »Wow, du bist ja wirklich was ganz Besonderes und kein bisschen eingebildet, wie?«

»Ich bin in vieler Hinsicht was ganz Besonderes, aber das weißt du ja.« Ich beugte mich vor, weil ich nicht anders konnte – was vielleicht möglich gewesen wäre, wenn ich es wenigstens versucht hätte –, und legte mein Kinn auf ihre Knie. Der Geruch nach Zitrone wurde noch einmal intensiver, ebbte dann jedoch ab. Wie interessant. »Du bist nervös, weil du hier bei mir bist.«

Ihre blassrosa Lippen teilten sich ein wenig. Teufel, ich konnte mich daran erinnern, wie diese Lippen schmeckten und wie sie sich anfühlten. Immerhin hatte ich erschreckend viel Zeit damit zugebracht, über diese Lippen nachzudenken.

»Du machst mich nervös«, sagte sie.

Ich verzog den Mund zu einem sanften Lächeln, während ich mich gerade hinsetzte und mich auf gleicher Höhe mit dem Objekt meiner Besessenheit befand. »Du solltest auch nervös sein.«

»Wie beruhigend.« Sie rührte sich nicht von der Stelle.

Ich lachte leise und stand auf, ging zum vollgepackten Regal und strich mit einem Finger über die Rücken der DVD-Hüllen, bis ich das Gesuchte gefunden hatte. »Ein Film?«, fragte ich sie über die Schulter hinweg und sah, dass ihre Wangen sich noch stärker gerötet hatten.

Sie nickte.

Nachdem ich die DVD eingelegt hatte, machte ich es mir neben ihr auf dem Bett bequem. Nach nicht mal einer Minute hatte sie den Film erkannt.

»Im Auftrag des Teufels?«, fragte sie.

Ich musste grinsen.

»Originelle Wahl.« Sie schüttelte den Kopf.

Der Duft ihres Parfüms hüllte mich ein, eine Mischung aus Vanille und Pfirsich. Es gefiel mir. Es gefiel mir sogar sehr, denn unten in der Hölle stank immer nur alles nach Schwefel und Blut.

Nichts, wonach man Heimweh bekommen konnte.

»Sieh ihn dir einfach an und genieß ihn«, sagte ich.

Layla gab sich alle erdenkliche Mühe, den Eindruck zu erwecken, dass sie konzentriert der Handlung folgte, aber ich wusste, sie bekam vom Film kaum etwas mit. Sie war hypernervös, aber nach einer Weile legte sich ihre Angst und verwandelte sich in etwas … etwas anderes.

Ich atmete tief, und mein Herz hämmerte gegen meine Brust. Ein süßlicher, würziger Geruch umhüllte meine Sinne.

Hoppla!

Mein Herz machte genauso weiter, und dann kam auch noch mein Puls in Fahrt. Ich betrachtete Layla von der Seite und sah ihre geröteten Wangen. Ich konnte praktisch ihre Gedanken hören. Heilige Scheiße, ich wusste ganz genau, in welche Richtung ihre Überlegungen unterwegs waren.

Jeder Muskel in meinem Körper spannte sich an, als sie sich auf einmal dicht neben mich legte. Meine Lungen stellten das Atmen ein, aber Atmen wurde ohnehin von den meisten Leuten völlig überbewertet. Hatte sie …?

Sie rutschte noch etwas näher, bis ihr Oberschenkel meinen berührte. Augenblicke später legte sie eine Hand auf meinen Bauch, und mein Körper reagierte darauf. Er reagierte mit der gleichen Wildheit, mit der sich ein Höllenfeuer ausbreitete.

Layla rührte sich nicht. Ich atmete weiterhin nicht, und dabei wusste ich über jeden Zweifel erhaben, dass sie absolut unschuldig war und keine Ahnung hatte, welchen Weg sie da einschlug und welche Türen sie öffnete, die sie nie wieder würde schließen können.

»Layla …«

Erschrocken wollte sie die Hand wegziehen, aber ich reagierte so schnell wie eine Schlange und bekam ihr Handgelenk zu fassen. »Was tust du da?«, fragte ich.

Ihre Brust hob sich abrupt, da sie hastig nach Luft schnappte, aber eine Antwort bekam ich von ihr nicht. Die brauchte ich jedoch auch nicht, denn der schwere, intensive Duft verriet mir alles, was ich wissen wollte. Ich drehte mich um, drückte sie rücklings aufs Bett und stützte mich links und rechts von ihr ab, sodass sie zu keiner Seite ausweichen konnte.

Unsere Blicke trafen sich, ihre weit aufgerissenen blassgrauen Augen ließen deutlich erkennen, was alles ihre Neugier geweckt hatte. Mir lief ein Schauer durch den Körper. Am liebsten hätte ich sie mit Haut und Haar verschlungen – und das nicht unbedingt nur im übertragenen Sinn.

»Ich bin ein Dämon, Layla. Was ich in deinen Augen sehe und deinem Leib anmerken kann, ist etwas, das ich mir nehmen werde. Mach dir in dem Punkt nichts vor. Ich gebe dir eine Chance. Mach die Augen zu, und ich werde es mir nicht nehmen.«

Sie hielt ihre Augen offen.

Ein eindringliches Kribbeln lief mir über den Rücken, aber nicht nur einmal, sondern immer wieder. Ich wusste nicht, was das war, doch dann bemerkte ich eine leise Stimme irgendwo ganz hinten in meinem Kopf, die mich warnte, ich solle es ja langsam angehen und meine niedere Begierde zügeln. Wie seltsam. In meinem ganzen Leben hatten mich die Sorgen, Ängste und Vorbehalte anderer genauso wenig gekümmert wie deren mangelnde Erfahrung. Nie. Nicht ein einziges Mal.

Aber bei Layla?

Das war der Preis dafür, dass ich zu viel und zu lange nachgedacht hatte!

»Layla.« Ich brachte ihren Namen über meine Lippen, als würde es mir Schmerzen bereiten.

Dann beugte ich mich vor und küsste sie. Nicht so larifari wie beim ersten Mal, sondern ein richtiger Kuss. Offenbar so richtig, dass ich Layla damit zum Stöhnen brachte und darüber fast selbst meine Selbstbeherrschung verlor. Es schien so, als würde sie von ihren Gefühlen endgültig überwältigt, als sie mein Zungenpiercing spürte.

Sie vergrub die Finger in meinen Haaren, und sowie sie mich zu sich heranzog, löste der winzige Funke Schmerz bei mir ein tiefes, kehliges Grollen aus. Meine Hand wanderte von ihrer Schulter über die Hüfte bis hin zu ihrem Bein, das ich anhob und um meine Taille legte. Sie keuchte, da ich sie wieder küsste und mich so an sie schmiegte, dass sie keinen Zweifel daran haben konnte, wie deutlich ich das alles fühlte.

Aber ich wollte mehr. Verdammt, ich wollte immer nur mehr.

Ich schob meine Hand unter den Saum ihres Shirts. Als ich ihre nackte Haut unter meinen Fingern spürte, kam ich mir vor, als hätte ich in meinem ganzen Leben noch nie ein Mädchen berührt. Das war jämmerlich und auch ein wenig beunruhigend. Trotzdem konnte ich in diesem Moment an nichts anderes denken als daran, wie zart sich ihre Haut anfühlte.

Und im nächsten Moment schaffte sie es tatsächlich, den Spieß umzudrehen, ehe mir überhaupt klar war, was sie da tat.

Sie bewegte sich unter mir, zog mich an sich, und als ihre Hände über meinen Bauch strichen, konnte ich nicht anders und stöhnte auf. Ihre Berührungen waren zunächst zögerlich und unsicher, doch genau das brachte mich viel mehr aus der Fassung, als es die erfahrensten Frauenhände hätten schaffen können.

Ich rückte von ihr weg, streifte mir mein Shirt ab und warf es zur Seite, damit sie sich freier bewegen konnte. Ihr Blick wanderte genießerisch über mich, strich über jeden Quadratzentimeter meiner Haut und verweilte mal an dieser, mal an jener Stelle, vor allem dort, wo sich der Drache befand.

Als sich unsere Blicke begegneten, machte etwas in meiner Brust einen Sprung. Ich verstand es nicht, aber ich wollte auch nicht näher darüber nachdenken. Stattdessen küsste ich sie wieder, drückte sie sanft zurück aufs Bett, gab ihr einen Kuss auf die Wange und übersäte ihr ganzes Gesicht mit zärtlichen Küssen.

Eine Zeit lang verlor ich mich im Gefühl ihrer Lippen, dann unterbrach ich und zog ihr mit zitternden Händen den Sweater aus, der dort landete, wohin ich mein Oberteil geschleudert hatte. Layla war auf dem gleichen Weg wie ich, da sie ihre Finger in Richtung der Knöpfe meiner Jeans bewegte. Oh ja, mein Körper verfolgte ganz genau mit, wohin ihre Finger wollten.

Aber dann tat ich etwas verdammt Seltsames und Unerwartetes.

Ich nahm ihre Hände und zog sie weg, damit stattdessen meine Finger auf Wanderschaft gehen konnten. Doch die Art, wie sie darauf reagierte, brachte mich bedenklich nah an die Grenzen meiner Selbstbeherrschung. Verdammt, ich konnte spüren, wie mir ein Schauer nach dem anderen über den Rücken lief.

Ich presste Layla womöglich viel zu fest an mich, allerdings konnte ich nicht anders. Unsere Körper schmiegten sich an genau den richtigen Stellen aneinander. Meine Hüften rieben sich gegen ihre und gaben genau die Richtung vor, in die ich gehen wollte. Das Gefühl ihrer Haut auf meiner ließ mich erzittern. Niemand … absolut niemand besaß so viel Macht über mich, doch als sie mich wieder küsste, als unsere Lippen verschmolzen, da war es für mich das erste Mal, dass ich den Himmel kosten konnte.

Ihre Finger bohrten sich in meinen Arm, während meine freie Hand zu ihrem Bauch glitt, um ihren Bauchnabel kreiste und sich dann langsam weiter, noch weiter nach unten bewegte. Völlig gebannt und unfähig, den Blick abzuwenden, beobachtete ich, wie sie sich versteifte und sich ihre Pupillen weiteten.

»Roth, ich … ich weiß nicht …«

»Ist schon okay«, flüsterte ich und strich mit meinen Lippen über ihre. Bei der heiligen Hölle, es war tatsächlich okay. Ich verstand es nicht. Mein Körper fand es nicht, aber ich … ich schon. »Hier geht es um dich. Jawohl, es geht hier nur um dich.« Diese Erkenntnis war wie ein Schlag gegen die Brust. »Du bringst mich um den Verstand. Und du hast gar keine Vorstellung davon, wie leicht dir das fällt.«

Layla atmete angestrengt ein, und ich bewies ihr, wie ernst meine Worte gemeint waren. Es ging nur um sie, und das genoss ich. Sie so zu berühren ... sie festzuhalten, während sie die Kontrolle verlor ... die sanften Laute zu hören, die sie ausstieß ... ja, es ging wirklich nur um sie, und das war es mehr als wert.

Dann schrie sie auf, und ich ... bei der heiligen Hölle, ich wusste in diesem Augenblick, wie sich der Himmel anhören musste. Ich war völlig fertig. Erschlagen. Ich wusste nicht mal mehr, wer oder was ich eigentlich war. Ich konnte sie nur festhalten, während ein seltsamer, neuer Teil von mir diese Momente auskostete, die sich wie eine Ewigkeit anfühlten und doch nicht lange genug dauerten. Schließlich presste ich sie an mich, bis wir nur noch wenige Zentimeter voneinander getrennt waren.

Unsere Blicke trafen sich, sie lächelte schwach. Etwas zerbrach in mir. Aber vielleicht war es gar nicht so, dass etwas zerbrach, vielleicht war es mehr so, dass etwas errichtet wurde – so als würde mein Inneres umgebaut. Damit hatte ich keinerlei Erfahrung.

Ich strich mit einem Finger über ihre warme Wange. »Was würde ich nicht alles dafür geben ...«

Es war mir unmöglich, diesen Satz zu Ende zu führen, jedenfalls nicht laut ausgesprochen. Ich wusste nicht, was ich sonst noch alles geben konnte, aber ich wusste, ich würde mein Leben für sie aufgeben.

Das war eine verdammt große Sache.

Dämonen gaben niemals für irgendwen etwas auf.

Ich küsste sie auf die Stirn, danach drehte ich mich auf den Rücken und lag so eng an Layla gedrückt, dass ich nicht mehr hätte sagen können, wo ich aufhörte und wo sie begann.

Als sie sich zu mir umwandte, hob ich eine Hand hoch. »Ich brauche eine Minute.«

Layla wollte sich wegdrehen, aber ich legte den Arm um ihre Taille und hielt sie zurück. »Okay, es könnte sein, dass ich mehr als eine Minute brauche.«

Während ich darauf wartete, dass mein Atem wieder zur Ruhe kam, dachte ich über *das hier* nach. Über die Anziehung, das Verlangen und über dieses Unbestimmbare, das stärker als alles andere war. Oh, oh, das war vermutlich eine ganz üble Sache. Wir Dämonen liebten nicht einfach jemanden, sondern wir waren von diesem Jemand besessen, ganz und gar auf ihn fixiert. Ich begann das bereits bei mir zu beobachten. Da war dieser Drang, sie in meiner Nähe zu haben, all ihre Zeit für mich zu beanspruchen. Aber etwas daran war anders, als ich es mir vorgestellt hätte. Ich wollte sie nicht mit meiner Besessenheit erdrücken oder die Kontrolle über ihr Leben übernehmen. Auch das widersprach meinem Wesen.

»Wieso hast du aufgehört?«, fragte Layla.

»Ich weiß es nicht.« Ich lachte auf. »Ich weiß es wirklich nicht. Aber das ist schon okay. Glaub mir, es ist okay.«

Zum ersten Mal wünschte ich, ich könnte beten, damit alles ein gutes Ende nahm – für sie, für uns beide. Aber auch wenn ich nicht beten konnte, wusste ich etwas, das die meisten Sterblichen und die Wächter gar nicht erst zu akzeptieren wagten.

Gebete blieben in den meisten Fällen unbeantwortet.

Oder wir bekamen eine Antwort, nach der wir niemals gesucht hatten.